红色长篇小说经典

红旗谱第三部

烽烟图

梁斌 著

人民文学出版社

一

高蠡暴动并没有解决问题,相反受到一场血腥的镇压;蒋介石还是抱"不抵抗"主义,还是"攘外必先安内"。同盟军在察绥虽然进行了一场激烈的抗战,但一个"何梅协定"却出卖了滦东十八县,殷汝耕在冀东成立了防共自治政府,宋哲元主持了冀察政务委员会。总之,形势依然对日寇侵华有利。这一切,对有爱国心的人民群众来说,是不能忍受的。

高蠡暴动失败后,又过去了五年。冀中平原上早晨晚晌常刮起凉爽的风,一九三七年的夏天,又降临人间。眼看麦梢儿乍黄,芒种就到。朱老忠在堤身里高粱地上耪着地,两手攥着锄头,把腰弯个头点地,汗珠粘在眉毛上,吊在胡髭上,一颗颗跳进干旱的土地。太阳晒着他黝黑的脊背,褐色的粗布裤子被汗水湿透了,他耐着炎热,一腰耪到地头上,慢慢地直起腰,抬起头来,圪蹴起眉头看了看太阳,深深叹了一口气说:"咳呀!好长的天呀!"他猫腰坐在地上,背着阳光抽了长长一袋烟,把烟灰磕在锄柄上,叮叮地响着,扛起锄头,弯下腰走上堤岸回家了。

朱老忠回到家里,放下锄头,筛了草喂上牛,坐在捶布石上歇着凉,抽着烟,寻思:大暴动以后,几年的日子,是怎样熬过来的。虽然五十开外的人了,他还不觉得老,身子骨还结实。一想到他肩头上责任的沉重,不得不提心在口,又低下头出了一口长气。天小晌午了,金华已抱柴禾点火做饭,他觉得天气渐渐热了,胡子长了老长,头发也长得长了,汗水腌渍得头皮发痒,他想剃剃头,刮刮脸,凉快凉快。他让贵他娘到朱老明那里借来了一把剃头刀。这把剃头刀长时不用了,生了满下子锈。贵他娘把石头放在台阶上磨着,台阶是土的,磨石放不平,轧得咯噔咯噔响着。朱老忠拿个洗脸盆,叫金华舀出点热水,洗了两把脸,又洗着头发,手骨节碰得铜盆啷啷地响。

正在剃着头,庆儿娘敞开胳膊,扬起两只肥袖子,两步并作一步,风是风火是火地跑了来,睁圆两只眼睛说:"他大叔!不知为了什么,冯家护院的老山头,把庆儿抓住,二话不说,吊在大槐树上了!"

朱老忠一听,愣怔了眼睛,张着嘴,半天不说话。冷笑一声,想到:"天呀!事情又要降到我们头上了!"于是,他心底里埋藏了五年的怒火,像潮水一样涌上心头。他心里焦躁,等不得把头剃完,就想拿起腿来走。

贵他娘说:"这像什么样子,多要紧的事情,也得把头剃完,怎么见人哩!"慌忙剃了两把,贵他娘又问:"疼吗?"

朱老忠说:"疼!疼也是剃头发,不是剃脖子。冯贵堂他要是割了我的脖子,我要是嗞个声,算把我'朱'字倒写了。"他又低下头,合紧眼睛,默默地说:"唉,失败了,我们失败了,他们拿我们受苦的人们粪草不值呀!"他心里着实激愤,两手打着哆嗦。锈钝了的剃刀,在他头皮上嚓嚓响过,他咬紧牙关撑持着,脸上的纹路曲皱得更加深了。自从高蠡暴动失败,朱老忠只好合法存在,非法活动,但是他的心里并没有低头。

庆儿娘一把鼻涕两把泪,哭得像个泪人儿,说:"他大叔快去吧!冯家把庆儿打得死去活来。庆儿的爹,都是你们一抹子兄弟,闹暴动死了。依着我,要着饭吃也要远走高飞,离开这个热地方,孩子又被冯贵堂霸住。要是有个好和歹儿,可是怎么着?"她攥起袖子擦着眼泪,把老毛蓝粗布袖头子也湿透了。

高蠡暴动失败,朱老星牺牲在敌人的屠刀之下,庆儿娘带着孩子们偷偷藏在青纱帐里,饿了啃支生棒子,渴了喝口井水,三更半夜才敢回家去看看,做点吃的。她想带着孩子们下关东,去找个能生活的地方,可是看看天气冷下来,孩子们还没有遮凉的衣裳,没有一点点路费盘缠,无法操持一家人的吃穿。她又不忍心抛下老亲近邻,不肯离开出生的家乡,所以没有走了。眨眼刮起西风,青纱帐快要倒下了!倒下这块,他们移到那块;倒下那块,他们又移到另一块青纱帐里。最后,场光地净了,她觉得上天天无路,入地地无门。冯贵堂带着民团,到处捉拿暴动户家属,叫赔偿损失。她实在无处躲藏,一时心窄,解下裤带挂在村北歪脖子枣树上。在这刻上,朱老忠走了来,说:"好死不如赖活着,你这是干什么?"三手两手把她放下来,安慰她无论如何困难也要把孩子们拉扯大,才对得起朱老星。后来,冯贵堂把庆儿作为人质,霸在他家里当长工,他们才敢回家过日子了。

朱老忠一想起孩子们受过的苦难,心上着实酸痛,说:"沉住点气,哭什么?朱老星是条好汉子,他宁死不降敌!庆儿也是好样的,不能含糊!"他实在气愤,剃完头,刮完脸,剩下三绺小胡子,换上身浆洗过的紫花衣裳,拿起烟袋、荷包就往外走。

金华看老公公要出门,从灶火坑里探出头来,问:"老人家不吃了饭去?咳!难混的日月呀!"

朱老忠听了金华哀婉地说话,停了一刻,说:"我不饿了,你们吃吧!……"说着,头也不回,迈步就走。

贵他娘在后头说:"快去吧!庆儿正受着热哩!咳!可怜的没爹的孩子呀,世间有多少苦难也得出在咱朱家门里呀!"

朱老忠一听,回过头抖着衣襟,说:"你说的那个,不一定;走着瞧吧,出水才看两腿泥!苦难的日子混到头了,以后就要轮到他们头上。今天我就要去和冯贵堂动交涉,交涉不好,我顺着大道就进了城了……"今天早晨江涛才托城里人送来了一封信,说他回县里工作了,究竟是什么工作,他还不知道。但是他的心上又有了主心骨儿了。

贵他娘说:"你沉住点气,压住点性儿,不要肝火太盛。"

庆儿娘紧跟着说："快去吧,庆儿在炼铁炉里受罪呢!"

朱老忠听了这句话,走了两步又停住,瞅着庆儿娘说："着什么急?条条道路能走到山上。炼炼好,不炼不成钢!你们不用去了,在屋里听信儿吧!"

朱老忠一出大门,庆儿娘又在后头轻轻絮叨："革命,革命,多么难的革命呀!革(割)死爹了,还革(割)死儿。"

朱老忠听得说,猛地回过头来,睁圆两只眼睛,满眼含着泪花,射出晶亮的光芒,说："不要那么说吧!娘儿们的见识,木头眼镜,只看两寸远!"他说着,弯腰提了提双梁鞋子,匆匆走去。

事由不大,出在朱家头上,就惊动了锁井全镇。街头巷尾,茶棚饭馆里把"朱庆扒瓜"当成说闲话的中心。今天早晨,冯家瓜园的山东老人,天不明就爬起身来,提着两只湿裤脚子,来找冯家护院的老山头。老山头把小三角眼儿一瞪,歪起脖子问："你逮住人了没有?"山东老人说："没有。"老山头说："你没逮住人,也没看见个人影儿?要是连个人影儿看也没看见,叫冯爷知道了,你就该受点热了。少不得你今年这瓜就算白种了,我这个中间人吃不了也得兜着!"

山东老人听说他的瓜要白种了,心里想："这一年,离乡背井,披星星戴月亮,可不是容易呀!"他愣了一会,又口吃着说："可,可,我好像看见,那扒瓜的像是拐着一只脚。可黑影里,我也没看清楚。"山东老人流下两行泪,咧起厚嘴唇,鼻涕顺着嘴角流下来。他那一条揉成毡的辫子,缠到脖子上,又黑又长的络腮胡子,几乎遮满风吹日晒的古铜色的脸。

老山头眼珠子滴溜一转往上吊了吊,说："嗯?拐腿的人,在锁井镇上可是不多呀!莫不是……"一句话没说完,跑进二门去,向冯贵堂回话。冯贵堂听到这个消息,定住眼神,捋着八字胡子,呆了老半天,又扬起臂膀,仰天哈哈大笑,不由得说出口来："哈哈!

时机到了,看你朱老忠和朱老明往哪里藏,往哪里躲吧!"

冯贵堂和老山头,安排好了打虎捞龙的圈套。当天上午,派老山头把庆儿从地里抓回来;庆儿正跟着班子耪地,听得老山头叫他,就知道这个包子里不是好馅。他紧了紧腰带,不说长不道短,跟着老山头走回来,把锄头戳在大槐树底下。到这刻上,庆儿并不害怕,打了打身上的尘土,进了账房。冯贵堂正躺在藤椅上抽烟,一见庆儿,当头来了个下马威,吹胡子瞪眼睛地说:"他妈的,朱家门里没有好东西!"

老山头边走上来,拍着大腿说:"这不是在太岁头上动土?"

朱庆一时摸不清头脑,身上禁不住打了个冷战,抖着嘴唇说:"什,什,什么事?"

冯贵堂背起左手,右手捏着烟头点着地说:"你别装没事人儿,明明是你扒了老子的瓜,还装不知道?"说着,冷不丁地大叫了一声:"来,给我吊起来!"

朱庆一听,像是一声霹雳,嗡的一声在头上响起来。不由分说,老山头像耍熟了的把式,三手两脚把他倒剪了胳膊绑起来,在背后打个蝴蝶结。庆儿憋足了劲,跟老山头挣扎了两下子,也无济于事。不知冯家什么年头在大槐树上系好了铁环子,勾子一挂就把庆儿吊了起来。

冯贵堂又吹着胡子说:"揍他!"

老山头抢起一条青柳棍子,问:"说!扒瓜的是你不?"

庆儿把胸脯一挺,瞪直黑眼珠子,说:"不是!"

老山头又问:"扒瓜的有朱老忠不?"

庆儿把头一摆说:"没有!"

老山头生起气来说:"有朱老明不?"

庆儿板上钉钉地说:"没有!"

老山头憋红了脑袋,用青柳棍子敲着庆儿的脊梁,问:"有伍顺和小囤不?"

庆儿闭住气,鼓着肚子,把脚一蹬,说:"胡诌!我根本没踩你冯家瓜园的地边!"

老山头叉开两腿,横起腰,打一棍问一声。一棍子下去,庆儿脊梁上立时肿起一条血痕。最后,老山头耸身攥住绳子打了个坠身,把庆儿系得两脚离地。庆儿只得把腰一弯,抽紧肚筋,咬紧牙关,屏住气忍受着疼痛。他那酱色的脸上,立时暴起青筋,浑身火烧火燎,胳膊像被拧掉,又像有刀子刮他的肉。登时间头上冒出黄豆粒籽大的汗珠子。他用尽全身的力气拼挡着,不一会工夫就晕过去了,浑身麻木,再也不知道棍子啪啪地打在什么东西上。一刻时间过去,渐渐地,系着的绳子也停止了摆动。

正在这刻上,朱老忠提着烟袋匆匆走进冯家大院。看热闹的人们见他走来,自动地闪开条道儿。朱老忠一看,庆儿鸭子凫水吊在大槐树上,他满脸带笑走上前去,说:"我这老胡子老脸的了,咱既然有过协定,今天我在你面前说句话。听,算着;不听,我算白说。这几年庆儿在你院里,除了爱说句玩笑话,可没人说个不好儿。今天到底为了什么事,把他吊在这大槐树上?"

老山头看朱老忠说话带着劲,立刻扔下柳棍子,走上去打住朱老忠的话头,说:"朱老忠!是这么会子事,昨儿晚上,瓜园里头一批瓜,就给人扒了去。山东老刁说,扒瓜的拐着一只脚。你想,咱镇上可有几个人是拐脚的?这不是活活叫冯家大院里出不去门吗?⋯⋯"

朱老忠不等老山头说完,插了一句,说:"当然是!这锁井镇上拐脚的就只朱庆一人,可这扒瓜的人不一定是朱庆!"他扭头对吊着膀子的朱庆说:"庆儿!这扒瓜的是你吗?"

庆儿一听得是朱老忠的声音,苏醒过来,挺起胸膛说:"不,不是我!"

朱老忠跳起脚,立刻红了脖子脸,鼓荡着钢铁般的嗓子说:"对嘛,有小子骨头你大声点说!"

庆儿鼓了鼓肚子,张开大嘴说:"扒瓜的不是我,我朱庆好冤哪!"

朱老忠哈哈大笑了,向前走了两步,指着冯贵堂的脚下,说:"贵堂!你有没有证据?"

冯贵堂听朱老忠质问,乍起胡子,瞪起眼睛说:"是山东老刁说的!"

朱老忠向山东老人走过去,绵甜细雨儿说:"山东老兄,你也是个穷人,咱天下穷人可是一家,你要良心发现,你可不能血口喷人。你说,你有没有证据?"朱老忠理直气壮地追问下去。

山东老人搁不住朱老忠质问,上牙打着下牙,得得地说:"这,这,昨日晚上夜黑天,看见天上打了两道闪,就放下窝铺睡觉了。深更半夜里,听得外头有动静儿,我在黑鼓笼里扒着窝铺一看,唔!有人叽里骨碌跑过去。末后一个,好像是拐着一只脚。我放心不下,再也睡不下去,点个灯亮一看,天哪!我的西瓜都给他们扒走了!唉,我命苦啊,我离乡背井出来种地,自春至夏,披星星戴月亮忙了半年,好西瓜都被他们扒走了,我一家大小靠什么活着啊,我趴在窝铺上啼哭了半宿!"说到这里,他又张开大嘴号啕大哭起来:"可怜我外乡人哪,人生地不熟呀!"

朱老忠看他痛苦的样子,说:"好,好嘛!好像是个拐脚的?这黑影里可不足为凭呀!"说着,朱老忠左手叉腰,右手指着缥缈的天空说:"山东老兄,你要对得起咱受苦人呀!"朱老忠年纪虽老了,但身体还是强壮的,他一身刚强,凛凛然不失当年红军大队长的气魄。山东老人看他问得实在,就闭住嘴不再说什么。看这场面要僵住,保长刘二卯走出来,说:"不管怎么的吧,吃亏占便宜,不出当乡人!闲话少说,先放下人来……"说着,伸手去解绳子放人。

朱老忠走上去,把他拦住,两手抓住绳子,说:"不,不能!这,捉人容易,放人可难呀!冯家大院里没有'公堂',这私刑吊打是不合法的！"

冯贵堂看朱老忠气昂昂地顶碰得厉害，转身走进账房里，隔着窗棂大发雷霆，说："朱老忠！你要记着大暴动的事！你不要忘了！"

朱老忠一听，脸上腾地红起来，向窗子走了两步，哈哈大笑起来说："我忘不了，大暴动开仓济贫，发动群众参加抗日军，开赴前线，是一件好事。你们镇压了暴动，我把二贵和庆儿押给你，叫他们给你做苦工。可是今天也要说清楚，并没有把他们的人命交给你……"

冯贵堂说："你忘不了就行！"

朱老忠说："我忘不了，现在你在马上，俺在马下；你在明处，俺在暗处，是吗？我替你都说了吧！"

老山头手里拿着棍子，也气呼呼地说："朱老忠！我劝你老实一点吧！"

朱老忠歪起头，瞥了他一眼，看老山头凶煞似的在他眼前站着，恨不得一嘴吃个人。他咬住嘴唇，沉了一刻，转身走出梢门，向西一拐，走上进城的大道。刘二卯看他要去托什么门路。他知道朱老忠虽然暴动失败了，还是四通八达，不是个好惹的人。刘二卯一壁吩咐人把朱庆放下来，两步并成一步追上去。朱老忠在头里跑，他在后头追，一直追到大渡口上，才抓住朱老忠的袖子。三扯两扯，把朱老忠拉回来。拽进四合号，坐在柜房里。刘二卯伸手从坛子里打上四两白干酒，抓把花生米扔在桌子上，说："老大！咱老哥俩，今天说句话，你是走过京闯过卫的人，还这么不明白？咱东西两锁井打官司打了多少年？光糟的那银子钱，也堆成大垛了，打出什么来了？今天赶上我刘二卯管着咱村的事，这官司起不了。吃亏占便宜，出在锁井镇！"

朱老忠把烟荷包在桌子上一摔，说："对嘛！他西锁井，有钱有势；我东锁井，有命有人。穷小子有穷骨性，这条拾来的身子骨，自从老年间就受尽了欺侮。你就说吧,民国十五年为摊兵款,二十一年为大暴动,弄得我东锁井倾家荡产,害得我穷人家好苦啊!"朱老忠嘴里说着,心里想起高蠡游击战争失败以后,革命的人们遭受的痛苦。朱老星……那些死去的战友们的形象,立时映满了他的眼前。

刘二卯抿了一气酒,吧嗒着嘴唇,伸长了脖子咽下去,似乎亲切地两手捧着酒碗递过去,说:"老大!过去,咱共事不多。今天,我说,你也许听,也许不听。你瞧这是什么世道?冯大爷上过大学堂,当过军法官。有老爷子的时候,冯老兰是有名的刀笔。几辈子在村乡里当家主计,走动衙门。'黑旋风'骑马过锁井镇还下马参拜呢……"

说到这里,朱老忠正喝着一气酒,连连摇手,说:"你别替他摆划,我朱老忠尝过见过了!"可是,刘二卯又把朱老忠的手摁在桌子上,紧紧地压住,继续说:"冯家大院,还有当旅长的。你,你这胳膊还能扭过大腿去?你东锁井,就仗着个严江涛。谁都知道,共产党里头说他是'才子',有胆识,有本事,吹口气儿就能搬动千军万马。可,我那大哥!你还不知道,他判了刑,住了几年监牢狱。在县里他还有个黑名儿!再说,大暴动以后,你的两只手也压在衙门口里堂鼓底下,还敢动颤?"说到这里,他又伸出拳头迎着朱老忠说,"你,朱老忠还想干什么?"刘二卯半是劝说,半是威胁。说到最后一句话,把脸凑到朱老忠的胡子上,闹了个笑面虎儿。

朱老忠低下头,抬起手抓着头皮,半晌无话。他想道,我虽然上了几岁年纪,要说拿起铡刀砍在冯贵堂的头上的劲儿还有,可是他不能那么办,要忍住性子活下去,忍着性等待革命的高潮到来,等待革命再起……他左思右想,捉摸刘二卯的话头,捉摸着最后一句话的滋味,喝下最后一盅酒,吧嗒吧嗒嘴唇,觉得实在不是滋味。

当天下午,刘二卯打发人们把朱庆抬回东锁井。贵他娘把他安放在自己的炕头上——自从朱老星牺牲,朱老忠总是把庆儿当成自己儿子一样看待。她流下流泪,扳起庆儿的脊梁看了看,看样子筋骨未动,皮肉可着实吃了苦了。庆儿娘走过去扑在他身上,抽抽搭搭地哭着:"庆儿,庆儿,苦命的孩子!"庆儿说:"娘!别哭了,这还不算苦,苦命还在后头哩,我要和他干一辈子!"说着,把脸埋在枕头里,呜呜噜噜地大哭起来。他想不到,给冯贵堂赶车进城,车轱辘轧在脚面上,今天成了栽赃吊打的口实。

贵他娘从西锁井买了一把挂面来,做了一碗汤,打上两个鸡蛋,放在朱庆前头说:"庆儿,庆儿,一天没吃东西,你吃饭吧!"

庆儿说:"我不吃,婶子!"

朱老忠听了,含着泪花走过来,说:"快吃吧,为什么不吃?发昏当不了死!"

太阳没了,一抹殷红色的夕阳照在西山上,夜幕像渔网从天上漫散下来,家家烟囱上冒出灰色的烟缕,烟缕被微风吹动,飘到村郊,缭绕在路旁的杨树林间。种庄稼的人们,赶着车的,背着锄的,顺着村道走回来,牛羊归圈了。朱老忠把牛牵到塘边上,饮了水回来,拴在枣树底下,筛草喂上,拌草权子碰得破铁锅当当地响。金华把吃饭桌搬到小院里,抱出暖壶叫老公公喝水。喝着水,金华端上饭来。

朱老忠坐在桌旁,不吃饭,他还有很多沉重的心事。听得圈里的小猪饿得吱吱叫,他走过去舀上两瓢泔水,才动手吃起饭来。吃着饭,心里又烦躁起来,自言自语:"这一辈子……眼看就五十开外的人了,一滴汗掉在地上摔八瓣儿,这光景也难转变了……"他想:"有人说,孙悟空一个筋斗十万八千里,也打不出如来佛的手心去?我这一辈子也没相信过!"他又抬起眼睛,向他的小院扫视一周:从关东回来,有严志和跟孩子们帮着,付出了多少日子的辛苦,才盖上这三间北房。又付出几年的辛苦,盖上两间西房和牛棚牛圈。房后栽上一遭杨柳树,如今长得有两房高了。枝条垂到小院里,到了夏天比遮上凉棚一样凉快。他觉得这座用血汗垒起来的家屋,像孩子一样亲。哪里塌下一根椽子,他砍条柳棍把它换上。哪里掉下一片泥皮,他用秫穰给它披上蓑衣。多少年来,上城下乡,场里地里,不管怎样劳累,受了怎样的风吹日晒,只要离远看见这些柳树,看见他的土坯小屋,两条腿走动得就更有劲了。一进黑油小门,就觉得浑身滋润。他常说:"只要有我的家屋,要口饭吃回来也是滋润的。"人们都说,"朱老忠过的日子,是血汗换来的!"

大暴动以后,冯贵堂领着马快们剿了暴动户的家,抢了个精光。事不由己,尽管朱老忠这人生成刚性子脾气,但是看革命闹不起来,只好长远打算,忍气吞声,暗里使劲,埋下头来秘密工作,不怕辛苦地度过艰难的日子。没想到才闹得有吃有烧了,又碰上这场灾祸,他想:"干!跟他干到底!只有干到底才能翻过身来!"

金华看老公公动起悲伤,说:"老人家忙吃饭吧!过去的事情想它干什么?"说着,叫起义:"快给爷爷拿烟袋来,给爷爷装上烟,劝爷爷多吃点。你看看这小孩子有多好……"这句话没说完,珍儿开门进来。金华问:"妹子!怎么这工夫出来?"

珍儿今年十七八岁了,长了一副俊俏的脸庞。自从李德才败了家,珍儿娘咽气的时候,把她认在贵他娘怀里做干闺女。珍儿仓皇地说:"叫我到柜上给大奶奶拿烟,偷个空儿过来看看。冯大爷正在家里发威,说什么:'这就要给朱老忠个好看,非压服他们不行!'大奶奶也说,'是时候了,也该给你老爹报仇了,'我看呀,你老人家还是躲躲吧!"

朱老忠听完这句话,把筷子在饭桌上一拍,向珍儿笑笑说:"来吧!也许是时候了……告诉你吧,珍儿,我不躲,我不能离开这块地方。"转身又对珍儿说,"孩子呀,大闺女了!今后的日子,可要肚子里长牙呀!这门里是没有正行的……"

正说着,伍老拔的儿子伍顺和小囤走进来,贵他娘让他们坐在小凳上。

伍顺等不得安稳,睁起大眼睛问:"庆哥怎么样,不要紧吧?"

朱老忠口中咀嚼着饽饽,伸长了脖子咽下去,说:"不要紧,没伤筋,没动骨,养息养息就好了。"他虽然上了几岁年纪,牙口还好,他门里祖辈传说,老来老来又生了一排新牙,就是锅底上贴的饼子,风干的饽饽,都嚼得咯嘣乱响。吃得下饭,身子骨就结实。朱老忠常说:"活该是受苦的命,二十年以内死不了了。"

伍顺说:"这明摆着是欺侮人,昨日个我在冯家扎房架子,晚上还和庆哥挨着软床睡觉,一觉睡到大天亮,他的鬼魂去偷瓜来?"

小囤也说:"不分青红皂白,先挨这顿打。"

朱老忠说:"要好好记着,你父亲是怎么上了山的?"

伍顺低下头说:"甭说了,甭说了,大伯！我心里有数,我心疼！"

说到这里,大家不约而同地想起伍老拔。自从伍老拔上了山,他小哥们就再也离不开朱老忠,朱老忠觉得只有好好看顾孩子们长大,才对得起同志们。小哥俩守着母亲过了几年穷愁日子,如今伍顺二十一岁,和母亲养种二亩地,当个小木匠。小囤才十九岁,给大槐树冯老锡扛个小活,混碗饭吃。

朱老忠长叹一口气说:"俺那老拔哥要是在家,可就好多了,他在斗争里,可没有松过一点儿劲呀！"

夏天的天气,闷热得厉害,说着话空中罩起乌云。他们用长条布手巾擦着身上的汗。金华走到门外,悄悄地向东看看,再向西看看,见没有什么人来,把门插上,回来捡了碗筷。天上掣了两道闪,像日头一样明亮,照着每个人紧张的脸色。闪电过去,立刻又黑暗起来,像墨池一样黑。

朱老忠吃完饭,装上烟袋,夹在臂膀底下,翻转火石,挥动火镰打着火,又慢条斯理地讲起贾湘农领导大暴动的事。这是他们一生不能忘却的。自从那年头开始,他们一遇到急难的事情,就会自然而然想起贾老师。正在说着,朱老明在门外搭了话:"要不是暴动失败,就没有今天的苦日子了!有了抗日根据地,也就有衣大家穿,有饭大家吃了……"

伍顺听得明大伯说话,连忙跑出去,开门把他搀进来。坐在小凳上,又说:"这是多年不能忘的冤仇!"大暴动以后,朱老明过的日子更加困难了,他失去健康,脸上焦黄,浑身上下骨瘦如柴了。

朱老忠说:"老明哥,你也来了,黑灯瞎火的时候,你又没个眼,我还想吃完饭去找你,和你研究研究今天的事情。"

朱老明睁了睁眼睛,仰起头看着天,说:"这会儿,我黑天白天是一样了,听说冯贵堂吊打了庆儿,我早就想过来看看。白天怕人看见,说咱们又开黑会哩,等天黑我才摸了来。唉!好长的日月呀!想起老伙计们来,痛得我刀子扎心……你们正念叨大暴动的事,是吗?要是有贾老师在着,轮着我们遭这么大的难?"

朱老忠说:"是呀!冤上加冤,仇上加仇,希望我们的孩子们永远不要忘记呀!"

朱老明也说:"看样子我们这一辈子算是过去了,但愿我们的后代们,和他们的爸爸一样有骨性……"

朱老忠说:"大哥!我们这一辈子还不算完。"

朱老明愣了一下,又对朱老忠说:"怎么,还不算完,已经几起几落了,把人们的革命性儿都磨光了,还有再起的希望吗?"

朱老忠说:"不,我们的革命性是不会完的,棱角总是有的,没有磨光的时候,只要天地间有封建势力,有反动派,就有革命存在。我来问你,大哥!你怕死吗?"

朱老明说:"我,我这么大年纪了,还怕什么死?"

朱老忠说:"你不怕死,我也不怕死,怕死的人不走这条道儿。怕死不革命,革命不怕死。"他又对小顺说,"孩子!你怕死吗?"

小顺不提防忠大伯问起这一句,他打了个愣怔,说:"我不怕!"

朱老忠又问小囤:"小囤,你怕吗?"正在这刻上,朱庆也在屋里炕上搭了话:"我也不是怕死的人哪!"这时朱老忠腾地全身涌起一股热潮,他伸手啪地把烟袋在桌子上一拍,猛地站起身来,煞了煞腰带。贵他娘和金华在一边看着,吓得心上直扑通。朱老忠迈开两只脚通通地走到屋里,扛出他那片铡刀,站在台阶上,大声地说:"你们都不怕死?"

到这节骨眼上,小顺、小囤、庆儿一齐说:"大伯头里走,我们后头跟着。"

贵他娘和金华,看真的要闹出事来,才说前去拦住,朱老忠又把铡刀从肩上拿下来,在地上一戳,哈哈笑着说:"好!革命的香烟不断,共产党不算完!"立刻吩咐金华接了铡刀。他看着这些子孙后代们心气还不弱,心里很是高兴。

话音未落,听见外边有人敲门。伍顺忙跑过去,开门一看,大声说:"保长他们来了!"珍儿机灵地躲在黑影里,悄悄地蹓走了,小囤搀起明大伯,大伙儿回避出去。

二

朱老忠走到门口,送朱老明他们出去。李德才弯着腰,拄着拐杖,哼哼唏唏地走进来,刘二卯在后头跟着。不等人让,李德才一屁股蹲在木凳上,说:"哈哈!人不少啊,小人儿们出去,叫俺哥们说说话。怎么样,老大!明天在鸿兴馆坐坐,打个对头儿,念叨念叨,拉个合儿吧!"说着,他掏出个小胡梳儿,梳着胡髭,左梳梳,右梳梳。

朱老忠听说要去鸿兴荤馆,他就明白,这是叫他请客赔礼。于是,由不得红了脸,慢搭搭地说:"在鸿兴馆?吃饭喝酒我可不能拿钱!"

李德才伸直又细又长的脖子,可着嗓子絮絮聒聒地说:"你看看,你看看,你这人怎么这么小气。小户人家的事情,可真难办哪。咱是读书人,当个中间人儿,排难解纷,调解是非,可不是为个嘴头子。"

朱老忠掂着两只手说:"真的嘛,荤馆里不是俺庄稼人去的,吃碗炒饼,顶俺一家大小一天的口粮!"

刘二卯说:"算了吧,消消气儿!"他捋过朱老忠的烟袋,叼在嘴上说:"乡里乡亲,胳膊折了袖子里吞,不叫外村看笑话。"

李德才接着说:"是呀!你看咱村有多好的风水:南有溽沱,河水滔滔,东有桃李芬芳,中有绿柳成行,有芦塘称为牛卧地,千里堤蜿蜒为屏障。小人儿们多念几年书,上上军事学堂,有咱旅长的提拔,将来闹个一官半职,弄个饭碗,那还成问题?偏偏有那些不开眼的家伙们,非闹什么共产,闹出什么了?还不是倾家荡产,发配充军……"

朱老忠听不耐烦,摇着手说:"算了,算了!你的话听不到我耳朵里,俺坟上没这么好风水,俺祖宗也没积下这么大的阴德。你这么会看阴阳宅,为什么不早给你自家看看?"

刘二卯听朱老忠说话不顺耳,慢搭搭地说:"他家可占上好茔地,从此以后,没有挂心的事了;不管春、夏、秋、冬,一个人吃饱一家人不闹饥荒了……就这么办吧,咱明天一块坐坐,我跟冯大爷说好了,朱庆养几天伤再上工。"说着,端起屁股就要走。

朱老忠惊诧地说:"还上工呀?常说的话,打了不罚,罚了不打,下半年的活这就算做了。"

说到这里,刘二卯就又站住,假装惊怔了一下,说:"老大!你要是这么个说法,咱可就得另说说!"

李德才立起来,用拐杖戳着地,着急败坏地说:"朱老忠!你也要明白,自从大暴动以后,你怎么到了这个地步?是冯家大爷让了你一步,要不啊……你也要明白你如今站的是什么地位!"说着,他生着气往外走,走了几步,看没有人去拦他,就又慢搭搭走回来,挂起拐杖,弯着腰,踮着脚看了看朱老忠的宅院,说:"几年不到你院,又这么像回事了。你看,几间土坯小房,又是牛棚,又是猪圈,乍看起来,像是有半碗饭吃了。"

朱老忠说:"当然呀,我们是靠着付辛苦吃饭的,只要肯付辛苦,就会有饭吃。不像你,狗颠着屁股,成天价围着人家屁股后头乱转。"

朱老忠一说,戳到了李德才心底的疼处,摇摇头说:"别说了,别说了,咱也不过是抽口蹭烟哪!"

朱老忠说:"是呀,十年寒窗,你中了一名秀才。你要是中不了秀才,清朝的江山还倒不了呢!也好……你这刻上,也算熬上去了,也算是陪王伴驾的人了。"

朱老忠半讽半诮,把他们送出大门。出了大门李德才又站住,扬起下颏,像是想起什么事情,眯细了眼睛说:"你说呢,这是劫数,劫数不饶人呀!日本人到了满洲,扶保了溥仪皇帝,国号康德。不久,不久你看,大兄弟!我的运气这就来了!……"一口气没说完,他又发起喘来。嗓子眼里老是转悠着一口痰,哈喽哈喽地响着。上不来,下不去,痒得难受。他得过风湿病,走起路来,老是弯着腰,拄着拐杖,一哼哼一哼哼的。

朱老忠站在土坡上,看他们一步一步走下坡去,淹没在苇丛里,他深深呼吸了一下夜凉的空气。初夏的风,吹得千里堤上的大杨树叶子,哗啦哗啦地响着。原野上飘过小麦的香味,嘎咕鸟还在大柳树林子里叫。他走回来,闩上门,立在窗台底下,听了听庆儿的鼾声,见他睡着了,这才放心。把软床搬在小门楼底下,上床睡觉,他把头放在枕头上,一袋一袋地吸着烟,说什么也睡不着。夜色深沉,滹沱河里的水,遥远地哗哗地响着,激动着他的心情。

第二天一早,朱老忠找到朱老明,两个人商量了半天,决定以退为进,目前要让过冯贵堂这一步:认个输。

当时的锁井镇上,冯老洪已经死了,冯雅斋当学董,当家过日子。田地租出去,银钱放出去,过着大少爷的闲散生活。冯贵堂也替父亲当起家来;他雇了十几个长工,拴上几挂大车。高蠡暴动并未动摇了地主阶级的经济基础,相反的,土地更加集中了。他已经有六七百亩土地。他二兄弟焕堂,忙里照顾庄稼,春冬两闲,轰着长工们上轧车,轧下皮棉,打起花包。冯贵堂运到天津,跟洋商们打交道。

自从冯老兰死了,冯贵堂一边做生意,一边把田地上都打上水井,安上水车,粪大水勤,大片庄稼长得旺盛。眼看着日子越发地生发起来。根据冯贵堂的经验:这年头,土地的出息,不如放账甩碎。放账不如做买卖稳妥,普通生意不如和外国人打交道赚钱多。单说这棉花生意一行,说个赚钱,那洋钱简直就像大河里流水,哗啦啦地流进来。

那天,天明大集。冯贵堂还没有睡醒黎明觉,太阳早上了窗格棂。冯大奶奶大喊大叫,骂做饭的老拴剩的饭多了,把杂面条子扔在猪食里。骂妯娌们不管家事,都成了吃闲饭的太太。骂天扯地,直吓得两只大白鹅满院里咯啦咯啦地乱叫。冯贵堂再也睡不下去,猛抬头想起大街上为朱庆偷瓜的事情还在等着他。一骨碌爬起身来,喊珍儿取出漂白裤褂,扎上黑腿带,穿上黑缎鞋,洗完脸,拿起洋伞就上街。

冯贵堂长成个胖壮人:高个子,大眼睛,浓黑浓黑的两撇大八字胡子,推着大背头。他睡眼蒙眬,手捋着胡子,由里院走到外院,再由外院走到场院。冯老兰死后,他把祖爷几百年留下来的那处旧庄户一股脑儿都拆了,盖起一座青砖房舍。里院是四合子平房,泥鳅瓦檐。外院是四合平房挂垛口。场院临街,青砖卧垒,房檐上画着清水池塘。他走出饱暖的宅舍,迎着太阳打了个喷嚏,迈着方子步,一步一步地走上大街。

今天锁井镇大集,赶集的人来来往往。冯贵堂一进聚源号,冯雅斋忙站起来打招呼。他是晚一辈的人,看起来比冯贵堂小二十岁。瘦长脸型,白净子,推着平头,穿着浅色大褂,是个翩翩少年。山西人齐掌柜,见今天老东家们上了街,先泡上包好茶叶,再拿两包大翠鸟香烟搁在桌子上,随手打开收音机,听物价报告。

冯贵堂皱起眉头,抽着烟说:"咦!正赶上棉价暴落,甩不出手去,光是这栈租就花老鼻子了!"

齐掌柜搂起大肚子,两只手八个手指头一上一下地敲着圆鼓鼓的肚皮,酸溜溜地说:"这做买卖有赔有赚!"说着又眉开眼笑了。他穿一身紫花夏布衣裳,黑腿带扎得紧紧的。肚子大,两头尖,身型像个枣核儿。

冯贵堂想起眼前的棉花市价,很觉焦心。多少年来的经验:秋天收进棉花,冬天轧出穰子,到了春天棉价上涨的时候,扎包运到天津,洋钱就到手了。今年春天,棉价却下跌,这注"孤丁"算是没压住。他左思右想,想不出是什么道理。他走过去问雅斋:"最近阅轩有信吗?"他昂起头,想从军事行动上找出这棉价暴落的原因。多少年来,市价波动往往是受战乱的影响。

冯雅斋低下头,在屋里踱来踱去,说:"前几天倒是来了封信,说国防吃紧,冀察政委会下了命令,要在咱这地方修筑工事、安粮台、办守望,可不知道是对付哪一边?"说着有些惊惶的颜色。

冯雅斋这么一说,正碰着冯贵堂的心事。他大发议论:"可,对付哪一边?这日本人风头是硬,'九·一八'攻占了满洲,'一·二八'大战上海。冯玉祥在张家口兴兵抗日被蒋先生打散了。殷汝耕和日本人勾勾扯扯,华北大半河山就棋成残局呀!这几年,日本的商业进攻也真不善;去年白糖进口,一块钱十斤,打垮了中国的蔗糖,夺了华北市场。人造丝,在北京、天津大街上摆了一街两巷,一块钱买到一丈二三尺麻布,把高阳布顶得也不轻!"他低头沉思,又抬起头来说,"咱乡村里出现了很多南腔北调的小商小贩,说是日本的特务。"

齐掌柜说:"听说北平天津学生的抗日救亡运动又闹起来了。"

冯雅斋说:"那能顶得了什么事?'一二·九''一二·一六'北京的学生们闹得多凶,也挡不住日本人的飞机大炮。这中国人也真算是孬种!怪事!去年就听得说西安事变的时候,共产党主张不杀蒋介石,国共又要合作了?"

齐掌柜自觉对中日战局很有研究,听议论起打仗,得意地扬起他肥肉臃肿的脖颈,说:"长城各口抗战失败,冯玉祥张垣兴兵不果,吉鸿昌被中央枪毙,也无法进行抗日了,学生们只有上山读书……唉!中国没有能人了啊!眼看日军就要大战中原哪!"

冯贵堂连连摇头说:"可别打仗,可别打仗,一打仗就做不成买卖了。不能来个南北合?什么蒋介石宋哲元,什么中国人外国人,还不是一样?对老百姓来说,无非是谁来了给谁纳粮。"冯贵堂过了几年的乡村生活,当了几年乡绅,把他的学生生活完全丢光了,放弃了他的改良主义。变成了一种新的性格,只要睁着一个眼合着一个眼地能把钱赚到手里,什么事情也干得出来,也有人说他成了流氓作风。

齐掌柜扬着脖子,眯着眼睛说:"这几年就是勉强着干!看吧,直奉战、北伐战、冯玉祥倒戈……就是这北伐战争,把铺子糟蹋得凶,甚物抢了个净光!"他扳起指头说着,嘴里直喷唾沫星子。在他们认为,可怕的是战争对经商的威胁。他是山西人,年幼的时候,跟着祖父来到这一方。祖父是钱号的掌柜,父亲给东家经营染坊,他却学会了经营杂货铺子。成年价省吃俭用,等到年关要上账来,就搭起帮,把挣来的银钱带回家乡去。这就是当时经济、金融界的山西帮。

正说着,刘二卯和李德才走进来。为着迎接一桩喜事,李德才新刮了脸,黄瘦的脸上曲皱得像核桃皮。民国变法,他也没舍得剪了辫子,后来看人们都成了光头和尚,才剪去半截,落下个小麻刷子。他进门先垂手鞠了个大躬,说:"对不住,您先到了!"

冯雅斋碰面就问:"朱庆偷瓜的事怎么办了?"

刘二卯说:"这点小事,还用得着……"

李德才也说:"可不是,这还用得着动气生?"

冯贵堂一听,拍着屁股暴躁起来,说:"刘二卯!你怎么这么不明白?朱庆,他偷了我的瓜,今天我就叫他摆席赔罪。朱家头,自从有朱老巩的时候就掉蛋。民国十五年,组织告冤状,二十一年加入共匪叛乱。咱想,小户人家,何必为仇。这些庄稼人,走遍天下,也无非为着端个饭碗。因此,我收留了朱家年幼的人们,扛个长活吃饭。嘿嘿!他们匪心不死!"

李德才看冯贵堂出气很粗,不知从什么地方升起一股火头,也拍着屁股蛋子说:"当然是!"

刘二卯眯着眼睛,看了看李德才,笑了笑说:"我看,还是两头都过得去,芥子大的事,还用得着动干戈?"他眨着眼睛说着,真的想把这件事情缓和下来,大事化小,小事化无,免得成天价磨牙,耽搁工夫。再说时局不静,说不定严运涛和严江涛一回来,这官司还不算完。那几年的苦头,他吃够了,不愿再蹚深水。

李德才左手倒背在背后,用右手的食指戳着地说:"这是当然之理,朱庆他偷了咱的瓜,理当叫他认罪赔席!"一句话没说完,他又喘起气来。嗓子眼里那股痰,哈喽哈喽地转悠起来。

刘二卯着急说:"朱庆赔了席谁出钱?大暴动以后他爹死了,剩下光棍汉一条,除非把他娘给卖了!"

李德才咧起嘴说:"看你真糊涂,这还不明白?朱庆拿得出钱?咱好歹弄两桌酒席吃喝吃喝,压压这个场面就算了。年下村公所里派账,不管怎么破在账上。咱就是为的压压这股邪气,只要是朱庆应名请客赔罪,这贼赃就算栽定了,些许点钱,东家还在乎这个?"

冯雅斋会意地轻轻一笑,说:"还是秀才心上路数多!"

刘二卯和李德才安排好这头,迈步走到四合号。朱老忠、朱老明、庆儿娘在那里等着,单看狗嘴里吐出什么来。刘二卯和李德才走进去。刘二卯抢先一步一把抓住朱老忠的手,在墙角边说了几句小话。朱老忠猛地红起脖子脸,响亮地说:"这么着,这事完不了,多少年来,冯贵堂私刑吊打,私设公堂,他犯什么法?别看他家是有名的刀笔,我朱老忠背上半笆斗小米,就跟他进城打官司。来吧,这摆席请客的不是朱庆,倒是冯贵堂!"

李德才听他说,连忙走上去,捂住朱老忠的嘴,说:"我那天爷!可别这么说,叫冯大爷听见了,还完得了事?"

朱老忠提高嗓门,说:"怎么,非把我朱家门里摁得嘴啃了泥,才算完得了事?你看吧!一个寡妇人家,守着两个孩子过日子,单等庆儿做活挣了钱来,才能买米下锅。不分青红皂白,把人打成个稀烂!"他把两手拍得呱呱地响,说:"看看还有王法吗?"

说到这里,朱老明扬起头来,翻着无光的眼睛,拿起拐棍敲着桌子,咬紧牙关狠狠地说:"白打了人不行,就得叫冯家大院认罪摆席!"一边说着,眼里流下泪,嘴角打着哆嗦。

李德才把两扇薄薄的嘴唇,咧到后脑瓜勺儿上,假装悲天悯人的样子,无可如何地说:"我那不看势头的兄弟们,光这么说,完得了事吗?咦!这么办吧,朱庆出个名儿,花钱多少,俺老哥儿俩兜起来。米已成粥,又有什么办法呢?"

朱老忠低下头,看着两只脚尖,半天才说:"你说的那完不了……"

李德才气呼呼地跺脚连声:"你朱家的事,可真难办呀!光出个名儿,俩肩膀扛着个嘴,吃顿酒席,还说长道短。"说着,扭头向外走,走到门口觉得淡然无味,又转过身来,左手撑在腰里,掂着右掌说:"常言说,'瓜田不纳履,李下不正冠',事情到了这个节骨眼上,可也就难说了。"说完两个人就气冲冲地走了。

话说到这里,就算说到家了。刘二卯和李德才一心投井下石,要朱老忠和朱老明低头认罪。朱老忠说什么也不干,他觉得这么办了,对不起党,他不能出卖庆儿娘几个。事情僵到这里,朱老忠觉得头晕脑涨,心上一阵寒冷,就叫了朱老明、庆儿娘从四合号走出来。

当夜,朱老忠来到村北大柏树坟里,一进朱老明的小屋,朱老忠就说:"大哥!大哥!我们怎么办,我实在觉得辱没得慌,实在忍不下去。"

朱老明说:"兄弟!咱慢慢想想,我们应该怎么办。五年了,我们不见党的面,听不见贾老师的消息,不知形势有什么变化。要不,我们拿起刀来,跟他们干了吧!左右是这样一幅子买卖了。"

朱老忠说:"不,大哥!屈辱事小,革命事大,我们肩膀上责任是沉重的。"

朱老明说:"那可怎么办哩?事情到了这个节骨眼上,不跟他拼,就得请他酒席。"

朱老忠说:"拼了又怎么办哩?一拼之后,就得携家逃难,大家拔锅卷席,男女老幼一齐离开锁井,到蒙古草原上去开荒种地,要不然就得下关东……"这句话还没有说完,那老年人的眼泪,顺着鼻子流下来。他想起年幼时候走关东所受的冻饿之苦,他实在不愿再离开家乡。

朱老明眼上也流下泪花儿,说:"兄弟!依我说咱宁自离开这地方,也不请他客!我觉得这是丢人现眼。要不咱就得受他的捏,咱好比是一块泥,他捏咱是个'圆'就是个圆,他捏咱是个'扁'咱就是个扁?"

朱老忠说:"是呀!目前形势是这样,不这样就不能在这地方过下去。咱们等着听到党的消息,见到江涛,从长打算吧!"

两个人说到这里,又是一阵长长的寂寞,在黑暗的小屋子里,谁也不再说什么。朱老忠把烟袋噙在嘴里,烟锅里的火星渐渐地熄了。他想:自从大暴动以后,为了所有暴动家属的利益,他和冯贵堂立下协定,把二贵和庆儿霸在冯家大院里,扛长活,家属们才敢回家过日子。自此以后,他再也抬不起头来,整天在园里做活,坐在院里捶布石上抽烟。他再不到锁井大街上去走动,不到人群里去,他过的是多见树木少见人的生活。他教育孩子们,不要忘了大暴动失败的屈辱,不要忘了朱老星是怎么牺牲的。如今为了庆儿的事,这穷苦人家的事情,他又不得不屈辱于人了。小屋子经过几年风雨的淋洒,已经破烂不堪了。几件破旧家具落上大厚的灰尘,炕席上也封着大厚的尘土,两件破棉衣裳堆在墙角里,门外大风吹得树林嗖嗖响着。

第二天,朱老忠找到李德才,答应应名请客,酒席设在鸿兴馆。

在鸿兴馆柜房里摆开两张朱漆圆桌。掌勺的把式,平时施展不开手艺,今天系上白围裙,袖子揎到胳膊肘上,小勺碰着大勺嘎嘎地响着。热气腾腾从高灶上冒起,满街筒子飘着油炒的香味。跑堂的伙计,见冯贵堂和冯雅斋走进来,破开尖嗓子逢迎着:"冯爷到了!"伙计们肩上搭着白布巾,小跑蹓丢儿跑过来,安排座位、斟茶、点烟,手脚不停地忙碌着。啊呀呀,真是热闹!

刘二卯看人客到齐,支拨着伙计们,用朱红的条盘端上菜来,扬起他油荤荤亮光光的胖脑袋,手擎酒壶,轮流斟酒,兴高采烈地说:"只要我刘二卯管着村乡里的事,这案子起不了!来吧,众位赏我个脸面,喝一盅!"

刘二卯、冯贵堂、冯雅斋、李德才、众乡绅们一起举杯喝酒。

李德才几标烧酒落肚,烧焦了心肝,迷迷糊糊地说:"来吧!祝贺族长老人家结实,众位也赏我个脸吧!"他把酒杯举过头顶,扬起脖子来,咕嗒地灌进嘴里。

喝着酒,又端上鸡、鱼、肘、肉……菜可多哩!听人们说小话儿,今天的酒席,比乡村里嫁姑娘摆的大席还要强几倍,比"点主"的礼教先生们吃的还好多哩!这班人在荤馆里吃得肚满肠肥,大街上飘过一阵冷风,不知道从什么人的嘴里,从哪个黑暗的角落里,传出寒森森的流言。说:"朱庆扒了冯家大院的瓜,正在鸿兴荤馆摆席,请客赔罪哩!"

朱老忠觉得浑身酸软,不愿听鸿兴馆传出的、吆五喝六的猜拳声,一步一步走回来。他想:无论怎么样吧,庆儿的事情算是过去了,眼看麦子快熟,该收拾麦场,割麦打麦了。下坡走进苇塘,一阵阴森的冷气扑在他火热的身上,觉得浑身凉爽,不由得骄傲地笑了说:"一辈子大江大海都闯过来,小小的河沟还翻得了船?"

走进房屋,刚坐在炕沿上,出了长长一口气,抽出烟袋打火抽烟,猛听得有拐杖声,戳着地走进大门,立在窗台跟前说:"老大!老大!今日个吃的酒席,可是谁掏钱?"

朱老忠听得质问,像铁锤击在他的头顶上,顿时目瞪口呆了。耳朵里嗡嗡怪叫起来,失神地怔住,呆了半天才说:"是刘二卯和李德才!"

朱老明焦黄了脸,战战兢兢走进来,举起拐杖敲着炕沿砖,恨恨地说:"哪,怎么大集上谣传,说庆儿扒了冯家大院的瓜,在鸿兴馆摆席请客呢?"

朱老忠被老同志一逼问,又感到办事不当了。几年来为了"暴动失败"和"阶级压迫"带来的"屈辱",如同箭镞刺着他的心。他瞪开眼睛,举起两手,在大腿上重重地拍了两下。说:"大哥!我错了,我一时不慎,钻了他们的圈套,失败了!"

朱老明听得说,急得跳起脚来,趴在炕席上,呜呜地大哭起来。朱老忠觉得实在惭愧,他虽然上了几岁年纪,但自幼耿直、倔强。自从高蠡游击战争失败,他把这口气咽进肚子里,扎挣着转入地下,领导附近的一些同志们站稳立场进行斗争。当刘二卯和李德才以中间人的身份,提出条件说合的时候,他又想到:打起官司来要花钱,花钱就要去地卖房,会更加使同志们陷进贫穷的泥潭。相反,按照刘二卯和李德才的说法,退一步,神不知鬼不觉地把事情过去,请客的钱并不从庆儿手里拿出来。想不到,冯贵堂暗地里设下圈套,用阴谋手段赢得了斗争的胜利。庆儿被敌人栽赃诬害,政治上赔了本钱,说不出有多么难过。斗争又失败了,他着实痛苦,像有小猫爪子抓他的心。他垂着两手,木鸡一样站着,抽一袋烟的工夫,转念一想:"成事在人,要向前看,走着瞧!"心眼里又豁亮起来,眼泪洗过了的年老的心,像雨后的庄稼一样清新。他挺了挺胸膛直起身子说:"大哥,又中了狗日们的计,失败了。走,咱们进城,江涛出狱了,刚刚回到县里,他一定肯帮咱们翻过身来。再说,五年了,我们没有党的领导,苦啊,闷啊,没有党的领导,不知道形势的发展,我们就不会斗争啊!"

朱老明听得说江涛来到县里,耳朵里嗡地响起来,就像天上打了个响雷,凹陷的眼洞里扑碌碌地滚出泪珠来。年老的曲皱的嘴唇,滴零零地抖着向两方延长,他说:"那可就好多了,说不定他就会来看看老同志们。我们对党比对亲爹亲娘还亲,对同志们比对亲兄弟还亲。不论凶年饥岁,多么艰难;飞签火票,多么危急,五年来费尽了心血,拼着死命维护!可是恐怖一来,枉自有站稳脚跟进行斗争的决心,没有领导怎么能胜利?"他长叹一气,躺在炕席上。

朱老忠看了朱老明痛苦的样子,两手叉在腰里,摇摇胸膛说:"大哥,你怎么这么说?"

朱老明流下两行热泪,拍着巴掌说:"我只怕冯贵堂狗日的卡住咱们的脖子,治咱的死罪哟!"

朱老忠一听,左手一把扯开衣襟,右手拍红了胸膛,说:"走,走,走,一不做,二不休,干到底!"

朱老明听了这句话,他敞开两只手,浑身打着哆嗦,一步一步摸到堂屋神龛底下趴在神柜上。两只泪眼,不转睛地向着神龛,慢慢地跪下去,拍着神桌说:"贾老师!老同志们呀!要是你们还在人间,睁开眼睛看看朱老明和朱老忠吧!我们是永远站定脚跟,向阶级敌人进行斗争呀!可是,我们又临到困难,遇上大灾大难了呀！"

说着，他一时头晕，瘫软在神桌底下。立时他的脑海里闪出一面血染的大旗，飘在他的眼前，贾老师带着暴动的队伍迎面走来……

贵他娘和金华，正在西屋里择菜，开始听着老哥俩在谈着党的问题，不好走过来问。最后，听得不是平常的声音，放下菜跑过来，看见朱老明躺在堂屋里，一动也不动，伸手在他的鼻子上一摸，已经把气闭住。贵他娘慌忙喊着："忙来看看，忙来看看，他怎么没有气了？"

金华也喊："哟！大伯咽了气了！"

朱老忠抱起朱老明，说："大哥！大哥！你消消气儿，嗯？兄弟听你的话，干，跟他们干到底！"

金华给明大伯搥着背，贵他娘给他捏着脖子，腿脚慢慢又活软过来，有一丝丝凉气，从鼻孔里透出，发出微弱的叹声，眼窝里滚出泪珠说："咳！运涛！江涛！你们快回来吧！"

朱老忠说："不，我们还不算完。普天下只要有穷人，共产党就不算完，如今蒋介石抱不抵抗主义，日本鬼子又来了，咱一定要干到底！"

朱老明听得说"要干到底"，慢慢睁了睁眼睛，伸出手来摸了摸周围的人们说："干……跟他们干，朱老明死不了就不会甘心！"他又伸出手摸着朱老忠的脸，朱老忠说："大哥！好好保住身子骨，我们就是日本鬼子和冯贵堂拿不败的对手。只要朱老忠有口气，永远跟他们为敌，我就是怕年代远了，老同志不是坐牢就是被害，将来缺了帮手。"

金华和贵他娘把朱老明抬到炕头上，贵他娘坐在朱老明的头前，不住地给老人身上搓搓捏捏。她睁着善良的眼睛，尽看着远方，像站在崖边，望着无边的海水，也不说什么。她又想起大贵，大贵拉着游击队进了山林，五年不见回来了。

天一擦黑,朱老忠饮了牛,筛上草,就又顺着村后那条小道去找涛他娘,她一个人,孤苦伶仃地在吃饭。见朱老忠走进来,忙起身让座,搬过一个草蒲团,说:"大哥,你坐下。"说着,她把两手拉住门上的吊吊儿,弯着腰站着。

朱老忠问她:"你的眼,还不好?"

江涛娘说:"不好!"她扯起衣襟,不住地擦着眼角。她的眼睛红红的,流着眼泪。一窝白发在头上蓬松着,风一吹飘飘摆动。

朱老忠说:"干什么,窜那么大火?"

涛他娘笑了笑,说:"想儿想得呀!"

朱老忠说:"这就不想了,听说来到你的跟前了,是真是假?"

涛他娘噗地笑了,指了指朱老忠说:"你还不是一样。"

朱老忠说:"都是为儿女们操心哪!"

涛他娘:"江涛来了,把工作安排安排,就该来看咱们。可是,这么多日子了他还不来。"朱老忠说:"自己孩子,还不知道他的心思,他不会把咱们忘了。"涛他娘说:"也得等得起呀,恨不得一眨眼就看见他。"

三

"双十二"事变以后,中共中央通过两个有力的人物,迫使蒋介石接受了抗日和释放政治犯的条件。严萍奔走保定北平之间好几趟,请马老将军写了信,把这批被押的政治犯从监狱里要出来。组织上派江涛回到县城,做代理县委书记的工作,整理大暴动以后遗留下的问题,重建农村党的堡垒,同时着手建军、建政,积蓄力量,准备迎击日寇的进攻。就在这年的春天,严江涛托校长吴良栋找到个职业,作为掩护,回到母校教书。故乡的土地上,还飞腾着恐怖的硝烟,老战友们失散了,农民们还挣扎在封建势力的脚下,过着穷愁的日子。

江涛回到母校教书,住在贾老师住过的那间房子里。一天下午,他正隔着窗子看孩子们在操场上打球,单调的球声,引起他深远的回忆。他伸手打了个舒展,坐在椅子上,吸了一口长烟,把烟气吐出去。细致的烟纹,曲曲变化,蓬松开来升到屋顶。吸着烟,他拿起笔来,在纸上挥了一幅大画。画了一只雄劲的右手握着一支火把,熊熊的火焰在火把上燃烧着。在那长长的铁栏岁月中他学会了吸烟、画画,又读了《水浒传》、《三国演义》……很多古典文学著作。

窗前的马荣花又开了。远方,古老的城头上,有几卷白云轻轻移动。他凝视着高远的蓝天,不禁又想起了贾老师。自从贾老师走后,至今没有音讯。有人说他出国了,到苏联去学习。有人说,兴许关在哪个监狱里,割断了与外界的联系。经过白色恐怖的年月,一个革命者的生死,是很难推测的。

看看没有人来,他关好窗户,插上门子,掀开椅子底下一块方砖,从小地窖里取出没写完的蜡纸和文件,趴在桌子上,刻写起蝇头小字。时局发展得这样快,他想抢时间写完《游击战术讲义》,快印出来,送到同志们手里,好从思想上准备建设抗日武装,应付民族敌人的进攻。猛可里听到有人叫门,他屏住气,睁大眼睛望了望门外,又从容地把蜡纸和文件放回小地窖里,盖好方砖,把门开了个小缝,问:"是谁?"一看,是工友在门外站着。工友告诉他:有两个老人来看他。立时,他觉得精神愉快,扫了地,擦了桌子,又打发工友上街去买几样酒菜。他想一定是忠大伯和明大伯。老同志们,多少年里同生死,共患难,在工作上卖了多大力气。五年不见,今天来了,不能慢待他们。

自从回到县里,除了给孩子们上课,还要走访城里的和围城附近的老战友们,接待他们的来访,和他们攀谈当年白色恐怖中经过的故事。每次都是用欢笑迎接他们,再用欢笑送他们出门。他本想工作安排就绪以后,再回家去看忠大伯、明大伯和母亲。没想到忠大伯、明大伯倒来找他了。

他把蓝布长衫舒展了一下,走出去接他们,离远一看果真是两位老人。忠大伯精神矍铄,肩上扛着把锃明彻亮的小铁锨。自从大暴动以来,朱老忠走动离不开这把小铁锨,做活的时候,使它掘土锄粪;走起道儿来,既当拐棍又是武器。他穿着双梁鞋子,挽着失明的老明大伯,一步一步走进来。江涛把脚一跺,赶忙哈哈笑着走上去迎接他们。

朱老忠看见江涛,早已敞开响亮的嗓音,喊:"江涛!孩子,我们来看你了!"喊着,叫着,说着,笑着,走到跟前仔细打量了他一番。他长高了,脸上长了胡髭。这个当年曾是红光满面、默默寡言的青年人,学得又说又笑了。三人相对站着,老人眼圈一红,脸上发起烧来。

江涛走上去腼腆笑着说:"忠大伯,你来了!"又攥起朱老明的手说:"明大伯!你老也来了!"

朱老忠也笑哈哈地说:"我们来了,来看你了!"他抓起江涛的手,又把江涛的手放在朱老明的手里,说:"大哥,这就是江涛的手,你快来摸摸吧!"

朱老明向前紧走了两步,握住江涛的手,说:"江涛!孩子!我有几年听不见你的声音了?"他昂起头,掐指计算,不禁对这绵长的岁月,抱无限的感慨:"啊!……"他悲叹着:"好长的年月呀……"说着,扑簌簌地掉下眼泪来。

朱老忠不愿叫他们的会见沉闷下去,扎挣着精神响亮地说:"这也难怪,要紧的事多得多,哪能都顾得到。"又对江涛说:"这是你老明大伯,还认得不?"

江涛说:"老明大伯,天塌了地陷了,我也忘不了他!"他挽起明大伯的手,慢慢走进他的小屋子,请明大伯坐在靠椅上。

将是芒种时节,护城河里有新起的稀落的蛙声。夕阳的残红收起了,天上浮出美丽的彩霞。马荣花的叶子合拢了,等着夜暗从天上降下。江涛把窗户打开,迎着晚霞,请老人们喝新泡的茶,茶香在满屋子飘着。他说:"想不到你们今天来,才来到学校,有些忙乱。要不,早就回去看你们了!"

朱老忠说:"是呀,我们也早想你了。老星哥的儿子,庆儿挨了冤枉打,我们来找你了。"他说着,用粗布手巾擦着潮湿的睫毛。"庆儿正跟着班子耪地,冯家护院的把他抓回来,吊在大槐树上,说扒了他的瓜,不分青红皂白,打了个稀烂。人受了委屈,还落了个请酒赔罪,我们来找你给我们撑腰做主。我们又要起斗争了,斗争到底!"

江涛看老人们很是悲伤,赶紧安慰着:"大伯!不要流泪,要流嘛,该流泪的事情可是多着哩!来,几年不见,今天咱们说说心里话儿,饭还没有吃吧!"他不愿叫老人们过分悲痛,想把话头岔开去。

朱老明挺起脖颈,冷不丁地从椅子上站起来,说:"我吃了酒席呀!俗语说,'吃一个席,饱一集。'晚晌饭可以不吃了!咳!白面饼裹手指头,自己咬自己,谁疼谁知道。我们一定要起斗争,脱了裤子押了袄也得干!"

朱老忠也说:"非干不行!"

江涛说:"消消气儿,镇静镇静,坐下来慢慢谈谈,现在还不能斗。"

朱老明问:"不能斗?"

江涛说:"不能斗!"

朱老明急躁得跳起来说:"为什么不能斗?"

江涛看两位老人很是激愤,谨慎地把他们劝住,眼睛闪着光亮,说:"为什么不能斗,我来给你们说说,目前还是'衙门口朝南开,有理无钱难进来。'印把子还在人家手里掌着,官是人家做着。你想,大伯!方圆百里,谁也知道,朱老明连告三状,胆大包天,敢和冯老兰把官司打到大理院里。这个风声嚷动了,可是,官司打输了。为什么不打赢呢?斗争方式不对头嘛!合法斗争是需要的,用在那个关键上,就显得不合辙了……"江涛捏起一支烟递给忠大伯,又捏起一支划火吸着,说:"一九三五年,中国和日本有个'何梅协定',国民党部队从华北撤退了,趁这个机会,咱们不要惊动他们,把他们蒙在鼓里,在地下埋头苦干,秘密发展,蓄积力量。高蠡游击战争以后,封建势力认为他们的镇压解决了问题,麻痹了。趁日本鬼子还没有来,我们要抓紧时机,在乡村里,把广大农民组织起来。以农村包围城市,人多势力大,单等时机一到,我们就又要起来夺取政权。到了那时候,广大农民阶级就翻过身来了。放弃这条道路,兀的和敌人闹起斗争来,暴露力量过早,对抗日救亡运动是不利的。目前形势肯定了现在还不是闹斗争的时候,要组织群众,发动群众,在群众运动里解决问题。"他做了几年工作,经过几次惊天动地的大事变,又过了几年的监狱生活,使他体会到:革命是艰辛的,工作是曲折的。一碰上问题,他就反复考虑,过细研究,一点也不敢粗率。他明白决定一个政策和策略的时候,必须根据主观力量与客观力量,谨慎小心。他想:稍有粗心大意,会叫多少人打了饭碗,丧失多少战友。面对着阶级敌人和民族敌人,不能不谨慎,不能不细致地深入工作……

朱老忠愣怔着两只眼睛,细听江涛说话,越听,越觉甜蜜,越听,越觉得入味,越好听。看他说起话来,长圆的脸形,两只大眼睛闪着光亮。看着稔熟的模样,听着亲切的声调,就忘了愁苦,一下子又响亮地笑了。

江涛看天黑下来,关上窗子,点上一盏泡子明灯,灯光照得墙壁上亮橙橙的。他说:"大伯!你们来了,我很高兴。我早想见到你们,把党整顿起来,说干咱就又干起来了。"

朱老明说:"有这么几年听不到党的声音了,可是,我们也没歇着,一直站稳脚跟斗争过来。我早想找你们,可是,你们都在监狱里,上哪儿去找啊?我的眼睛呀,黑咕隆咚呀,好长的夜呀,度日如年呀!乡村里那些老同志们,都是夹着尾巴做人啊!"

朱老忠说:"好像熬灯油一样,好难过的岁月呀!你们在保定闹了学潮,我们又在村里闹起高蠡游击战争。二师学潮失败,游击战争也失败了。蒋介石认贼作父,一定是不抵抗主义,先剿共后抗日,到处飞签火票捉拿共产党,闹得家家鸡犬不宁。不是骨肉情长,谁还敢露面。你从那时候住起监狱,我们兢兢业业过了几年没有天日的生活。"

初夏的夜晚是静谧的,人们都睡着了。窗外大操场上,静悄悄没有人声。村上茂密的、深绿色的叶子,迎风摇曳。

离别多年的老战友,乍到一起,爱谈起革命的往事。谈起怎样走过艰难的道路。他们谈到大革命是怎样闹起来的,又是怎样失败的,反割头税运动是怎样胜利的。也谈了大革命的失败,运涛的入狱。谈了高蠡游击战争的失败,朱大贵、伍老拔和严志和上了山,直到如今没有消息。谈到那些为了高尚的理想,为了自由解放的人们,在游击战争以后悲惨的命运。谈着,谈着,老人们又流出眼泪,痛哭了。江涛到厨房里,端来几碗面。老人们吃着,谈着,是那样的悲愤。

朱老明吃着饭,眯瞪着眼睛,说:"听说红军离开老苏区长征了!我们就是这样失败了?"

江涛说:"毛主席、朱总司令、周副主席领着各路红军爬雪山过草地,长征二万五千里,到了陕北根据地,站住了脚跟了。"

朱老忠睁圆了眼睛,把桌子一拍,兴奋起来,说:"在陕北站住了脚跟?"

江涛说:"中央红军和陕北红军会师了,去年刘志丹将军曾率领红二十六军,东渡黄河,他要直取山西,东征太行山……"

朱老明一下子跳起来说:"东征太行?那不就到了咱们脚下?"

江涛说:"大名特区还举行了暴动,迎接刘志丹将军东征。可惜,都没有成功,要是成功了,我们这块地方,早就看见天日了。"

朱老明说:"长征成功了,是不该咱们失败,刮民党净宣传共产党成了洪杨之乱,看起来……"

江涛不等朱老明说完,说:"我们不会失败,总有翻身的一天。当时红军长征途中,前有埋伏,后有追兵。上有飞机,下有坦克和大炮。在困难的年月里,吃尽了草根树皮,打了无数次的仗,过了乌江天险,过了雪山草地,到了陕北根据地。自从'双十二'事变以后,共产党号召的抗日民族统一战线,得到全国人民的响应。红军将领不是石达开,共产党领导的革命不是洪杨之乱。遵义会议以后,中国红军换了毛主席的领导,黑夜里有了指路明灯,中国革命就要成功了……来,忠大伯!为了革命,为了牺牲了的同志们,干一盅吧!"他举起酒壶,连连敬着两位老人喝酒。

朱老忠端起一盅酒,仰头喝下,说:"革命有这样的好发展,我们还不知道哩!来,大侄子!为了毛主席、朱总司令、周副主席身子骨儿结实,来喝一盅吧!我老是盼望你们年轻的人活得结结实实,好和敌人碰两下子。我们这老头子们,闯过多少生死关头,为了革命活过来了,也来喝一盅。"他连连喝着酒。

江涛说:"大伯!趁你们还不老,形势好转了,你们就年轻了,身子骨就结实了。"说着,他也抬起头,喝下一杯酒。

朱老忠又抿了一气酒,拿起筷子动着菜说:"江涛,你学会跟大伯开玩笑了。"说着,他眯起眼睛盯着江涛。

江涛说:"不是我跟大伯们开玩笑。几千年来,我们生活在统治者眼皮底下,怎会不老得快?将来,天下是咱们自己的,你们就要返老还童了!"

说着,朱老忠又想起庆儿挨打的事,他说:"咳,说是说,笑是笑,我们是老了,不中用了!庆儿挨了打,结果落个请酒赔罪。你看,有理的事,办成没理的事,这还不是老没出息?我还是想和他们算这笔账。"

江涛说:"先做好了工作,什么问题都好解决了。"

朱老忠说:"当然,我们要听从党的领导。党在我们心里就是一面红旗,这红旗向东指,我们就向东冲。这红旗向西指,我们就向西冲,我们听从上级的指挥。"他又兴奋得流出眼泪说:"好,我们这算找着领导了,从今以后,我们要努力工作,盼望革命再闹起来!"说着,朱老忠眉开眼笑,一眼看见江涛下巴上长上长长的胡子,他闭住嘴,生起气来,说:"江涛!明日个好好儿给我把这玩意儿剃了它!"他托起自己的胡子说:"还有我们呢,你年轻轻的,不能长这么长的胡子。到了你们驾辕拉梢的时候,得出把子力气,拉一阵子套才行,不能卖老!"

江涛听了忠大伯的话,眯眯笑着,说:"大伯!你说得对,自从'九·一八'事变以来,日本鬼子侵占中国,坏事变成好事,调动了广大群众的积极性,革命低潮要过去了,高潮就要到来。"江涛用红军长征的精神,鼓励他们的革命情绪,用诚恳的态度、同志间的友爱,感动他们的阶级同情心。

金黄色的青年时代过去了,江涛那牡牛般的精神、革命的狂热、高傲的脾气、矜持的性格,都随着时光的流逝变得苍劲了。几年监狱生活磨折了他,面部苍老了些。变成一个好说好笑、好深思远虑的人。变成了一个共产主义的宣传鼓动的能手。经过多年锻炼,他成熟了。

老同志们长期隔离,初次见面总是觉得亲亲热热的。说起话来,浓厚的眉毛不住地纵动,大眼睛耀着喜人的光辉。老人们几年没吃过这么好吃的面,没喝过这么好喝的酒,今天开了肠胃,觉得消除了疲劳。当江涛到厨房去提水的时候,朱老忠走过去,拍拍朱老明的肩膀,悄悄地说:"看!怎么样?进步了,成了大人。看他那一张嘴,说得多么有理?"

朱老明说:"革命锻炼人快呀;十年河东,十年河西呀!比过去大不相同了!"

老人们抽着烟,激愤的心情,慢慢平静下来,愉快起来。在夏天的深夜里,他们侃侃地谈着,谈个通宵。这几颗种子,丢在肥沃的土地上,一接近温暖,经冬的茁壮的幼芽就要出土了。

朱老忠和朱老明,是有了名的坐折板凳熬干灯油的健谈家,多少年来,一谈起和冯老兰打官司,谈起革命的事,就没有完。他们不断地提出问题,和江涛攀谈着。有时悲痛,有时兴奋。他们对着这个感情上燃烧着烈火的青年人,把想说的话都说出来。谈着,谈着,邻家的公鸡叫了。从窗外流泻进一股白色的晨光,江涛开窗一看,说:"唔!天亮了!"

朱老忠说:"今天遇上知心人,谈起来就话长,更觉得这夏天的夜短了,我们要回去了。"

朱老忠背起他的小铁锨,走出来。工友带着惺松的睡眼开了门。江涛搀着朱老明走过冷清的街道,有人挑着筲去担水,牵着牛去饮牲口了。江涛引着两个老人,走过清晨的街道,走出城门,踏着那条小道,送朱老忠和朱老明走回去。

江涛、忠大伯和明大伯踏着麦田上光滑小径,一步一步走回去。东天边上飞起朵朵红云,照得忠大伯肩上的小铁锨,闪着耀眼的光亮,明明灭灭,闪闪明明,隐没在青翠的柳林里。东方滹沱河的梢头,鲜红圆大的太阳,冲出云层升起了。江涛倒背了手儿,在长堤上走着,他呼吸着麦子的香味,呼吸着故乡的潮湿的泥土的气息,嘴上不禁笑出来,轻轻念着:"革命的故乡,我又回到你的怀抱!"

四

东方,滹沱河的下梢,一个鲜红鲜红的圆大的太阳,冲出云朵升起来了,照着河面的流水,潋潋滟滟,五光十色。

朱老忠在头里走着,江涛搀着明大伯,在后头跟着。河滩麦田的小道上,阵阵麦香扑着鼻子。离开锁井镇几年了,今天回到故乡,使他异常的兴奋。

涉水过了河,就看见河堤上一行行白杨树的枝干,映着初升的太阳,发出雪白的光亮。河风吹着白杨树的叶子,嘀嘀响着。两只脚一踏上故乡的土地,江涛心头上就涌起一股股的热潮,心里暗暗说着:"故乡!故乡!我又回到你的怀抱!"

穿过大柳树林子,就是朱老忠的住宅。一进小门,朱老忠撒开愉快的嗓音,说:"贵他娘!贵他娘!你快出来看看,这是谁回来了?"

贵他娘正在灶膛门前做饭,听朱老忠高兴的声音很不寻常,慌忙走出来,站在台阶上,抬头一看,还是看不出来;等江涛走到台阶底下,又仔细一看,浓厚的眉毛很像志和,穿着黑布制服……贵他娘一下子出声高叫了:"咦!你是运涛?运涛回来了!"

金华正坐在炕上给孩子穿衣服,听说运涛回来,那只袖子还没有穿上,抱起孩子跑出来,喊了一声:"孩子他大爹回来了!"又指着孩子说:"叫!叫大爹!"

朱老忠哗哗笑了说:"光自把你高兴得糊涂了!"

朱老明也笑了说:"怎么不叫人高兴?"又说:"不是运涛,是江涛回来了!"

贵他娘一时手忙脚乱,走下台阶攥住江涛两只手说:"回来了,回来了,咱的人们回来了!快来吃饭!"两手拽着江涛,走进小屋。又拿把扫炕笤帚,扫扫炕沿,叫江涛坐下。

金华也凑过来,坐在旁边,逗着孩子说:"叫!叫叔叔!叔叔回来了!"

江涛拉过孩子,逗着玩儿,问:"孩子几岁了?叫什么名字?"

金华说:"你掰着手指头算吧,是闹暴动的第二年生的!"

贵他娘说:"老头子说叫他叫暴动!老明爷爷说,这个兵荒马乱的年头,怎么叫暴动?叫大家一听就知道,就叫文明点吧,叫起义。就叫起起义来了!"江涛说:"也不怕人家说?"朱老忠说:"怕,怕什么,脑袋都掖在腰里了!"

江涛把孩子放在炕沿上,上下左右看了个遍,冲着金华笑了说:"一点不差,就像大贵。"

金华听得说,喷地笑了,说:"那还差了,差一点儿,我就对不起你哥哥了!"说着,窗外大柳树上,喜鹊喳喳叫着。

朱老明听一家人高兴,坐在小柜上,睁圆眼睛,笑眯眯地说:"看今天的喜鹊迎门叫,就知道咱的人们要回来了,运涛要回来了,大贵也要回来了!"

朱老忠说:"先说他爹,志和兄弟快回来了,老拔兄弟也快回来了。"

金华听得说,抱起起义,在身上拍着,说:"爹快回来了,爹快回来了,杀鸡子……煮腊肉……"

贵他娘说:"别的先甭说,先吃饭吧!"说着,搬了小桌来,放在炕上。盛了岗尖一碗白高粱米饭,放在江涛面前,又盛了一碗放在明大伯面前。把筷子擦得干干净净,搁在江涛手里。

金华连忙放下起义,杀了半碗咸菜来。贵他娘说:"不行,光吃咸菜不行,我忙给江涛摊个鸡蛋吃!"说着,拿了个打糨糊勺子,倒上半下子黑油,在灶膛门口烧火摊了鸡蛋来,叫江涛吃。

明大伯吃着饭,笑了说:"光自江涛一回来,高兴得你们手忙脚乱。"金华说:"当然高兴,凡是锁井四十八村的穷人家没有不高兴的。"明大伯说:"咱们快吃,吃完了饭,好去看看涛他娘,老婆子为了运涛和江涛,为了志和早焦着心呢!"贵他娘说:"还有春兰,不知多么想运涛呢!"江涛听说春兰,他问:"她没有寻人儿?"贵他娘说:"你说的什么话?人家坚决着呢,除了运涛一个,不寻别的人!"江涛说:"看起来不是寻常女子!"明大伯连忙接上去说:"那就不用说了,墨里寻针呀!"

不等江涛吃完饭,明大伯说:"依我说不应该叫江涛在这里吃饭。"贵他娘说:"五六年不回来,不吃了饭去?"明大伯说:"你光说那个,涛他娘还在那里翘着脑袋等着呢!"贵他娘说:"那就不用说了,为她这两个儿,快把老婆子的眼泪熬干了!"明大伯听到这里,仰起头笑了说:"啊!五年,五年了啊!"

朱老明这么一说,江涛也就坐不住了,叫了朱老忠,一同离开忠大伯的小门,俩人一块往家走。走到春兰家小门,江涛两只脚迟疑住,朱老忠明白他的意思,悄悄地说:"还是先去看你娘吧!春兰也许在那里。"两个人走着房后头那条小路,一边走着,江涛心上千头万绪。他高兴的是住了几年监狱之后,毕竟回到革命的家乡;忧愁的是自从高蠡游击战争失败之后,还有很多人没有回来。几年了,运涛不在家,江涛也不在家,这条小道上长了很多野草,弄得半明不暗。既然走开了这条小道,老驴头也不好意思把它耕了,他年纪老了,也喜欢孩子了,老两口子守着这么一个闺女,也觉得女孩子的可贵了。老驴头多咱站在这条小道上,就仿佛恍恍惚惚看见运涛从小道那头走过来,他也想着走上去打个招呼,合了一下眼睛,睁眼一看,是"眼离"呢!

两个人一进小门,小院里扫得干干净净,好像有什么事情一样。朱老忠敞开嗓子喊了一声:"涛他娘!"涛他娘在屋里听得朱老忠的喊声,伸长了脖子答应了一声:"啊!大哥!"说着,两步迈作一步走出来,站在门口离远一看,朱老忠领着一个客人进来,她伸长了嗓音说:"谁呢?"

朱老忠说:"谁呀,光自你不认识了,江涛呗!"

涛他娘听说是江涛回来,咕咚地跪在地上,抬起两只手,说:"天哪!苍天!你可睁开眼了!"喊着,张开大嘴哇啦啦地哭起来。江涛快走几步抱起娘,涛他娘跪在地上,说什么也不起来。朱老忠跺脚连声说:"哭什么!哭什么!"江涛也说:"娘!娘!莫哭!莫哭了!"江涛把娘抱起来,走进屋里,坐在炕上。涛他娘哭声说:"我着实想你呀!"江涛说:"你想我,我这不是回来了吗?不要哭了!"

涛他娘听得说,抬起袖头子,擦了一下眼泪,睁开眼睛从上到下看了看江涛,说:"个子长高了,胡子也长出来了。"

朱老忠说:"二十多岁的人了,怎么不长胡子。"

涛他娘挽起江涛的袖子,说:"我看看,我看看监牢狱里的臭虫咬瘦你了没有?"

朱老忠说:"那个就不用说,臭虫是少不了!"

江涛说:"臭虫不少,也没把我咬怎么了。"说着,仔细看看屋子周围,拾掇得干干净净。他摸不清,爸爸不在家,是谁把房屋打整得这么整齐,江涛问:"是谁给你把房屋扫得这么干净?"

涛他娘说:"谁?春兰呗!冬天冷的时候,还搬来和我就伴儿,过了冬天才搬回来。她爹娘也老了,也是离不开她……"

正在说着,有人悄悄走进大门,说:"我来看看,是江涛回来了?"

江涛听得是春兰的声音,连忙走出去,站在堂屋里说:"我的家,我还不回来!"

春兰说:"光自在监狱里的时候,想家也回不来!"

江涛说:"几年不见,看俏得你!"五年过去了,江涛大了,春兰也成了大人,高高的个子,长手脚,长颐脸儿,颧骨上一片晕红。那条黝黑黝黑的大辫子,垂到膝盖上。

春兰说:"别人这么说,你也这么说我?你回来了?……"

江涛说:"我回来了……"

春兰说:"你回来了,你哥哥呢?"

江涛不防备春兰这么一问,一下子红了脸,笑了说:"你还没忘了他?"

春兰说:"我怎么能忘他?"一边说着,那只圆大的眼睛骨碌骨碌转着,由不得眼窝发红,眼边上湿润起来。说:"你就说说吧!你

39

是怎么出狱的?"

江涛又重复了一遍,说:"就是因为双十二事变,党中央通过这个事件迫使蒋介石订了两党合作,共同抗日……释放政治犯的协定,严萍请马老将军写了信,把我们要出来了……"

春兰不等江涛说完,说:"把你要出来了,要不出别人来?"

这时江涛才知道春兰有意见了,说:"住了几年监狱,外边的情况也不知道,还不知道他的情况呢!"

春兰说:"不能写个信打问打问?"

江涛出狱之后,紧着找组织,分配工作,前几天回到县里,今天才回到家来。几年过去了,还不知道运涛在监狱里的情况,现在谈起来,也觉得心上惭愧。

朱老忠在一旁看着,也觉得江涛为难,地隔千万里,怎么能一下子解决运涛的问题。可是春兰呢,年岁不小了,也长成身个儿。几年以来,媒人的脚碰破了她家的门槛,春兰一心不前走,要终身守着运涛过日子。谈到这里,朱老忠说:"你就甭说了,就说你跟运涛好得一个人儿似的,可运涛是他哥哥,没的就远了?想是时间紧,还没顾得这一码事。这么着吧!等过了麦熟,我再往济南去一趟,去看看他,你要是愿去,咱们俩一块去,就是离得远点儿。"春兰说:"隔一千里、一万里我也去。"

涛他娘也说:"谁的人儿谁不想呢?"

说实在话,自从参加大暴动以来,春兰的日子也不是好过的;老驴头被冯贵堂抄了家,江涛家里也被抄了,扫荡了个盆干碗净。老驴头带着春兰娘要饭吃,春兰住了几年亲戚家,才敢回到家来。时间像流水一样的过去,这院里爹娘老了,猫腰驼背的;那院里只剩下涛他娘一个人过日子,她黑下里还得和涛他娘就伴睡觉。家里剩下爹和娘两个人,她也不放心。涛他娘也老得挺快,大暴动过去不一年,就满脑袋白头发了。

朱老忠说:"天到晌午了,快做饭吧!"

涛他娘一听,抬了一下头,说:"咳!几年不回来……没什么吃的呀!"

朱老忠说:"几年不回来,是住了几年监牢狱,听说那住狱的人,净是吃棒子面窝窝头啃咸菜。"说着,走回家去,拿了几个腌鸡蛋来。春兰回去拿了一小瓢白面来。说:"我给你烙张饼吧!"

春兰抱柴禾做饭,熬小米粥,烙秋面饼。只烙了一张白面饼,叫江涛吃,江涛不吃;涛他娘也不吃,江涛拿给春兰说:"嫂子吃!"

春兰一听就火了,跳起来照着江涛的脊梁就是两拳,红着脸咯咯笑着,说:"说吧,左不是这么回子事了!这么些年,街面上人们说长道短,说的人出不了门儿,我也不听他们那个,肚里没病死不了人……"

朱老忠笑着说:"说得是,我们听他们那个?百人百姓,各有一根筋……"

小米稀饭、烙秋面饼、吃咸菜,本来是极其简单的饭菜,加上一把小葱,就有意思了。这也是贫苦人家常吃的。几个人吃着饭,江涛说:"吃了饭,我还得去看看老星婶子……"朱老忠不等他说完,瞪直眼睛说:"快去看看她吧!"朱老忠一说,春兰觉得心里难受,就装没有听见,只是低下头吃饭。

吃了饭,江涛要去看老星婶子,春兰说:"我领着你去!"朱老忠说:"走,一块去吧!"说着,几个人拿动脚步往外走。涛他娘说:"我也跟你们去吧,有这么几天不见她了,也怪想的。"说着,对上门,把门锁上,几个人一同走出大门,涛他娘又把大门关上。走着春兰他们常走的房后头那条小道,走向东锁井,来到冯老锡的场院里。庆儿一家就住在这里。

老星家里的,吃完了午饭,正在外屋刷锅洗碗,打扫屋子。听得有几个人走进院子,有人喊了一声:"我婶子在家吗?"老星家里的,立在屋门口,蹙着眼儿看了半天,老忠、涛他娘、春兰,她都知道,就是那个穿学生服的高个子男人,她认不出是谁,怔了半天,她不敢说话。朱老忠笑了说:"光自你不认识了?"老星家的还是怔着两只眼睛不说话。

春兰连忙走过去,说:"他是江涛,才从监狱里出来,来看你来了!"

老星家的,听说是江涛回来了,猛地迈开大步走出来,一把掳住江涛的袖子,张开大嘴哭起来:"我那孩子,亲人!你可回来了!"

老星家的一哭,涛他娘又哭起来,朱老忠由不得流下眼泪,春兰偷偷地抽泣。几个人走到屋里,春兰拿把笤帚扫了炕沿,叫江涛坐下。老星家的还是不住地号啕大哭,巧姑和庆儿也慢慢走进来哭着,抽抽咽咽地哭个不停。

老星家的一边哭着,扯着江涛的袖子说:"孩子,你知道不?你叔叔叫人家拿铡刀铡了!"朱老忠在一旁悄悄地说:"你别跟他说这个,别说这个……"自从高蠡暴动以来,江涛还不知道朱老星是被张福奎铡死的,人们怕他受刺激,也不跟他说。可是今天,老星家的一见了江涛,一来看他回来得不容易,二来是朱老星死的悲惨,就好像滹沱河上的千里堤决了口一样,哇哇地大哭起来,巧姑也哭,庆儿也哭,涛他娘也哭。正在哭着,贵他娘慌慌忙忙走进来,问:"这是为什么?这是为什么?"

朱老忠说:"见了亲人,想起冤家来了!"说着,贵他娘也哭起来了,江涛也抽抽咽咽地哭。朱老忠说:"别哭了,哭一会子,顶什么事?"江涛说:"我去看看我叔叔!"朱老忠说:"糊涂孩子,上哪里去看?"江涛说:"上咱朱家老坟上去。"贵他娘说:"哟!他要去祭坟。"朱老忠觉得这也是正理。朱老星是个好同志,慷慨汉子,有他在世的时候,把打短工来的钱帮助江涛去上学。如今朱老星冤屈死了,江涛当然忘不了朱老星的恩情。贵他娘也说:"这也是正理,住了几年监牢狱,这么几年不见人们的面,老星牺牲了,也该去祭奠祭奠……那就办点供献儿吧!"

老星家的听说江涛要去祭奠朱老星,也不哭了,说:"光说办供献,可也办得起呀!"朱老忠说:"我想想办法,咱们明日上午去吧!"大家在一起哭了一会子,说了一会子话,江涛要去看老拔婶子,由朱老忠领他去,别人就回去了。

朱老忠领着江涛,过了房后头那个大柳树林子,上了千里堤,踏着堤上那条明光小道,一直往东走。走到小顺他们门前,小栅栏关着,朱老忠把小栅栏推了几下,小栅栏上的铃子叮叮响着。一个女人拉长了声音,问了一声:"是谁呀?"是顺他娘的声音。

朱老忠也拉长了声音说:"是我呀!"

顺他娘正在炕上做活,听得喊声,伸长了脖子说:"是老忠大伯!"出溜下炕,扶着墙根走出来,还按老习惯,从墙角上露出半个脸看了看,说:"稀客到了!"说着,走下台阶去开门,开了锁,拉开栅栏,从上到下看了看江涛,还是不认得。朱老忠说:"光自你不认识。"

顺他娘又从上到下仔细打量了一番,说:"真的不认识!"

朱老忠嘻嘻笑着说:"我一说,你就认识了,江涛呗!"

顺他娘听说是江涛来了,一下子笑出来,说:"他弟兄们过去就不常上这院里来,光是听见说过,见的面不多,如今长成大人了,长了这么高的个子,更不认识了。还推着个平头,还是洋学生样……"

小顺正在小屋里做活,凿着木头,一只手拿着斧子,一只手拿着凿子,穿着个粗布小夹袄,抽着个小褡包。过去了五年,也长大成人了。笑哈哈地说:"我以为是谁呢,原来是涛哥回来了。这可好,先报咱们这大暴动的仇吧!弄得家败人亡呀!"

江涛说:"如今日本鬼子到了家门上,先说打鬼子!"

说着,顺他娘领着江涛和朱老忠走进小屋里。小屋里除了有几件新木器家具,空荡荡的,什么也没有。顺他娘拿起笤帚扫了炕沿,叫朱老忠和江涛坐下。顺他娘也坐在炕沿上,喘着气,还不住地咳嗽。江涛问:"婶子身体不好?怎么了。"顺他娘说:"怎么了,自幼住在这大村野外,受了风寒,喘,咳嗽……自从你叔叔跟着大贵他们上了山,心里不痛快,病上加病……"顺他娘自幼是个病身子骨儿,长得瘦眉窄骨的,如今头发也半白了。

江涛问:"冯贵堂抄了你的家吗?"

伍顺紧跟说:"抄了,他除了怕红军大队长,留点儿后景,别的人家都抄了个盆干碗净,这几年我才做了几件常使的家具。"

江涛问:"日子还过得去吗?"

伍顺说:"我爹上了山了,还有几件木做家具,使了点账,买点木头,做个小家小伙的。小囤在冯老锡院里扛个小活儿,挣碗饭吃呗!"

朱老忠插了一句:"有饭吃就行啊!"

伍顺儿说:"光等着江涛回来呢,不知道大贵哥、我爹他们什么时候回来……"

江涛说:"不用着急,时刻一到,我们的人们就都回来了。"顺他娘问了一句:"贾老师还能回来呗?"她这么一问,倒把江涛问住了。他后来在监狱里,有人传说:贾老师被捕了,叫他注意。又有人传说贾老师出国去了苏联。直到目前,还未听到准确消息,这句话江涛回答不出来。小顺在一边听着,也觉得怪不好受的。他说:"甭着急,江涛既然能回来,运涛也能回来。运涛要能回来,贾老师也能回来……"他话是这么说,那个时代,一个革命农民,不知道世界形势、国家大事,不过有一些朴素的阶级观念,根据他们的阶级感情,有一些革命的希望罢了。

朱老忠也说:"等着吧!形势一好转,我们的人们就都回来了。"

江涛考虑:自从一九三五年,"何梅协定"之后,国民党部和国民党的军队在华北撤退。一九三六年强迫蒋介石订下国共协定……释放政治犯……既然如此,运涛和贾老师就该有个消息了。

江涛说:"形势是好的,我们是有希望的!"

江涛陪着顺儿他娘说了一会子大暴动的话和大暴动以后的情况。朱老忠说:"明天江涛要上老星哥坟上看看,愿意去的,就跟上一块去,不愿意去的,也不勉强。"

伍顺说:"既然江涛要去,咱们能不去。"

说着,江涛和朱老忠一块走出来。这天晚上,朱老忠、朱老明、春兰、贵他娘、庆儿他娘、伍顺、小囤、二贵、庆儿、巧姑……东锁井的暴动户的人们,都聚在江涛他们小屋里说说笑笑,没有不高兴的。说着闲话,江涛把目前形势说了说。别人没说什么,庆儿说:"别的好说,杀人的仇,非报不可……"孩子们不服气,江涛也只有鼓励他们几句。

第二天早晨,朱老忠叫二贵和庆儿到冯老锡家借了食盒来。食盒一共有四层,朱老忠拿了两个大钵碗,一大碗小米占了一层,一大碗白面占了一层。摊了一碟鸡蛋,占了一层。烙了几个小火烧,占了一层。吃了早饭,庆儿和二贵把它抬到江涛家里。时间不长,贵他娘、庆儿他娘来了。不一会工夫,春兰来了。又等了一会,顺儿他娘和伍顺也来了。伍顺又叫了小囤来。今天,男孩子们都戴上孝帽,女人们都戴上孝条。朱老忠和江涛没有孝帽,叫涛他娘拿出一块黑布,扯个纱条缠在胳膊上。贵他娘说:"春兰还是没过门的闺女,不能带白。"涛他娘从墙上拿下一朵石榴花,插在春兰鬓角上。朱老忠说:"咱革命人家不兴烧纸,也别买烧纸了。"

江涛说:"不行,不烧纸,婶子大娘们心里不痛快!"又叫伍顺跑到西锁井买了黄表纸来。贵他娘用剪刀剪了一大串纸钱,搁在食盒顶上。

小囤和二贵抬上食盒,在头里走,人们在后头跟着。出了小门,上了门前头那条大堤,一直向东走去。今天是晴朗的日子,太阳高高照着,蓝蓝的天上,没有一朵云彩,东风吹来,麦田上一片青一片黄,卷起阵阵旋涡。下了大堤,又走了一截地就是朱家老坟;庄稼人的坟茔上没有特殊的点缀,没有石人,也没有石兽,坟前连个石碑也没有。坟地中间一棵杜梨树,周围长着一丛丛野生的树卜,有榆树也有柳树。坟茔的隙地上种着玉蜀,小苗儿也有一尺多高了。朱老忠悄悄地对江涛说:"咱们不哭,你行个三鞠躬礼就行了。"江涛说:"不行,婶子大娘们看着,不合礼法,不悦服。"

　　朱老星的坟头,本来不大,因为年年清明节暴动户们给他上坟,如今也成了个大坟头了。过去了五年,坟头上已经长出野草;去年的枯干了,今年又长出新的,长了满下子面条棵、醋家刘。坟顶上长出一大丛"黑老鸹喝喜酒",开出一串串的粉红色的喇叭花。

　　朱老忠把供献摆在坟前,江涛双腿跪下,老星家的拉住江涛的胳膊,说:"如今兴的新礼法,人死如灯灭,还跪他干什么?"江涛不起来,小顺、小囤、庆儿、二贵,扑通扑通地,就都跪下了。见孩子们都跪下,贵他娘、顺儿他娘、老星家的,也都跪下了。

　　朱老忠说:"江涛回来了,咱们今天祭老星哥是喜事,谁也不许哭。"说着,也跪在江涛一旁,把纸钱烧化了。

　　江涛跪得直挺挺,把两只手轻轻放在大腿上,嘴里轻轻念着:"老星大叔,今天侄儿回到家乡,来到您的坟前,大伯、大婶、兄弟们也都来看望您老人家。民国二十一年高蠡暴动,是英勇的行为,高蠡暴动的烈士们都是无产阶级的战士。你们为了反对蒋介石的'不抵抗主义',反对'攘外必先安内'政策,为迎接红军北上牺牲了,是光荣的。我们青年一代,要继承高蠡暴动的光荣传统,继续斗争!眼看日寇就到了我们的脚下,我们要发动一切愿意抗日的人们起来,共同抗日,反对汉奸卖国贼和不按统一战线原则办事的反动地主。抗日、革命人家的子孙们要代代繁荣,长明灯不灭,革命不息……"

　　这时,朱老忠把一串串地纸钱烧化在坟前,纸钱的灰烬迎风飘舞,好像一群黑色的蝴蝶。朱老忠站起身来,哈哈笑着说:"起来,起来吧!"听得朱大伯说,大家一齐起来。朱老忠说:"叫阶级敌人看着,我们不哭,我们要在老星哥坟前大笑三声!"朱老忠领头,人们哈哈大笑三声。江涛问庆儿:"你知道我们为什么大笑?"庆儿说:"共产党又回来了,叫我记住杀父之仇!"

五

　　天气一天比一天热起来。自从江涛来锁井看望乡亲们以后,朱老明嘴上总是笑模悠悠的。他常独自从腰带上摸下烟袋打火吸烟,抬起头看看天上。他的眼睛虽然看不见什么东西,可是按着旧日的习惯,他好像是看得见湛蓝的天色,看得见一缕缕的白色的游丝在阳光中发明发亮,看得见太阳的金色的光芒。夜晚,看得见银色的星群,橙色的月亮和月亮周遭白色的月润。到这工夫,他的脑子里会感到一阵迷离,说不清是在运用思想,还是在运用视力。这时,他的心上会有说不出的兴趣,他会高兴起来。

　　"芒种"到了,朱老忠外出打了几天短工,也无非场里地里,割麦打麦。晚上坐在庆儿家炕沿上,说些贴心置腹的话,希望庆儿的伤赶快养好了。麦熟一过,朱老忠找了朱老明,把二贵、庆儿、小顺、小囤、春兰这些年幼的人们,叫到自己家里,把江涛不同意立刻起斗争的事说了说。他听了江涛的话,改变了主张,一心一意叫庆儿到冯家去上工。朱老明也说:"去吧!我们不能放弃阵地。那大院里每年用十几个长工,还用很多短工,不能放弃这个工作。"庆儿一听,心上像拧了条绳儿,挺起脖颈说:"叔叔不是说罚了不打,打了不罚,下半年的活,这就算做了吗?"

　　朱老忠说:"那咱说,是我心里杜撰;这咱说,是上级的指示,革命不能感情用事,要坚持阵地。工作做不好,光赌气儿翻不过身来。我还听到越王勾践的故事,要卧薪尝胆哩!"

朱老明也说:"是呀!这是江涛的意思,如今贾老师不在了,我们就得听他的了。"

庆儿心里不通,慢吞吞地走回去,娘又在啰啰唣唣地说:"闹来闹去,当得了什么?没得吃,还得饿着肚子!"

她心里实在难过,朱老星死了,没给她留下一间房子、一垄地,只留给她两个孩子,靠着拾秋拣麦过日子。庆儿大了,又要革命,她心里实在不明白。庆儿听娘嘴里不住闲儿,走过去说:"这是老忠叔说的,江涛回来了,没的我们还不听他的?"说着,从锅里盛出一碗秫米粥,坐在门槛上喝着。

妹子巧姑,把脑袋钻在炕头里,抻起衣襟蒙上脸,无声地抽泣。

庆儿娘越发地生气,说:"听他的,他能给我饭吃?我来到你们朱家,多少年来不是容易,没吃没烧怎么活着。叫你好生扛活,我同意,没的等我老了,叫你们看着我饿死?"她说着,提起裉子襟抽抽搭搭地哭起来。

庆儿说:"饿不死你,看着!"

庆儿娘说:"看着?我看见了!想必是干了缺理的事,要不然,人家会吊你?打你?"

庆儿一听,直急得心上发抖,把碗在锅台上一蹾,跺跺脚说:"说吧!我不吃了!"听了娘的话,他又有些生气。

正是夏天,小屋里又阴暗又潮湿,里间屋土炕角里堆满了破衣裳,炕下放着两只破柜头,几件农器家具。除此以外,再也没有成用的东西了。庆儿吃完饭,躺在炕角里睡着。

孩子是娘身上割下来的肉啊!庆儿挨了打,娘说不出心上有多么难受。可是,这年月是死年月,去卖无路,借账无门,吃什么东西叫孩子养伤哩。庆儿躺在炕上,娘黑天白日围着炕转,她心上又焦躁又忧伤。正在这刻上,朱老忠端来半斗荞麦,说:"这是我留下的一点种子,等秋天遇上河水,在堤身里种的,现在也没有什么东西吃,就叫庆儿把它吃了吧!"忠大婶又拿来几个鸡蛋说:"这是我的鸡才下的,我想攒起来换点油盐,叫庆儿把它吃了吧!"就是这样过了几天,庆儿才把伤养好了。

庆儿自从落下草来,娘就没奶喂养他。吃着玉蜀糊糊长大起来,夜晚睡在娘身边,白天趴在车道沟里玩耍,在臭水坑里洗澡。大了背起筐在大道上拾粪球儿,在收割过的谷地上捡谷穗,这就是他儿童时代的生活。父亲死了,他被霸在冯家大院扛长工。因为童年吃不饱穿不暖,发育不好,长成一个又黑又瘦的干巴身子。在冯家做活,虽然辛苦,倒能吃上一碗饱饭。

在大恐怖的年月,庆儿亲手掩埋了父亲的尸首。因为父亲是共产党,是参加暴动的,在那年月,有时感到立在人群里也矮半截。不论什么时候,他一想起父亲,就吃不下饭,睡不着觉。耪地的时候,一弯腰就想起父亲,他会蹚坏了主人家的锄钩,甚至铲掉庄稼。浇园的时候,一拧辘轳想起父亲,他会把水斗子推到井里。晚上回去,瞅个冷不防毒死当家的狗,不叫它再咬人。平时不多见人,不多说话,两只眼瞳老是闪着黑色的光亮,骨碌骨碌地转着,像是在想着事儿。他的脾气越变成牛性子,越是孤僻了。上工去的头一天,娘给他浆洗了衣裳,把剩下来的一点荞麦面,擀了两碗过水面吃。娘心上还是七上八下,只怕冯贵堂不肯留下,工钱又退不出来,磨扇可就又压住手了。

娘在前面走,庆儿在后头跟着。走过苇塘上了坡不远,就到了冯家门前。自从冯贵堂当家,梢门角上拴上两只大黄狗,用铁链子系着,一见庆儿娘,以为是要饭吃的,瞪圆了眼睛,龇开嘴露出大牙,嗥嗥地叫着。庆儿走过去,把它吓住。庆儿娘向前走了两步又站住,想:这所青堂瓦舍的大宅院不是好进的,碰不对付当面会来个下马威。她站在梢门角上探进头去一看,冯大奶奶和冯贵堂正坐在大槐树底下歇凉。珍儿一面烧快壶,一面给大奶奶扇蒲扇。

正是槐花时节,一群群蜜蜂在槐树上叫着。大院里很静,好像没有一点声音。有几只大黄鸡在麦秸垛底下啄食儿,麦秸垛比树尖儿还高,像圆塔一样,在太阳下闪着光亮。

珍儿烧好了水,沏上茶叶,把金黄的茶水斟在碗里。当她斟着茶的时候,冯贵堂嘻嘻笑着说:"珍儿长成大闺女了,也该找个女婿了!"珍儿听了,耷拉下眼皮,也不哼声,羞得满脸通红。冯大奶奶眯着眼儿看了看冯贵堂,说:"你丫头家,搭致这么透秀干吗?老老实实过几年,我给你聘个好人家。要不啊,我可不定把你卖到什么地方去!"

珍儿心上直跳,脸上更加晕红起来,低下头,不知说什么好。这是大奶奶的老脾气,嘴里不数落人不过日子。自从珍儿到了冯家,听她骂街就像唱莲花落。冯大奶奶越发长得胖了,高身材、鼓眼睛,嘴里叼着一条绿玉嘴大烟袋,头上梳着个鸭子尾巴,走起路来一颠颤一颠颤的。这人能写字,会算账,过去帮着冯老兰操持家务,现在她当里家,冯贵堂当外家。

庆儿唬住狗,把娘向前一推,又退回去。娘撑持着身子,脸上堆起笑来,一步一步走上前去,说:"多日不见你老人家了,你看,这孩子他净惹老人家生气……"她看冯贵堂很不耐烦,眼珠子翻了她一下,她不敢再说下去,站在那里,进不是,退又不是。

冯大奶奶从上到下看了看她,说:"我看你这孩子两只眼睛睁得像黑豆核似的,光干些扒瓜掠枣的事……"

庆儿娘好像没有听见,又走上两步,笑着说:"可不是嘛,打狗还看主子!咱娘们老交情,我穷人家,就不谢称你了!"

冯大奶奶说:"谢什么,自从你们大伙闹了大暴动,随了土匪,不叫你们赔款,在这儿扛个小活给碗饭吃,这还不好?如今庆儿还是不老实。"

庆儿娘听得说,想把话头岔开:"可说呢,你大奶奶担待一点吧,他还有一把子力气,他还能做活儿。"她抬起头听得村外有水车响,说:"又是大旱之年呀,你听这水车乱响,要不麦子割下来,下场好雨,人们不就安下秋苗儿吗?"

冯大奶奶听着不合口味,噘起嘴来说:"你这人不看头势,说话要看在什么地方,你站在我面前,就不能这么说法。依我们说,没有三个艰年,出不了大财主!"

冲贵堂皱起眉头说:"去吧,去吧,去吧,别唠叨了!你们这起子人们,包上皮儿养不活。"

庆儿听贵堂出口不逊,两手卡在腰间走上去说:"这话可说在头里,俺穷人家,要我做活俺做下去,不要我做活,工钱我可没法退出来。"

冯贵堂一看庆儿站在眼前,捋了捋胡子,上下看了看说:"想做下去也行,我要告诉你,你要知道你父亲是怎么死的。"

庆儿挺了一下脖颈说:"我知道,他随了高蠡暴动……"

冯贵堂哈哈笑了,打断了庆儿话头,说:"你知道就行了,你们要改邪归正,不能净干些子嘎杂子事儿!"

庆儿娘听冯贵堂吐了活口儿,才收起眼泪。庆儿在槐树底下拿起一把扫帚,把鲜黄的槐花扫成一堆一堆的,再用柳筐背到猪圈里去。

正说着,冯焕堂扛着半截小锄走进来,见他的母亲在槐树底下坐着,也把小锄戳在槐树底下,蹲下来打火抽烟。这个汉子,脸被太阳晒得红堂堂的,满下巴络腮胡子,穿一身紫花粗布裤褂,戴一顶窝窝头草帽子。他拿下破草帽子扇着汗,笑模悠悠地说:"看样子,今年又是大旱之年!"

冯贵堂从躺椅上坐起来说:"不就说嘛!看咱们把地里都打上井了,旱涝都收。有父亲的时候,净是拘着他的老理儿,一年价光田地上的出产吃多大亏?"说着又得意地笑笑。

自从冯老兰被处决以后,冯贵堂当家做主,冯家大院有很大的兴发。他把祖辈多少年传流下来的那座老砖房拆掉,盖上新房,把全部房屋的古老格局改变成现代的新样子。把那架藤萝砍掉,红荆树又复活起来。院子也豁亮了。把银钱放账归到生意上去,加强了花庄和杂货铺子的资本,大大做起棉花生意。冯焕堂也就成了棉花生意上的老手,每次集上,他背上一杆大秤,把秤锤垂在屁股后头,怀里抱着签筒,在棉花市里走来走去。他用手一抓,就知道这棉花摘得老嫩,知道吃了多少水头,能扎出多少穰花。当然,种庄稼还是他的本行,他说:"种庄稼这一行,就是'粪大水勤,不用问人',我看不用等雨了,挂水车浇吧!"

冯贵堂说:"是呀,不要光看到旱象,也许今年又是大涝之年!"

庆儿娘听他们说起话来,不再理她,悄悄地走开了。

冯大奶奶看哥儿俩谈着庄稼上的事,站起来说:"你哥儿俩商量好了,家来吃饭吧,昨儿个吃饺子,今日个吃面。"说着,挂起大烟袋,端起屁股,一步一步走回家去。珍儿背起藤椅,拿着蒲扇在后头跟着。老拴等冯大奶奶过去,背过身向珍儿闹了个吐舌头笑儿。珍儿瞟着他,龇开牙笑了笑。不提防,正在这刻上冯大奶奶回过头来一眼看见,怒冲冲地说:"天生的骚货!十七大八的姑娘了,跟小伙子挤眉弄眼,落不了干净身子……"她说着,扬起烟袋照珍儿劈面就是两下子,正打在珍儿脸上。

珍儿眉头一皱,硬着头皮钻过去。老拴见冯大奶奶打珍儿,觉得自己也闯了祸,慌慌张张,三步两步跑出去,拿起扫帚把大槐树底下扫得干干净净,用水洒过,端出饭来伺候长工们吃饭。吃完饭,他又把饭床子抬进去,刷了锅,洗了碗,喂了狗,打扫了厨房,洗个手脸,拿围裙扇着汗走出来。

正是午睡的时刻,三层大院落,静悄悄没有人声。房檐上落着一群老鸽子,"咯得儿咕""咯得儿咕"地叫着。见老拴走上来,嘚儿楞地一下子起了翅,打头的鸽子带着两只风笛,在蓝色的天上呜呜响着。

天气热,老拴呼呼哧哧向外走,一过穿堂门口,影影绰绰听得有姑娘的哭声,像是冯贵堂家二雁姑娘,可是又不像。他想:正是睡晌午觉的时候,有谁在冯贵堂的屋子里?又是这样悄悄儿的,他起了疑心。看看前后院没有一个人,伸长了脖子,吐出舌头,把窗纸舔了个窟窿。往里一看,只见冯贵堂横着腰挡在门口,珍儿向左走,他向左挡住;珍儿向右走,他向右挡着。珍儿直往外闯,他又叉开腿,伸起两只胳膊,紧紧把门堵住。急得珍儿哭又不敢哭,喊又不敢喊。

　　老拴在窗外站着,心上直发急,他搓搓手,跺跺脚,涨红了脖子脸,挽挽袖子想冲进去。才说开门,他又犯了含糊,想:"冯贵堂可不是好惹的!"急得他肚子里直冒火,出了满头大汗,但想不出别的办法,便放开嗓子,拼命地咳嗽了一声。冯贵堂听得窗外有人,由不得愣怔了一下,珍儿趁势从屋子里跑出来。她惊惶地睁起两只圆眼睛,东张张,西看看,一眼看见了老拴,急忙理了一下蓬乱的头发,拽直曲皱了的褂子,一溜烟跑进自己的小屋子。不一刻,冯贵堂斯模大样地一步一步走出来,一看是老拴走出去,他半是嬉笑半是恼怒地说:"他娘的,早也不咳嗽,晚也不咳嗽,单等走到窗子底下才咳嗽,吵得人睡不着觉!"

　　老拴缩了一下脖子,嬉皮笑脸地说:"当家的,你还没睡晌觉?"

　　冯贵堂说:"揍你个小杂种羔子!"他攥紧两只拳头,才说追上去,回头一看,窗纸上一个大窟窿。他瞪开两只大眼睛对着窗纸,气得忿忿地出了半天神。

　　老拴风是风火是火地走出来,满世界找庆儿。找到马棚里没有,找到梢门底下也没有,找来找去,找到大麦秸垛后头,庆儿把褂子铺在树底下,在那儿戳着腿躺着。墙圈外面是冯家一片苇塘,有能叫的鸟儿正在苇丛里唧唧叫着。老拴也不看庆儿是睡着还是醒着,伸手把他抓起来,说:"我可看见秘密事儿了……"不由细说,按窝儿把庆儿拉到磨棚里,坐在磨台上,说:"老家伙禽兽不如!"

　　庆儿伸长脖子,瞪出眼睛问:"什么事?"

老拴用裰子襟擦着脸上的汗,说:"我看他鸡狗不如!"

庆儿着急地说:"你快说!"

老拴说:"我看他像个驴,像个马!"

庆儿见他只是喘气,不说出来,两手拍着大腿跳起来,说:"你可说呀,你不说我走!"

老拴急忙跳下磨台,拦住庆儿说:"我说,我说……"他又喘了一口气,说:"刚才我刷完了锅,洗完了碗,才说往外走……"

庆儿用手捉住老拴的胳膊,狠狠地摇晃摇晃,咬紧牙关,说:"你简短节说,我等不及!"

老拴又擦了擦脸上的汗说:"你怎么这么爱着急,我简短节说;我刷了锅,洗了碗,才说往外走,听得有姑娘的声音在冯贵堂屋里……"

庆儿沉下脸来说:"准是大雁、二雁……"

老拴晃着头说:"不,不,是珍儿!"说着他跷起腿蹬在磨台上。

庆儿大睁着两只眼,抬起头来说:"是珍儿?"

老拴不让他想下去,红起脸来冒着满头大汗,说:"珍儿一个人,在冯二爷屋里,她要往外走,二爷挡着。她羞羞答答,慌慌张张的。你想,黄花少女碰上这个阵势儿,心里哪能不慌?二爷嬉皮笑脸地说:'玩一会,玩一会!'珍儿说:'俺不!俺不!'她哭不敢哭,嚷不敢嚷,直往外蹿……"

庆儿磨了一下手掌,瞪出眼珠子说:"他妈的!你,你,你这个小子见急不救!"又在手上吐了口唾沫,搓了搓手掌说:"走,揍他个老狗日的,豁出去叫他把我治到衙门口里去!"

老拴伸出两只手抓住庆儿两只背膀,说:"这么着,这么着,老家伙抓住珍儿的胸脯,活像老鹰抓小鸡……"

庆儿气得忿忿的,跳起来在老拴脊梁上擂了两拳说:"你这家伙,还要细说!走,去揍他个老王八蛋!"说着往外走。

老拴瞪圆了眼睛,走上去拦住庆儿说:"干吗?"

庆儿说:"拿绳子,捆上老狗日的,送县衙门!"

两个人正说着,听得背后有人走进磨棚,回头一看,正是冯贵堂。冯贵堂做贼心虚,怕走漏了风声,一家大小男女几十口人,丢脸是大事。他想找到老拴,拉他到四合号去喝上二两酒,把这件事平息了。没想到找到牲口棚里,没有老拴;梢门底下,也没有老拴,他正站在大槐树底下出神,听得有人在磨房里说话,仔细一听,正是老拴和朱庆。他蹑手蹑脚走过去,站在窗外一听,老拴正在有声有色地说着那件搁不到桌面上的事情。不由得恼羞成怒,羞红了脸,浑身乱颤,手脚乱哆嗦起来,他想:"这一嚷出去,败坏门风是大事!"他迟疑了一刻,当老拴说到热闹当中,他一时怒火冲头,不顾屁股不顾脑袋地闯进来。听得朱庆说,要捆他送县,他跺脚大骂:"你捆我,先捆起你这个小狗日的送到警察局!"

庆儿一见冯贵堂,瞪出两只红眼睛,心上敲起小鼓儿。无端吊打的仇还没有报,到这刻上,他内心愤怒,实在忍耐不住……正在这时,老拴见冯贵堂乍着胡子,瞪圆了眼睛,抄起一根推碾的棍子,叉开两条腿,横着腰一步一步走上来,要打庆儿。老拴慌忙伸出两只手,推着庆儿往外跑。冯贵堂见他们要逃跑,横起棍子,站在门口等着。

庆儿看这架式要吃亏,攥紧两只拳头撑着腰里,晃了晃膀子,憋足一口气,他想:"左不过是这么一回子事了!一不做二不休……"他伸开右手,用食指点着冯贵堂问:"你想干什么?"冯贵堂说:"我想揍你!"庆儿觉得实在逃不过去,他移动了一下脚步,照准了冯贵堂说:"我揍死你个老狗日的……"说着,猛劲跑上去,一头碰在冯贵堂胸膛里。冯贵堂想不到庆儿用这一着,他两脚无根,伸开两只手支撑了两下,仰翻身倒下去,扑通一声,像一筒石碑倒在地上。

冯贵堂身体肥胖,倒在地上,想动弹一下手脚也动弹不了,疼得他好像五脏六腑都裂了。他嗥叫着,急得七窍生烟。庆儿一看他摔得不轻,心里一慌,抽身跑了。

六

　　珍儿挣脱了冯贵堂的手,三步两步跑回自己的房屋,喘着气坐在炕沿上,押起衣襟擦着泪,又抬起头来,看看她的小屋。那是一个很小的套间,从另一个门出去,就是冯大奶奶的房间。小屋的窗棂上糊着些烂字纸,把屋子遮得暗暗的。她看到屋顶和角落里的黑暗,心上烦闷起来。她呆直了眼睛,又想起那可怕的事:要是被人瞧见,跳在黄河里也洗不清!

　　她觉得心上跳得厉害,手忙脚乱地拢了拢头发,平整了一下弄皱的衣服,看看院子里没有人,蹑悄悄走出大门。她低下头走着,好像没有看见大街上来往的行人和车马,一直奔向东锁井。当她走进苇塘的小路,苇塘里有鸟儿在叫,婉转得很好听,她不由得停下脚步,走到水塘边。塘水清亮,能看得见塘底。塘底上翠绿的藻草里有一只银色的游鱼。当她看到那只长尾游鱼,围着一棵水草游上游下,游东游西,心上一下子高兴起来。她想起母亲讲过的一个故事:母亲说过这水塘深不见底,有一条清泉直通东海。曾有一个姑娘和她家的小长工相好,小长工常在夜间偷偷走进姑娘房里,被母亲发觉了,母亲用一把铁锁锁上房门。姑娘又开开窗子等候,小长工常在夜晚偷偷地从窗子爬进房屋,又被姑娘的父亲发觉,父亲拿起一条长棍,把小长工赶跑了。自从小长工离开她家,姑娘每日里哭,再也过不下去。在一个深夜里,她偷偷走到这塘边,跳进塘水,有一个神仙救了她,顺着那道清泉漂到东海去,在仙岛上做了仙姑……她想到这里,心上怕得抖起来,再也不敢想下去。她看见草地上有一丛丛黄色的小花,鲜黄鲜黄的,便掐了几朵,攥在手里,一直跑到东锁井。过了春兰家小门,向东一拐,到了她家门口,伸手把小铁链子解下来,开了小栅栏。院子里长满了青苔,墙根下、屋顶上,长满了野草。李德才自从把房卖了,用很少的钱买下这两间用烂砖垒起的小屋,把几件破橱柜搬在里头。她从门缝里取出钥匙,开了门,屋子里冷森森的,像是没有人住过,满世界尘土,潮湿得发霉,尘土上印着新的旧的猫蹄鼠迹。这屋子阴暗得不行,窗上糊着黑色的毛头纸,也被猫鼠撕破了。她伸手摸了一下灶里,没有灰;看了看坛里,没有米,想是父亲多日不回家了。她坐在炕沿上,对着这惨淡的情景,出了半天神。孩子没了娘,就没了亲人……她由不得掉下泪花来,噗碌碌掉了满怀襟。她又从屋子里走出来,在院子里走着,院子里有藕荷色的灯笼花,她也不感觉什么兴趣了。她停住脚,仰起头,看着深远深远的天上,天色是湛蓝湛蓝的,蓝得那样清明,那样好看,一时她的心上也舒展开了。

她锁上门到二贵家去,一进门,看见贵他娘正坐在炕上纺线,抡着纺锤嗡嗡响着。小囤坐在炕沿上端着碗吃饭,好像他们正在说什么话,看见珍儿进来,扭头不说了,走出去。贵他娘见了珍儿,停下纺锤,问:"哟,孩子!这阵子怎么不见你家来?人家叫你出门吗?"

珍儿见了干娘,忸怩地倚在炕沿边,呆呆地站着,扭着衣襟,一声不响。贵他娘又问:"怎么了,又受了什么屈?"

贵他娘一说,珍儿脸庞连连颤动了一阵,像大河决口一样,多少年的冤屈一下子冒出来,冷孤丁把头扎在贵他娘怀里,哇哇地大哭起来。贵他娘见珍儿哭得厉害,就想到这孩子身上出了什么事情,鼻子一酸,眼泪也流出来,说:"孩子,别哭,有干娘给你做主。"

小囤放下碗筷走进来,瞪着大眼说:"怎么了?这是怎么了?"

贵他娘害怕极了,万一哭出什么事情,可是怎么办,伸手把珍儿搂在怀里,搂得紧紧的,说:"好丫头,别哭了……见你爹来吗?"她以为这孩子自从没了母亲,一直在冯家大院当丫头,鞋要自己做,衣要自己缝,还要侍候冯贵堂洗衣服,侍候冯大奶奶做饭,小姑娘家,哪里受得了那样苦呢?珍儿一直哭着,贵他娘给她擦擦眼泪,说:"有什么心事?没看见你爹吗?"

小囤也走回来说:"心里有什么事,说说就好了!"

珍儿说:"我没有了娘,也没有爹了,他不是我爹了,他把我推到火坑里了。"

小囤走前几步,拍拍胸膛,生着气说:"这还算什么人?拿着亲生女儿往火坑里推。"

珍儿在冯家大院五年了,今年已经十七岁。俗话说:女大十八变。白皙脸皮,尖下颏儿,俊俏极了。这样好的人儿,到了这户人家,不用说就会明白。贵他娘一想起这孩子没有一点依靠,心上由不得难受。小囤在一旁看着,把两只手揸在腰里,着急说:"心里有什么话,你说说,真是急死人了!"

珍儿支支吾吾不肯说,贵他娘又气又急说:"你说,虽然不是我身上割下来的肉,要是有个山高水低,有小囤哥二贵他们呢,打破了脑袋不怕扇子扇!"

珍儿见干娘这么心疼,心上好不好受,心上不住地寒颤,抽抽咽咽哭个不停,她说:"冯贵堂要……要……欺负我……"

小囤在一边看着,不等珍儿说完,跳起脚来,大睁着眼睛,像一对星星,辐射着尖锐的光芒,他把一只脚蹬在炕沿上,说:"脏娘养的,遭得狠死得快!"

贵他娘一听,拍着珍儿脊梁说:"还有、还有呢,你说……"

珍儿抬起头,看看贵他娘,又看看小囤,说:"我不能像人一样活下去,我什么时候才……"

小囤听到这件事情,直觉得心气不舒,呱哒呱哒两只圆眼睛,低下头不说话。他是个有心数的孩子,自从伍老拔上山以后,他对世道的艰辛、黑暗,有了更深的体验。他经常是这样地沉思默想。

第二天吃早饭的时候,小囤把辘轳扛在肩上,想去浇浇园,可是他找不到一个改畦口的人,又放下辘轳走进里院。两层大宅院,静悄悄没有人声,不知道人们都到哪里去了。他站在北屋窗台底下说:"大娘在屋里吗?"

冯老锡家的,正在炕上躺着。自从冯登龙死了,她已经病了几年,成天价在炕上躺着,只能扶着墙走几步路。听得有人说话,从炕上坐起来问:"是谁呀?"

小囤说:"是我,大娘!我说去浇浇园里的菜。那北瓜早得快把花儿都谢完了,韭菜畦里也净是草。眼看三伏天到了,快该种白菜萝卜了。真是!咱这园子种得不像个话……"他低下头,伸出手在墙上画着什么。自从伍老拔上了山,小囤就在冯家扛小活,如今五年了。这孩子年纪虽轻,可学了一身好庄稼活,每天该起了起,该睡了睡,该做了做,该歇了歇,向来不等人支使。

冯老锡家的听小囤老是在窗外唠叨,她才披上褂子,扶着墙根走出来,站在台阶上垂着头喘息。脸上又枯又黄,瘦眉窄骨儿的,手指细长,露出骨节,她怕被一阵风吹倒,两手紧紧扶着墙、阵阵咳嗽。说:"可是呢,她嫂子干什么去了?雅红呢?要不是我跟你去,我才吃了药。唉!雅红呢?雅红!"喊着,抬起暗淡的眼瞳,看了看清冷的院落。

雅红在西屋里读书,听得小囤和母亲在院里说话,开门走出来,说:"听见了,妈!这就去。"说着放下书,叽哩呱哒跑出来。她就是愿意到园里地里去跑跑,不愿闷在家里。这座古老的宅院,房屋虽不高,却是用古砖修造的,门窗上的油漆都脱落了,腐朽了,屋檐上长着草。院子里有两棵老榆树,树叶稀稀的。院子大,人很少,叫人感到到处阴森,一离开它,心上就会觉得轻松。

冯老锡家的见闺女从屋里跑出来,说:"去吧!跟小囤浇浇园去,北瓜旱掉了花儿。你看!他父子成天价瞎忙,也忙不出个门道,这日子反正越过越哗啦了……"看雅红扛上小铁锨跟小囤走出去,看着她的后影,又说:"日子败了,读不起书了,学一手好针线,学学庄稼活也是一辈子的饭碗啊!"

小囤扛上辘轳,拿上井权子,走出梢门,又回身把梢门挂上,出了村,在梨树林里走着。今年春天,梨树捂了花子,夏天雨水少,虫子又多,梨挂得少,稀稀拉拉挂着那么几个。他们走完一片梨林,上上堤坝。正是夏天,沙地上的紫柳吐着浅黄色的嫩叶,风儿阵阵吹过,一行行的柳尖起伏摇动。大堤上一行白杨树,又高又大,挺立在半空中,树上挂着一蓬蓬油亮的、又圆又大的叶子,迎着河风微微飘动。树上架着鸦巢,有人在树下走过,一群群老鸦,啦啦地叫着飞开去了。堤上一条干滑小径,小径旁长满野草。他们迎着早晨的太阳走着,雅红的一条修长的影子印在地上。她停了一下,扭身看着影子出神,在日影中看得见头上的长发被风吹起,又徐徐落下。她今天穿了一件黑布裤,长得盖住脚面。白线袜子,圆口鞋子,走动起来,鞋尖上老是现出个白色月牙儿。白布印花褂子,褂里很窄,腰身里却显得很长。

小囤迈着稳实的脚步,走在前头,雅红在后头跟着。下了堤坡,顺着垄沟边上的一条光明小道走进去。在井上架起辘轳,泡上斗子。拣一棵梨树荫里歇下脚。

梨树都长着低矮的树干,矮树干上长起一蓬枝条。每年梨子的重压,又使那些树枝弯回地上,形成一个大伞盖。春暖花开的时节,方圆几十里远,尽是一片白花花的海洋。如今梨树的叶子,都是翠绿翠绿的,风一吹起来,树顶上翻着深绿色的波浪。这林里有梨,有柳,有白杨,有香椿,有桃、李、杏,有蜂,有蝴蝶。在这里生活的人们,只要有吃有穿,脸皮是白晰的,皮肤是细腻的,头发是乌黑的。

小囤坐在梨树底下,从衣袋里掏出小烟袋来抽着烟。雅红见他抽烟,一下子笑出来说:"小人儿也抽烟?"

小囤说:"这是扛长工的落场,地头一袋烟,解解身上乏。"他上下打量一下雅红,说:"你,女学生也做庄稼活了?"

雅红觉得小囤话说得带些讥笑的意思,一下子红了脸低下头去,说:"田地快卖光了,剩下几亩下洼地,又不会种。一家人吃什么穿什么呢?这早晚,学校上不起了,连一个小学教员也当不上。到这刻上,什么活也得做了,刷锅洗碗、喂鸡、喂狗……我还想要学着纺线呢!一做起活来,心上也就什么都不想了。"说着,她拾起一块小土坷垃投着一只蚂蚁,吓得蚂蚁东爬爬西爬爬,想钻进土里。她着实感到失学失业的苦楚。

小囤说:"这冯旅长呀,真是厉害!把他当家子叔叔也窝囊成这个样子。坐了牢,倾家荡产,家败人亡了!我看老当家的坐过狱倒好起来,人和气了些,见了人也说话了。"

雅红听得说,嘻嘻地冷笑了一声,说:"人,不吃败仗不回头,到什么时候说什么时候的话呗!"

原来这锁井镇上有个出名俊俏的媳妇叫金鸿,丈夫死了,跟着婆婆过日子。冯老锡成天价泡在她家里打纸牌。后来冯老宏也爱上这媳妇,娶过去做妾。冯阆轩听得说,觉得脸上不够光彩,打发护兵们把冯老宏接到太原。家里硬撑着小媳妇走,金鸿只好又回到婆婆家里过日子。一把鼻涕两把泪,向冯老锡诉了冤屈,说有五亩地文书和二两金银首饰还在冯老宏手里。说:"人,不要了也罢,金钱地苗也该归还俺。"说着便大哭起来。那时冯老锡还财大气粗,一时火起来,立刻回家,召集起儿子们来说:"谁去要回这金银首饰和几亩地文书?"当时儿子们都不高兴,想:老了老了,又想长个歪桃儿!冯老锡看孩子们鼻子气儿不出,拍桌子大骂:"真他妈的孬种,谁敢去谁是我儿子!"大儿子只好去了。他到了太原不是去要金银首饰和地亩文书,是去做买卖。先买好枪支大烟带在身上,才去见冯阆轩。冯阆轩二话不说,立刻打发护兵马弁拉他去洗澡,那哪里敢去,一溜烟跑回家来。冯阆轩恐出意外,立刻到保定法院告了状,法院派人来剿冯老锡的家,剿出烟土和枪支,抓冯老锡到保定坐了监狱,一直打了两年官司。把两顷五十亩地花去了,只剩下五十亩下洼地,养上两个破牲口。如今媳妇们不常来,都住在家里。大儿子一气走了南方,当了兵。三儿子离开学堂过日子,闺女雅红也念不起书了,只在家里学些针线,家败人亡了。雅红一想起来,心里就难受,只是财力薄了,人力也弱了,生产也不行了。她说:"人随势转,又有什么办法呢?我爹也曾找过严家表叔,他不肯管。可是人家有冯贵堂帮助,那人会打官司,怎不占上风呢!"

小囤说:"人也太厉害了,那天冤打了庆儿,说庆儿扒了他的瓜。说这话也不怕风大扇了舌头?那天晚上,庆儿还和我哥一块睡觉。分明是栽赃,报大暴动的仇。人们都说冯家大院有瘆人毛,一点不假,我一走过冯家门口,头发就一激灵一激灵的……咦呀呀!真是霸道!"

雅红听小囤说起父亲那件事,脸上又红了,说:"你别说了,我心里生气……俺爹还说,他打朱庆,分明是打俺家的脸。他看朱庆在俺家场院住着,要是在冯雅斋家住着,他再也不敢。咳!还有什么话说,哥哥走了,嫂子们也不常来,我也失学失业了,没路可走。无论怎么吧,反正日本鬼子也快来了!"她出了一口长气,低下头去。郁闷的心情积压在心里久了,形成精神上的重压。她对父亲为了那场风波败了家很不满意。

小囤看她同情庆儿的事,磕了烟锅,说:"呵呀呀,真是厉害,咱可惹不了!"小囤也有些气闷,自从伍老拔上了山,他也只是在黑暗中过日子,平时不上街,整天在地里做活,有时回家看看母亲。说着话拧起辘轳浇园,这孩子年幼,身子骨茁壮,一只手拧得辘轳咯啦啦地响。他一斗斗浇着,清凉的井水从井池流到垄沟里。水面上顶着一层白色的泡沫,从干燥的土地上流过,激得土块嗤嗤地响着。雅红看水流过来,张着手不知怎样下铁锨、怎样改畦口。这么锄锄,那么锄锄,把铁锨粘成泥榔头一样。水冲破了垄沟,流了满世界。她手忙脚乱,累得出了一身汗。小囤在一边看着,心里真想笑出来,说:"真是! 小姐身子丫环命,离开咱庄稼人,还要饿死呢!"说着,两步迈过去,从雅红手里抓过小铁锨,说:"看我的!"他的两只手强壮得直像老虎钳,钳起锨柄伸在水里刷去泥土,放在垄沟口上,轻轻掘入,掘起泥土放在垄沟里,把水流挡入菜畦,又轻轻一拍,说:"得!"

雅红在一旁看着他熟练的动作,天真得好笑,像教小孩子学走路。心里想:"他还这么年轻。"她说:"小囤! 我拜你为师,学学园子里的活。"

小囤一听,抿起嘴儿笑了,瞪直眼睛说:"你想学园子里的活? 好嘛! 可是在长天野地里,风吹日晒,你受得了?"

雅红笑了,说:"我看这倒好,心里豁亮,比闷在家里好多了。你看我那家,不像一口枯井? 我们就像在井里,眼望着井口上的青天往上爬,爬呀,爬呀,才说爬到井口上又掉下来。自从打官司失败,登龙哥才熬得当了营长,日子又返了韶,他人一死去又完了。咳! 中学上不起了,学种种庄稼也好。"她蹲在地上,两只胳膊抱起锨柄看着小囤拧辘轳。

小囤说:"要学,跟老套子大伯学,他是个活篓子,耕、耩、锄、耪,路路精通。我就是跟他学会的。那老人家,好脾气,也耐心教导年幼的人们。"

小囤一说,雅红倒觉得难为情起来。她想,隔行如隔山,一点不假。没有学过的话,就不会做,她拿起铁锨改着畦口说:"小囤,你看! 这么一锄,这么一放,对吗?"她的手只拿过笔杆,可没拿过锄头、镰柄,使出全身的力气,也难把畦口改好。

小囤扭起嘴儿轻轻笑着,说:"咦! 这就满好! 做粗活没有三天的力巴,不像你们读书。身子骨是摔打出来的,摔打摔打就结实了。"他说着,又低头去浇园。

雅红看这小伙子脾气好,心眼也正直。说起话来甜甜的,慢搭搭的。他十几岁的孩子,已经长成身个了,闪静的脸盘,直鼻梁高高的。黑眼瞳釉黑,白眼瞳煞白,说起话来,骨骨碌碌地转着,怪喜人。平时嘴唇常带着一股儿笑。她曾记得有那么一天:是在麦收的日子里,在黎明的月光下,两人在场上铡麦子。小囤按铡刀,雅红递麦个儿,他铡多快,她就能递多快,两个人越铡越快,直累得小囤喘不上气来。累得再也铡不下去了,小囤把铡刀一放,扭头喷地笑了。在黎明的晨光里,她的视线偶尔碰上小囤的眼睛,心尖儿一颤,抖动起来,两只手几乎抖得拾不起一束大麦。有一丝年轻的热力,从内心里发出,在血液里汩汩流动。她更加高兴起来,绷起嘴唇,不住地想笑出来。青春的津液,滋润着她的手,她竟无比的欣喜,像做着一个愉快的梦……猛刻里,她听得杜鹃鸟在林子里叫:

  光棍背锄!
  光棍背锄!
  扬场打垛!
  扬场打垛!
  小驴拉磨!
  小驴拉磨!

  她抬起头来,举着梦梦的眼睛,看着清亮的天上,有霞光由浅入深,渐渐地显现出来。

  她在年岁幼小的时候,就爱听杜鹃鸟的叫声。当春夏之交,黎明时候,她常独自一个人,坐在闲院子高台石阶上,促着膝,仰起头,听远远的千里堤上传来的一声声的杜鹃鸟的鸣叫。有一年麦熟的时候快到了,清早忽然不见了她。母亲到处找她,这里找那里找,找来找去,找到千里堤下大柳树林里,她独自一个人,在夜暗中踏着湿润的土地,走进林子,把身子偎在大柳树上,仔细听着杜鹃的叫声。她仰起头看着黎明中的叶绿的颜色,通过叶隙看得见湛蓝的天空。那时,她还是在小孩子的时候。她觉得那像是一个梦境,像是做梦一样。

她的两只手抓着锹柄,把头垂在锹柄上,微闭了眼睑。在思想上咀嚼着一缕甜蜜的情绪。那一缕情绪,像一束白色的游丝,在风前抖动,用眼睛去看,看不见;用手去摸,摸不着。自由之神,在她的脑海里描绘下一个青年人的形象,那个苗壮的形象,在她的生活里形成一种力量。她不愿意整天价坐在家里,她觉得那个暗淡的家庭,会使人烦恼。她喜欢旷野,喜欢接近青葱的田苗。这样会使她心上轻松、光亮。有时她也想:这败落的家园,早晚会遇到贫困,她早晚会离开它。将是一种什么样的力量使它离开呢?是出嫁?是妇女解放?她的思想活动得挺快,想到母亲的病,想到父亲的病,想到登龙的死……最后想到她自己,想到未来的日子,那是她莫大的愁苦……

小囤看水头上泛着一层白色的泡沫,流过去了,一直湿着她的鞋边,她正在呆呆地出神,像睡着一样。小囤喊了她一声:"嘿!水流过去了!"

她猛地从梦里醒过来,才说打个舒展,睁开眼睛一看,是在园子里浇菜。两只鞋子都湿了半边,不由得暗笑起来,自语着:"这是干什么?这是干什么?"

小囤说:"谁知道你想干什么哩?"他也觉得好笑,他过去没有和这些读书人打过交道,尤其读书的女孩子,他看到雅红一举一动完全是另一样。他说:"我看你是睡着了。"

小囤一说,雅红心上突突地跳动起来,两朵红云又飞上脸庞,忸怩说:"差一点睡着了呢!"小囤一说,她更觉不好意思起来,于是他撒了一个大谎:"我妈就是爱叫我念书给她听,昨儿晚上念《红楼梦》,一直念到什么时候!"小囤还不知道《红楼梦》是一部什么书;雅红闲时无事,倒看了好几遍了。

他们浇完北瓜,又浇韭菜,浇完韭菜,又拔完菜畦里的草。菜在干旱的畦里,就萎靡不振。用水浇过的菜畦,不多一会,就绿沉沉起来。她想:"也许,这就是生机!"

小囤说:"后半天把黍子茬也浸浸,腾出地来,预备种萝卜白菜!"他停下辘轳,坐在井池上洗脸,用手捧起冷水浇在头上,又把脚伸在井水里,说:"这一洗可真凉快;来,你也洗洗吧!"

雅红见小囤这么冒失,她说:"冷水洗脚要闹肚子疼呢!"

小囤说:"我们就像大骡子大马,不用说用冷水洗脚,跳到大河里洗个澡也不要紧。越是成天价风里雨里的,越是身架子结实。"

雅红说:"一点不错,庄稼人身子骨永是结结实实的,风里雨里,耕田耙地,饿了吃困了睡,脸上老是红红的。不像那些肩不挑担,手不提篮的人,吃尽了天下的好东西,脸上永是黄黄的,枕头边离不开药罐子。"她说着,由不得噘起嘴,又想起母亲。

她一说,小囤喷地笑了,觉得她好像是有准备说出来的。看看天快晌午,小囤说:"我妈说,今日个叫我回家去吃新麦子面呢!"

雅红说:"怎么,你不回去了?"她在井池里拧了把冷手巾擦着脸说:"哪,这么老远,青草秫棵的时候,叫我一个人怎么回去吃午饭呢?"

小囤说:"是呀!姑娘家,离家又这么远,一个人走回去多不方便?走吧,到我家去吃饭还近点。"小囤指着千里堤上杨树行子东头那座黄色的土坯小屋,说:"那不是。我娘说俺河套里的一亩麦子打了两口袋,真是不少,没白叫老人家辛苦一年。走,雅红,一块回去吃点新麦子面吧!"他把斗子系到井里,扛上小铁锨,迈步就走。连连说:"走吧!走吧!"

雅红只好跟上去,上了千里堤,随着堤势的蜿蜒,在小径上走着。在杨树行子尽头,有一座土坯小房,伍顺和妈妈正坐在大杨树底下歇凉。离老远小囤就喊:"妈!来客了!"

妈妈看见小囤背后走着一个姑娘,良善的脸上,一下子笑开来说:"呦!雅红,稀客!"

小囤说:"我领她来吃咱们的新麦子面。"

伍顺说:"辛苦一年,白面没沾过牙,今日个要吃顿过水面了。"

雅红说:"婶婶！要是过麦熟,得请我吃饺子。"

妈妈说:"饺子早吃过了。头伏饺子二伏面,三伏就吃绿豆饭。今日个该请你吃绿豆饭,已经是三伏天了。"

雅红在白杨树底下歇下脚,妈妈搬了个小板凳请她坐下,自去点火做饭。

自从有小囤他爷爷的时候,在这堤上盖起两间土坯小屋,在小屋子周围,栽上很多树。伍老拔更是喜欢树木,只要一有空闲,就在宅院前后种树。如今桃李成林,大杨树也有合抱粗了。在院子周围栽了榆树和枣树,编起树枝当围墙,围墙上安个小木栅栏。雅红一走到这个地方,就觉得豁亮新鲜,心胸开阔多了。

妈妈在灶下做着饭,探个头向外望了望,看见两个儿子都长得这么高了,都能够卖力气吃饭了,心上一阵喜,说:"要是有你爹,我们多高兴,可惜他上了山不回来了!"一时,她心上又想起伍老拔,那个高高的个子,经常是面带笑容的庄稼汉子。

小顺和小囤听了,只是绷紧脸皮沉下头去,并不说什么。他们怕引起妈妈的悲伤,不愿当着妈妈说起父亲的事。

等不一会,妈妈搬了一张用白木做的新饭桌来,放在大杨树底下,又搬了几个白木凳,叫他们围桌坐下,端上几碗大面条、新醋,还有捣烂的大蒜。伍顺把挺硬的面条从冷水里捞出来,浇上醋蒜吃着。油、醋、蒜的香味,满世界乱窜,窜到人的鼻子里。小囤浇好一碗面,递给雅红,说:"来,你先吃。"

雅红接过碗来,用筷子夹起一根面条笑了笑,说:"嘿嘿！你们的面条擀得太粗了!"

小囤说:"像一根椽子。"

雅红笑着说:"不,像一根檩条儿。"

说着一家子都笑了。伍顺说:"穷人吃白面,一年到头有数儿的几顿:大年初一,正月十五,八月十五。给人家做活,碰对了当家的加两顿犒劳。以外就是麦收和秋收的时候。"

雅红说:"白面倒常吃,就是不敢吃这凉的!"

妈妈说:"你吃了凉的不受用,吃热的。我再给你打个鸡蛋卤儿!"说着,她走到鸡笼前,伸手掏出个大鸡蛋,走到灶下打了卤儿来。说:"你轻易不到我家,大热天,吃了饭我还给你找个休息地方。"说完她搬了两块新木板,在小顺的木作屋里搭了个小床。

雅红吃了面,在伍顺盛木作的小屋子里歇下。屋里垛着一摞新解的木板,放散出一丝丝甜味。有南来的风,从河滩上飘过泥土的气息,从窗外飘进来。她掀起衣襟,风吹得衣襟簌簌抖着。她觉得心情又凉爽又舒畅。她倒在床上,昏昏地睡去。正在睡着,妈妈端过一大碗茶水。说:"吃了新麦子面,爱上火气。喝碗茶,解解热。"

雅红接过茶水,说:"这是什么茶?你看嫩黄嫩黄的,有多好看!"

妈妈说:"这是柳尖茶,是把柳子尖儿掐下来蒸制的。"

雅红喝着淡绿色的茶,嘴上觉得甜甜的,但有一些苦味。起了晌,他们从家里走出来,门楼底下卧着一只小花狗,汪汪地叫了几声。妈妈又送出一顶大草帽,叫雅红戴上,说:"晌午才过,太阳多毒,忙遮上点儿。不然,把大闺女晒黑了,我担待不起。"

雅红说:"谢谢婶!"就跟着小囤沿着堤岸向西走。

妈妈站在门楼底下,看着他们走远,一个人叹着气说:"大闺女,多好!"

下午雅红又学会了铲草搭畦,直到太阳落山了,才收拾家具跟着小囤走回来。她今天付了一天力气,出了一身汗,倒觉得身上松快些。当他们走着村道回去的时候,在黄昏的尘扬里,有炊烟飘起。孩子们在麦场上唱着:

　　太阳落了,
　　老狼背着小孩过了。
　　…………

…………

雅红走回家来,一进二门,母亲正坐在院子里歇凉。一瞧见雅红的影儿就喊:"雅红!晌午又跑到哪里去了?不回家吃饭,净叫别人为你操心!"

雅红一听,噘起嘴说:"操什么心,太阳那么毒,晌午回来,路上不把人晒死?我到小囤他们家吃面去了。"

母亲说:"一点不体贴人,女孩儿家,绕世界跑去。有人家有主了,不怕人家笑话!咳!儿大不由娘,娘老了,闺女大了,再也管不住了。要不,也该出门子了!"

雅红听母亲絮叨,心上很不愉快,说:"怕人家笑话,就别叫闺女下园下地,'有主儿的人了,有主儿的人了',成天价挂在嘴头儿上,什么……"

母亲说:"那你就不出门子了?"

雅红说:"不,不,我要在这家里住一辈子!"

冯老锡看母女两个拌起嘴来,抄起话头说:"可不是,笑话什么?到了哪会儿说哪会儿的话。不上学了,学手好针线活,学手好庄稼活,也是将来的饭碗。咳!你看!一场官司闹得鸡飞狗跳,瓮走瓢飞呀!我这一辈子没干过庄稼活,这早晚也得一锄一镰地干了。到了哪会儿说哪会儿的话呗!"

母亲说:"你说这话我也信,树义出了学堂门当起家来,他嫂子自幼没上过三台,这早晚喂猪喂狗也得干了。不,又该怎么办,这家也不像个样子了。"

冯老锡划个火柴抽着烟说:"说到哪里也是吃饭要紧,咳!走遍天下也无非是端个碗哪……"他说着,焦黄的脸上,更加阴暗。

嫂子端上碗来,一家大小围着桌子吃饭。冯老锡吃着饭,不住闲地说:"小囤这孩子还不错,又聪明又伶俐。今日个,不用盼咐浇了园回来。雅红也有出息,能下园下地了。我看明日个咱一家子下地栽山芋,光剩下你娘看家。这年头,工码是贵的,要少用人。

咳！我哪里操过这份心，现在也不得不操持了，我觉得我不是糟家的人哪！"

冯老锡越老越爱絮叨，一天到晚嘴不住闲。原来，他也是锁井镇上一个耀武扬威，凡事不让人的人。自从打官司住狱馇了性子，家业败落了，大烟不抽了，也不赌钱了。就是爱发急性子，动不动就闹脾气，老是嫌家事没人管，嫌庄稼活儿一下做不完，成天价气急败坏的。自从冯登龙当了营长，他曾好过几天，又扬眉吐气起来，觉得日子还有兴发的一天。冯登龙一死，他又像是掉在泥潭里。嘴里成天价说："人随势倒，人走时气马走膘。有钱有势的时候，人也多，客也多，门前车马热热闹闹。无钱无势了，门前也就冷落了。"过去大街上的大事小情儿，哪里离开过冯老锡。这咱镇上好像没有这么一个人了，人们再也提不起他来。

里外两层大院，可是很少几个人住。风雨漂淋，门窗上的油漆也脱落了，露出白木头的年轮。正门是个褪了漆的大门，门口有一棵几搂粗的老槐树，人们都叫他是"大槐树冯家"，走出个百八十里地，谁也知道。大槐树年代久了，表皮上却还长出油绿的新枝条，每年春天，新条上长出嫩芽绿叶，也还有繁荣的样子。冯老锡用泥土把树洞堵好，想挽回他窳败的命运。可是缠人的土蜂又在这里筑了窝巢，在长天老日里，嗡嗡地叫得烦人。倒也正好，冯老锡每年秋天还能割取点蜂蜜吃。院子里长满了草，也没人割没人扫，一到秋天晚上，蟋蟀和蝼蛄在草丛里鸣叫个不停。

雅红的哥哥冯树义吃完了饭，站在二门上喊："老套子！老套子！"

老套子驼着背，从牲口棚里走出来，说："干什么？当家的！"

冯树义一步一步走出来，说："咱先说说，这晚山芋怎么插法？"

老套子说："这难不住人，要说插山芋，这辈子也有百八十次了。先看秧子好坏，顶好上园里去剪蔓子，比集上买的好活。有些坏人，把秧子沾上卤水，叫你插不活再买他的……"

冯树义说:"我爹说,明日个咱们一家子下地栽山芋,庆儿在家里也没事干,叫上他。"

七

冯贵堂调戏了珍儿,庆儿出来抱打不平,把他一头撞了个仰面朝天。冯贵堂恼羞成怒,又把庆儿赶出了冯家大院。这在锁井镇上是"庆儿扒瓜"以后的一件大事。丑事传出,成了长工短工们之间谈闲话的资料。这几天,冯贵堂躲在家里不敢上街,但听说冯老锡把庆儿叫了去帮工,又暴躁起来。他气急败坏地把刘二卯和李德才找了来,想凭着他家的势力,压服庆儿,也给冯老锡一个脸色看看。李德才蒙在鼓里,狗颠狗颠地说:"这点小事,您老用不着动肝火,伤了贵体。"刘二卯心中好笑,但碍着情面,又不好把这层窗糊纸捅破。他心里想:看吧,又要起风波了。

冯老锡一家人下地栽山芋。树义拧辘轳,小囤担水,庆儿刨坑,冯老锡插蔓子,雅红和嫂子埋茎。一家人正忙着,恍惚之间,从村里走出两个人来,等走近了一看,是刘二卯和李德才。庆儿蹲在畦埂上,心上笑了笑,想:"这事又没个完了,走着瞧吧!"

李德才走到冯老锡家山芋地,离远看见庆儿,他瞪直了眼睛扎煞起小胡子说:"你朱家的事,我再也不能管了,叫人栽这个跟斗!"

刘二卯,油荤荤的黑脑袋上发着亮,他见了庆儿,垂下两个脸蛋子:"要不是我当着村里的官人儿,嘿嘿!够你小子一呛!"

李德才看刘二卯火气很大,也拍着大腿说:"朱庆,这事儿咱不算完!"

刘二卯也说:"这事儿咱得说个长短。你要明白,你爹朱老星他参加过暴动。"

李德才也说:"你上冯家来做活,俺俩费了多大口舌?"

两个人像唱布袋戏的小木头人儿,在山芋地上跳跶起来。冯老锡和一家人停止了栽山芋,在一边看着。雅红在一边站着,直气得肚子一鼓一鼓的。庆儿低下头,只顾刨坑压山芋,也不理他们,等他们大一声小一声地喊了半天,才慢悠悠地撩起眼皮子问:"什么事?你二位……"

刘二卯举起巴掌,拍着头隙顶说:"你把冯爷一脑袋碰死了老半天!"

李德才也说:"你撞死人了,还装没事人儿。"

庆儿咧起嘴说:"我那老天爷,他是什么身子骨儿,我敢碰他?你说!你说!我为什么碰他?"他伸出二拇指头,点着李德才的鼻子尖儿,怒气冲冲地说着。

李德才一蹦,呱哒地蹲在地上,说:"不管你为什么,碰死人就不行!"

刘二卯瞪出红眼珠子,拍得屁股蛋子啪啪地响,说:"你无法无天!"

两个人,你一句,我一句,审问起庆儿。冯老锡已经多少年不和这两个人说话了,他蹲在一边,一个人嘟哝着说:"不知内情,想当个中间人也没法下嘴。"

刘二卯一听就愣住了,他想:"这事情就是不能说,说出来,怪难为情。"

李德才肝火上旺,不管不顾,七十三八十四地瞎说一阵。从朱老星闹抗日,数落到庆儿扒瓜挨打,还卖他的人情。庆儿咧起大嘴说:"我那天爷!谁的裤裆破了,露出你来。你说!你说!我为什么碰死他?当上乌龟还怕脊梁上长不上八卦纹儿?"

小囤看势也走上来说:"你可说呀!庆哥为什么碰死冯贵堂?"

直到目前为止,李德才还不知道庆儿为什么碰死冯贵堂。他又对刘二卯说:"二兄弟,你说!"

刘二卯说："还是你说吧，咳！"

老套子一步一步走过来，拍着刘二卯的肩膀说："怕你说不出口来吧？"

李德才又埋怨起刘二卯："哪，你说说又有什么关系？"

刘二卯说："没关系，你说呀！"

李德才扬起下巴，想了半天，横竖想不出来。抓着脊梁把刘二卯从地上拉起来，说："你看，这么点事儿，你说说怕什么？说，不怕他！"

刘二卯觉得没法张嘴，他说："回头再说吧！冯爷好了是一个说法，好不了又是一个说法。走！"他拉起李德才往村里走。

李德才拧着脖子不走，他说："二兄弟，说，他为什么碰死冯爷，非在大街上摆列摆列不行！"说着去扯庆儿，说："走，到大街上去？当着众位乡亲们的面说说，冯爷是至尊至贵的身子骨儿，他是一村之主，你碰死他了，我们身上还担着干系。"

庆儿气得肚子里打嗝，跳起脚来说："世界上还有这么不要脸的人不？去你的吧，我豁出去跟他打这个人命官司！"

雅红看着这场滑稽戏，实在莫名其妙，跳过去问小囤："小囤小囤！这到底是为了什么打架？"小囤说："你是闺女家，我不跟你说。"雅红脸上腾地红起来，像抹上胭脂一样。

刘二卯下不了台，拉着李德才往回走。李德才耩着屁股不走，他说："非说说不行，他小子碰死冯爷，不能善罢甘休！"

庆儿看李德才和刘二卯走远了，心里气闷，实在无法发泄，山芋也不栽了，蹑悄悄地走回家去，在围墙外头蹲了一会，在苇坑边上蹓跶了蹓跶，消消愁闷。他从苇梢上望过去，对过坡上是一带土坯短墙，短墙里是冯家大院，大院里有公鸡高叫着，麦秸垛有杨树尖高，在太阳下闪着金光。他想，为了父亲参加高蠡暴动，他在那场院里消磨了几年时光，锄地、打场、割谷、抹房，流了多少血汗……他又蹲在那高坡上，对着那个大麦秸垛出神，肚子还是气得鼓鼓的。他想不出,怎样才能出这口气。想来想去,他想到:这真是打着鸭子上架……最后,他下定了决心,为了复仇,他一定要这么办!

那天晚上,风势很大,刮得芦苇叶子索索地响,天上流动着一块块乌云,亮着闪电,是个阴雨的夜晚。他走出走进,心头烦躁不安,看了看黑暗的天色,带上准备好的东西,点着支香火,藏在袖筒里,又提上一条棍子走出来。天色黑得实在是对面不见人影,伸手不见五指。他走出了门,在夜暗中穿过苇塘走过去。

庆儿把这件事做完,悄悄走回来,偷偷走进小屋,蜷伏着躺在炕上,他在等待着。

外面大风呼呼吹着,又下了一阵细雨。鸡声叫了三遍,雅红起来舀水给母亲做夜饭的时候,看到窗上晕红的光亮越来越红亮。她慌忙走出来一看,光亮从西边发出来,她又站在台阶上,踮起脚尖从西房檐上看过去,只见冯贵堂家麦秸垛上冒起焰苗,火光橙红,照遍全村,如同白天一样明亮。火焰跳动着,舔着阴霾的云。烈火烧着麦秸草,哔剥乱响。庆儿在炕上听得风吹大火的声音,也慢搭搭地从小屋里走出来,悄悄爬到屋顶上看着。

雅红问:"怎么西锁井这么大的火,是……"

庆儿说:"是冯家大院。"

雅红翘起舌头说:"该!活该!欠!"

离远里,听得见老拴放开嗓子大喊:"着火了,着火了!"冯老锡睁眼看见窗户上火亮,也翻身爬起炕来擦着眼屎向外跑,听得街上狗咬人叫,他说:"怎么?是冯家大院?"他幸灾乐祸地笑着,坐在场院里的碌碡上,抽起烟来。

人们去救火,火势太大,烤得人们不敢近前,泼上点水也不管事。眼看着那垛麦秸烧完,把院里树木都烧焦了,人们议论纷纷:"下雨天能起火?这是天火呀!一着天火就要家败人亡!"

庆儿正看着,听得背后有人登着梯子上房来,他回过身一看,是朱老忠。朱老忠镇起脸来说:"不用说,庆儿这是你!"

　　庆儿随着朱老忠从房上下来,把他引进屋里坐下,说:"是我,叔叔!"大暴动以后,庆儿脸上第一次现出笑容。

　　朱老忠沉下脸,说:"不,不能用这种办法,烧天燎地,这么短见!对他们当然有损失,可是对穷人们没有什么好处,是不?孩子,你应该走你爹的路,跟着共产党走!不要只看他们现在耀武扬威,早晚会有办法收拾他们,出水才看两腿泥!"

　　庆儿迟疑说:"对人们固然没有好处,可是能掰他们的芽儿,打击他们的兴头,叫他们丢人现眼!"

　　朱老忠一听,脸上一下子笑开来,说:"当然,这也算是斗争!"他又抚摸着庆儿的头说:"庆儿!你的阶级觉悟提高了,你有雄心,有骨性,跟着共产党走吧!"朱老忠走前两步,把庆儿的头深深搂在怀里,把几点老年的眼泪,滴在庆儿头顶上。他又在想起大贵、志和和老拔他们,已经走了五年,也该回来了!

八

　　江涛在坟上祭了朱老星,紧接着冯家场院里着了一把大火,这两件事在锁井镇上来说,不是一个小的影响。江涛祭坟带来的政治影响,说明共产党要卷土重来,朱老忠和朱老明又要抬起头、直起腰来。冯家场院里着了一把火,冯贵堂心绪不宁,但死不承认有人越墙放火,而且扬嚷着了一把天火。为了这两件事情,四十八村的贫苦农民、暴动户们都出了一口长气;可在冯贵堂来说,头顶上是个不小的压力。于是,他饭吃得少了,觉睡不好了,眉梢里打了一个结,走出走进,对家里人没有什么话说,对街面上人也没什么好说的。

为了消愁解闷,他花一百块钱买了一个画眉,养在黑漆笼子里。这天下午,他提起画眉笼子,在场院里走来走去,他把笼子举在手上,仔细看着画眉的神态,品着鸟音,由不得心上舒展起来。可是,当他的视线由院里隔着短墙转到院外,隔着苇塘移到对过的坡上,他的心情就转了过儿:那是朱老忠的宅院,是他的仇家,朱老忠现在身子骨儿还结实……由不得他的心上又阴沉起来。于是,他提起笼子走上大街,走到聚源号里,把笼子挂在屋顶上,坐在一旁默默地看着。

齐掌柜走过来,赶快叫学买卖的沏茶点烟,说:"怎么?老东家今天胃气不舒?"

冯贵堂说:"不怎么的。"脸上还不显悦色。

齐掌柜说:"不怎么的,脸上可是不舒展……"说着摇了摇脑袋。

两个人正在说着,老山头,李德才,刘二卯三个人嘻嘻哈哈走进来,冯贵堂笑了说:"怎么你们仨人这么高兴?"老山头说:"我们看你这几天愁眉不展,想找你喝个解闷酒。"

冯贵堂说:"怎么,你怎么知道我心气不舒?"

刘二卯说:"我们一看就知道你心气不舒,成天价唉声叹气的……"

冯贵堂哈哈一笑,说:"既然如此,我请你们喝一杯!"

齐掌柜一听,立刻打发学买卖的打酒买菜,摆在桌上。冯贵堂说:"不,这地方人来人往,我们要在内柜喝。"齐掌柜说:"好说,在我屋里喝!"说着,齐掌柜领着他们几个人到里院小北屋里。里院是三合子砖房,西房是正房,南北房是厢房,都是存货的房子,三间北房,一头是学买卖的住房,一头是齐掌柜的卧室;靠北墙是一条小炕,窗台根底下一张大八仙桌子。齐掌柜叫学买卖的把桌子抬出来,再搬上俩座位,摆上酒菜,说:"看,好不好?"

冯贵堂正座坐了,三个人在下面陪着。冯贵堂拿起酒壶一一斟上酒,说:"好!今天在内柜房喝个快乐酒儿。"老山头说:"看你这几天不愉快,怎么回事?"

李德才用手端起酒杯,咧起嘴来说:"怎么你还装傻是怎么的?这江涛回乡祭坟,不是一件小事……"

刘二卯说:"我看这朱庆扒瓜就不是一件小事,压得他们不轻!"

李德才说:"这还看不出来,你不搞朱庆扒瓜,他还不搞祭坟呢!"

冯贵堂举起酒杯,说:"来!喝一杯。你们看得不错,既然如此,你们得帮我一把,我还得把他们压过去……"

老山头说:"对!他有一来咱有一往,他压住咱了,咱还要压过去,把他压住!"

冯贵堂拿起筷子,说:"来,就着菜!老山头说得是,他有一来,咱就必然得有一往……"

几个人在小屋里吃着喝着,最后叫了几碗面来,一人一碗,吃得酒足饭饱。

冯贵堂的心事,别人摸不清楚,老山头可摸得底细,于是他今天走到这村,明天走到那村,串亲访友。他的朋友也没有什么好朋友,无非是一些狐朋狗友。这一天,他骑着冯贵堂的大走马出了一趟远门,一直到天黑了才回来。他把马拴在桩子上,也待不得揭马鞍子,连饭也顾不得吃,就走进内宅,径直走进冯贵堂的房子里。冯贵堂吃完了饭,正在屋里散步。老山头开门进去,拍了拍冯贵堂的脊梁,悄声说:"行了!"

冯贵堂问他:"怎么了?"

老山头说:"这一下子就把严江涛摁个嘴啃泥!"

冯贵堂一听,睁亮了眼睛,又问:"怎么了?"

老山头说:"摸到李霜泗的消息了!"

冯贵堂一下子笑了出来,紧追了一句,问:"什么消息?"

老山头说:"就在河南省明港镇,在铁路上当工人。要是把他牵来,削了他的脑袋,说不了大瞎话,这共产党可就烟消云散了。"

冯贵堂一听,哈哈大笑了,说:"那也烟消云散不了!"他又追问一句:"真的?"

老山头说:"不错!"

冯贵堂说:"好!晚饭给你加一壶酒。你吃饱了,喝足了,明天咱们进城。你算卖了一把力气!"老山头说:"义狗还报主呢!你对我这么好,我也有点真心哪!"

第二天,也没吃早饭,冯贵堂站在二门上,叫:"大有!大有!"冯大有一摆搭一摆搭地走过来,说:"干什么?当家的!"冯贵堂说:"套小车子,进城!"冯大有跑回去,和伙计们推出小车子,打扫干净,牵马套上,等着冯爷上车。冯贵堂穿戴整齐走出来上车,老山头站在车旁看着,一眼看见冯贵堂空着手儿,他说:"我的爷!你怎么空着手儿?"冯贵堂说:"怎么?……"老山头说:"你忘了,前几年的教训?进衙门口能空着手?"

老山头一说,冯贵堂身上愣怔了一下子,抖了抖两只手,又跑家去。跑回家去又没有什么可拿,包上了一包袱票子,提在手里往外跑。老山头知道是票子,他说:"你怎么拿那个?那有多不好看!"老山头一说,冯贵堂又不肯承认错误,一下子红了脸说:"什么比钱值东西?"说着咕咚一声,把包袱扔到车里,两脚一跳,跃上车辕。

冯大有摇了一下三截鞭子,勒了一下扯搂,大辕马出了步伍,他又连打三个响鞭儿,小车子出了大梢门。老山头小跑蹓丢儿地在后头跟着。小车子出了村,冯大有跨上里辕,老山头跨上外辕,一蹓烟儿似的进了城了。

到了县政府门口,冯贵堂提着包袱下了车,也不和站岗的打招呼,径直走进花厅。县长王楷第正坐在沙发上看报,冯贵堂哈哈笑着,说:"接着,接着,接着……"王楷第见冯贵堂扔过东西来,伸直两只手接着。问:"这是什么东西?"冯贵堂大笑了说:"吃的、穿的、用的,什么都有了。"王楷第见是沉甸甸的东西,皱了皱鼻子,笑了说:"你来就来呗,还用得着这个?"冯贵堂说:"我要不是给你捎包儿茶叶来,总觉得过意不去!"

  王楷第一下子笑了说:"好!你捎了来,我就喝!有什么要紧的事,你就说吧!"

  冯贵堂说:"说,你也许早就知道了。就是五年前,在保定二师闹学潮进了监狱的那个严江涛,回来在县立高小教书,你还不把他赶出去!"

  王楷第说:"赶出去,谈何容易?"

  冯贵堂说:"他还回乡祭了闹高蠡暴动被镇压了的朱老星,这不是给共产党撑腰吗?要他干什么,依我说咱们赶出他去!"

  王楷第缓缓地摇着头说:"哪里是容易事情?"

  冯贵堂说:"怎么?你怕他?"

  王楷第说:"我不怕他,我怕你们这个本地方的马老将军。他和严知孝有瓜葛,我也和严知孝有一面之交;马老将军还是我们的校长。这次严江涛出狱就是马老将军写信保释的。严江涛在这儿教个书能起了什么高调?如果弄不好,叫他马老人家端了我的饭碗,我还惹得起。到时下不来台,可是怎么办?"

  冯贵堂一听,这里边社会关系复杂,不是一句话能说清的,他就不再谈这个问题,转了个话头又谈起抓李霜泗的问题。把大拇指头一伸,笑了说:"李霜泗有了下落了!"

  王楷第一听,两手架下金丝眼镜,笑了说:"真的?"

  冯贵堂说:"这还有错!"

  在中国,王楷第是属于老一辈的北洋官僚,做官有经验了。他迟疑一刻,喃喃地说:"日本鬼子进了长城,华北大半河山不保啊,还顾得着这个?"说着摇了摇头。实际上他脑子里想的是国民党在华北退却,没有国民党部督着了,多做几年官,多发点财算了,还弄这个干吗!

冯贵堂说:"怎么你忘了这个,他们打了咱张队长一枪,如今还是个残废!"

这时,王楷第也想到:在高蠡暴动以前,曾经有人打了张福奎一枪,这个案子还没有破。前二年上头追得还很紧,现在要是把这个案子破了,还算是一大功劳,升官不升官吧,办事兴许还顺利点。于是,顺过脸来,问:"李霜泗现在什么地方?"

冯贵堂说:"他远走高飞了,现在河南。"

王楷第追了一句,问:"河南?出了省了,他在什么地方?"

冯贵堂说:"在明港镇当铁路工人。"

王楷第说:"张队长残废了,有谁能出省办案?"

冯贵堂看着王楷第要闪过去,他顶了一句:"没人去,我走一趟。"

王楷第看冯贵堂劲头挺大,他又试探了一句:"老财主肯劳动一下身子?"

冯贵堂听到这里,仰起头哈哈大笑了,说:"兴许你忘了我是干什么的?早年里我念过大学法科,还在军法处混过几天……你办文书吧!你把抓差的文书办好,我就起身。"

王楷第听到这里,一口咬住:"就这样吧!咱办他土匪,别办他共党,办共党头绪多!你先休息一下,我办公事,办好了公事,你就出发。"

冯贵堂两眼一瞪,说:"那不更显花点儿?"

可是王楷第不再说什么,话谈到这里,也算说到底了。冯贵堂只好退出花厅,回到宴宾楼,吃了一点饭,休息了一会,坐上小车子回到家里。

一到家,他就走到上房,当着母亲的面,把冯焕堂叫到上房,说:"兄弟!我要出门了,我们的仇人李霜泗有了下落,在河南当铁路工人,我去把他抓回来。要是能把他抓回来,这一切大仇就算报了。我不在家,这家里的事,村里的事,你都得管着点……"冯焕堂说:"既然能报仇,你出去一千里地,也不嫌远;家里的事,一切我都管了,只是这村里的事,自从老爹没了,都是你管着,我一点没有管过,冷手抓热馒头,恐怕力所不及……"

冯贵堂听到这里,觉得说得也有道理,立刻打发老山头到大街上把保长刘二卯叫了来,说:"我要出远门,村里的事,小事你和李德才商量;大事跟焕堂商量……"冯大奶奶听到这里,也说:"这么着好,这么着也是正理。"刘二卯一切答应了,没有说二话。

第二天,冯贵堂带上老山头,回到县里,到县政府办了文书,又亲自拿着公事到财政局办理手续,带上足够的路费,便起身上路。

次日到了保定。老山头问:"咱是住第一春饭店?还是住会仙客栈?"冯贵堂说:"第一春不如会仙客栈,会仙客栈上车方便!"

会仙客栈是个大栈房,坐落在保定西关火车站旁边;里外两层大院,里院是客房,外院是车马大店,停着满院子大车、小辆,满院子马粪尿。牲口在车尾巴上吃着草,小贩提着篮子吆喝着,有卖瓜子花生的,有卖糖果纸烟的,走出走进,熙熙攘攘。南来北往的大商巨贾,都住在这里。

伙计们一见门外赶进一辆红酡泥的燕儿飞的小轿车,山西角儿,连忙站在一旁恭迎。车停以后,跳下一个胖大人物,大八字胡子,穿着蓝布长衫,黑纱马褂,头上戴着毡帽,穿着圆口缎鞋。跟着,老山头从车上提下大皮箱,两人气宇轩昂地走进里院。伙计们连忙开了客房,拿出缨掸子给冯贵堂扑打灰尘,然后一手开门,用缨掸子指着说:"看!怎么样?一等客房!"

冯贵堂走进一看,房间不大,虽然比不上第一春,倒也干净。他说:"怎么院子里这么吵?"

伙计说:"咱会仙客栈在车站上,比起城里第一春饭店,当然吵些。可是上火车下火车就方便得多了!"

冯贵堂听他说的也是实话,对老山头说:"就住这里吧!"老山头立刻伸手给冯贵堂脱衣裳,把毡帽、马褂、大褂,挂在衣架上。伙计们涮了茶壶。老山头说:"喝什么茶叶?"冯贵堂拿出一块银元往桌上一放,那块银元旋转不停,嘚儿楞楞地响着。他说:"来一包九毛六的香茶!"老山头拿起那块钱,颠着脚儿买了一包茶叶来,冯贵堂一见就火了,说:"只买了一包?"老山头扎煞着两只手,说:"你不是说要一包九毛六的吗?还找回四分钱的铜元。"说着,把铜元放在茶几上。冯贵堂皱起眉头说:"九毛六买一包!"老山头笑着说:"你不是说买一包吗?路上再买就是了。"冯贵堂生着气斜了他一眼,再也无话可说,絮叨:"真他妈的吃菜货!九毛六还不买一斤?"老山头暗笑了说:"那,带一溜遭来还有味?"

高蠡暴动,冯老兰死了,冯贵堂当家主计了。不当家不知柴米贵,花钱大手大脚;如今当起家来,也是视钱如命。他常常叨念:开门七件事,家业大,人口多。在这一点上,冯老兰、冯焕堂和他倒是一脉相承。

饭时到了,伙计走过来问:"大人!午饭到了,吃什么?"冯贵堂仰起头来想了一下,拣了他爱吃的几样东西,说:"来个香酥鸡,来个炒玉兰片,再来两个凉菜,来壶好酒。"又叫了老山头来,说:"给他们来两个十二两大面。"

不一会工夫,伙计端上四个菜,除了荤菜,还有一个拌海蜇,一个粉条儿拌海带,不过是一些大路货。酒是衡水老白干。冯贵堂觉得喝不过瘾,但是菜已端来也无办法。喝着酒,想起老山头和冯大有只吃面条,又叫过伙计,指着外院的老山头和冯大有说:"给他们来两个菜,一壶酒。"伙计问:"来两个什么菜?"冯贵堂说:"你随便!"

冯贵堂一边吃着饭,大院里住的人多,车马也多。牲口闹槽,买卖人吆喝,卖粽子的、卖烧鸡的、卖酱菜的、卖糖葫芦的,叫个不休。他想:还是不如住第一春。可是第一春是大饭店,有地方盛汽车,无地方住大车,也不方便。才吃了饭,卖糖葫芦的老头挎着篮子走进来,举过签筒,咚咚响着。冯贵堂一见签筒,就勾起瘾来:当年他上大学法科的时候,就是住在公寓里,一到夜晚,不是去逛石头胡同,就是打麻将,抽签儿。他说:"来两把!"卖糖葫芦的老头笑了说:"才吃了饭省得闷着,抽两把取个乐儿,开开心!"

说起抽签,冯贵堂倒是内行。他搬过签筒,手指头捏着竹签,眯着眼睛呆了一会儿,笑了说:"看,碰运气,吭!"他哪里只抽两把,说着,嗖!嗖!嗖!连抽了三把,夹在左手缝里,拿起三只签子一看,笑了说:"哼!赢了你老头!"老头说:"看你客官长得发福,八字胡子,多富态,能不赢我!"冯贵堂又眯着眼睛看第二把,由不得哈哈大笑了,说:"又赢你了!"这时,老头可就放下脸来,连输两把,碰上了歹运。不提防冯贵堂看完第三把,他把签子递给老头,拍着两个巴掌,仰起头哈哈大笑了,说:"好!我又赢了你了!"

卖糖葫芦的老头,似乎是满不在乎的样子,笑了说:"哼哼!今天我算输给你了!"拿过篮子,说:"你挑吧!"

冯贵堂捡了三支大糖葫芦,自己吃一支,跑出二门,给了老山头一支,给了冯大有一支。冯贵堂一边吃着,嘴上还笑着。老山头说:"你老真好运气。你看,马到成功!"

吃完了饭,老山头说:"咱是明天走,还是后天走?我去买票。"冯贵堂说:"还是明天走吧!在保定也没有什么事情。"他不想再去看严知孝。老山头问:"坐三等车吧?"冯贵堂一听,扭了一下脸儿,说:"坐二等呗,坐三等!"老山头说:"我也坐二等?"冯贵堂生气说:"你也坐二等?你他妈的也配坐二等?"老山头听着不是滋味,就溜出去了。下午拿了钱,去买了票来。

第二天上午,老山头和冯贵堂上了火车,老山头把冯贵堂送到二等车上,他自己悄悄走到三等车里。当时,一等车是卧铺,二等车是软席客车,三等车是非常拥挤的硬座车。冯贵堂坐在沙发软座上,叫茶役冲上一碗茶,抽烟喝茶,看着窗外景色,心上在考虑到了河南地方,根据法律程序,将怎样对付李霜泗。

冯贵堂和老山头在火车上一直坐了两天两夜,第三天的早晨,才到了河南省确山县车站。冯贵堂和老山头下了火车,小车站上没有洋车,雇了一匹小驴子到了县衙门口。老山头歪着脖子,扛着个大皮箱,在后头跟着。冯贵堂从腰里掏出皮包,拿出一张名片递进去,等不到一刻工夫,差役跑出来,领冯贵堂进去。老山头只好在大堂门口等着。

冯贵堂跟着差役走进去,到了秘书室门口,从屋里走出个人来,高个儿,头上推着分头顶儿,穿着花丝格的灰色大裪,瘦眉窄骨儿,戴着金丝眼镜,站在门口一看冯贵堂的打扮,笑了说:"客人从何处而来?"冯贵堂说:"在下冯贵堂,是北京朝阳大学法科毕业,也曾在法律界混过几年,今天因为一件小事来拜会仁兄。"那位县长的秘书一听,笑了说:"北京有名的法律系毕业,虽然不认识,也是同窗之谊。"冯贵堂一听是一位同学,右手心里含着一叠钞票,伸出手去握住秘书的手。那位秘书对这一叠钞票,感觉异常灵敏,缩回手去,袖着手儿眯眯笑了,说:"老同窗到了,没有说的,有什么公事,尽管说就是了,何必如此。"说着,把冯贵堂请到屋里,坐在椅子上,说:"不是什么大事,就是在几年以前,共产党在我的家乡闹了一场暴动,打家劫舍,老人家也因此殉国了。有一个红军的大队长,就落在这一方,他原来是个土匪出身,非同小可……"他说到这里,就不再说下去,从口袋里掏出一张小纸片,放在桌子上。那位秘书用两个指头捏起那张小纸片,看了看,由不得张开大嘴哈哈地笑了,说:"小事,何足挂齿!"又说:"仁兄!是在寒舍休息几天,还是立刻就去办案?"冯贵堂说:"你就办公事吧!办好公事,把他捉来,也就是了,兴许我还要亲自报这杀父之仇!"秘书说:"既然如此就请仁兄在这衙门附近住下,明天再来,容我赶办公事。"

说到这里,冯贵堂立即告辞,退出办公室,秘书先生亲自送出大堂门口,弯腰送客。冯贵堂也弯腰施礼拜别同窗。老山头立刻凑上去,说:"我以为遇上什么事情,怎么老是不出来,带的钱少了吧?"冯贵堂说:"我也是这么想,不过还可以补付。"两个人说着,走进衙门前街一座客栈,休息吃饭。

这天下午,冯贵堂正躺在铺上休息。栈房的伙计,迈开大步跑进来,说:"客人不好!衙门里的张秘书来见!"冯贵堂一听,翻身从铺上跳下来,二话不说,立即跑出来会客。还未跑出二门,张秘书已经来到面前,伸手握住冯贵堂的手,笑了说:"学兄的大事,在下不敢怠慢,吃过午饭,我就到公安局去办这件事情,明天上午孟督察长跟你一同去明港镇……"说着,冯贵堂缩回手来,从口袋里取出一叠钞票,含在手心里,趁着和张秘书握手,送进他的手里。张秘书仰起头哈哈大笑了,说:"老兄何必如此,这点小事,手到擒来,也值得这么着。"说着,走进栈房,坐在椅子上,说:"此处,倒是有这么一个人,在明港镇,不过更名改姓了,还得老兄劳动一趟,认认头脑,免得有错儿。"

冯贵堂说:"这个好说,先认清楚再说!"

第二天吃过早饭,督察长带了几个便衣队,来到栈房里。冯贵堂照样握住他的手,寒暄一会子,这不过是一个平常的礼节,除了给督察长的礼物,还包括每人一对鞋钱。

从确山县到明港镇,也不过隔着驻马店一站,一共两站地。在明港镇下了火车,督察长说:"咱们也就不到分局去了,免得有个风吹草动,打草惊蛇,走漏了消息。"几个人一直走到铁路工务处,也不过是两间小砖房。一进房门,迎头走出老工长,穿着工服,手里拿着一把鸭嘴镐。督察长告诉他要找的人,老工长也没多想,用手指着不远的地方,说:"那不是!正修路呢!"督察长说:"你叫他过来!"这时,冯贵堂和老山头不言声儿走进小屋,掩藏起来。当老工长叫回李霜泗,孟督察长说:"出来看看,是他不是?"说着,拿起手枪对准了李霜泗。

李霜泗听了,抬头一看冯贵堂和老山头从工务室走出来,浑身打了一个寒颤。老山头一见李霜泗,立刻跳脚大笑了说:"霜泗大哥!是你在这里?"

也是合该有事,当老工长去叫李霜泗的时候,李霜泗没有想到。等他一眼看到冯贵堂和老山头,心里说:"我的对头到了!"仇人见面,分外眼红,才说动手,手下连一件顶硬的家伙也没有。督察长看他想动手,喝了一声:"站住!"便衣队立刻掏出枪来,对准了李霜泗,说:"不准动!"

到了这个时刻,李霜泗也就无法可施了。也是一时的粗心大意,落到了这步境地,就是再大的英雄也得认输了,于是他哈哈大笑了说:"好汉做事好汉当……"

说时迟,那时快,便衣警察立刻取出刑具,给李霜泗砸上手铐脚镣。李霜泗对于被捕,对于刑具,已经是家常便饭了;气不长出,面不改色,思想上开始准备这一场不寻常的斗争。

九

冯贵堂在河南明港镇逮捕了李霜泗,又在确山县起了解差的文书,他知道李霜泗这个人物非同一般,须要用一些手段才能把李霜泗解回本乡本土,因此,又去找县政府的秘书。他走到县政府的门口,让站岗的警察给他传禀。张秘书听传达员说冯贵堂又来到县政府,就像吃顺了嘴的狗一样放下了笔杆,两手正了一下眼镜,立刻走到大堂门口来迎接。冯贵堂不由得弯腰施礼,说:"老同窗!你好!"张秘书也点了一下头,说:"你好!"说着带冯贵堂回到秘书室。一进门,张秘书便说:"请坐!听说你顺利地办完了公事。"他端起茶壶倒了一杯茶递给冯贵堂。冯贵堂喝了一口茶,说:"有老兄的帮助,就是再大的事情,也没有不顺利完成的。话又说回来,这李霜泗是直隶有名的惯匪,飞檐走壁,十八般武艺没有不通的,只是我两人,恐怕弄不回他去,弄不好还许逃跑了。"

张秘书说:"只要老兄出面,事情没有办不到的。"

冯贵堂说:"我想多带几个人,坐火车也方便。"

张秘书说:"好!多去几个人,一路上帮助你,好不好?"

冯贵堂说:"好!学兄这样帮忙,我一定要报答你的恩情。"

张秘书说:"何必挂齿!"

说完,冯贵堂退出秘书室,走回客栈。当天下午,张秘书到公安局办理这桩案件,公安局长派了四个警察,一个班长带去。第二天上午,班长带着四个弟兄,到了客栈里,找到冯贵堂。冯贵堂伸出手去,握住班长的手,说:"这就要劳动你们了。"随着手就把礼物送出去。

班长也说:"何必如此,这是我们应尽的义务。"

冯贵堂说:"小意思,喝壶茶就是了!"

冯贵堂带着几个警察回到明港警察分局,找到老山头,他问:"怎么样?"

老山头说:"不怎么样!昨天一晚上,说话有来有去的,还是弟兄相称。"

冯贵堂说:"好嘛!你们是磕头结拜弟兄,你要好生哄着他。"说着,他又把几个警察和老山头做了介绍,说:"这是我的亲兵。"又介绍说:"这是确山县公安局的孟班长,叫他给你们介绍介绍这个犯人的情况。"老山头领着几个警察找了个地方坐下来,说:"说起来话长,这个人性子特硬,宁顺勿戗,顺着怎么都好说,戗着怎么也不行。昨日晚上,一夜里要吃饭便吃饭,要喝酒便喝酒。他还吃奉承,你不能叫他李霜泗,你得叫他李八爷……"孟班长问:"你怎么知道得这么清楚?"老山头说:"他是我的盟兄!"说着,一个警察腾地站起来,半开玩笑地伸出手指头挖着老山头的脑门子,说:"你出卖了你的朋友……"老山头唔唔哝哝地红了脸说:"俺是官差不得自由!"

几个人在一块说了一会子闲话。警察分局拿过车票来,赶过大车,叫李霜泗坐上,老山头和冯贵堂、警察们在车后头跟着。李霜泗一见冯贵堂,一时恼火上升,要大骂他几句才痛快,心上一想:"人在矮檐下,怎敢不低头,又何必吃眼前亏呢?"他又把这口气吞了回去。昨天晚上老山头特别给他把脚镣上拴上了一条绳子,他手提脚镣,到了火车站,老山头又把他扶下来,当啷响着,走向入站口。人们一见这个不寻常的打扮,一齐跑过来看,睁开莫名其妙的大眼,议论纷纷。

老山头架着李霜泗通过检票口,几个人扶他上了火车。孟班长先上了车,等老山头走进车厢的时候,他正大声吆喝着:"躲开!躲开!闲人躲开!"举起枪把抡着。人们一看这个阵势,不知道是怎么回子事,睁开惊慌的大眼睛,叽哩咕噜乱跑了。这就腾出几个座位,几个人便围桌坐下。警察们无事生非,旅客们叽叽咕咕。李霜泗一口气冲到头顶上。站起身体,抖着手铐,说:"老乡们!不要害怕,我不是土匪!我是高蠡暴动的大队长,跑到河南当了工人,只因出了奸细,我才被拿了……"说着又大喊一声:"中国共产党万岁!"

李霜泗一喊,人们这才明白了,说:"原来是个共产党,好样的!"于是人们又是一阵议论纷纷,一时骚动。警察们也明白过来了,说:"八爷,不要生气!八爷,不要生气!"两个人扶他坐在椅子上。李霜泗还是红头涨脸,眼里流出泪来,暗暗地说:"我李霜泗落在这步家业!"

火车开行了,老山头去找冯贵堂,冯贵堂坐在二等车厢的软席靠椅上,见老山头走过来,他问:"又有什么事?"

老山头说:"要喝茶可是怎么办?"

冯贵堂拿出两元一张的钞票,说:"喝茶有茶钱,回去了报销,报销不了我兜着。"说着,扔给他两块的中交票。

老山头走回来,叫过卖水的人,沏上七碗茶。李霜泗喝着茶,把身子靠在椅背上,眯上眼睛,但他并没有闭目养神,他在考虑一个脱身之计。时间不长,饭时也就到了,老山头又去问冯贵堂:"这吃饭怎么办?"冯贵堂瞪开牛大的眼睛,说:"该吃饭了就吃饭,这还用问?"老山头说:"你可得给钱哪!"冯贵堂说:"给你!"说着,扔给他十块钱的钞票。老山头走回来,到餐车里买了四菜一汤,还有一壶酒,每人一碗大米饭。几个人跑去,搬回来吃着。

一边吃着饭,老山头又是夹鱼又是夹肉,给李霜泗吃,斟上一杯酒说:"吃!喝!犯了罪是犯了罪,该吃了吃,该喝了喝!"李霜泗明知道是假仁假义,也不理他,只顾自己吃,只顾自己喝。

直到黄昏时分,孟班长说:"看天道凉快下来,咱放下窗户。"李霜泗知道他不怀好意,说:"你们凉快了,我身上还热着呢!"李霜泗坚持不落下窗户,只好作罢了,孟班长说:"好!咱听你的!"又对四个警察打招呼说:"咱可听他的呀!"

李霜泗假装得昏昏欲睡,趴着小桌,仔细思量:"如果路上不能逃脱,到了县里就再也没有机会了。"到了半夜子时,乘客们都在打着鼾睡,几个警察也假装睡着了。李霜泗耸了耸身,猛地跳上坐椅,他要隔窗逃走,不提防有人用力拽着他的衣襟,再跳也跳不动了。几个警察一齐喊着:"大哥!你可不够朋友!"孟班长瞪开大眼睛,说:"干嘛呀!办不到!是朋友的赏个脸儿,一块儿走吧!"

警察们一喊,满车厢的人都醒过来,但是他们不知道为什么在喊叫。李霜泗逃走未成,只好把两只手趴在小桌上,呼呼地睡着。

直到第三天早晨,车才到保定。下得车来,在会仙客栈吃了早饭。雇了一辆轿车,冯贵堂坐着,还雇了一辆大车由李霜泗、老山头和几个警察坐着。他们怕李霜泗逃走,把他放在车厢里,两个警察坐在里辕外辕上,老山头坐在车尾巴上,另外两个警察和孟班长坐在车上装上,围了个严严整整。出发之前,冯贵堂叫老山头把孟班长叫到跟前说:"这就快到本县了,到了本县,鞋钱、饭钱少不了你们的,要是跑了犯人,不用说我担待不起,就连你们也是担待不起的!"孟班长连声说:"是!是!"

  一切安排停当,也就起身了。李霜泗一看这个阵势儿,也实在无有办法。第二天下午,到了本县城。一进城门,人们都站在门口看。小孩子们,小学生们前呼后拥地跟着,到了大堂门口,李霜泗从大车上两脚一纵,当啷一声响,跳了下来,站在那里看了看大堂周围的情况,人越集越多,吃顿饭的工夫,就挤满了大堂门口。英雄回到故乡,人们由不得想到高蠡暴动的威势和高蠡暴动的失败,万般情绪袭上心头,簌簌落下了眼泪。

  三班衙役走了出来,在大堂上站上班。承审员走出大堂,这个人四十多岁年纪,长袍马褂,坐在大堂上,拍了一下惊堂木,喝了一声:"带李霜泗!"

  法警把李霜泗拉上大堂,李霜泗也不抬头,一步一响地走上来,并不下跪。承审员问:"你叫什么名字?"

  李霜泗说:"我叫李霜泗。"他还是不跪。

  承审员问:"你为何不跪?"

  李霜泗说:"打土豪分土地无罪!因此不跪。"

  承审员问:"你是土匪?"

  李霜泗说:"我不是土匪!"

  承审员又问:"你参加了高蠡暴动?"

  李霜泗说:"我是河北红军第一军第二大队的大队长!"

  承审员又问:"你是共产党员?"

  李霜泗抖了抖精神,说:"不错,我是中国共产党的党员!"

  承审员问到这里,也没有什么话再问,说了一声:"押下去!"就退堂了。李霜泗也没有多说一句话。

法警又押着李霜泗坐上大车。走到监狱门口,李霜泗跳下车来,手提脚镣走进监狱的小门。典狱长验明正身,老看守带进里院,锁进木笼里。自此,大街上一直在传说着:"你看那股劲头,真像个共产党的样子,多么英雄!"英雄落网,是没有人不可惜的。

李霜泗落狱的消息,好像秋后的寒风,飘到四十八村革命人家的院落。四十八村革命的人民,从这个乡村到那个乡村,从这座土坯小屋到那座土坯小屋,奔走相告。同样的,也传到锁井大集上:"高蠡暴动的英雄李霜泗落狱了!"

朱老忠在锁井大集上听到这个消息,抬起头来,望着缥缈的天空,愣了一刻,长叹了一声,集也不赶了,他合紧了嘴巴,不说什么,移动脚步,一步一步走回家来。一进小门,扬起头来,又长叹一声:"天哪!灾难又落在革命人们的头上了!"他从腰里取下烟袋荷包,装上一袋烟,坐在捶布石上抽着,又仰起头来,看着深远而缥缈的天空,嘴上暗自说着:"英雄落网……冯贵堂好歹毒的东西!"贵他娘听得说,从屋里走到台阶上,问:"你说什么!"朱老忠说:"霜泗落狱了……"他还没说完,金华也从西屋里走出来,说:"爹!你说什么?谁落狱了?"朱老忠说:"李霜泗落狱了!"金华着急说:"李霜泗落狱了,那可不是一件小事。我们要帮他一把儿……"贵他娘也说:"是,得帮他一下。"

说着,朱老忠把烟灰磕在鞋底上,拔脚走出来,走向村北大柏树坟,一上土坡,看见朱老明坐在树下乘凉。那么一座大柏树林子,阴森森的。当他走近朱老明的时候,朱老明伸长脖子,揣摩一下脚步的声音,问:"谁呀?是大兄弟来了!"

朱老忠说:"是我,大哥!"

朱老明说:"今日大集上,有什么消息?你也没去?"

朱老忠说:"今日一早我就去了,听到一个不好的消息,我就又回来了!"

朱老明听到这里，睁开无光的大眼，问："什么不好的消息？"

朱老忠说："英雄落网了！"

朱老明听了，打了个愣怔，又问："谁呀？是我们哪家英雄？"

朱老忠迟迟地说："李霜泗！"

朱老明听说是李霜泗，由不得嘴唇打着哆嗦，半天不说一句话，眼里掉出两颗大泪珠子，说："这是个不好的消息，眼看着这灾难又要落在我们头上了！"自从高蠡暴动以后，朱老明变成一个政治上极其敏感的人。朱老忠一有了什么事情，就找他商量。

朱老忠说："可也不一定，日本鬼子进攻到了直隶边界……再说要施行统一战线了……"

朱老明把手一摆，说："不！兄弟！乡村里的老财主们懂得什么统一战线？即使懂，你跟他统一战线，他不跟你统一战线，还是枉然。"

朱老忠听到这里，半天不说话，摇了一下头，说："我心里也是不踏实……要不……我去问问江涛？"

朱老明说："这事值得，去吧去吧！快去快回！"

朱老忠离开朱老明，说："那我就去……"说着，挪动脚步走回家来，一边吃着饭，一家子念叨李霜泗的事。吃了饭在炕上躺了一会，心里有事，睡也睡不着。又爬起身来，到院子里拿了一个小铁盆，舀上一瓢凉水，又开两腿，捧起凉水往脑袋上哗啦浇着。贵他娘说："你又在着急？"朱老忠说："我当然着急，我要败败心火！"

金华在炕上睡着梦里说："我爹说什么？爹心里又有了大事了！"

朱老忠说："当然有了事了，我又要进城！"说着，穿上紫花小褂，戴上草帽，就走出来，沿着锁井大街向西去，过了小木桥，就顺着进城大道进了县城。

到了高小学堂，传达室领他走进江涛屋里，江涛不在屋，传达员倒了一杯茶叫他喝着。不一会工夫,江涛怀里搂着书本,拿着教鞭走进来,一见朱老忠,笑了说:"大伯心里又有了事了?来得这么快!"说着,他洗了一把手,掬上茶喝着。

朱老忠仰起头来,长叹一声说:"听说李霜泗落狱了!"

江涛说:"是的,他一进城就惊动了全城四关。"

朱老忠问:"我们可有什么办法没有?"

江涛说:"我也是住了几年监狱,才回来工作。湘农同志离开这里不久,党也就被打散了,我回来才不久,还有很多的工作要做。如今工作还没有基础,我们没有这么大的力量。"

朱老忠说:"人在监狱里,有谁给他送饭?"

江涛说:"他的家属还不知道在什么地方。从目前来说,解决送饭问题,我们还是有办法的。"

两个人就着给李霜泗送饭的问题,谈了一会子。江涛说:"走吧!咱们到衙门口里去看看。"

说着,江涛拿起笤帚扫了一下衣服上的粉笔面,叫了朱老忠走出来。往北过了石牌坊,往西一拐,就是宴宾楼饭庄。伙计们见了江涛走进来,用着响亮的嗓音喊了一声:"严先生到了,小屋里坐!"

伙计把江涛和朱老忠领进一个小套间,靠北一条小炕,靠西墙放着一个圆桌,一看就像个饭庄的来派。伙计亲切地笑了说:"严先生!怎么今天上街吃饭,来了客人……"江涛拉他坐下说:"衙门里来了什么犯人?"伙计说:"李霜泗落在本县监狱里!"江涛说:"我们想给他送饭,可有办法?"伙计说:"目前还没有定罪,可以送饭,定下罪来了,可不知怎么样?"江涛说:"先说目前的,定下罪来再另说。"

说着话,伙计走出去。不一刻工夫,用小条盘端进两碗炒饼,说:"严先生轻易不上街,今天我请严先生吃便饭,再说也来了客人。"江涛说:"哪里,能吃你的饭?"说着,和朱老忠两个人坐下吃饭,也不喝酒。江涛从小口袋里取出五块钱来,说:"立个折子,你可就每天给李霜泗送饭,不要说谁立的折子,也不要对李霜泗说是谁送的饭!"伙计一下子红了脸说:"你这一说,我就明白了。送饭的问题,我们包了。监牢里可有人管?"江涛说:"你就送给门房里老牛……"

朱老忠看江涛有路数,他说:"送头一次饭,我去。借便会他一面,再说也踩踩道路!"

江涛见朱老忠胸有成竹,说:"那你就去看看他……"

说着,那个伙计立了折子来,折子上没有人名,只写"监狱李先生存洋五元整。"又挎进一个食盒,说:"我就去了!"

江涛说:"不!第一次叫他去,就便看看他。以后,你们每天三时送去。"说着,就着饭桌用铅笔写了一个小条,交给朱老忠。

伙计说:"我还得借给你一件东西……"随手解下围裙,给朱老忠抽在腰里,拍了拍说:"你看,这就像了!"

朱老忠抽上围裙,手里拿上纸条,挎上食盒,走出宴宾楼往西去。过了县公署,路北一个破大门,走了进去,门房里一个五大三粗的人,两撇黑胡子,走了出来,问:"你是给谁送饭?"朱老忠说:"我找老牛先生!"那人说:"我就是老牛!"他接过纸条看了看,扔在嘴里嚼了嚼吃下去,说:"跟我来!"

朱老忠跟他走进一个小二门,来到一个四方大院,三合子大瓦房,房上长满了野草。北屋正面一条大炕,一堆犯人在炕上蹲着,穿着破破烂烂的衣裳,放散着秽气。一见有人送了饭来,都睁大了眼睛贪馋地看着,一个老看守在椅子上坐着,看见朱老忠,说:"给谁送饭?"老牛说:"给李八爷送饭!"人们一听这个称呼,由不得一下子惊住,还不知道才进狱的人有这么大的嚼头。

那个老看守喝了一声:"李八爷,吃饭!"随后又小声嘟哝:"还是名人,到了哪里,哪里有人尊敬。"

话声未落,西木笼大炕上有个人腾地从炕头上站了起来,中等身材,推着大背头,穿着一身工服。睁开雪亮的一双大眼睛,手提脚镣,当啷响着,通地一声跳下炕来,用手攀着木笼,往外看着朱老忠。他们在辛庄战场上曾有一面之识,一见面就眼熟。霜泗暗想:"怎么他来了!"于是皱紧眉头,怒视朱老忠,朱老忠也会意了。

朱老忠打开食盒,端出一大碗炒饼,一碟炒肉,一壶酒,一只杯子,一双筷子。李霜泗早就饥肠辘辘了,一件件接到木笼里,放在小桌子上,自斟自饮;一壶酒也喝了,一盘菜也吃了,一大碗炒饼也吃了。仰起头大笑了两声,说:"好!我李霜泗没白干了这一场……"

李霜泗狂笑了三声,引起狱友们的注意,异口同声说:"这人不是一般人!"老看守也笑了说:"谁不知道这是李八爷呢!"于是伸出两只手,向下压着声浪,说:"四邻有人!四邻有人!"

朱老忠在一旁看着,此时此刻能见着李霜泗一面,自然满心里高兴。英雄虽然落在监狱里,也被人高看一等,真是名不虚传。朱老忠收了碗筷,才说走出门来,李霜泗又问了一声:"饭是送这一顿,还是顿顿有人送饭?"朱老忠说:"顿顿有人送!"李霜泗把手在大腿上一拍,说:"这才是个来派!"

朱老忠提了食盒,走出了监狱,回到宴宾楼,江涛还在等着他。一见朱老忠回来,他笑了问:"怎么样?"

朱老忠弯下腰哈哈大笑了,说:"名不虚传,真是英雄!虽然上了手铐脚镣,还不失英雄气魄……"他把怎样把纸条递给老牛,老牛怎样领他到监狱里……一一说了。江涛听说李霜泗的精神没有馁下来,没有给共产党人丢人,尤其对朱老忠有气魄敢去见李霜泗一面,心上异常高兴。又把伙计叫进来,说:"这件事情算是交给你们了。此外,狱里的情况,还得你们随时打听,随时告诉我……"说着,叫了朱老忠走出来,回到高小学堂。江涛说:"霜泗是个硬汉子,宁死不屈,看起来是不会叛变的。"

十

　　解决了给霜泗送饭的问题,朱老忠算是放下心来。离开高小学堂,顺着小道走了回来,不落家,又走到村北大黑柏树坟里,找着朱老明。朱老明正坐在大柏树底下做饭。朱老忠一字一板儿跟他说了。朱老明仰起头来,停止了做饭,呆了老半天,才说:"送饭的问题解决了,其实这倒是一件小事,那监狱里,棒子面窝窝头老咸菜是少不了的,反正饿不死人……"

　　朱老忠一听,知道朱老明心里还有事,他说:"大哥!你心里还有什么大事?有,你尽管说说吧!"

　　朱老明说:"说,也是白说,嘉庆不在,大贵不在,咱的游击队不知打游击打到哪里去了……"

　　朱老忠又说:"老星哥牺牲了,志和、老拔都不在家……咱的游击队在的话又该怎么办?"

　　说到这里,朱老明两只眼睛里忽地流出泪来,把脚一跺,攥紧了拳头,说:"我们要反牢劫狱呀!"

　　朱老明一说,朱老忠也说:"是,反牢劫狱,搭救霜泗出险,我开始也是这么想……"

　　谈到这里,朱老明颠着两个手掌,说:"如今两手空空也是枉然哪!"

　　朱老忠说:"没有人马还是办不了事情!"

　　朱老明也说:"说来说去,没有武装还是不行。要是咱的游击队在身边,这件小事还成问题?"

　　朱老忠说:"成问题不成问题,咱就可以这么商量商量了。如今没有武装,连商量的余地也没有。"

朱老明说:"我们还是从长着想,你看日本鬼子步步逼进,蒋介石虽然不放弃剿共,可是他也许有应付不及的时候,咱的游击队回来,咱还不砸他个落花流水?"

朱老忠听朱老明说得有理,他说:"大哥！我也是这样想的。"一边说着,帮助朱老明做好一锅小米稀饭,朱老明摸出一个咸菜萝卜,朱老忠把它切了,搁在碗里,两个人吃着。朱老忠说:"你怎么这会儿才吃饭?"朱老明说:"你看我这没眼没户的,还有什么早晨晚上,什么时候饿了,什么时候做;什么时候做了,什么时候吃呗！"朱老忠吃了两碗小米稀饭,又说了一会子话,才慢吞吞地走回来。

虽然霜泗的吃饭问题解决了,可是,他还是在监狱里。这件事情,朱老忠还是放心不下。觉得不耐烦,他想变变环境也许会好一点,就一个人出去打了几天短工,给人家耪了几天地。可是耪着地,眼前又看见霜泗的脸型,心里说:"他是个英雄,英雄落狱,我们不能不管。"于是地也耪不下去,又扛起锄头走回来。吃饭吃不下,睡觉睡不着,那天晚上,他正躺在炕上歇息,刚到半夜子时,猛地听到西房后头大柳树上跳下个人来,轻轻落在西房顶上,脚步虽然轻,可也听得清清楚楚的。朱老忠啪地拍了一下炕席,说:"贵他娘,有人！"

贵他娘猛地醒过来,说:"也许是小偷吧！"说着,有人从屋顶跳下院子,贵他娘说:"是,有人！"

朱老忠说:"不,不是叛徒,就是马快……"说着,从炕上出溜下来,跳出堂屋,从门道口扯出铡刀片,瓮声瓮气地说:"院里什么人跳下房来！"

"是我,老忠大伯！"朱老忠一听,像是一个女孩子的声音,心上更加紧张起来:三更半夜,怎么有女人跳进院子？即使有吧,谁有这样的身劲,从房后头大柳树爬上去,再跳到西房屋顶上,然后从西房屋顶上跳进院子当中,而且声音是那么轻渺。他问:"你是珍儿?"

那个女孩子说:"不,我不是珍儿,我是芝儿,在辛庄战场上曾经见过伯伯一面……"

朱老忠听到这里,也就明白了。当年高蠡暴动的时刻,朱老忠和贾湘农,被围困在辛庄的高小学堂里,张嘉庆和李霜泗曾经带着芝儿冲进重围,在刀光剑影、炮火硝烟中,曾经见过一面。而今霜泗落狱,女儿跑来搭救,也是合情来理的。朱老忠想到这里,隔着门缝看了看,门外却又不像个女人,是一个身形瘦弱的男子。朱老忠又起了疑心,大声喝着:"说真的,你到底是什么人!你要明白我的铡刀的厉害!"

这时,门外的那个人扑通地跪在台阶上,说:"我不是歹人!真真的是霜泗的女儿来了!"

朱老忠听清了是一个女人的声音,院子里再没有别人,即便是歹人,在当前来说,也不是我这片铡刀的对手。想着,把插关一拉,开了门。走出去,一把抓住那个人的领口子,拉进屋里来。这时贵他娘也点着灯亮儿,把她拉到灯底下一看,是一个翩翩少年,二十多岁年纪,白净的面皮,戴一顶毡帽,穿一件蓝布长衫,脚底下是一双尖皂鞋子。再仔细一看,才看出是一个苗条女子。朱老忠问:"闺女从哪里来?"

芝儿跪下给朱老忠磕了头,又给贵他娘磕了头,起身坐在炕沿上,说:"我从胜芳来……"

朱老忠说:"不用说,你是骑马来的,马在什么地方?"

芝儿说:"马拴在房后头大柳树上。叔叔们送我来的。"

朱老忠说:"先把马拉进来再说。请叔叔们进来休息。"又对贵他娘说:"先给闺女烧水做饭。"芝儿说:"他们已经回去了,他们不愿意在这里露面。"朱老忠说:"也好,先把马牵进来!"

朱老忠到房后头把那匹大马拉进院子,灯光隔窗照着,是一匹火炭红的大走马。

自从李霜泗在战场上和贾湘农见面之后,帮助贾湘农带着红军冲出重围,为打乱敌人的部署,和张嘉庆带着他的大队冲过潴泷河,向白军的司令部冲去,因为寡不敌众,敌人一个反冲锋,又把李霜泗的大队冲散了。李霜泗为了减少损失,叫张嘉庆带着几个人到门头沟去了,打发芝儿和他的人赶快回去搬家,远走高飞。他自己带上几个人远走河南去了。

朱老忠把马拴在牛槽上,饱草饱料喂上,回到里屋问芝儿:"闺女!五年以来,你们是怎么着过来?"

芝儿说:"自从叔叔们知道爸爸落狱,赶快骑马送信,我骑上马就来了。"又说:"自从那年红军辛庄一战大败,嘉庆叔叔进了太行山,转到门头沟去,爸爸带几个人远走河南,我和叔叔们回到白洋淀搬家,星夜跑到胜芳一个叔叔家落了户……"

朱老忠又问了一句:"你们这几年是怎么过来的?"

芝儿说:"找不到红军的线索,叔叔们只有走着老路过来。他们有时到天津作案,有时在天津郊区,找那些恶霸地主要些钱,如果不给,就杀他鸡犬不留。中间曾在天津英国租界住了几年,后来又回胜芳居住。"

朱老忠问:"你们知道你爸爸在河南的情况?"

芝儿说:"知道,他和胜芳的叔叔通信联系,估计也就是在这上头走漏了消息,被冯贵堂知道了。"说着,从腰里掏出两把盒子枪哼的一声在柜上一放,说:"我要杀他个鸡犬不留!"

朱老忠伸出两只手摇着说:"闺女不要动性子,四邻民宅,不是玩儿的!一切要跟江涛叔叔商量妥当。"

说着话,贵他娘做熟了饭,白面烙饼、炒鸡蛋、白面汤,放在大柜上,叫芝儿说:"吃吧,孩子!你吃得饱饱的!"

芝儿在屋里吃着饭,朱老忠拿了一把扫帚,把门外的蹄子印痕,漫扫干净。回来叫芝儿睡下,一个人走到村北大黑柏树坟里,照着朱老明的窗棂敲了三下。朱老明在睡梦中听窗外有人,猛醒过来,伸长了脖子,仔细听了听,问:"是谁呀?"

朱老忠说:"是我,大哥!"

朱老明又问:"是老忠兄弟?"

朱老忠说:"是我,大哥!"

朱老明听清了是朱老忠,才披衣起床,摸索着下了炕,走出去开了门,让朱老忠进来。也不点灯,又摸索着睡在炕上。

朱老忠说:"大哥!可出了一桩奇事!"

朱老明问:"什么奇事?是霜泗的事?"

朱老忠说:"我不说,你怎么知道?"

朱老明说:"霜泗落狱在目前来讲,是一桩大事,我们能忘了?"

朱老忠说:"霜泗的闺女来了!"

朱老明一听,猛地抬起头来,说:"霜泗的闺女来了,她从哪里来的?"

朱老忠说:"从胜芳来的!"

朱老明在黑暗中把手一拍,说:"好!她想搭救李霜泗?"

朱老忠说:"这闺女好英俊的人物,身带两把盒子炮,从胜芳来到锁井镇,真是将门出将女。"

朱老明说:"江涛回到县里,如今芝儿又来到锁井镇,看起来我们还有能人哪!共产党完不了!她打算怎么办?"

朱老忠说:"怎么办再说,江涛回来了,一切听江涛的。咱们先说这个吧!我看芝儿住在我家不行,尤其那匹火红大马,一旦暴露了消息,不是玩儿的!"

朱老明说:"那就住在我这儿,把马藏在那头屋里,出水入水都方便。"

朱老忠说:"大哥说得是!"

两个正在说着,天也明了,朱老忠说:"芝儿先在我家里住一天,明天再转移。"说着朱老忠走出来。

回到家门口,看了看形迹,又把那些马蹄子印儿踩了踩,走进院里,给马加了草料。走进屋里,只见炕沿上坐着个大姑娘,红绳儿大辫子,穿着一件花褂子,活眉大眼儿,见朱老忠进来,连忙起身,点头施礼。朱老忠说:"大侄女儿,不必多礼,你这算到了家了。"又说:"你这次来,可有什么想法,想做一点什么?"

芝儿说:"我想看看我爸爸,也是来看看有用着我的地方没有。"

朱老忠说:"用,可正是用人的时候。大暴动失败,人们上了山了,看我一个人单丝不成线,孤木不成林。日本鬼子眼看就到我们的脚下,蒋介石还不准我们抗日。要想看你爸爸,在目前来说,这不是一件小事,等我去跟江涛叔叔商量办法。"

第二天晚上,夜深人静的时候,朱老忠把那匹大红马牵到朱老明家里,安排在北头小屋里。贵他娘拿了一条被子,芝儿拿着褥子、枕头走到村北大黑柏树坟里,芝儿惊讶说:"好一个大树林,真是百年不遇的地方……"贵他娘说:"这是他们朱家的老坟,如今已经不在这里埋人了,另立了坟茔。明大伯就住在这个地方,你住在他这里,比住在村里严密,没有人到这里来……"说着,走进朱老明的小屋。芝儿看见炕上睡着一个老头,跪下磕头说:"给明大伯磕头!"

朱老明伸手摇动一下,说:"快起来,地下脏呀!"桌上点着一个小油灯,迎着人明明灭灭,灭灭明明。贵他娘拿笤帚扫了扫炕,铺上被褥,说:"你看多好,爷儿俩说个话儿,也不闷得慌。我来给你们做饭。"芝儿说:"家常便饭,我是会做的。"朱老明说:"闺女不是平常人,到了我这里,我高兴。就是茅茅草草的,庄稼人住的庄稼地方。"芝儿说:"找这么个地方住还不易呢!"

几个人又在一块说了一会子话,朱老忠和贵他娘看着他们睡下,又用脚把那些蹄子印儿抿抹了抿抹,免得被人发现。

十一

朱老忠和贵他娘回到家里,金华已经把饭桌子摆在堂屋里,她坐在小凳上吃着饭。朱老忠刚拿起筷子,又有些放心不下,放下筷子,到房前房后看了一遭儿,看看还有一些马蹄子印抿得不干净,又用脚踩了踩,才走回来。朱老忠经过几十年的政治风浪,心思也有些变化,变成一个极仔细的人,凡事谨慎小心,自觉得没有本事,粗心大意会招来灾祸,这几乎是他每天都想几遍的。

　　朱老忠吃完了饭,用小铁盆舀了点凉水,洗了一把脸,脚不点地又往外走。走到窗台底下,贵他娘问:"你又去干什么?鼓捣了半夜,也不歇一会儿!"

　　朱老忠说:"我要进城!"

　　贵他娘说:"怎么又进城?你这会儿可成了忙人了。"

　　朱老忠说:"是呀,为革命不怕跑折腿!不怕蒋介石反动,出水才看两腿泥。芝儿要去看看霜泗,这不是一件小事,我要去和江涛仔细商量……"说着,移动脚步走出来,顺着大道进了城。

　　到了江涛门口,门上挂着锁,只好站在走廊下等着,抬头看见门前那一棵大马荣花,开了满树伞形的小花,绿叶纷披,浓阴满地。门前一个大荷花池,一个个圆大的叶子,遮满了池塘。池水绿油油,鱼儿在水中浮游。远处有一带红酡泥短墙,墙里是一座大庙,油漆虽然脱落了,还不失为壮观,这就是全县唯一的孔夫子庙。每年八月十日还受到城内的教员、学生和县太爷的祭祀。他正在东寻寻西看看,江涛胳肢底下夹着书本,一步一步走回来,看见朱老忠,说:"大伯来了!"他把门开开,叫朱老忠进去。

　　朱老忠坐在椅子上,未从说话脸上显出喜悦的颜色。

　　江涛倒了一碗茶水放在他面前,说:"什么事惹得大伯这么高兴?"

　　朱老忠说:"昨天夜里霜泗的女儿来了,想看看她爹,还说看看有用得着她的地方没有。"

　　江涛说:"她来得正是时候,这两天我正为这件事犯愁呢!不知道霜泗家的下落。"

　　朱老忠说:"芝儿的事情,我心上放不下,她要看看霜泗,叫她看吧,哪里容易;不叫她看,又不知道霜泗的后程。"

江涛说:"后程就不用说了,冯贵堂这个反动东西,不会抬手,霜泗过不去。再说这几天四大城绅活动频繁,霜泗的后程凶多吉少啊!"接着又说:"霜泗为革命轰轰烈烈干了一场,我们正请上级党组织设法营救。但是,目前的形势要求我们要抓紧时机,赶在敌人前面,不露山不显水地壮大党的力量,过分地暴露,对于党的总的战略部署是不利的。唉!眼看一个同志遭了大难而无力援救,心里实在不好受……"说着江涛的眼里噙满了泪水。

朱老忠说:"既然如此,那就叫他父女见上一面。"

江涛说:"见一次面也是应该,可就是苦费安排。"

朱老忠说:"无论怎么困难,闺女来看父亲,衙门里总会准许,社会上也会同情。"

说到这里,江涛低下头沉闷了一刻,把右手放在桌子上,指甲克着桌子面,发出笃笃的声音。江涛说:"这里面危险性很大!"说着,他觉得肚子饿了,说:"大伯,先吃饭,吃着商量。"他走到小厨房里,已经开饭了,教员们在围着桌子吃饭,吃的是炸酱面。江涛说:"来了客人!"拿过两个碗,挑上面条,夹上黄瓜菜码儿,浇上芝麻酱,浇上酱油醋,拿了两双筷子走回来。吃着饭,江涛说:"只有这样:就说是他女儿来探监,叫看就看看,不叫看也就算了!"

朱老忠说:"也不把关系用上。"

江涛说:"目前就是这么几个老关系,看门房的,还有几个看守,公安局有个督察长是个亲戚,还不是可靠的,监狱的事情用不着他。"说着,他又犯了思考。

朱老忠说:"我跟她一块去!"

江涛说:"你在门外等着,看势行事。进去了一遇事故危险可就来不及了。"他一边说着,吃完了一碗,把筷子放在碗上沉思着。大师傅又端了两碗面来,一人又吃了一碗。吃完面,江涛说:"你在屋里等着,我先上衙门口里去看看,回来再做定规,可行则行,不可行就走罢。"说着,戴上了一顶草帽子,就走出去。

过了许久,江涛兴冲冲回来说:"安排妥了。上次带你去看霜泗的老牛说,'看目前形势还没定罪,宜早不宜迟,定了罪就不好办了'。"

朱老忠听了江涛的谈话,也不必再谈下去了,拿起脚来往回走,过了村边上那座小木桥,穿过大柳树林子,不落家,走到朱老明家里。朱老明、贵他娘、芝儿,正在一块说话儿等着。一进门,贵他娘看见朱老忠满头大汗,紫花小褂也潮湿透了,连忙拿过蒲扇走过去,给他扇着说:"怎么趁着这么热的天道回来?"

朱老忠脱下小褂,拿了朱老明的洗脸盆,舀上凉水,洗了头,擦干净身上,又拿了一个大黑碗,从水缸里舀了一碗凉水,仰起头咕咕地喝了下去,说:"啊呀!天道热,我心里更热!"坐在凳子上说:"说好了,眼下和霜泗还能见着面,再晚了就不好见了。"

朱老明说:"父女一场,还是见个面好!"

朱老忠说:"见面可以,还得担着凶险……"他把江涛的意见说了,又说:"这件事情真是不好办!"

芝儿说:"大伯不用担心,凭着孩儿浑身的本事,大闹县城,几十个特务队还不在话下……"

朱老忠不等芝儿说完,把两手一按,说:"孩子!不能这样。江涛说了,在目前来讲,我们还在人家的统治之下,还是安谧不知地把事办了好,一旦暴露,会引出杀身之祸!不能艺高人胆大。"

接着,几个人定规好了,明天芝儿就去看李霜泗。贵他娘回去给芝儿借衣服鞋脚。

第二天早晨,贵他娘胳肢窝里挟着包袱走了来,先给朱老明和芝儿做了点吃的,又给芝儿梳了头,把大辫子梳了个圆头,头发蓬松着。脸也不洗,还从墙根底下抓了把红土来,两只手正着芝儿的脸看了看,轻轻擦上。眼窝里和鼻梁两边轻轻擦上一点黑土,换上件老蓝粗布裤子、粗布褂子、黑粗布的鞋子。贵他娘给她穿戴停当,两手拉到屋子当中,说:"看,像个三十多岁的老娘们……"

朱老忠从上到下仔细看了看,狠狠说道:"别小看了咱穷人,穷极生智!"

芝儿把枪插在腰里,转着过儿说:"你看!你看!怎么样?"

朱老忠也换了一身衣裳,把那支枪插在腰里。贵他娘又拿过个荆条篮子,蒙上个红包袱。朱老忠说:"就这么吧!愿意送点什么,到了城里再买吧!"

一切搭置停当,就出发了。朱老明、贵他娘送出柏树林子,朱老明说:"万般一切,小心为是!"贵他娘也说:"小心没有不是!大意会招来杀身之祸。"芝儿回过头说:"多谢大爹大娘嘱咐!孩子一定小心行事。"

送走了朱老忠和芝儿,朱老明和贵他娘又走回来,坐在炕沿上,贵他娘说:"不知是怎么的,这两人今天进城,好像揪我的心一样难受!"朱老明说:"依我看,老忠兄弟是走过南闯过北的,芝儿是在绿林中奔走的,万无一失,等喜讯吧!"

朱老忠和芝儿顺着进城大道往城里走。今天是个好天气,蓝蓝的天上没有一丝云片,微风吹着大地上的庄稼叶子,滴溜溜地飘荡着,芝儿心里高兴,说:"兴许今天的事情是顺利的!"朱老忠说:"人虽然少,可是咱两人手脚都利索。"

到了城里,在杂货铺里称了二斤点心。在大慈阁前面买了火烧,夹上驴肉,买了一篮子。到了监狱门口,芝儿停住脚,朱老忠走进去,找到老牛。老牛说:"不要急,要看我的眼色行事,要看情况,可行则行;不可行则止,不要勉强。"说着,老牛走了进去,朱老忠退出来,和芝儿在门上等着。

自从监里押了李霜泗以后,监狱的四周加了岗哨。今天是探监的日子,戒备就更为森严。来探的人们三三两两,连大气也不敢出。朱老忠和芝儿也不看他们,也不东张西望。吃顿饭的工夫,老牛走了出来,说:"随我来!"芝儿跟进去,朱老忠在门口等着。

芝儿跟了老牛走进去,过了小门是一个小院子,靠北一溜北房,墙上一个小窗户,一尺见方,铁窗格子。老牛把一个竹签子交进去,说是来看李霜泗的,随后把芝儿推了一把,芝儿走上去,扒着小窗户等着。不一会子工夫,老看守带着李霜泗走出来,他双手提着脚镣,叮当响着,挺起胸膛。因为有人送饭,他显得胖了。见了芝儿点了一下头,面带喜色,说:"你来了,好!你妈好!"

芝儿也不哭,说:"好!都好!"

李霜泗说:"见个面就行了,快回去吧!不来为好!"说着,他皱紧眉头,咬紧牙关,瞪直眼睛,一直盯着芝儿,表示说:"你走吧!"芝儿知道他的意思,把篮子里的东西递进去,向父亲点头示意,就退出来了。

朱老忠见了芝儿,爷俩撒开腿离开县监狱,不走大街,只在小巷中穿行。到了西小街上,一边走着,朱老忠说:"见到了吗?"芝儿说:"见到了。"

朱老忠问:"瘦了吗?"芝儿说:"看样子他胖了!"朱老忠说:"好!也不枉同志一场,饭也送进去了。"芝儿说:"他皱紧眉头,盯着我也不说什么!"朱老忠说:"闺女!事到此刻,也没有什么说的了。盯着你,是叫你赶快离开这个危险的地方。闺女!好凶险呀!"芝儿说:"大伯!怎么你老是等在门口,也不进去见个面?"朱老忠说:"一来俺兄弟见过面了;二来,你一旦遇上好和歹儿,我好在门口接应!"

两个人一边走着,一边说着,小晌午回到朱老明家里。大黑柏树林里,今天显得特别凉爽。

十二

四大城绅在县长王楷第的办公室里开了会:疾不如快,快不如疾,要立绞李霜泗。这个消息沿着平原上的大小道路,大小村庄,像疾风一样地传遍滹沱河下梢的四十八村,人们惊相传信:"英雄的末日到了!"

朱老忠听到这个消息,大吃一惊,他知道就会有此一来,却没有想到有这么快。他不告诉芝儿,立刻进城去找江涛。一进江涛的门,他下课回来了,正在屋子里忙着,为李霜泗定罪的问题,怅怅然若有所失,见朱老忠开门进来,他说:"大伯!你来了?"

朱老忠说:"我们的英雄末日到来,怎么能不来呢?"

江涛说:"大伯,你知道了?"

朱老忠说:"我很快就知道了!"

江涛说:"这个消息真是不胫而走啊!"

朱老忠说:"人们注意嘛!我是来看看咱们有什么行动没有?"

江涛说:"我们能有什么办法?大贵带着游击队上了山了,当前的情况,和反割头税的时候不一样了,那时还有咱八十年的拳房底子;和大暴动的时候也不一样,那时咱还有三千党团员。目前八十年的拳房底子没有了,三千党团员也被打散了,我们的工作还没有跟上去,三千党团员还未收拢起来,建党、建军、建政,尚未收到成效……"

朱老忠说:"你说得是,大暴动使我得到的惨痛的教训,就是一个地区,经过一场白色恐怖的镇压之后,需要一个比较长的时间才能恢复……"

江涛说:"大伯说得是……在目前来说,最好是不显山不露水地过去,不叫芝儿知道。这孩子脾气火爆,一旦叫她知道,她就会一定要报杀父之仇,如果两败俱伤,还算好的,怕芝儿一人遇着闪失,别人再受了连累……"江涛说到这里,不再说下去。在旧社会里,李霜泗是一个英雄,他铤而走险,打家劫舍,杀富济贫。跟了共产党之后,还是一个英雄,他参加了高蠡暴动,镇压了地主阶级,开仓济贫。就是因为他性格暴烈,一时不慎,走漏了消息,落了网了。

想起这些,江涛心里很难受。

朱老忠见江涛长时间的沉默,也没有什么话说,移动脚步往外走,江涛也跟出来,送到大门以外,眼看着朱老忠沉重地走下高高的砖阶,才走回去。

朱老忠顺着大道一步步走回来,不落家,就走到村北大黑柏树坟里。一进朱老明的坟屋,芝儿一眼见到朱老忠,两只嘴角向两方延长,大泪珠子从眼里流出来,哇哇地大哭起来。朱老忠大吃一惊,问朱老明:"你跟她说了?"

朱老明说:"你看,英雄的末日到了,我怎么能不告诉她。她听到说父亲将临刑了,能不哭?这一哭就是大半天,我百劝千劝她才不哭了。你回来了,她见了亲人能不哭?看看有什么办法吧?"

朱老忠说:"江涛才说了,在目前来讲,我们力量一不如反割头税的时候,二不如大暴动的时候;反割头税的时候,我们还有八十年的拳房底子。大暴动的时候,那时候咱还有三千党团员,如今贾老师不在了,三千党团员也被打散了。手下的力量就只有这么一点点,你说是怎么办……"

谈到这里,朱老忠看着朱老明,朱老明眯瞪眯瞪眼睛,不说什么。芝儿睁着两只泪眼看着朱老忠,朱老忠也说不出什么。芝儿说:"我们的游击队虽然上了太行山,没的就再也没有一个人了?就是剩下我一个人,也要反牢劫狱,大劫法场……"

朱老忠听到这里,也流下两颗眼泪,说:"我的好孩子,江涛叔叔说了,就怕你落到这个家业上,才说不叫你知道,叫你回到胜芳去,这里的法场,由我们来收拾。"

芝儿一听,跺脚大哭起来,说:"没的江涛同志眼看我父亲被处绞刑?见死不救,算了什么好同志?我一个人干,搬倒葫芦洒了油,叫我干我也干,不叫我干我也是这么干,我心里一定了。"芝儿说着,躺在炕上打滚。朱老忠老明大伯在一旁看着干着急,也说不出什么,最后,朱老忠说:"看天道不早了,你们做点吃的,我也回家去看看。"说着,芝儿动手做饭。朱老忠挪动脚步走出来。

朱老忠回到家里,一进大门,庆儿娘和大贵他娘正在屋里大一声小一声地说话,朱老忠一进门就说:"光自你们也正在念叨这回子事!"庆儿娘说:"甭说是李霜泗,就是庆儿的爹被张福奎铡了,人们还念叨了几年呢!李霜泗是英雄,要被他们处了绞刑,你想这四十八村的人们还活得了吗?"

朱老忠说:"受不了又怎么办?"

庆儿娘说:"怎么办……"说着,抢出隔出门,从案板上拿起切菜刀,说:"咳,咱们反了吧,杀他个鸡犬不留!"

朱老忠和贵他娘,两个人慌忙赶上去夺下那把切菜刀,说:"这哪里能行?这哪里能行?这也不是嚷嚷喝喝的事,你先回去,这码事咱们慢慢商量!"一面说着,朱老忠从庆儿娘手里夺下那把菜刀。金华听得北屋里的喊声,也走过来拉着。贵他娘推着庆儿娘的脊梁说:"你先回去消消气儿,咱们再说话儿。"庆儿娘说:"我一听狗日的们要立绞李霜泗,从内心里动了气生。五年以前,他们用铡刀铡了朱老星,五年以后又要立绞李霜泗,我看他们要把这些抗日的英雄们处死,单等日本鬼子来了,他们一齐当汉奸呢!"贵他娘说:"你说的那个我一百个相信。"两个人一边说着,贵他娘把庆儿娘送出大门以外。金华看了看东房凉儿下来了,就抱柴禾烧火,也该做晌午饭了。

朱老忠跑蹬了半天,吃过午饭,想躺在炕上打个盹儿。他心里烦乱,翻来覆去,说什么也睡不着。贵他娘问:"你怎么老是睡不着?"朱老忠说:"我心里有事。"贵他娘说:"你说的也是,要好的同志,最后的日子到了,心里怎么能不疼得慌?"

说着,朱老忠又从炕上爬起身来。贵他娘说:"你又去干什么?"朱老忠说:"我想劝劝芝儿,叫她回去。只要她回去了,我们这里就好安排了。"贵他娘说:"你说的哪里能行?她爹临刑了,能不最后见一面。"朱老忠说:"我还不知道?这闺女脾气暴躁,叫她见一面,能不动武?一动起武来,胜败哪里有个准头?"贵他娘说:"你说的也是。"朱老忠说:"我还是劝她回去。"

　　朱老忠一边说着,走出小门向村北里走,一上朱家坟里的土坡,看见朱老明正在大柏树底下散步。听得有人上坡,他眯瞪眯瞪眼睛,说:"是大兄弟来了?"朱老忠说:"是我,大哥!吃了饭也不歇一会儿?"朱老明说:"我心里有事,怎么能歇得下去。再说,做熟了饭闺女也不吃,一直哭到这咱。咳,目前,我们是两手空空呀!"朱老忠说:"江涛说得有理,还是叫她回去为好,她一回去了,我们就好安排了!"

　　两个人说着,又走进小屋。芝儿还歪在被摞子上抽抽咽咽地哭着,见朱老忠走进来,她说:"你甭说了,大伯!你说我也不回去,我一定见我父亲一面,我要当场把张福奎打死。五年以前我没有打死他,算有他五年的寿数,这一次他就完了!你们要是不帮助我,我就到城门北边去找高跃爷爷,五年以前,他曾助我一臂之力,打了张福奎一枪,我再去要求他帮助我。"

　　朱老忠想了想,说:"闺女既有这个心胸,是一件好事,只有添灯的,哪有撤火的?只是目前我们的力量还小,如果不帮你办,不是同志们的来派,如果是帮你办了,胜败乃兵家常事,如果再受到一次镇压,这一辈子咱们就翻不过身来了……"

　　芝儿把嘴一噘,说:"这是你们说的话,拿我们的话说,不是这样子;说干就干,干坏了再说。再说我父服刑,我应该最后见他一面。如果有机会,我再给张福奎一枪。五年前那一枪,我没把他打死,五年后这一枪,再也不把他放过……"

　　朱老忠听到这里,觉得也有道理,他问了朱老明一声:"你说呢,大哥!"

　　朱老明说:"我听着也有一点道理,看事做事,看不对不下手,看对付了再下手,下手就下死手,一不做二不休……"

　　朱老忠说:"也有道理,我去跟江涛商量商量。"说着,移动脚步

110

走出来,本来他想回转家去,把这件事情告诉贵他娘,可是他又想到这是一件急事,要争分夺秒。由不得脚不停步,顺了大道,进了城了。到了江涛门口,门锁着,他等了一刻,江涛才回来,开了小门,倒了一杯茶递给朱老忠,朱老忠直起脖子,把这杯温凉的茶水喝下去,说:"芝儿不回去,一定要最后见爸爸一面!"

江涛说:"她一定要见爸爸一面?难了!"

朱老忠说:"也不是没有可能,在刑场上相见,有机会再打张福奎一枪!"

江涛说:"再打张福奎一枪,我同意。可是芝儿的性命难保怎样办?"

朱老忠说:"也不一定,看他什么时候行刑;早晨是一样,晌午是一样,晚上又是一样……"

江涛说:"绝断没有晚上行刑的道理……"

朱老忠说:"也不一定,我们揣摸敌人的力量和做法;敌人也要考虑我们的力量和做法。他要躲避我们的力量,趁热打铁,黑夜行刑,不是没有道理的。"

江涛听到这里,也就停住了。扬起头来,看着天花板,走走转转,转转走走,他想到:问题是在怎样捉摸敌人的规律,他下定了决心说:"好吧!看事做事吧!"

朱老忠听江涛同意了他的建议,撒开铜嗓子哈哈大笑了,说:"好!真是痛快!"

问题得到满意的答复,朱老忠挪动脚步向外走,一直走到北门以外,他又想起高跃老头;芝儿说过,李霜泗和芝儿第一次打张福奎,就是住在高老头家里的,高老头夫妇二人热情招待了他们。这件事情请他搭手,兴许他会答应。出城往北走出一二里地,走到村头,有个小树林,一个老汉见他走过来,背着粪筐在林子下面站住。朱老忠问他:"你老!高跃老头在哪儿住?"老人摆了一下头,说:"就在这里头住。"朱老忠看那小树林里有一段断壁残垣,他朝那里走过去,有个老太太正在门前对着远处的城墙愣愣地看着,已经是满脑袋白头发。朱老忠问:"高跃老头是在这里住吗?"

老太太梦梦地睁开眼睛,说:"你说什么?你问高跃?"

朱老忠说:"我问高跃大伯!"

老太太说:"你问高跃!他在五年以前客世了!"

屋里有个小姑娘,听得有人说话,走出来说:"俺姥爷大暴动以后去世了。"

朱老忠听说高跃老头去世,有一缕悲怆的情绪升上心头。高跃老头在绿林中混了一生,他儿子是高怀志,被张福奎打下马来,落了沛。他参加了高蠡暴动,那正是溽暑天气,失败以后,也觉得窝气,回到家里,就一病不起了。朱老忠一个人站在那里,说话不好,不说话不好,愣愣地站着。

老太太又走近两步,仔细看着,似乎是老朋友,但又不认识,她说:"你还有什么事吗?他已经不在世了!"

朱老忠也没有什么话说,人是熟人,但没有和他家里见过面,也无法谈话,就慢慢走开了。天气热,他把小褂脱下来,搭在肩上,加快脚步走回来,走进朱家老坟,坟里很静,没有声音。芝儿一个人在大柏树底下练功,见了朱老忠,迎了上来。朱老忠说:"屋里来说话。"一进坟屋,他说:"行了,江涛同意了大侄女的意见。"朱老明一听,抬起头来,看着天上,他似乎有些意会,但具体的做法,他还不明白。他说:"江涛是这个意思,话也有几说几解;一切在乎仔细安排,安稳行事才好,一时的粗心大意就会造成失败……"

朱老忠说:"大哥说得是,高蠡暴动就是这么失败的;本来应该取得成功,因为经验不足,安排不当,就得到失败了……"

说到这里,芝儿也不多说,单等老人们安排行事。

敌人设置了迷魂阵,信息一天来好几次:今儿说明儿,明日说后日,后日又说还得等等,究竟李霜泗哪天行刑,四十八村的人也都等麻烦了。朱老忠说:"管他哪一天,我们带上点儿吃的,到城里大街上等着,等住了算,等不住也无非耽误点工夫。"

芝儿打扮成农村妇女,梳上圆头,提上个篮儿,把手枪放在篮子底下,蒙上个红包袱,在城里大街上走来走去,单等见父亲一面。这几天城里人特别的多,卖柴的、卖菜的、卖鸡的、卖鸡蛋的……四十八村的人们都来了,来来往往,悄悄地谈着。也是合该今天出事,天黑下来,芝儿本来打算回去,她想:也许今天晚上会行刑,天黑下来再回去也不算晚,反正这几步路也走熟了。黄昏时分,城里人正在吃晚饭的时候,她走到县衙前面,看见张福奎骑着大马,带着打手,从衙门口里走出来,向里一拐,到了县监狱门口,停了下来。县监狱门口,有穿黑衣裳的警察,穿黄衣裳的保安队,警卫森严,芝儿也不接近,只在一边看着。

不一会儿工夫,从县监狱的小门里押出李霜泗,手上戴着铐,脚上蹚着镣,脊梁上插着个纸标儿,写着"土匪李霜泗服刑",一步一步地走着。走出大门,门口有个单骡大车,有两个老看守,要把他架上车去。李霜泗说什么也不上,老看守劝着:"八爷!左不是到了这刻上,给我们个面子,上去吧!"李霜泗在未上车以前,还顾不得看这场面。当他上了大车,挺直胸膛,高高地坐在车上,用双手提着镣,扫视门前一周,看见一队队的警察和保安队,他不觉得奇怪,他是和这些统治阶级的看家狗战斗了一生。当他一眼看见张福奎那绿林中的叛徒,立时红了眼,仇人见面分外眼红,张开大口,高声大骂:"张福奎!我操你姥姥!"

李霜泗这一喊,大街上的人们,一群群一伙伙地走过来,把监狱门前围上。张福奎听得李霜泗当面大骂,一时气火上升,也张开大嘴骂着:"我操你姥姥!"

看热闹的人们集了一街两巷,看见张福奎这个样子,也由不得哗哗大笑了。警察和保安队也没有不笑的。张福奎见警察和保安队们也张着大嘴笑他,一下子拉下脸来,怒容满面,大骂:"真他妈的！你们笑什么？"说着，打马前进，说："走！"

警察队和保安队调动了队伍，向东走去。当这辆车走到宴宾楼门口，掌柜的因为和李霜泗熟视，知道他是高蠡暴动的英雄，特备了酒菜，叫伙计用条盘端着，走出来拦住大车。掌柜的站在高台阶上，说："八爷，你在我这里酒也吃得不少，饭也吃得不少，今天最后一次，是我们买卖人对你的恭敬。"李霜泗一看那个熟识的伙计端上酒菜，由不得仰头哈哈大笑了，说："我李霜泗在绿林中杀富济贫，在共产党里开仓济贫，没有什么对不起穷哥儿们的，只有一样，就是没有把土豪恶霸们杀光，使他们断子绝孙。"双手端起酒碗，仰起头一饮而尽，又端起菜盘子吃菜，大碗喝酒，大口吃菜。看热闹的人们看见李霜泗的英气豪情，高声叫着："好！真是英雄豪杰！八爷！你给大家伙儿唱一口儿吧！"说着，看热闹的人们一齐鼓掌。今天来看热闹的人们，大多是四十八村的革命群众，暴动家属，他们有的乔装打扮在这里等了几天几夜，才看见李霜泗行刑。看热闹的人们越来越多，真是人山人海，今天亲眼看见李霜泗的英勇行为，高声叫起来，大声喊着："八爷！真是英雄！你再给我们唱一口吧！"

李霜泗在绿林中，在高蠡暴动中，是有名的英雄。他最喜欢看窦尔敦《盗御马》这出戏，今天看到热情的乡亲拦车不能前进，一定要叫他唱一口儿，于是他憋足了气力，张开大嘴唱了一段"坐寨"："众贤弟打坐在议事厅上……窦尔敦在绿林，谁不敬仰……"一边唱着，人们呼喊着："好哇！好哇！好样的！"叫好的浪潮应着回音：一浪高过一浪。酒喷得李霜泗满脸通红，举起双手大声喊着："打倒日本帝国主义！共产主义万岁！"

芝儿打扮成农民妇女，手里拉着一根枣木棍子，胳膊上挎着一个荆条篮子，篮里盖着一个红包袱，她左右不离张福奎的马。

张福奎在绿林中多少年，还没有见过李霜泗在群众中是这么享众望的，于是气得肚子一鼓一鼓的。他作为一个监斩官，也觉得太不露脸了,于是高声骂着:"妈的,真是屁蛋,走!前进!"

队伍又前进了,芝儿只怕张福奎走到半路途中又转回去,紧紧地跟随,一步不离,真怕失去这个机会。

队伍走到大慈阁附近的饭馆,谦益厚的大师傅们都敬上酒来。因为这是多少年的老风俗,警察和保安队也无法阻止。到了兴茂源,掌柜的打发伙计们举出来了一个酒坛子,叫李霜泗喝酒。到了这刻上,他也无法不喝,横竖是这么回子事了,两手捧着,仰起头咕咕地直喝,直喝得脸上像关公一样红起来,又跺脚大骂:"打倒日本帝国主义!"喊着:"中国共产党万岁!"

今天来看热闹的,除四城四关,四十八村的群众尤其是多。大街上人们拥拥挤挤,尘土飞扬。夕阳西下了,红色的光亮照满了城墙。队伍到了北城门,已是上灯时分,张福奎也是合该有事,天道黑了,他也不想回去,一直跟着队走到北门外的乱葬岗子。在那里已搭起行绞刑的断头台。张福奎骑着马一直跟到断头台边,他要亲眼看着绞死李霜泗。当李霜泗慷慨义气地走上断头台的当儿,群众中发生了一时骚乱。芝儿见时机已到,说时迟那时快,伸手扯出枪来,对准张福奎,当当当地打了三枪,又向附近的保安队轮射了一圈。张福奎应声倒地,警察和保安队一时大乱。

应着这几声枪响,在一里外的高粱地里,枪声突然响起来,警察和保安队失了头领,一窝蜂地朝着高粱地乱放枪。芝儿趁机撒腿跑到城北的小村边,顺儿牵着马早在小树林里等着,也不及细说,芝儿搬鞍上马,不管大小道路,朝天津方向一直跑去。

十三

卢沟桥事变的消息,像一股冷风,沿着铁路、河流,沿着村镇的道路,风驰般掣过平原。从城镇到乡村,从官府衙门到大铺号,到大财主们的砖堂瓦舍,到穷苦人家的土坯小屋。人们为那吓死人的噩耗,扰乱了心神。财主人家,忧虑万贯家财将遭兵燹;穷苦人家,怕被兵灾骚扰,做不来活路,干不成生意,生死无望。做母亲的,担心女孩子大了,嫁不出去,在兵荒马乱的年头,会遇到不堪的凌辱……各有各的想法,各有各的恐惧和忧虑。锁井镇上早就显得不安,"朱庆碰死冯贵堂"呀,"冯贵堂家着天火"呀,都提不到话下了。

朱老忠今天一早就上集,卖了两只小公鸡,籴了半斗红高粱,听得大集上净嚷嚷"卢沟桥事变"了。他走到粮食市里一看,清灯儿似的,再也听不见吵闹的粮歌。棉花市里没了人,牲口市里也早早散场。朱老忠想:这倒是百年不遇的事。许是战争就要到脚下了,要不这集场上不能起这么大的变化。

他走到肉市里、菜市里一看,这里倒热闹起来。两排鱼篓子,一会儿卖了个净光。几车子猪肉,手等着就割完了。人们心眼里都嘀咕着:"谁知道日本鬼子一来,这世界成个什么样子?""谁知道这亡国灭种,是个什么滋味呢?"

李德才见朱老忠走过来,他捋着两撇小胡子说:"卢沟桥事变了,割点肉吃吧!"朱老忠说:"肉好吃,钱难花呀!"卖肉的腆着大肚子,两手忙碌碌地切着肉。说:"省事,有窟窿儿等着!日本鬼子要来了,吃进肚里,穿在身上,要多把稳有多把稳!没听得说过八国联军进北京!哪!哪真是铁扫帚一般,金银财宝、好看的媳妇一扫而光!"

朱老忠见刘二卯媳妇拿着二尺红洋布,两只小脚,一拧一拧的,急急慌慌走过来。他问:"干什么?弄这么大红大绿的?"

刘二卯媳妇说:"天下大乱了,先把闺女聘了再说!"

大集上,人们纷纷议论,乱乱哄哄地传说着。一千个人,有一千个人的说法,有一千个人的看法和想法。日本鬼子在卢沟桥一声炮响,把人们的思想搅成一团乱麻。没头、没尾,昏昏然没有头绪。有人立在村北大场里的碌碡上,听得见遥远的北方隆隆的大炮声了。

朱老忠在集上转悠了半天,也听不出个所以然。迈步走进聚源号,想称点盐。买东西的人挺多,挤不上柜台去。他站在玻璃槅扇外头,向里一看,冯贵堂他们正大訕大叫地谈论着。

冯贵堂像热锅上的蚂蚁,昨日晚上没睡着觉,今天一早,爬起身来走上大街,在齐掌柜那里找到前几天的报纸反复读起来。他心里焦躁,手里拿着报纸翻来覆去越看越麻烦。齐掌柜早在收音机上听到:"……日军借口挑衅,炮打卢沟桥,向宋哲元开火了……"

冯贵堂说:"你看,正是劲头儿上!棉花卖不出去,遇上这么大的战争,合该倾家荡产!"他两手搓着屁股,坐下不是,站着又不是。

齐掌柜眯细着眼睛,口吃着说:"哪!哪能谈到这个字儿上?别说这么一批货,就是十批八批,也谈不到这个字眼儿上。战局也不准进展得那么快!宋哲元坐镇华北,二十九军的大片刀厉害着哪!看夜摸营吧!"

冯贵堂咧起嘴来说:"不论怎么说,反正这栈租得花!要是一个炸弹落上,这份家业也就完了!万材这孩子呀,鼓捣个小来小去的还行。你想,弄这么大的来往,不能估计大局!咳!我就是松了这一下子心,就招来这么大的灾祸!"他谈来谈去,总离不开这批棉花生意,一说起来就焦心。

齐掌柜听他扯到买卖生意上,得意地说:"老东家说的是,离诸葛武侯之材还远哪!今天,在你老人家跟前说话,老东家!干咱这一行啊,不能前知五年,也得后知五月。这玩意儿!总得有个小九九儿。"说着,走到槅扇门前,手指着货架子,说:"我听得风声不对,老早盘算少进货了!"

说话中间,冯雅斋一步跨进门槛,焦急地问:"有什么消息没有?"

齐掌柜说:"怎么样?"见冯雅斋有些慌张,搂着大肚子迎上去。

冯雅斋说:"集上嚷得可是凶,可是太原没有信来。山西形势好,进可攻,退可守。不行,一家人就上太原!"

李德才冒着满脸白沫子汗、猫着腰走进来,屁股还未坐定,又大惊小怪地说:"可了不得了,日本鬼子炮打卢沟桥!我看这战争呀,又起了!"他说着,倒不是惊慌害怕,是幸灾乐祸,湑听乱闻。他只等天下大乱,天下大乱了,才好趁水和泥跑腿吃饭呢。

齐掌柜跟李德才说:"这话,不是现在才说,老早就看出来,你看,这就要大战中原!"

齐掌柜又叫学买卖的到大集上切一斤咸牛肉来,打上一斤好酒。他说:"今天老东家又上街了!"

李德才一看,要吃肉喝酒,兴劲儿可就上来了。屈膝圪蹴在椅子上,哼哼唧唧地说:"好说!好说!天下就要大乱,看乱成个什么样子吧,忙吃点喝点吧!哈哈!见食不飨为之呆也!来!动着!"

冯贵堂说:"我看穷秀才倒不怕日本鬼子,不管哪家来,有酒喝有饭吃就行。吃吃喝喝,把嘴头儿一抹,端起屁股就走。吃十次,吃八次,你甭结记账上有姓李的名字!"说着,他撇起嘴,两只眼睛直盯着李德才。

李德才喝了几盅酒,脸上像烧纸一样黄下来,索性把瓜皮小帽,捏在桌子上,汗水顺着鼻梁骨流下来。听了冯贵堂两句褒贬的话,咧着大嘴说:"我那二爷,怎么还这么说,俺不是也大方过吗?俺哪里赔得起你老人家?吃你的肉,沾我的花椒盐也受不了啊!大骡子大马,立着的房子,躺着的地都吃喝光了!还吃,还吃个什么!"说着,翘起薄嘴唇喝下一盅酒。用手巾捂着嘴咳嗽了两声,又说:"咱是抽烟之人,先说抽……"他两手卷个喇叭筒儿,按在嘴唇上说:"一天三响,'抽的行'!'不抽不行!''穷!''穷!''穷!''穷到了儿!'……"说着,叉开两条腿,闹了个抽大烟的姿势,惹得满屋子人哗哗大笑。

冯贵堂说:"我看日本鬼子来了也是一样,也不能把人们都杀了。没有老百姓,谁给他拿粮进草?"

李德才说:"你说这话我信,日本鬼子也得讲牧民呀,牧民有方,才能坐占中原呢!对老百姓来说,都是一样。谁来了给谁拿粮!"

朱老忠在玻璃槅扇底下,偷偷听了半天,尽是一些个亡国之音……他称好了盐,拔腿走出来。到这刻上他心里烦躁起来。走到十字街上,看常贴布告的那面墙上,还是那些枪款呀、酒税呀、牲口税呀、税契呀、兵款呀……就是没有闹日本鬼子的事。他想:无风树不动,既动就有风,有踪就得有个影儿。他从大集上走回来,不落家走到明大伯那里。朱老明正在大杨树底下打苇箔。听得有人走进大坟,撅起耳朵听了听。没等他开口,朱老忠就说:"老明哥!日本鬼子炮打卢沟桥了!"

朱老明惊愕地停下手来,扬起头仔细听着说:"日本鬼子炮打卢沟桥了?"

朱老忠说:"人们都这么说。日本鬼子在卢沟桥起了事变,要进攻北平城!"

朱老明合紧眼,心里思摸着,从腰里摘下烟袋来,蹲在地上打火抽烟,自言自语说:"这北平城,可是我国几代的古都呀!人们既这么嚷嚷,就有个八成儿。这年头,别看官家说话放响炮,人们一嚷嚷就许是这么回子事。这是两国之间动了干戈,不比石友三打张学良,也不比张学良打阎锡山。日本人灭亡了朝鲜、台湾,管得可苦啊!大官儿都是日本人,小官儿是本地方的奸细!不许说本国话,大人孩子得念日本书。村里要按巡警。亡国奴可不是好当的……"他自言自语,痛苦地连连摇着头。

朱老明蹲下来,朱老忠走过去在他烟锅上对着火儿,说:"我也听得说过,日本鬼子在关东闹得可凶!尤其对共产党不放松!"

朱老明向前凑了两步,说:"大兄弟!这是没有外人的话,咱也得有个准备!咱这是穷家难舍,热土难离,到了那节骨眼儿上,你看咱村这个阵势儿怎么样!"

朱老明翻着深暂的眼睛,眼珠上没有光亮。他想抬起头来看看天空。他曾记得天是蓝色的,是深远的,天上有时候现出千回万转的流云,早晨的霞、雨后的虹,都是美丽的。可是多少年来他未曾看见过了。在他的眼前,永是黑暗的夜色。当他一听得说日本鬼子打到门前,好像黑暗的夜色上又加了一层黑暗的夜,身上寒森森地打起寒颤。在他的记忆里,他的后半生是在兵荒马乱中过来的,古老的祖国,不知经过了多少磨难。

朱老忠看朱老明痛苦地摇着头,怔着两只眼睛说:"非同小可!我想进城去看看,探听探听消息,有什么风吹草动,叫江涛早些通知咱们一声!"

朱老明说:"对!大兄弟,去,去吧!"

第二天一早,朱老忠告诉金华,早饭早点吃,吃了饭,要进城去赶集。金华挖了一碗面,调了调,拨了两碗面鱼儿,切上了一把菜,打上了两鸡蛋荷包儿,手等着,饭就熟了。朱老忠说:"哈哈!饭熟得好快呀!还吃什么鸡蛋?"金华说:"那又不是买的,是咱家里鸡下的,吃了腿脚儿壮实!"

朱老忠吃了两碗面疙瘩,背上褡裢,伸手抄起小铁锹扛在肩上,就往城里道上走。小铁锹在早霞中,闪着白色的光亮。昨夜下了一场小雨,庄稼被雨水冲洗得挺新鲜油绿,路上还有渗不完的水洼。他迈开两脚,踏着水洼擦擦走过,一口气走到城里。

到江涛门外,放下小铁锹,拿起手巾,擦了擦汗。听得屋里有人说话,他停在那里听了听。这人高喉咙大嗓子,听起来好耳熟。开门进去,这人高个子,红膛脸,像是在什么地方认识过,由不得身上一愣怔。

江涛见忠大伯走进来,说:"正好!这是咱老同志,老忠大伯来了!"

那人听得说,一步跨过来,抓住朱老忠的手,响亮地说:"这用不着介绍。老忠大伯!你还认得我呗?"他歪起头儿,盯着朱老忠的眼睛。

朱老忠睁圆了两只小眼睛,上下巴睒了老半天,冷不丁抱住那个人的脖子,兴奋地响亮地说:"嘉庆!你可回来了!你忘了?反割头税和大暴动的时候,咱们都在一块!"

朱老忠说着,笑着,把大颗的泪珠子滴在嘉庆的脸上。

从大暴动到现在,眨眼过了五年,张嘉庆的面容还没有变,就是下巴子上多了一抹青胡子碴儿。

嘉庆说:"忠大伯!大娘和大嫂子她们可好!"

朱老忠说:"好啊!结实着哪!嘉庆!你的枪法还没丢了吧!"这时,他想说出他还藏着一支枪。他又想,世道变迁!知人知面不知心,于是他又把这念头放下。说:"贾老师有消息不?霜泗也牺牲了……"说着又流下两行眼泪。

嘉庆说:"贾老师还没有消息,霜泗的下场,江涛才跟我说了。早晚我们要报这份血仇!"江涛也说:"忠大伯常说'出水才看两腿泥'!"

朱老忠今天见到张嘉庆,说不出心里有多高兴,脸上红红的,老是不断笑模样。张嘉庆还是长着一脑袋长头发,穿着西服裤子,毛蓝大褂,一双黄色的旧皮鞋。嘴上叼着一个大烟斗,他说:"几年不见,大伯的身子骨儿还是这么结实!"

朱老忠捻着胡子说:"结实着哪!靠卖力气吃饭,身子骨儿不结实不行,不结实就受了罪了!这两条腿,爬过山,越过岭。年幼的时候摔打过。别的都好,贾老师不回来,霜泗牺牲了,我心里难受。"

嘉庆说:"大伯不要难受,据说贾老师在上海被捕牺牲了。再跑碴几年吧！把日本鬼子打出去，好建设咱们的社会主义！"他叼着烟斗在屋子里走来走去，今天回到故乡，回到青少年时代闯荡过的老地方，觉得身上轻松愉快。说到这里，不住地眨着眼睛瞅着朱老忠。一谈贾老师，他心上有些难受。

说到这里，江涛插嘴说："不要难受，贾老师牺牲了，我们镇压了地主阶级；霜泗牺牲了，张福奎倒在我们的枪下，芝儿到底报了杀父之仇！"又说："大伯多跟我们几年，看看热闹儿。"

朱老忠说："我愿争口气多活几年，好跟着你们建设新社会。我老爷爷活了九四欠一百。我爷爷活了九十一。我爹是暴病死的，我呀！跟着你们早哪！嘉庆！这几年你是怎么闯过来的？"

嘉庆笑眯悠悠地说："大暴动以后，刮着拔毛子风，黑更半夜走向天津。在天津找到关系，组织上分配我到京西门头沟煤窑里做了几年工作。卢沟桥炮声一响，组织上又调我回到老家来。我本来想浮着饩水上长城外头去搞义勇军，或是回到天津去发动工人。可是组织上认为我熟悉平原上的地理人情，非叫我回来发动农民，开展游击战争！"

朱老忠说："好啊！不管受什么样的艰难困苦，活过来就好！嘉庆！就是你受的磨难多呀！"

嘉庆说："磨炼磨炼好。过去同志们都说我冒失，说我是个莽张飞！这早晚，这张飞也不敢莽撞了，也不敢冒失了。成天价把脑袋掖在腰里过日子，再冒失就要丢脑袋……"他话是这么说，几年来，他的性格有所改变，但改变得并不多。张嘉庆从门头沟调到了保定特委，俩肩膀扛着个嘴，没带一点行李，在保定紫河套里，买了件毛蓝大褂子，一双旧皮鞋。换下他那身黑灰油腻的工装来。理了理发，居然又像个学生。为了矿里艰苦的生活，他跟工人们学会了喝酒，但不发酒疯。

朱老忠一见嘉庆，就想起他年轻时候的事来。这人虽然出生在富人家里，可是他受了共产党的教育，革命热情很高，人也聪明。

他说："你什么时候到咱们那一乡,叫人们看看你吧!可把人们想坏了!人一老了,就是爱想人,想你和江涛吧,睡着觉梦见你们,吃着饭看见你们,再也忘不下你们。"

嘉庆说:"一定要去看你们老人家!"

谈到这里,朱老忠转了个话头儿,说:"有个事儿,我闷得慌,跑来问问。这日本鬼子炮打卢沟桥,是怎么回子事儿?"

嘉庆说:"大伯!你真是关心政治哪!不光是炮打卢沟桥,这中日战争就算打起来了!"

朱老忠眨着眼睛问:"听说这战争离咱这儿更近了?要紧不?"

嘉庆说:"可要紧哪!大伯!日本兵包围了北京城,城外打起交手仗。"

朱老忠大吃一惊,吸了口冷气,说:"这么厉害呀,这还得了?可别当上亡国奴呀!"

张嘉庆看朱老忠注上意了。他说:"大伯!又到了紧夹板儿的时候了,得拉一套!拉得好,当不上亡国奴,拉得不好,这亡国奴可就得当上了!可是中国有了共产党,就不允许敌人奴役中国人民!"

朱老忠怔起眼睛说:"有这么厉害?当亡国奴可不行!"

张嘉庆说:"我和江涛正谈着,上级指示我们:为了迎击日寇的进攻,要组织群众发动群众,开展游击战争!建党、建军、建政。"

嘉庆停止吸烟,眨巴着大眼睛,两扇薄嘴唇,不住闲地说着,把个朱老忠也给说愣了。

朱老忠说:"又要开展游击战争?你这一说,又用着咱这老农民了!"

江涛走过来说:"当然是,这是中国革命的特点,哪会儿离开老农民也不行。抗捐、抗税、大暴动,哪个运动不是老农民?这打日本也得咱老农民先起来!"

朱老忠摘下烟袋,把烟锅伸进烟荷包,抬起下颏儿,陷入了深

123

沉的思索。停了一刻,他说:"这么一说,我也想起来,反割头税的时候,咱讲究通过穷亲戚、穷朋友,从这村,到那村,一个人一个人地串连起来,逐步串连,逐步占领每个村庄,逐步向外开展,这是多少年的老经验!"

江涛说:"大伯!你真好的记性!那早晚这么办!今天还得这么办!"

江涛打开窗户,让雨后的风吹进凉爽来。窗前屋顶上长满了新鲜黄嫩的草。房后护城河里的蛙声,咕咕哇哇地乱叫唤。马荣花在雨后盛开了,粉色的花朵上,放散出浓郁的香味。

朱老忠听江涛这么一说,兴奋得跳起来,一手举起烟袋,一手捻着胡髭,说:"好啊!咱说这年纪上了,再赶不上世道儿。谁知道又要组织群众、发动群众、开展游击战争!日本鬼子,你来吧!咱黄忠人老心不老!"说着,他两腿跨个骑马蹲裆式,来了个抖枪的姿势,又高亢地笑着。

江涛说:"忠大伯斗争精神多好!老同志们的血是不会白流的!"

江涛今天非常高兴,忠大伯进城,带来了精神和勇气。本来他考虑:在这个地区,经过轰轰烈烈的农民暴动,受过国民党的残酷镇压,开始发动的时候,一定有很大困难。可是忠大伯的斗争精神说明了受的镇压愈大,反抗力也就愈强!

江涛沉默了一刻,说:"这就是咱们应该走的道路,上头有党的领导,下头咱们循着先烈的血迹,紧紧地和广大农民携起手来前进,就可以把日本鬼子打出中国去!"

忠大伯不等江涛说完,想起心上最沉重的一件事,说:"日本鬼子要是真的打来,咱们怎么办?"

江涛打量着忠大伯,咬紧牙关,眑着闪亮的眼睛,说:"咱区不出区,县不出县,像一根钉子,钉在这里,和他干个水落石出!"说着,他蹾了一下脚尖,在地上一点。

朱老忠看江涛坚决的姿态,身上轻松了许多。走到门外一看,天刚乍午,他说:"好,同志们!我心眼里豁亮了,明白了。走!"他扛起小铁锹要向回走。

江涛紧拦着:"不能走,快吃午饭了,轻易不到一块儿,玩几天再回去!"说着,拿下小铁锹,拉着忠大伯走回来。

朱老忠看江涛今天换了一身白斜纹布制服,白色陈嘉庚胶底鞋。人衬衣裳,马衬鞍,穿上两件子新鲜衣裳,显得年轻了。

江涛叫朱老忠去吃饭,朱老忠瞪起两只眼睛说什么也不去。他说:"不行!我这么大年纪的人了,不能和你们一起吃饭。"

江涛和嘉庆拥着忠大伯走到小饭厅里,朱老忠嘴里还不住闲地说着:"你看,你们都是年轻人,干干净净的!"

朱老忠吃了两碗面,又喝了两匙汤。今天谈得高兴,心里发慌,比年轻人娶媳妇还慌。工友见他吃完了饭,端过漱口水,又递过一块用肥皂洗过的香喷喷的花羊肚手巾。他热腾腾擦了一把脸,又着实擦了擦手,走回来躺在靠椅上。今天,他觉得心里豁亮,郁积在肚里多年的闷燥心情,可吐出来了。

江涛走回来的时候,见朱老忠已经打着鼾声睡着了,便拿条棉毯子给他盖上,心里说着:"老同志!是革命的财宝。热情是可贵的,经验是可贵的。更可贵的,是那挺拔的斗争精神!"想着,不禁脱口说出嘴来。

嘉庆一进门,就接了下句儿:"江涛!你说得真对!在阶级斗争里锻炼过来的骨干,多么坚强!他们从大恐怖里、大屠杀里爬出来,带着浑身伤痕血迹,那就标明了他的斗争经历。"他打了一个舒展,接着说:"好长的革命道路啊……那时候是那时候的思想,那时候的认识。今天,也就没法检讨了。"他两只大巴掌一拍,说:"哎!另来!"他又伸出长胳膊在头上挥了挥,好像是说:"过去的,算是过去了!"

江涛说:"也许,有的地方被镇压得太厉害了,开始发动的时候,似乎有些右倾情绪,表现为老成持重,但只要教育得好,还是可以重新发动起来!不能认为这是什么大不了的问题。过去偏于轻举妄动,受到挫折以后,又偏于老成持重,是可以理解的。可是这些地区的群众,一经发动起来,那种革命性照样是如火如荼的!当然,这种地区的问题,必然是复杂的!"

嘉庆来了,江涛好不高兴。这是他出狱以来,精神最畅快的一天。几年来在监狱里养成的那种苦重的沉闷,撩人的忧愁,现在,一股脑儿都忘在脑后了。这几天,他和嘉庆交换工作上的意见,体会了特委关于开展工作的精神,集中考虑怎样才能使这个地区的工作恢复得快,怎样及早把政权和武装抓在手里,敌人进攻的时候,才不至于临时抱佛脚。

朱老忠猛地从梦中哈哈笑起来,擦了擦眼睛说:"唉呀!今日个可看见青天了!多少年没听得说过这些事。江涛!嘉庆!你们算是知心人。我向来是这个脾气,只要是知道甘甜辛苦,为革命死了也甘心!我常说,我们是离不开这些年轻人的!年轻人火力壮,敢干、肯干,干起来火辣辣的!越干精神头儿越大,越干精神头儿越足。万般出在年幼!我就老是巴着劲儿学青年!可是我老了!我们这些老家伙们,该撕撕吃拆骨肉了!"

朱老忠没说完,三个人同志笑得弯下腰去,又笑了老半天。

嘉庆说:"忠大伯还是爱说几句玩笑话?"

朱老忠才从睡梦里醒来,精神挺饱满,脸上红润润,额上皱纹也稀了。他觉得兴奋,说起话来,语音高亢得铜钟一般。他说:"我呀!离开说笑话儿,还活不了哪,大暴动闯过来了,再没有发愁的事儿!"

嘉庆说:"这是真的,大恐怖的年头儿,也没见你发过愁,怕过困难!"

实际上,朱老忠那种愉快的心情,是大暴动以来从没有过的。

几个人在一块说说笑笑,话头儿又转到江涛和严萍身上。嘉庆问:"严萍怎么着呢?"

江涛说:"她在保定当小学教员。"

嘉庆又问:"你们还是不错?"

江涛说:"当然是!"

嘉庆说:"你是大肚子汉,有涵养!"

江涛说:"没的这还错了?"

嘉庆说:"你等着吧!她会有错儿!"

江涛说:"她错不了,你等着瞧!"

嘉庆说:"我听到说了……"说到这里,他不再说下去。

江涛说:"她错不了!"接着,嘉庆拉着江涛,走到别的屋里,说他在门头沟撞上冯登龙的一个同学,那个人曾在北平遇上冯登龙,冯登龙和严萍住了天有客店……张嘉庆这个人爱说,不管不顾,张开大嘴呱呱啦啦,一直说了半天,说得江涛脸红耳热,信以为真了。

十四

高蠡游击战争失败以后,那年秋末冬初,场光地净了,朱老忠叫严萍换了衣服,坐上大车,回到保定。严萍下了车一进门,小院里还是那么鸦默雀静的。父亲正在院子里踱步,他穿着一件旧蓝绸夹袍,头发和胡子都长了老长,脸色有些苍白了。严知孝见了严萍,一时怔住,他已经认不出是女儿了,只见她头发长了,披在肩上,穿着一身素蓝夹袄,家做鞋子,像是农村妇女,看了半天才问:"你回来了。"严萍说:"回来了,爸!"严知孝皱紧眉头,没有说什么,心头有一股酸楚的味道。他把严萍唤进书房里,倒了一杯茶递给她,坐在藤椅上问:"家乡的人们暴动闹得怎么样?抗日军能起来吗?"

严萍才回到家里,觉得生疏了,像是新来的客人,拘泥地说:"失败了,爸!抗日军不能起来!"

严知孝听得说,腾地从藤椅上站起来,焦躁地走来走去,说:"失败了!一支抗日的武装,又被老贼镇压下去,我们的祖国将走向何方?"当时"九·一八"事变以后,仅仅一年,中国北方的大片领土就被蒋介石断送了,日军长驱直入,抵进长城沿线,蒋介石仍然忙于剿共,实行不抵抗主义。面对民族危机他常常义愤满腔,慷慨陈词,但作为一个老年知识分子,他又能做些什么呢?所以近来他肝火很盛,似乎改变了性格。

严萍向父亲讲述了高蠡暴动的经过,当她讲到在那个地区曾经建立起一支支抗日军时,严知孝由不得摩拳擦掌,念念有词,说:"应该这样,大敌当前,这是中华民族的榜样。"严萍谈到抗日军在战场上的英勇情况时,谈到她和春兰怎样去送情报,他简直听得目瞪口呆了。当他听到红军打开老财主的大院,分了粮食,分了财物,烧了红契文书,他又兴奋得不行,说:"多少年来的传说,今天由共产党见诸实行了。老实说,农民的一切灾难,都是军阀政客们闹的,是蒋介石造成的。富贵不仁,匪盗蜂起,人们再也过不下去了,就不得不铤而走险。眼看日本鬼子打到门前,蒋介石不准抵抗,他要依靠国联调查团来华调停,东北军就不得不节节退却,眼看日寇就要打进山海关来……"一边说着,老泪滂沱,扬起两只手,仰起头长啸一声,说:"天哪!天!为什么叫我生在这样的时代?这是一个什么样的时代呀?多少年来是列强勾结军阀瓜分中国,如今日本法西斯的铁蹄又踏到祖国的土地上了。封疆大吏们胆小如鼠,老百姓们像没娘的孩子一样,任凭日寇宰割……"谈到这里,他把两手叉在腰里,晃了一下臂膀,摇乱了头发,跺跺脚说:"好!你们怕死,不敢抗日,也不叫别人干,你们决心出卖祖国了!"他一时气愤,脖子脸都红起来。自从第二师范"七·六"惨案之后,学校改组,教育厅派来了新校长,把所有的教职员和校工都辞退,他也被停职失业了,断绝了生活的来源。

父女两个,正在书房里气愤,母亲挎着菜篮走进来,眼色惊慌。当她看清是自己的独生女儿回家来了,猛地把菜篮扔在一旁,扑了过去,搂住严萍,说:"闺女!娘的好闺女!亲人!你可回来了,你可想死娘了,你一个没出阁的闺女,出去抗日,做娘的多么担心呀!"说着,抽抽咽咽地哭起来,说:"孩子!我为了你,每天晚上都哭湿半截枕头!"

严萍见母亲大哭,自己也由不得流下泪来。严知孝见母女二人哭得像泪人儿,也放声哭个不停。江涛被关进监狱,亡校,亡家,亡国,国难家仇,集于一家,在他这一生说来,是个经不起的打击。

严萍离开家几个月,家庭的环境起了很大的变化。父亲的书斋里书籍和报纸显得格外凌乱,庭园也荒芜了。正是深秋季节,花草萎黄了,她亲手栽植的香炉瓜,藤蔓爬到屋顶上,结得又红又大。雁来红的叶子显得格外的红,映着太阳,闪闪发光。自己的小屋里,还和她出走的时候一样,书架上乱堆着书报,窗幔上被尘土封住。她拿了笤帚,把父亲的书斋和寝室扫得干干净净,把书架上的书摆得整整齐齐,又到院子里拔了荒草,把庭院打扫干净。回到自己屋里歇了一刻,又把小屋收拾得整整齐齐。她要好好读一阵子书,先读《国家与革命》,研究一下"暴动的艺术"。她想:被压迫的人民,总要沿着这条道路前进,才能走向自由和解放。

过了一阵子,一天吃过晚饭,她出去理发,走出胡同口,街上来往的人很多,街灯明亮,铺号里灯火辉煌。她从乡村走到闹市,精神上立刻起了一个变化。她又想到既然回到城市里,就得入乡随俗。第二天早晨,洗了脸,又对着镜子抹上一点儿浅淡的口红,穿上锦缎夹袍、红绒鞋子,在爸爸的穿衣镜前走过时,哦!她感到格外精神了许多。

之后,她又坐下来读起当天报纸,报纸上刊出了前线新闻:日军沿铁路继续向山海关进逼,我东北军战略撤退……她又愤怒起来,出神地望着窗外陷入沉思。忽听得大街上有呐喊的声音,像有人声扰攘。她开门走出来,朝胡同南口一望,有很多人聚在胡同口上,像是有耍把戏的。可是,猛地有人用着粗壮的声音喊起口号。她心上立时惊悸起来,急走几走,赶到胡同口上一看,由不得浑身颤栗了一下,背上像浇了一盆冷水。街上停着一辆大汽车,四个"犯人"戴着手铐脚镣,站在汽车上。围观的人们挤了一街两巷。当她看清楚那不是别人,正是刘光宗、杨鹤声、曹金月和刘俞林几个同志的脸型,头上像被铁锤击了一下,立时头晕眼黑,飞出无数金色的星子。她极力保持镇静,不使自己晕倒,不由得眼里涌满了泪水。她看清车上没有江涛,想到他可能已被反动派杀害了。

刘光宗、曹金月、杨鹤声和刘俞林,过去头上都是推着背头,如今长头发披到肩上,脖子、脸上积满了污垢,额上带着伤痕,张开大眼睛看着周围的人们。沿袭旧俗,路上的商家,把酒瓶和水果抛到车上,当做临刑的施舍。刘光宗弯腰拾起酒瓶,啪的一声,在车帮上磕去瓶嘴,仰起头来,鼓嘟鼓嘟地喝着。喝了长长一气酒,睁开眼睛对杨鹤声和曹金月说:"同志们!不,不要听他们的鬼话,我们的官司还没有打完,他们不是送我们回家,这汽车要开出西城,走向刑场!"今天早晨,行营的人到监狱里告诉他们:"你们的官司算是打完了,今天要把你们送回老家去。"现在看来,这完全是欺骗。

曹金月一听,猛地一摇头,把乱发甩到背上,瞪出大眼珠子,气愤地说:"是!光宗同志,我们最后的日子到了!"说着,两手举起钢铐,跺了一下戴镣的双脚,恨恨喊了一句:"打倒卖国贼蒋介石!中国共产党万岁!"

杨鹤声皱了一下宁静的脸容,大圆的黑眼瞳,射出愤怒的光芒,两手把钢铐紧紧搂在怀里,连声说:"欺骗,欺骗!这完全是欺骗!这汽车不是开往车站,他们不会释放我们,不会送我们回家,他们要把我们送到刑场……"

他话还没有说完,刘光宗、曹金月、刘俞林一齐大喊:"打倒反动派!全世界被压迫的人们联合起来!"喊声响彻了云霄。

看热闹的人们站在大街上,挤得人山人海,汽车走不过去,刘光宗抬起钢铐磕了一下车帮,厉声说:"站住!临死了,我们要向老乡亲们交代一下!"他焦躁地喊了几次,汽车不得不停住。他抬起头,扬起炯炯的目光,看了看周围的众位乡亲,放慢了口气,说:"老乡亲们!我们一不砸明火,二不断道。我们是中国共产党党员。日本法西斯打进祖国的疆土,我们是起来抗日的。为了争取中华民族的自由和解放,为了打倒反动派,我们并不可惜自己的头颅!……"说着,他甩了一下长发,仰起头望着深远的青天,长啸一声:"咦呀!我今年才二十一岁,党培养了我一场,还没有为祖国、为人民立下功业,就要被反动派送进杀场了!"刘光宗在学校里是有了名的"社会科学家"。他为了挽救祖国的危亡,读了很多马列的书,才找到一条救国的途径。被捕以后,在监狱里住了很多日子,但是他并没有闲着。在看守的掩护下,他开始写一部通俗的社会科学概论,给青年同志们读。可惜,这部书还没有写完,就到了最后的时刻,他这时想到未完的事业,还是不甘心。

曹金月、杨鹤声和刘俞林看着刘光宗悲痛的样子,敞开雄壮的嗓音,高声喊着:"打倒卖国贼蒋介石!中国共产党万岁!"愤怒冲动着他们的胸怀,撕裂他们的心肝。

保定行营的监斩官,坐在后边的小汽车里,见这几个"犯人"骂得不祥,从车里跳出来。他穿着草绿色呢子制服,带着腰刀,穿着大皮靴,怒气冲冲地走向前去,横眉竖眼地说:"还在喊!还在喊!还在喊!给我打!打!打!"宪兵们听得命令,举起手在刘光宗脸上劈劈啪啪地打了几个耳光,直打得他嘴里流出血来。刘光宗忍住疼痛,把血水喷在宪兵们脸上,说:"呸!呸!呸!走狗!走狗!走狗!我们是不怕死的!"

严萍偷偷挤在人群里看着,好像刀子剜心一样痛。"天呀!还不如我自己死去,比看着同志行刑还好受些!"她用两只手捂上脸,泪水透过指缝,洒在地上。正在这时,从东方跑过一群警察和宪兵,把刺刀上在枪把上,朝群众冲过来,把人们赶散,汽车开出西城。严萍低头站了一刻,抬头一看,汽车不见了,立刻抬起脚奔向前去,一直跑出西城,才看见汽车停在西关外的义地上。

那是一片很大的、年代很远的义地。坟池里长满了树卜和蓬藁。老乡亲们围随着,不肯离去。刽子手们喝得醉醺醺的,酒精烧红了他们的眼睛,烧红了他们的胸膛。一个个光头赤背,从汽车上把共产党人拉下来。

刘光宗、杨鹤声、曹金月和刘俞林,看汽车真的开到义地上,看到已经给他们掘好了坟墓,一齐放开嗓音高叫:"打倒蒋介石卖国贼! 中国共产党万岁!""我们是坚决抗日的,老乡亲们要给我们报仇呀!"

宪兵们不容许他们说话,不容许他们演讲。他们抬起眼睛,看了看他们工作了几年的保定市古老的城堡,看了看周围的村庄和树林……他们都是十几岁、二十几岁的青年人,对祖国的山河抱有很深的留恋,如今到了最后的时刻,要在汉奸卖国贼们的屠刀之下抛掉头颅,洒尽热血了。刽子手递过酒碗,叫他们喝酒,想要麻醉他们,叫他们忘却仇恨。刘光宗奔向前去,举起钢铐,撞翻了酒碗说:"走狗们! 我们不能再上你们的当!"

杨鹤声、曹金月和刘俞林,一齐冲上去,要和那些刽子手们火并一场,可是他们带着沉重的刑具,只有斗争的心胸,没有这种气力了。监斩官急得跺跺脚,大声叫着:"开斩!"一声命令下去,一群刽子手、宪兵、警察们,一齐拥了上去,四五个人围起一个"犯人"。刘光宗看看最后的一刹那到来了,他们这就要离开祖国,离开家乡,离开可爱的广大人民群众了,他张开带血的大口骂着:"卖国贼们! 你们不抗日,还不允许我们抗日。我要睁着眼睛看着你杀我!"

严萍不忍看着他们受刑,只是蹲在地上,把手捂住脸饮泣。唉!四个青年人,不久以前还是救亡阵线上的英雄,他们为了祖国,为了人民,为了中华民族的自由和解放,被抛进黑暗的监狱,酷刑拷打,受尽了折磨,如今又被送进了刑场……严萍想到这里,只觉浑身寒栗,实在难忍。

　　不知怎么,她气愤得晕迷了,蹲在地上,像是睡着。当她醒来的时候,夕阳落在西山上,鲜红的光带,洒在古老的城堡上,晒在义地上,晒在四个英雄的尸体上。她一看到尸体,眼泪像泉流一样奔泻,回过头看看周围,已经没有一个人了,冷冷清清。远处有一个穿蓝大褂的人,站在城墙根下张望,她想:也许是亲人们来为英雄们收尸来了。她叹了一声,从地上站起来,走到尸体一旁。她还能认识他们,她熟悉他们的躯体和脸容,脑子里还映着他们的音容笑貌。她一个个地看过,默默地向他们致了敬礼,絮絮地说:"同志们安睡吧!你们对得起祖国,对得起人民,对得起我们的中华民族。你们的任务算是完成了,我们的子子孙孙不会忘掉你们,你们的声名将流芳百代……"说着,她漫步在义地上,从一个个古老的土冢和碑碣的旁边走过。她想:死去的人们,他们的一生,会由历史来论定……她思想很乱,不知不觉走到一棵古树下,抬起头来看看高空,有两行大雁飞过,发出嘹唳的鸣声,树上有群乌鸦噪晚,天暮了,暗云从天上漫撒了下来。

　　但是,她还不忍离去,不肯离开死去的同志们,她决心守着他们的尸体过夜,尽尽同志的心意。她从乱冢上采下一把把晚秋的野菊,把一些黄色的细小花朵撒在他们身上,说:"睡吧!睡吧!你们的同学们、同志们,是不敢来给你们收尸的!祝你们静静地安睡吧!仇恨埋在心头,让我们来为你们复仇!"她絮絮地说着,听得一阵脚步声,猛地抬起头来,那个穿蓝大褂的人走到她的跟前。她抬起疑惑的眼睛凝视他,悄悄问了一声:"你来干什么?"

　　那个人头上戴着灰色的旧毡帽,脸上一层油污,听得她问,却什么也不回答,一直闯到她的眼前。她一下子惊叫起来:"哎呀!不好!"那个人不容她喊叫,把右手一伸,露出一支黝黑的手枪,突在她的胸前,倒竖起眉棱,说:"站住!跟我去谈谈!"

这时,她才明白过来,下意识地说:"哦!我被捕了!"

十五

严知孝看看天色将晚,还不见严萍回来,心里就明白事情不妙。他开了电灯,倒背起手儿,把心情镇静了一下,在屋里走来走去,合紧嘴巴,不说什么。

妈妈坐在椅子上,看严知孝满脸不高兴,摇摇头说:"唉!难过的日子呀!萍儿又干什么去了?还不回来!"

严知孝不动声色地说:"她回不来了!"

妈妈一听,怔大了眼睛,说:"怎么?一个闺女家,东奔西跑,我不放心,你还不去把她找回来!"严知孝停住步,说:"找回来?是那么容易的事情!"说着,他连连摇头,猛地,又抬起两只胳膊,抖起拳头说:"好!明天我去找陈贯群!"妈妈料想严萍准是出了事情,立时眼里涌出泪,拈起衣襟擦着泪,抽抽咽咽地哭起来。几天来,她心上老是在考虑一件事情:江涛陷进监狱里,严萍的婚事可是怎么安排?想不到事情又落在严萍的头上。

严知孝很觉气愤,他过去也曾说过,他是无党无派的人,横竖枷锁棍链加不到他的身上。于是,嘴上没有把门的,想起什么说什么,没有犯过疑忌。可是到目前来看,他作为第三派势力,又不准怎么样了。妈妈说:"唉!我看你还是送点礼去吧!"严知孝回过身来盯住说:"送什么礼?"妈妈说:"买两大筒茶叶……"严知孝不等老伴说完,冷笑几声。

这天晚上,严知孝没有睡觉。一个人长久地站在窗前,把两只胳膊拄在桌子上,看着窗外的天空出神。天上星斗交辉,时钟打过十二下,下弦的月亮也就显出边儿来了。他不耐烦地摇摇头说:"黑暗的夜呀,罪恶的夜呀!"这时,他又想到自己,事情既没得做,索性回到家乡去吧!他觉得住在城市里遭人的白眼,还不如回到老家去,把破裯子一披,靸上两只破鞋子,扛起锄头去耪地,倒也痛快。这时他已下定决心了。想来想去,直到东方发白,晨风起了,他觉得身上有些凉意,才一个人开了门,在小院里走来走去。等太阳出来,他匆匆吃过早饭,发也没理,胡子也没剃,便提上手杖走向朱家菜园陈氏公馆。

到了门口,严知孝走过去看了看,只见一个年轻的传达正在门口抱着胯子对着太阳出神,他说:"我要见陈旅长!"传达看了看他,笑了说:"旅长才从前线打仗回来,正在休息,闭门谢客!"严知孝一听,沉下脸来想:从前线上打仗回来?从这里到关外也有好远,怎么去得这样快?又回来得这样快?他说:"他不见别人可以,能不见我?"

传达问了他半天,才知道他是旅长的老熟人,不过是一个中学教员,便说,"旅长有命令,错非上峰公事,任谁不见,有事等他歇过劲儿来,过几天再说吧!"

严知孝执拗地说:"我有要紧事情,刻不容缓,目前就要见!"

传达见他浑身带着妄劲,一下子挺起脖颈说:"你这人怎么这么固执?不是说过了吗?旅长有命令,闭门谢客!"

严知孝看他神色不对,心上立时升起一股火气,腾地红了脸,说:"我不是说过了吗?有要紧事情,一定要见!"

传达见他变貌失色,很不高兴,把脸一板,说:"你见不了!"说着,眯上眼睛,右手撑起肚子,闷声不响。

严知孝怒火上升,实在忍耐不住,可是也没有什么办法。他站在那里寻思来寻思去,转过身走到大门对过,说:"好!不见我!我坐在这里等着他!"说着脱下一只鞋子放在地上,用脚尖摆好了位置,咕咚地坐了下去。他在大街一旁盘腿打坐,挺起胸膛,眯上眼睛。过往的人们,由不得站下脚来看,一会工夫集了一群人,密密匝匝地围着看。

街坊邻居都跑出来,护兵马弁们也挤在门口看热闹。传达还没遇上过这个场面,他怕出了事情,一溜风跑了进去,报告陈贯群。陈贯群散装便服,靸着鞋子走出来,站在圆门前的石阶上,探头一看,是严知孝,手里拿着条文明杖,在门前坐着。他离大远里一看就笑了,皱起眉头,急忙走出来,扯起严知孝的袖子,说:"老兄!晴天白日,你这是干吗呢?"

严知孝红着脸说:"你这位二爷,他不叫我进去嘛!"说到这里,眼里由不得落下几点老泪,说:"咳!官大衙深,我也进不去了!"

陈贯群说:"算了,老兄!别人进不来,你还进不来?我给你出气,不打断他的狗腿才怪呢!"一壁说着,拽起严知孝向院里走。

他在陈贯群的办公室里,一直坐了两个钟头,对二师惨案和高蠡暴动,做了激烈的辩论。两位老朋友,观点不同,一个坚持团结救国,一个坚持攘外必先安内,几乎吵翻了脸。最后才谈到严萍的问题,陈贯群也认为一个姑娘家被捕,总是不好的,他说:"不管怎么吧,我给你要出来算了!"那天下午,严知孝到行营调查科,立下字据,递了两个铺保,才把严萍保释出来。掌灯时分,严萍回到家里,父女们又抱头大哭一场。那天晚上,严萍睡在床上,一直是怔忡不安,睡也睡不着。

第二天早晨,她早早起来,打扫了院子。一开门,有个青年军官,从大街上走进胡同。这个人穿着新军装,阴丹士林浅灰马裤,肩上披着武装带,手里提着个大皮箱,昂头阔步,走得挺快。严萍站在门口愣住,心上连连跳动了几下,她想:"怎么他又来了?"那是冯登龙,一年不见,人显得黑了,也胖了,身子骨壮壮实实,嘴巴上长出青胡须。他走到门前,看见严萍在石阶上站着,笑嘻嘻伸出手掌,握住她的手。严萍说:"我以为从哪儿来了个军官呢;原来是你!"冯登龙说:"听说第二师范闹了个惨案,家乡闹了暴动,经过这么大的动乱,我要回来看看你们!"其实,他在东北看到报纸,知道江涛入狱,一股青年时代的友情燃烧着他,巴不得插上双翅飞回来,他对严萍还是留恋不舍。

严萍看着冯登龙怔了一下,不自觉地伸出手接了皮箱,领他走进来。妈妈听得一阵皮鞋声走进院子,隔着窗帘看见是登龙,一步跨出门,笑吟吟地说:"哟!登龙来啦!嗯?你长高了,当了排长吧?"她睁开两只眼睛,从上到下,从左到右,看过来看过去,总也看不够。心里说:"登龙回来,闺女可就有依靠了。"冯登龙停住步,一下子笑了,问:"婶子!你好?"他规规矩矩地举起手行了一个敬礼,又说:"我在学兵队毕了业,没经过排长那一级,就当了连长。义勇军正在扩大部队呢!"他摘下帽子,解下武装带,递给严萍,严萍替他挂在墙上。冯登龙好久不来严家,今天来了,立时添了一种喜悦的气氛。

这时,严知孝还没起床,听得冯登龙的声音,从床上跳下来,穿着睡衣,靸着鞋子走出来。冯登龙急忙向前行礼问好,他看见这个年轻体壮的小伙子,心上也觉高兴,问:"登龙!你们是什么部队?"冯登龙说:"我们的番号是忠义救国军。"严知孝听到这个新军的番号,急问了一句:"你们是属于哪一路?是谁委派的?"

冯登龙说:"部队倒是有根底,可是不属于老蒋的系统。"

严萍听说不是老蒋的系统,紧插了一句:"那么,你们倒是什么系统?"

冯登龙说:"属于一位陆军界的宿将,他住在天津英国租界,派人招兵买马,等部队闹大了,他才出山。"冯登龙得意地挺起胸膛,笔直地站在地上,谈了一会子扩大部队的情况。严萍打了洗脸水来,他一面洗着脸,又说:"我那位表叔,可是个能干的人,'九·一八'事变的时候,他还不过是个团长。趁着那股乱劲儿,拉着他的部队钻进山林'独立'起来。看见过往的零散军队,就跑出森林大喊一声:'是朋友的留下来抗日,不抗日的把枪留下!'就是这样,他拾枪掠马扩大队伍,当起前敌总指挥来。"还说,"蒋介石的部队,在东北前线,不战自退。东北军,哗啦下来,把大片土地,丢给敌人,一时间就成无政府状态。在这种情况下,起来了很多这样那样的义勇军。"

冯登龙说到这里,严知孝也就明白了。趁着这个国破家亡的时刻,有很多人出来浑水摸鱼。共产党的抗日军不用说,国民党,国社党,青年党以及住在租界的那些封建军阀们,都派人到东北去,收拢溃兵和土匪,建立自己的武装力量。但是严知孝也有怀疑,他说:"哪,你们的军需饷项由哪儿发给?"

冯登龙说:"嘿!国破家亡的时候,遍地黄金走,单等有眼的人!有的是高山、密林,有的是黑不啦的大财主。就地筹饷,随手拈来,要多方便有多方便,还用得着谁来发?"

严知孝转念一想:也许是这样的,天下大乱的年头,哪个部队不是就地筹饷!冯登龙已经长成身个,体态很是魁伟,长头发黑亮黑亮的。他打开箱子,拿出一大筒茶叶、几罐纸烟、几匣点心,摆在桌子上。还拿出几块绸缎,双手捧给妈妈,指着一块明丢溜的丝绸说:"这是油绸!这玩意儿出在广东,叫做香云纱,给婶子做件褂子,夏天穿。"

妈妈接在手里,走到窗前皱起眉峰看,笑着说:"常见人家穿这种油纱,没舍得买过,说不定这种东西做成衣服,穿在身上有多么凉快!"

冯登龙嬉皮笑脸地说:"我还想给萍妹子买点东西来,可是,我怕人家不要。要是买了来人家不要,也怪傻脸的!"他撅起头,斜起眼睛,看了看严萍,又骄傲地笑了。严萍看他馋皮涎脸的样子,听他这种挑逗性的口吻,镇起脸,不说什么。

虽然是小儿女们的事情,严知孝倒也明白,叹了一口气,说:"唉!不用说了,江涛被押在监狱里……"

冯登龙不等听完严知孝的话,挺起胸膛哈哈大笑,说:"由此看来,谁是谁非,就清清楚楚了。共产主义不合乎中国的国情,他倒合眉钻眼地一头碰南墙,真是理当如此!"他一谈起江涛,又想起几年前的旧事,由不得生起气来,抬起头望着天花板沉吟说:"过激派!他们吃了思想左倾的亏了。"冯登龙说到这里,更加轻狂,耸动起两条扫帚眉毛,大眼睛瞟着严萍说:"我总认为,人活着总是为着享福,不是为着造孽,像高蠡暴动吧,那些参加暴动的人,他们本来是想抢点粮食,抢点儿土地种种,过起富足的日子。可是他们没有想到,造反要丢脑袋。叫我说他们全家该斩,诛灭九族……"

严萍听到这里,再也听不下去,愤愤地说:"叫你这么一说,他们不是为着高尚的理想?不是为着打倒卖国贼们,不是为了打败日本鬼子,挽救祖国的危亡?"

冯登龙说:"那,在我们来说,在目前的关键上就要外抗强权,内除国贼。所以我们要发展军队,创造地盘。空口吹无力,有了地盘,有了军队,才能谈得上救国!"

严萍越听越不对头,把黑亮的眼睛侧在鼻梁上说:"谈了半天,你们到底是什么旗号?"

冯登龙说:"我们?我们,我们是正统,打得是龙旗!江涛信仰共产主义,他就要住监。那些参加高蠡暴动的农民,也无非是被刀切斧砍,这是理所当然!"

冯登龙和严萍,自小是亲切的朋友,严知孝和妈妈是知道的。两个人在屋里唧唧咕咕地谈个不休,也未引起他们的注意。妈妈的心里还在温着旧梦:江涛住了狱,又来了一个登龙,说不定对严萍的心情是个安慰。严萍却觉得很不自在,她觉得对冯登龙这种应酬,简直是多余。她被捕以后取保释放,尽量在用一种力量控制自己,如今又来了冯登龙,说起话来不三不四的,心上很觉不安。

她说:"听说话,就知道你们是依靠南京政府的!"

冯登龙说:"不!我们依靠另外一个!一旦闹起来,不像江涛他们那个土闹儿,锅台底下走遍天下,成不了大事!"

严萍听他老是褒贬江涛,更加生气了,说:"你为什么老是这样讲话!"

冯登龙挺了一下胸膛:"我生他的气!国家兴亡之际,每一个青年人都应该看清他应该走的道路!"说着,偷偷瞟了一下严萍,在看着她的神色。

严萍心上实在气愤,脸上一时红了,一时又白了,心思烦乱,转过身走出去。她想:这又是到了什么日子,他怎么说出这样话来,他想干什么?简直是傲慢不逊!她生着气走回自己的小屋,伸直胳膊,趴在桌子上,把脸扑在胳膊上,心上不停地颤栗,浑身像淋着冷雨。这种心情,继续了很长的时间。

听得门外蹑悄悄走进一个人来,她慢慢抬起头来睁眼一看,是登龙。他看见严萍在抽泣,新仇旧恨一齐涌上来,愤愤地说:"我知道,江涛,他功课好,他是搞社会科学的,他能说会道,甜言蜜语地把你迷住了。可是他现在住了监牢狱了!"一谈到曾经占有了他的爱情的情敌,心上燃烧起烈火来,脖子脸都红了,攥起两只拳头,气愤愤的,像是要和谁打架。

严萍不听他的话,伏在桌子上,不说什么。江涛的影子又映在她的眼前,好像他在睁大了眼睛,注视着她。在江涛尖锐的目光之下,像有一股暖和的光亮射在她的身上。

冯登龙还是不放松她,提高了嗓音说:"你要知道,蒋介石要先剿共后抗日,下决心消灭共产党。要严格审判江涛他们这样的人,凡是和他有过组织关系的人,通通要逮捕起来。"冯登龙越说越气愤,挥起两只拳头,说:"你想想吧!他的思想,他的行动,是国法不容的,要判处死刑,顶少要判处无期徒刑!"他红着脸,呼哧呼哧地说着,流出气愤的眼泪,他好像是受了谁的欺侮。一个失败者,在他的敌人一旦遇上灾难,就从内心里发出一股幸灾乐祸的情绪。他要投井下石。

严萍听了这话,好比一条钢鞭,抽在她的身上。她返回身坐在床上,用两手捂上脸,挺起胸膛,跺跺脚说:"呸!我们做错了什么事?去!我不愿听你的鬼话!我心上难过,滚!滚!你给我滚出去!"真的,冯登龙这种行为,对严萍来说,简直是一种蹂躏,是冲犯她的尊严。冯登龙弯下腰,嬉皮笑脸地盯住严萍,咬紧牙根,狠狠地说:"共产党,国民党要砍他的头!"他像一只饿狼,要张开大嘴,一口把严萍吞进去。

严萍看他那个凶恶的样子,也实在无可如何,她瞪直眼睛,横起身子,说:"去!滚出去!"猛地转过头,把脸埋在被叠子上,伸出两只胳膊,抱住脑袋失声痛哭起来。这时,冯登龙感觉到胜利了,抱起胖子站着,歪起头仔细逡巡严萍的小屋:墙上的相片不见了,屋里的东西失去寻常的秩序,不像是一个女学生的房子,再没有那种温馨的气息。他得意地坐在椅子上,笑开两只眼睛,看着一个背叛他的友情的少女。报复的心情像火焰一样燃烧,他下定决心撕碎这朵花,要把她踩在脚下,错非她回心转意。他说:"仔细想想吧!两条道路摆在你的眼前:一条道儿,是通向幸福之路;一条道儿,会使你颠沛流离一辈子。美丽,并不是稀奇的东西。美丽的姑娘,是成堆大垛的。坟窟窿里的骨头,你哪里知道她的当年不是最美丽的女人呢?"

按当时情况,严萍可以不听他的话,索性走出去,或是破开脸皮骂他一顿。但她想到:才从行营回来,不要惹得爸爸不安。可是,冯登龙的话,一句句像刀尖一样,插在她的心上,伤害着她的尊严。她无可如何,难过得扭绞着身子,再不抬起头来。她虽然受过革命的教育,受过革命的锻炼,在她的心灵上还留着旧社会的烙印。她的性格上,还留着那个时代一般少女的软弱。她知道冯登龙自小有一股野性子,一生起气来,就像着了疯魔,什么坏事都会干得出来,她不想再惹他发脾气。

冯登龙说了几句出气的话,停了一刻,那种愤恨的劲头,就烟消云散了。走回北屋,妈妈已经把酒菜摆在桌子上。他不客气地一屁股坐在椅子上,抽着烟等着炒菜。妈妈说:"登龙!又吵什么?你们是自小的朋友,好好地安抚安抚她吧!经过这么大的动乱,够她难过的了。行营还要找她,她只是一个人偷偷闷在家里,不敢出门,你帮她开开心吧!"

冯登龙说:"她的眼里哪里有我?哪里听我一句话;听了我的话,也不至于落在这种地步!"当他知道严萍才被捕释放,又咧开大嘴说:"快!快!快快走开!离开这个恐怖地方。"

严知孝说:"特务如麻,她哪里走得开?"

冯登龙趾高气扬地说:"听我的话,什么事情都能办到!"说着,吃饱了饭,他就出去看望老同学们,顺便问问江涛的消息。

在这一段时间里,行营继续在保定搜捕抗日青年,搜查了铁路工人宿舍,搜查了报馆,搜查了书店。为了镇压高蠡暴动,把第二师范的共产党员曹金月、杨鹤声、刘光宗、刘俞林四个人执刑了,白色恐怖笼罩了保定市。严萍心上惴惴不安,简直没有一刻安静,胸口上好像堵着一块石头,透不过气来。冯登龙回到保定,严萍感到难堪,可是经过革命的锻炼,她对冯登龙认识得更加清楚了,觉得有信心有办法能够对付他。为了不发生意外,她对冯登龙不改变过去的态度,高兴了在一起说说笑笑,不高兴就互相争吵一会子。她觉得闷得不行,就在小院里走来走去。真的,这样下去,她是无法过日子的。老是觉得有一件什么事情系在她的心上,她反复考虑:要怎样离开这个恐怖的地方。最后,她想到北平去,那里可能白色恐怖也很严重,但人多地方大,便于回旋,而且到一个生疏的地方,特务们也不注意。又想到,没有亲戚,没有朋友,在什么地方存身呢?

妈妈也为严萍焦心,闺女大了,迟早要出嫁的,可如今江涛又被关在监狱里。自从严萍被捕,她总是为严萍的婚事跟严知孝吵嘴,怪他不应该把闺女许给江涛。严知孝说她是女人见识,不顾大体。今天冯登龙回来,妈妈心上又有新的打算:把闺女给了登龙,比江涛好得多了!人儿年轻,身子骨儿结实又漂亮。她隔着窗子看严萍走回小屋的时候,悄悄走到严知孝身边,坐下来说:"好人!想想吧!闺女身后的事情要紧,有吃有穿才像个亲事哩!江涛有些小聪明又当了什么,'才气'在这个年月里又值得多少钱一斤呢?"妈妈搬嘴弄舌,絮叨个不休。严知孝躺在藤椅上,摸着胡须淡漠地说:"生米做成熟饭,也没有办法了!"说着,缓缓地摇着头。如今日本兵占了东北,第二师范解散,他失了业;高蠡起义失败,革命的力量、抗日的力量受了严重的镇压,再加上最近严萍被捕,都使他糟心。在这样的形势下,他觉得左右为难。妈妈长叹了一口气,说:"别那么说吧!你是一家之主,你不管谁来管呢?登龙回来了,这不是一个好机会吗?"

严知孝听到这里,再也听不下去,猛地从藤椅上坐起,抬脚走出来。目前的情况,也实在使他为难:江涛押在行营里,还没有判决,如果判了死刑,或是无期徒刑,严萍身后的事情,就更加难堪了。再说,严萍住在家里也实在烦闷,说不定又会出什么事情。最后,他考虑还是叫严萍到北平去,暂时躲几天。他想介绍她去见马老将军,他们是同乡,是祖父的老朋友,也许他能帮帮忙。冯登龙也表示愿意护送。他是另有打算,也许经过这一场变乱,严萍会回心转意成就了好事。

十六

严萍要到北平去,要离开他们,父亲和母亲又是一场心思烦乱。在他们认为，女孩子还年轻，没闯荡过世面，自幼没远离过他们，怎么能放下心来呢？妈妈流着眼泪，抽泣着，给严萍打点衣服，拾掇箱子，她想：北平是个大地方，人是衣服马是鞍，没有几件衣裳，怎么叫人瞧得起。当她一想到，她要跟登龙一块去，登龙会照顾她，心上像有了依靠，落了实了。严知孝心上更加烦乱，他明白北平也不是平安地方，在动乱的年份里，年轻姑娘出门，实在叫人放心不下。他站在一边对严萍说："到了北平，先到马老将军那里去，他在前清武备学堂毕业，做过陆军次长，后来当过保定军官大学的校长，在陆军界是桃李满门的。有什么困难，请他帮助。他是祖父的老朋友。"严萍一一答应下，说一定照着父亲嘱咐的办。一切打点停当，她又换了一件蓝地粉花缎子夹袍，半高跟皮鞋，站在镜前一看，自己笑了说："就是在特务面前，也像一位阔家小姐！"

那天深夜，冯登龙租来了一辆小汽车，悄悄开到门前。临上车前，严知孝又反复嘱咐了一会子。母亲也把登龙叫到自己屋里，笑笑说："孩子！自幼我就喜欢你，你在我家里多少年，没慢待过你，今天把萍儿交给你了，到了北平，你们好好儿谈一谈，不要性急。谈得好也算随了你的心愿。谈不好，你们各奔自己的前程，谁也不要勉强谁。妹妹年轻，你要让着她点儿。"妈妈说完，登龙会意地笑了，恭恭敬敬地行了一个礼。听了妈妈的话，他心里有了底了。严萍自然有她自己的主意，她想：只要离开保定，离开特务们的手掌，就什么也不怕了。

这辆小汽车，在黑夜里开出北关街口。放哨的士兵喊了一声："干吗的，站住！"冯登龙喊了一声："驻保行营！"他用力朝司机肩膀上拍了一掌，汽车没有停住，"扔"地一下子开过去了。一直跑到徐水车站，他们急急忙忙上了火车，严萍找了个空位子坐下，喘了两口气，才定下心来。冯登龙说："妈的！手里有枪的话，早就撂倒他了！"

严萍听了这句话，就明白冯登龙从军一年，已经改变性格了，要当做一回事来对付他。

　　夜车,人并不多,有的躺在座位上睡着,有的坐着吸烟打盹,有人上车也不理睬。严萍坐在位子上,合上眼睛打瞌睡,她心里在考虑,到了北平,将要遇到什么事情,怎样对付冯登龙。车声隆隆,在昏暗的灯光之下,乘警走来走去。登龙躺在长椅上睡着了,发着鼾声。她也眯上眼睛休息了一刻。过了一会,车长带着乘警过来查票,她背身坐着。车长上下看了看她,不是一般人家,弯下腰恭恭敬敬地说:"小姐,看票!"连说了好几声,严萍还是不哼一声。车长似乎有些生气,说:"小姐!你看,我们说了几声,也不理我们!看票!"严萍回转身,缓缓地侧起头来,斜了他一眼,用中指和食指夹出票来给他看,也不说什么。

　　这辆天,天将黎明时分,才到北平西站。秋末时节,她身上只穿一件夹袍,感觉有些凉了。她提起箱子,跟登龙一起走出车站,喊过两辆人力车坐上。街上行人稀少,电车停了,显得很是凄凉。当经过前门箭楼的时候,她仰起头看了看,那个矗立在马路中心的古代建筑物,衬在蔚蓝色的天上,越发显得孤高。月亮挂得很高,也很小,清亮的光辉,照着前门大街。有生以来,她还没见过这么宽阔的马路。

　　车子走进打磨厂,在天有客店门口停下。店门敞开,门前灯火明亮,有伙计在门口守夜,见来了客人,接了箱子,拿了钥匙,领上楼去。这是一家高等旅馆,周围两层楼房,有玻璃天棚遮着,棚顶下垂着一盏洋式大电灯。伙计回过头瞄了瞄,是两个男女青年,开了一间大房,房里只有一张大床。严萍一看,猛地身上打了一个激灵,心上突突地跳起来,她想说什么,可是觉得不好出口,心里发急,额上津出汗珠。她掏出手绢抹着汗,又有伙计打上脸水,泡上茶来。严萍洗了脸,坐在椅子上喝着茶,紧张的心情慢慢安静下来。伙计拿了店簿来,簿子上写着姓名、年龄、籍贯,最后问:"你们是什么关系?"

冯登龙说:"夫妻!"

严萍一听,心上寒噤了一下,脸上立时改了颜色,喷红了脸颊,腾地从椅子上站起来。才说开腔,她又想到:非常时期,多一事不如少一事,万一惹出事来,又怎么办呢!这样登记虽然不好,也可掩护一时。冯登龙也低下头,用眼睛看着严萍的眼色,暗暗示意,叫她不要声张。严萍还想:她到北平来,是政治避难,而且北平的白色恐怖并不比保定差一点。但是,对于冯登龙,她是了解的,何况又当了几年兵,在军队上混了几年。他纯洁的青少年时代已经过去了,浑身沾染了兵痞习气,要十分警惕这一点。当冯登龙洗完了脸,坐下来对着镜子梳头的时候,她又想到:只这一个房间,又怎么休息呢?这时,她的心上已经完全明白过来,生着气,走到门口,喊了一声:"茶房!"伙计匆匆走过来,哈了一下腰,问:"什么事?太太!"这个伙计也很机灵,他看严萍脸上立时喷红起来,又哈着腰道歉说:"小姐!小姐!"

严萍处在生疏的环境里,倒也不怎么的,她不像过去那样腼腆,经过几年的革命生活,她已经懂得一些社会世故了,自觉对于处理这种日常生活细节,还是绰绰有余的,不要节外生枝为好。她镇下脸来不说什么,把刚才的念头,又打消了。伙计看没有什么事,又退了出去。

冯登龙看今天事情并不顺遂,低下头在地上走来走去,搜索枯肠,考虑怎样解决这个问题。来回走了半天,他看窗外电灯都熄了,才停住脚步,说:"萍妹子!来,我们睡吧!"他心里有鬼,自觉理屈,声音说得那么渺微。

严萍慢慢抬起头,瞪着两只黑眼珠,侧在鼻梁上,生气说:"想干吗?你查过我们严家的家谱吗?了解姓严的是个什么性格吗?快把你那一套收起来吧!"从这几句话听来,严萍已经不像个少女,倒有几分丈夫气了。她又顿顿脚,愤愤地说:"就是把长刀和手枪摆在我的面前,也休想找了什么便宜去。"

冯登龙看严萍的神态,听她的口气,心上忐忑了一刻。在这个关键上,也使他很觉为难;这不是一件吵嘴、打架可以解决的事情。他拗不过严萍,在地上走来走去,说:"我没有什么对不起你的地方!"严萍听了这句话,猛地站起身来,两只眼睛看着冯登龙,生气说:"你想干什么?告诉你姓冯的,我姓严的并不怕你!"说着,她愤怒了。冯登龙听了这句话,身上也就凉了半截了,闭紧嘴巴,不再说什么。又迟疑了一刻,只好走到床边,放下枕头,铺上被子,坐在床上呆了一刻。天已微明,大街上已经有行人来往,看了看严萍,说:"你不睡,我睡!"说着,他脱下外衣,登上床去,鞯在被窝里睡下。

刚才发生的事情,使严萍不快,一个人伴着灯光,喝了一杯茶,呆了一会,心上还是气愤愤的。可是一夜的紧张心情,使她疲倦,伸起两只手,打了个哈欠,想伏在桌子上,眯上眼睛困一会儿。

冯登龙假装睡着,打着呼噜,他想:等得困了,她自然会来睡的。可是,不,他等了老半天,严萍还是伏在桌子上呆着,也不动一动。他偷眼看了严萍好几次,她还是不来睡,才呼啊呼地睡着了。直到太阳老高,他才醒过来,伸起脖子一看,严萍正立在窗前读书。晨曦射在她的脸上,显得格外苍白。严萍见登龙穿衣起床,也不理他。他洗了脸、漱了口,叫了茶房来,又开了一个房间,赔礼说:"妹子!快睡去吧,哥哥逗着你玩儿!"

严萍瞥了他一眼,跺跺脚走到那个房间里睡下。她没有想到,冯登龙会使出这种下流手段。她躺在床上,翻来覆去还是不能入睡,好容易睡着了,直到下午三点她才醒过来。

吃了点饭回来,登龙邀她到中山公园去。才从小城市到了北平,自然感觉不同。打磨厂那条狭窄的胡同里,来往行人很多,前门大街上,来往行人更是稠密。两个人漫步走着,穿过天安门大街时,电车和人力车的铃子叮叮响着。汽车的喇叭响个不停。走进中山公园的大门,却感觉得一派清新,树叶子红了黄了,开始落着。

曲径回廊上,摆满了各色的菊花,比起保定公园来好得多了。公园里清新的空气,把她抑郁的心情冲淡了。园里游人不多,她低下头漫步走着,蓦然有一行雁从天上飞过,她昂起头,看着深远的天空,敞开胸襟,吐出一口长气。

从中山公园出来,又到太庙去看鹤,在一区不大的柏林里,栖息着无数灰色的和白色的仙鹤。林子用铁丝网遮着,不使游人惊扰它们。鹤的生活是自由的,到了一定季节,它们就飞来,到了一定季节,它们又飞走。严萍站在柏林外头看着,觉得它们的生活比自己还自由。那些古松和翠柏,使她感到中华民族历史的悠久和祖国的伟大。祖国在灾难中,祖国的人民面临着日寇的威胁。她又想到高蠡暴动的失败,战友们死亡逃散……太阳西下,登龙请她在来今雨轩进了晚餐,才回去休息。

这天晚上,她把门子锁紧,把钥匙搁在枕头底下才睡下。她睡得很静,睡得沉沉的,离开保定那个恐怖的地方,觉得心上空阔轻松多了。一直睡到第二天中午,她才醒过来,觉得身上实在酸软。自从参加高蠡暴动,她还没有睡过这么甜蜜的觉。

吃过午饭,登龙又邀她去逛天坛或是北海。她不去,她急于要摆脱登龙,要去拜访马老将军。这位老将军是清朝的末科举人,到日本学过军事,是一个老同盟会员。他曾经有过不寻常的抱负,想为国家民族训练一批新的,有生气的,有革命性的军事人才,像日本明治维新一样,拯救国家民族的危亡。可是,当他看到经过他的心血培养出来的青年军官们,当下级军官时还好,等做了高级军官,一个个都做了军阀的爪牙,帝国主义通过军阀割据,瓜分了祖国的土地,压榨人民,因此,他厌恶了。他自己虽然有美好的理想,但是手无寸铁,也无济于事。于是他下野了,在北平最偏僻的地方,买下一座房子,做起寓公来。

严萍在后门下了电车,向西走去,沿着后海走着,那里是一个幽静的去处。湖边上有很多合抱的老柳树,柳树叶子黄了,西风吹起,柳丝乱舞,树叶纷纷落在地上,飘流在水里。海中荷叶残了,莲蓬很多。水上尽是绿色的浮萍,有人正穿着皮裤,牵着簸箩,采撷鸡头和菱角。向西方望过去,透过柳丝,看得见西山峰岭的起伏,浴着秋日的阳光。

走过广华寺,查对了一下门牌号数,走来转去,找了半天,才找到一段坍塌了的墙垣。原来这地方有座古式门楼,因为多年失修,坍塌了。门口栽上一根木柱,把门牌钉在木柱上。断墙里边,是一片白杨树林,一棵棵的钻天杨,有通天那么高,西风吹着大杨树的叶子,哗哗地响着,一片片落在地上。她沿着一条光滑小径走了进去,小径扫得很干净,林下一片菜地,新鲜油绿。小径尽头横着一道花墙,墙上爬满了紫红色的牵牛花。二门是褪了色的红油大门,油漆也脱落了。她推了一下,门关着,拍了两下门环,有个年老的女仆走出来,开了门转着眼睛问:"你找谁?"

严萍说:"我从保定来,来看望马爷爷!"说着,她拿出一封信。女仆悄默默地说:"哦!你们是乡亲。"她摆了一下手,没有接严萍的信。严萍点头微笑说:"是的!他是我祖父的老朋友,我们是老世交。"女仆上下看了看严萍,见是一个美丽的少女,点了一下头,嘻嘻笑着说:"请进来!"

院里三合子大瓦房,都是旧式的花棂窗户,窗上糊着白纸冷布。院里方砖砌地,中间一棵大桑树,树下有一块青石断碑,北墙窗下,放着几箱蜂。老女仆坐在石头上剥豆荚,她拿过一个旧椅垫,放在石头上,低声说:"姑娘!请你坐下来等等,老将军正在午睡,每天吃过午饭,他要睡一大觉。"

严萍坐在石头上,帮助女仆剥豆子。秋天的太阳,晒得满院子暖烘烘的。两个人正说着话儿,有个青年妇人从东厢房走出来,中等身材,长方脸儿,细白的面皮,穿着一件蓝布长衫,腋下挟着一个皮包,看样子,她是要出门。严萍放下豆荚,站了起来,点头施礼。

女仆说:"这是家乡来的人,看望老将军的。"她说着,严萍赶快跑过去握起妇人的手。

妇人点头微笑着,侧起头看了看太阳,说:"时间不早了,我赶快去上课哩,回来再谈!"谈着,斜起眼睛看着严萍笑着,匆匆走了出去。

女仆说:"这是老将军的儿媳妇,她叫赵珏,在附近一个中学里教书,儿子在市政府做事情。两个人的收入,仅够维持一家人的生活,还不富裕。"两个人说着话,剥着豆荚,北屋里传出雷鸣一样的鼾声,使人想象到,老将军是一个身材魁伟健壮的人。院里很静,厨房里火炉上水壶吔吔响着,催人入睡。严萍晒在秋天的太阳下,暖洋洋的,想要睡着。等不一刻工夫,屋里发出洪亮的声音,喊:"张妈!"

女仆听得喊声,放下豆荚,匆忙地走上去,连声说:"来了!来了!"还未走到门口,老人掀开竹帘走了出来;穿着皮拖鞋,披着毛巾睡衣,光头,两撇花白胡子向下垂着。老人是个高大个子,挺实腰膀,一看就知道是受过军事训练的。满面红光,两只眼睛闪着炯炯的光亮。从眼神上看得出,他有着倔强的性格,和充足的自信心。他看见严萍,无言地上下打量了一刻。女仆停下脚步,说:"家乡的人来看你了!"严萍连忙走上去,垂下两只手,恭恭敬敬地弯腰行礼,说:"伯祖你好!我是知孝的女儿。"老将军点了一下头,说:"好!是知孝家的,和你父亲一样脸模。听得知孝说过,只有一个女儿。你父亲为什么不来北平玩玩?"他没有等严萍答话,转身走进屋里,停了一刻,隔着窗子喊:"张妈!请客人进来!"女仆点点头,笑眯眯地对严萍说:"叫你进去哩,去吧!"

严萍慢慢走上台阶,掀开帘子走进去。那是三间大厅,屋里尽是紫檀和红木家具:正中放着红木条几、紫檀方桌、太师椅子,几上放着大理石座屏。墙上挂着紫檀镜框,是白石老人墨迹,篆字大书:"布衣暖,菜根香,无志仕途者,方谙此语"。上款行书:"马老将军教正";下款是:"白石老人齐璜"。字体挺拔有力。两旁是马老将军自书狂草屏条:"与有肝胆人共事,从无字句处读书。"严萍明白,这是老将军的座右铭。她在这种哲理的面前,不觉肃然起敬。

老人下身穿着中式黑布夹裤,上身穿着黑缎子团花马褂,圆口皂鞋。他哈哈笑着,把严萍让到西间屋里一张紫檀长椅上,他自己坐在一张帆布靠椅上,椅上铺着长毛猴垫褥。窗前放着一个红木圆桌,大理石桌面上放着一大盆剑兰、纸烟和茶具。窗上罩着竹影窗帘,太阳从西方斜射在窗玻璃上,照得满屋子豁亮。

挂钟嗒嗒响着,女仆沏上茶来,老人让严萍抽烟,严萍端起一杯茶,说:"年轻,不会抽烟。"说着,严萍把信递上去,老人把短简看了。

老人看着严萍,亲切地说:"咱们是几辈子的老交情。自从你祖父去世了,来往就少了。我常常想念你父亲,他是个有学问的人。他还在教书?"

严萍听得老人问,拘泥地说:"他早就失业了,自从'七·六'惨案后,学校解散,他就无书可教了!"

老人听得说,怔了一刻,谈起二师学潮,"七·六"惨案,他心上有所感触,从靠椅上站起来,在方砖地上走来走去。老人过去长期住在保定,对于保定,对于保定的一事一物,都有着故乡的恋情,很是关怀。又停住脚,看着窗外说:"那样,你们怎样生活下去?"

严萍低下头,说:"过去剩下一点钱,当卖一点东西,就这样凑合过呗!"

老人缓缓地摇头说:"知孝没做过官,教了半辈子书,两袖清风,唉!"他长叹一声,又慢慢走着,陷入了沉思。想起国事,由不得焦心:日本帝国主义侵占了东北以后,目前一面酝酿成立伪满洲国,建立傀儡政权,一面向吉林、黑龙江一带进攻抗日义勇军。上海抗战结束,淞沪停战协定签字之后,虽说成了非武装区,但中国不能驻兵,日本兵却可以随便出入。国联调查团的报告书,公然偏祖日本,扬言要把东北四省由国际共管。而国人的看法截然不同,汪精卫说,这样很公允;冯玉祥将军通电反对……民族危亡,流言四起,国人惶惶不安,一夕数惊……他扬起头感慨万分地说:"眼下,国不像国,万民涂炭啊!自从田中奏折,日本人完全把他们的希望建筑在大陆政策上:一曰朝鲜,二曰满蒙,三曰华北……"说着他轻轻喘息,像是有着轻度的气管炎。

严萍说:"政府对于救国没有准备,对于镇压抗日力量,镇压救亡运动却是有计划的。"

老人听得严萍口齿清楚,说话伶俐,而且富于思想性,心上一时高兴,咳嗽了一声说:"沈阳沦陷后,奉天兵工厂落于敌人之手。大炮数百尊、步枪数万支、弹药数万万发、飞机万余架,等于拱手相送啊!此时留守的东北军,尚有二十万,果能抗拒,则当时驻东北的日本驻屯军不过万余,胜负之数仍然在握。奇怪的是蒋介石电令张学良,勿与抵抗,静待国联解决。于是日军如入无人之境;十九日占安东、长春、营口。二十一日占吉林,二十三日占通辽,二十五日占洮南。未及十日,辽吉两地尽失。古人云:'厥角稽首二百州,正气扫尽山河羞。''四十万众齐解甲,愧无一个是男儿。'如今东北尽失啊!'一·二八'上海抗战失败,唉!国联亦不过宰割弱小民族之刀俎而已……我们北方军人对蒋介石有深刻的怀疑!"老人说着,走到东头屋里去取东西。严萍抬起头隔着玻璃槅扇看,那是老人的书房,屋里满是书架,架上盛满了洋装书和线装书。老人取了一页报纸来,递给严萍说:"蒋介石是胸有成竹的,目前几十万大军正陈兵在苏区边沿。"

严萍拿起报纸来看:汉口"剿共"总队命令:"匪共为保存田地,始终不悟,应做如下处置:一、匪区壮丁一律处决。二、匪区房屋一律烧毁。三、匪区粮食一律运出。匪区之外,难运者一律烧毁……需雷厉风行,否则剿灭无期,徒劳布置……"看着,她身上寒噤了一下,蒋介石在剿共上确实是凶残狠毒的。

老人说："在目前来说，蒋介石的军队已经侵入各处苏区了。所到之处，鸡犬不留，残杀人民，焚烧房屋，掠夺财物，那才是真正杀人放火呢！"老人是军界有名的宿将，住在北平几十年了，由于和军界一些老同事、老朋友，和一些学生们，还保持着联系，消息还是灵通的。

停了一刻，老人又缓缓地说："日寇肃清满洲之后，乘国联否认，以重大之决心退出国联。于一月一日进攻榆关，自此以后，则冀东、平津唇亡齿寒啊……"这时，他觉得眼眶有些酸，不忍再谈下去。走过去，从墙上摘下一把宝剑，抖着双手，从鞘中抽出剑来，剑光闪闪刺目。他拿在手里掂了掂，集中精神，在屋子里舞了几个式子。严萍看得出来，老人剑术精熟，是有功力的，笑了说："老爷爷！你的手脚还这样健壮。"

老人徐徐舞剑，过了一刻，又挂剑接着说："马占山、丁超、李杜，尚不失为热血男儿，虽出生入死，浴血抗战，无奈当局无一枪一弹之供给，地方人士寥有资助，亦不过杯水车薪缓不济急……二月二十五日，日军分三路向开鲁、朝阳、凌源进攻，沿途国军兽散，日军长驱直入，真如沸汤之沃白雪……当年孙中山的一片热望，早已付之东流了呀……"老人自从离开政界，就开始练剑术和静功，他说既然不能为国家民族立下功业，就应该洁身自好，落个好身体，韬悔待时。

严萍说："老前辈在家乡人们的心里，是有威望的。老当益壮，希望您带领青年一代继续革命，进行抗日活动。"

老人又谈到："前几年老朋友们在北平的时候，成立了新华校舍，读了一阵子书，意在继续中山先生联俄、联共、扶助农工的三大政策；请了几位留法学生，来讲社会科学、政治经济学和社会进化史……听讲的学生们都有四五十岁了。"老人谈得高兴了，嗓音更加洪亮，他说："我们还闹过请愿，在街上排起队伍大喊：'反对贪官污吏！''反对苛捐杂税！'我在头里打着大旗。……"老人谈到这里,仰起头来轩然大笑。他说:"我们也希望策动一支军队,走上抗日救国的道路。"

严萍坐在这间屋子里,听老人讲话,觉得身心非常舒畅,欣然说:"好!我要向老前辈学习!要是有什么需要的,我愿跑跑路,办办事什么的。"

老人说:"在这国家存亡之际,一句话:愿青年人不要背叛祖国,要以祖国兴亡为重!"

正在谈着,女仆端进锅笼,要吃晚饭了。女仆又端来一碟炒萝卜条,一碟青菜炒豆腐,一小碟小菜,一大块南豆腐,还特地把一碟炒鸡蛋放在严萍面前。笼里蒸着热腾腾的玉米面窝窝头,摆在桌子上,香喷喷的。锅里煮着绿豆稀饭。老人把一个窝窝头递在严萍手上,咧开胡子嘴,笑了说:"你看!农民种出来的粮食,金黄金黄的,有多好看!"又笑了说:"拿这样的饭食来敬客,就有些不恭了。不过,这就是我的日常生活。"

严萍说:"哪里!我们也是常吃这个。"

老人坐在圆凳上,拿起窝窝头,一块一块放在嘴里吃着,也不吃菜,觉得又香又甜,一会就吃了大半个。他笑了说:"肚子饿了,才知粮米可贵呀!"女仆盛了一碗绿豆稀饭,放在严萍面前,又盛了一大碗递给老人,他接在手里,咕咕地喝了两口,又吧嗻吧嗻嘴唇,说:"物质生活决定人的意识,真是香呀!过去吃腌鱼腊肉的时候,也没觉得粗粮淡饭这么好吃过!"

老人原来有两个儿子,大儿子是黄埔军校的工科学生,"四·一二"反革命政变以后,去参加广州起义,后来就没有消息了。有人说是他出了国了,也有人说他在新疆工作。但是,多少年来,也没有消息,也许是牺牲了。老伴想儿子想得脱净了头发,日夜焦愁,就这样去世了。如今,他和二儿子、儿媳在一起过生活。成天价读书写字,倒也清闲。可是,儿子年岁大了,怀里抱不上孙子,他对身后的萧条,也感到不安。过去门前常是车水马龙,如今门庭冷落了,墙垣颓塌了,也没有办法修理。

吃完了饭,老人请严萍洗了一把手。听得蜂群嗡嗡叫着,引了严萍到院子里散着步说:"我最喜欢蜜蜂,它们的生活,比目前的人世社会安排的还合理,它们知道每天做工酿蜜,忙忙碌碌的。"太阳西斜了,树影长长地铺在地上。看了一会蜂群,老人又引严萍转到屋后,是一个庭园:一个小井,一把辘轳,一个草亭,几畦青菜。玉米和大豆才起了茬,秸秆堆在墙下。老人说:"这就是我的日常生活,读一会书,就在这里劳作。刚才吃的菜,就是在这里摘的,除了自己吃,还有送人的。"

严萍说:"我爸爸也常想回乡去过田园生活。"

当严萍提出要求,请他帮助找点事情,混碗饭吃的时候,他摇摇头说:"依我看,这里没有多少日子过了。"真的,他已经感到日寇的威胁。说:"看样子你上不起大学,你自修吧!写一些抗日的言论,寄给报馆!我这里离图书馆很近。"严萍点了一下头,很同意他的意见。当他听到严萍说,她曾经被捕过,老人一时气红了脸,说:"要是再有此事,我给陈贯群写信,我骂他们,给他个好看儿!青年人抗日是正当行为!"陈贯群是老人在陆军大学时候的学生。说着话,走回前院,老人坐在石头上,说:"我要走了!我还有人,我要抗日,我要打日本,我看他们把我怎么的!我既不是国民党,也不是共产党。"

严萍听着,觉得老人很够气魄,很是高兴,她问:"老前辈下了决心了?"

老人说:"我快死的人了,还想在这里做一点有益的事情,有人写信来,邀我出去同他一起办抗日救国后援会,发起募捐,支援东北抗日义勇军。办几处伤兵医院,安排义勇军的伤病员。这倒是一件好事……"他又长叹一声,说:"唉!蒋介石把我们国家害苦了呵!"说着,他抬起头,看着秋日的高空,天上隐隐地显出了红色的云霞。又说:"也有人要求我帮助他去训练军队,在这个关键上,能训练出一支抗日的劲旅,对国家民族也有很大的好处。不过,塞北天寒,我上了年纪了……无论怎样,前一个计划是不能放弃的,一旦日寇踏上家乡的土地,我要带领家乡的人们,在滹沱河上摆起民兵阵线,抗击日寇,给日本鬼子以迎头痛击,虽死而无愧!"说着,老人由不得流出几滴老泪,滴在青石上。

　　停了一刻,老人又问:"我看你这孩子也是个进步的,怎么不见你谈到高蠡暴动的事?学生要求抗日,闹了二师'七·六'学潮。农民也要起来抗日,才闹了高蠡暴动。日本鬼子到山海关、长城一线,蒋介石还不准民众拿起枪来,算是成了卖国贼了。"

　　严萍一下子红起脸来,说:"不,我们失败了,见不得老前辈!"说着,低下头看着地上。

　　老人振作精神,摇摇头说:"胜败是兵家常事,不足介意!事前自称是军事负责人的曾来过一趟,他们并没有明白地说出这件事,只是问:'如果这样做的话,军事上应该怎样部署?'这话也就难说了,我未身临其境,组织情况和军事力量我都不清楚,怎么能做出作战方案呢?要有有经验的人,没有经验怎么行!太平天国、李自成都有很大的心胸,这种精神是可佩服的。可惜,他们失败了……"老人说到这里,又忆起故人,眼眶湿润起来。

　　严萍在一边听着,由衷地从心底里荡出钦佩的情绪,身上热烘烘的,增加了勇气和力量,暗暗地说:"祖国!我要为你献出一切!"

　　天将晚了,严萍辞别老将军,说:"老前辈!我要走了,我希望能再见到你!"

　　老人站住了脚,上下看了看严萍,说:"国家多事,人心浮动,你回去干什么?如果没有什么要紧的事情,你就在这里住下去,跟你婶子一块研究个什么问题。"

　　严萍点下头,又深深地鞠了一躬,不再说什么。老人说的,正对她心上的事。老人又走前几步,抬高了声音,说:"写信告诉你爸爸!等听到大炮一响,就在西边山上相见吧!"她听了老将军的意见,就说:"哪! 我就住在这里,正好晨昏可以听到你的教诲!"

老将军说:"好! 我这里也缺一个青年人,帮我写写什么东西,跑蹓跑蹓,你就住在这小西屋里吧! 张妈住南头,你就住在北头。"说着,他领着严萍走过去看了看。松木槅扇,屋里靠窗有个小炕,西墙下放着个方桌,两把椅子。

严萍觉得挺高兴,来到北平,能有这么个地方避难,是想不到的。她到打磨厂去取东西。冯登龙不在屋,也不知道去干什么。她急忙取出箱子,匆匆走出店门,雇个洋车跑回来。吐了一口长气,自言自语:"我可离开他的手心了!"她想:他再也不会找到我了!

十七

晚饭在厨房里吃。女仆在廊下做饭,先炒了一小碟猪肝,这是老人的酒菜,别人都不吃。老人拉开碗橱,提出一瓶酒,说:"酒是好东西,也是坏东西;少用对人有益,多用会改变人的性格,甚至发疯。这是北京莲花白,你能喝一杯吗?"严萍说:"我不会喝酒。"老人嘻嘻笑着,自斟自饮,说:"这是老佛爷西太后的配方,用十几味药配成的,今天平民百姓也可以享用了……时代,这就是时代不同了……"说着,听得车子响,走进一个青年人来,高个子,两道浓眉,两只大眼睛,老人做了介绍:"排排辈数吧,你们就叔侄相称,有你祖父的时候,我们是拜把兄弟。"说着,老人取出一只杯子,放在青年人面前,斟上一杯酒,青年人也不谦让,端起酒杯喝了下去。不用说,这就是老人的儿子,是一个顺承父意而又沉默寡言的人。他在上大学的时候,学的是动植物学,如今也学非所用,凭着老父的头面,在市政府当一名科长,混碗饭吃罢了。在一个青年人来说,并非本意,不过在如今的社会里又有什么办法?他在上大学的时候,还是一名优等生呢!

晚饭是稀饭馒头,一碗烩菜,一盘炒豆腐,一碟咸菜,这就是他们的日常生活。

严萍吃了晚饭,走回房子,时间不长,老人站在客厅里大声喊着:"严萍!"女仆听得喊声,说:"好!来了!"说着,慌忙走进来,说:"老人喊你哩!"严萍也应声说:"好!来了!"匆匆走进上房,弯腰施礼。

一家人正坐着说话,老将军见严萍走进来,站起身笑了说:"咱们是老世交,自从有你祖父,我们就有来往,常在一块说话。当我年轻的时候,上保定武备小学堂,参加了同盟会;回了家就和你祖父谈天说地,不同流俗。反洋灭清,闹了义和团,他是个有民族气节的人。后来,咱乡有一首民谣:'中华民国大改良,拆了大寺盖学堂……'就是从你祖父说起的……你虽然不是我的家庭成员,既然住在一起,有个辈数才好。这是你叔叔,他叫马敬,在市政府当建设科长。"严萍走过去行了礼,马敬也点头示意。老人说:"这是你婶子,是研究中国文学的,叫赵珏。"严萍也走过去行礼。老人接着又说:"虽然叔侄相称,希望你们像兄弟姐妹一样和好。我家有个礼法:一家人都不打牌吸烟,你们在一块读书。政治上可以各持己见,可以争论,但不许打架……"说着,仰起头哈哈大笑。又说:"都是知识分子,旧社会叫做书香门第。好!你们去谈谈吧!我还有我的事情……"老人有个习惯,每天晚上要戴上老花眼镜读一会书。

一家人说了一会子社会新闻,家长里短的,就各自回屋。赵珏跟着严萍走到西屋里,两人坐下。赵珏问:"大侄女儿在学校喜欢什么功课?"严萍说:"原来喜欢动植物学,也喜欢英语。后来,因为朋友们都喜欢文学、社会科学什么的,于是也就喜欢文学了。"赵珏一听,说:"我在大学读书时,也是学文学的,如今在中学教国文,我们可以谈谈了……"严萍听了忙点头行礼,说:"我向婶婶学习。"赵珏说:"不要客气。你喜欢文学,可是喜欢哪一家?喜欢读什么书?"严萍说:"在中国,人们都喜欢读鲁迅,读创造社的书。外国文学,喜欢读苏联革命文学。"赵珏又问:"你说的那'人们',指的是谁?在什么地方读书?"谈到这里,严萍的脸上有些红了,迟疑说:"他叫江涛,如今陷在监狱里……别的人因为二师学潮,高蠡暴动,也都惊飞四散了!"

赵珏听到这里,屏着气,凝着神,摇了摇头说:"看你的神色也就知道了,可能你也是参加过的。不要紧,不要害怕!你就住在这里,行动固然要小心。在北平有老人的威望,一般军警机关,是不好意思到家里来抓人的……"赵珏心上很是高兴,好像异乡遇上知音。在那个社会里是可以理解的,遇到一个有革命思想和民族意识的人,是值得高兴的,她说:"你是一个经得起风浪的人。"严萍说:"这也是一个锻炼的过程。过去我是一个胆小怕事的人,读了一些革命的书籍,参与了一些革命的行动,政治生活也就习以为常了。"赵珏说:"你虽然比我小几岁,比我还强呢,我是未曾经过大风大浪的人。不过,你也要小心,北平的白色恐怖并不比保定好一点……"两人又谈了一会子北平学生抗日救亡运动的情况,由于日本鬼子的进攻,北平也在动荡之中。

赵珏向严萍介绍了北京图书馆的情况,坐落和方向,说:"这是中国藏书最多,最富的地方,善本书也最多。"又说:"现在还有一点空闲,先读读书,做个准备吧!唉!我们知识分子的责任是怎样唤醒大众,一同起来抗战,打败日本鬼子,收复东北失地。这不是遥远无期的,是迫在眉睫上的事情啊!"两个人又谈了一会子北平的政治情况,从马绍武的特务队,谈到蒋孝先的宪兵第三团到了北平,白色恐怖更加严重。军阀统治时代,他们是用马绍武和青红帮办案;国民党当政以来,他是用CC社和复兴社来对付革命青年的。

严萍听到马绍武、CC社、复兴社之类的名词,身上打了一个寒战。在这个时期,他能找到这样一个人家避难,由不得心上得到一些宽慰。

这天晚上,严萍躺在炕上睡得很静,睡了长长的一大觉。黎明醒来的时候,一睁眼听得院子里有扫帚的声音,她心里在想:可能是女仆在扫院子。她掀开窗帘一看,不,是老将军拿着扫帚在扫院子。她的思想一时陷进迷惘:将军老了,在目前社会还不失为将军的身份。过去曾指挥过千军万马,今天却拿起扫帚扫院子。在她的社会经验来说,对这个问题,还不能理解。

严萍再也躺不下去,披衣起床,洗了一把脸,走出门去,到老人身边说:"爷爷,拿来我扫!"

老将军还是两手不停,说:"不,不要打破我的生活习惯,这是我每天早晨的第一课。我用这一课保持我的身体健康。你起这么早干什么?快去睡一会,这正是人们睡早觉的时候。"

老北平人的习惯,夜晚有钱人家打牌喝酒;知识分子在夜间读书写文章;一般人家不是坐茶馆看小戏,就是嗑闲话儿,熬夜。直到十二点钟以后,大街上还有小商小贩,卖馄饨的、卖硬面饽饽的、卖羊头肉的吆喝声,在暗夜里不紧不慢地荡漾着⋯⋯第二天一直到九点、十点钟才起床,洗洗脸,刷刷牙,才吃早点。老将军却不然,黎明即起,先扫屋子,再扫院子。然后耍一套太极剑,喝两杯茶,就开始看蜂。自从离开军队下野以来,一直坚持这个老习惯。

当老人喝完茶,戴上面罩坐在院子里,提起蜂巢看蜂的时候,严萍悄悄站在旁边看着。老将军说:"你认得吗?这样的是工蜂,管酿蜜;这是蜂王,是管传代的。我说蜂群的社会比如今的人世社会合理就在这个地方,蜂不闲着。如今社会上农民没有饭吃,织布的人没有衣穿,偏偏有那么一种人不做工不种田,他们是有闲阶级⋯⋯唉!'朱门酒肉臭,路有冻死骨'啊!在这方面,你们年幼的人们比我知道得多。"

严萍说:"哪里?我们知道的是书本上的,老爷爷说的才是真实的社会知识,那是真正的知识!"

老将军说:"可贵的是知行一致;从清朝末年,我从我那个卖烧饼果子的家庭里走了出来,上了'小武备',参加了同盟会,闯荡过旧社会,带过兵,打过仗。为了反对袁世凯,我被捕入过狱,跑到云南,举起义旗,讨伐袁世凯。后来,我还参加过北伐军,给蒋介石当过前线总指挥。当时,我就想:这到底是给谁干呢。经过'四·一二'政变,才知道他是个新军阀,是有野心的人,于是我下野不干了。在这里闲住十年了……"老人一边说着,两手不闲地收拾蜂房,看起来兴致是很浓的。

老人正在看着蜂,门口有推车的人喊:"馒头!"老人听得喊声,立刻放下蜂房往厨房里跑,转身拿出一个笤箕。严萍知道他是去买馒头,走上去说:"老爷爷!让我去买吧!"老人说:"不,每天买馒头买菜都是我的事。"他走出去买了回来,歪起笤箕叫严萍看,他不只买了馒头,还买了玉米面窝窝头。他说:"我就爱吃北京的杂合面窝窝头,吃在嘴里甜丝丝,又松泛又可口。"

女仆做熟了早饭,很简单:大米稀饭,馒头和窝窝头。两样菜,一碟酱菜,一大方南豆腐。一边吃着饭,老人嘴里还说:"我们的生活就是这样,鱼肉不常吃。"

严萍说:"我们的日常生活也是吃素菜饭的,过一个礼拜吃一顿饺子。"

严萍吃完了饭,洗了一把手,对女仆说:"老人要问我,就说到外边走走去了。"女仆说:"好!去吧!才到北平,是要逛逛的,北平是王都,可玩的地方多。"女仆一边说着,嘴里嘻嘻笑着。

严萍回到西厢房里拿了一点零用钱,走出门来,沿着后海沿往东去,过了银锭桥,在湖边上走着。湖里荷花落了,横三竖四,尽是莲蓬。走过什刹海时,路旁边尽是合抱的老柳树。风也有些凉了,榆树的叶子黄了、落了。走过马路,通过一条很长很长的夹道。出了夹道往东走去,抬眼会看见一道石桥,叫做金鳌玉𬟽桥。但不需过桥,马路北面,葱翠的松林,掩映着一座新建成的中国古式楼房,楼顶上碧绿色的琉璃瓦闪闪发着光亮。一座古式门楼,门旁挂着个大牌子,是"北平图书馆"。红油大门上,嵌着金色的钉帽。迈过门槛一看,是一个很大的园子。中间一条甬路,两旁尽是幼稚的青松。她由不得在大楼前面停住脚,仰起头看着那座豪华的大楼,据说是用庚子赔款建成的,其实也不过是中国人民的血汗吧!

她走上高高的汉白玉石的高大石阶,推门进去,有人站在门口,给她一个圆形的铜牌,铜牌上有个号码,她说:"请问,这是干什么用的?"那人见她是初次来的,就说:"取书、座位、出门。"门里墙上挂着一张图书馆内部示意图,一张图书馆阅书守则。下边放着一个长玻璃柜子,柜子里陈列着被读者污损的书,也有的善本书被窃走书页的。当时一页宋版书卖到古旧书行里,就可以卖五元白洋。扒手们会瞒过图书管理员的眼睛,从中间割去几页。

她先到新闻杂志阅览室,那是很宽阔的一间大厅,陈列着中国和外国的各种报纸和期刊。她站在报架前,看了几家报纸上的新闻,其中有些是国民党新闻机关虚构的战况,在报纸的夹空中,可以看出一些义勇军的行动。对于那些虚构的消息,什么"……敌寇遁去……"之类的话,她不免嗤之一笑。

她走上二楼去,进了取书室,拉开盛卡片的抽屉,找到《夏伯阳》、《士敏土》几本书的号码,写在取书证上,交给取书人,就向大阅览室走去。阅览室很宽,很大,还没有见过这么宽大的房子。周围尽是玻璃窗户,非常敞亮。大阅览室里放着一排排的菲律宾木的棕色书案、圈椅,都是西式的。她在光亮的地板上走来走去,找了几个地方才找到她的座位的号码,便坐下来休息一刻。阅览室虽然很大,光线却很充足,很亮。周围读书的人都是屏气凝神的读着,有的在记笔记,没有一点声音。虽然没有写着"室内不准抽烟",却是没有一个吸烟的人。

不久,有人推着小车送了书来。两本书都是换了书面重新装帧过的,记录着有多少人看过这两本书。这两本书本来是她读过的,今天重读一遍,一来是她喜欢这两本书,经过这么大的革命行动,似乎是有些淡漠了。再者,也是为了重温过去的革命生活。

当她拿起这两本书的时候,好像和老同志重又见面,好像有一种特殊的亲切之感,得到很深的安慰。

打开《夏伯阳》这本书,看了几页,她的心情,很快的安静下来,渗进书里去了。她被苏联大革命时代的战争生活所吸引了,看到精彩的地方,由不得地手伸出去,用手指抚着案板,指甲轻轻磕着,得意地发出很轻的有规律的声音。看到十点钟,她有些渴了,不想再看下去。头一次来,不过是想走一走路数,看看规模,以后也就熟悉了。她把书交回原处,在休息处坐了一会,喝了两杯白开水,轻轻走出门来,站在高台石阶上,欣赏了一下满园的景色。两片松林下,都是草地,有的青年男女坐在草地上谈笑。这时,她也由不得想起了江涛,陷入了绵绵的回忆。

她慢步走下石阶,步入松林,坐在草地上打了一个舒展。松林边是一行白玉石栏,石栏东面,就是北海。她走近去一看,湖岸一片芦塘,有人钻进苇塘里钓鱼。她也试着跳进石栏,沿着湖岸往北走,是一片树林,树下荒草上有一条小径,她踏着小径向北走去。湖中荷花谢了,叶子枯黄了,只剩下一颗颗莲蓬。正北迎面一堵高墙挡住去路,有几个青年学生在水面搭上一座小桥,沿墙过去。她又添上几块砖,扒着墙砖试着走过去,就进入北海了。

那边没有行路的小径,只有树林和荒芜的草地。草地上本来是有各色的野花,在秋风里,该结实的结实,该枯萎的也就枯萎了。她踏着草地一直向北走去。

走到小西天和五龙亭,她走进古庙看了一下,那些木结构的古代建筑,是不多见的,可是连年军阀混战,谁也不来修葺,如今尘土迷漫,连油漆也都脱落了。

她坐在亭子上休息一刻,离远看去,山上的白塔在日光下闪闪发光,第一次来看北海,很觉新鲜。她本打算围着北海转一周遭,看个全景,可是,日头已走到高空,今天的时间不容了。她在石栏边停立了一刻,日头晒着倒有些阳春的意思,阳光下,湖面上泛起细碎的縠纹,一只只游艇上,有男的,也有女的,还有天真幼稚的孩子……

当她走过一座小桥,正是北海的北门,走出门去一看,是她走过来的什刹海,她又顺着原路走回来。

回到家里,正是吃午饭的时候。老将军见她回来,立在台阶上,笑了说:"看看这北平比保定怎么样?"严萍笑了说:"那怎么比呢?"老将军问:"你到什么地方逛了逛?"严萍说:"到了北平图书馆。"老将军说:"这倒是有人办了一件好事,用赔款基金办了一座大图书馆,给穷学生们弄了个读书的地方。这座图书馆盖的也够规格,外头一看是中国古代传统的建筑,汉白玉高台石基,飞檐斗拱,雕梁画栋;进去一看,是西式的房间。这样建筑在北方还不多见,就在这座大图书馆里,培养了多少有用的人材。"说着,走进厨房。老将军又问:"你还到了什么地方?"严萍说:"还到了北海。"老将军说:"北海和莲池书院一路风格,比莲池书院怎么样。"严萍说:"那怎么能比呢?"正在谈着。赵珏下课回来,洗了把手,也走过来吃饭。女仆端上饭来,是菠菜馅饺子。

老将军说:"你来了,也不是外人,我们也不拿客人待你,家常便饭,我们吃什么,你也吃什么。我买了一捆菠菜,咱们就吃菠菜馅饺子。这是北方人的习惯!我想写个信,叫你父亲也来北平住几天,反正没什么事做,在家里也是呆着。他来了,我们也不闷得慌了。叫他给我讲讲学问。"

严萍说:"哪,敢情好!"

十八

　　第二天早晨,严萍早早起了床,悄悄走出去,拿起扫帚扫地。老人听得响声,穿着睡衣走出来,站在高台石阶上,轩然大笑,说:"有个早起的习惯,再做点什么事情,这早点就吃着香甜了。不过,你抢着扫了我的院子,我去干什么?到海边上蹓蹓吧!"

　　老人洗了脸穿好衣服,走出门去。严萍又悄悄走进老人屋里扫地。老人早已扫过了,方砖地板上没有一点灰尘。她扫了院子,洗了脸,老人早已回来,坐在矮凳上看蜂了。严萍悄悄站在一旁看着,偷偷学着,她准备帮助老人养蜂。将来没有什么事情做,这也算是一种职业吧!老人听得背后有换息的声音,慢慢转过头来,看了严萍一眼,说:"学学吧,艺不压身。养蜂虽然不是什么细巧的手艺,可也得懂门儿!"严萍说:"我要好好学习!"老人说:"要紧的是蜂无二王,如有两个蜂王,就要分蜂。还有一种细小如虱的东西寄生在蜂身上,是蜂群的大害,用药一熏就好了。想养蜂不费难,先看看书,再实践实践,就行了。现在也只有等着荞麦花开,最后一荐蜜了。我还藏着枣花蜜,等你爸爸来了,请他吃!"

　　吃完早饭,严萍又到图书馆去读书。那里是个清静地方,大院子像个花园,有松林,有草地,有花丛。她在大阅览室里读一会书,就走出来在草地上坐一会。她卧在草地上,仰视蓝天上的浮云变幻,由不得又想起保定的事。为了把那恐怖的情绪丢开,她把笔记簿摊在膝盖上,把今天的读书心得记下来。今天,她借到一本从日文翻译过来的《家族、私有财产及国家之起源》能读懂一点,也有意思。

　　自此以后,她每天来读书,那种恐怖心情过去了,心上静下来,记忆力格外的强。她读了这本书,懂得了人类社会自从有了剩余的生活资料,才有了阶级,有了"国家",也就有了统治者和被统治者了。目前,她像一个饥饿的人,如饥似渴,把各种知识大口大口地吞进去。又像一个财迷的人,把知识一点一滴地记在笔记簿上。如果有那么一天不在笔记簿上记点什么,就觉得肚子里空落落的。

午饭过后,她觉得有些困,放下窗帘睡了一觉。她本来没有午觉的习惯,可是到了北平,心情空阔下来,午后总想睡一会儿。她感到读书也要用很大的力气。当她把窗帘掀起来的时候,看见老人从小棚子里拿出几件农具,扛在肩上,走到大厅后面去了。她洗了一把脸,走到小棚子门口一看,棚子里尽是农具,墙上还挂着一串串的大谷穗、玉米棒,还有一束束的大豆,她想是老人准备明年当种子用的。她也走到厅后的小园子里去了。

老人见她走过来,说:"该种小麦了,农谚有云:'白露早,寒露迟,秋分麦子正当时,'一年二十四节,秋分到了。"老人说着,脱下外衣,只穿一件衬衣,用镐松土。严萍走过去,说:"老爷爷,我来替你!"老人说:"这是个力气活,你未经过锻炼,怎么能行……"说着又脱下衬衣,只穿汗褂,不一会工夫,汗水就把小褂溻湿了。老人喘息着说:"十月小阳春呀!如今还不到十月,不活动则已,一活动就要出汗,这就是劳动的好处,不劳动的人是享受不到这样幸福的!"秋天的阳光,晒满小院,暖洋洋的,倒有初春的意思。严萍替老人掘了几下土,土地很湿润,是昨天沤好的。一只镐头虽然不是很重,可是拿在手里,不一会工夫,身上就出汗了,喘息不止。老人伸手接过大镐说:"还是我来吧!劳动要成为习惯,也就不觉累了。偶尔为之,就要喘气。"

老人的青少年时代,还是清朝的末年。他出生在一个卖炸果子的家庭,干过农活。上小学的时候,是个高材生。保定武备小学堂招生的时候,人们思想守旧,不喜欢洋学堂,老人不怕,而且一考就被录取了。完全官费,每月还发几两银子的零用钱。这几两银子,他也舍不得花,放假的时候带回家去,进门往炕头上一扔,喀啷地一声响,老父亲惊喜地问:"什么？银子呀！"说着张开没了牙的大嘴,哈哈笑了。他想不到一个种地人家,怎么能见到银子？今天见到儿子捧了银子来,说不出有多么高兴。他当连长、营长的时候,每月往家里寄三十元、五十元钱。一月不寄,大哥就赶来了,只怕兄弟变心。

老人说着,忆起家乡,忆起家乡的人们,又说:"人上了年纪,不劳动不行呀！不劳动体力就会衰退;我祖父活了九十二岁,还能挑水。我父亲活了八十八岁,还能拧辘轳……"老人隐居多年,还不忘农业劳动,在后院开辟了这个小园子。他以勤劳自居,嘴上常念着:"采菊东篱下,悠然见南山……"

老人掘土,严萍拿来一把小镐,把坷垃打碎。老人用锄搭好畦埂,平好了畦,又用镐刨沟。从小棚子里抱来一个小陶坛,说:"这是我去年选下的麦种。你看,红皮小麦,最初还是从老家带来的。这种小麦磨出面来,吃着口紧,筋道。我们家里几辈子都种这种小麦。还有毛毛虫大穗谷,黑老鸹翻白眼高粱,做出稀饭来,又黏糊,又好吃……还有一种小红谷,这几种庄稼,老父亲每年种上点,为了不使断种。"老人说着,把麦种撒进垄沟,又用铁耙平好了畦。又说:"看着吧！一礼拜之后,就麦秀青青了。"

老人种好小麦,就坐在砖井池上休息,说:"虽然两畦小麦,收不到多少粮食,也是这么一点意思,到什么季节,种点什么作物,不忘记家乡,不忘记老一辈人们的辛苦。"老仆人见老人好久不回来,用茶盘端了茶来,放在井台上。一把小宜兴茶壶,两个小茶盅,把茶斟在盅里。

老人喝着茶,又念叨了一会子家乡的事、家乡的季节、农谚和民俗。他虽然离开家乡几十年了,说起话来还是家乡口音。在北平住了几十年,说话一点不带京音。但有的人到北平不到一年,就学会扯北平腔了。喝着茶,太阳已经平西,夕阳斜落的时候,西北上腾起满天云雾,透过阳光,变成了五光十色的彩霞。老人伸起手打了个舒展,说:"看! 我们祖国的河山,有多么壮丽呀!"

后园不大,一个小井,一棵歪脖子老松树。老人为了纪念祖父和父亲,制了一套和家乡一样的辘轳和水斗子。读书读得累了,就到小园里锄锄草,浇浇水,不失农家风度。他喜欢农民,喜欢农民的直爽,朴实和勤劳。

老人种了小麦,不几天又种了两畦菠菜,一畦小葱。老人笑哈哈地说:"这都是隔年的菜,它要在畦里过冬,明年春天发芽,才能吃上菜。我就爱吃这小葱。烙高粱面饼,抹上甜面酱,卷上厚厚的小葱,吃着又嫩生,又可口。"说着,他又想起家乡的人们经常吃的野菜:扫帚苗、马齿菜、面条棵、醋醋溜。扫帚苗和马齿菜都是炸着吃,面条棵和醋醋溜都是炒着吃。农民有农民的习惯,有农民的爱好。他说:"吃白面大米,大鱼大肉,时间长了就俗了,吃家乡便饭,多咱吃多咱愿吃,各有各味。村野风光,是城市人们享受不到的。"老人嘴上徐徐说着,脑子里还是在想着家乡的村落、街道和集市。

严萍听了老人的谈话,很受感动。老人在外头做事多年,山珍海味,什么东西都吃过,已经晚年了,还不失农民风度,还在想念着农民生活。有些人就不,自小从农村长大,到大城市不几天,说话南腔北调了,布衣服不愿穿了,家常便饭也不愿吃了。

两个人正坐在小井台上喝着茶谈天,门铃一响,不一会工夫老女仆人慌忙走过来,笑着说:"来客了,来客了!"

老人听得说,拎起铁锨大镐,扛在肩上。严萍替老人提着褂子,拎着小镐走过来一看,不是别人,正是爸爸来了。老人一见严知孝,离远就喊:"我想你是该来了,你的掌上明珠在这儿嘛!"严知孝跺了一下脚,大声笑了说:"我是无事不登三宝殿,打了饭碗,不来找您找谁?"又说:"几年不见了,您的身体还是这么硬朗,您这是干什么?"老人说:"和严萍种了小麦,听得门铃响,原来是你来了!"

严知孝说:"可不是吗,严萍在外头跑野了,不想回家去了,我不放心。再说,第二师范解散了,我没饭吃了,来托你求个饭碗。"老人说:"说着曹操,曹操就到了,有的是事情正等你们这些深通文墨的人来!"说着,走进屋去。

严知孝身穿蓝绸夹袍,尖皂鞋子,把小包袱放在桌上,喝了两碗茶。严萍领他到自己屋里洗了脸,走回来和老人闲谈。老人问:"失业了?"严知孝说:"这年头!失学、失业者何止我一个?"老人说:"好!可以歇歇!"严知孝说:"人歇着,牙也歇着?"老人说:"那又有什么办法?不,我们自己可以找些事情做;日本鬼子占领了满洲,向华北进军,我们也该出头了,老等着当亡国奴?"

两个人正在谈着,赵珏也回来了,走进屋里放下皮包。走过来开门一看,来了客人,她迟疑了一下。老人介绍说:"不是外人,是严萍的父亲来了。"赵珏听得说,走进来弯下腰深深鞠了一个躬,坐在凳子上说:"我听到一个消息,赶来告诉老人家。"老人说:"什么好消息?你快说!"赵珏说:"不是什么好消息,是坏消息:听说从东北运过来好多义勇军的伤号,放在马路上无人管!"

老人听到这里,慢慢抬起手来,抚摸了一下头顶,缓缓地说:"这倒是一个问题。华北政委会不管?"赵珏说:"听说正规军的伤号有人管,义勇军的伤号无人管。"又扭过脸去,对严知孝说:"你看,问题就来了。关外有那么多义勇军,东北的冬季来得早啊,这过冬的军装可是怎么办?"严知孝说:"听说东北的严冬,平时就零下四十度啊!没有皮衣过不去冬天呀!"老人搓了搓手,抬起头来说:"咦呀!国家兴亡,匹夫有责呀!这是蒋介石应该管的事……"严知孝说:"何止义勇军,十九路军在上海抗战的时候,他下令中国海军'不准配合作战'!不出援军,不接济给养。东北军的将领通电全国,说:在前线抗战在所不惜,伤号的医药无人运送,听其呻吟。为国牺牲是军人的本色,枪械弹药总不能无人接济吧!……他对东北军尚且如此,何况义勇军!"严知孝说着,有些气愤。停了一会,又说:"华北的杂牌军无人管,南京政府的军队,什么关麟征的、刘峙的、徐廷瑶的军队源源而来……"老人接上去说:"可是,他们并不开赴前线杀敌,只是在二道防线督师。这就明白了,他要牺牲杂牌军,保留自己的实力!"严知孝紧接上去说:"老伯!你一句话说穿了!'攘外必先安内'就是这样一路货色!"

两个人正在谈着,门铃一响,不多一会工夫,走进一个人来。这人六十多岁年纪,细高身材,白净脸儿,络腮胡子,穿着藏青绸夹袍,布鞋毡帽,戴着金丝眼镜,手里提着一条黑漆手杖,赵珏连忙走出去扶他,连连说:"大伯来了!大伯来了!"

老人也连忙走下台阶迎接,说:"好几天不见你,以为你病了!"赵珏扶着客人的手,一步一步走上台阶。走进客厅,坐在红木长椅上。赵珏连忙拿过一个棉垫说:"垫上点,怪凉的!怪凉的!"老人介绍说:"这是咱们老家的圣人卢锡五,卢大哥!"又指着严知孝说:"这是严知孝,是我的老世交。"

严知孝听说是卢锡五,还是长辈,连忙走上去鞠躬说:"卢翁你好!"伸出手去握了一下卢锡五的手。卢锡五又站起来,伸手取下毡帽,抬起眼睛,射出光亮的视线,盯着严知孝说:"好!你好!"赵珏又走过去扶他坐在椅子上,斟了一碗茶,两手捧过去,说:"大伯!请喝茶!"

卢锡五和马老将军是邻县,是武备小学堂的同班同学。不过当初进武备小学堂学军事的时候,年纪虽轻,已是清朝的末科秀才了。以秀才的书底学军事,当然文科出众了。当年他在老同盟会中是有思想有政治头脑的人物。虽然武备学堂毕业,可是一向做文职官员。当年在北方军人中,他最称赞孙中山先生的三大政策。蒋介石发动"四·一二"反革命政变,进行大清洗的时候,阎锡山和张学良都挂起了青天白日旗,国事日非,他也下野不干,在北平当起寓公来。

马老将军说:"你几天不来,我闷得慌,想去找你!"卢锡五缓缓地抬起头来,说:"怎么?有什么事情吗?"马老将军说:"东北沦丧,上海成了非武装区。什么非武装区,只许日本驻兵……"谈到这里,卢锡五仰起头来,睁开眼睛,吊起眼瞳转悠了一下,似乎眼边上有些湿润。义愤地说:"老贼!将国都西迁洛阳,看来一旦有事就不想守南京了,……国家多难呀!西北军被他打散了,这样一来,东北军也就失势了。我们北方军人手无寸铁,又将如何?"说着,两眼注视着窗外。蓝色的天上,白云浮动。对于国事,他是忧心如焚的人。

几个人在客厅里沉默下来。老人在地板上走来走去,猛地停下步来,说:"'时日曷丧,吾与汝皆亡!'不,我们手里没有力量,可以创造力量!国家兴亡,匹夫有责!"卢锡五说:"我这几天不出门就是为的这个,在屋里翻了几天书,想找一些办法出来。在目前来说,搞起这些零散武装队伍有多么不容易,他们战斗在白山黑水之间,又是多么需要枪弹饷项的接济呀!"马老将军说:"你是这样想的?我也是这样想的!"

严知孝在一旁听得两位老人为国事担忧,心胸里也一阵子热火燎乱。不过,他是晚一辈的人,想说几句话,也没有什么更高明的办法。但是,他明白,在这个场合,他也应该说几句话。他说:"不管怎么,是不能两眼看着大火烧着我们的家呀?保定二师学生为了救国还闹了二师学潮呢?高蠡农民还为救国闹起高蠡暴动呢!"

卢锡五听严知孝谈起二师学潮和高蠡暴动,下意识地扭过头来,想听听他讲二师学潮和高蠡暴动的事。严知孝又停下不说了。他愣了一刻,说:"问题就在这个地方,他不干,也不让别人干;他不救国,也不让你救国……问题就在这里!"马老将军说:"我们不管他,我们要干!"卢锡五说:"看看怎么干法?空手夺枪是危险的!你们有这心胸,明天咱们到花园饭店谈谈,有几个东北义勇军的首领来了,邀集大家谈谈,他们希望得到一些帮助!"谈到东北义勇军,他们只是道听途说,还不知道真相。

老人和卢锡五谈了一会子西北军的失败,又谈了一会子东北军的现状。当他们谈着这些问题的时候,严知孝只是坐在一旁,吸烟考虑。谈到教育上的问题,谈到文学上的问题,他还略知一二,谈到军事上的问题,尤其是谈到目前东北义勇军的问题,他只能坐在旁边听着。

赵珏走出走进,端茶倒水,语言之间,从话头语尾里明白了目前北方军界的历史情况。

卢锡五倒背起手,拿起手杖,站在窗前,隔着窗帘看着院子里群蜂乱舞。作为蜂群来说,在一年里,这是最后的忙碌季节——荞麦花期。他站了一刻,摇晃了一下脑袋,自言自语:"百足之虫,死而不僵!"缓缓地转过身来,说:"好!考虑考虑吧!明天下午三点花园饭店见!"马老将军说:"你看,知孝来了,我去不了!"卢锡五说:"那就后日见,我来告诉你!"说着移动脚步,又谈又笑。马老将军和严知孝跟在后边,一步一步送出大门。卢锡五走下石阶,回过头来点了一下头,慢步走远,马老将军和严知孝看他走远,才慢慢走回来。

想到去花园饭店,老人心上有点含糊;不去吧,这是个社会活动,可以听一些情况;要是去吧,他已经离开军政界多少年了,还不知见到一些什么人,遇到一些什么事情。他向严知孝说:"我看没有什么,日本鬼子来了,我们回到老家去,改家为农,还有什么了不起?"严知孝说:"老将军,你想错了,亡国奴不是好当的,朝鲜亡国之后,老百姓不是容易当的,连语言文字都改了。唉!看样子北平也不会长久了!"老将军说:"不错,我也是这样看法。"

马老将军和严知孝谈了两天两夜。他执意要把严知孝留下,做一些义勇军后援会的工作。严知孝咬定牙根说:"依我看,北平没有几天了,不如回到保定去。"他还打算回到老家去,过他的田园生活。

最后马老将军还是依了严知孝,他既然来接女儿回去,就叫他们回去好了。这一次,马老将军吩咐老女仆包了一顿饺子,自己从大街上买了一瓶酒来。饺子就酒,就算给严知孝送行了。马老将军说:"你愿意回去,我也不勉强你,有什么事情,严萍就来找我。"

严知孝说:"江涛押在监狱里,以后的事情,少找不了你。"

十九

严知孝带着女儿回到家里,母亲见女儿回来,上前抱住,大哭了一场。

这天晚上,严知孝也不出门,也不说话,只是低头沉思。

严萍看爸爸精神不好,走来走去,无可不可的。她觉得心情沉重,问:"什么事情?爸爸!"

严知孝这时才从迷惑中醒过来,缓缓摇头说:"萍儿!我想告诉你一件事情。可是,你不要难过,事情总会有个结束!"

严萍看父亲是很郑重的样子,慢慢走上去,问:"什么事情?爸!"

严知孝说:"你离开保定才几天,就有很大的变化。江涛判了刑了!"

严萍走上一步,急问:"爸爸!他怎么判的刑?"

严知孝看见严萍急迫的神色,缓缓地说:"十……二……年。"

严知孝用很小、很柔和的声音说话,但是对严萍来说,却是很大的震撼。她用力镇定自己,睁起圆大的眼睛,抬起头看着窗外的天空,她想用力看到深远的地方,使自己心灵的翅膀飞到极高的天上去,可是目前的现实在束缚着她;她也想到,这样一来,江涛在政治上算是站住脚步了。但是,人毕竟是人,女人毕竟是女人。黑暗势力要夺去她的丈夫,要夺去她的爱情。十二年,十二年是个不短的日子,面临着日寇的进攻,整个中国社会,在十二年里,要经过多少变化?那时,她的青春会衰老了,如同秋天的树上的叶子,经过严霜,有的会变成红色,有的会变成黄色,也有的会变得枯焦,被大风卷上天空,飘落到天涯海角。想到这里,她的心情像是古潭里的深水,扬起波涛,激荡得她几乎站不住脚跟。猛地,她扑在爸爸的藤椅上,哇地大哭起来。

江涛判刑,对于严萍来说,是个不小的刺激。江涛要长期住在监牢里,过着黑暗的日子,那么严萍应该怎么办呢?几天以来,严萍总是觉得局促不安,立又不是,坐又不是;读书呢,又读不下去;无心喝茶,也无心吃饭。觉得实在寂寞,就到街上买了几双袜子,买了布来,做了两身衬衣,把袜底缝好。她想要学习做衣服。今生以来,她还没有郑重其事地拿起针线劳动过呢。她一个人在小屋子里做着针线时,又想起春兰,运涛入狱这么些年了,她还结记他,常做了衣服鞋袜给他送去。在革命工作上,还是那样积极。是的!只有积极工作,革命力量大了,他们才能摆脱统治阶级的镣铐,回到革命队伍里来。

严知孝对江涛的入狱,也感到难过。他判了十二年徒刑,严萍的婚事可是怎么办?做父亲的对女儿的事情,问又不是,不问又不是,感到实在为难。他没有事情做了,没有收入,生活将是困难的。他想回到老家去,过起田园生活,这是他多少年来的愿望,可是这里还有几间房子,这个摊子又该怎么安排?再说,严萍不能上学了,也就该有个职业。到了这刻上,母亲可到了满有理的时候,对于闺女的事情,不问青红皂白,就往严知孝身上推,好像她的想法都是对的,严知孝的想法都是不对的,成天价嘴上不闲,不是抱怨这,就是抱怨那。严知孝也不理她,认为那是女人见识,不顾大体。

江涛和严萍的事情,严知孝总是放不下,那天正在睡椅上躺着,翻个身猛然想到:记得过去模范监狱的典狱长还是个老世交!

想着,提上手杖匆匆走出去,直到中午才回来。一进大门满心高兴,一直走到严萍的小屋里。严萍正在做着针线,看见父亲笑得两条眉毛几乎飞起来,她问:"爸!什么事情,你这么高兴?"严知孝笑了说:"这几年里,我已经忘记了,祖父的老朋友在管模范监狱,我去找了他一趟,他倒还有朋友情面,跟他讲好了,好孩子!你去看看江涛吧!"

严萍一听,也说不出来的高兴。这是她万想不到的事情,拍起巴掌问:"是吗?爸爸!"几天来,她正在盘算这件事,正在想着,人家春兰跋涉千里还去看运涛呢?江涛只是在这城里,有什么样的困难不能克服呢!爸爸的喜讯真像天上掉下来的。她满脸笑着,心上几乎一下子开出花来,说:"好爸!我正想去看他,我能见到他吗?"

父女两个说着话回到北屋,严知孝放下手杖,脱下长衫,说:"我已经跟姚爷爷说了,他说:'政治犯判了刑,是可以探视的。我们是几辈子的老交情,这座监狱我管了几十年,别人看不了,你们还看不了?'当我谈到你和江涛的关系,他说:'这还不能一般地隔着窗户看看,还要叫他们有机会好好地谈一谈,才算尽了我们做老人的责任。你叫她来吧,这个责任我负了!'看看是运气不是运气?"严萍听到这个可喜的消息,立刻到大街上称了两斤点心,买了烧饼和熟肉,又到马家老鸡铺买了两只煮鸡。到了规定的时间,日头西下的时候,她坐上洋车,便到模范监狱去。

洋车走进那条长胡同,一堵古旧的围墙现在她的面前。围墙很高,像是多次修补过的,墙上长着褐色的霉苔。她在一个旧式门楼前面下了车,门楼上的瓦都脱落了,长着黄色的枯草。门是酡红色的,褪了色,台阶上的石头,都磨光了。她带着两个包袱,走上光滑的石阶,把爸爸写的信,交给门房,说:"我来看姚狱长!"

守门人探出头来看了看,说:"你等等,我进去看看!"说着,走了进去。不一会工夫,匆匆走出来,说:"走吧!叫你进去哩!"守门人替她拎了包袱,领她进去,转过扇门,是一条古旧的砖砌甬路,两旁是灰顶矮屋,小屋用很碎的砖头砌成,用灰泥抹着,日子久了,一片片泥皮脱落着。

经过一条阴湿的夹道,到了一所小院,是四合子旧式瓦房。深秋了,窗棂上已经糊上白纸。走到狱长室门口,她在门外停住。守门人走了进去,一个老头走出来,红褐色的脸,头顶上一绺长发,个子不高,身体胖胖的,腆着个大肚子说:"闺女!你来了,进来吧!"

严萍走进屋里,鞠了一个躬,说:"姚老爷爷!您好!"

老狱长说:"好,你母亲可好?"他用两只胖得发红的手,倒了一杯茶,放在严萍面前。茶杯和茶壶放在茶盘上,破旧的江西瓷器上,画着细碎的花纹,裂缝上趴着铜锔子,披满了黄色的茶垢。

房子很是阴暗,砖砌地面潮湿得不行。古旧的木器家具,发散着冲鼻子的霉臭气。严萍把包袱放在桌子上,自己坐在一张破椅子上。

老狱长穿着一身黑布制服,身体太胖,大肚子向外突着,腰里抽着一条很宽的旧皮带。因为脂肪太厚,显得肩膀很宽,头颅很大,脖子后头耸起折得很深的肥肉,眉毛胡子都花白了,鼻子像个大蒜头,向下垂着,眼窝很深,目光闪着光亮。一举一动都很迟缓,说起话来很慢。他坐在一张很宽大的旧软椅子上,手里玩着几个明光光的大铁球,咣啷响着。严萍把父亲交给她的那叠钞票,递上去,说:"姚老爷爷!这是我父亲孝敬你老人家的,喝杯茶吧!"

老狱长接在手里,也不客气,低下头,眯起眼睛看了看,笑花了眼睛,说:"哪里用得着这个?都不是外人,和你父亲都说明白了,江涛既然到了我这里,一切由我负责!"说着,把钞票掖进衣袋里,抬起右手捻着胡子,显得很是得意。

严萍把两只手搁在怀里,局促地说:"一切请老爷爷照顾吧!落在这个地步,又有什么办法!"

老狱长长叹一声说:"咳!苦海无边,回头是岸啊!芸芸众生,在劫难逃,阿弥陀佛!"说着,他把两只手举到眉宇之间,眯上眼睛摇摇头,做出悲天悯人的样子,说:"十二年,十二年的监狱生活,不是容易过的。可是十二年的世俗变化,风云难测呀!话又说回来,既然落在我这里,一切没有作难的,谁叫咱们是几辈子的老交情呢!"

严萍见他还好讲话,笑了说:"亏得老爷爷在这里,该他少受罪了!"

老狱长说:"这就叫做'朝里有人好做官'哪!不过,他在行营打了这场官司,也够受的了!咳!蒋派儿过来了,说不清我这碗饭能吃长吃不长。要是能呆下去,我满可以照顾他!"他说着,看看太阳没了,天也黑下来,抬手开了电门。电灯光度不强,屋角里还是昏暗的。他又看了看墙上的挂钟,说:"你再安心等一等,我去安排安排,既然到了我这里,我要叫你们好好地会见,这也是我们做老人的心意。"说着,他迈动迟钝的脚步,一步一步走出门去,又转回头来说:"你给他带来了什么衣服吗?"

严萍说:"听说监狱里不允许穿外边的衣服,只带来两身衬衣。"说着,她把包袱递过去。

老狱长伸手抓过包袱,说:"别人不能穿,他还不能穿?今天是你们的好日子,得叫他穿上一身干净衣裳。"说完,得意地一步一步走出去。

严萍一个人在屋子里坐着,屋里很闷,怪寂寞的,只有钟摆嗒嗒响着。等了有一点钟工夫,老狱长才慢慢走回来,笑笑说:"好,大孙女儿!走吧,一切安排好了。你带来的五百块钱,我从上到下都给你打点好了!我给你说明白,我一块钱也不要,什么叫交情呢!"他弯下腰,从深陷的眼睛里,射出一股贪婪的光线,微微笑着,开了书橱,取出两卷线装书,带着严萍走出来。

一说要会见江涛,严萍又惊又喜,禁不住心突突地跳动。咦呀,在白色恐怖下,这是一件什么事情?又是在什么样的环境里?有谁会相信呢?不过在中国这个古老的半封建半殖民地的社会里,五花八门,也就难说了。

天已经黑下来,院子里灯光不明,她跟着老狱长慢慢走过一个大院子,院子里死寂得可怕,周围都是牢房,通过玻璃门窗,看得见在惨淡的灯光之下,牢笼的木柱子上发出昏暗的光亮。受罪的人们,身上戴着镣铐,穿着脏污的囚服,在笼里徘徊,有的趴着木柱子朝外窥望。他们多么想看到广阔的天地呀!多么想看到蔚蓝的天色和明亮的星光呀!多么希望得到自由呀!

走到另一套院落,有一个老看守在那里站着,看见他们走过来,放低了声音问:"来了?"老狱长也放低了声音说:"来了!"

老看守带他们走到一个小门前停住,严萍抬起头看了看,是九十六号牢房。老看守把眼睛对在小窗口上,向里看了看,从腰里掏出钥匙,开了小门,那个小门太小了,只能弯着腰进去一个人。老狱长说:"进去吧,孩子!"

严萍弯下腰走进小屋,在昏暗的灯光底下,看见江涛穿着她亲手做的洁白衬衣,静静地坐在床板上。当他一眼看到严萍,睁起圆大的眼睛,像是燃起火焰。他瘦了,脸上带着伤疤,可是白眼仁还是那样白,黑眼仁还是那样黑。严萍一时愣住,不知道说什么好。江涛眨了一下黑白分明的大眼睛,从小床上站起来,猛然扬了一下头,把披散的长头发挑起。老狱长看了看江涛,又看了看严萍,笑了说:"孩子们!机会不可多得,你们放心谈吧!外面有人站着,有什么事情,尽管说,有知孝一面承当,这个责任我负了!"说着,又点头笑着,把那两卷书放在江涛手上,说:"这是两卷'心经',读读吧,一生受用无穷呀!"说完了,关上小门,退出去了。

牢房很小,只能容下一张小床,一张小桌,一个矮凳。后面高墙上有个小窗子,有一尺见方那么大。电灯安在高高的屋顶上,发出微弱的光线。老狱长看着严知孝的面子,为了严萍和江涛不寻常的会见,特别做了准备,给江涛卸下手铐脚镣,打扫了房子,床上铺了一条白布单,把那个小马桶也提出去了。这样一来,自然空气显得新鲜了一些。当时江涛听说有人来看他,自然高兴,这样不寻常的安排,也使他联想到严知孝和严萍。在旧社会里,一个穷苦人家,哪里有这样的好机缘呢?当他看见严萍走进小屋的时候,胸膛里的血,立时翻滚起来,想起家乡,想起家乡的梨林,想起和严萍相处的日子。因为有老狱长在一旁,他极力镇静自己,不使脸上泛出红润,也不使眼里滴下泪珠。可是,在旧社会里,一个囚徒,在行营里经受了几个月的折磨,在法庭上判了十二年徒刑,砸上手铐脚镣,关在黑暗的监狱里,除了亲生的父母兄弟,还有谁敢来会见呢?这时,他的警惕性,不容许他不发生怀疑。他下意识地想到离别了几个月,在几个月里,政治环境发生了很大的变化。严萍会怎么样呢?可是老狱长已经说明,严知孝曾经来过,看守员们也崇拜他是个好样的硬骨头,都愿意帮他们的忙,成全他们的会见。当他看到老狱长对他和严萍不寻常的态度,才放下心来。

　　当然,在保属特区,江涛的名字,要想瞒过人是万万不能的,无论任何一个敌人,或是任何一个群众。所以从被捕的那天起,他的心上便没有什么可以顾虑的。"死"只是刹那间的事情;"变节"是一生的屈辱。审讯时,他机智地进行申辩,把法庭当做讲坛。这是党对同志们的教育,也是对每个被捕的同志的要求。可是任何人都会明白,这是一条难走的道路,因为脚下的明坑暗井太多了。他拿出毕生的智慧和精力,鼓足勇气,应付了无数次的"谈话",冲过了每一次"审讯",才住上这间小房。这时,他感到无上的幸运,阶级敌人到底没有从他嘴里掏出什么东西,他以胜利者的身份感到骄傲。第二师范被捕的五十几个人里,大部分是党团员,法庭上的情况,是互相了解的,他们很快地和党组织取得了联系,开始了严密的组织生活。

严萍把东西放在小桌上,低头站在那里,心还在跳着,两个人保持了很长时间的沉默。几个月里,一个人在监牢,经过阶级敌人的折磨,经过尖锐的斗争;另个人在乡村,经过游击战争的锻炼,各自尝过了苦、辣、酸、甜的种种滋味,可是无从谈起。呆了老半天,江涛才抬起头来,说:"坐下吧,尽立着干吗?"

严萍坐在矮凳上,还是不抬起头来,唔唔哝哝地说:"你好吗?"

江涛说:"好,总算闯过来了!"

两个人互相说了这么一句话,就又沉默起来。过了一刻钟工夫,严萍才把包袱解开,拿出点心、煮鸡和烧饼,说:"你吃一点吧!"

狱里的生活是任谁都能想象得到的,饥饿和寂寞是最大的痛苦,所以江涛见到严萍自然高兴。这些日子,他只能吃到玉米窝窝头,咸菜条和盐汤。今天一见到食物;尤其见到煮鸡和点心,肚子和肠胃自动地发出响亮的鸣声。他衷心地感谢严萍,在这种情况下,能够来会见他,而且是这么优裕,这不能说不是革命生活中的幸福。他说:"谢谢你,还没有忘了我!"

严萍脸上腾地羞红了,说:"怎么能?天天想念你哩!"这时,她才不好意思地抬起头来,把圆大的黑眼珠侧在鼻梁上,看着江涛,由不得滴下两点热泪。

江涛也滴下几点眼泪,说:"不要难过,这段时间,我没有白过了,总算认识了敌人的各种手段和各种方法。你还没有忘了我。"

严萍说:"不,不能忘了你,我是有人心的人!"

他们互相谈到往事,谈了很多。高蠡暴动,江涛是知道的,组织上已经把这次武装斗争的经验教训传达给他们。但是,他还不知道高蠡地区的人民遭到这样残酷的镇压。当严萍谈到很多战友牺牲的时候,他愣住了。严萍看到江涛痛苦的表情,又后悔不该告诉他。她想:这是一种过失,不应该使他难过!她坐在江涛身旁,握起他的手来说:"事情过去了,不要难过!"

江涛问:"老忠大伯和老明大伯他们怎么着呢?"说到这里,两人同时看看窗外。他们怕有人偷听。

严萍把嘴放在江涛耳朵上,低声说:"白色恐怖严重,他们转入地下了!"

这时,江涛才抬起头,睁起明亮的眼睛,看了看屋顶上的灯光,对着严萍的耳朵说:"好!隐蔽起来,挺过这一时吧!"说着,江涛又愣住,不再说什么。

严萍悄悄看着他,说:"怎么?又沉默起来?又在想什么?又是'沉默就是幸福'?"

江涛一听,幽默地笑了说:"是的,可是今天我并没有真的沉默,我在想,我出去以后将怎样工作……"

谈到这里,严萍不再说什么。她想:十二年是个不短的时间,十二年之后,不知世界变成什么样子。她睁起明亮的眼睛,笑着问:"能出去?"

江涛说:"当然能出去,中央已经知道我们落在监狱里,我们要斗争……"江涛又谈了二师同学在行营里为了争取读书和看报纸的自由,怎样进行了绝食斗争。

严萍听了,瞪着大眼睛愣了半天。虽然在几个月里,江涛受了不少折磨,他的革命热情还是旺盛的。他的谈话,给了她很大的鼓励,添了一股力量,她说:"是的!我们要斗争下去!"

严萍说:"快吃点东西吧!"江涛拿起一块点心,搁在嘴上吃着。严萍又把一个烧饼夹上肉,放在他的手里,用手绢擦净了手,把煮鸡扯开,抽去骨头,一块一块地递给江涛吃。

江涛吃得饱了,拍拍手,满意地笑了说:"要能喝到一点水就好了!"说着,他又摇了摇头,咂着嘴,感到那不过是一种奢望,住在监狱里,哪里有那么方便?

严萍说:"想喝一点水不费难,我给你要去。"她走到门前,隔着门上的小窗口一看,果然门外站着一个人,她悄悄说:"老大爷!你能给我们一点儿开水喝吗?"

那个老看守说:"唔!我正等着你们,需要什么东西,尽管说话!"

老看守说着,走回狱长室。老狱长为了他们的会见,今天没有下班,也没回家,还在那张大软椅上坐着,呼噜呼噜地抽着水烟袋,看见老看守走回来,伸起脖子,担心地问:"怎么样?没出什么事情吧!"

老看守笑模悠悠地说:"阿弥陀佛!一心清净,他们谈得很好!咳呀!我真替他们高兴!她说,他们要喝一点开水。"

老狱长说:"好,儿女情长,谈谈吧!喝一点开水不成问题!"他亲手把自己的茶壶洗刷干净,冲上一壶酽茶,拿了两个茶碗,叫老看守送去。

江涛吃了一顿饱饭,又喝了两杯茶,觉得浑身舒服。站起身来,打了一个舒展,说:"我有一件事情,想跟你说说。"

严萍侧了一下头,瞟着江涛,说:"什么事情?你说吧!"

江涛坐在床上,抬起头看看屋顶,迟疑地说:"我要在这里住十二年,十二年岁月多么长远呀,我想说,希望你另找一个比我更好的人儿吧!"说到最后,他觉得眼圈发酸,嘴唇抖颤着。

严萍听他讲完了这句话,坐在凳子上,呆了老半天。这时她想到:几个月来,无论是在战争中,无论是在艰难的日子里,她无时无刻不在想念他。为了他,她曾和母亲争吵,和冯登龙斗争。可是今天,他说出这样话来。于是,多少日子以来,郁积在心里的痛苦心情,猛地涌了出来,趴在江涛的床上大哭起来。这时江涛也觉为难,今天有机会见到她,是几经斗争才说了这些话。他和严萍是自小交好的朋友,是革命战线上的好同志,他实在不愿意耽误她的一生。即使他不能见到她,也还要写封长信,把这件事情告诉她,求她原谅。可是今天,还没有谈一句话,她就哭了。他一动不动地坐了老半天,由不得握起严萍的手,握得紧紧的。

这时,严萍才抬起头,睁起明亮的眼睛,噘起嘴来说:"是嫌我看你来了不是?"

今天是个晴朗的夜晚,秋风带着千万人的愿望,在空中轻轻拂动,拂着全市沉睡着的人们,也拂着江涛和严萍不眠的夜晚。夜深了,老看守还在院子里徘徊。深蓝色的天上,有白色的云朵,天角上悬着下弦的月亮。天河里的星群,光辉灿烂,一个个眨着小眼睛发着蓝色的光亮,在给牵牛星和织女星照着路呢,他们隔着天河互相望着,光亮映出他们心里的深情。可是,他们也只有到七月七日那一天,有普天下的燕子飞来,在天河上搭上桥梁的时候,才能在一起会见啊!

江涛和严萍互相依偎着,坐在床板上,度过幸福的夜晚。天将黎明时分,邻家公鸡开始叫了,屋后的小窗上射进第一线晨光,是那样洁白、光亮。在这个年头,越是幸福的时刻,时间显得越短,他们还是不忍分离。听得有人轻轻敲门,严萍打了个舒展,走过去开了门。老狱长,精神饱满地走进来,笑了说:"好!姑娘!你们该分离了,叫人知道了,不是玩儿的,事情虽属平常,也会惹得我的脑袋搬家!"

严萍低了一下头说:"谢谢老爷爷!"她又握起江涛的手,上下看了一下,笑了说:"愿你保重!"江涛送到门前,弯了一下腰,笑了说:"祝你坚如磐石!"严萍说:"一定听你的话!"

严萍跟着老狱长走出监狱的时候,觉得精神饱满,心情是那样愉快,浑身像添了一把劲,觉得什么都有希望了。太阳还没有出来,天色湛蓝湛蓝,空中流荡着淡蓝色的雾气,照得房屋和树木都是蓝蓝的。天空是那样高,那样深远,一只幼稚的云燕,凌空高飞,穿绕着白色的云朵,在忽扇着它的翅膀。

她迈起健壮的脚步,在石块马路上,奔奔坷坷地走着,像是走着多么长远的道路。中国革命的道路是漫长的,是崎岖不平的,但是,她紧跟在千万人的后面,永远在不停息地前进!

二十

自从一九三五年"何梅协定"之后,国民党部从华北撤退,白色恐怖总算过去了。严知孝给严萍找了一个小学教员的位置,教起书来;每天和孩子们在一起,对一个女同志来说,是愉快的。薪水不多,对于家庭生活也不无小补。一九三六年,"双十二"事变,杨虎城和张学良两将军强迫蒋介石和共产党订下停战协定,释放政治犯……严萍又到北平跑了几趟,请马老将军写了两封信,由严知孝出面交涉,江涛才获得了释放。

江涛出狱,正赶上形势日益紧张,日本帝国主义加紧了灭亡中国的步伐。于是,江涛作为一个共产党员,毫无犹豫,立刻请求组织上分配了工作,回到他的家乡,做县委书记的工作,重建地方党。他托吴良栋找到了公开的职业,回到县立高小教书,还是住在贾老师住过的那间小房子里。

卢沟桥事变之后,时局又发生了新的变化,上级党又下了新的指示:建党、建军、建政,建设抗日根据地,一大溜子工作这就下来了。

卢沟桥事变是震惊全国的,国家兴亡,人人有责。严萍在炮火声中辞了小学教员,要回到家乡去参加抗日救亡运动。严知孝也觉得敌人来到脚下,老两口子住在保定没有什么意思,于是把房子和家具让给亲戚,一家人拔锅卷席回到家乡。

今天严萍和严知孝进城来找江涛。严知孝照旧住在宴宾楼,严萍到高小学堂,在门房打听了江涛的住处,一进江涛的门,江涛、忠大伯、张嘉庆正在屋里坐着。张嘉庆看见严萍进来,脸上腾地红了,拍手大笑了说:"你看!说着曹操,曹操就到了!"

虽然,严萍不知道张嘉庆说话的意思,也由不得红了脸,一手拉起忠大伯的手,一手拉起嘉庆的手,笑了说:"看!经过这么大的变乱,我们不是又到了一起吗?"

朱老忠说:"当然,我们又到了一起了,江山河海都挡不住我们!"

江涛也说:"我们又到了一起了!"说着,叫校友打洗脸水来,叫严萍洗脸。

几个人在一起又说又笑,谈了一会子大暴动的话;贾老师直到现在还没有消息。严萍洗着脸,说:"这么几年了,这个回来,那个回来,就是贾老师回不来!"江涛说:"也许在什么地方被捕牺牲,也许是去苏联学习了……"谈到这里,谁也不再说什么。在这么几年里,发生了这么大的变化,谁又知道谁落个什么下场呢?

正在谈着,校长吴良栋走进来。他们还在噙着泪花儿谈,学生们一谈到贾老师,没有不伤心落泪的。吴良栋不知道他们谈的什么事,他说:"大伯!又逗着孩子们玩哪!"说着,他促膝蹲在椅子上,掏出小烟袋儿,打火抽烟。他光着两只脚,两个大拇脚趾头,好像猫儿对爪一样,互相玩弄着。

朱老忠说:"可不是!老同志们到了一块儿,就是爱说几句老话!谈过去的事情和过去的人儿。"

吴良栋,脸上长得黑模悠的,一副温厚的脸,良善的眼睛,谈起话来慢条斯理的。自从大暴动以后,党把他派来这座小城里,隐蔽在这个学校里做工作,一向是单线联系。卢沟桥炮声一响,他才和江涛接了头,参与县委会的工作。江涛过去唱的是独角戏;今天工作多了,只有依靠良栋。良栋自小儿忍辱负重惯了,如今经常是独自一个儿,悄悄吹着口哨,做完党委机关一切繁琐的工作。他常说:着什么急?有多少羊也得轰到山里。铁打房梁磨绣针么,功到自然成。工作的成绩,在于刻苦和努力,着急顶了什么事?人们给他送了个外号叫"生铁牛",就是最扎手的工作,也挡不住他。卢沟桥炮声一响,他叫学生们暂时回家,更好开展抗日救亡的工作,成天价人来人往。

吴良栋比江涛入党还早一些。年岁也比较大。家里有几间房子,几亩地。他上了几年小学,跟着父亲蹬上铁轮机,织起洋布来。织着洋布看了很多小说,什么包公案、彭公案、水浒、三国……只要能找到的书,没有不看的。高阳布垮台了,又和父亲走西口贩牲口。他在古小说上,学习了一些中国人的美德——谦、良、恭、俭、让。自从受了党的教育,更懂得怎样做人,他是一个共产主义的人道主义者。他成天价埋头苦干,但不爱多说话。吴良栋说:"早听得江涛说过,知道大伯正义行事,是有名的枣木老头儿!"

朱老忠说:"趁身子骨儿结实,多跟你们跑蹚个几年,多做点工作。将来跑蹚不动了,再坐着看你们的!"

吴良栋说:"咱父一辈子一辈的,都在革命里,真是一场老少会!"又转过脸对江涛说:"明天,后援会该开会了,咱还没研究这会怎么开法?"

江涛扬起下颏想了想,说:"我看,主要是做成几件决议。发动群众武装群众的问题、组织宣传队的问题。宣传费的垫办,恐怕也得经过这个会议向县政府提出来,由地方款开支。还有,各机关对后援会性质的认识上还不一致。有的人认为发发通电,散散传单就算了,不必有什么实际行动。老实讲,他们就是支这么个空架子,不见实际行动。"

吴良栋慢搭搭地说:"明理不用细讲!他们怕发动群众,咱就是要发动群众!他们怕闹武装,咱就是为了组织武装!不这样就不能打败日本鬼子,像他们那样就只能当亡国奴!"

严萍接着说:"这是本质的问题!"

江涛说:"你说得一点不差,明天在这个问题上,可能还有一番争论。争论就争论,打开天窗说亮话,今天的抗日救亡,不是明争,就是暗斗,不过,为了祖国,为了打败日本鬼子,我们要用最大的爱国主义精神去感召他们。"

良栋说:"一点不错！明天县长恐怕不出席,你还得准备把抗日的形势讲一讲！"

江涛说:"应该讲一讲,这是个上层的会议,开好了影响也很大！"江涛在屋里走来走去,旋了一个圈。继续说,"讲起工作,可真费劲！过去咱没处过这环境,没接触过这些人,穿袍的戴帽的……今天做起这个工作来,哎呀！真……"他摆着头笑着。严萍插了一句,说:"这就是所谓统一战线工作。"

良栋说:"工作还得好生做啊！我看,在目前说,工作成败,三十六着,就是这一着上,在上层工作上……"

江涛说:"基层工作,更加重要！"

严萍说:"当然是呀,我们要扎扎实实搞好村里的工作！"嘉庆说:"就是！就是！"

当江涛和吴良栋关于后援会的谈话结束的时候,朱老忠和张嘉庆正在谈着。五年不见,他们谈起革命历史上的故事,老同志们的不幸,不同的遭遇,有多少肺腑话想一下谈出来,可惜时间短,一下子谈不完。

天晚,有一道长虹映在东天边。夜暗扑来,江涛点着一盏洋油灯,灯上发出橙红的光亮。

几个人围在桌子上,江涛说明是开县委会,格外有朱老忠和严萍参加。会上张嘉庆传达了特委关于建党、发动群众、武装建设及统一战线问题的意见。他们根据地方情况做了讨论。

张嘉庆取出一个黑漆砚台盒子,用刀子将砚台撬出来,取出四本小书。是油印的、高粱粒大的字。一本《党的建设》,一本《游击战术》,一本《连队政治工作》,一本《抗日民族统一战线问题》。他们拿到书,趴在昏黄的灯光之下,默默地读着。屋里静下来,桌子上的小座钟,清脆地、嗒嗒地响着。

朱老忠拿起一本小书,字太小,他眯细了眼睛,在灯下反复看着。离远一点,再离近一点,模糊一片,说什么也看不清楚。他抓着脑瓜皮,急得浑身发痒。他想:"这样重要的文件,咱要有个眼,多好!"他转过身递给严萍说:"你有眼,你看。"

他们根据特委的意见,根据工作的需要,作了分工。张嘉庆管理军事和宣传队的工作,老吴管组织,朱老忠管农民工作。决定:严萍入党,今后管理政权的工作。严萍笑了说:"我可管不了。"江涛说:"你学习。"这倒是真情,过去都是在敌人的军队和政权之下秘密活动,今后要建立自己的政权了,这是新问题,只有学习才能掌握。

夜晚,天是湛蓝的,闪着银色的星星。夜愈静,房后头的蛙声愈是爽朗。随着河水的波音,一起一伏地唱着。

第二天,会议在学校里召开。江涛在救国会的委员会上做了抗战形势的报告:七月七日的晚晌,日寇借口挑衅。八日攻宛平,占丰台。十二日占领天津车站。华北形势危急,党号召人们起来保卫家乡,保卫平津。报告完毕,把问题提出,讨论完决议案的时候,就宣布散会了。

江涛走出教室,立在门口,等陈金波和严知孝走出来。严萍在后头跟着。

严知孝今天在会上发表了很多意见,他提议救国会的名字应该加上"抗日"两字,才能引起群众的注意,并提出群众武装应该由政府统一领导,免得紊乱社会秩序。江涛觉得都是很有意义的,大家也表示赞成。经过江涛和吴良栋的努力,把议案通过了。

严知孝身材比过去胖了,红四方脸,苍白胡子,和一脑袋苍白的头发。穿着灰绸子大褂,双梁鞋子。他把白羊肚毛巾折成四方块,擦着脸上的汗,看见江涛,点着头微笑着说:"好,这么着好啊!你一通知我,我就来了,晚上到我那儿坐坐吧!"说着,又连连用毛巾抹着胡子。严萍架着他,迈动慢吞吞的脚步走出去了。

江涛拉着陈金波的手走回来,喊工友打上洗脸水,请他洗个脸。江涛盯着陈金波说:"表兄!今天我讲的话,有什么毛病没有?"

陈金波抹了满脸胰子沫,用手搓着,伸出大拇指头,白眼珠从眼角透出来,瞥了江涛一眼,说:"好!叫座!不愧是才子!"

陈金波是公安局的督察员,四十多岁,穿一身黄布马裤军装,圆脸蛋儿,白得像鸡蛋清儿,嘴巴上留着黑黑的短胡须,说起话来,嘴唇上皱起细纹。他取出烟盒,用大拇指一弹,一棵纸烟蹦到江涛手里,随手划个火给江涛点着烟。这种小动作,练得那么熟练。江涛想到:没有十几年的社会生活,连这一手儿也很难学得好。

他坐在椅子上,左手扒着靠背,架起腿儿、打着哆嗦。说:"表弟!这战事当真像你说的那样?"

江涛说:"一点不错,卢沟桥事变,是'九·一八'事变的继续。日本鬼子侵略东北,进攻上海,进攻长城各口之后,现在要进攻华北了!"

陈金波用两个手指头挪开烟,瞪起两只白眼仁多、黑眼仁儿少的眼睛,射出尖锐的光芒。说:"日本鬼子准能占领华北?"

江涛说:"这问题,先看敌我力量的对比,再看双方的准备工作。从抗战的三个阶段来说,在消耗战的阶段,主要是消耗敌人,保存自己,所以退却较快,不能死拼!"

陈金波抬起额角,沉吟了一刻,深深吸了一口烟。说:"这玩意儿……可就是个问题了!"

江涛说:"表兄!你打算怎么办?"

陈金波说:"我吗?咱哥俩说话是大年初一吃饺子——没外人!我呀,冬夏常青,俩肩膀扛着一个嘴,走到哪儿,吃到哪儿!别说日本鬼子,美国鬼子我也不怕!"

陈金波是江涛母亲的侄子,住在城里,祖父在衙门口里当差,父亲靠帮助乡下人打官司,写个呈文卖个状纸吃饭。陈金波念了几年书,在公安局当个小差使,后来升了督察员。在江涛来说,这门亲戚向来是不走动的。江涛这次回到县里,为了工作,才和他取得了联系。

江涛留心着他的言谈语貌、心理状态,好像是个医生,要把每个人的心思和愿望,放在自己的眼前看个清楚明白,才好处方下药。他踌躇了一下,谨慎地用手指甲弹着烟灰,说:"你说,我应该怎么办?表兄!"

陈金波把黑眼珠向白眼角上一斜,嘴头儿上带着一抹笑容,说:"你呀,表弟!你和我不一样,我是找饭吃的;你是干事业的,你呀,你上太行山,占山为王,下白洋淀,落草为寇!"说着,他又弯下腰哈哈大笑了。

江涛听完最后几句话,大吃一惊,怔了一刻。他没有想到陈金波会对他有这么深刻的了解,但他不打算对他有什么表示。

陈金波看出他犹豫的神气,说:"自小我看着你长大的。什么心思,什么脾气,我还不知道?说是说,笑是笑,也许,将来我也得走了你这条道儿。不过,我得看情况!"

陈金波说完,各自沉默了一会,江涛想想日本鬼子要来了,孙悟空有孙悟空的法宝,猪八戒有猪八戒的法宝,八仙过海,各显其能,各走自己的道路,这是肯定的。

江涛说:"表兄!看政府对我的态度怎么样?"他极其微妙地探询所要了解的情况,声音轻巧、有力。

陈金波说:"他吗?这位县长,外来人做官,还不是为了吃、喝、穿。只要有钱掖腰包儿,上峰不催,国民党不问,谁去狗拿耗子?这个当儿,还不是当一天和尚撞一天钟!"

江涛又轻俏地问了一声:"他和张荫梧的关系怎么样?张荫梧在定县当七县专员,他在张的管辖之内。"

陈金波见江涛注意了这个问题,也就把话匣子拉开了:"他们哪!棉花线子,两市!张荫梧老早想撤他,换自己人。可是,这位县太爷根子硬,道眼儿宽,硬是撤不了!这早晚,他把你抬出来搞救国会,叫你当这个副主任,也有所谓!我说说,你听听!"他把烟嘴攥在手心里,竖起大拇指头说,"大敌之年!乱世,不比治世。我看他这步棋是这么摆的;张荫梧撤不了他,他可以和你合作。这咱不比那咱,那咱国民党在着,如今国民党撤退了。因为你手下有人!否则,你再闹个反割头税呀大暴动的,够他一戗!咱县自从出了这两回乱子,这个日进斗金的地方,就成了火山口。可,话又说回来,张荫梧要是撤了他呀,算是脱了裤子坐在炸弹上!"说着,他取出手绢,擦了擦嘴上的唾沫。又说,"比方说,张荫梧的人一来,他和咱县长不一样。那家伙,他是个唱白脸的,刚愎自用,拧着鼻子抖威风。他一见你,一定不同意你这一份。不同意,他就要收拾你。可,表弟!你是好惹的?你一定要发动人进行抵抗。哎!这大暴动,就又要闹起来!"他又擦了擦眼,提高嗓门,说,"这叫做借刀杀人!这刀啊,表弟,就在你手里攥着!我不是诸葛亮,可这棋,我也不能只看一步。表弟!是不?"

说完,他向江涛肩膀子上狠狠地拍了一掌,又自以为是地盯直眼睛,绷起嘴唇骄傲地笑了。

江涛暗自点头:过去对地方形势的估计,大致还不错。看到环境的困难、责任的重大,就越觉得自己的渺小。国民党接受了合作抗日的条件,不过是一纸空文。在这个地区,在那恐怖的年月里,经过国民党的残酷镇压,共产党怎样发动群众登上政治舞台,把抗日运动搞起来,还是个严重的斗争过程。非常明显,县长和士绅的矛盾,并没有减弱。党与群众对封建势力的矛盾,在大暴动以后是隐蔽了,"九·一八"以后不久,又突出了。目前,外来县长,地方士绅,尤其是广大群众跟张荫梧的矛盾,逐步尖锐。群众力量怎样在这复杂的矛盾中生长,问题在于党怎样站在领导地位,让各种落后力量得到对消,使积极抗战的力量得到生长。这个问题,要放在统一战线和群众工作上去考虑。要紧的是要掌握情况,掌握突出的矛盾。

直到现在,江涛在人们心目中还是个谜。他这顶红帽子,是公开的秘密。"何梅协定"以后,国民党部在华北撤退了。谁插足在复杂的矛盾中,也不肯冷手抓热馒头。他就是这样站稳了脚步。江涛说:"还得请表兄多加帮助!"

陈金波说:"自己兄弟,还有什么说的。我吃这碗饭,还不是靠朋友帮助?话又说回来,反割头税的时候,要是有我呀,也成不了那个样子!"

其实,他这是说大话。就是目前,他能掌握的情况,也只是公安局的内部和政府个别部门。

陈金波缓缓地开门走出来,立在台阶上,伸开手打了个哈欠,说了声"再见!"扭头走回去。

江涛站在台阶上,看着陈金波的背影走远。他从历史上、政治上、性格上,考虑这个人:"他能跟着共产党走吗?"这个问题,由小而大,深深地印在他的脑子里。最后决心争取他合作。共产党的胸怀宽大,愿和一切同情的人们交朋友,愿和一切抗日的人们携手前进!

因为战乱,学生们回家了,大操场上很清静。他走回来倒了一杯茶喝着,茶在玻璃杯里透出鲜明的棕黄色。两枝叶梗,在茶杯里上下浮沉。

下午,他走到大街上,在成衣铺里穿上新做的蓝布制服,把那身穿脏了的旧制服,用包袱包起来,又到鞋店里穿上一双新鞋子。确实,这几天他总想把自己打扮得整齐一点。在大街上遛了个弯儿,走进理发馆,请伙计给他把头推光。工作忙,再没有时间去梳拢它,推个光头,更显得精神。

今天,好不容易在会议上做成有利于抗战的决议:要成立办公室,出版救亡小报,成立宣传队;下乡把卢沟桥事变的真相告诉群众,把农民群众发动起来,组织起来。他想搞得好,准备了多时的救亡运动,就可蒸蒸日上了。

当然,有人对江涛的主张有意见,那还不如说是对共产党不满。他们认为这位县太爷,做不了三早起两晚晌,抬腿要走了,给地方上找下这么大的麻烦。认为县长把江涛请出来搞救亡工作,是引狼入室。江涛想:必须用一切力量克服这种困难。

卢沟桥事变以后,冀察政委会给县政府下了命令:要各县成立后援会,协办后方勤务。在这个当口,保属特委也给县委下了指示:要各县建立群众抗日团体,发动群众起来"打鬼子,保家乡!"江涛把严知孝、陈金波请出来,通过他们的力量和政府当局联合成立了抗日救国后援会,后来简称救国会了。县长为当然主任,江涛担任了副主任。人们以为这样一来,江涛就和县长平起平坐了。

在这紧要关头,救国会的建立,好像动荡的水上投下一块巨石,把人们从激动的波纹上簸动起来。亲戚朋友们,同学同事们,即便素常里互不往来,也互相走动起来。有些士绅名流,平素不常进城的人们,也开始进城来,打听打听消息。他们不约而同地关心国家大事了。

自从救国会的牌子挂起来,老战友们都来找江涛,向他诉说几年来的遭遇和不幸。江涛把目前形势告诉他们,要他们为党、为阶级、为挽救中华民族的危亡,继续奋斗。也有不少人来找嘉庆,自动签名加入救国会,做救亡工作。他们组织了宣传队,开始在乡村里宣传着、组织着。只要不出什么风险,这抗日运动是一帆风顺的。

想着,他理完了发,付了钱。立在镜前,摇着脑袋看了看,这个坐过监狱,做过艰苦的地下工作的年轻人,脸上还不失为英俊。但又仔细看看,额角上隐约地显露一条皱纹。这不能说不是一点新的变化。工作逼着人不得不改变,自从卢沟桥事变,自从搞起救国会,生活上、工作上,起了很多新的变化,和工作在地下的时候,不相同了。过去生活的圈子,仅限于学校和乡村;现在工作逼着他走动公安局、商会、教育局。他要出入衙门口,不用传达,抬着头儿,迈着大步走进去,县长也要让他座儿,面对面商量工作。工作逼着他和各阶层、各行各业的人打交道。于是衣裳穿得干干净净,整整齐齐,常理理发,刮刮胡子。这也是礼貌。开始他很觉勉强,日子久了,也就习惯了。听得多见得广了,心胸里自然开阔了。思路广了,解决问题的手法,也就灵活起来。

在衙门口走过的时候,买卖人们立在门口,品头论足的议论:这个住过监牢狱、上过黑名册子的共产党员,一步登天了,走起红运来!

走进宴宾楼,堂屋里高高的挂起泡子明灯。小灶上的伙计,把小勺磕着大勺呱呱响着。跑堂的用尖锐的声音报着菜单。城里的老辈子风俗:冠盖往来,士绅名流,刑名笔吏,调词嫁讼的人们,进城上县都住在大馆子里。这些大馆子,包办酒席,带管着出赁房屋被褥,侍候茶水。

江涛向跑堂的伙计说明是来找严知孝的。伙计把他领到一间小房门口,在小门上轻轻敲了两下。

"谁?请进来!"严萍说着,开了门,一见江涛,笑了说:"请进来!"

桌子上搁着一壶酒,两碟菜,还有一卷《史记》。严知孝在独斟独饮,边读边谈。

他已是六十开外的人了,眼看着辛亥革命、五四运动、五卅惨案、北伐战争,在眼前匆匆地过去。几十年来,是连年的军阀混战。争城的人,杀人无数;略地的人,酿成血雨腥风,都于国家民族无益。如今,这古老的中国,还是百孔千疮!他怀着无尽的忧愁说:"咳!沧海桑田如白驹之过隙哪!眨眼之间,时过境迁,世间就不属于我这一代了!"于是,他又想:"由他去吧!"他觉得,自己有无尽的才华,可惜没机会用在祖国的事业上,多咱一想起来,便免不了掉几点老泪。

在国难当头的年月里,一来东北沦亡,长城各口抗战失败,战争危急。二来,冯登龙阵亡,真是国难家仇集结在他的心上。年老了,力衰了,回到故乡的农村里,谢绝了宾客,闭户读书,向来不多见人的。这次,是因为江涛的提名,参加了抗日救国会的活动,他才和严萍来到城里的。

江涛坐在椅子上,取出烟盒来吸着烟,说:"先生!请你告诉我,我在会上的讲话,有不妥当的地方吗?"

严萍不等严知孝说话,笑笑说:"挺好的!"

严知孝给江涛斟上一杯酒,说:"还好!话是说得有分量!"

江涛诚恳地问:"有什么毛病没有?"

严知孝说:"要问毛病……那就是讲得太少了一点,人们没有听够。好比吃饭,好吃的菜,谁肯撂筷儿?不,你又不讲了!哈哈!我知道你是不爱多讲话的,尤其在这稠人广众之中!"

老头子说着,又痰喘着笑了,说:"在这个关键上,人们要看你的!从讲话上看,你魄力还够。口吻和提法也好。当前,政府很看重你,认为你是人材!眼看战争就到脚下,有谁肯出来执掌时艰呢?"说着,手捋着花白胡须,看着窗外的、辽远的黑暗。

江涛端起酒杯,瞥着严知孝说:"老师,县长和张荫梧的关系怎么样?"

严知孝说:"怎么样?那不就很明显了吗?现在是鹬蚌之争。仅张荫梧那点小小的表示,就够县太爷捉摸老半天的了!本来,他还想把我架出来耍巴耍巴。我看透了这步棋。不在其位,不谋其政,老胡子老脸的了,不愿再费那个劲了!"

他端起酒杯,等着江涛,一同喝下这杯酒。严萍走过去给他们把酒斟上。

江涛也明白,县长抬他出来,是要借他的力量突挡住张荫梧,突挡住地方士绅。是要把他作为一颗炸弹,或者炸掉张荫梧侵略该地政权的野心;或者炸掉江涛自己。这是一箭双雕的做法。即便两个便宜都捡不到,他还可以把日本鬼子这把刀扔在别人脚下。可是,江涛考虑:党和群众,一旦与其他势力的要求有某些一致的时候,这就是合作的条件。也许有人会坐山观虎斗,企图从中渔利,但对于这些,江涛都不放在心上。他要考虑的是:在这国家存亡的关头,共产党人不挺身而出,还等待哪一个?于是,他放弃一切顾虑,就坡骑驴,一蹴而上了政治舞台。

江涛听到严知孝和陈金波的谈话本质上相同,他们的看法,又恰与目前掌握的材料相符。于是,他把这个问题,暗暗地肯定下来:"问题就是如此!一切决定于斗争,斗争,斗争!"江涛伸出右手,抖动了几下。他说:"我觉得,我还是年轻……"

严知孝把酒杯撂在桌子上,怔了一霎,说:"你不年轻了!"他掐指算了一下。"'三十而立,四十而不惑',你正在'而立'之年,即使不表现在自己的学问和事业上,这也是造福桑梓呀!"

江涛说:"我自小没走入过政界,没混过官场!……那只有接受你老人家的帮助了……"他端起一杯酒,微笑着,两眼瞥着严萍。

严萍说:"哈哈!闯荡闯荡就学会了!"

谈到这里,江涛想到自己参加政治活动的历史,全部是学习和斗争的历史。向反动派斗争,向封建势力斗争,向帝国主义斗争,向困难的环境斗争。斗争,斗争……一切只有斗争。他说:"冯贵堂的态度怎么样?老师!"

严知孝拍了一下桌子说:"他吗?他和张荫梧有瓜葛。冯悦轩在山西,和张荫梧有一面之交……"他又冷笑两声说,"这人,不学无术,大混蛋一个!他的眼睛光认得大钱。他就是扯着冯悦轩的旗号!鸡鸣狗盗之辈,我们不要把他放在眼里!"

严知孝自己认为是名门出身,以学者名流身份在社会上不多交往。士绅群里,说他是"屎茅坑里的砖,又臭又硬"!

江涛听夜静下来,城墙上传来敲木梆儿的声音,起更了,他立起身来说:"时间不早了,我要回去!"说着,不由得弯下腰咳嗽着。

严萍见江涛不住地咳嗽。她说:"唔!饿了吧!吃点东西?"

江涛说:"不!"

严萍说:"你吃碗肉丝烩饼!"

江涛说:"不饿!"

严知孝说:"不吃,你去吧!你,我是深知道的,一辈子不容易!这乱世是个出英雄的时候啊!"说着,拿起四方块手巾擦着他的长胡子。

江涛立起来说:"老师!缺什么东西不缺?"

严知孝说:"不缺什么!明早儿,我就回去了。做活的赶了家里的大车来,在这里等着哩。"

江涛从明亮的灯光里走出来,走在黑暗的街道上,出了县前街,他走进一家小面馆里,吃了一大碗面条!路上,他想:"严知孝这样的人,在民族革命里,还有他用武之地。只可惜,他太刚愎自用了!"

走回来,趴在桌子上写了一封信。他打算,明天接待张荫梧的代表。后天,到锁井去,把锁井镇上的支部工作整理一下。

躺在床上。在灯光底下,看着墙上那幅画:一只雄劲的大手,握着通红的火把。好像有熊熊的火焰,在胸中燃烧着。

二十一

朱老忠在县里又和嘉庆、严萍谈了半天。他们都是一块参加高蠡暴动的。老战友们久别重逢,倾腹谈心,是件愉快的事情。回到家里,吃了晚饭,抽着烟袋,坐在捶布石上思摸着:卢沟桥事变了,使他又惊又喜:惊的是日本鬼子在卢沟桥挑起事端,要进攻平、津、华北,好比是长城上的烽烟初起,中日大战这就要起来了。喜的是烽烟一起,八路军挺进敌后,自己的人们,就都要回来了。也许运涛也要回来了,要是运涛真的能回来,那有多好呢!想着,他搬了软床,拿了枕头,睡在小门楼底下。猛地又想起了一件事情,一件大事情——在这刻上,我们的小游击队打回来才好呢!……想着,他眯下眼睛睡着了。

一觉醒来,已是半夜子时,在朦胧之中,有人敲起大门上的钉锔儿;当、当、当……当!清脆地敲了四下。敲四下,三短一长。这是大暴动年月的讯号。他猛地从软床上坐起来,听了听,又没有动静了。不一会工夫,又敲了四下门,还是三短一长。他跳下床来,走到门前,仄起耳朵,问:"谁敲门?"

门外有人说:"我!爹,快开门吧!游击队回来了!"正是大贵的声音。

他沉思了一会,想:哪有这么对付的事情,心里想着游击队,游击队就回来了。他怕是在梦里,慌忙走回屋去叫贵他娘,半惊半喜地说:"贵他娘!贵他娘!你去看看,咱的游击队回来了,像是大贵的声音。"

贵他娘听得说,一下子就从炕上跳下来,惊貌失声地说:"什么?你说的是什么?"她怀疑自己听错了。

朱老忠说:"外面有人敲门,你去看看是谁?"说着,顺手拿起小铁锨,伸出手挽着贵他娘的胳膊,蹑悄悄地走到大门前。贵他娘提心吊胆地问:"外面是谁敲门?"她怕是特务找上门来。

外面答话:"娘!是我!大贵回来了!"不错,正是大贵的声音。

贵他娘一听,果然是大贵,她喜出望外,在黑暗中伸手拉开闩管,开了门一看,是三个背枪的,一下子又吓得退了两三步。朱老忠走上去,蹙着眼一看,果然是大贵、志和跟伍老拔。抢上几步,一把抓住严志和跟伍老拔的手,拉到跟前一看,说:"喝!你们都年轻了!"

伍老拔说:"年轻什么?卢沟桥事变了,要回家了,我们都刮了刮胡子。"

说着,拉到屋里,大贵、志和跟伍老拔把枪放下。贵他娘点着小油灯一看,虽然仆仆风尘,一个个身子骨儿结实着呢。慌忙走到台阶上,喊:"他嫂子,快起来烧水做饭!"

金华听得喊声不像平常,以为出了什么事情,一下子从炕上跳下来,咚咚地走出来,走到上房屋一看,是大贵回来了。她也顾不得看看别处,两步走上去,伸手搂住大贵的脖子,笑出来说:"你可回来了,你可回来了,经过大暴动……你走了,多咱想起你,就像撕我的心肝!"她还是顾不得看别人,又满脸热泪呜呜地哭起来。

贵他娘看着小夫妻俩感情这么盛,笑了说:"你想他,他还说不定多么想你呢!回来了还不好吗?"

金华抽抽咽咽地说:"五年,一去五年没有音讯……"说到这里,歪头一看,旁边坐着志和和伍老拔,一下子破涕为笑,羞红了脸颊,说,"二位叔叔好!俺年轻,不要择嫌!"说到这里,又觉得不好意思,踏脚儿跑出去,嘻嘻笑了说,"我好没出息!我好没出息!"

贵他娘看金华哭得真实,他说:"小夫妻们感情盛,叔叔大伯不嫌!"说着,朱老忠也笑了,严志和、伍老拔都仰起头来哈哈大笑。一下子笑了个大贵大红脸。

贵他娘说:"红什么脸,革命人家没有封建!"

伍老拔说:"咱打破老礼儿,不讲那封建了!"

志和说:"就是!咱们革命人家,不讲那个细礼。过去,运涛和春兰那个,我就不嫌!"

朱老忠说:"你算了吧!要不叫我说着,你那个封建脑袋可难开呢!"

志和说:"经过大暴动,经过了五年游击战争,我的封建脾气也消停了!"

说着闲话,天就亮了,金华做好了一大瓦盆白面汤,搁上一勺子香油,满屋子香味扑鼻。端进屋里,放在炕桌上。又拿了筷子碗来,一家人围着桌子吃饭。朱老忠说:"这是给江涛和嘉庆称下的面,他们不来,咱就先吃了吧!"

老拔听了,心上一怔,说:"江涛出狱了?"

志和也问:"嘉庆也回来了?"

朱老忠两手拍着膝盖说:"都回来了!江涛回来了,嘉庆回来了,严萍也回来了!"

说着,不约而同地扬起拿筷子的手,哈哈大笑。严志和一下子又转喜为悲,哭出声来说:"咳!回来了,住了几年监狱好不容易呀!"

伍老拔见严志和流出眼泪,也哭起来说:"就是,革命的年月,好难过的日子呀!"这时,他们又想起这几年游击战争的辛苦。

朱老忠见志和和老拔有悲怆的情绪,说:"那就不用说了,大暴动以后,白色恐怖压在头上,死的死,亡的亡,要不就远走高飞。'何梅协定'了,国民党部从华北撤退了,统一战线成立,卢沟桥事变……眼看北方革命的高潮就要到来了,天下就是我们的了,有什么哭的?"

贵他娘说:"可不是,咱们得乐观点儿!"

严志和说:"我哭的是孩子们在监狱里过的日子不容易!"

朱老忠说:"孩子们在监狱里不是好过来的;我们转入地下,庆儿和二贵押在冯家大院里,都不是容易闯过来的。唉!卢沟桥事变,坏事又变成好事。等我们有了政权和军队,好日子也快来了!江涛出狱,不久运涛也就出狱了!"

贵他娘说:"运涛回来,先给他和春兰成亲,我早就看出来,把春兰这孩子等急了!"

朱老忠说:"当然是,谁心上的人谁不想呢?"

说着笑着,人们吃完了饭。贵他娘脚不沾地走出来,到庆儿娘家、春兰家、朱老明家、伍顺家……把这好消息一家家送到了。朱老明听说大贵他们都回来了,二话不说,拿起拐棍走出来,摸着路到大贵家里,走到窗台根底下就开了腔:"哼哼! 喜事临门!"

朱老忠也隔着窗户开了腔:"我们的人回来了,这当然是一件大喜事!"

大贵、伍老拔、严志和见明大伯摸进来,一齐起立。伍老拔说:"你少眼没户的,出来干什么,还不等着我们去看你!"

严志和说:"应该等我们去看你!"

朱老明说:"你说的那个话可得行呀! 心上等不及呀! 恨不得一眼看到你们。来,我先摸摸你们!"

大贵听得说,腾地跳到明大伯跟前,说:"来,大伯摸我吧!"

朱老明把大贵拉到怀里,从头到脚摸了一遍,噗地笑出来说:"好! 还是五大三粗的壮小伙子,眼下就是用得着你们!"

志和也走过来说:"大哥,摸摸我吧!"

朱老明伸出手去,仔细地在他脸上摸着,说:"脸上添上了皱纹,身子骨儿还结实!"

严志和说:"五十开外的人了,还没皱纹?"

朱老明又伸出手去摸伍老拔,从上到下摸了一遍,说:"老当益壮,还是一个大乐天派……"

说着,伍老拔又哈哈大笑,说:"大暴动时候的白色恐怖都没压住我,到外头闯荡了几年,我伍老拔还是伍老拔!"

朱老明不等伍老拔说完,又问:"咱们的枪呢?"

大贵说:"都带回来了!"

朱老明听说枪没损失,喜出望外,说:"真的? 我得一个个地摸摸,可不能骗我!"说着伸出两只手去,大贵把枪送到朱老明的手里,朱老明仔细摸着大贵的枪,又摸伍老拔和严志和的枪。摸着,一下子笑出来说:"好! 三棵钢枪! 好哇! 有枪杆子才能打天下。"

正说着,春兰悄悄进来,把脖子伸进屋门一看。见大贵、志和、伍老拔满身风尘,笑了说:"嘿嘿! 都回来了!"

贵他娘也笑了说:"你还不知道,江涛、嘉庆、严萍都回来了!"

春兰说:"江涛,我见过了,严萍和嘉庆还没有看见!"

伍老拔看见春兰,一下子笑了说:"你看你,还像个小姐儿,进来就进来呗,一脚门里,一脚门外。告诉你吧,我们给你报讯来了,运涛这就快回来了!"

贵他娘说:"谁回来也好,谁回来也不如运涛回来好!"

一句话说到春兰心坎上,她喷地笑了,说:"说句真话,我养了几只鸡,下了蛋也不卖,还喂了一口老肥猪……"

贵他娘不等春兰说完,一下子笑出来说:"好!单等运涛回来,杀猪过门,把鸡蛋给运涛吃,看是好不好?"

贵他娘一说,朱老忠、大贵、伍老拔、严志和,仰起头来哈哈大笑。

春兰红了脸,忸怩说:"好!好!我就等着吧!"说着,喜形于色,两只脚像要跳起来,说不出心眼里有多么高兴。好像喜事就来到眼前,花轿在院里等着呢!

正在说着,庆儿娘迈开两只大脚,咚咚地走进大门,开腔就喊:"老拔和志和回来了!"

伍老拔听朱老星家的走进来,伸直嗓子喊:"回来了。大嫂子!我忙来看看你!"说着,走出来迎到台阶上,把庆儿娘迎进屋里。

庆儿娘问大贵:"你回来了!"问志和:"你回来了!"又问伍老拔:"你也回来了!"说着,生着气,一屁股蹲在炕沿上,抬起两只手拍着大腿,说:"你们都回来了,俺的人回不来了,生生地给人家使铡刀铡了……"说着扬起两只手长嚎起来,"我的天呀!你归天了,我拉扯着俩,日子过得好不容易呀!……"

春兰连忙走过去,提起衣襟给庆儿娘擦泪说:"婶子!婶子!甭哭了,哪一个不是你的亲人……"

庆儿娘说:"常言说,满堂的儿女还不如半路上的夫妻呢,有多少亲人,也当不了你叔叔活着哇!我那亲人哪!你死得好惨哪……"她拉开长声,举起两只手,号啕大哭起来,一边哭一边数落几年来的苦日子过得不容易。

庆儿娘一哭,朱老忠、贵他娘、朱大贵、严志和、伍老拔、春兰由不得也难过起来。朱老忠抛下几点眼泪说:"他婶子!你甭哭了,我心上疼得慌!"

贵他娘也说:"过去的事了,甭哭了吧!"

话是这么说,朱老星参加了大暴动,在打土豪上,在开仓济贫上,在战场上,他是勇敢的,他嘴上常说着一句话:"有我无敌!"可是,在失败的路上,他被捕了,被白军严刑拷打,他嘴里吐不出二字。最后被白军用铡刀铡死了,把人头挂在大杨树上,血雨淋漓,数日不止。

贵他娘提起裰子襟擦干眼泪,说:"今天是好日子,甭哭了,我们笑吧!"春兰掏出手巾擦干庆儿娘的眼泪,说:"婶子!你看志和叔回来了,老拔叔也回来了,今天的日子是好日子,甭哭了,哭得好儿歹的,可是怎么办!"春兰是个会说话的人,她一说,庆儿娘停止了哭声,还是抽咽不止。

这时,顺儿他娘正站在门旁怔着。谁也不知道她怎么走进来的,谁也不知道她什么时候走进来的。来了站在槅扇门边,也不走进屋,也许是屋子小,里间里无处坐了,她就站在槅扇门外头,见人们不哭了,她伸进脖子,用眼睛瞄着,跟伍老拔打了个招呼,说:"我说他爹呀!你还不家去?"

贵他娘看着顺他娘的表情,说:"进来说吧!老夫老妻的了,又不是小媳妇,还嫌羞……"

顺儿他娘也不笑,只是在门口站着,说:"我是说老哥们在屋里说话呢!"

正在这刻上,金华走过来说:"眼看就晌午了,还没吃早晨饭呢!都甭走了,我和了一大盆秫面,咱们轧饸饹吃。我还杀了一只鸡,蒸了一方腊肉,今天是个好日子,咱们一块过个年……"金华的小嘴儿挺会说,她一说,人们就哈哈大笑了,说:"好!五年不见,咱们就在一块过个年吧!"

她一说,贵他娘才想起没吃早饭。走出来一看太阳,果然大半晌了。走到南房荫里一看,面和好了,鸡也杀了,腊肉在锅里蒸着。她扒着西屋窗台叫起义:"快起来吧!你爹回来了,光自睡转了轴了!"

起义早已醒了,趴在炕上不愿起来。听说爸爸回来了,打了个滚儿,爬起身来,也不穿鞋,咕咚咚地跑到上房。朱老忠一见起义,两手一抄,搂在怀里,说:"看!你爹回来了!这是爹爹!"

起义哪里见过大贵,大贵走了第二年才生下他来。他睁开两只小眼睛,看了看大贵,不认熟。又看了看志和和老拔,也不认熟,由不得把脑袋窜在爷爷怀里。朱大贵一见起义又想起他离家的那天晚上,和金华在河滩沙坂上,两人商量给孩子起名字的情景,如今儿子整整四岁了。他伸出大手抢过起义,使劲用嘴亲着。起义觉得怪不好意思的。

朱老忠说:"你们谁也不要走,吭!"他拿了瓶子,拽动脚步到西锁井去。今天锁井大集,他打了一瓶子酒,买了猪肝、粉肠、豆腐丝儿,还买了豆角,几样鲜菜。走回来把酒菜装在碟子里,涮了酒杯,搬了小桌来,放在炕上。把菜摆上,摆上酒杯,说:"来,我的大兄弟们,来个大团圆吧!"

伍老拔说:"这还不算大团圆,单等运涛回来和春兰成亲,才叫大团圆呢!"说着,爬上炕去,又说,"今天可是个不平常的日子。出去了五年,我伍老拔、志和、大贵又回到锁井镇上,又说又笑,忘了天明,也忘了吃早饭。"说着,由不得哈哈大笑起来。

志和跟老拔坐在上首,大贵坐在一边,春兰坐在一边。朱老忠叫庆儿娘坐下喝酒,庆儿娘说:"我是什么身子骨儿,坐在这儿,我忙去轧饸饹去吧!"

庆儿娘烧开锅,到冯老锡家借了饸饹床子来,放在锅台上,轧着饸饹。贵他娘看着煮鸡子,蒸腊肉……油荤荤的香味,蒸腾了满院子。一家子锅勺乱动,比过年还热闹。

朱老忠把酒注到小沙壶里,一一斟酒说:"兄弟们!来!苦日子要过去了,好日子就要来临了!"

伍老拔说:"大哥怎么说,日本鬼子挑起事变,进攻了北平和天津,眼看就到脚下,我们肩膀头上的责任更加沉重了。"

朱老忠说:"重了倒是重了,那个时代也一去不复返了,未来的时代摆在我们的眼前:我们要建党、建军、建政……我们过去老是在敌人的眼皮子底下晃来晃去,以后要有我们自己的政权和军队了……"说着,他举起杯酒说,"兄弟们!来!喝一杯!"

严志和、伍老拔、大贵同时举起酒杯,一饮而尽。春兰不喝酒,只是看着嘻嘻地笑。朱老忠举起筷子,笑了说:"闺女不喝酒,吃菜!"又用筷子点着菜说,"动着!动着!"两只眼一直看着老拔和志和。他说:"又哭又笑地闹了一宿,我还没有问,咱们的人呢?"

大贵说:"几天以前,我们离开了阜平的大山里,夜行晓住,直到昨天晚上才回到咱们家乡。不了解地面上的情况,大家商量了一下:各回各家,暂时隐蔽,等候命令……"

朱老忠听了,点头称是。他看大贵这孩子,五年不见,政治上也成熟了。处理的这个问题多么周到,多么合适。他说:"五年不见,你们怎么挨到了今天?真是不易呀!"

伍老拔说:"要说不易,可真是不容易!"

大贵说:"有什么不容易,连爬带滚的就过来了。

"那年大暴动以后,带着游击队离开锁井镇,夜间行军,白天钻在高粱地里睡觉。一进太行山,就是咱们的天下了。有几十条枪,在小山村里,还不是山大王?可是我们并不伤人,只是行路。按着贾老师说的,到了阜平的大山上,找到那个村庄,找到那个老同志,这才歇下脚来。

"那个老同志把我们领到大黑山上,在一个小山村里住下。他派人送来了锅碗、盆瓢、米面、油盐。山里有的是山柴,有的是流水,我们就在那里隐蔽下来。直到一九三三年,冯玉祥先生和共产党合作成立了同盟军,河北省委叫各县派党团员去参加同盟军。那位老同志又带着我们到了张家口,参加了同盟军。我们在吉鸿昌同志指挥之下,在收复多伦的战斗里还立了一功……"朱大贵谈到这里,咧起大嘴说:"冷口、喜峰口一带,好一场大战呀……"

朱大贵谈到这里,朱老忠问:"那!你们怎么又回来了?"

朱大贵继续说:"蒋该死的就是怕真抗日的,他怕冯先生抗日成功,要夺他的头功,就动用了七十多个旅,把张家口团团围住,说是冯先生阻碍'中央'实行政令。眼看就要开火,冯先生只好离开张家口,上泰山读书去了。各个部队又各自东西。那个老同志又把我们带回阜平大黑山,直到卢沟桥事变了,那个老同志找到我们,把同志们召集起来,做了形势报告,最后他说:'时刻到了,日本鬼子进攻华北,此后以民族矛盾为主了,形势有变化,你们回去吧!'我们一听,没有不高兴的,兴高采烈地下了太行山……"

听到这里,朱老忠仰起头来哈哈大笑。金华把一大盘卤煮鸡端上来,又端上一盘腊肉,朱老忠举起筷子说:"来!弟兄们!吃菜!吃菜!"

庆儿他娘,顺儿他娘……一人端起一大碗饸饹,用鸡汤、腊肉汤浇着吃。一家人吃得酒足饭饱。饭后又是说说笑笑,直到太阳平西,严志和、伍老拔才各自悄悄地回到家里。

二十二

大贵他们回来的第二天,朱老忠接到江涛的信,县委书记要来锁井镇上进行工作了。这是一桩大喜事,他想:"自从大暴动以后,这是县委书记第二次来深入工作。明天来了,一定要好好谈谈……"想着,匆匆迈开脚步,先告诉春兰、志和,再去告诉朱老明和伍老拔。又顺着堤坡拐回来,上了西锁井,告诉了二贵。按江涛信上说的,叫人们准备意见,江涛来了要和人们谈谈话哩。

第二天早晨,他就从软床上爬起来。睁眼一看,一个大月亮挂在天上。天河里的星星白花花的,像没有一点水,明日个一定是个好天道。门洞里还黑糊糊,人们还在睡着。小黄牛在枣树底下,蜷曲着身子卧着,支棱着耳朵,把嘴巴墩在地上。他给牛筛上草,吆喝着:"起来,起来,吃吧!天明了!"

小黄牛听得吆喝,一拘挛身子,打了个愣怔爬起来,两条后腿一蹬,尾巴翘起老高。几天没使它,好像有多大的闲劲没处使似的。朱老忠把它的嘴巴,按在破铁锅里,它才吃起草来。

大柳树上,有几只野鸽子,听得响动儿,扑喇喇地飞跑了。起义听得爷爷喊叫,被惊醒了,哇哇地哭着,母亲递奶给他他还是哭。朱老忠立在窗户外头,站了一会儿,说:"孩子!你爹回来了,还不高兴?屋里热呀!出来,在爷爷软床上睡!"起义还是哭,大贵说:"饥了?想吃点什么东西?"

金华坐起来,怀里抖着孩子说:"不!他做梦哪!"她拍着孩子,唱起来:

　　天道明了,
　　小鸡跳了城了,
　　老牛撅了尾了,
　　闺女小子都该起了。
　　小子起来放牛去,
　　闺女起来打油去。
　　…………

金华念叨完了,起义又睡着了。大贵说:"爹,今日个怎么起得这么早？是起猛了？"

朱老忠说："今日个有个喜兴事儿，咱老同志们要来！"

大贵一听，老同志们要来了！身上激灵了一下，想起心头的事。说："谁？"

朱老忠说："就是咱们那江涛。唉！这么几年没有人来，听得说他今天要来，说什么也合不上眼了！他这是第二次回家。"

贵他娘在屋里听得有人说话，披上衣裳走出来，立在台阶上。说："什么，江涛要来了？你看，也没个准备。"

朱老忠说："自己人，准备什么，我说给磨房里了，叫他给咱留下几斤面！"

朱老忠看看天，好像是亮了，其实还不亮。今天是下弦月，月亮高悬着。说了一声："可不是起猛了！"他又走回来，躺在软床上，一袋一袋抽着烟，咳嗽着，再也睡不着。他又爬起来，扫了院子，开了大门。大贵也挑了几筲水。他心里实在发急：这天，好像故意跟他闹别扭，说什么也不明了。贵他娘嘴里不住地嘟哝："老头子！一天价心里有事！"

朱老忠想着想着，心里麻烦起来，鸡才叫了头一遍，他就走出来。小黑狗在坡上卧着，见了他，摇着尾巴走过来，扒他的衣裳，又舔他的脚。他把它轻轻拨开。

他走到房后头，顺着坡沿，沿着壕坑穿过柳树林子，走到大堤上。立在河神庙前大石头上，伸起脖子向前看着。乌鸦在大杨树上，撒开长声，咯啦咯啦地叫起来。他顺着河沿向上看，河水从西方流下来，流到东天边。东方发出白色的光亮。他又倒背了手儿，迎着风在堤坡上走着。走到东，又走到西。不知名的鸟儿，在大柳树上叫起来。白杨树的叶子迎着风，豁朗朗地响着。

对岸的村庄，李家屯还模模糊糊地睡着。看不清楚有没有人走过来。他想："说是天发亮的时候来，为什么还不来呢？"他下了堤坡，踏着小路往南走。路旁的高粱，青葱葱地长了老高，正晒青米儿,露珠儿水晶晶地挂在叶尖上。路旁扫帚棵上,有成群的飞蚊,嗡嗡地叫着。走到河边,河边上停着一只渡船。船上插着一支柳篙。

他坐在船上思摸:"江涛一定在这条小道儿上走来,许是一个人,也许是两个人。县委书记下乡,总不能单独一个人呢?正是这青草秾棵的季节。"

他想,只要抄见个影儿,就立刻箭儿似的把船撑过去,叫江涛坐在他的小船上,从哗哗的河水中,把他渡过去。趁着夜暗走回去,连一个人影儿也碰不上。一进门,把贵他娘和他嫂子喊起来,烧水给他喝。这样招待一位老同志,他不会怪罪吧?穷苦人家,也没有什么好吃的。说不定贵他娘和金华有多么高兴呢?

朱老忠把手遮在眉睫上打了个眼罩儿,眼看从堤口上走过一个人来,还没有看准是谁,就又被高粱叶子遮住。一会,江涛的上半身浮游在谷穗上。头上箍着块白羊肚手巾,穿着蓝布衣衫,胳肢窝里夹着一个小包袱,慢慢走来。朱老忠不等吸完一锅烟,磕在柳篙上,把船撑过去。

江涛离远看见忠大伯,他喊:"大伯!你好早!"

朱老忠撑着篙,立在船头上,说:"哈哈!你还不知道,黑咕隆里我就来等你了,咱的游击队回来了!"

江涛说:"大贵哥回来了吧?我爹呢,光自乐得你睡不着觉了吧?"朱老忠说:"都回来了,你老拔叔也回来了!"

江涛坐在船上,他撑了一篙,船慢慢开动。船到急流里,打了个回旋。江涛两手紧扒住船帮,朱老忠上身打了个忽闪,两篙就拧过去。朱老忠说:"江涛!白天来有什么关系?为什么赶在这时刻?"江涛说:"时局还不稳呀,我还保持着秘密工作的习惯!"下了船,朱老忠在头里走着,转过村边的小道,钻着柳行子走回去。江涛二次来锁井镇,仔细看起来,这村镇变了样儿,大叶杨长得更高,蓬蓬翠绿的叶子,在晨曦里闪着光亮。大柳树长得更粗。那茂密的柳丛,那家屋,那土地,那池塘……都有不同。

走进忠大伯的小门,心里一股热烘洪的浪头儿涌上来,这革命的老家,确实不如过去火爆。门窗上的黑漆剥落,墙上的土皮也脱掉了。小院里,柳丝垂得更长了。

朱老忠一进门就喊:"贵他娘!赶快烧水做饭,江涛来了!"大贵连忙走出来,拉着江涛的手,嘻哈笑着。江涛说:"你们都回来了!"大贵说:"回来了,都整着个儿回来了!"

贵他娘早晨睡不着,正在炕头上纺线。听得说话,出溜下炕走出来。说:"江涛来了!"一眼看见江涛,她疙皱起眉头,仔细巴睃:才几天不见,这孩子长高了,也胖了,嘴巴上长出青色的胡髭,还是那么精神的两大眼睛。她说:"江涛!你可来了!"

江涛说:"我又来看你,大娘!街坊四邻,婶子大娘们都好!"江涛说着,走进屋里,坐在小柜上。大娘身子骨儿还结实,头发黑里带白。他想:"时间过得好快,仔细看起来,村子和人都有变化!"

贵他娘见了江涛,笑得合不上嘴儿,说:"革命的人们,江涛还不显老!"

金华走出来说:"自从反割头税到现在,整整八年,我早算着哩!"

朱老忠说:"你看你说的!光说不显老,那时他才多大?才十九岁的娃子。今年呢?他还是没有三十岁的人,怎么会老呢?"他擦了擦烟嘴,递过烟袋去,让江涛抽烟。

贵他娘说:"咳!从那时候起,跑的跑了,坐狱的坐狱了,怎么也见不到你们,如今都回来了!"她在炕上放上个小饭桌,叫江涛跨在炕沿上。

朱老忠说:"形势变了,时来运转,就都回来了。"

贵他娘说:"江涛!我这儿可没有好茶叶!这是你大伯去年'五月五'打下的茶叶。竹牙草、柳尖儿、枣叶儿,我把它蒸了蒸,好喝着哪,甜甜儿的!"她拿了一把老辈子宜兴茶壶,放在桌子上,用手巾擦着。

大贵淘了开水来,冲上茶。贵他娘顺手斟了一碗,递给江涛。水色金黄金黄的,有多好看。贵他娘虽然比忠大伯小了十几岁,可是她为孩子们操心,为丈夫操心,为同志们操心,苦经了几年风霜,额上长起抬头纹,仔细一看,黑头发白头发各有一半了。

起义见来了客人,嘴里叼着指头跑过来,靠在爷爷身上。一会儿,他又扒着爷爷的脊梁,坐在爷爷肩膀上,两腿夹着爷爷的脖子,跽起身子说:"坐轿轿!坐轿轿!"

朱老忠说:"下来!跟你叔叔见个礼儿!"他又对江涛说,"这是大贵跟前的,是大暴动第二年生的。给他起名儿叫起义!"

江涛抱过起义,仔细看了看,说:"好孩子!红脸蛋儿,重眼睫皮儿,挺精神!跟大贵一模一样!"

听江涛说起义,金华说:"快别夸奖他,淘气死!成天价上树挠墙,一冬穿三条棉裤,他爹早就该打他了。这个,就是没人管他!"金华说着,又看了看大贵。自从大暴动以后,她没有一天不在想念他,盼他回来,可是盼来盼去,这个回来,那个回来,大暴动的人们都回来了,他们游击队还不回来!她也想过:要不,他就把别人忘了?他在关东那肥沃的土地上成了亲?生了孩子?她不敢这样想。这对心上的人儿是个污辱!大贵不是个负心的人!她心里焦灼,嘴上可是不愿谈出来。如今大贵也回来了,心上也安静下来了。

朱老忠说:"管!孩子的爹不在家,就够孽障的了。你想成天价打打骂骂的,我算不干!"

贵他娘说:"当然是!这是十亩地里长了一棵庄稼,独根独苗儿!是朱家门里接续香烟的人,大贵不回来当然不能打打骂骂的!如今大贵回来,他爹愿怎么管就怎么管。"

说话的时候,江涛一直拉着大贵的手不放。大贵憨厚地笑着,眼里噙着兴奋激动的泪花,接上说:"打?我才舍不得下手打呢!"

他又转过脸来问江涛,"这几年,你住了大狱,能熬过来真是不易啊!这回就好了,大家都回来了,家乡又要闹起革命高潮了。"

金华端进一盆洗脸水,放在小柜上。说:"江涛我问问你!湘农司令员他们上哪儿去了?"她有心事,想着贾老师,靠在槅扇门上。没可不可地笑着说,"江涛!那年,不是说他们下了关东吗?我听人们念叨,说长白山上,大森林里有了红军,那里可能有他?"

江涛洗着脸说:"湘农司令员他们哪?远了!现在不能告诉你!"江涛想:"怎么个说法呢?自从大暴动失败,直到如今没有音讯,没法说!"于是他开了个玩笑,"嫂子!我早知道你想大贵!那不是他回来了吗?"

金华笑着说:"想,可真是想!谁家的人儿谁不想呢?我把他想回来了!"说着,脸上一股心血来潮,看了看大贵,一边笑着走出去。

江涛说:"别想贾老师了,先做好了工作再说!做好了工作,他自然就来了。做不好工作,他回来也站不住脚!"

贵他娘在一边看着,根据做妻子,做母亲的经验,她想金华这孩子,心里说不定有多高兴呢!想了几年,昨天大贵才回来了,她心里能不高兴吗?

朱老忠找了半天,找不到块干净手巾,他说:"你看,上你那儿去了什么样?到我这里来了,连块干净手巾都没有!这花条子粗布手巾,还是你大贵嫂子陪送来的。咳!你们来了,我起心眼里高兴。可是咱这家就是茅草点儿,穷人家!"他支起了小窗户,让清晨的风吹进来,小屋子立刻凉爽了。

谈了一会子知心话,贵他娘埋怨嘉庆为什么不来看她:"没不是,长了几岁年纪,就把大娘忘了?"江涛告诉她:"嘉庆一定来,说不定哪一天就来看你们。"

朱老忠端上一碗小米粥,满脸笑着,说:"这就是到了我这儿。要多不方便,有多不方便!连一点菜也没有,喝碗粥吧!"说着,又端上一小盘腌菜梗,还觉得满心不落意。

江涛喝着小米粥,吃着腌萝卜梗儿,真是十足的家乡味儿,要多香甜有多香甜。

贵他娘说:"轻易不来,大娘该好好待承你。可是这年头不好,我也不会为这事去使账!都是亲人,吃好吃歹没人择嫌!你们吃得身子骨壮壮的,千万小心谨慎,别出事儿,我就痛快!你看那几年哪,成天价飞签火票啊!马快班今日个传这一个,明日个抓那一个。咳!闹得地都种不成啊!"说着,她又流出眼泪。说,"大贵,忙过来一块吃吧,又不是外人!"

金华端着粥盆走过来,站在槅扇门口,她心上又想起贾老师,说了声:"江涛!我们做得不好吃,你可吃饱!"她心里一种说不出来的滋味,心尖上酸溜溜的,不住地颤抖。连忙走回对过屋里,把碗筷撤在炕上。几年来的哀痛,说什么也憋不住了,如同江河泛滥,眼泪骨碌碌地滚出来。她趴在炕席上,抽抽搭搭地哭起来。

五年来,大贵不回家。她也想过:也许,他不在人世了!但她脑子里,总是愿意保留着宝贵的希望。公公和婆婆当老闺女看待她,做活、吃饭,没有一样不称心。在那恐怖的年月里,她在革命的家庭里长大起来,始终忘不掉亲手缝过的血红的大旗。做活做饭、碾米磨面,在睡梦里,永远忘不掉老同志们的面貌。红旗在照耀着她。谁也知道,在青春的年岁上,吃好、穿好、公婆看待好,不如炕上睡着个知心的人儿。她按捺住心悸,想永远住在这温暖的小宅院里,盼望革命再起,把她亲手缝过的红旗打起来。如今大贵回来了,贾老师还是不回来,说不出心里有多么牵得慌。

江涛把起义抱在炕头上,叫他一块吃饭,照顾孩子吃饱。他想:忠大伯在反割头税的时候,是积极分子。在大暴动里,是红军的老英雄。多少年来,对革命抱无限忠心。忠大娘用她的手抚养了儿女,操持了家务,又用两只手帮助同志们,她的慈悲心肠,为革命费尽了心血。大贵、二贵、金华……这些革命的儿女们,为了革命,把脑袋挂在腰带上跟着党走。有了他们,才有了我!有了他们在群众中活动,党才能在群众里生根,开花,结子!

如今,还有的女同志失去丈夫,母亲丢了儿子,孩子没了父亲。他们把人类最伟大的爱情献给了革命。轮到自己头上,只有勤勤恳恳,为革命事业做出成绩!

朱老忠见江涛低了头,眼圈儿发红,他说:"难受什么?咱的人不是又回来了!这还不好吗?"又对江涛说:"咱这家,是革命的家!到了抗捐抗税的时候,就抗捐抗税;到了暴动的时候,就是暴动的家;如今日本鬼子侵略我们,要灭我们的种了,就又变成抗日人家了!反正咱是死乞白赖紧跟着共产党!"

江涛说:"大伯说得是!我一进你这门,身上就暖烘烘。坐在你这炕头儿上,就像躺在娘怀里。"

朱老忠说:"咳!着实茅草啊!"他扔给江涛一把鸡毛翎扇。又说,"扇扇吧!天气热!"

说话中间,院里有拐棍声,走进一个人来,在窗根底下说:"江涛来了!"是朱老明,戳答着个拐杖进来。江涛走出去把他扶到炕沿上坐下。

明大伯说:"我听得说江涛要来,还说请你到我小坟屋里去坐坐。我那里豁亮倒是豁亮,可是炕上只有一片席头,我这少眼没户的,可别怪罪我!"他说着,用袖子擦着眼。

江涛看他心里还有说不出口的辛苦。他说:"明大伯!心里有什么话,你说吧!我虽然回县了,县里事情多,也没顾得常来看你们。眼下,日本鬼子打到门前,我想和老同志们联系,以后好研究打鬼子的事!"

明大伯说:"谈谈就谈谈,谈对谈不对的,你也得包涵着点儿。老同志们,不管是谁来到咱这块儿,如同患难弟兄,说干咱就干起来,没啥说的!可是,你们也得摆下个底儿,不能只说:'有利!有利!'把那没利的一面不说。就像大暴动的时候,人们一家一家的参加了,到了失败的时候,在危险头上,各人管各人,各人走了自己的道儿!把我们放在一边!"

谈到这里,朱老忠怕他说走了板儿,插了一句说:"老明哥你别说那个了,死逼在眼前的时候,还是三十六着走为上策,能做无谓的牺牲?"

明大伯慢搭搭地说:"躲避,是要躲避呀!老同志们都跑了大海!大贵拉着游击队上了太行山,剩下俺们这一起子。庄稼人离不开土地家屋啊,这里藏藏,那里躲躲,像那没娘的孩儿。水流千里归大海,树叶落在树底下,飘来飘去,还得飘回来,守着田园才能过日子。叫那封建势力们,土豪劣绅们,挖着眼眶子骂咱们,谁敢吱个声?……"他又拍搭着巴掌说,"唔?我们的党呢?那党的关系呢?都给俺带跑了。俺们都成了孤雁!你知道,人们这几年是怎么闯过来的呀?……"

朱老忠有些不耐烦,他说:"千年的蒲团,万年的蒿薦,念叨它干什么?过去的事算过去了。算了吧,别说了!咱重打鼓另开张,另打根基另垒房。来吧,咱另干!老辈子的话不说了!"

朱老忠虽然这么说,明大伯的话,可真刺疼了江涛的心,他低头抽着烟。心上像压上一块大石头。他想:"老同志从阶级斗争里闯过来,浑身带着枪伤血迹。在他们心里,深深种下阶级仇恨。可是日本鬼子一打进中国的国土,这革命的对象和队伍,就要起变化。党用什么办法,把党员和群众从阶级斗争带到以民族革命为主的斗争里,组织千百万群众进入抗日民族统一战线,是个很大的问题……"他磕了磕烟袋说:"明大伯说得很对,我们工作上有很多缺点。都得同志们来共同纠正!党和党员,到什么时候也分不开!到了进攻的时候,党应该领导同志们进攻,要进攻得好!到了退却的时候,应该领导同志们有秩序的退却,避免受过重的损失!过去,我们只知道这个道理,没有经验。做坏了工作,都应该接受老同志们的批评!话又说回来,现在虽然长了几岁年纪,我觉得我还不行,还得老同志们多帮助……"

听他说到这里,朱老忠止住话头,跺起脚来说:"别说了!别说了!再说,我这心就要疼出血来了!"他低下头,摇着手,说不出来的心酸。

几年的话,憋在心里,今天明大伯本来要破出口来,说个清白。可是他听到江涛以自我批评的精神,讲出自遣的话,心上就轻松下来,说:"那是自然,胳膊折了袖子里吞,不能叫阶级敌人看笑话!"朱老忠紧接着说:"不能叫冯贵堂他们看咱的笑话。"

江涛又仔细了解了老同志们的情况:父亲和老拔叔都回来了,庆儿和伍顺怎么着呢?家里能不能维持生活?每个同志家的人口、地亩、思想、群众关系……他很关心老同志们的家属,他说:"今后,只要有办法,一定要帮助他们重新建立起自己的家园。"

朱老忠领着江涛,围村散了散步。看了东锁井的街道:百八十户人家,东倒西歪的土坯小屋。破砖残墙下,种着几畦青菜和葵花。屋子里是破盆烂缸,站不稳的桌凳。走过苇塘,又看了西锁井大街。大街上都是店铺,店铺背后,是冯贵堂和冯雅斋的宅院。冯贵堂在暴动后,又盖上十九斗高的青砖房、挂垛口,房檐上甩着青水池塘,比过去老房更加高了。冯雅斋家,是两出水儿的大瓦房,从梢门口望进去,是宽房大院,隔着二门,看得见贴金的圆门。屋檐上和栋梁上画着花卉翎毛和楼台殿阁。

江涛和忠大伯在柳树林子里坐了一会。柳树都有几搂粗了。朱老忠不经不由儿地又讲起这柳树林子的历史,从砸铁钟到十五年派兵款,到大暴动!……一直说到冯贵堂吊打庆儿。

江涛说:"锁井镇从历史上蓄积了革命力量。搞好了,可以在抗日游击根据地里,埋藏下一颗定时的炸弹!"

江涛和忠大伯从堤岸上走过来,走过白杨树下,下了堤岸,串着柳丛走回来。一进忠大伯的小北屋,大贵、二贵、朱庆和伍顺、春兰他们,都在屋里呆着。二贵见了江涛,绷着脸局促地站起来说:"严同志来了!"

朱老忠对二贵说:"几年没见你江涛二哥,也值得红脸!大小伙子了,还那么腼腆!"又指着庆儿说:"这几年庆儿可是锻炼出来了。"又笑了说:"庆儿,你跟江涛说说你是怎样放火烧冯贵堂的!"庆儿脸一下子涨红了说:"冯贵堂这家伙,真是手狠心毒,他把我吊起来好打,硬往我头上栽赃,哼,我就是不服!那天晚上,我用香头子把他家的麦秸垛点着了,大火照红了天,只可惜,风小了一点,要不然,一把大火就把冯贵堂万贯家财烧得干干净净。……"江涛说:"好样的,干得痛快,不亏你是老星大叔的后代!"朱老忠笑了,说:"朱家门里没有孬种!"伍顺也跟上说:"这回咱游击队回来了,冯贵堂的气焰也就压下去了。"大贵也说:"他敢不老实,不老实,我就枪崩了他!"春兰插上话说:"几年不见大贵哥,这次回来说起话来,可真有点军人的脾气了!"庆儿说:"那也没有运涛哥哥有来派,等运涛哥哥回来,带着大队伍,骑着枣红儿大马,先把你娶了去。"引得大家哄堂大笑。这一笑,羞得春兰满脸绯红,她过来就揪庆儿的耳朵,"看你还敢跟大姐姐闹不!"……

江涛笑着说:"都来了吧,你们都好!"

说了会家常话儿,朱老忠说:"人们都来了,有什么要紧的话儿说说吧!"

江涛坐在炕沿上,抽了一袋烟,考虑了考虑,把目前政治形势,用家乡的语言说了一遍。最后,他说:"党在大革命的时候,领导咱们打倒贪官污吏和军阀。在十年内战的时候,领导咱们打土豪分田地,领导咱们暴动起来夺取政权。这早晚,鬼子打到咱家门上,党就要领导咱们打倒汉奸卖国贼,在抗日的工作上闹两下子,给群众做个模范……"他歇了一口气,想了想,又说,"朱老忠和朱老明同志,这么些年,做了很多工作,都可以入党。用不着候补期,就可以成为正式党员……"

当他讲着话的时候,他想忠大伯的脸上,一定会绽开笑模样,说不尽的欢乐。一定会伸开他的铜嗓子,像滹沱河里的浪花一样,爽朗地笑起来。出乎意料之外,忠大伯还没有听完江涛的话,那副喜悦的面孔,一下子沉下来。说:"江涛!我当你是知心人!闹了半天你也不知道俺们的辛苦甘甜!为了党,为了革命……我呀……"他喑哑了嗓子,瞪直了眼睛,再也说不出话来。春兰也说:"人们可不是容易过来的呀!"

江涛的脸上,立刻暗淡起来。对这问题一时摸不着头绪,心上很是沉重。他觉得犯了一个很大的错误。他想:其中一定还有他不了解的问题。他觉得生在家乡,长在家乡,家乡的阶级情况,地理人情,他都熟悉。没有想到,几年的监狱生活,把他和党、和家乡隔绝了。对朱老忠、朱老明他是了解的,但没有深入考察,就断然处理,这不能不说是疏忽大意。想到这里,他额上滚下汗珠子,说:"大伯!我知道你对党是忠实的,你多少年来,苦把苦掖地跟着党走!刚才我说的,这仅是个人意见,不是组织结论,你们的问题咱慢慢儿商量!"

朱老忠用苍劲的语言说:"江涛!大伯要和你拔香头子!先和你拔香头子,再和你打上峰官司!非和你打到中央不行!"

一句话把江涛说了个愣怔。江涛知道忠大伯是一根筋的脾气,好钻牛犄角。他想:可别把问题弄僵了!他说:"干吗呢,大伯!跟我生那么大气!"

朱老忠说:"论理说,不应该!说到党籍上,是我的政治生命!宁可我死了,也不能马马虎虎!你在这锁井镇上私查暗访,看看你大伯妥协过不?投过降不?"说着,他抖搂着两手,把烟袋伸到荷包里,又哆哆嗦嗦地说,"这些话,我不愿说!可是到了这个节骨眼儿上,不能不说了!这些年来,风里、雨里、炮火云烟,闯过多大凶险,见过多大吉凶!党员不能请功受赏,这革命是自愿的,闹了个七开八开,又没有我们的党籍了!可,我们的关系,是人们带跑了,我们在革命的阵地上,并没有动一步……"说着,他又豁然大笑了说,"好啊!今日个,我要向党献出两件宝物……"说着,他跪在堂屋地上,朝神龛磕了个头。

江涛怔住,心里说:"这是干什么?"

朱老忠叫二贵和庆儿拿了铁锨大镐来,揭下全神码子,拆开神龛,取出一个包袱,打开包袱,里边是大暴动失败后,湘农司令员临走时留下的那手枪和红旗。大暴动以后,湘农司令员站脚不住,只好把手枪和红旗交给朱老忠,说"……此后,我还要回来,如果我不能回来,你们凭着这手枪和红旗接党的关系……"说完这句话,他就离开大家,到上级去汇报。谈到这时春兰、二贵、朱庆、伍顺他们都大吃一惊。你看看我,我看看你,都一时呆住说不出话来。

朱老忠把红旗挂在北墙上。又慢慢向江涛述说了这枪和红旗的来历,以及湘农司令员要朱老忠以后凭着这枪和红旗接关系的嘱咐。江涛听了心潮激荡地捧起那枪,擦去油腻,看着还像黑老鸹翎儿似的,犹如新的一般。他想:"这枪,大暴动把它留给后一代,叫以后的同志们懂得武装的重要。握紧了它,在革命的战场上,就永远立在不败之地!这红旗,还是血红血红的。旗上有深赤色的斑痕,是老同志们的血迹,是烈士对同志们的希望,是光明,是号令。她照耀着革命的儿女们走上战场,她号召千军万马保卫祖国的土地。"江涛两手抱着看,频频地微笑了。他想:"在那恐怖的年月里,无产阶级的战士们,为了摆脱祖国身上的枷锁,有的死在敌人的刀下,有的关在黑暗的监狱里,过了峥嵘的岁月。也有的离乡背井,撇下妻子老小飘游四方。恐怖的年代过去了,留在人们记忆里的是血淋淋的仇恨,和孤儿寡妇们对惨死者无边的悬念……"

他想,对锁井一带支部要重新估价,忠大伯他们的组织问题,应该是恢复关系的问题,而不是吸收入党的事情。他说:"统治者对暴动的人们残酷镇压以后,表面上看,人们不得不弯下腰去。但高蠡游击战争,埋下了革命的种子。烈士的鲜血,如同星星之火。这星星之火,是可以燎原的……"

江涛的脸上一时红润起来,眼睫毛潮湿了,圆大的眼睛闪着莹莹的泪花。他说:"来,同志们!向我们的党敬礼吧!"

江涛、朱老忠、朱老明、大贵、二贵、庆儿、春兰、小顺、小囤向着红旗一起行礼。

行完了礼,江涛立在红旗面前说:"朱老忠和朱老明同志!是坚强的共产党员,有无产阶级战士的高尚品质和百折不挠的斗争精神!你们站稳了阵地,向敌人做了斗争!你们的党籍,始终带在你们身上,谁也没给你们带走!春兰、金华、二贵、庆儿、小顺、小囤这些年幼的人们,有了很高的阶级觉悟,早够了党员的条件,党接收你们为正式党员!你们编成一个支部,还由忠大伯领导。忠大伯、明大伯办理青年人们的入党手续。凡是经过大暴动考验的人们,都可以入党……"

朱老忠问:"大贵呢?"

江涛想了一下说:"大贵哥还和我们的小游击队编在一起,这是我们抗日武装的基础。朱大贵和他的小游击队,是党员的都是老党员,不是党员也都可以入党。"江涛又说:"从今以后,我们就要有计划地团结广大群众,发动抗日救亡运动,发动千百万群众进入统一战线。打走了鬼子,我们才能享太平……"

明大伯耸动着面庞,笑盈盈地说:"哈哈!这就好了!这才是个负责人的气派!"

朱老忠说:"江涛说的是,从今以后,咱们要在县委的领导下,开展抗日工作。打走了鬼子,才能过安生日子呢!"

江涛见忠大伯转变了心情,高兴起来,心上才松泛下来。他坐在小柜上,一阵风从窗口吹进来,带进柳荫的清凉。远远的嘎咕鸟在高大的杨树上唱着。

二十三

当天下午,江涛回到家里,看了父亲,又把大贵和老拔叫来,几个人一块谈着:小游击队怎样离开了平原到了山里,怎样在阜平的大黑山上安营扎寨,怎么到张家口参加了抗日同盟军,又怎么收复了多伦……直谈到夜晚,母亲又让他们吃了饭、喝了酒。

第二天,江涛回到城里。锁井镇上的工作做完,他才放下心来。他觉得这几天精神疲劳,脸上又瘦了许多。为了了解群众思想情况,他坚持深入农村,深入群众。每天下乡回来,除了翻阅报纸,看文件,准备材料,还要听取各宣传队的汇报。战争的局势一天天地紧起来,发展下去,还不知道成个什么样子。上级党的指示又不是随身跟着的。他觉得这政治责任实在重大。在卢沟桥事变以前,是秘密进行抗日宣传,秘密地在群众里进行抗日活动。从思想上准备组织武装,迎接新形势的到来。卢沟桥事变以后,在同情分子的协助下,建立了救国会。把党的工作结合在救国会里。他想在一个什么时机,采取一种什么方式,把抗日武装组织起来。这个问题,他开始在陈金波身上下功夫。但不知这把钥匙能不能开他这个锁。

这的确是个费心思的问题,在目前来说,建设武装,建设政权,是个平地上起鼓堆的事情。当天晚上,他考虑这个问题,眯眯糊糊地睡了觉。第二天一早,太阳照上窗玻璃他还不想起。几只麻雀子在窗外马荣花树上唧唧喳喳地叫,叫得烦人。一阵皮鞋声,嘉庆走进来。他抽着大烟斗,眨巴着眼睛说:"江涛!你还不起……"

江涛说:"常说,早茶晚酒黎明觉,谁叫你起这么早?"说着,他把身子向上蹿了一下,趴在枕头上。

嘉庆坐在江涛的床边上说:"学生们都回家了,该你睡懒觉了!"说着,脑子里打了一个忽闪:他见我进来就冷不丁地一蹿,这里一定有问题!悄悄儿伸手到他枕头底下一摸,硬邦邦的,不知道是什么东西。他又嘻嘻地笑了说:"快起吧!该吃早饭了!"

江涛说:"你出去我才起呢!"

嘉庆说:"嘿!怕什么?又不是大姑娘!"他又偷偷伸手摸了一把,还猜不透是什么东西,心里急躁起来,推着江涛的膀子说,"起!起!起!"

江涛只管抽烟,也不理一理。

嘉庆猛地把江涛推到一边,伸手抓起枕头。江涛反过头,从嘉庆手里又掏回枕头来,搂在怀里,说:"反正你闹不清这是什么玩意儿?"

这时,急得嘉庆满头大汗,跺起脚来说:"什么玩意儿?给我看看!"

江涛说:"你猜!"他紧紧搂在怀里不放。

嘉庆抬起头来,估量了估量,说:"一只大烧鸡!昨日个在锁井镇买来的!"说着,又下手去抢,说,"来,给我!"

江涛蜷起两腿、两脚,更加搂得紧紧的,说,"就不给你!看你怎么的!"

张嘉庆伸手扑上去,一心要抢过来,说:"不给我?说什么今天也过不去。快给我!"

张嘉庆身强力壮,个子又大,江涛是个小紧绷个儿,自觉抢不过他。咕咚一声扔在床上,说:"吃吧!德国造!"

张嘉庆解开枕头一看,吃了一惊,咧起大嘴说:"嘿!德国造,插梭、二十响,我那亲娘!好枪!好枪!就是锈了点,有点斑,这是哪来的?"他用手把枪擒结实,挡在身子一边,只怕江涛来抢。

江涛说:"你猜!"

嘉庆说:"是从公安局借来的!"

江涛说:"不是!"

嘉庆说:"是从大严村借来的!"

江涛说:"更不是!"

嘉庆说:"是老爹爹去了二亩地买的!"

江涛说:"你算猜不着边儿!"说话中间,江涛穿好了衣裳,洗了脸,指着书橱说,"你看那儿还有一件宝物!"张嘉庆打开书橱,看见红旗,恍然大悟,说:"从忠大伯那儿拿来的!"

江涛点了点头。

嘉庆说:"这红旗面熟熟的,我认得是大暴动时打的那面旗!这枪呢?"

江涛说:"这枪是缴的冯老兰的!"见嘉庆惊奇地睁大了眼睛,他才把忠大伯在暴动起手时如何缴了冯老兰这把枪,后来如何给了湘农司令员;大暴动失败后,湘农司令员临走又如何把枪和红旗一块留给了忠大伯,以及要忠大伯如何凭着枪和红旗向党接关系的话,都详细讲了一遍。最后,他赞叹地说:"忠大伯是个有心人,大暴动失败后,他在白色恐怖里把枪转移回来,悄悄垒在墙里,昨日个才拆了墙拿出来!"

江涛说完,俩人默默地把红旗挂在白墙上,像早晨的晴空透出霞光。

张嘉庆又拿起那枪,站在窗户底下,弄得机钮咯咯响,不由得喜从天上来,说:"枪啊,枪!可找着你的主人了!从今以后,在抗日战场上,冲锋陷阵不愁没有武器了!"说着,笑着,伸手照篮球架子上的两只雀子,当当地就是两枪,两枪打下两只麻雀。

江涛看他这么冒失,乱放枪,气得直跺脚,怕惹出乱子来。他说:"干吗!又发疯了!平白无故地惊动四邻!"

嘉庆把枪插在腰里,说:"别跺脚,同志!我一时高兴,过了这股劲头就好了!"

正在谈着,宣传队员们来叫他。各宣传队吃了早饭就下乡,请

223

他去报告宣传材料。他拿腿就走,出了门,又回过头来说:"这枪算是我的了!"

江涛看看嘉庆,眯眯地笑着;这人,这么天真,这么单纯,这么忠实热情,就是做起事来,冒冒失失。他坐在椅子上,生气地说:"爱放枪,冒失鬼!"

张嘉庆才来的时候,宣传队还没一个人。自从他来了,又是给各关系方面发通知,又是给老熟人们写信,还在城门上贴告示,招收学生,开了个三五天的训练班,讲了讲"群众工作"、"抗日宣传"和"抗日民族统一战线问题"。不几天,宣传队成立了。人们说:"这人真能折腾!"

吃过早饭,张嘉庆拿把笤帚扫了他的毛蓝大褂子,擦了擦破皮鞋。江涛走进来,一进门就说:"冒失鬼!叫你下乡去工作,可又不是叫你去相亲!小心姑娘们看见你的两只眼睛,看迷了!……"张嘉庆半句话不说,扭屁股走出来,回头瞰了瞰,谨防江涛抢他的枪。

张嘉庆骑上自行车,十几辆车子紧跟着他在大街上一走,燕儿飞似的一大溜子。街上人们都说:"好火爆的宣传队!"嘉庆听得说,两脚急蹬了几下子,车子队箭儿似的出了城门,来到南岗大集的中心,敲锣动鼓开起大会,做起宣传来。

开完会,张嘉庆带上宣传队,推车子出了村,上了堤坡,跷腿骑上。天干地硬,像刮着一阵风儿,便到了锁井村头儿上。离远看见大杨树底下坐着个老头儿,戳着锄抽烟,仔细一看,是忠大伯。他紧蹬了两下车子,提高了嗓门,摆着手儿大喊:"忠大伯!忠大伯!"

听得有人喊叫,朱老忠打了个眼罩儿一看,一溜车子,飞也似的到了眼前,领头儿的脑袋上的长头发在太阳下放着光。他想:"从哪里来了个女学生?"近了一看是嘉庆,心里由不得笑起来,破开铜嗓子,大喊:"哎!嘉庆!是你来了!早盼着你哩,你大娘给你捎了个讯去了!"

说着道着,车子队到了大杨树底下。嘉庆说:"江涛叫我来看老人家们!"

朱老忠扛起锄头,领人们朝家走,到了河神庙底下,嘉庆说:"大伯!俺们上村公所里去吧,今天来的人多!……"朱老忠愣了愣,说:"怎么说?上村公所里去?那村公所不过是几间空房子,又没人伺候。你看你大伯穷了,是呗?不要紧,同志们来了,我脱裤子扒袄,也不能叫你们搂着空肚子回去。来吧,上咱家去!"

朱老忠手指头上耍得烟袋杆溜溜地转。见人就说:"县救国会的宣传队来了,别慌下地。听听日本鬼子炮打卢沟桥吧!"到了门口,等不及进门就喊,"他嫂子!快烧洗脸水,嘉庆他们来了!"

金华听说嘉庆来了,扒着窗户桃形的小玻璃看了看,把针插在活计上走出来,说:"嘉庆来了,我看看还认得不?……哟!还那么闺女儿似的!"

嘉庆说:"嫂子,你好!我大娘呢?"

金华说:"背着起义串门去了,一会儿就回来。"金华忙抱柴烧水。

嘉庆搬出板床来,放在小院里,抬起头看了看从房后头伸过来的那几枝柳枝。他发现柳枝比前更粗更长了,叶儿密密层层,遮住了太阳。他坐在忠大伯的软床上说:"咳!五年了,五年不到忠大伯家来了!"

朱老忠笑得对不上牙儿,铜声铜气地说:"好啊,咱同志们,又就上伴了。"

人们在树底下喝着茶,忠大伯迈步走到东锁井。一进刘二卯的门就说:"二卯兄弟,今日个有'官事'下来了,在我家里打尖呢。等会儿你可去呀,吭!"

刘二卯听得说有"官事"下来了,在朱老忠家里打尖呢,装模作样地说:"好吧!随后就到!"

刘二卯急忙放下饭碗,走过了苇塘,一上坡,看见朱老忠门上插着个小红旗儿,旗上扎着"宣传队"三个白字。走进院子,强打笑脸,油腔滑调地说:"众位的们到了,我知道得晚,这就是怠慢了。诸位的们请原谅,走吧,到大街上,吃饭喝水都方便!"

朱老忠说:"用不着,自己人,这算到了家了。你敲个锣吧,就说县救国会的宣传队来了,演讲'日本鬼子炮打卢沟桥'。请乡亲们听个清楚明白!"

朱老忠打发朱庆从磨房里背了半笆斗白面来,叫伍顺、朱庆亲自下手,烙饼擀面条,给宣传队员们做饭吃。

刘二卯哑着嘴,看这人们:有书理人,有穿破衣裳的庄稼汉,有的骑着新鲜的自行车,不用说,就明白了七八分。可是他闹不清葫芦里到底装的是什么药,有一搭没一搭地说:"好吧!众位的们先吃饭,今日个一切花销村里可兜了!"

刘二卯走进聚源号,冯贵堂正和齐掌柜谈论"卢沟桥事变"。他把嘴头儿对准冯贵堂的耳朵,用两手遮着说:"喂!朱老忠家里又来人了!"

冯贵堂一听,睁圆两只大眼睛,吸了一口冷气,咕嘟着嘴说:"非同小可,这番不比往昔,国共合作了,又有条文。说不上,问题这又来了!"

刘二卯哑着嗓子,说:"说叫敲锣动鼓集合人,要做宣传!"

冯贵堂乍起胡髭,说:"叫他们宣传吧,那顶了什么事?看看时间再说,不然,将来……这号人,要是公开合法了,更加厉害呀!"

刘二卯听了冯贵堂的吩咐,拿了催银子的大锣,在大街上敲着,边敲边喊:"大家小户听着!今天不许下地,齐集戏楼,听宣传抗日了!""老的、少的、男的、女的、大人、孩子……卢沟桥闹了事变,齐集戏楼听听去了!"

锣声一响,人们都支棱起耳朵,端着饭碗走出来。端着岗尖一大碗小米饭,蹲在饭场上,随吃随嘟哝:"准了,这仗算打上了,听听怎么宣传吧!""咳!又是慌乱之年呀!"

朱老忠听得锣声从十字街上飘过来,脸上的肌肉松动了一下,伸开大拇指头说:"嘉庆!行了,咱又吃开了!"

嘉庆抽着烟斗,笑模悠地眨着眼睛,说:"走着瞧,大伯!形势好转是争取来的,干吧!"

忠大娘背了起义,一进门见坐了一院子人,愣了一会儿,一眼看见嘉庆。她说:"嘉庆!你可来了!"接着埋怨金华,"他嫂子!嘉庆来了,也不说叫我一声!"又叫起义,"去!问你叔叔个好儿!"她上下打量着嘉庆,好半天,又笑着说:"你们都长了这么老高,回家来不?"

嘉庆说:"我呀!没家可归了,自从领导了吃粮分大户,我爸爸怕共产党连累他,登报跟我脱离了父子关系。大暴动以后,我又回去过一次,爸爸是个胆小鬼,说什么也不肯留我!"

忠大娘眼圈红起来:"咳!这年头什么样的人都有。活过来就好啊!你看你,穿着那大破鞋,衣裳也该换洗换洗!咳!年幼幼的,又没家没业的。他嫂子,明日个打夹纸,先给嘉庆做两双鞋。把大褂脱下来,叫你嫂子给你洗洗!"

朱老忠说:"我看这倒好,才给你摘了个大帽子呢,不当地主的儿子了。"

一句话,说得满院子的人们都呱呱大笑。

忠大娘说:"干上这个了,你们就是另一个天下了。人家是高攀亲贵,你们有个财主爹,就算给大帽子压住了。来了不能白来,找人们看看你!"说着拔腿就向外走。

嘉庆说:"大娘!干什么去?"

忠大娘说:"我去叫人们!"

嘉庆说:"不用,一会要开大会,都见见面。"

嘉庆抱起起义,仔细看了看,说:"这孩子,倒是像大贵哥,像个革命的后代,没走了样儿!"

金华笑红了脸说:"你说什么?嘉庆?那还能走了样儿?告诉

你吧,不管十年八年,你大贵嫂子还是你大贵嫂子呀!今天他不在家,等会儿就回来了。"说着,严志和伍老拔也来了,张嘉庆跟他们一一握手,老同志们到了一块,说不完的久别重逢的话。

宣传队洗了脸,吃了饭,要上大街,去开会做宣传。朱老忠对金华说:"你们都去听听讲道理,留下你娘看家。"忠大娘说:"说什么?这些年来,憋躁的人难受,叫我看家?我也听听去!"朱老忠说:"都去,锁上门!"

张嘉庆跟了忠大伯,一齐往西锁井去。大贵也回来了。人们一群群,一伙伙地朝西走去,好像锁井镇上又出了什么大事情。听说张飞同志来了,三里五里的乡亲们都来看,挤满了三街两巷,张嘉庆挤不过去,忠大伯喊哑了嗓子,指挥着人们让开条道儿。

今天锁井大集,庄稼人、买卖人,都停了手来看打日本的人们做宣传。刘二卯和李德才看见宣传队上还有女学生,挤在人群里,蝇子似的、蚊子似的嗡嗡着。李德才说:"我看这是男女混杂!"刘二卯说:"这还不热闹,像玩大棚一样!"

张嘉庆跟着忠大伯到了四合号。掌柜的是个油荦荦的黑胖子,胖得脊梁上像背了半拉猪肉片儿,见了朱老忠嘴里哼哼唧唧地说:"朱老忠!今日个来的客人不少啊,吃饭哪?用酒哪?"朱老忠说:"饭也不吃,酒也不喝,来壶茶!"

李德才气势汹汹地走过来,说:"朱老忠!这就是你的不对,锁井镇上,大事小情儿,哪个离了我?朋友们来了,也不早通知我一声!"

朱老忠大气不出,愣着眼待了一会儿,说:"谁脱了裤子,又露出你来!你这,又不逢官,又不逢私,你说,你在哪儿搁?"

李德才不提防合着眼儿碰到砖头上,于是改头换面,笑嘻嘻地说:"不是别的,朋友们来了,是吃饭,是喝酒,朝我李德才说,今日个鞋钱也得多带上个儿!"

刘二卯一听,打了个愣怔,伸手捅了李德才一把:"你耩到桑棵外头去了!"他挤了一下眼睛,又大声喊叫:"人不少了,上戏楼吧!"

宣传队上了戏楼,他们不开会,也不做宣传,先演起戏来。扮了一出《放下你的鞭子》,男学生化装老头儿,女学生化装年轻的女儿。老艺人担上卖艺的担子,踉踉跄跄走到舞台中心。抬头,看看天气不早,停下担子敲起锣鼓。老艺人停下锣鼓,在场上练了练手脚,摆了个式子。女儿拾掇了下衣袖,父女俩敲起锣鼓,对口儿念起上场诗。……

人来得挺多,台下拥拥挤挤,静不下去。李德才罗锅着腰,倒背着手儿,提着大烟袋,气愤愤地走到台口,拿出管台的姿势说:"那是怎么回事呀,那是! 乡亲当块没外人,吵吵嚷嚷的,显着不好看呗!"说着,他抬起右手,好像切面刀一样,一切一晃,一切一晃。

他记得在往日里站在台口这么一说,台下的人们会立刻闭上嘴静下去。想不到这早晚这服药不灵了,人们见他立在台口上,就打起呼哨,说:"还充什么大人灯!"

台上,"父女"两个,交代着生意话儿,耍起把戏。不料想,女儿失了手,当场出了丑,老艺人上去用鞭子抽她。一个青年人见打得女儿苦,跳上台去打抱不平。引出:由于国民党的不抵抗政策,拱手把东北让给日寇。自此东北同胞就沦亡在日寇铁蹄之下,受苦受难。他们只有离乡背井,流落到江湖上,过起牛马不如的生活。

台下的人们,开始鸦雀无声,接着眼圈儿发红,眼里流出泪来,担心着国土沦亡,骨肉离散。有的暗暗哭泣,有的大声啼哭,心上有说不尽的难受。

演完了戏,宣传队员又上台讲了话。

最后是张嘉庆讲统一战线问题。他说:为了打倒日本帝国主义,必须化除私人成见,各党各派、各个阶层团结起来,有人出人,有钱出钱,有枪的出枪……共同打走鬼子享太平! 末后,以发动群众,组织群众,武装群众,开展游击战争结了尾。讲完了,人们热烈鼓掌,喊出响亮的口号。开完了会,又吹起口琴,唱起了救亡歌曲。

在讲完话的那一霎,台下像一窝蜂似的,议论起来:"这个没法呀,仗是打定了!""这年头,非抱起团体来打日本鬼子不行!""日本鬼子,真他娘不是东西!东北小村并大村!哼!"老太太们,妇女们,听说"小村并大村",瞪起眼睛看那说话的人,看看是什么奇怪的人,说出这样奇怪的话。其实那已经不是什么新鲜的事,只是她们整天围着锅台转惯了,这些"新闻",早已成了"旧闻"了。

朱大贵听说张嘉庆来了,也跑来了,握手言欢,说了一会子久别重逢的话。张嘉庆跟朱大贵说:"今天时间紧,以后有了时间,咱们再长谈,江涛还说叫你上县里去工作,咱们要成立抗日游击队了!"大贵高兴地跳了起来。

人们听了讲话,更加怀疑不安,带着沉重的心情走回去。不知事的孩子们,肩打肩地上到墙上,撕下红绿纸印成的标语,拿回去给妈妈剪鞋样子,糊箱子。红的绿的纸片,迎风飞舞。朱老忠生着气,打发伍顺把他们轰跑了。

李德才抱了两个大西瓜来,说:"走吧,朋友们!上鸿兴馆,吃吃喝喝,休息休息!"

刘二卯说:"走吧,垫补垫补……"

宣传队不理他们,说了声:"我们要回城了!"他们不吃饭也不喝酒,走回忠大伯家里,推着车子出来,上了堤坡,一溜烟儿回了城里。

李德才和刘二卯跟到河神庙底下。看看走远了,对着脸喷地笑了,弯下腰,撇着嘴,说:"这净是一起子什么人们哪,这是?"说着,手指头指着鼻尖儿,吐着舌头,相对着一对滑稽笑脸。

宣传队回了城里,忠大伯拉着张嘉庆,还有明大伯、大贵、志和、伍老拔、朱庆、二贵、伍顺、春兰他们,一同走回忠大伯的小院里。嘉庆坐在软床上。朱老明说:"今日个讲的,我都拥护。就是统一战线,各党各派,各个阶级阶层团结起来……这事儿,过去还没人听得这么说过。"

大贵说:"共产党和国民党打了十年内战,也讲团结?咱们和冯贵堂打破了脑袋,也讲合作?"说着,他年轻的脸上,僵得比铁板还硬。

伍老拔说:"国民党把咱同志们砍头下狱,冯贵堂放大利钱收高租,还治死老星、霜泗同志,再说有几家不使聚源号的账?有几家不租冯家大院的地?"他指手画脚,气愤鼓动得鼻子翅儿,打着哆嗦说,"依我说,他杀了咱多少共产党员,下了咱多少监狱,把账还清了,咱再讲团结!"

严志和慢搭搭地说:"是呀,国民党这方面是个不大对。在恐怖年月里,弄住咱革命学生也给下狱,十七八的姑娘也给杀了。我看哪,共产党和国民党合作,穷人们和地主团结,这是捅老虎须!"受了残酷的镇压之后,他们拉着游击队上了太行山,一直去了五年,这才回来。国民党的凶残,在人们脑子里留下了深刻的印象,只要一提起来,就像锥子钻心一样疼痛。

张嘉庆抽着烟,仔细听着。看到统一战线政策在群众里受到抵触,他说:"大革命的时候,不是有个国共合作,才有了轰轰烈烈的大革命吗?如今大敌当前,不团结起来,不能打跑日本鬼子。"

明大伯把膀子一歪,挺起脖颈说:"是呀!要不,就有了国民党大清党吗?运涛是怎么入狱的?江涛是怎么入狱的?"他擦了擦眼泪,对朱庆、伍顺他们说,"告诉你们年幼的人们,到什么时候,也别忘了这个!这会儿又闹国共合作呀!"他气愤得用拐杖戳着地,血淋淋的仇恨,又涌上心头。

嘉庆一听,坐在软床上僵住了,一时说不出话来。他还没有经验,不知用什么方法,可以说服基本群众,团结千百万群众进入统一战线。

忠大伯说:"反正不论什么工作,上级在大处说好说,一到了咱这乡村里,这具体事故上,就遭了难了!这统一战线呀,上头还得研究研究,不的话,下头不好办!"

嘉庆从日本帝国主义进攻东北,卢沟桥事变,民族矛盾高过阶级矛盾,民族资产阶级和军阀官僚变化的可能性,讲到统一战线有重新建立的充分条件。讲了半天,他看还不能一下子转变基层同志们的思想,说:"是的,大伯!回去我们还要具体化一下。"

朱老忠说:"上级怎么说,我们怎么听,可也得打通人们的思想。"

最后,嘉庆布置下工作,要发动群众组织村级救国会,要在群众基础上建立抗日武装。

朱老忠说:"就是吧,我们赶快操持。这统一战线也很要紧,不的话,怎么能做到有人出人,有枪出枪,有钱出钱呢!"

张嘉庆看忠大伯心思有了转变,也想,滴水穿石,不是一日之功,要从长着想。天一擦黑,他就回了城了。

二十四

二贵回到冯家大院,饮了牲口,上了垫脚。吃完饭,把被子搬到小棚子顶上去睡,为的是风刮得蚊子站不住。他躺在被窝上,两眼望着蓝色的天,看看北斗勺星、南头瓢星、水平星……两只眼睛滴溜儿转着,说什么也睡不着觉,他想去找老拴谈谈问题。看黑影里有个人爬上梯子来,正是老拴。他说:"老拴,来!"

老拴趴在席上,和二贵碰着脑袋,说:"今日个,可看见笑话了。"

二贵问:"什么笑话?"

老拴说:"母夜叉大闹天宫哩!"

二贵说:"怎么?"

老拴说:"母夜叉嗥叫了一天,嫌不快给闺女们寻婆家了,说是怕日本鬼子……"老拴把嘴巴儿墩在席上,嘿嘿地笑个不停说,"二贵!到底这战争怎么样呀?"

二贵说:"仗是打定了!"

老拴吃惊地问:"那不坏了?"

二贵用手比了个卧射的姿势,说:"这么着……干上了!"

老拴说:"行!咱又不是大财主,又不怕日本人……你可得领头儿!"

二贵说:"当然!现在是宣传组织起来人多势力大。有了人,再有了枪,就成立了队伍。日本鬼子一来,就打起游击。要参加就快着点。要不,人够了,想参加也参加不上!"

老拴说:"我可看你的,你参加过红军,闹过暴动,在革命军里你是老资格!"

二贵和老拴,在小棚子上吐吐哧哧地说了半夜。越说心里越慌,猛抬头,看见里头院里明灯火仗。二贵想:一定又是闹什么鬼吹灯。越想好奇心越盛,他手指头一指,说:"老拴!去!"

老拴伸长脖子,看了一会,说:"我去!"

老拴房檐串房檐爬到里院,趴在房檐上一看,一家子在院里挖坑呢!母夜叉在旁边指划着。

他们挖成了坑,垫上麦糠,下上两口大缸,再把缸周围砘结实。母夜叉压低了嗓子,沙声地说:"老大!老二!把你们的东西拿出来吧!"

听得说,大箱子、小箱子、大包袱、小包袱,拾掇出一大堆。冯贵堂掀开箱盖一看,都是棉袄棉裤,小孩的花鞋花帽子。他生了气,噼里啪嚓地扔到一边,竖起眼眉说:"这还弄得清呀,把金珠首饰拿出来!"

冯贵堂和冯焕堂喘吁吁地抬出一个沉甸甸的柜子。柜里用布包着的一截一截的东西,像白萝卜一样,一个不留心摔散了,白花花的洋钱滚了满院地。洋钱填满了两瓮,看样子还没弄完。

老拴心里纳罕起来:"洋钱真多呀!"由不得心里高兴,手脚乱动起来。门儿一响,从屋里走出个人,走起道儿来,用脚尖点着地,是冯贵堂家里二姑娘。她手遮着影儿,朝这边望望,又朝那边望望,好像听到老拴出气似的,娇声娇气地说:"这房上好像有人!"

冯贵堂抬头看了看天,说:"不!这有后半夜了,哪里来的人,少不了是猫呀老鼠的!"

二雁扭着鼻子说:"哼,那可不一定!"她还是左瞄右看。

老拴趴在屋顶上,不敢动弹,直出了一身冷汗,趁着二雁进门关门的响动,才爬出这栋屋顶。他飞快地爬回来,趴在席子上,心上扑通扑通跳着,慌得不行,用胸口紧压着胸脯。二贵等他镇静下来,就追着问:"怎么样?看见什么事了?"

老拴说:"可看见秘密了!怪不得咱成了穷光蛋,光白洋钱都被他家弄了去了!"

二贵强逼着问:"埋在什么地方?"

老拴说:"非到了时候,我才能说呢!"

二贵说:"说说有什么关系?"

老拴固执地说:"不能,不能说!要走漏了风声……"

二贵说:"你要不说,我也不说。"

老拴说:"你不说什么?"

二贵说:"抗日的事儿,你得闷闷!"

正说着,听得有人爬梯子上来。老拴才说回头去看,那人一下子卡住他的脖子,说:"好!你们抗日,不叫我抗!走!账房里说说去!"

老拴以为是冯大有,可慌了神。他说:"这'抗日'是大家伙的,谁愿抗谁抗,能不叫你抗!"回头一看,是和尚。三个人同时扑哧的一声笑了。

和尚说:"二贵,我找了你半天。找来找去,你在这儿!……我参加抗日行呗?"

二贵说:"当然行!这早晚统一战线了,谁愿参加谁参加。只要好生跟着共产党走,不当汉奸就行。咱们都是工农分子,共产党就是喜欢老工农。"

和尚说:"俺问的就是这个。俺想,你是老革命,当然不会骗俺们。俺们跟着跑会子,将来可得有俺的一份。"

二贵说:"当然!只要跟着走,早晚是……当然,也得看坚决不坚决。按大暴动来说吧,那是残酷的!打鬼子也一样的残酷!"二贵想试试他们怕死不怕死,不然将来一遇到危险就要妥协,不如预先教育好。他想:这"一份"……可是个什么意思?一定是"入党",要不就是"土地"……

老拴说:"当然坚决!"和尚说:"当然坚决不怕死!"

二贵说:"你们为什么这样坚决?"

老拴说:"为什么这么坚决?明理不用细讲,谁愿当亡国奴?再说,这扛长活,一年挣不了三十块钱,鞋鞋脚脚,穿穿衣裳,不到一年就完了。年幼时节,跳跶个吃穿,老了呢?去吃轮流饭?住瓦房?还不落个冻死饿死?算了,老辈子事业不干了。我是坚决了,坚决抗日,坚决跟着共产党走。吃吃这碗饭,看看怎么样?"

和尚说:"老拴算把我心里话说出来了,咱还不是一样?租种几亩地,驮了一脊梁账,把账还清了,也就'暴鼓'了!来吧,换换口味,老辈子道路不走了,这道儿另走走。再说,日本鬼子一来,还不是当亡国奴,管他三七二十一,向左转……"说着把两只手放在席子上,向左一转。

二贵说:"哥俩说得都对,我当年也是这么想。咱这扛长活,是'辈活'!一辈子不得翻身!"

老拴越说越上劲,把胳膊一伸,沙声喊着:"坚决跟着二贵走,打走了鬼子享太平!"

和尚说:"对!你头里走,咱后头紧跟着!"

人们都睡着了,棚子里的骡马也打起鼾声。夏天的夜晚,多么恬静,偶尔有露水滴着叶子的声音,鸟儿在树枝上,在梦里唧唧叫着。三个人谈得正高兴,忽然间牲口棚子里的大叫驴哇啦哇啦地叫起来。

二贵说:"古语说,'驴叫半夜,鸡叫明',看也有半夜了吧!"

和尚一看,说:"勺把儿调了角,有后半夜了!"

第二天,吃过早饭,二贵把饭碗一推,就走出来。走过苇塘,上了坡又站住。苇地南边,是绿油油的一塘清水。水塘南边是一眼看不到边的大柳树林子。黄鹂儿正在林子里唱着。

有人正躺在大树荫里睡觉。透过柳枝的间隙看过去,是一排长堤。河神庙上的黄绿琉璃瓦闪着金光,大杨树的叶子低声唱着。二贵想走过去,跳在河里洗个澡,猛地又想起工作来,飞快地走回家去。

自从暴动失败,二贵前后就像两个人。暴动以前,爱说爱笑,好蹦好跳,天不怕地不怕地浑身带着劲,天生有几分骄傲劲儿。大暴动以后,身子骨儿比过去粗壮了,可是变成了一个沉默寡言,心里好闷着事儿,不好多缠是非的人。母亲常说:"看他不像个庄稼汉,像个大姑娘似的!"这早晚学得心里坦然,凡事不着急。夏天东凉倒西凉,冬天爱睡热炕头儿。别看他说起话来绵甜细语儿,心里可有一股子牛劲儿,海里说出山来他也不干。他常说:"时机不到,别呱呱叫。手里抓不住东西,说也白搭。问题来了,时机到了,说干就干,不管他白刀子进去,红刀子出来!"他这股牛劲儿,伙计班里谁都知道。

可是,自从锁井镇上建立了支部,二贵入了党,他这大姑娘似的心情,说什么也按不住了。心里一高兴,吃不下饭,睡不着觉,一心想着工作。他想:江涛也来过,张嘉庆也说过,救国会该快组织起来,这是个时机;卢沟桥一事变,县救国会一成立,村里该顺势闹起运动来。搞得好可以影响别村,向外开展,说话儿这工作就顺风船儿一般闹起来了。他就腻烦这工作像老牛破车一样,没个火爆劲儿。

朱老忠正躺在炕上睡午觉,听得咕咚咕咚地脚步声,他说:"是谁走动,这么沉重!震得房子忽悠忽悠的?"贵他娘说:"一定是二贵!"朱老忠隔着窗户眼一看,果然是二贵。

二贵坐在小柜上,说:"爹!咱这救国会可成立的怎么样了?"

朱老忠说:"会吗?咱就按小组会上的意见办,正在串通呢!这几天人们听得卢沟桥炮声响,心不在肝上,老是弄不起来。"

二贵说:"我看该快点了!我常想,时机不到,别呱呱叫;叫也白搭。时机到了,说干就干,不管他三七二十一!人们都知道咱村是老革命根据地,组织慢了也有影响……"

朱老忠从炕上坐起来,说:"我也这么想,时机不易呀,紧扒扯一阵子,咱就干起来了。"

二贵说:"江涛也来过了,嘉庆也说过了,咱就该手疾眼快把组织搞起来。卢沟桥一事变,县救国会一成立,咱顺势闹起来。村连村,镇连镇,篷儿一扯,下水船赶上顺风儿,我就是腻歪这个老牛破车。我心里真急得慌!我扛着个活,明大伯没眼没户,大哥和志和叔、老拨叔还有武装上的事。你吧,我看也是上了年纪了……"

朱老忠不等二贵说完就说:"谁上了年纪?我觉得我还壮实呢!我比你们年幼的人们不差什么?看做工作还是看做活儿?"

二贵微微笑着说:"我不是说爹不能工作,也不是说做工作做得不好,是说你上了年纪,该歇憩歇憩。我又做着个活,够你辛苦了!"

朱老忠说:"党的工作不能卖老!老,有老人们的工作。年幼,有年幼人们的工作。党是一理相待,又不是卖黄瓜,嫩的脆生!"

二贵看老人有点气不忿儿,他也觉得失言了。实际上老人在家里也好,在外头也好,比年幼的人们还挡饿。二贵随又转了个话头说:"这是咱家里说话,外头人们都说:'朱老忠越老越年幼了,走起路来赛刮风。做起活来,耕、耩、锄、耪、扬场、打垛,样样精通'……"

朱老忠抄起话头儿说:"当然是!谁不服气,站出来较量较量!说做活,咱不怕辛苦!说工作,咱不怕危险!没动摇过……"

二贵知道父亲要强,把话头转到工作上。他说:"我的意思是说,我扛着个活,做不了多少工作,叫庆儿帮着你跑跑。"

正说着话儿,朱庆进来,还没坐下,就说:"人们都问呢?咱这救国会……今日个大集上,又有县救国会做宣传的,在大集上讲了讲话,撒了撒传单就走了。"

二贵说:"俺爷儿俩正念叨呢,我说我扛着活不得闲,你帮着大叔组织组织。"

朱庆说:"我早就想跟着大叔闯荡闯荡。"

二贵说:"我看咱们该开个基本人的会,计划计划,说干就干起来了!"

朱老忠说:"二贵这话我赞成,我正想这么说。咱们净找谁?"

朱庆说:"反正是咱们这一抹子人们,伍顺、小囤、明大伯……"

二贵说:"我那里还有老拴和和尚。"

朱老忠说:"再说,还有妇女们。咱共产党里,向来就是重视妇女……开吧!先开个会,念叨念叨再说。"

二贵说:"开就快开,叫庆儿去通知人们。"

庆儿走了以后,二贵低声下气地对老忠说:"爹,昨天晚上,我可看见好瞧的了。白花花的洋钱,填满了两瓮。"说着便把昨天夜里他和老拴怎样看见冯贵堂埋藏细软的事情述说了一遍。朱老忠听了以后,郑重地说:"孩子,你可记住,不能声张。将来到时候,有用得着的那一天。"二贵点着头答应了一声"是!"

第二天,吃晌午饭的时候,二贵跟老拴和和尚说:"赶快吃饭,吃了饭跟我走!"

老拴和和尚是头一遭,一见二贵那严肃的样子,一股劲从心里热上来,心里扑通直跳,两大眼盯着二贵和和尚,唏哩呼噜吃完饭,把饭家伙拾回厨房去,等不及刷,把盆碗泡在锅里盖上盖帘,用围裙擦了擦手,就走出来。

跟着二贵和和尚出了村,顺着苇塘边走去,趱着一条不明净的庄稼小道儿,走进朱家老坟。朱老忠和明大伯正在大杨树底下抽烟。大暴动以后,人们一说到这里来就觉阴森可怕。这早晚,老拴和和尚喜滋滋地高兴。二贵带着和尚和老拴,在坟池子里转悠。他说:"当年,湘农司令员就住在明大伯的小屋里,在这里安上红军大部队……这墙角上插过暴动的大红旗!"转到那个高台大坟前,他说,"起手的时候,湘农司令员就立在这大坟上讲话。"边走边说,直说得两个小伙子心血乱跳起来。坟地里有一堆堆的松泛起来的蚂蚁巢,黑蚂蚁满世界乱爬。坟地上一片葱郁的柏树林子,风吹着,不时飘过柏汁的香味和腐草的气息。

人们到齐,互相点着头儿,笑眯悠悠地等朱老忠说话。老人为了使人们多明白点,把从县里听来的目前形势说了说,把朝鲜和东北沦亡的惨痛,着重地讲了一遍。关于组织群众,发动群众的事。他说:"日本鬼子打到家门上了,这是亡国灭种的时候,咱们得先组织起来。单丝不成线,孤木不成林,人多势力大,才好打鬼子。像大暴动的时候,咱这里组织红军一样,一个传两个、两个传三个,组织救国会,是救自己救国家的大事!"

讲到大暴动,人们自然想到那面血红的大旗是从这里打出去的。红军们,曾在这里练过枪、练过刀。那是一个兴奋人心的场面。

二贵看父亲说完,补充着说:"咱现在谈,就说是抗日,打鬼子保家乡!不谈那暴动的事,人们骇怕!"他慢条斯理的,一个字一个字地说着。他想:这是个要紧关头,别把人们吓跑了,总得引进门来,慢慢教育才行。他总觉得从大暴动到抗日战争,这中间好像是接不上茬儿。——过去是阶级斗争,眼下是统一战线了!

明大伯说:"对,是这么办,男的传男的,女的传女的,亲戚传亲戚,朋友传朋友,还得快点,传完了这个村,咱还得向外传,说不定有多少村子等着呢!再说,咱这是大暴动以后第一次会,别走漏风声,先秘密串连。"

　他们总忘不了抗捐抗税是怎样搞起来的,忘不了发展组织的老经验,更忘不了那流血的教训:一个事不机密,就会引出一场大屠杀。

　救国会成立的前两天,上边锅盖还没有揭,锅里的水早开得沸腾乱滚,老实庄稼人,穷苦人们,三个一堆,两个一伙地谈论着。李德才这几天心上不安,好像有条蚰蜒,搅扰得心里发痒。有人说,村里要成立农会,成立救国会,还说要闹红军,议论纷纷。他心里麻烦,想找冯贵堂吸口不花钱的烟,商量商量当前大事。他弯着腰,提着大烟袋,一摆搭一摆搭地走到四合号,又走到聚源号、鸿兴馆,都找不到。在大街上,摆来摆去,走进"梅花坑"里。还没进门,听得冯贵堂在屋里咳嗽,夹杂着大梅花的笑声。李德才干咳了两声,说:"将入堂,声必扬,这是老规矩。免得冲碰着你们的桃花运!"说着走进去。冯贵堂正和老山头躺在炕上抽大烟。

　梅花大姐说:"我以为是谁呢,原来是李三爷,什么风儿把你吹了来?进来就进来呗,还这么长声短气的!"

　李德才说:"上你这儿来,总得有个规矩,属做生意的,各行有各行的门道,各行有各行的则例!"

　梅花大姐翘起薄薄的小嘴唇,翻着白眼仁,说:"这一行,那一行,俺这一行没你的货,拿出去!"

　老山头绷着嘴说:"听吧!我说德才,不挨骂长不大,是不?"

　李德才说:"我就愿挨大婶子骂,她一骂我,我浑身的骨头都酥了……"说着凑过去,趴在老山头的枕头上,挖了撮子烟灰,吐上一大摊唾沫,在灯上嗞嗞地烧着。

唱花脸的高富贵,家里是个独门小户,爹和娘老俩守着高富贵过日子。高富贵长得俊俏,是个聪明伶俐的孩子。冯贵堂把他引到戏房里学戏,嗓音有嗓音,扮相有扮相。冯贵堂很喜欢他,给他置了行头,买了靴子,成了戏班上的台柱子。

高富贵二十岁上那年,到大严村去唱戏。梅花的娘看上了高富贵的人品相貌,死乞白赖地要把梅花大姐嫁给他,以为只有嫁给高富贵才不辜负梅花这一表好人材。这一带有句流传语:"锁井镇上的大鸭梨,大小严村的大闺女",这都是有了名儿的。盼得大小严村戏上庙上,方圆二三十里的小伙们都把脸洗干净,穿上豁亮新鲜的衣裳,跑去看戏、上庙,其实主要是看姑娘。看谁家姑娘长得好看,好托媒人去求亲。

这梅花大姐姐妹几个,是出了名的好闺女。媒人一提,高富贵一家三口,一口同音地应下来,好像天上掉下仙姑来。

梅花大姐十八岁上过了门,冯贵堂成天价去串门子,盘腿坐在炕头儿上,婶子长婶子短的扯闲篇儿。混熟了,搬来了烟灯,抽起大烟来。后来,饭也不回家吃,面铺里送来成笆斗白面,肉铺里送来成刀的猪肉,不是鸡鸭鱼肉,就是白面大米。梅花大姐吃馋了,闲懒了,野了心了。公婆觉得这么着出不去门,暗地里把话儿跟高富贵说了。高富贵也觉得夫妻是好夫妻,话也不能不说。他这一说呀,可就翻了脸了。梅花大姐说:"你去打听打听,俺在家里有一丁点疙瘩不?自从进了你家门,你招蜂引蝶,又软得不能顶门立户,天生的软胎子货,还怪俺不好,俺女人家又能怎么着?"寻死觅活,吓得一家子不敢吭声。冯贵堂听得说,又上大严村去鼓动她娘家,说梅花在高家怎么受气。梅花娘家在高家门前骂了三趟街,高富贵他爹大气不敢出,插上门不敢吭声。两个老人都老了,高富贵年幼,又有什么办法?

冯贵堂在那天晚上,气冲冲地带着盒子枪走到高富贵家。把一家三口挤到一个屋里,把枪在桌上一拍,说:"是要死,是要活?

梅花是俺表妹,再折掇她,我就枪毙你们!"吓得高富贵他爹,那老头子脸上蜡渣儿一般黄。

自此,冯贵堂在梅花屋里明来暗去,没人敢问,"梅花坑"的名声,就嚷出去了。一条鱼满锅腥,后来不知怎么,冯雅斋像喷着鼻子的猫儿,闻着腥气味找了来。日子长了,父儿们碰到一块,商商量量的,也不再红脸儿。

事情到了这种家业,高富贵一家子只好青泥抹脸。有时候冯贵堂、大梅花、高富贵,三个人睡在一条炕上。夜晚来去,高富贵他娘得管关门闭户。日子长了,也就过惯了。

高富贵自从学了戏,娶了大梅花,脑袋上留起分头,不再下园下地。可是他老觉得胸气不舒,对冯贵堂不服气,长此下去,终有个结局。当他看到人们对他眼色不对,听得人们说他闲话的时候,他就把这愤恨挪到大梅花身上。但又不敢管教,想来想去无有办法,只有成天价赶集上庙,昏天黑地里混日子。心里闷了,向梅花怀里一倒也就算了。梅花大姐倒也喜欢,比长工短担、土土浆浆的庄稼汉好多了。全村的人,老的、少的、大人、孩子,没有不为高富贵抱不平的。这年头儿,帮腔上不去台。也有人说:"这倒好,高富贵娶了大梅花,比种一顷地还强,净吃香的喝辣的!"

这会儿,冯贵堂抽足了大烟,躺在炕上眯糊着眼睛睡着。李德才扑囔着鼻子,左闻闻右闻闻,说:"嗯?这是什么味儿,怎么这么香?大婶子想叫我吃点什么好东西?"

梅花把眼睛斜得光剩下白眼仁儿,说:"叫你吃点什么好东西,叫你吃个蛋!"

李德才说:"那可香!你这倒好,三句话不离本行!"

老山头说:"我看德才,你倒有几分口头福。大集上称了点鲜鱼,我说上那儿去炖炖吃呢,去找当家的吧,一进婶子这门,果然在这儿!……唔!你又寻了来!"

李德才说:"这是前生注定,就得这么着。"他又捅了捅冯贵堂说,"喂! 喂! 拿出点烟来,就叫我抽这三货灰呀?"

冯贵堂眯糊着眼儿说:"哈哈! 你这大爷! 你要是哭穷,朝廷爷就甭过日子了,还比得俺和老山头这个?"

听得说,老山头翻过身来说:"你还说呢,咱不当家不知柴米贵!"

李德才说:"别人哭穷我信,你哭穷我不信!"

冯贵堂:"你说的那算没门儿,自从我当起家来,成天价老娘嘟嘟哝哝,老二也不跟我说话了,没法儿,这年头都没一点法儿,赶快闹日本鬼子吧!"说着,他拿起手绢抹了抹塞满了浓涕的鼻子。

李德才说:"我看你真怪,光看得起刘二卯。可,我这脚前脚后,大事小情的跟着,也不吃个饭,穿个衣裳? 咳! 光会当财主!"

冯贵堂说:"听说咱村要闹救国会,又要成立红军?"

李德才说:"我就为这事儿找你,有什么好计策?"

冯贵堂说:"也好,闹吧。看他们能闹出什么来? 看他们这个'日'怎么抗法儿? 听蝲蛄叫别耩芝麻了! 他们抗日? 日本人过了高碑店,谁又有什么办法? 光听吹还行!"

老山头说:"我看他们又要闹红军!"

冯贵堂说:"他红,他黑也不行! 东北联军有多么厉害? 那赵尚志也叫日本鬼子拾掇了。那飞机,那大炮,那坦克,啊呀呀,那真是厉害。神人也挡不住啊! 二十九军的大刀片有多么厉害? 可是也打败了!"

李德才和老山头都眯缝了眼,咧着嘴看着他,想不出日本鬼子来了成个什么世道。

李德才说:"你这一说,非当上亡国奴不行?"

冯贵堂说:"非当不行,当定了!"

老山头说:"你这一说,咱这辈子还得换换朝代?"

冯贵堂说:"换定了,没走儿!"

李德才说:"我可说给你,日本鬼子打到脚下,你向潘,咱也向潘;你向杨,咱也向杨。我可看你的!"

老山头说:"对!咱看你的!"说着又把盒子炮在炕沿上一摔,说:"咱哥们,凭着这玩意儿就能吃遍天下!甭听那黑吹白吹紫花吹!"

冯贵堂说:"对嘛,你们都去参加救国会!他成立什么团体,咱参加他什么团体。有多深的水,也得给他搅浑了,你们跟他们合作!"

李德才说:"行,咱都去!"

冯贵堂说:"我不行,我是'资产',名帖儿在外。你,老山、刘二卯,你们都是'穷人',是'无产阶级',你们都去,快去!"

德才说:"说去就去,非把这坑水搅腾浑了不可!"

老山头自小在外头当兵跑大海,回来在贵堂院里当差,在账房里听使唤,和李德才两人,是哼哈二将。李德才是文,老山头是武。有他爷爷的时候,也种过七八十亩地,拴着骡子车,他爷爷死了,他爹摆赌局开烟馆,把家业糟完了,他爹也死了,吃、喝、嫖、赌、抽,五般武艺留给老山头,他成了黑白两道子的人。

大梅花炖熟了鱼,烙熟了饼,高富贵又打了酒来,一伙子吃起来。高富贵和他爹、他娘,在那头屋里吃。大梅花和冯贵堂老山头他们,在这屋里吃。

二十五

第二天晌午,李德才绕世界找刘二卯;刘二卯绕世界找李德才,不提防在墙角上碰上面儿。李德才说:"嘿!我正找你!"

刘二卯说:"嘿!我也正找你!"

李德才说:"走吧!咱都是穷人,贵堂找咱们去参加救国会。"

刘二卯没等听完,笑得弯下腰去,说:"怎么这么凑巧?昨日晚上贵堂把我叫到内宅里,他说,二兄弟,咱这办官事儿,可得看风使舵呀。他看这救国会在城里闹得势头儿挺大,叫咱去参加救国会!"他又把嘴头搁在德才耳根上,压低了嗓音说,"将来这救国会实际上是掌实权的,咱早些参加,抢个上风头儿!"不由分说,刘二卯拉起李德才奔向东锁井。

朱老忠和二贵正在院里筛草喂着牛,念叨成立救国会的事。金华见李德才和刘二卯来了,端起针线笸箩扭身走进屋里,咣当地把门关上。朱老忠让他们坐下,说:"野猫进宅,无事不来,说吧!什么事?"

刘二卯说:"我们来看看这成立救国会的事,咱村也该……"

李德才说:"你们不是待见穷人吗?俺可也是穷苦人,像二卯兄弟,种个二十亩地,一大家子人。我呢,这你还不知道吗?"

二贵从床子上站起来,愣了愣眼睛,沉声重气地说:"你们也是穷苦人?穷人倒是穷人,可你们是另一路货!"

李德才伸长脖子,眯着眼睛说:"怎么呢?我穷得两手空空?"

二贵说:"这穷人,可也有几路穷:人多吃累重,背账背穷的,交租交穷的,受剥削受压迫穷的,这是真正穷人;像你们这个,赌钱赌穷的,抽大烟抽穷的,吃穷的,嫖穷的。穷得干净倒是干净,这是假穷人。刘保长,虽说种着个二十亩地,吃的喝的比种一顷地还强!"

刘二卯说:"二贵!你这一说,咱不能沾边儿!"

朱老忠说:"不能那么说,这抗日不分贫富……"

当二贵说着话的时候,李德才猫下腰抠着脚丫缝,左抠右抠,越抠越痒,脚指头滚热,红赤赤的,痒得难受。眼不见,把手指送到鼻头上,浓烈的臭味,一直窜进肺腑。在迷蒙中听朱老忠嘴里有活口儿,冷不丁伸起脖子来,说:"老忠这一说,俺也可以参加!"

二贵说:"参加可以!不当汉奸就行!"

李德才听了上半句,满觉高兴;听了下半句,觉得挺不顺耳。

在他心里,这汉奸不汉奸,并没有多大界限,要紧的问题是吃饭穿衣。李德才说:"老忠!要这么说,俺们可就参加了!"

朱老忠说:"可以参加,现在是统一战线了,只要是抗日的,都可以参加。就是得服从抗日的领导!"

刘二卯说:"当然是,干这一行就得服从这一行的领导!"

李德才说:"咱这么着!一言为定,不能打翻悔。俺就走了。……"

刘二卯和李德才端起屁股往外走,只怕朱老忠改嘴。

金华听这俩油头滑脑的东西,跟头骨碌走出去,开门就说:"爹!这样的人也能抗日?我看都是三花脸儿,花狸脖子,小秋千儿胡子!"

朱老忠说:"他不抗日,也没当汉奸呢。这是人渣滓,混混儿,不要他们,也是破坏。"

二贵沉雷似的说:"我看他们就是破坏!"

金华说:"都是和咱对敌的人们!"

当天晚上,刘二卯围村敲了锣。除了那些庄稼人们,还有冯树义、冯雅红、刘二卯、李德才……都来了,把个学堂挤得满满的。

这个会上,朱老忠讲了话,小学教员也讲了话,李德才和刘二卯也讲了话。然后二贵提出负责人的名单,叫大家选举:朱老忠的主任,朱庆的副主任,小学教员和冯树义的宣传股,刘二卯和李德才的动员股,朱庆和二贵的武装股,明大伯的组织股,金华和雅红的妇女股。名单念完,人们热烈鼓掌。雅红笑得合不上嘴,直拍巴掌。刘二卯听着不顺耳,两只眼睛吧嗒吧嗒直眨巴。李德才说:"老忠!我看这就不合理,像俺俩在村里,大事小情,什么时候离了过!也不闹个主任!"

李德才一说,朱老忠也就想起来。他想不出,这个新旧势派怎么弄法。根据嘉庆的意见,还得团结各阶层。他硬起头皮说:"这个动员工作是个大事!像粮食、柴草、枪支、车辆……哪个不得动员？来吧，都是你们俩的事！"他又对人们说，"大家有什么意见？"

大家见朱老忠说出口来了，谁也不再说什么。

自从嘉庆到了锁井镇，锁井镇上闹起救国会，冯贵堂坐不稳，立不安，睡觉合不上眼，吃饭不香甜，浑身酸软不自在。他和李德才在河神庙前散步，带着儿时的回忆，看那广阔的柳林，青青的苇塘，深远的梨园，高大的杨树，那河流、那堤岸……没有一件不引起他深刻的留恋，于是嘴里哼着二黄腔嘟哝着："这大好河山……不久长……"好像预感到有什么灾难降临。

正低着头出神，从城里路上跑来两匹快马，顶着尘头过了河，马不停蹄跑到聚源号。骑马的人把缰绳往马脊梁上一扔，走进柜房里。冯贵堂紧跟了几步，走上来一看，是陈督察和县政府的法警，来找村长和保长办公事的。齐掌柜打发学买卖的沏上茶、拿上烟。冯贵堂叫李德才给掸了掸身上的土，捋着胡子，离远打了个拱，展开笑脸，走上前去，说："陈督察这次来，是……"

陈督察说："兄弟我今天来贵村，是为成立守望队的事。眼看战事就到脚下，国家兴亡，匹夫有责！兵荒马乱之年，村村守望，户户相助……"陈督察谈着，在白千层底上磕了磕烟灰，说："这是上峰的公事，非常严格！有个一差二错，很难负责任。此外，三千斤白面，要按时送到。要在县里安粮台，眼看大军就要下来，粮草先行。国家到了兴亡之际啊……这挖战壕，修堡垒，当下就要动手！"

陈督察带着纵纹的小嘴头说得挺快，脸蛋白得发亮。今天为了下乡，换了一身酱黄色布军装，说起话来，故意露出满嘴金牙。在言谈之中，表示出事情的急迫，非此不可，对国家民族的危急，表示无限感慨。

冯贵堂哈了个腰说："督察既来，我们照公事办理，不过村小民穷，很难如意！"

陈督察前走了一步，握住冯贵堂的手说："兄弟就是依靠绅董办事!"他又点着下巴说,"请召集庄户吧,先讲讲话再说!"

冯贵堂打发刘二卯在大街上敲起大锣,召集人们到学堂里来开会。这几天人们警惕性挺高,街上一有个风吹草动,大人孩子脸上都带着惊慌的神色站在门口望着。听得锣声,叫人们去听战事消息,人们从地里跑回来,放下锄头和辘轳,挤满了学堂。冯贵堂、冯雅斋、陈督察,并肩坐在讲台上。

冯贵堂先打个花胡哨说:"今天,陈督察下来成立守望队,是守望相助的意思。目前强敌压境,国人当急起从戎,以应燃眉之急!这是政府的措施,和救国会那行子不一样。下边请陈督察讲话,鼓掌!"冯贵堂一面猜乎着,一面说。其实,他也不知道这守望队是怎么回子事。

陈督察立在讲台上,把领扣解开,露出白领子来,疙皱起眉头,吸了口烟,咳嗽了两声才开腔。先把国家兴亡,匹夫有责的话,打了一套官腔,然后才说:"目前,战事到了保定北里;日军占了东北,又攻华北。省政府下了公事,这是王安石的法子,守望相助。再说这兵荒马乱之年,防匪要紧!不能干别的,保护本乡本土、保护生命财产也好!此外,要送面、要挖战壕、筑堡垒……这些事一齐办可了不得!本村绅董也可以想想!"

陈督察翻来覆去说了一大串。人们听不懂这"守望队"和"王安石"到底是什么意思,谁也没听见说过。最后,冯贵堂搮掇着冯雅斋立起来讲话。冯雅斋这人两只扫帚眉,一副白净脸儿,站在讲台上,说是个学生不像学生,说是个商人不像商人,整个是个落道梆子。他用着奶子味的声音说:"劳陈督察金身大驾,来到敝村,纯粹是为了村防的治安。在这混乱的世界,办起守望队来,日夜巡查,不许有狗嘶猫叫!不许乱串老婆门子!要真正做到夜不闭户、路不拾遗!这就是全村民众的幸福!"

不等冯雅斋说完,人们开起小会来。"什么守望队?准是挑兵!……""简直是胡说八道!晚上不关门,谁家惹得起他们?"你一句我一句,闹得乱哄哄的。冯贵堂心里发急,他想:"这一闹鬼子,把老百姓都闹野了!"不是陈督察在一边,他早跳起脚骂起街来。

朱老忠在人群里坐得不耐烦,擦了擦脸立起来说:"报告陈督察,我们有话能说呗?"

陈督察认得是朱老忠,在县救国会里当农民代表。他思忖:这人,似乎是和严江涛有点关系。他说:"这国家兴亡的时候,有了民主,谁有话都能说!"

朱庆鼓了鼓勇气,冷不丁从人群里站起来,说:"大家听着,咱们救国会的主任讲话!"这是朱庆自幼以来,第一次在稠人广众里说话。说完以后还憋红了脸,心里扑通扑通乱跳,气喘吁吁的。人们看见朱庆敢立起来讲话,一齐鼓掌说:"欢迎!欢迎!"

冯贵堂见陈督察允许朱老忠讲话,乍起两撇胡子,瞪圆猫眼睛,噗噗地出着气,看朱老忠张什么嘴。朱老忠迈步走上讲台,轻轻向人们行了个礼,摸了摸胡子说:"日本鬼子就像土豪劣绅一样,他财大气粗——依仗飞机大炮,侵犯我们中华民族!他要站在人们头上,骑着我们脖子拉屎,叫我们当奴隶,我们干不干⋯⋯"

人们一齐立起来,说:"不干!"

"当然不干!"他又伸出手,揎起袖子说:"要想保护庄园地土,保护大男小女,就得抱团体。打日本好比是打倒土豪劣绅,铲除贪官污吏!反对日本鬼子烧、杀、奸、掳,就要施行统一战线——不分贫富,有枪出枪,有人出人,有钱出钱,大家小伙拿起枪拿起刀,他要欺负我们,就和他白刀子进去,红刀子出来!⋯⋯"

朱老忠自大暴动以来,没在人群里说过话。今天讲起话来,扬眉吐气,越说越多,越说气儿越壮,一直说了大半天。人们看他今天讲话精神饱满,口齿清楚,听得入味,没等他说完,就鼓起掌来。

冯贵堂越听越不对味,气胀了肚子,自言自语:"什么统一战线⋯⋯什么红刀子出来⋯⋯一听就是草莽胡子味!"

不等朱老忠讲完话，冯贵堂把陈督察扯出来，走到鸿兴馆。鸿兴馆里间屋，今天又特别搭了圆桌，摆上乌木筷子。他把陈督察和法警让到上座，刘二卯和李德才在下手陪着。喝着酒，冯贵堂问陈督察："这战争，到底怎么样？"

陈督察说："仗是打定了，日本鬼子要三个月灭亡华北！"

听了这一句话，冯贵堂停止了吃喝，张开嘴说不出话来。"三个月灭亡华北？"他惊讶地说，脑子里又想起他的棉花生意。

陈督察边吃边说："是呀！中央派了冯玉祥来。这老冯，他熟悉北方情况，尤其是保定一线，现在老冯坐镇保定。保定北里挖下战壕，直到天津，战线可长哪！单看这一仗怎么样吧！可是老冯，他没兵。光孚众望不行，手里没有兵权，说什么也不灵！刀把儿在老蒋手里攥着。这京汉线上，都是中央军——刘峙的兵和黄杰的兵，在前线上顶着。说这话，谁也看出这苗头来，中央军想保存实力，舍着杂牌去拼。可谁又肯去伤害自己的军队呢？老蒋消灭杂牌，有两件法宝：一是剿共，二是抗日。这话说下看：红军改编成八路军，开辟敌后战场，眼看共产党也要闹起来！也许山西能行，老阎治理山西三十多年，四围高山阵地，赛似铁桶一般！"陈督察嘴里嚼着脆骨，咯嘣乱响，小嘴巴连吃带说，动得挺快，津津有味地吃着，津津有味地讲着。

冯贵堂听得说八路军也要开赴前线战场，要上蒋介石的当，心里有些松泛，但又摇摇头说："看样子，不准怎么样，反正又是大乱之年哪！"

陈督察说："乱？看乱个什么样子吧！"

吃完了饭，跑堂的递上手巾把儿。冯贵堂扯着陈督察的袖子，走到聚源号，把嘴巴搁在陈督察耳朵上，说："这守望队、挖战壕、修堡垒，紧不紧？要是真正紧……要不……"说着，把陈督察拉了一把。陈督察蹑悄悄地跟出来，低头扬头地说了半天小话儿，又响雷似的大笑了一阵子，才走回来。陈督察用牙签剔着牙说："这是上峰的公事,绅董们该怎么办,就怎么办吧!咱这干小差事的还不是……"

冯贵堂把两个巴掌一拍说:"那我们就自己做主了!"

陈督察说:"可以,可以,那没说的!可是那安粮台的麦子,得如数送。"

冯贵堂点头说:"是!"

喝了一会茶,陈督察说:"牵我的马来!"把白手绢揣在衣兜里,就往外走。走到门口,刘二卯把冯贵堂一捅,冯贵堂又把陈督察拉回柜房。刘二卯把两个白纸包递给冯贵堂,在他耳朵上说了一句话。冯贵堂又把白纸包递给陈督察说:"这是……小意思,带上双鞋钱!这是你的,这是法警的……"

陈督察把白纸包掖到衣兜里,说:"这就不客气了!自己人……你哪天进城,请到公安局喝茶!"

冯贵堂、冯雅斋、李德才、刘二卯送到堤坡上。陈督察就着庙前的大石头翻身上马,在马上拱了拱手,说:"多打搅了!"

说着,顺着去城里的小路,马踢尘土,一溜烟跑开了。

李德才的嘴就是是非坑,锁井镇上婚丧嫁娶、打官司告状,没有一件事不从他嘴里过,手心一痒,就要搬弄是非。听说要成立守望队,他不知怎么个成立法。这天心里闷躁,满世界找冯贵堂,想打问打问这件事情:日本鬼子快打到脚下,看有什么打算没有。走到账房里,冯贵堂出去了,聚源号里也没有。

这冯贵堂自从冯老兰去世以后,脾气性格都有大的改变;酒、色、财、气,都沾上了点儿。为了他的家长专制,冯焕堂也不管地里的活了,哥俩连话不说。冯贵堂整天价开赌局、闹戏班、玩画眉。念闲杂儿,敲鼓边儿,是他的拿手好戏。他常说:"在这梨园里度过晚年,倒也饶有风趣!"这人当学生的时候一贯爱看戏逛窑子,是有了名的戏迷、嫖客。

李德才到了戏房里,可巧冯贵堂正在那儿给高富贵说《昙山谷》,一边说,一边指划:"这姜维在昙山谷安营扎寨,单等邓艾过来。他深夜巡更——杨小楼唱这出戏的时候,这一场是带双剑起霸,穿靠把戴翎子。这一手不好学着哪,非得有真功夫!这个武生非同别的武生,不能老是学那白摔肉,到了劲头上,你卖一手儿。老逗得人哈哈一笑不行……你得捉摸这个戏境:当时姜维安营扎寨在昙山谷中,更深人静,少不了上有松风,下有流泉。马童打着灯笼,出得账来要练练手脚。这武人们在古代,就是凭着这手脚挽弓射箭。然后,再说身份:姜维是三国的大将,要大方、稳重、威武,可不能鸡毛蒜皮的!你看,四击头上场,亮个相,云手……这云手和云手不同,要耍得圆,眼睛向上看,瞥着这两只手转,上下左右……"他一边说,一边耍,直累得气喘吁吁。满屋子人们,都屏着气,瞪着眼睛看着。

李德才连连称赞:"好!说得好!……真好!真有根底!这是吃过见过的,光看那跑大棚的不行。这唱戏,好比做文章,又好比学生写字,要读好文章,看好帖。这柳公权,就像是武生的派头儿;颜字,像大花脸;欧字,像大青衣;这赵孟頫,就像是刀马旦。为什么大花脸满脸锅烟子灰也有人喜欢呢?那就像写颜字一样,各有各的神韵,非有神韵不行。你看郝寿臣,那一出场,那扮相!那身段!那……真好!西太后就说他是活翼德。非有神韵不行!你看,这,这,这……是谁的诗?我忘了!……"他歪着脑袋,眯糊着眼睛,想了老半天,也没想起来。"什么,什么……雨打梨花深闭门!这韵味就在这'深'字上。那正是清春时节,小院中梨花盛开。哎!天雨,黄昏……哎!小巷之中,双门紧闭……哎!这就是神韵。"

冯贵堂说:"讲得好!不愧是读书人……"又说,"咱这一代真正能捉摸戏境的,是白玉田和韩世昌。那昆曲就是好!不用说咱这乡里,在平津都驰名。唱小戏儿的,说周福才,唱出来是丹田音,字润腔圆!"

小伙子们听不懂李德才的话,静静待着,有的把脚跷在墙上,把脚扳到后脑瓜勺儿上;把腰弯下去,头发着地……一个个红着脸,喘着气,练着功夫。

冯大狗说:"就是,非有功夫不行!"说着,就地扔了十二个倒跟斗。高富贵从椅子上双脚跳下,走了两圈矮子。

冯贵堂说:"快闹鬼子了,你们怕不怕?"

高富贵说:"怎不怕!俺就是看你老人家的!"

冯贵堂说:"日本鬼子来了,咱把戏班子一拉,走遍天下,你说是呗?"大家都说:"是!"李德才说:"偷瓜的朱庆,也当上救国会的副主任了。哈哈!看看他们这个抗日的!"

冯贵堂说:"穷光蛋们闹吧!说不定又闹出什么乱子来。这锁井镇上的村风,也就算坏了。去年冬天,有人在苇坑边拾了私孩子;今年这朱庆又搭帮偷瓜,我看将来还当土匪呢!"

日本鬼子闹得人心惶惶,朱庆一碰之仇还未报,冯贵堂一想起来,就胸气不舒,一念叨起朱庆来,就咬牙错齿。

高富贵说:"常说瘸子狠,瞎子愣,看那小子眼斜心不正!"他唱花脸唱成老习惯,说起话来闷声闷气,走道不低头,拍手不露掌心,走起道儿来是方子步儿,指手画脚的。

冯大狗说:"看那小子,尖、酸、苛、薄、嘎,倒能学个好丑。那天我叫他到戏房里来学戏,他娘说嫌学坏了,说什么也不让来。咱戏房里可没有一个偷瓜的!"

自从冯大狗他爹使了聚源号二百块钱的账还不起,冯大狗只好到戏房里来抱冯贵堂的粗腿。他一看见父亲驼着背,成天累得唉声叹气,心里实在不愿离开庄稼活儿,又没办法把账还清,只好随声附和、吃吃喝喝、玩玩乐乐过日子。

李德才说:"咱们甭说这个了,咱说说这个守望队吧!王安石的学问,我倒是摸索过,可不知道这早晚怎么弄法?"

冯贵堂说:"这也无非是为了看家护院,打土匪、打逃兵。我看你们都去,都当官儿!"

人们一齐说:"对!咱们都去当官儿!"

冯贵堂看这班傻孩子们都听他说的,一时高兴,叫老拴拌出杂面疙瘩来消夜。他们唏唏哩哩地喝着面汤,又谈了一会子闹鬼子的事。全戏房五六十个人,没有一个不随和的。冯贵堂说他们都是好孩子,把功夫练好,将来光吃香的喝辣的。冯贵堂养了这班庄稼孩子当打手,他们在戏房里,不是念叨谁家姑娘长得好看,就是谁家媳妇长得漂亮。有谁惹着他们一丁点儿,冯贵堂打头儿喊一声:"上吧!"于是一群小跑荒子,眉来眼去,勾勾搭搭,一齐上手,管保把你姑娘媳妇挑逗坏了;就是把姑娘锁在房屋里,他们也钻着门缝去闹。都说:"冯贵堂在戏房里养了一堆小刺儿头。"

李德才吃饱了,喝足了,从戏房里走出来,弯着腰,拄着拐杖,一步一步地走回家去。钻过苇塘,刚一上坡,朱老忠的小黑狗在堤上卧着,见有一个黑东西从苇塘里爬出来,忽地扑上去。李德才不提防,闹了个倒跟头,一屁股蹲在苇塘里,坐了一屁股泥,闹了个泥猪疥狗。他连声呐喊:"打狗!打狗!打狗……"喊着,用拐棍打过去,把狗吓跑。爬起身来,扒了扒屁股上的泥,晦气地走回去。拐过村角,打开小破栅栏,在长满草的院子里站了一刻,看看天快亮了,他才走进黑暗的小屋子,躺在染满了臭虫血的炕席上。

第二天,为了守望队的事,刘二卯又敲着锣把人们召集到学堂里。朱老忠吃过晚饭,叫了朱庆和明大伯他们,一块去开会。后头二贵、伍顺、小囤、冯树义他们也赶了来。等人集齐,刘二卯先开腔:"人不少了,我看咱叫村长念叨念叨吧!"

冯贵堂在讲台上一站像座塔,俩眼一瞪挺瘆人,捋着八字胡子说:"中日战争这就打起来,这战乱之下,办守望队如同办团练,看家护院、保护生命财产要紧。陈督察面谕:各村绅董主办;今天叫各庄户来,是具花名册的问题。公事上写得明白:五家为一伍,五伍为一队,三小队为一中队,三中队为一大队。得挑一个大队长,三个中队长,九个小队长,还得多少伍长。先说这大队长吧,具谁的花名?"他冷眼看了人们一下,不等人发言,又说,"我看,叫雅斋顶着个名吧!他懂军事,外头有做事的。咱先说这中队长吧!谁愿尽义务,谁说话?"

冯贵堂眼里透出犀利的光芒,向周围逡巡了一下。那群小跑荒子,像被冯贵堂的视线系起来的木偶似的,张开两只手,直想跳起来。

高富贵说:"我算一个!"

冯大狗说:"我算一个!"

朱庆看架势不好,憋足了劲,说:"要那么说,我也算一个!"

朱庆的话音未落,冯贵堂把桌子一拍,说:"这守望队,得拿枪上阵,你朱庆能行吗?你拐着个腿子?"

朱庆冷不丁站起来,说:"当然能!你甭管我拐腿子不拐腿子!"

冯贵堂的耳朵,好像没听见一样,他说:"俺家孩子也算上一个!可是他年轻,不能出村,要出了村,他奶奶想。出村的时候,叫俺做活的背枪去!"说着,他气忿忿的。

朱老忠一看冯贵堂这架势,立起身来说:"那不行啊!眼看日本鬼子打到家门上,说干就得干,占着茅厕不拉屎不行!说干,挑了兵也得干,不能一挑兵就不去!"

朱庆接着说:"是呀,这是抗日,不能把持势力。一说挑兵就不去了,那是软胎子货!"

明大伯狠狠地把拐棍向地上一戳,说:"这,说得对!"

刘二卯看今天会上有风火,装出笑脸说:"当然是,这抗日的事,谁也不能不干,我也是救国会的!"

朱老忠说:"要干,就得争个公平合理。要叫我算上一个,调到哪儿我也去,左不过是这么个穷身子骨儿!这从军打仗、保国保家是光荣的!"

高富贵听说要从军打仗,调到哪儿去哪儿,他的心就突突地跳起来,腿肚子软得直打哆嗦。用他的手绢捂了捂鼻子,闷声闷气地说:"要是那么说,俺不去!"他口吃得成了咬声儿。

冯大狗说:"咱在外头闯了半辈子,咱就是在村里干,出村一步咱也不去!"说着,一屁股坐在板凳上。

冯雅斋看这会场不把稳,立起身来说:"不管怎么说,写上册子送去应付应付算了,再说还不定用着用不着!"

李德才也气忿忿地说:"要是挑兵,可都得去!"

朱老忠说:"当然是!挑了兵得去,不挑兵还要上前线呢!谁怕当兵谁是孬种!"他瞪起两只光亮的眼睛,红着脖子脸,摇晃着脑袋说着,每一句话像板上钉钉。自从卢沟桥事变,在县委的领导下,斗争形势好转了,目前看人们抗日的劲头儿壮起来,他憋足了劲,想压倒封建势力的气势。

看今天会场上不平稳,人们心里直嘀咕,谁也不敢说什么,怕惹出乱子来。朱庆在这关键上,他不怕,他说:"这枪怎么办?"

刘二卯就是怕他们提这个问题,唏唏咧咧地学着朱庆的话音说:"就是这长矛大刀,鸟枪火炮呗!"

话把儿没落,朱老忠站起来说:"没听得说吗?日本鬼子是飞机大炮,咱也得使个洋枪才能打败敌人!"

朱庆说:"咱这么着吧:有枪的出枪,有人的出人!"

冯贵堂气呼呼地拍得巴掌呱呱响,说:"你们说的也不在理!你想,百八十块钱一杆枪,谁家肯拿出来?"说完了,瞪着俩大眼长出气。

刘二卯说:"破地亩贴买吧!要不就五十亩地买一支枪……"

朱老忠抢了口气,说:"那不行!穷苦人家,在这年月里,饭都吃不上,还能出枪款?自从一闹日本鬼子,卖什么也卖不出钱来!

我同意有枪的出枪!"

冯贵堂一听,跳起脚来大发脾气:"你说的那是淡话!"

朱老忠把大腿一拍说:"你一百淡话!"

冯贵堂乍着胡子,趿溜过去说:"你一千!"

朱老忠一步跳过桌子,说:"你一万!"

冯贵堂拿起手杖,敲着桌子;朱老忠气得眼睛通红,两只胳膊端起胖子,逞着硬架势向冯贵堂抢过去。二贵走过去把他扶住。人们看要打起架来,忙走过去,把他们拉开。

冯贵堂脸上红得像火神爷,跺着双脚说:"干吗?想造反?这是抗日,又不是闹共……都是五十亩地摊一条枪,各人家背各人家的,就是你们节外生枝!"

后来说好:刘二卯当大队长,冯雅斋应着名儿;冯树义当大队副,二贵、朱庆、高富贵、冯大狗……都是中队长,小囤和和尚他们都是小队长,各伍选各伍的伍长,各队选各队的队长,各家拿各家的枪;做活的拿当家的枪。两头都过得去,这场风波才算过去。

开完会,朱老忠挽着朱老明的手回来。走到苇塘里,朱老忠说:"大哥这个场面怎么样?"朱老明点着下巴,笑着说:"对劲,是这么个干法。"朱老忠说:"我看冯贵堂那小子出口不逊!"朱老明拍着老忠的肩膀说:"小心哪,大兄弟!是狗改不了吃屎啊!"朱老忠点着头,起心眼儿里觉得豁亮。

两个人走回来,朱老忠肝火炽躁难忍,说什么也睡不着觉。正躺在软床上想事儿,外面有人敲门。朱老忠问:"是谁?"

门外有人答话说:"我!"

朱老忠在黑影里,把门开了个小缝,问:"谁?"向外一看,是冯树义。他说:"我爹说,请你过去坐坐!"朱老忠说:"坐什么?"冯树义说:"捏了两碗饺子,还有点酒,请你去说说话儿。"朱老忠说:"有什么话说?"冯树义说:"今日个选了我的大队副,我怕这不是好意思。我干不了这差使,我想……"朱老忠说:"你怕当兵?不要紧,果真要去,大家伙在一块儿!"

冯树义说:"不是,是怕冯雅斋,那人们心狠手毒!俺们结下世仇,不能待在一块。万一的一个眼不眨……这都是我爹说的!"

朱老忠说:"说的你吧,孩子?他吃不了人哪!我看你爹也是坐狱坐怕了!"

冯树义说:"要那么说,我可看你的,大叔!你说我行我就行,你说我不行,我百什吗不是!"

朱老忠说:"对!有什么风火事儿,大伙在一块!"

"我可看你的!"冯树义两眼巴睃着朱老忠,开门走出去。朱老忠站在门口,看着他的黑影儿,远远隐没在黑暗之中。

二十六

形势好转,斗争胜利,朱老忠心上说不出来的轻松愉快。那天朱老忠上了集,正和人们说着抗日的话,听得天上嗡嗡地响,抬起头来望着,半天也看不见什么东西。不一会工夫,一队飞机顺着公路到了锁井镇上空,在天上转了个圈儿,一扎脑袋,朝集上打起机关枪来。吓得人们变貌失色,跟斗趔趄地乱跑,孩子哭,大人叫,翻车倒篓,把个大集也轰散了。那天,日本飞机打死了一个小孩和一条牛。

自此,朱老忠轻易不上集,上集也不老是转悠,买了东西就赶回来。他不是个胆小的人,每天吃完了饭,推下饭碗,把嘴头儿一抹,背起筐来就往外走,一来是躲飞机,二来是去找人做抗日宣传。

别看今年兵荒马乱,人们种地种得从容。夏天不紧不慢地下了三场津不津的雨,锄得过来,地里长的草也不多。耪完三遍地,棉花打了二茬尖,克了杈儿。眼下就要立秋,棉花尖该大小一齐撮了。在头伏里种下萝卜,二伏里种下白菜,连浇了几次水,长得尺来高,就是上了点虫子,吃得白菜叶儿筛面箩儿似的!人们争着买苦树皮治虫子。

伍顺他们虽然租种地,比种自己的地还当事呢!一亩大洋花,长得扫帚高;半亩本地花,因为雨水调匀,长得比大洋花还好,棉花桃子滴铃吊挂,青梨儿似的。三亩水里红大支谷,从地这头儿一推,地那头儿就动!穗头儿长得一般齐,离远一看,一领席儿似的,风吹过来纹丝不动。下洼里有一片黑老鸹翻白眼的高粱,长了一房高,支楞着大青叶子,真是好看!他想:"总不能忘了背粪筐,粪堆上长出粮食来!这是庄稼人的本分。"

自从锁井镇上建立了党支部,闹起了救国会,朱老忠一心要抗日,就像着了迷,成天价"打日本"不离嘴。今天他背上筐,叼着烟袋,走到这家地头上跟人们谈会子,走到那家地头上说会子抗日的话。忙倒是忙,思想上有着落,精神上很愉快。

今年赶上个好年头儿,不算满年成,也有个七八成。人们有吃有烧,该一心做好抗日工作了;若是赶上吃一顿没一顿的年头,人们可就遭了难了。话是这么说,人们还是注意俭省。俗语说:糠菜半年粮,咱这里是红薯半年粮。冬天活儿少,多吃点山药白菜,省吃俭用,明年春荒人们就挨不着饿。去年树上挂梨多,今年正歇枝,当然这年成不能像想象得那么满意。收好了梨,再收好了庄稼,这样的年成并不多。自从老年间把这梨树养起来,总是不收好了梨,就收好了庄稼,收好一样就有饭吃了。

朱老忠想想这个,想想那个,不知不觉走到河堤上。把筐放在大杨树底下,在高粱地边上割了筐青草,回去好喂牛。闹起抗日工作,把牛也耽误了。要不然夏天挂了锄,牵着牛在河滩上吃点青草,总得多上点膘。人一忙,这牛连青草也吃不上!穷人家,又没有粮食和苜蓿喂它,眼看露出肋条来,一看见就叫人心疼。

他还记得这头牛的母亲,是一头白花腿子母牛,它生了第一头牛犊,那是一头壮实的好牛。他想把它养大了,又赶上江涛去上学,他只好把它卖了,把一半钱留下过日子,把一半钱给江涛送去。等生了第二头小牛,和它的哥哥一样壮实,他才把它养起来,把那头老牛卖出去。他割完了草,坐在河堤上抽烟。风吹得高粱穗子轻轻摆动,大叶杨的叶子啪啦啪啦地响着。

太阳平西,他才背上筐走回来。小黄牛正在门外槐树底下卧着,一见了朱老忠,就腾地站起来哞哞地叫着,跺跶起两只前蹄,吧嗒着嘴扇儿,把脖子搭在朱老忠肩膀上。

朱老忠可是爱他的小黄牛,他想:在那大暴动的年月里,这牛还有一场不寻常的经历。在大暴动失败后那恐怖的年月里,朱老忠孤零一人,这牛就黑天白日跟着他。耕地的时候,牛给他拉着犁,出车的时候牛给他拉着车。闷得慌了,它还陪他消愁解闷,风天雪地里也没离开过他,真是心上的一匹好牛!

朱老忠把青草一把把送到牛嘴里,小黄牛摇着头,哺哺地嚼着,有多香甜?他蹲在小黄牛的头前,摸摸牛的头、牛的蹄腿、鼻子、嘴……起心眼里爱这头牛,由不得嘴里叨念起来:"我有了年纪,你也长大起来;我身子骨结实的哪!盼你也结结实实,多跟我几年吧!抗日抗好了,把日本鬼子打出去,也不受窝囊气了,你也就抬起头来。到了那工夫,我给你换副新绳套,买辆新车拉上,上个庙赶个集的有多体面!等着吧,到那时候,就闹起社会主义了!"

金华正在院里纳鞋底,听得公公说话,走到大门口探头一望,老公公把脸挨在牛身上,高高兴兴地又说又笑。她笑着说:"爹!你跟谁说话呢?"

朱老忠回头一看是金华,禁不住大笑了,说:"我跟我的牛说话!"

金华说:"它会听你的话呀,你跟它说话?"

朱老忠立起身来,把烟锅子伸到荷包里,说:"你看,它跟我十几年了,成天价一块吃,一块睡,一块做活,能不懂我的话?你们年幼的人们,别管这老头子的事!俺们是怎么痛快怎么着,怎么高兴怎么着。"说着,贵他娘也走出来,一听他们说的这话,一家大小哗哗地笑了。

金华说:"爹!别只管高兴了!看这一阵子成天价乐得合不上牙儿……县里来信了!"

朱老忠接过信,拆开来看,边看边说:"可说呢!这年头可有什么上愁的?除了打日本是点上愁的事。来者不善,善者不来,既然打到门上,就得把他们打回去!"

他两手捧着信,从右看到左,再从左看到右,花哩花搭地看出是江涛叫他到县里去参加会议。

第二天一早,朱老忠换上一身新洗的衣服,拿上块布手巾,扛上他的小铁锨,背上粪筐就进了城,走到城门口,离远看到江涛在城楼上散步,就喊:"江涛!江涛!我来了!"

江涛看见忠大伯那把小铁锨,在庄稼地里闪闪发光,摇着手大喊:"大伯!今日个又背了粪筐来?"

朱老忠说:"人勤地不懒,拾粪耽误不了工作!多拾点粪,庄稼长壮实点,吃得饱饱的,好打日本!"

忠大伯铜腔铁调地说着,提起矫健的脚步上了城墙,贴近江涛身边,把成立守望队的事,有滋有味地说了。他说:"我们反对冯贵堂把持守望队,反对摊枪款,提出有人出人,有枪出枪的口号。冯贵堂气极了,把眼一瞪说:'干吗?想造反?这是抗日,又不是闹共……'我瞪着眼睛看他狗嘴里吐出人话来不,他又不敢说了。"又说,"他没往下说,老明同志就注意上了,对我说:'大兄弟!可要小心,是狗改不了吃屎!'我看这里头还有问题,你说呢?咱那庆儿可是个好小伙子,在会上顶得硬着哪!"说完了话,他眯着眼睛,张着嘴看江涛有什么意见。

江涛拍着忠大伯的肩膀说:"是这么办!很好!这里头,有观点,有立场,大伯真是老当益壮!"

朱老忠听了江涛的夸奖,仄起头儿,像小孩子似的笑着。停了一刻,他的脸上又忧愁起来,颤抖着嗓子说:"那家伙,你是知道的!他有一班子打手,净爱放火打黑枪。我可并不怕死,我活了五十多,还能再活五十多?"

江涛说:"不要紧!抗日的人们越来越多,会助你一臂之力!不怕慢,就怕站,最后再算总账!"

朱老忠拍着筐头说:"出水才看两腿泥!"

从城墙上走回来,在办公室窗前经过的时候,看见人们正忙着写文件,印宣传品。严萍唱着歌儿,趴在桌子上刻蜡板,钢笔落在钢板上,噌噌地响着。张嘉庆在推油滚子印东西。朱老忠走进去,这儿瞧瞧,那儿看看,脸上挂着笑容。嘉庆搬了个凳儿,请他坐下。他取下烟袋来抽着烟,问:"今天叫我进城有什么事?江涛?"

江涛说:"今天会上有要紧的事,请你参加。看看你有什么意见?"江涛想再说下去,又不想说了。

到了吃饭的时候,严萍走过来说:"大伯,请到我那个饭厅里去吃吧!"

江涛也说:"走!咱们一块儿去!"朱老忠随走随说:"来了就吃好东西,哪里来的这么多钱?省下点,抗日不好吗?"

一说吃饭,人们争着向外跑,跑到厨房里,掀开锅盖一看,黄澄澄的一锅小米绿豆饭,香喷喷地冒着热气。严萍抱过一摞黑碗,一把竹筷子,端出一小盆腌咸菜。咸菜是严萍自己切的,人们说:有的像橡子,有的像檩条儿。

忠大伯一看,就投了脾气,搓搓手儿,笑着说:"哈哈!我还没想到你们会这么办,正对我心里的事儿。十五年前和冯贵堂打官司的时候,就是这么办,套上牛车,拉上小米、绿豆、秫秸粮,借了人家的碾棚,安上了个锅。饥了把小米饭一吃,困了躺在碾台上就睡。来吧!长长的工夫儿,干吧!有时候法警们要我请他们吃饭,我就请他们吃碗小米绿豆饭!"又说,"因为没有钱,官司就是这么着打输了!"

江涛说:"抗日是长期的,同志们进了城,老是在饭馆里吃饭也吃不起。小伙房里盛不开,干脆安锅起伙,又经济,又实惠!"

朱老忠见了这个饭厅,觉得江涛真是会办事,正对自己的心坎。他盛了一碗小米饭,边吃边说:"就是这么办!开完了会,我也不回去了,住在这里给你们做饭,也该叫大贵出来工作。我可会做饭哩!那咱在黑河挖金的时候,就是这么办;自己做自己吃,愿吃什么就做什么。看吧!要做面食,我会擀面条儿,捏饺子,蒸包子,烙大饼。要是做米食,那就小米饭,小米粥,小米干饭熬菜汤。我还跟河南人学会了做葱花炒饭:找个铁勺子,倒上点香油,把勺子烧热,搁上葱花和盐,向锅里一伸,嗤地一声响,盖上锅盖等一会,吃吧!葱花炒饭!香喷喷的……"

江涛说:"光知道大伯是种庄稼的能手,不知道还是个好厨子!"

朱老忠说:"哼哼!一点不差,我就是不走了,就是愿和你们在一块儿。跟你们在一块,我年轻了二十岁!像咱这样的人,成天价跟儿媳在一块,有多拘束得慌!"

人们吃完了饭,值班做饭的同志,问下午吃什么饭。人们异口同声地说,吃打铁的饭——水撮疙瘩。

开会的时候,朱老忠一走进会议室,人们又说又笑,欢蹦乱跳,放开嗓子,一阵阵唱着救亡歌曲。这支落了,那支又起,愉快的空气充满一屋子。他说:"你看这乐和不乐和!"青年人得到党的领导,得到了抗日的自由说不出有多么高兴。里面有在乡的知识分子,小学教员,也有刚从北京、天津出来的青年学生。那男学生们,都推着大背头,穿着学生装;女学生穿着花绸旗袍,烫着头发,黑眼睛,又弯又细的眉毛,细高挑儿,白面皮。朱老忠纳着闷儿:"怎么救国会里跑出这个来!这还能抗日呀!除非是吹吹口琴、唱唱歌儿的!"他把这事对江涛说了,江涛说锻炼锻炼就好了。

他坐在会议室里,这一辈子,第一次坐在会议桌前,觉得局促不安。他掏出烟袋来,一袋一袋抽着,坐在椅子上出神。人们正蹦着跳着,挤挤攘攘地吵,忽然之间,歌唱的声音像海水退潮似的消停了下来。朱老忠抬头一看,是江涛到会了。

江涛走上讲台,先把桌子上的尘土拍了拍,擦擦黑板,才向会场上看了一遭。他头发推得光光的,眉毛更加浓重,大眼睛更加明亮。当他的目光看到人们的时候,会场逐渐安静下来,没有一点声音了。他用手卡了一下前额说:"同志们!祖国已经到了危难的时候啊!二十八日北平失陷,二十九日天津失守。在华北平原上,已经失去了屏障了!

"从目前看,敌人进展异常迅速。津浦、平汉两线国军节节退却。敌人已经接近徐水和沧州一线,眼看战火就要烧到跟前……"江涛概略地谈了目前抗战形势,不慌不忙,一字字地谈着。但他内心里蓄积了很大的忧伤:眼看战争的火焰烧到眉毛,抗击敌人的力量,却还极其微弱,只有大暴动留下的那个小游击队。基层组织呢?武装呢?还没有足够的准备。因此,他说,"形势这样紧张,我们的担子是这样沉重。必须抓紧时间,深入工作,做好准备,迎击敌人的进攻!"

他有意识地缓慢地谈着,叫人们不放过一个字。朱老忠目不眨睛,看着江涛讲话。看他疙皱起眉头,语音沉重,就知道他为祖国前途抱着无限忧虑。朱老忠听说战火要烧到家乡,烧到田野,烧到村庄的时候,他心里实在焦灼。他想:应该告诉人们加紧割秋、打场,把粮食、棉花掩藏起来,免得受到敌人的抢劫。

江涛站在讲台上,看到人们呆呆地听着,每个人心里跳着相同的忧惧的节奏。他又谈到,八月十五日,中共中央发出国共合作的宣言。为了中华民族的独立自由和解放,要迅速发动全民抗战,收复失地。因此,必须实现民主政治,规定救国方针:改善人民生活,救济失业，安定民生。中国共产党诚心诚意地在这个基础上停止以暴动没收地主阶级的土地；撤销苏维埃政权，实现民主政治；取消红军名义，改编为国民革命军，待命出发，开赴抗日前线……

江涛把内容和大意叙述之后，又反复解释，他说："中国共产党自从解决了双十二事变以后，国内造成团结的形势，迫使蒋介石接受了合作抗日的条件，避免了内战。相反的，有些亲日派卖国贼，极力制造内战，唱着'攘外必先安内'的调子，想造成投降的形势，他们想帮助敌人灭亡中国……"

"从精神上体会，中共中央的通电，是尽一切能力巩固扩大抗日民族统一战线，发动广大群众，把日本鬼子打出中国去。中国共产党，主张停止没收地主土地，把红军改编为八路军，开赴抗日前线，完全是为了保家卫国，团结抗战。要想打倒日本帝国主义，各个抗日阶层，抗日党派，必须团结一致，共同抗日，才能得到最后胜利……"

他以悲壮的感情，以关怀民族生存的精神，反复说明问题，受到全体同志热烈拥护。

他的讲话，是那样诚恳，热情。他用家乡的语言，明晰的层次，好像剥棒子裤儿一样，一层层地使你听个清楚明白，又好像爆豆儿一样，一个字一个字地钻到人耳朵里，说到人们心坎上。

没等江涛讲完话，人们都鼓起掌来，举起拳头，喊起口号，高呼："拥护抗日民族统一战线！打倒日本帝国主义！"

他的大眼睛招呼着会场，人们看着他的神色，听着他的声音，他已经是人们公认的领导者了。

江涛谈到这里，休息了一下。他本来想从目前的阶级矛盾与民族矛盾错综复杂的关系、阶级矛盾与民族矛盾的消长变化，去解释一下统一战线问题。但为了照顾到群众干部的水平，不能讲得太多，所以只从目前工作出发，解释了几个问题。

朱老忠亲眼看到年轻的老战友，看到他潇洒的风度，流利的语言,非常高兴。然而,对他所谈到的内容,尽管同样举了手,鼓了掌,喊了口号,可是他不明白,放弃没收地主土地之后,这穷苦人们还能饿着肚子抗日?哪还有什么劲头儿革命?再说,这取消红军,取消苏维埃政权……这还叫什么革命?革命十几年,有多少同志流尽了鲜血?有多少同志丢下头颅?这一下子不就完了吗?

江涛离远看见忠大伯的脸色,一会变黄,一会变白,额上掉下汗珠来。悄悄走过去问:"忠大伯!你觉得身上不好?"朱老忠擦擦额上的汗,喑哑地说:"不,我不怎么样!"

会议继续下去,江涛听了各宣传队的汇报:宣传队到了乡村,受到人们热烈的欢迎,农村中已有不少人加入救国会了。但他又感到,这还是不够的。他们不过是从这个村庄走到那个村庄,讲讲话,唱唱歌,喊喊口号就完了。按目前工作的情况就很容易被敌人摧垮!目前老骨干少,宣传队员们都缺乏实际工作经验。要想克服这个困难,就得使他们深入下去,学会做具体组织工作,和农民交下朋友,树立下积极的骨干。根据这些意见,在做总结的时候,他在工作上提出了具体要求和工作方法。

宣传队员们听了江涛的谈话,觉得很新鲜。确实,有的人把工作想得很简单,以为随便拿起红旗召唤几下,广大群众就可以轰轰烈烈地干起来;不要深入细致地进行工作,就可以把群众带起来,向敌人冲去。经江涛一谈,他们才体会到这是非常天真的想法。会议转到讨论问题的时候,又热情地争辩了一番。最后欢迎平津学生讲述平津沦亡的经过。

第一个讲话的,是从天津来的那个穿花绸旗袍的女学生。她说她亲眼看见,天津北平有的军队英勇抗战,可是没有人去援助;她亲眼看见日本兵进了城,在大街上耀武扬威,开着坦克车在大街上横冲直撞,碰死了很多人;看见日本宪兵在大街上逮捕爱国青年、私入民宅强奸妇女;看见日本兵烧了多少房子,杀了多少人……她说:"我亲眼看见所谓国家官吏,双手捧着平津送给敌人。

他们是汉奸,是暗探,是卖国贼……"

她绯红了脸,流下泪来,用花手巾捂着脸抽泣,为热爱祖国的真挚热情所激动。讲完了话,她趴在讲台上,扭曲着身子痛哭起来。人们走过去,把她劝住。江涛说:"不要哭,哭什么?要把眼泪流到肚子里去!"

会议开到这里,人们垂下头,流着眼泪哭泣着,哀痛祖国的不幸,土地不断沦亡,生命财产都没有保障;哀痛着家乡田园将遭到日寇铁蹄的践踏。他们走出教室,红头涨脸地流着汗,互相议论着。爱国的热情,在人们血液里激荡着。

二十七

朱老忠满肚子愤懑,阶级仇恨的烈火燃烧着他的胸膛,浑身灼热起来。他瞅着江涛走回屋去,也跟着溜进江涛屋里。说:"我还不知道,这统一战线,就是这么个统法!取消红军?取消苏维埃政权?停止没收地主的土地?这叫什么政策?这不是放弃革命吗?"说着,头上的汗水滴下来。他担心多少年的革命走向失败,坐在凳子上,用手巾扇着胸脯,喘息着说,"这算什么革命?要垮台呀……要投降吗?"

朱老忠暴躁起来,发起脾气。热血在他心房里鼓荡,眼里噙着泪,手脚打着哆嗦。他冲动起来了,情绪上掀起风暴。他的思想搞不通。他想:"这些年来,经过国民党的屠杀,从血泊中,从死人堆里爬出来,一直坚持到今天,可是到了这个节骨眼上,又是团结地主阶级,又是放弃没收土地,又是……说不清,这统一战线要统成个什么样子?这年纪老了,依靠不上革命,将来又去靠什么呢?"他又走近江涛说:"江涛!我给你说,这统一战线……咱先说朱庆他爹是怎么死的？你和运涛又是怎么住的监狱？这不够淹心的？这穷人们，就是一条好身子骨儿，一身无牵挂，说干就干！没有饭吃怎能抗日？这统一战线一来，不能再打土豪分田地……"

江涛看着忠大伯愤慨的情绪，他冷静了一下头脑，沉思着。他已经感到贯彻一个新的政策，以使革命转过弯来，争取到急转直下的顺利形势，是个极其艰苦细致的工作。他认识到必须做好思想工作，才能使革命运动健康发展。否则，就可能丢落一部分革命的群众，使革命工作受到损失。自从贯彻统一战线政策，各地方都有同样的情况，遭到同样的思想抵抗。今天他叫忠大伯来，就是想和他把这个问题做个研究。

江涛从历史上考虑了忠大伯，他是党的忠实党员。他不是不信任党的政策，他是怕阶级敌人背信弃义，不遵守民族革命的共同纲领。他阶级觉悟高，体会问题也比较深刻，他是最好说服的人。他把忠大伯扶到椅子上坐下，说："忠大伯！你很对！这仇恨比海还深，把它揣在心里，永远不能忘记！我猜猜你的心思看，你不是不相信党的政策，你是担心我们的'朋友'三心二意，不守信用，是不？"

一句话说到忠大伯的心坎上，老头子哈哈大笑了，说："你猜怎么样，江涛！定盘星就在这儿！"

江涛看忠大伯笑了，他想：这思想算摸着边儿了！他说："忠大伯！我猜你的思想上目前有几个担心的地方！"

朱老忠说："你说说！我听听！"

江涛说："比方说，一个人走道儿，碰上了不投脾性的人——这人就是蒋介石。于是你也不跟我说话，我也不跟你说话。正在这个当儿，从南山下来了一只老虎要吃人。你说，为了共同的利益，是不是可以两个人先商量着打走了老虎呢？"

朱老忠说："老虎过去了，他要再跟你闹别扭呢？"

江涛说："那！咱再和他算闹别扭的账！"

朱老忠说:"行倒是行,可有一样,得留着这点心!"

江涛说:"比方说,日本鬼子是全中国人民面前的老虎。我们就应该领导各阶级阶层打死它。为了挽救我们的国家民族,我们团结他们拿出枪,拿出钱,拿出粮食。换句话说,让他们出一点血汗在民族革命上。不比他们靠近敌人,把枪、钱、粮食送给敌人好吗?"

朱老忠说:"对呀,是这个说法,就得叫他们出点血汗!不然就算叫他们占着便宜。"

江涛说:"你还有一件担心的事!你担心打起仗来,穷苦人们没有饭吃。"

朱老忠笑着说:"哎!吃饭问题就是一件大事!"

江涛说:"为了解决这个问题,党中央早有打算:放弃没收地主阶级土地之后,就要改变政策,实行减租、减息、合理负担。就像你说的,穷人们就是有一条好身子骨儿,不能饿着肚子抗战。在打鬼子保家乡的期间,人们卖了力气,也得随着抗战的胜利,一步一步地改善生活。搞得好,不愁没有饭吃、没有房子住、没有衣裳穿。"

朱老忠还是半信半疑,可是这话从江涛嘴里说出来,是党中央的政策,他不能不信。他说:"党要坚决这么办,我就信!"

江涛说:"你还有一件担心的事!你怕蒋介石口是心非,阴谋暗算,消灭红军!"

朱老忠把大腿一拍,响亮地笑着说:"哎!就是!"

江涛说:"把红军改编成八路军,开到敌后战场上,正是为了扩大红军,发展民主力量,用身经百战、英勇无畏的红军去教育改造落后的军队,提高他们的战斗力,叫他们有利于抗日!"

朱老忠点着头儿抽着烟说:"有道理!有道理!"话是这样说,他心里还不明白,怎样才能达到这个目的。

江涛笑眯悠儿地说:"你还有一件担心的大事,你怕蒋介石一党专政,把持政权,消灭苏区!党中央提出来,要实现民主政治、改革政治机构,力行民主化!再说,这群众发动了,政权就归群众所有。"

朱老忠低头寻思半晌,背叉着手儿走出来,在阶台上立了片刻,又慢慢儿走出学校,下了门口的高台阶,向大街走去。叹着气自言自语说:"啊呀!好不容易的革命呀!"他心上沉重,好像搁着一块石头,攥紧了拳头,在胸口上敲了几下,又伸长脖颈,朝天出了一口长气。他倒背着手,走上城墙。

秋黄了,原野上洒满了秋日的阳光,秋天的风吹过来,刮得庄稼叶子哗哗响着。高粱红了,芝麻黄了,知了在护城河岸的柳树上叫出刺耳的鸣声。沿着城墙向东去,半空里长出一棵枣树,有拳头那么粗。树根把城墙都撑裂了,枝上长出半青半红的枣儿,向下垂着。他想这城墙是砖和石头砌成的,雨水大的年头,还能淋上点雨。缺乏雨水的年头,兴许一点水也淋不到,可是它能生活过来。也许,它生活了几十年,挨过了多么长的生活道路,但它毕竟活过来了,还长出累累的果实,迎着风,骄傲地摆动着,说不出它的生命力有多么大。远处大道上来了一辆车,车上拉着早熟的庄稼,他两眼盯着,一直到城根上。他又看着这棵城墙上长出来的枣树,说:"事在人为,确实是!"刹那之间,他郁闷的心情,像雨后的太阳赶散了乌云,又像长长的彩虹,豁然开朗了。他提脚走回去,江涛还在屋子里考虑问题。

江涛只觉得这位革命的老爸爸是可爱的,只是文化水平和理论水平把这个久经锻炼的老战士限制住了。他拍着忠大伯的肩膀说:"大伯!老同志!你还有什么地方想不通!"

朱老忠抬起头,思想了一会,再也想不出什么来。头上的火气消了,胸膛空落落的,他说:"想什么呢?什么也想不出来!"一时觉得挺难为情,他说,"江涛!我上了几岁年纪,老没出息了!咱这没念过书的人,心眼儿里就是瘫浊。可是,咱可是个直性子人!心里有什么说什么。"

江涛笑着说:"只要跟着党走,就能打败日本帝国主义!"

朱老忠默默地点头,说:"是呀! 一点儿不错!"

江涛见忠大伯实心实意接受了意见,思想上豁然轻松了。一时间,他觉得口渴、疲累、头脑眩晕,坐在椅子上,点着一支烟吸着,又喝了一杯茶。又递一支烟给忠大伯,忠大伯把烟放在桌沿上,抽起自己的旱烟袋来。

江涛自从坐狱之后,向来不愿在人群里多说话,现在他一次又一次的出席报告。自从出狱以来,他养成好静不好动的性子,可是工作逼着他去奔波。在这一段工作里,他得出这样一条经验:虽然统一战线了,一切在于斗争;党外有民族斗争,是阶级斗争,党内有思想斗争,斗争会把人锻炼得更坚强。朱老忠从卢沟桥事变以来,解决了他的组织问题以后,工作更加积极,考虑问题,更多从党的利益、国家民族的利益出发。他脸上更明朗了,嗓门更加高亢,笑得更加响亮了。他本身还有一个更大的变化,是他多年来的江湖气魄,忠义的作风,在长期革命的锻炼里转变为阶级感情,忠心耿耿,一心一意为党工作了。

朱老忠背叉着手,在屋里站了一刻,一忽儿又怔着,想着,手捋着胡子,抖动着眉毛。他耸起肩膀走向江涛,微微笑着,又冷不丁地大笑了,右手在大腿上一拍,竖起大拇指头,说:"好样的!共产党里有能人,劳苦大众有希望!"

江涛走过去,攥住他的手说:"大伯! 你想通了?"

朱老忠说:"我真正想通了! 只要一条,一切从党的利益、从阶级利益出发,就没有想不通的!"

江涛点头说:"想通了就好了,希望你把这个意思,回去告诉支部里全体同志,用你的思想打通他们的思想,全党上下执行抗日民族统一战线政策,就可以保证抗战的胜利!"

江涛送走了忠大伯,顺便走在城墙上,城楼上有一堆人,站在那里听炮声。隆隆的声音,从遥远的北方通过稀疏的、卷曲的云纹里传过来。人们交头接耳的谈论,说四乡里有从前线溃散下来的逃兵骚扰村庄。他沿着城墙走回来,趴在桌子上,写了个简单的指示,交给严萍,要她马上印好,连夜送下去。通知各村救国会,各村支部,开始站岗放哨,注意保护人们生命财产的安全。

战争局势发展得出乎意外的迅速。江涛觉得心里沉重,不停地在屋里盘旋,在院子里散步,考虑着目前存在的问题。脸上有时变得苍白,有时浮出阴晦,静穆的眉泉里,绕着雾样的情绪,到了傍晚,他脸上又开朗了。他读了书,有了知识,但在血管里流动的是农民的、手艺工人的血液。一遇到紧急关头,他就学着贾老师,挥动右手说:"斗争!斗争!斗争!"咬紧牙关,下定决心,不为困难所吓倒。他说:"在目前,斗争就是生命,斗争就是生活,斗争就是解决问题的途径!"他又想到冯贵堂对农民的蛮横态度,想到封建势力是不让革命力量抬头的,而民族敌人又打到脚下,党必须领导广大群众进行抗战。然而从阶级斗争转变到民族斗争的关键上,要怎样布置战斗,还是不得解决。

他想开个会,正式交换一下意见。当他去招呼严萍的时候,人们正谈到热闹中间,内容当然也离不开这些问题。

大贵说:"这问题是明摆着!敌人占了沧州,占了石家庄之后,一定要顺着沧石路进攻。就像是撒网捕鱼,咱们就像鱼儿落在敌人的网兜儿里。"他眨着两只大眼睛说着,坐在椅子上。年轻的热血在心里嘣嘣跳动,表现得那么冲动。

严萍不等大贵说完,慢慢儿说:"敌人的战略,是三个月灭亡华北,是跑步前进,不是步步为营。在这青黄不接的时候,大的敌人是日本帝国主义。可是国民党的残余政权、封建势力、地主武装,对我们也没个放松。抗日的力量,统一战线工作,目前还不能抵抗民族敌人和阶级敌人的阴谋。民族敌人很可能和封建势力携起手来,对抗日力量形成包围夹击。不能妄想,封建势力会自动地对抗日力量放弃攻击……"

她伸出手指,一个字一个字地、慢慢儿说着,好像吐出一个字,就有百斤沉重。

张嘉庆听不惯严萍这个泄气的思想,他认为这就是泄气。他说:"不管三七二十一,先执行党的决议,把我们游击队转到地方上,搞起武装来再说。有了武装,声东击西,左冲右冲,就有力量了,拉杆子也得拉他三年!日本鬼子抓不住我们,封建势力咬不了咱半截儿,扩大了武装就行。大暴动的时候咱年轻,那才是合眉钻眼的瞎干呢!这早晚说不了大瞎话,当是他眼里一根刺,也挑不出来!不能顾虑太多……"他像着了什么慌,急急忙忙说着。说完了,把手巾铺在膝盖上,擦起枪来,笑眯眯地叨着他的大烟斗,一斗一斗地吸着烟。

江涛站在一边听着,靠在窗前,看那秋天的、辽远的高空。几只云燕一直飞到冒天云里。对叶梅和十样锦还在盛开着。荷叶苍黄,带来深秋的景色。这个谈话继续了一个钟头的样子,让每个人都发表了充足的意见,他才抬起头,眨着眼睛考虑着,把人们的意见概括了一下,说:"这就需要看时机、看火候!当敌人进攻的当儿,当国民党军政机关溃散的当儿,当封建势力乱了套、混乱了思想的当儿,这就是抗日的人们挺身而出的时候。问题是预先要有准备!"

江涛认为大贵的意见代表了一部分社会心理,严萍的意见是久经考虑之后,才说出来的,自己的意见也在肚子里滚上滚下,滚了好几天。最后,他又说,"谈吧!有什么意见尽管说,我就是等着执行大家伙的意见!"

严萍坐在椅子上,这么想想,那么想想,看得出是心情烦躁。她缓缓地说:"工作在地下的时候,怎么都行。现在已经暴露到地上来,那就是个问题。我同意提前作准备,不然敌人一来,社会秩序一乱,就要临时抱佛脚。我们在这广大平原上悬着,一无政权,武装又少,意外的事件可能发生呢!"严萍跟着党战斗了多少年,长时间在旧社会里锻炼,是个细致的人。她对事情发展的每个细节都考虑得很周到。

江涛向来在会议上不多说话,等人们把意见发表完了,他以负责人的身份,下了结论:"我想,我们这样估量客观形势,是正确的,可是我们不惊慌,也不失措。问题是自然形成的,只要事到临头能拿出对策,就没有什么可怕!我想,我们该马上到特委去,争取领导,定好联系!不的话,在混乱的局面下,就会和领导隔绝了!"

严萍说:"对!这话正对我的心思!"

嘉庆说:"对!我同意马上就去!"说着,把枪插在腰里。

江涛觉得,这样重要的事情,别人去他还不放心;自己去,就要离开岗位。踌躇了一刻,才说:"明天我就动身,家里的工作你们照管一下……有个同志做伴去才好!"

嘉庆眨着两只眼睛,看了看谁也不做声,伸出他的长胳膊,把袖子捋到胳膊根上,说:"俺张飞自告奋勇,单刀会上走一遭!"说话间,伸手扯出盒子枪,冲冲地向外走。

江涛打了个手势说:"嘉庆!今天可不许你放枪!"

嘉庆停住脚,红起脸来,喷地笑了,说:"怎么把我的思想掌握得这么紧!"他立刻站住脚,又慢搭搭地把枪插回腰里。

事情决定了,他们脊梁上好像丢掉下一块沉重的石头。身上轻松了,脸上浮起笑容,站起身来,打了个舒展。人们困盹的眼睛,又干瘪又疼痛,互相招呼了一下,就各自散去了。

第二天早晨,醒来的时候,天已发亮。江涛立在熬干了油、发着红火的煤油灯前,整好他的蓝制服,对着镜子系好领扣,瞥见年轻的脸上黄了也瘦了。走到嘉庆屋里,嘉庆正仰面朝天躺着,没事人儿似的,沉沉地鼾睡。他用鞋底磕了一下床板,说:"天亮了,该出发了!"

嘉庆从床上跳下来,洗了两把脸,穿上一身干净衣裳,带上护照,把枪插在腰里,走去收拾车子。

江涛又走到严萍的窗前,说:"严萍!你们在家好好干,我们要走了!"

严萍和大贵送到门口,像送亲人远征一样,她亲热地握着江涛的手,说:"天下大乱的时候,多加小心!办好办不好早点回来,免得人们结记。家伙带上了吗?"

"带上了!"嘉庆拍了拍腰里鼓蓬蓬的东西,翻身骑上车子。蹬了几步,回过头来,笑着说:"严萍、大贵,回去吧!有我张飞在,万无一失,请放心!"

秋天的早晨,天上流动着乌云。江涛走在前头,两脚蹬着车轮转得飞快。回头看那古老的城楼、村庄、树木、田禾……匆匆落在脑后了。

吃早饭的时候,走到张登镇,大街上起伙店的门前,卸下很多大车。车上坐着妇女和小孩子,正在端着碗,吃大碗面呢。嘉庆迎上去说:"借光!请问从什么地方来?"

一个穿蓝布大褂的人说:"保定啊!"看样子像个商人。

嘉庆又问:"再远的呢?还有人吗?"

"从北平来啊!"是一个五十多岁,长着两撇胡子的胖老头,看样子也是个商人。

嘉庆把车子靠在身上,掏出烟来,划火抽烟,问:"北平战事怎么样?"

"战事吗?"穿大褂的商人说:"战事过了南口,北平没有战事了!"

嘉庆惊怔地摆了一下头,把长头发甩到脑后,说:"保定呢?"

老头说:"保定成了兵山啊!"

嘉庆问:"有飞机吗?"

他咧起嘴来说:"啊呀!炸得凶啊!"

江涛看问题严重,也走上去问:"看样子,这战事……"

嘉庆越着急,心里越没底,越想追问到底。他不等江涛说下去,朝前走了几步,说:"前线上顶不住?"

见问得紧,这商人吃吃地说:"咱这老百姓,知道什么呢?反正是道听途说,人云亦云呗!说战事到了保定北里,国军有招架之功,无还手之力了。前几天兵车往北开,这几天兵车老往南开了。昨日晚上,兵车往南开了一后响,铁道上光是运兵了。"

赶脚的把式,脑袋上箍着块蓝布手巾,手里紧攥着个馒头,见人们念叨战事,也走过来说:"这年头,有什么法子!要不是,咱这车也不想出门,在家里净抓车。出来也不准怎么样,不知道这天下乱成个什么家业?"说着,张开饥饿的大嘴,一口咬下半个馒头。

老商人不胜惋惜地说:"鬼子一进北平城啊,那就不用提了!那坦克、那大炮,啊呀呀,真是厉害……咱一看,这面筋铺儿也别开了,拔锅卷席走吧,回家当老百姓呗,那又有啥法子!"

车上的人们,都哭丧着脸,屈声哀哉地说:"谁知道呢,世界乱成什么样子呀!"

江涛听着战争离家门更近,不由得心上紧张地跳动着,从难民的精神上、言谈上,判断战争形势将有剧烈变化。

公路上过去的人更多了。坐车的,步行的,挑担的,背着包袱、行李的。大都是在城里混小事的,做生意的,上学的……垂头丧气顺着公路往南走。

车子一走上保定南关的平光马路,嘉庆箭似的骑过去,不提防街口上站着两队兵,端着亮晃晃的刺刀,一窝蜂似的赶上去把他们揪回来。嘉庆憋红了脸,跳起脚来说:"你揪我干什么?"

士兵们嘴里不干不净,想拿枪把揍他,说:"你脑袋上没带着眼?妈拉巴子怎么的?"

嘉庆看架势不好,挺起胸,大模大样地说:"哼!你没吭声嘛？这是什么时候？管干什么吃的?"说着,用白眼仁瞅了他们一眼。

一个岗兵,歪愣歪愣脑袋,生气地说:"谁知道你是卖姜的卖蒜的？搜他!"连推带搡,浑身搜起来。搜着搜着,岗兵像得到什么出奇的东西,惊讶地说:"唔! 有枪!"立刻有人上去要拧他的胳膊。嘉庆推开他们,解开衣扣,拿出护照来,说:"你看! 这不是随带手枪一支!"

江涛见闹得不可开交,走上去说:"我们是县政府的,来省政府办公事!"

挎红带子的军官,看了看他,点了一下头。说:"妈拉巴子! 这是什么时候？还这么啰啰唣唣。去吧! 反正都是中国人!"

他们走过去,挎红带子的小军官又摇着手打了个招呼说:"对不起! 正是出汉奸的时候!"

嘉庆回头愣了一下说:"汉奸,他妈的脸上也不贴着帖儿!"他噘起嘴,使劲蹬着车子。走到南大桥,见又有站岗的,他主动下了车子,掏出护照递过去,几个岗兵围上来马马虎虎地看了一下,把手向街上一摆,说:"走你的,看这是什么时候了!"

岗兵们又嘀咕着:"这工夫了,还办公事!"

嘉庆看了看他们,说:"我看,也是当一天和尚撞一天钟!"他一回头,哨兵又向他摇手,以为又出了什么岔子,把车子扔在马路上,怒冲冲地走回来。说:"什么事？"

一个哨兵说:"都是中国人,告诉你们一声儿,今天进城要注意!"

嘉庆听不进这些没盐没酱的话,嘟哝着走回去。说:"倒有点中国人味!"

他告诉江涛,哨兵叫他注意的话。江涛站住,看了看太阳说:"时间这么紧,这会儿不进城,什么时候找人?"

他们横着心,把眉头一皱,骑上车子,冲进城去。

二十八

　　他们硬着头皮进了城,找了几个地方,找不到机关,也找不到人,想到民训处去找个老朋友,打听打听消息。大街上买卖家都关上板搭,只留一个小口儿;穿破烂军装的士兵,不断走出走进。街旁尽是一洼洼的马粪尿。墙上写着一些蓝色标语,用红绿纸印成的告民众书歪歪斜斜贴在墙上,也被人冷淡了。江涛自言自语着:"祖国的城市,灾难的日子快要到了!"走到省政府,传达室里走出个年轻的传达员,冷淡地问:"什么事?"

　　江涛说:"我们是来找人的,找民训处温秘书长!"

　　"找人?"传达员好像觉得出奇,又说:"早就走了,上了定县。别的部门也只剩下一两个人,这会儿也防空去了!"

　　嘉庆问:"飞机怎么样?"

　　传达员咧着嘴说:"多呀!不用提了,有事办办,没事赶紧出城吧。这个时辰!"传达员不耐烦地说着,端了两碗水来拿起腿走开了,立在防空洞上,东瞅瞅西看看。

　　江涛坐在传达室里,喝了两碗开水,觉得头晕目眩,肚子里热辣辣的,就又走出来。大街上除了士兵和出城的老百姓,已经没有别的行人,使人觉得深秋雨夜一样的冷漠。

　　他们走进万顺老店,老掌柜走过来,眯起眼睛看了半天,当他看出是志和家的,笑开长胡子的嘴,亲切地招呼:"江涛,是你来了,是从家里来?这阵子你爹可好?老忠也好?"

　　江涛说:"好!他们都好!大伯,你也好?"

　　朋友的孩子来了,老掌柜睁开昏花的眼睛,说:"我好,怎么这关节眼上还进城?是亲戚朋友有个磕磕绊绊,上法院了吗?咳!

也不是时候了！"

江涛说："不，大伯，是来省政府办公事的！"

老掌柜仗着东倒西歪的几间破房子，在这里开了几十年的客店。一九三二年江涛在二师被围，朱老忠和严志和来了，就住在这里。如今他已经老得弯腰驼背，长了满脸皱纹、满脸的白胡子，还不断欠下腰，连声咳嗽。他说："办公，这也不是时候呀！都走了，逃难去了。除我这老不怕死的，谁还到这儿干什么？"他打上盆冷水，请他们洗脸。又说，"这几天，我连火都不生了，咳！完了！完了！完了啊！"老人悲观失望，不住地摇头叹气。

江涛问："每天都是什么时候来飞机？大伯！"

老掌柜说："咳呀！一早就来了。有时七八点钟，也说不定，来了就是机枪扫射。咳呀！这制不住人家，算是没法子。平素看不出来，这战争一来，就现出原形来，怎么这些个汉奸呢？白天来了飞机就是白旗，晚上来了飞机就打彩灯。人家说，那就是汉奸。谁又知道！谁经过这个年月，这个世道？咳！你们住在这儿，有房子有被子，吃饭你们外头吃去，我这里也不开伙了。你们来了没说的，别人来了，我也不收留了！"老掌柜说着，摸着胡子，弯曲着两腿走进柜房。

江涛走进客房里，见地上炕上尽是霉湿的尘土。等老掌柜背过两条油腻的被子，他躺在炕上，脑袋枕着手，想打个盹儿。身上实在劳累了。

嘉庆呆不下去，走到大街上。在几个地方打听了一下，也找不到熟人。在大槐树底下买了几个火烧，大口地咬着走回来。到上灯时分，江涛说："咱们再去看看，要是防空去，也该回来了！"嘉庆说："你身体不好，在屋里等吧！我去找找，找到人了，我再来喊你。"

嘉庆又走出走。大街上正在过兵，士兵们排着四路纵队，身上披着全副武装和掘战壕的铲镐，脚步走得很沉重。队伍后头，跟着一队队的骡驮子,驮着小炮和子弹箱。骡子为战争服务,都饿瘦了,一匹匹耷拉着眼皮,耷拉着长长的鬃毛和长长的尾巴,沾着浑身的泥土。从乡村里抓来的马夫们,使劲掖着牲口往前赶,赶不上去,打急了跑几步,颠得那些军器箱子咣当乱响。街道两边,人们无精打采地走着,时而抬起头来看看从前线退下来的军队,看看死气沉沉的黑暗的街道。嘉庆走到省政府门口,深宅大院里黑洞洞,连个灯亮儿也没有。衙门里没有人,连门也没人关了,两扇大门,在黑暗里敞开着。

传达员见他又回来,有些厌烦,生着气摇晃着脑袋说:"不是说过了嘛,他们已经走了!"然后又压低嗓音,亲切地说,"没什么要紧的事情,赶快出城吧!你看这情景儿,谁知道什么时候……"他沙哑地说着,两只眼睛不耐烦地看着别处,嘴里唠唠叨叨,"咳!这算什么年头!无职一身轻,有法儿的大官儿,有钱的老爷们早走了,光剩下咱这穷光蛋,一月挣不了几块钱,在这里等死!"

嘉庆走上去,央求他:"我想,他许不走……"

传达员拧着鼻子,说:"你想,你也不嫌个絮烦!年轻的先生,你看!这是到了什么时候?还那么认真干事?你还办公?你办的是哪家的公事?我看你不愿当断头鬼,就赶快逃命吧!"

嘉庆看看没有希望,他又走出来,站在大街上。看了看两头的寂寞的街道,他想:"情况不明,时间这样紧急,还找谁呢!"于是,又踏着黑暗的街道走回来。

江涛见他耷拉着脖子走回来,说:"怎么样?"嘉庆失望地摇了摇头。

江涛闭了眼睛,静默了一刻,说:"明天坐火车上定县吧!车票也许能买,一定要完成任务!"他想:完不成任务,回去又怎么办呢?心里焦急,身上发起烧来。

嘉庆嘟哝着:"看样子,这地方不能久留了!"说着两眼盯着门口的黑暗。

城外响着几声汽笛,老掌柜踉跄地走过来,说:"灭灯!灭灯!灭灯!"说着,跑过去吹灭那只小油灯。他说:"这是规矩,开了会的,飞机就要来了,看见灯亮就打机枪。谁家要是留着灯亮,就是汉奸!"他见江涛站在门口,又说,"看看可以!可别说话,飞机上有无线电!"

一会儿,满城成了黑暗世界,为了迎接民族战争,在这个城市里第一次有了防空设备。离远看得见城墙角下,有几只探照灯,晃着彻天的、明亮的光柱。

天空里有几个小红灯儿,晃晃悠悠地飞过来。小红灯越近越大,带来了嗡嗡的响声。阴暗的天上,飞机在盘旋了。探照灯满世界搜寻它们,它们躲避着。防空司令部指挥着高射炮和高射机枪,开始射击。

也不知从什么地方,从四面八方飞起了蓝色的彩火,像鬼眼睛一样的蓝火球儿,滴溜溜地飞上天空。飞机随着彩灯,抛下了照明弹,顿时一声爆炸,白色的烟火冲上天空,探照灯和照明弹交织着,像大白天一样亮。

空袭开始,闪电雷轰和尖脆的爆炸声杂在一起。江涛感到多少年来,在祖国的土地上,经过多少战乱。今天,第一次见到空袭,第一次听到民族敌人的枪声。他想到人民的苦难,心里疼得难受。一阵枪炮声过去,身上寒森森。他用手挥散了顾虑,把心思放平,坦然地躺在炕上。说:"咳呀!好热闹的夜战!"

"比他妈除夕的花炮还热闹得多!"嘉庆说着,咕咚的一声,生着气把脊梁摔在炕坯上。

老掌柜听得说话,惶悚地走进来,沙哑着嗓子说:"我的孩子们!怎么还说话?飞机上有无线电呀!"说着,可以看得见,长着长头发的脑袋,不由自主的在黑暗中频频摇动。

江涛觉得在这个时候,也用不着解释了。老掌柜又在门口跺跶着脚,观望去了。不自觉地口口声声地絮叨着:"天老爷!这年头！谁知道这就亡了国呢？咳！……"

飞机的声音越来越远。解除警报的笛声拉过了,灯光也不见恢复。死寂、空虚,黑黝黝的城池。江涛觉得胸口里窒息得透不过气来,到街门口上看了看：在黑暗里,不时有人在街道上走过,谁也不说一句话。沉重的黑暗,铁样的寂寞,阴森森的,吓死人的沦亡的前夜啊！

第二天,天还不亮,老掌柜就来催他们起身。

嘉庆听得老掌柜的喊声,一骨碌从炕上爬起来,懵懵懂懂地摸了摸两个车子的轮胎,见没有气了,不言不语,端着脸盆舀了水来,试着漏气的地方,用胶水粘着。胶水放得时间过长了,失去了作用,说什么也粘不住。直急得满头大汗,他问老掌柜："有卖胶水的吗？"

老掌柜早看得不耐烦了,摇着脑袋说："你说什么？你看你！你看你！这是到了什么时候？什么时候这是！唔？还有卖胶水的？"他嘴里直喷着唾沫星子。"我看你要是不愿叫敌人抓去,快爬着走吧！咳！你看这城里,还有一个兵芽儿？"

江涛二话不说,推起车子往外走。嘉庆请老掌柜算下店钱,老掌柜又急得跺起脚来,说："咳！咳！跟你们打交道,真是急死人。赶快出城吧,还算什么店钱？这是到了什么时候,还算店钱！这个时候,我要推着你们走。走吧！快出城吧！"他伸开两只手,一股劲往外摆。嘉庆数了一点钱扔在炕上,刚一出门,警报又响了。

老掌柜跺脚连声："咳！这人该河里死井里死不了！该怎么死是命里注定的！我早就拿定了主意,及早叫你们出城,老是慢慢腾腾的。又是买胶水,又是什么算店钱,这么多的啰嗦事！"

嘉庆在清晨的薄雾里,看见他老年的脸上,纵横着眼泪。他说："忙回来吧,飞机又来了！"老掌柜紧拉着他们走到后院里。

后院里有个盛白菜的小地窖,因为雨水的冲刷,坍塌了,只能盛开三个人。江涛把老掌柜挽到壕坑的角上,蜷伏着身子,他们俩偻着腰,望着天空。嗡嗡的声音,从薄云中传来,随着飞来了机群。由小而大,散满了天空。防空司令部的机枪,焦脆地响着,高射炮又开始轰击。

敌机在同一时间,俯冲了下来,嗤的一声,随着那长长的撕裂的声音,一组组的,碌碡大的炸弹丢了下来。没法数清爆炸了多少声音,在漫天的尘烟里,它们像从沙发上抛起来,又沉重地摔下去。随着,有孩子的哭叫,烈火烧着木柴,噼啪乱响。

江涛合紧了眼睛,耳朵被震得嗡嗡乱叫。他的耳朵和眼睛麻痹了,晕眩了。拔了几棵蒿草,盖在窨口上,老掌柜在蒿草下趴着,沉吟着:"啊呀!不要动,还不算完!"

飞机飞得很高,高射炮和高射机枪连续地响着,像要威胁住它们。在烟云散尽的时候,敌机不顾防空设备,分批的,有的由北而南,有的由东而西,俯冲下来。一串串的黑色炸弹,斜飘过来。老掌柜隔着蒿草偷偷望着,颤栗着嗓子叫:"落下来了,落下来了,合眼吧……"

一群群的炸弹,在疾风里飘过去了,山崩海啸的声音响过去了,接着,又是尘烟蔽天,又是火焰烽涌的喷射。眼前还有高大的颤抖的火舌,旋舔着阴暗的天空。老掌柜面对着火焰,浑身簌簌地发抖。

嘉庆揉了揉眼睛,说:"今天哪,这一百多斤算搁在这儿了。"

江涛见他张嘴,听不清他说什么。猜思着说:"坐着火车吃烧鸡……这架骨头,走到哪儿扔在哪儿!"想说话,就得喊很大的声音。他喊:"城里地方大着呢;哪里就扔在我们身上!"

嘉庆说:"我的耳朵没聋,使那么大劲干吗?"他自言自语着:"一辈子也没见过这些飞机,这么多的炸弹……"说话中间,无意中看见一个人,小偷似的,偷偷摸摸爬上对过的教堂,手里拿着小白旗摇晃着。他说:"喂!汉奸!"手疾眼快,伸手扯出枪来。江涛来不及拦阻,"当!"的一声,那人应声倒下,骨碌碌地掉下楼房来。真奇怪，不一刻又有第二个人，偷偷摸摸地爬上去，抬起那面小白旗，东张西望，找寻目标，又弯下腰，探身向这蒿草里望过去。嘉庆喊了一声："看枪吧！小子！"又迎头一枪，把那汉奸打下来，再也没人敢上去了。

老掌柜吓得脸上发黄，怕惹出是非来。一看见伸枪打下汉奸来，他老年的脸上，蔼然地笑了，说："好样的！好样的！"

雷声，闪电，迷漫的烟火……不知反复了多少次，继续了多少时辰。飞机走了以后，才解除了警报。江涛从壕坑里爬出来，拍打着身上的尘土。觉得喉咙和嘴唇，干瘪得要命，想泌点唾沫湿湿嘴唇，也泌不出来。老掌柜在蒿草下抽搐着痛哭着，江涛把他扶起来。

老掌柜说："咳！咳！活不过去了！快出城吧！亏得你们在这里，快把我吓死了。死了倒好，这么大年纪的人，连个收尸的人也没有。"

江涛掸去老掌柜身上的泥土，说："不要紧，你老跟我一块出城吧，我们送你回家！"

老掌柜说："咳！靠山吃山，靠水吃水。有这几间破房子，离不开呀！"他留恋不舍，看着他的破店房，说，"走吧，快出城吧，孩子们！"他开了大门，闪开身子，让车子推过去，说，"回去了，给我来个信，在这个时候，我也就不结记你们了。问你爹、问忠大伯好，老朋友了！"

嘉庆行了个礼说："老伯，咱们后会有期！"谢了谢老人走出来。

劫后的大街，弹坑累累，房倒屋塌。空中飘着凄惨的风，满街筒子充满着布臭气。火还燃烧着，人们一堆一伙，守着死去的人和倒塌的房屋啼哭着。

十字街上，被炸了一个大坑，坑底冒着黑水，泛着蓝色的泡沫。听说是两吨重的炸弹炸成的。坑边上有一辆大车，被炸得粉碎。

一只牲口被炸死,这里一只腿,那里一只耳朵,有一截肠子粘在墙上。

上了民族战争的第一课,江涛亲自感受到民族敌人的残酷、法西斯的恶毒、亡国灭种的惨祸。他皱着眉,咂着嘴,把这仇恨咽在肚里,吃在心上,永久忘不了。真实地体会到:一定要坚决发动群众,进行抗日战争,把日本鬼子打出去,才能解放中华民族,解放祖国!

到了西车站,人们集聚得挺多。有士兵,也有老百姓。一个个苍白的脸,惶惧的眼睛,说起话来,伸长了脖子,像老鸦一样,大着嗓子眼儿喊,好像都受了炸弹震惊过的。人们在售票处拥挤着,挣扎着,有本城的,有从北平逃来的,都想坐火车向南走。嘉庆也在那里挤了一会,觉得实在挤不上去,就掏出护照来,找站长去了。站长找不到,一个当差的正在收拾房子里的东西。嘉庆问他:"上定县,一天有几趟车!"

服务员冷淡地说:"这时候有什么趟不趟?只要上得去车就走吧!飞机轰炸这么厉害,票也快不卖了!"

嘉庆说:"站长不上班吗?"

当差的说:"找站长?谁也找不到了!没事赶快走吧,徐水一线已经……"

嘉庆走回来,他想机关找不到,只好走了。有一个像小商人又似乎像小职员模样的人走过来,伸出大拇指头,说:"上哪儿?咱保上车!"

嘉庆走上前去说:"我们上定县!"

那人说:"我这是石家庄的票,紧急当儿,十块大洋一张。"那人说着,手指头捏着车票,在嘉庆眼前一晃。

嘉庆说:"八块吧!只剩下这几块钱了!"

那人待理不理,又走到江涛跟前,捏着他的两张车票,以眼前摇晃了两下,绷起嘴来说:"十块钱不算多,保上车!别看那些买了票的,也不准上得去车呀!"

嘉庆给了他二十块钱,拿了两张车票。

人们挤着喊着,小孩子们哭着叫着,挤满了车厢,挤满了车前车后的廊下。江涛看了几个车厢,都装满了省政府的办公家具、贵公馆的钢床沙发。但这些沦亡了家乡的、灾难中的人们上不去车,走不出危险地带,就没有人管了,他面对着沦亡的惨相出神,对着这纷乱的情景呆了一刻。嘉庆想上到家具车上,守护的人说什么也不让他上去。见一个军官模样的人走过来,他行了军礼,说:"借光,我们是上定县找省政府的!可是上不去车!"

那人戴着口罩,也不说什么,把他俩领到一个盛军马的车厢里,让他们和骡马挤在一起。车厢里尽是一堆一洼的马粪马尿,也说不出是些什么味道。那个卖票的人说了大话,也不知躲到什么地方去了。

车还不开,说要挂军用车。人们焦躁地牢骚着:"咳!忙走吧!飞机又要来了!""在北平没死了,要死在这儿!"人们喊着叫着,车头上吼了一声,火车开了。当火车开动的刹那间,江涛看见月台上一个人很像运涛,他喊了一声:"哥哥!"运涛好像没听见,他急忙叫了一声,"运涛……"火车已经开行了,他也不知道他听见没有听见。

沿途田野上的人们,看着这最后的列车,带着沦陷区人们的悲哀和失望,驰过祖国原野。他们睁大了眼睛望着,连一句话也不说。

到了定县,走进一个很大很空旷的城池。走过老远的农田,到了大街上。打听省政府,人们说这里没有省政府,只有张荫梧的民训处,省政府现在石家庄。

听得是从保定来的,人们都跑过来打听战事消息。嘉庆没有这种心情,也没有这种精力了,随便答复了几句。把车子搁在车子铺里,赶去民训处找人,又没有找到。最后通过平教会的朋友,才找到特委的张合群同志。

老张在贡院里接见了他们。老张是个高个子,红面皮,两眼炯炯有光,显得坚定有力。一见到江涛,跳起来赶上去抱住,拍着他的肩膀说:"小严!你来了!"说着,又跟嘉庆握了握手。

江涛说:"怎么回事。搬着坷垃也找不到你们!"

老张同志取出烟盒子,每人分给一支烟,说:"当然啰!敌人要来了嘛,我们当然要走了!不是有人到你们那儿去了吗?"

江涛说:"已经有几个月不见你们的人!你们成心把我们旱起来?"

老张抬起头来,想了想说:"那就是了!嘉庆同志已经去了嘛,我们当然用不着再去人了。"

江涛向老张汇报了工作,谈得很长,很细致,说完了,老张又拍着他的肩膀说:"行,干得好!早知道你是个能干的家伙。好生拉一套,卖卖力气吧!祖国到了危难的时候啊,同志!"

老张请他们吃了饭,还喝了一点酒。打算吃了饭,再谈工作。正吃着,有人来报告:"敌人到了望都!"老张把脖子一扬,瞪起两只眼睛,说:"敌人来得好快呀?"他觉得敌人来得很突然。

江涛放下筷子,说:"这玩意儿不是瞎闹的,请指示工作吧,同志!时间是宝贵的,我们还要赶回岗位!"

老张同志停止了吃饭,擦了擦胡子说:"对呀!当然是呀,这关键上,离开工作岗位是不妥当的……掏出日记本来吧,同志!"他抬着头,眯瞪了一会眼睛说,"看样子敌人进展得很快,必然造成大块空虚的敌后地方。我们动员一切力量……"他用右手扳着左手上的指头说,"发动党员、同情分子、赤色群众、一切赞助我们的人……起来建设抗日民主根据地——这是中央的指导思想!要想建立抗日民主根据地,最要紧的是建立抗日武装与抗日政权!"谈到这里,他不再说下去。

江涛觉得很不满足,他说:"还有呢?"

287

老张简单干脆地说:"搞武装!"

江涛怀疑没有听清,又重问了一次:"再有呢?"

老张攥紧了拳头,向左掌上有力地一击,说:"还是武装!冲破封建势力的限制,冲破国民党反动派的限制,干起来!大手大脚地干!大刀阔斧地干!"又拍着嘉庆说,"这不是!给你们调去了大将,大胆地干吧!"

江涛睁着贪婪的大眼说:"再没有别的了?"

老张说:"基本问题,张嘉庆同志都带去了。这就够你们干一大半天的了!不过……"他右手捏着前额,沉吟了一下,又说,"不过,这段工作,一定要干得好,干出成绩来。这段工作干好了,以前的成绩就巩固住了,这段工作干不好,以前的工作干多么好也没用!"说着,他用烟嘴磕着桌子,表示他对这问题万分坚决。"同志!要知道,同样的工作环境,同样的工作条件,有的能干得起来。同样的工作环境,同样的工作条件,有的就干不起来。这就是所谓的'智慧'所谓'才能',据我所知,你们那里有良好的工作基础,良好的群众条件!最后,问你们要工作!一定要干好!干不好要打屁股!"

听到这意味深长的谈话,江涛脸上渗出津津的汗液。咂了咂嘴,觉得满够味的。他问:"将来的联系呢?"

老张说:"西去太行山,东去白洋淀,就在白洋淀吧!淀边上有个东老淀,在那个村里有个马车店,你们就在那里找我们!"

江涛端起碗水,抬头捆到嘴里,咕嘟地咽下去,说:"好,同志,我们要走了!"

江涛他们和老张握了握手,转头走出来。在街上取了车子,付了钱。看太阳平西了,在紧急时间里,他们要赶回工作岗位。

秋天的太阳,懒洋洋地照耀着。那红色的高粱,黄色的谷子,呆呆地站着。人们在园里拧着辘轳浇菜,看着这秋熟的庄稼,龇开牙笑着。他们还没尝到战争的硝烟,不知道沦亡的惨祸就要降临。

江涛他们骑着车子,走在公路上。心里焦急,蹬着车子走得飞快。天黑了,下弦的月亮,还没有出来。猛地,江涛被一个坑洼绊倒,栽了一个大筋斗,摔在地上。他躺在公路上歇了一刻,觉得两腿麻木,失去知觉,坐起来摸摸髁子骨、关节,并没摔坏。他觉得浑身疲累,骨头架子快散了!

嘉庆说:"走吧,同志!还不到吃拆骨肉的时候!"看了看天又说,"月亮就要上来了!"

在这里,车子实在无法走得快,盲人瞎马,颠颠簸簸赶着行程。过安国县城门的时候,有个岗兵穿着大衣,在城门口上踱着步。黑洞洞的城门大开着,沉默着,像等待着什么事故似的。他们看了看,岗兵也没说什么,就走过去了。

月亮透过路旁的庄稼,筛在马路上。车子在清静的原野上驰过,沿路不见一个人影。夜深了,露凉了,秋天的风,冷飕飕地刮过来。村庄、树林、明静的池塘,像水墨画似的静谧。

到了南关,在南关城坡下,有一群保安队,扛着枪从城门里走出来。后头跟着几个骑马的,在月影下,也看不清是些什么人。从人丛里,走出几个高小的教员,向前扯住他们,说:"人们都走了,城里直打彩火,别进城了,叫汉奸杀死呢!"说得亲切又焦躁,攥住车子把,热情地拦着。江涛说:"你们要走吗?我看留在这里抗日吧!"那两个人,听说要留他,就说:"我们看看再说……"一会就溜走了。

走进大门,严萍和大贵正坐在院子里休息着,应付情况。他们已经带好东西,准备出城。办公室里,明灯火仗,有人在收拾文件。

严萍在月影下看出是江涛他们回来了,赶紧过去抱住,笑着说:"哈哈!你们可回来了!差一点把我后悔死!"她举起拳头,向江涛脊梁上,重重地擂了一拳,说:"真想不到,战事发展得这样快!兵荒马乱,着你们去碰这个危险!"她仔细看了看江涛的脸,两只灵活的眼睛,深深的陷进眼眶里,颧骨也棱棱高起,打心眼儿里心疼。

江涛洗了两把脸,喝了碗水。人们都围上来,大眼对着小眼儿,等他宣布未来的命运。江涛说:"在危急里,在国破家亡的关头,能有这些同生死共患难的同志们在一块,有多好呢,这是说不尽的战斗友谊,阶级的情感!"严萍说:"县政府和公安局都走了,只剩下保安队一个中队,他们还和我们取了联系。"江涛说:"好!我看咱们今天晚上就动手把保安队解决了。事不宜迟,要当机立断!"人们听说,都说必须马上行动。

他把同志们集合起来,把当前战局谈了一下,最后作了动员:"同志们,今天保定失守了……咱们的家乡,离沦亡的日子不远了。为了祖国,为了民族,我们要立定脚跟,战斗到底。为了家乡,为了土地,为了母亲和姐妹们……不怕洒下咱们的鲜血!时刻到了,有胆量的同志们,拿起武器来吧!"正说着,有人喊着进来,说:"说得好!时刻到了,为了国家民族不怕牺牲一切……"江涛一看,是伍老拔和父亲带着小游击队来了,江涛说:"来得正是时候!"

他的嗓音嘶哑,觉得喉咙发热,有些刺痛。伸手扯起嘉庆手里的枪,说:"执行党的决议,建立抗日武装,成功与失败,就在这一下子!"

人们抖了精神,憋足了劲,拿起武器来准备战斗。

保定沦陷的消息,还没传到这个城池。大街上冷冷清清,城墙上不断传来木梆的更声。江涛带着小队,穿过深夜的、静寂的街道,经过谁家的门口时,引起了犬吠。登时之间,由近而远,全城的狗都咬起来。

公安局大门口,阴森森的,已经没有岗兵。

江涛对大贵说:"你们在门口把守,我带小队进去,有人从里面追击,或是从外面杀来,你们就在这里截杀!"他带着一组武装走进去。严萍紧张地跟着。

游击队员们把身子隐在暗影里,摆出刺杀的姿势。

江涛手提盒子枪,匆匆地走进去,嘉庆和严萍他们拿着枪紧跟着。

陈督察正在台阶上听大炮响,见有人进来,惊慌地喊了一声:"谁呀?……站住!"

"是我!"江涛说。他壮了壮胆量喊道:"表兄!时候到了,救国会的武装开来了!"

听得喊叫,屋子里拉得枪栓噼啪乱响。手疾眼快,江涛对准窗口嗒嗒的抢了一梭子弹。

游击队在门外大喊:"日本鬼子来了,抗日的留下!不愿抗日的把枪放下,走吧!"

江涛对陈督察说:"国家兴亡,匹夫有责!大敌当前,希望共同抗日!"

人们不约而同地喊起一个口号:"欢迎陈督察共同抗日!"

陈金波一看这阵势儿,拱起手说:"兄弟早愿追随诸君之后,谁甘心当亡国奴?"又对保安队们说,"弟兄们!把枪放下!这都是自己人,用不着犯交涉!"

听得说,保安队们耷拉下脑袋,把枪扔在地上。也有的扛着枪发怔,从历史上他们没尝过这样的滋味。好像对使用了多年的枪支,有很深的留恋。

陈金波拿起钥匙,跟江涛说:"这里还有枪!"转到后院,打开仓库,人们从枪架上拿下枪来。又走进办公室,说,"这里还有子弹!"在办公室的小坐柜里,拿出子弹来,人们用袍子襟包裹着。

江涛站在院里,整理了一下队伍,报了一下数,一共一百三十一人。就是枪多人少。在这国军退却,省会沦亡的日子,江涛在异常悲愤里,浮起了骄傲的微笑。他想:"从今天起,我们的抗日游击队诞生了,在抗日的战场上,我们手里有了武器!"

人们在月光下,可以看得见江涛的脸上,开朗起来,眉毛不断地耸动。自从坐狱以来,这是他第一次从心里发出的微笑。

江涛带着人们出了公安局。人们背着枪,一个跟一个走出来。迎着下弦的月亮,黑影子在地上拉了一大溜子,进了大门,走进学生宿舍里。

　　江涛回到寝室里,点个灯亮儿,随手在灯口上对着一棵烟抽着。提起壶来,喝了一气凉开水,找人叫严萍和大贵来,说:"现在枪多人少,背不起来。我和嘉庆休息一下,你俩下区,把紧急情况通知一下,要他们连夜传达到村。让大家早做准备,迎接紧急事变。回来时,挑些农民积极分子带回来,作为游击队的骨干。将来有什么动乱,手里就有武装了。眼下,正是一刻千金的时候,一步赶上就成功,一步赶迟就失败。同志们,辛苦一趟吧!"他的嗓音,又喑哑了。

　　江涛又把办公室的人找来,派了两个人到电话局去,坐等接收情报。人们见江涛眼圈有点发红,为着祖国的危难,各自说不尽的心酸难过。

二十九

　　运涛是昨天晚上八点钟在太原上火车的,今天七点多钟到了保定。一下火车就遇上飞机轰炸,他跑到车站北边军队挖下的那个散兵壕里,趴在小树卜底下,张着两只眼睛,看着翅膀上画着红太阳的飞机,一队队飞过,一队队俯冲扫射、丢炸弹。炸弹的炸裂声和机枪的扫射声连成一片。有时飞机飞得极低极低,几乎看得见飞机上的什物。中央军的高射炮有时也响几声,但是火力弱,压不住敌机的火力,两个钟头过去,把个保定城炸了个乱七八糟,房倒屋塌,到处起火。无人指挥防空,也无人去救火。这种亡国的惨痛,运涛看得极清楚。飞机一走,警报一解除,车站上的人们又开始活动:卖票的,上火车的,搬运东西的,一个个惊慌失色。

运涛从散兵壕里爬出来,掸了掸身上的尘土,正北方向枪声炮声一直响着。他摸起皮箱,向着太阳看了看,往南走去。当他经过栅栏口的时候,也无人收票,一出车站就有好几个弹坑,也许风向不对,这些炸弹没有落在车站上、铁路上和机车上。其实不然,敌人明白为时不久,这座车站就会落在他们的手里,为他们所使用了。

运涛走到车站附近的会仙客栈,大院里没有一辆大车,打问了一下,掌柜的说:"这是什么时候,国家都快亡了,日本鬼子快来了,哪里还有车!"他无可奈何,朝南通过南关公园,到了南大桥上。南大桥上放了两辆破洋车,也没有人。他放下皮箱等了半天,才来了一个老头,说了半天,老头才肯拉。又当面说好,好道儿可以坐上去;道儿不好走,还得步行走着。其实运涛也不打算坐洋车,只是这口箱子太沉重,要是不带这口箱子,他也就步行回家,不雇洋车了。

他把箱子放在洋车上,洋车在头里走,他在后头跟着。一出南关,走在庄稼大道上。今天是个晴朗的日子,万里无云;高粱红了,棉花白了……平展的原野,一眼望不到边际,和陕北那个黄土高原地带,大山包包小山包包不一样,和山西那样的高山大河也不一样。一直走到太阳平西,夕阳西下的时候才过了河。夕阳照着河水,一片通红火光。正北方向枪声炮声还在响着。

拉车的那个老头说:"兵荒马乱的年头,咱也不宿夜了,也甭住店了,夜间走路也凉快,咱就一直走吧!"运涛同意。他们一直走了个通宵,第二天早晨,肚子也饿了,才走到九龙口上。这是个熟稔地方,孩子的时候,他常到这地方来放牛割草。父亲走了的时候,他和江涛坐在这大窑疙瘩上等了好几天,才等着他了……儿时的回忆,一幕幕地闪过他的脑际。猛地抬头一看,那个大窑疙瘩上坐着一个老太太,越看越面熟,他叫洋车停下,走上窑疙瘩一看,正是母亲。他叫了一声"娘!"几步走到跟前。

涛他娘抬起头来,左看看右看看,还是不认识。他穿着一身素蓝大褂,绿西服裤子,尖皂缎鞋,戴着一顶洋草帽,好像一位教书先生。他又叫了一声:"娘!是我呀!"

涛他娘抬着头看了半天,才问:"你是谁?先生!"

他说:"我,我是运涛啊!"

娘浑身打了一个愣怔,说:"运涛?"说着,睁圆大眼睛,仰起头来哈哈大笑,又说:"我怎么不认识你了!"

运涛伸手摘下草帽,推着大分头,他说:"我离开家十几年了,换了衣裳了,你就不认识我了!"

涛他娘又左巴睒右巴睒,巴睒了半天,把两只巴掌一拍,说:"我儿!你可回来,你可回来了……"由不得眼里流出泪,大哭起来。盼了十几年,不是一个短时间,毕竟是盼回来了。

运涛说:"娘!甭哭!甭哭!这不是回来了吗?……"运涛扶着娘走下窑疙瘩,他问:"娘!你一个人,孤孤零零地坐在这里干什么?"

涛他娘说:"我还记着,你小的时候,你爹走了,你们弟兄俩在这儿等着,等了几天,才把他等回来了。我想你想得不行,你爹不在家,就来等你,就把你等回来了。"说着,又歪起头儿看看运涛说:"看是有神仙不是?"

运涛把洋车叫过来,叫母亲坐上,母亲说什么也不坐,打咕了半天,才坐上去。运涛拉着,老头在一旁推着。进了村边,离门不远,看见小门前头站着一个年轻姑娘,他仔细看了一会子,认出是春兰,扬起右手,大喊了一声:"妹子!春兰!"

春兰站在门前,直着眼睛看了半天,也不敢答话,只是呆呆地站着,直到走得近了,才认出是运涛。她年轻的爱情的火焰,一下子燃烧起来,于是她飞跑过去,跑到运涛跟前,扑倒在地上,搂住了运涛的两条腿,哇啦哇啦地大哭起来,哭得像个泪人儿一样,说:

"我可等回你来了,你可回来了!"运涛两手扶住春兰,说:"妹妹!我回来了,我回来了!"

涛他娘赶快跑下车子,说:"哭什么,哭什么,孩子!"说是不哭,不知怎么,她也哭起来了。

涛他娘一哭,春兰跪在运涛面前,两手拍着运涛,号啕大哭,随哭随说:"你知道我是多么样地想你呀……"

运涛看春兰和母亲哭得伤心,也流下眼泪,抽泣着说:"哭吧!叫她哭哭吧!哭哭心上就干净了。"说着,掏出手绢,给春兰擦去脸上的眼泪,涛他娘又哭起来。春兰哭了半天,才消停下来,抽抽咽咽地说:"我着实地想你呀!"

运涛哭着说:"你想我,我不是也想你,这不是回来了吗?"

涛他娘也说:"他回来了,一家子大团圆了!"

运涛拉起春兰,春兰还是抽抽咽咽地哭,运涛无可不可儿,一直劝着春兰。拉洋车的老头在一旁看着,也哭泣抹泪起来,半天,他才明白过来,自言自语:"这不是唱了一出平贵回窑吗?……"由不得又流下眼泪来。春兰拉起运涛的手,说:"走!咱们家去,我给你做饭吃!"

运涛把拉洋车的老头让进屋里,春兰抱柴禾做饭,她说:"做,今天也没什么好吃的……"春兰拌了半锅杂面疙瘩。涛他娘炸了半勺子辣椒,还摊了鸡蛋。运涛多少年没吃过杂面了,肚子也饿了,一连吃了好几大碗。拉洋车的老头更是没吃过这个饭食,直吃得浑身出汗,连连说:"今天可是解了馋了!"涛他娘和春兰都吃饱了饭,天也就正午时分了。

运涛算了车钱,平时不过是两块钱的路程,这次给了五块,送老头出了大门。老头听正北方向炮声直响,他冷笑了两声说:"也说不定这保定城还能进去进不去了!"

拉车子的老头走了,春兰刷锅洗碗。涛他娘把西头屋里扫了扫尘土,把炕席上铺上了个被子,说:"过午了,你们俩在家里歇憩,我去告诉你忠大娘和你明大伯他们,你爹,你忠大伯他们都不在家,都到队伍上去了。"

运涛听说到队伍上去了,他也摸不清是什么队伍,便问:"娘!什么队伍?"

涛他娘说:"就像咱那红军呀似的,人们说叫游击队!"说着关上门,一把锁把门倒锁了,叫春兰和运涛在屋里说会子久别重逢的话儿。这也是做娘的一份好意思,嘻嘻笑着走出大门。

她迈开脚步,走到村西头大黑柏树坟里,告诉明大伯,说运涛回来了。又去告诉老拔大娘、老忠大娘、老星大娘、春兰她娘……告诉她们说:运涛回来了。离家十年又回来了,凡是听到说的,没有不高兴的。运涛回乡的消息,不胫而走,传遍了全村。涛他娘走回来,开了门一看,运涛和春兰还在炕上睡着。她说:"这走路的也走累了,哭的也哭累了,忙起来吧!一会儿明大伯就来了,忠大娘她们也就来了!"

春兰在睡梦里听得说,慌忙爬起身来,到那头屋里去照了照镜子,梳拢了一下子头发,看了看那条红绳子大辫子,又黑又长,由不得自己笑了。

运涛还在睡着,庆儿娘听说亲人回来,慌手忙脚走了来,一进门伸开嗓子喊了一声:"运涛回来了!你可回来了!你远走高飞了,没参加大暴动……"不由分说,紧走了几步,搂住运涛哈哈大笑起来。扭头看了看那头屋里,笑了说:"春兰!看是回来了不是?"

运涛忙爬起身来,说:"大娘!我可回来了!可回来了!你可好!"

庆儿娘说:"我好!一家子都好,就是闹大暴动的时候,你大爹叫人家拿铡刀铡了!"说着又流出眼泪,张开嘴大哭起来。

运涛紧忙安慰老星大娘:"不要哭了,不要哭了,虽然老星大爹牺牲了,以后没有做难的,吃饭穿衣不做难,地里活儿有人给你代耕!……"

朱老星家的一听,运涛说话口气这么大,笑了说:"你住了狱!又做了官儿回来了?"运涛说:"监狱也住了,官也做了。"老星家的扭头儿叫春兰:"孩子!过来我看看你!"春兰听得叫,忙走到老星大娘跟前说:"看看吧!"老星大娘从上到下看了看春兰,又拿起那条长辫子看了看,哗啦地笑了说:"谁也没这个福分儿,就是运涛有这个福分儿,看!春兰等了你十几年!"说着,一家子人又哈哈大笑。

正在说着,贵他娘来了,用怀襟兜着几个鸡蛋,右手提着一方子肉,一进小院就说:"包饺子吃!包饺子吃!"运涛听得说,慌忙走出来,说:"大娘来了!"贵他娘上下打量了一会子运涛说:"好,稀客!老农民变成先生了。"

说着,顺儿他娘也来了,春兰娘也来了。一进门,贵他娘就说:"忙来看看你这不过门的女婿吧!可回来了,你看为了闺女的婚事,一夜哭湿半截枕头!"春兰娘从上到下看了看运涛,过去是个庄稼人,如今变成文墨人儿似的,心上没可不可儿的。顺儿他娘说:"今日个你老拔大爹他们都不在家,听说城里拉起抗日军来了!"运涛听说拉起抗日军,满心眼里高兴,他就是为这个回到老家来的。

正在说着,正在笑着,明大伯戳打着拐棍走进门来,进门就喊:"运涛!好孩子!你可回来了!"

运涛慌忙走出去说:"大伯来了……我回来了,回来了!"拉起明大伯的拐杖,拉到屋里来,坐在凳子上。明大伯又说:"江涛回来了,运涛回来了,这是共产党兴旺的景象!"他吧嗒吧嗒嘴头又说:"既然如此,就先给你和春兰成亲!"

忠大娘也说:"当然先成婚!等了十几年,也把春兰等急了!"

老星大娘瞅了瞅春兰,又看了看运涛,大笑了说:"还是人家春兰呀,守了十几年,左盼右盼,光自盼回来了!"又扭过头瞅着春兰说:"看!小两口儿多好!"

你也说,我也说,说得春兰满脸绯红,斟茶倒水,走出走进,满心眼里高兴。

老星大娘问明大伯:"你看什么时候给他们成亲?"

明大伯说:"我看明天!"

老星大娘说:"那,日子也不太紧吗?"

忠大娘说:"你看不出来呀,等不及呀!"

运涛在一边听着和春兰的婚事,说早也不好,说晚也不好。早了什么事情也准备不及,晚了又怕春兰不愿意,他一去十几年不在家,春兰在屋里守了十几年,如今回来了,也就没有话说了。

朱老明又问运涛在狱里情形。

运涛说:"国民党大清党的日子,我还没担什么风险,直到部队打到济南,才被国民党发觉了。国民党栽赃陷害,说我们阴谋暴动;从南京到济南,牵牵连连,都被逮捕下狱了……"

朱老明又问:"这就该你受热了。"

运涛说:"非刑拷打,我都受了。我以法厅做讲坛,说蒋介石叛变了革命,宣布了他几大罪状,宣传了共产主义。于是敌人给我砸上手铐脚镣……忠大伯和江涛去看我的时候,正在受罪哩……我被判了无期徒刑。"

朱老明又问:"这监狱生活可不是好过的?"

运涛说:"共产党员住国民党的监狱,那就是受罪了,吃的是发霉的棒子面,喝的是刷锅水……于是我们联合起来闹绝食斗争,我们在监狱里组织起党支部,领导这个斗争。第一次斗争胜利,争得了读书的自由。外边的同志给我们送了很多的好书。"

朱老明听到这里,哈哈大笑,说:"好样的们!好样的们!"

运涛说:"一直到双十二事变,共产党和国民党订下释放政治犯的协定,由于狱友家属的帮助,我才出了监狱。我和那个朋友辗转到了西安八路军办事处,办事处送我们到了陕北。我在红军大学受了短期的政治、军事训练。彭德怀将军和我谈了话,派我回到家乡来进行工作……"

朱老明听到这里,又仰起脸哈哈大笑了,说:"彭德怀将军可是一个出色的将领,他派你回来有什么计划?"

运涛接着说:"彭德怀将军说,叫我在平原上组织军队,能站得住脚就在平原上打游击;站不住脚就拉上太行山。到时候他派部队在太行山上接应我们。"

朱老明听到这里,又哈哈大笑了,说:"好孩子!你还见到彭德怀将军,不简单!我来摸摸你!"说着,他站起身来,伸出两只手,要摸运涛。运涛走到明大伯跟前。朱老明摸着运涛,说:"好壮实的身子骨儿,长了胡髭,好小伙子!"

当他们谈着话的时候,满屋子的人哈哈笑了,春兰尤其高兴。忠大娘拉着春兰的手,扭着头对着春兰说:"闺女!是一份的了,运涛不是白人儿了。"

一家人说着笑着,太阳平西了。忠大娘说:"看!该做饭了!"春兰娘忙走回去,一进门看见老驴头,说:"运涛回来了!"这句话一说,老驴头就像听了个惊雷一样,一下子张大了嘴说:"什么?运涛回来了?活该我闺女不抱屈了!"春兰娘说:"我想把咱们那点白面给他拿去,十几年不回家呀!"老驴头说:"好!快都拿去!"

春兰娘端来了一小盆白面,老拔大娘又端来点秫面。忠大娘说:"咱们捏两样的吧!"春兰娘和老拔大娘和面。忠大娘和涛他娘弄馅儿。春兰擀皮儿,大家一齐下手捏。正在捏着,庆儿也来了,小囤也来了,围着运涛说说笑笑。春兰心情高兴,把擀面杖敲得案板咭咭地响。不一会工夫,饺子就吃上了。春兰先给明大伯和运涛盛上两大碗。明大伯说:"他们都不在家,咱们吃饺子!"庆儿和小囤说:"他们不在家,该我们哥俩吃了!"说着,一人盛上一大碗。

春兰娘吃完饺子就回去了。一进门就跟老驴头说:"明大伯说明日个给春兰和运涛成亲!"

老驴头说:"那可好!就是时间紧,不容日子!"这天晚上,老驴头吃过晚饭,点着一根火绳,抽着一袋烟,就到村北里去找朱老明。

朱老明正坐在门外石头上歇凉儿,听见有人走动,抬起头来问:"是谁呀!"

老驴头说:"我!"

朱老明笑了说:"春兰她爹来了?你自己找个座儿吧!"

老驴头不找坐凳,一屁股坐在地上,说:"我听说明日个给咱春兰和运涛成亲,日子也太紧哪?"

朱老明说:"运涛一去十几年,春兰在屋里守着,如今运涛回来了,疾不如快,快不如疾!兵荒马乱的年头!"

老驴头说:"也不买俩皮箱?也不给春兰做几件子衣裳?"

朱老明说:"革命的人们在乎那个?先成了亲,你愿买什么东西再买吧!"

老驴头说:"我还有句话,也不知运涛依也不依?"

朱老明说:"你说吧!"

老驴头说:"我又没个儿,我想把运涛招在我院里。将来百年以后,也有人给我烧钱挂纸了!"

朱老明一听,说:"那个可得另说说。"

两个人又说了一会子闲话儿,老驴头就回去了。朱老明左想右想,总觉得这是一会子事。正在想着,涛他娘走了来,说:"我总觉得日子紧,也不叫个戏子喇叭儿,也不订顶官轿?"

朱老明说:"成亲就是成亲,这早晚年幼的人们还在乎那个,老驴头还说把运涛娶在他院里,不知你的意下怎样?"

涛他娘说:"这可得跟运涛说,我无意见,我院里还有一间房,给江涛预备着……"

朱老明笑了说:"可就是,今年你这两房儿媳妇就要娶过来了。"

两个人说了会子吉庆话儿,涛他娘就回来了,一进门就跟运涛说:"春兰她爹说把你娶在他院里!他又没个儿。"

运涛一听就笑了,说:"那个不要紧,我从小在他院里织布,娶在他院里也无非占他间房,吃他顿饭!"

运涛无意见,涛他娘也就放心了。第二天一早,春兰娘就扫房子。老驴头到西锁井买来了粉尖纸,请了裱糊匠来,把东头屋里糊得雪洞儿似的,又从磨房里背来了半巴斗白面,请了厨子,盘上锅台。涛他娘从躺柜里拿出给江涛准备的布匹,叫了顺儿他娘、贵他娘、金华儿……给运涛做了两条新被子、两条褥子、两个新枕头。太阳压树梢,庆儿、伍顺、小囤、二贵一起子年幼的人们把新被褥送到春兰家去。春兰娘又到西锁井买了一领新凉席来,铺在炕上,放上炕桌。又买了几包茶叶来。

黄昏时分,朱老明陪着运涛走到春兰家里。运涛穿着新大褂,黑缎鞋,戴着洋草帽。春兰也穿上一身新洗的素蓝裤褂。不愿梳圆头,把那条长辫子也剪了去了,剪成新式短发。她走出走进,沏茶倒水,招待运涛和明大伯喝。不一会工夫,贵他娘、顺儿他娘、涛他娘、小顺、小囤、庆儿、二贵……都来庆贺婚礼。

东西两头屋坐了两席,大师傅端上喜面、鸡蛋打卤,春兰娘让着大家吃面。老驴头又端上酒来,请明大伯和运涛喝酒。说:"姑爷!我过去说好说歹的,你可包涵着点,今后咱们在一个锅里搅马勺……"

明大伯说:"你说的都是旧礼儿,没有外人,没有说的了!"

运涛一边喝酒,一面笑着,也不说什么。在监狱里几年,他也常想到春兰,可没有想到还有这么一天。

喝完了酒,吃完了面,贵他娘说:"小哥儿们!吃饱了,喝足了,外头玩儿去。你大哥一去十几年,今天才回来,不是容易。今天不许闹新房!"

小囤笑了说:"好!我们听大娘的,今天算便宜他们了!"说着,几个小伙子吐舌头挤眼儿,连蹦带跳走出门去。

人客走净了,春兰给运涛脱了大褂子,把洋草帽挂在墙上。说:"你还喝水呗!"

运涛说:"我不喝了!"说着,伸出两只手,攥紧春兰的两只手。春兰顺势扑在运涛的怀里,眼里扑簌簌地流下泪来,说:"咳! 真是不易呀!"

三十

运涛回乡,运涛和春兰结婚,这在锁井镇上来说不是一件小事情,但是比起日本鬼子进攻华北来,事情就不算大了。虽然如此,朱老忠还是抽空来看他。运涛把日本飞机轰炸保定的情形跟他说了,朱老忠也把县救国会缴了县公安局的枪,建立了抗日武装的事情跟运涛说了。运涛非常高兴,说:"枪虽然不多,可是个可喜的兆头!"朱老忠说:"江涛、嘉庆、严萍、大贵、老拔、志和他们正在县里忙着,得了空闲就来看你。"久别重逢,两个人说了半天话,朱老忠说不出来有多么高兴。谈到保定失守,两个人半天不说话,很为国家民族担忧……

这一天朱老忠回到家里,吃了晚饭,立刻叫了朱庆和小顺来,吩咐小顺在村南,朱庆在村北,不分昼夜站岗放哨,保护人们生命财产的安全。

夜间不静,朱老忠躺在软床上,翻来覆去地睡不着觉。他摸出烟袋来打火抽烟,抬头一看,月亮上升了,披上袍子,爬起身来,拿起小铁锹,在磨刀石上磨着。猛刻,听得大街上远远传来两声狗叫,不一会工夫,全村的狗都咬起来。村北大公路上有车响,有抽鞭子的声音。他想:"一定是有什么风吹草动。这几天逃兵挺多,许是过兵车呢!"

他扛上小铁锹,背上筐走出来,放松了脚步,踏着月荫,朝狗咬的方向走去,一直走到西锁井的大街上。一出街口,聚源号门上就有人喊:"干什么的?站住!"喊着,有人拿着电棒照过来。他退了两步,站在房荫里,仔细看时,是军队上来找人领路的。他们砸开了聚源号的门,抓了一个学买卖的走了,说是要上石家庄。看他们走远了,他又慢慢地走回来,刚下了土坡,听得苇塘那头来了人。他悄悄地躲进苇塘里,在月影中,看见老山头和李德才走过来。老山头挎着盒子,李德才背着大枪,一边走着,小声吐嗞说话。李德才说:"看这小子想找洋落儿,这一下子没找到……"老山头说:"这净是些个兵油子,飞膀们!他油,不如我油得厉害,给老子送了洋饽饽来,能不吃?小子!搁不住脑袋上钻窟窿儿。"李德才说:"听说运涛回来了!"老山头说:"那可是个大事,我看他不会善罢甘休!"说着,扬风乍毛地走过去了。朱老忠想:"他们没有想到有这一天……他们又是卡住逃兵了。每年一闹兵乱,他们就像得了时,不是趁火打劫,就是明抢暗夺!"

走上土坡时,小黑狗儿叫了几声,见是熟人,摇着尾巴走过来,嗅嗅这只脚,再嗅嗅那只脚,朱老忠也不理它,走过去轻轻敲门。

贵他娘正扳着膝盖坐在搥布石上,听着远方传来的车声马叫,听得有人敲门,她咳嗽了两声,慢吞吞地走出来,听得是朱老忠的声音,轻轻地开了门,说:"怎么样?"

朱老忠说:"又过兵呢!在聚源号找了拉路的去了。"

贵他娘说:"过兵?是向上走的?是向下走的?"

朱老忠说:"听响声,是向下走的!"

贵他娘追问一句:"是向下走的?"

朱老忠说:"向下走的!"

两人默默地站着,谁也不说什么。贵他娘思摸了半天,掂弄着手儿说:"咳!看样子战事是不好啊!"

朱老忠给牛筛上草,背上筐,拿上小铁锨又走出来。说:"你可经点心!好生看着家,嗯!"

从劳动中站起来的人们,总忘不了他的家。一遇到灾劫的威胁,心里老是挂念着他的车、牛和家屋。他站在土坡上,静起耳朵听四面八方的声音。又去砸开门,叫出庆儿,两个人朝公路上走去。

刚转过高粱地,中央军像激流的河水,顺着公路朝南滚。两人退了几步,影在豆棵底下。眼看公路上过一会子马队,又过一会子炮队,又过一会子步兵。那炮,真有大的,十几个骡子拉一个,也有五六个骡子拉一个的。队伍后头有载重的大车和骡驮子。马伕们跟跄地跟着,抽打着牲口,骂着、叫着,轰赶着牲口叽哩咕哒地跑着。

士兵们有时急步走,有时跑起来追着。大枪,有的横背着,有的竖扛着,累了就挂在脊梁上吊搭着。一个个敞开怀襟,满头大汗,像水里捞出来的一般,喘着气,跟斗趔趄地走着。

朱老忠一看这个阵势儿,不住地暗暗惊讶,说:"坏了! 这就坏了!"

庆儿怔着两只大眼睛,说:"怎么样? 叔叔!"

朱老忠说:"完了! 看样子这仗是打的不好,人马都撤下来了!"

退却的人马,顺着大公路向前涌,忽然间从后面传来一个口令:"快着走!"

这个口令传着传着,越传越远。闹不清中途有人传错了,还是出了汉奸,把这口令传成"拔枪口"。士兵们惊惶失色,拔开枪口准备战斗。一个军官打马上来,边跑着边用马鞭子抽打士兵,愤愤地说:"快着走! 快着走!"士兵们怕挨打,跟斗骨碌地向前跑。前头的见后头仓皇乱跑,以为真的有敌人在后头追着,把队伍跑乱了。正乱的时候,不知哪里响了几声枪,马队、步队、马车、炮车,像大河里的翻花搅作一团,呼啦啦地乱成一片。大车上坐着穿花衣裳的太太小姐和孩子们,大人哭,小孩子叫,骡马乱吱吱,连蹶带跑,一直跑了下去。

一个军官骑着马跑上来,骂着:"真他娘的汉奸!真他娘的汉奸!"打发护兵抓了个士兵来问:"为什么乱放枪?"

士兵乜了眼睛,浑身乱颤,像筛糠一样说:"是走了火了!"

"走了火了?"军官说,顺手抽出枪来,把他打倒在地上。

朱老忠心里说:"这死个人可真容易呀!"他亲眼看见一队炮车从跌倒的士兵身上轧过去,摁窝儿轧成一摊肉泥。那军官头也不抬,扬长走去。士兵的身子被碾烂了,手脚还直抽动,眨着眼睛。朱老忠吧咂着嘴,骂着:"罪孽呀,真是罪孽!"他想:当官的不能带兵,更谈不上像亲弟兄一样!平时没有好的教育,当兵的当然不能舍身救国。国家空有这么多的军队,在战场上一见敌人的面撒腿就跑;紧急关头,当权的官儿们空有权势,拿不出一点主意来挽救国家民族的危亡!赤手空拳的老百姓们又有什么办法?我们只有依靠运涛和江涛了。运涛正当这个时刻回来,他说不出有多么高兴。

一场虚惊过去,兵队继续过着。天道明亮,月亮发白了,伍顺、小囤、老套子他们都来看过兵。明大伯也拄着拐杖摸了来,听是朱老忠,一股劲地咂着嘴说:"咱运涛回来了,能助咱一臂之力呀!"秋天的早晨,风凉了,他们穿着破棉袄,披着破棉袍子,抽着烟站在岔路口上,看看不怎么样,就凑近一点蹲在公路上。睁着鹏鸡儿一般的眼睛说:"完了!这就完了!""咳!当亡国奴吧!"这一句话,几乎在每个人心里都有,谁也不愿说出来,谁愿意当亡国奴呢!

有几个士兵,灰军装上落满了尘土,一瘸一拐地走过来,实在走不动了,想要点水喝。朱老忠答应了他们,打发庆儿去烧水来给他们喝。他们见朱老忠和蔼可亲,便蹲下来抄他的烟袋,朱老忠擦干净烟嘴捧着递过去,看着可以说话,就凑近问:"请问,咱这战事怎么样?"

士兵见问,垂头丧气地摇摇头,也不说什么。朱老忠又问:"都退下来了?"

士兵哑着嗓子,用粗笨的声音说:"退了！天津方面,大清河一线又完了！"冷冷淡淡地说了一句,再也不说下去。

朱老忠再往前凑了一步,问:"退到什么地方?"

士兵耷拉下脸来,扭了一下脖子说:"不用问了,这一下就退到黄河岸上了！"

朱老忠又问:"保定呢?"

士兵说:"昨儿下午就丢了。"士兵说着,佝偻着腰咳嗽着,不住地吐着黄痰,瘦得浑身露着骨头。

听说保定失守了,人们都围上来,压低了嗓音,说:"保定失守了?""咳！亡了国了！"

人们悲哀、感叹,为那未来的日子愁苦。士兵用手向下摆着说:"莫嚷！莫嚷！"

朱老忠听说保定失守了,脊梁骨里一股冷气激灵灵地冲上来,冲到天灵盖上,心上突突跳着,两眼失神,张大了嘴,哑口无言,默默地看着那飘渺的没有边际的天空。溃兵乱,他心里更乱。谁也知道保定城历来是兵家必争之地,保定一失,这一带的地方就无险可守了。他自言自语:"卖国贼们,走吧！看老子们的！"眨眼之间,一面大红旗招展在空中,湘农司令员浮现在他的眼前。大贵提着盒子,伍老拔和朱老星扛着枪朝他走来。他招了招手儿,擦眼一看:眼前还是一群溃退的乱兵。他合上眼睛养了一会神,蹲下去歇了一霎,原来是一时气火上涌,眼睛发离呢！

朱庆担了水来,喝水的士兵越来越多,这个舀一缸子,那个舀一缸子,一会儿把两筲水喝光了。后来的看看没有了水,失望的摇着头,揉着干瘪的眼睛跑步跟上队伍去。这些小伙子们大多是穷人家的孩子,在家里有谁捅一手指头,做父母的就心疼,可是在兵乱里连点水都喝不上,朱老忠觉得怪可怜的。他想到村公所里去说说,多烧点水来给他们喝。转念一想,现在的村公所是人家的,没有他说话的余地！他满怀气愤:老百姓一年拿出多少粮、草、兵款？养了多少兵？敌人一来，就一直往后退。一年到头，千辛万苦，扶犁倒耙，养活了他们；如今，把养活他们的人们扔在敌人脚下不管了！日本鬼子越过保定，到了脚下。活了这么大年纪，谁又经过这亡国灭种的事？谁又知道将来是个什么世道呢？

　　他本来想等过完了军队好好拾几筐粪，可是，这军队一直到响午还不停地过。他叫上庆儿顺着公路上了堤，想过河进城，到县委会去看看，有什么新消息。走到城门口，看今天与往日不同，往日站岗的是穿黄衣裳的保安队，今天不知道是来了哪一路军的便衣队。见有人进城，便衣队站出来，问："你是干什么的？"

　　朱老忠说："我是老百姓，进城看亲戚！"

　　便衣队问："看谁？"

　　朱老忠又说："我看一个亲戚——他是高等学堂里教书的严江涛先生！"

　　朱老忠看他们都是些庄稼人，走前两步说："不瞒你说，咱都是救国会的人，你看这兵队像潮水一样往后退，到底这战事怎么样？我到救国会里去谈谈！"

　　站岗的说："对不起！说起来咱都是一抹子人，可是不认识，眼下正是出汉奸的时候，想进城得搜搜，上头查得紧！"

　　朱老忠说："行啊！自己人，来！搜吧！"

　　站岗的见他们都是老实巴交的庄稼人，摸了两把，在脊梁上一拍，说："去吧！"

　　朱老忠进了城，见大街上清灯儿似的，家家木板搭关得紧紧的。拐过大街，过了木牌楼，红旗还在校门口上插着。站岗的刚想要问他，恰好一个女同志从门里走出来，说："这不是朱大伯吗？我认识他，请他进来吧！"她正是严萍。

　　朱老忠说："查查吧！自己人办事认真就好，本是这个时候儿，要是出了汉奸，不坏了事吗？"说着，严萍也跟进来。

朱老忠走到江涛屋里,他正坐在椅子上办公。朱老忠说:"运涛回来了!"江涛愣了一下,说:"我哥回来了,正是时候!那天在保定车站上看见他,叫了他两声,没有叫应,火车就开了。"朱老忠说:"明大伯还给他成了亲!"江涛听了,眯眯笑着,满心高兴,由不得伸起手来打了个哈欠,擦了擦眼睛。朱老忠见江涛面呈疲倦的样子,他问:"怎么,昨儿晚上又熬了眼?"

江涛说:"前两天晚上在保定闹了一夜飞机,昨儿上午坐火车到了定县,晚上才骑车子赶回来,囫囵睡了一觉,哪里睡得着?一早又爬起来,两眼困得不行!"说着,提起茶壶倒了两碗水,叫忠大伯和庆儿喝。

朱老忠看江涛的脸色黄了,也瘦了。他说:"哎呀!你们都辛苦了!"向窗外一看,学生宿舍里住了很多人,有的擦枪,有的练习瞄准,他惊奇地问:"哪里来的军队?"

江涛说:"那是咱们的军队!"

朱老忠摸着胡子纳闷儿:"咱们的军队?咱有了这么多的军队?"

江涛走过去,拍着老人的肩膀说:"有了人,再有了枪,就成了军队了。战士是救国会的会员,枪是从公安局缴来的!"说着,又眯眯笑着。

朱老忠啊呀了一声跳起来,伸出大拇指头说:"行!敢干!"又伸出另一个大拇指头说:"是这个份儿的!运涛也回来了,老同志们又到一块了,我算知道这共产党向来是肯受苦、敢斗争的!你们有胆量,有才气,可以当得我们的领导人!我和我的子孙们,将永远跟着共产党走!"说着,把脚一跺,响亮地笑了,如同一串铜铃儿响叮当。笑着,他的眼泪滴在怀襟上。

朱老忠又喜又怕:喜的是大暴动以后,党在这个地区领导人们创立了武装。今后,领导人们打日本救国家,人们有了力量;怕的是国民党退完了,日本鬼子一来,要首先遇上这支年幼的队伍。他叹了口长气说:"国家养兵千日,用兵一时,敌人来了,不见他们放一枪一弹,夹着尾巴向南跑了,直怕敌人撮住他们的尾巴。丢下这些手无寸铁的老百姓,丢下村庄,丢下田园,丢下这万里国土交给谁呀?"

江涛站起身来骄傲地说:"交给谁? 自此以后就算交给咱这老百姓了,交给广大群众了,交给你,交给我,交给咱们大家伙了!"

说着,伍顺儿走进来,听着江涛和忠大伯说话,深深地受了感动。他想到亡国灭种,想到将来家乡的人们、母亲、弟兄,将要受到怎样的凌辱,两手抄在怀里,黑眼珠子滚动着,走过去说:"大伯!我也参加抗日来了!"

忠大伯说:"好!是这么说法,大暴动的时候,你爹当了红军,直到今天这个节骨眼儿上才回来,你当然要去打日本!"他又对江涛说:"你说呢? 江涛!"

江涛看了看伍顺,说:"好小伙子!不过,老拔大伯已经当了五六年红军了,你再走了?"

伍顺说:"涛哥!走了不要紧!过去是父亲红军,此后是父子红军。"说着,抱起胛子,嘿嘿地笑着,又说:"他和志和叔都上了年纪,还是叫他们回去,做村里的工作,叫我们年幼的人们去当兵吧!"

朱老忠说:"江涛!看看!父一辈子一辈怎么样? 叫他参加吧!叫老拔和志和回去!"

江涛说:"好!"顺便写了个字条交给伍顺。

伍顺接过字条走出去,刚出门,江涛又把他叫回来说:"你找张嘉庆同志就行!"

朱老忠说:"顺便,你把关系也给他转上!"

正说着,大贵推门喊了一声:"报告!"站在门外头等着。

江涛说:"请进来!"

大贵走进屋里,垂着手,两腿站得直挺挺的。说:"报告严同志！今天的吃饭问题还没着落！"

江涛说："怎么？国民党军一退却什么都解决了，就看主观力量了！看我们敢干不敢干，目前是时候了！"

大贵说："怎么解决？我还不知道。"

江涛提高声音说："去吧，县长和公安局长都跑了，粮台上搬去吧！有大米、有白面，愿吃什么吃什么！"他拿起笔来写了一张条子，啪嚓地盖上颗大红印，递给大贵。

朱老忠看江涛那股严肃的劲头儿，暗自惊奇，心里说："嘿！他做起官来了！"

大贵走出去，江涛又把他叫住说："张嘉庆同志昨儿晚上睡觉来不？"

大贵说："恐怕没有睡！我回来他才倒下，现在还没起呢！"

江涛说："要注意岗哨！有来入伍的，随来随个别谈话，严防汉奸混入！"

大贵点着头儿说："是！"

江涛又说："你去支拨着他们做饭！正是人多嘴杂的时候，什么事没人管也不行，成起个摊子来也真不容易！"

朱老忠说："真是，也该派我个差事，没有做饭的，我还可以当当饭头！"

江涛说："哪里能叫大伯做饭，站在院子里看看风势，有什么风吹草动的来告诉我。"

大贵手里提了盒子枪，叫上几个背枪的，到县政府去取给养。人们听说上县政府，把袍子襟掖在褡包上，迈着雄壮的步伐通过大街。县政府的门前也没了岗哨，他们通过大堂一直走进去。

李秘书是个细高挑儿，高鼻骨梁儿，戴着个瓜皮小帽，穿件灰布大褂子，迎出来把人们领到客位，笑迷虎儿似的说："长官！您来了？"

大贵说："来了，有点公事！"

李秘书低下头,又改了一个口气,点头哈腰地说:"县长局长都走了,衙门口儿说咱这救国会大了,有什么动用的,说句话就得了,咱都是为地方人服务!"

大贵把江涛亲手写的条子递过去,李秘书看了看说:"在东北,咱也闹过义勇军,跟鬼子干了几年!目前正是这个时候,要把骡驮子准备好,鬼子一来,就得上山打游击了……"李秘书的嘴头油滑滑的,说得挺快,像满有经验的。打发人拿了钥匙来,开仓库拿粮食。大贵要先打下条子,李秘书说:"算了,搬去吃吧!一到这个时刻,什么东西也没了数儿了!"

大贵一看满高兴,心里说:咱这衙门口儿可就是不小!李秘书过去对人满神气,这咱儿,见了救国会的人,斟茶点烟地客气起来,共产党抬了头,枪杆子真是顶用!

仓库里山堆大垛的尽是洋面,每人背起两袋,就往外走,大贵试了试,也扛上两袋走了回来。走着还说:"好大的粮台!老百姓一年到头吃不到白面,这里白面堆成山!"

朱大贵把面袋背到厨房里,看人们抽上围裙,挽起袖子做着饭。他又想起一桩心事,走到江涛屋里,见江涛和嘉庆正在商量事情。见大贵进来,他俩中断了谈话。江涛看看大贵和嘉庆说:"告诉你们一个好消息,运涛回来了!"大贵和嘉庆一听就笑了,说:"运涛回来了?"江涛说:"还跟春兰结了婚!"嘉庆笑了说:"怎么这么快!"

大贵说:"闲话少说,我来找你们提醒个事由,这次咱们要接受大暴动的教训,军马歇息的时候,要放好侦察,别等人家冲进来再手忙脚乱的!"他高兴的是抗日的人们有了武装,担心的是,这武装闹不好,说不定要送掉多少人的性命。他见江涛和嘉庆还有事,说完,未等回答什么,就又匆匆走向厨房。心里还想:"这做抗日的饭也不容易,不能做生了,也不能做煳了,还得做得人们爱吃!当下还好说,将来同志们成天价出操打仗,吃不饱穿不暖,不吃得身子骨儿结结实实的还行?"

他也走上去双手和面,小心试着水头儿,不使太热,也不使太凉;不使太多,也不使太少。他说:"这做饭,也得看对象,年幼的人们爱吃烫面,上年纪的人们爱吃发面。这抗日工作,各行各业,行行出状元!"

饭做好了,摆在桌子上,朱大贵摇起铃铛,催人们来吃饭,边摇边喊:"抗日的人们,吃抗日饭来呦!"

救国会员们背了枪,嘻嘻哈哈地跑来吃饭,坐满了一个大饭厅。朱老忠和江涛、张嘉庆也来吃饭。朱大贵拿了块擦桌子布走过来给他们把桌子抹干净。又掀起围裙来擦干净板凳。他说:"尝尝咱这伙夫做的饭吧,吃对了口儿,这饭头咱算当上了!"

一个会员走过来说:"你看咱大队长年强力壮,抖搂个面儿什么的,可真是利索,今日个油盐卷儿吃着筋道吧!"

江涛连声说:"好吃!好吃!"几天来没正时吃过饱饭,今天精神爽快,饭也吃得饱。饭后对嘉庆说:"大贵说的那个事挺重要,人们吃了饭别光睡觉,注意岗哨,没事可学学放枪,别等人家堵住门又拉不开栓!"嘉庆说:"正想这么办呢!"

吃完了饭,朱大贵把人们叫到操场上教放枪。大贵在中间教,人们围起来学。学卧射、跪射、立射三种姿势。讲完了,人们再散开,各班学各班的。张嘉庆和大贵轮换着,一个一掰着手儿教。教了这个,再教那个。救国会员们大部分是老实巴交的庄稼人,拿个锄头镰柄的倒挺纯熟,学起放枪可做了难,憋了满头大汗。

张嘉庆说:"放枪,得先学这个!第一,见了敌人别发慌,一发慌就拉不开栓了。拉不开栓就放不响枪,放不响枪就打不着敌人。别发慌这是第一;再说,打枪不能合眼,没放枪先合眼,你就打不着敌人!"他又反复地说:"发什么慌哩,枪子儿打不到你身上固然不要紧,打到你身上慌也没有用,用不着害怕!"他认为把他们种庄稼的手法改造成为战斗的技术,必须用最大的耐性和说服精神帮助这些农民同志。再从政治上武装他们的头脑,使他们成为保卫祖国的勇士。他满脸带着笑容,眨着美丽的大眼睛。

猛地,他朝篮球架子跑了几步,两腿一夹,一个猴儿爬竿,爬到球篮上,用粉笔画了个靶环,伸腿跳了下来。迈步量对尺码,扯起一杆老"套筒",当!当!当,连打三枪,连中十环,人们一齐鼓掌。

江涛见人们挺高兴,立在操场上拍了下巴掌说:"同志们,派朱大贵同志给大家当大队长,派张嘉庆同志当政治委员,怎么样?"

大家异口同声:"好!"

陈金波两手插进裤袋里,眯缝着眼睛抽烟卷。保安队们,昨天还有二十多人,今天早晨剩下十多个,眼下只有五六个人了。既不学放枪,也不帮助别人,站在一边暗嘀咕,说不定他们在琢磨什么道理。看见张嘉庆教放枪,不讲"体操教范",不讲原理,只谈一些浮浅的知识,很觉好笑。见到张嘉庆三枪连中十环,心里纳起闷来,说:"唔!不简单,好枪法!"

张嘉庆继续说:"不管立射、卧射、跪射,诀窍就在这里:缺口、准星、目标,三点成一线,然后发射,百发百中!"

朱大贵也给人们做了射击的示范。朱大贵放枪的姿势,人人说好。人,身体健壮,卧射像卧射,跪射像跪射,打枪也挺准。

张嘉庆说:"大队长是科班出身,受过规矩的,没规矩不能成方圆!我是半路出家,土闹儿!"

严萍也拿了一支老套筒,蹲在台阶上学放枪。纤细的手指,滴里哆嗦地怎么也拉不开栓。使劲拉开了,又推不上膛,累了满头大汗。她一个人蹲在那里捉摸,这么看看,那么摸摸。大贵立在背后看着,暗暗发笑,说:"真是秀才造反!"严萍说:"怎么?"回头一看是大贵,腾地满脸绯红了,心上突突地跳起来,觉得怪不好意思。两手夹在膝踝中间,仄起头来看着大贵笑。

大贵说:"秀才造反,三年不成!"说着,他拿过枪,用改锥把零件拆下来,再教给她一件件装上。说:"你再装一遍,就学会了。"

严萍仔细研究了每个零件的作用,拆开再装上,果然学会了。会拉栓,能上膛,学勾机放枪。不顾身上穿着的旗袍,趴在地上学卧射。

朱老忠转悠过来看,他说:"还是念书的人们心眼灵巧,学得真快!"抽着烟,看看这个,再看看那个。眉开眼笑地看着严萍说:"真是错怪了这闺女,她还真肯用心,真肯下功夫学放枪哩!"说着,走到顺儿跟前。

顺儿笨手笨脚地拉着枪栓,瞄着准,枪身端不平,上下摇晃着,出了满脑袋汗。忠大伯给他擦了汗,说:"你没听见说吗?甭慌!"

顺儿说:"唔?说不慌,心里可慌得厉害哩!"

朱老忠说:"慌什么?日本鬼子还没来,慢慢学嘛!别看庄稼人手指头粗,真正用心,也能学会打仗!"

保安队们在操场边上蹓跶蹓跶挺不耐烦,他们觉得这救国会的武装,没有保安队斗劲,都跑到大街上串门子玩去了。张嘉庆对他们是愿来就来,愿走就走,来了给支枪使,走时把枪放下。

傍晚,张嘉庆把人们编成一班班的,选上班长,派了三个中队长:陈金波也算一个,自己兼一个。特别给陈金波派上了个教导员。站上队报了个数,一共一百五十二人。张嘉庆立在队前讲了话。自此以后就正式成立游击大队了。睡觉以前,还开了个中队长和小队长的联席会议,研究明天叫队员们背着枪回村,去扩大新战士,游击队越多越好。

三十一

溃兵过了三天三夜……

冯贵堂带着老山头在公路旁边看过军队。大路上,过一会子军队,又过一会子逃难的。有时难民杂在军队里,男男女女,老老少少,一股劲地往南走。他想不到前线上的兵退得这么快,心里烦躁,身上凉了半截。再者,运涛回乡,也使他心里不安。

人们心里慌了,大刘庄村长和小刘庄村长刘老万都主张三十六着走为上策。冯雅斋也是主张走的一个,他主张上太原。想到弃家逃难,冯贵堂心里热火燎乱,常言道:破家值万贯,何况这保南名门;又想到运涛回来了,斗争将又掀起,于是,越想越使他心烦。太阳快要晌午,他从公路上走回来。一步迈进聚源号,刘二卯和李德才正在盘算支应军队。齐掌柜支拨着学买卖的掘地窖藏货物,见老东家走进来,忙叫人打洗脸水、沏茶。

刘二卯抓耳挠腮地说:"看这中央军,还过呢!连过了三天三夜,还过呢!谁知道落在什么节骨眼儿上?"

齐掌柜说:"兵败如山倒啊!这算收拾不住了!保定一失,黄河北岸就没有可守的地方了!中国人也真算孬种,你听收音机上,国民党广播起自己来,总是把退却说成因战略关系转移阵地!说起敌人来,总是仓皇逃遁!不管怎么说吧,地盘一股劲地失,还有什么说的呢!"

刘二卯说:"不管怎么说,老百姓是留钱的买卖!一不做二不休,扳倒葫芦洒了油!谁来也好,当个老百姓还能怎么的?"

冯贵堂洗完了脸,坐在炕上圪着腿儿喝茶、抽烟,很有感慨地说:"听说国民党的兵这几年整顿得也不赖呢!怎么一说个败就没有救星?不论怎么说,日本鬼子一来,这一阵子烧、杀、奸、掠,就受不了啊!"

敌人还没来,地主们都成了热锅上的蚂蚁。他们把敌人的战术说成是拉大网,敌人大网一过,鱼儿就都捞尽了,谁都把自己比做网兜儿里的鱼。

老山头见冯贵堂直皱眉头,他说:"别发愁,敌人来了,我保着你老人家！高粱地里一钻，一只手擒盒子，一只手端着三八大盖，你看，百无一失！"

老山头呷着嘴，有滋有味地说着，冯贵堂也不在意。好像小猫子抓心，实在不安。不知不觉走回自己的场院，抬腿一进二门，冯大奶奶正发没好气，说："家大业大操心大，自从进了你家门，可没得过一天好气儿！"

自从冯老兰死了，冯贵堂成天价黏在戏房里，管东管不了西。眼看水葱儿似的几个大姑娘，兵荒马乱里，一个个还没有主儿。秀兰，今年二十岁了，大雁十八岁了，二雁十七岁了。就是秀红小，今年也有十五岁了。人们都说日本鬼子在东北，见了女人就糟蹋。屋里养着闺女的，早该娶的娶了，嫁的嫁了，也有单等时候一到连人带嫁奁送过去，反正不能把事情坏在屋里。她一想起来就心焦。

冯贵堂一屁股蹲在妈妈的藤椅上，说："这有什么办法，看势办事吧，天塌了有邻家！"

冯大奶奶把眼泪挤在眼眶子上，说："看人家！看人家！人谁和你家一样？一看情况不好，人家一个个黄花少女，该娶的娶了，该嫁的嫁了。这兵荒马乱的年头儿，你们就不想想？"

有母亲逼着，直急得冯贵堂手心里抓花椒，他说："你看，这孩子弄着棉花上了天津，谁知道这天津卫一失……要是一个炮弹落上，咱这点家业也就完了。咳！谁知道，日本鬼子一来，这世界成个什么样子呢？"

冯大奶奶蓬散了头发，拍打着巴掌，说："棉花！棉花！棉花！是东西要紧，人要紧，嗯？成天价在街上钻，你就看不见个媒人？早知道你们个人找个人的痛快，什么'梅花坑'哩！'鲤鱼店'哩……别看这点庄园地土，一把天火也就完了！"

听冯大奶奶嚷得雷动，焕堂也走到上房，坐在炕沿上，抽着烟不吭声。见嚷得不祥，他才站起来说："别嚷了，自然就有办法！到什么时候天地底下是有道儿的！"

冯大奶奶说:"说起话来嘴上比摞着油儿还光滑,有办法!有办法!有什么办法?日本鬼子要来呀,看你把闺女掖到墙缝里?"她气喘吁吁地说着,两腿一盘,咕咚地一声坐在地上,长一声短一声地嗥叫起来。

冯焕堂看惹不下来,慑悄悄地走出来,说:"人,一辈子修下这样的老人,有话没法说……"

冯大奶奶哭着说:"是不?是不?你就是听不到耳朵里!日本鬼子快来了,家里摆着水葱似的几个大闺女,你就不担心!"又对妯娌们说:"天下大乱了,闺女还没主儿,你们各人管教各人家的,先把闺女调教好,要是有个好和歹儿,我可不依你们。"

日本鬼子一来,好像天上降下灾祸来,一家子乱馇馇,姑娘们呜呜咽咽哭个不停,像开灵吊孝一样;妯娌们大眼瞪着小眼儿,谁也拿不出主意来,愁眉不展,唉声叹气。

冯贵堂说:"老人家甭上愁,当然有办法。有钱使得鬼上树,中国地方大着呢!怕什么,不行就走!"他圪蹴起眉头,心里很不耐烦。

冯大奶奶跳起来,说:"走!走!走!铺天盖地净是些个灰色虫子,你能上天哪?还是能入地呀?"

冯贵堂说:"既不上天,也不入地!咱上郑州,过黄河,行呗?"

哥儿们商量好了:先到石家庄,再上火车过黄河到郑州。开始,说叫冯焕堂去,冯大奶奶说什么也不干,说他山药蔓子立旗杆,办不了大事,后来才决定冯贵堂去,把家交给冯焕堂管,还得管着村里的事。冯焕堂心里不满,说:"亲娘后娘倒没关系,好像这家业就没我这一份了!"着实气愤。

冯贵堂说:"走就快走!赶早不赶迟!"说着,把闺女们叫过来,吩咐打好行李,要出门逃难。

冯焕堂立在二门上,喊:"大有!大有!把小车子和二车推出来,挂上帏子……"

这几天闹兵乱没出车,冯大有在场院里筛草喂牲口。听得当家的叫,一摆搭一摆搭地走过来,听完吩咐,又一摆搭一摆搭地走回去,叫伙计们推出燕儿飞的小车子,打扫干净。推出二车挂上帏子,车尾巴上拴上槽子草包。把牲口牵出来,用大刷子刷得锃明彻亮。

冯大有见是出远门,想把他多年的心血将养出来的骡马牵出来见见世面;二车上套了野鸡红,小车子上套了黑五头,光拣好看的牲口套。他想,管保他在三里开外,一睁眼就看见火炭儿红的大骡马,管保他在三里开外,一睁眼就看见黑马头上的"白玉顶"大月亮。他像别的时候动小车子出远门一样,穿上新洗的黑粗布裤褂、双梁鞋子,扎上黑腿带,披上除了应付红白喜事不常穿的毛蓝大褂子,戴上红疙瘩帽盔,怀里搂着三截鞭子,鞭子上挂着两朵红缨,靠在槽头上打瞌睡,等冯大奶奶上车。

当天晚上,冯贵堂包了沉甸甸的一包袱票子,把行李和箱子捆在车上,月亮上升的时候就开车了。闺女们收拾好了,走到上房接奶奶上车。奶奶拄上龙头拐杖,前拥后簇地往外走。

在月影底下,冯贵堂一看就腻了,说:"这是逃难,又不是走亲!"扭头走回自己屋里,贵堂家里的不知他为什么又生气,忙走回来央恳:"忙去吧!你看,这是什么时刻?别惹得下不来台!"冯贵堂满肚子牢骚:"这个世道儿,穿这么晃眼干吗?逃难不比走亲戚!"他家里的说:"这刻上,谁敢穿什么?还不是两件子常穿的青蓝洋布衣裳!"

冯贵堂赶上去一看,果然是一些布衣裳。不过,大家主裁衣裳可身可体,浆洗得干净,穿在初起青春的女儿们身上,也会丰满润泽,放出光亮。冯贵堂摇了摇头说:"咳!真是,没办法!"

冯贵堂家里的说:"那可怎么办呢?一个个年幼的人们!"

冯大奶奶看着女孩儿们上了车,把前帘放下来。她坐上小车子,冯贵堂跨着外辕。冯大有鞭梢儿一晃,铃铛一响,车子走动了。

出了梢门,回头对伙计们说:"等着吧!回来时给你们捎衡水白干来!"

大叫驴脖子里的铃铛一响,大车出了村。冯大有单腿一跳跃上里辕,听着冯贵堂嘴里直絮叨:"要知道有这个年头,喂这么好牲口干吗?这不是明摆着找麻烦!"

冯大有听着不服气,溜辔着眼儿瞅了他一下,说:"可,你还说呢?有多少这个年头,往日里你净嫌牲口喂得不胖,不好看!"

冯贵堂的心平静了下来,他想:"离开锁井镇,严运涛就揪不住我了!"秋风卷起轻尘,糊住他的眼睛,他用白绸手帕把脸蒙住。

第二天,大车上了沧石公路。沧石路上逃难的人可真多!男女老小,大车小辆,铺天盖地,黑鸦鸦地顺着公路往南走。有人用花筐担着儿女,还有人用独轮小车推着母亲。拥拥挤挤,仓仓皇皇,像有日本鬼子在后头撵着。高扬的尘土,像烟云一样,烟卷人、人卷烟、黄土滚滚,直奔石家庄。路上看见一个青年农民,用脱了胎的自行车,推着白发苍苍的老太太。老太太像是病得很厉害,泪流了满脸,连声呼叫。冯贵堂皱起眉头说:"穷老婆子,快死的人了,还逃的什么难?还怕的什么死?忙回去摸阎王鼻子吧!这中国人也真算没办法了!"他心上说不出的烦乱。

冯大有手里摇着鞭子,阵阵秋风刮过来,他眯缝了眼睛对上眼睫毛,把尘土遮住。嘴里焦渴得难忍,鼻孔里干巴得要命。太阳落山的时候,走到石家庄附近一个镇上。车一进村,镇上住着国民党的兵,是九十一师。他把车站在叉道口上,进村去找住的地方。村里人一见远地来了好车马,都跑出来看。

一个腰里抽着围裙,手里攥着擀面杖的人,像是饭馆的伙计,放开尖厉的嗓子,咋咋呼呼地说:"看吧:走个百八十里地,你看不见这么好车马!你看这黑五头!你看黑马顶上这白玉顶!像是黑天里出了月亮!"他抖着腰里的围裙,不住地啧啧嘴:"咱走江湖三十年,可没碰上过这么好车马!这野鸡红,多新鲜!"

正说着,几个马伕牵着马走过来,穿着破烂的灰军装,络腮胡子长了有一寸长,看看他们手里牵的瘦马,再看看这"黑五头"和"野鸡红",暗里称奇:"真好车马!咱全师也没这么挂好车!"

冯贵堂听是东北口音,慌忙跳下车来说:"这是山西冯阅轩旅长家的车,要到石家庄,上火车到太原!"

满脸胡子的马伕噘起嘴来说:"谁管你旅长不旅长!俺又不要你的!"说着,牵起马走开了。

冯大有把大裰襟掖在搭包上,倒提着鞭子,一晃一晃地走回来,说:"村里住了兵,有一个小店里有几间南房还可以住,也有盛车盛牲口的棚子,自成一个小院,就是梢门外的北屋里住着个官长……"

冯贵堂说:"咳!管他官长不官长,住下吧!"

冯大有见今天看热闹的人多,想露一着儿,他的兴头儿就上来了。右手揽起大裰子,左手举起鞭子,红缨儿在空中晃了两下,把扯络一勒,大辕马挺起脖颈,睁着闪亮的眼睛,两只耳朵一张,扭动屁股,迈动小悄步儿,一阵铃铛响,车子进村了。人们连声呐喊:"好把势!"

车子往街里一走,人们紧紧尾随,冯贵堂手提大裰子,在后头跟着,很觉恼悔,心里很腻冯大有:"怎么这么个二百五?"眼看人们跟着车子呐喊着乱跑,他摇着头,预感将有不幸的灾难降临。

大车进了院子的时候,人们挤满了梢门口。冯大有晃着鞭梢,等车子走进梢门洞,连打三个响鞭,像放洋枪一样响。人们喊:"好!真叫劲!"

站住车了,冯大有放下小凳儿,冯大奶奶下了车,拄上拐杖,叫孩子们下车。二雁隔着帏子缝向外看了看,忸怩着,娇声说:"咦呀!人这么多!"奶奶说:"忙下来吧!是这个年头,又有什么办法?"

大雁二雁秀兰秀红下车的时候,北屋里住的那个军官正在门口上站着。他三十多岁,穿着灰士林马裤军装,鹰鼻子、鹞眼睛、小白净子脸儿,看见几个姑娘从车里跳出来,那小子攥紧了拳头,挤巴着眼睛,心里憋上劲了,嘴里的舌头一曲连,打了个响梆儿,横了心。他吧咂吧咂嘴唇,咕哝着:"唔?好年轻的姑娘!多漂亮的女娃子!"

冯贵堂看人们三个一堆,两个一伙,吐舌头挤眼睛、评头品足的唧咕着,没等大雁她们掸干净身上的土,就说:"忙到屋里歇着吧!"说着,走进屋里去了。人们好像看散了一台戏,挤挤攘攘走出梢门。

店院里满世界马粪,一洼洼的马尿,臭气冲天。几间土坯南房,通屋一条大炕,墙上、地上潮湿得发霉,满屋子霉臭气。没有桌椅,连坐的地方也没有。冯贵堂捏着鼻子找了把笤帚来,扫了扫炕,叫孩子们打开铺盖,躺在炕上歇息。天黑了,店伙计拿了一盏小油灯来,挂在墙上。昏暗暗的灯光,冒起深蓝色的火焰,照得屋里半明不暗,阴森森的。冯贵堂对着灯出神,灯苗卷着清风,忽而耸起,跳跃几下,忽而凫凫地曲连着。冯贵堂怏怏不乐。这户人家,几百年来,也没落到过这步田地,目前逃难在外,也就无话可说了。

冯贵堂跳下炕来,跐拉上鞋子,推开门看了看天色阴霾,叫冯大有和伙计把车推到棚子里,把他们叫到屋里来说:"出门在外,不比在家,要少张扬浮躁,免得招惹是非!你们看,这满村子都是大兵!"冯大有和伙计点着头愣了一会,也没说什么。他又对孩子们说:"兵乱之中,女孩儿家要守心安分,少出门,少沾惹人。常说:飞祸杀身!难躲难防啊……"他感到有很多心腹话,实在难说,对于带女孩儿们逃难,抱着很大的忧虑。

晚饭,每人吃了一大碗开膛面。吃完饭,天上落下雨来,滴水前嘀叮响着。他心里烦乱,炕上潮湿,脊梁底下的跳蚤窜来窜去,越发睡不着觉。冯大奶奶打着鼾睡。女孩们把脸埋进被头里,轻轻地合着眼睛,个个是幼稚的心情,苦苦的焦虑,眉宇间涌起一条竖纹,她们曾做过幸福的梦,也做过害怕的梦,这早晚永是做害怕的梦了。看了看,他又乜了眼睛睡下。

  第二天,一扑明儿就爬起身来了,天还下着雨。他想出去打听打听战争消息,一出门那个军官正在门口刷牙洗脸,他向前打了个招呼,说:"官长!这战事怎么样!"

  军官见有机可乘,慌忙洗了脸,说:"你问战事吗?请进来谈谈吧!"他擦着脸走进来,说:"老先生请坐,贵姓?"他恭敬地点了一棵烟递过来。

  冯贵堂双手捧过烟来,说:"不敢,贱姓冯!山西冯旅长,阅轩弟那是本家!"

  那军官眉飞色舞地说:"冯阅轩旅长?越说越成一家人了!那是敝人的老上司,在保定府的时候,我给他当过马弁!"

  冯贵堂像他乡遇故知,满脸赔笑说:"喔!我算交着朋友了!"

  军官说:"我叫王国柱,当年还到府上去过!是锁井,是呗!"

  冯贵堂弯下腰,向前走了两步,攥住王国柱的手,抖着说:"一点不错!好像在什么地方见过一面!看像个熟人!老交情!"他觉得从此以后有依靠了,心上不由得轻快起来。

  王国柱吩咐人上街买肉,请厨子,要请老太太吃饭。冯贵堂满心欢喜,心里想:"可见狼行千里吃肉,狗行千里吃屎,认识金子的人,漫沙荒野里会拾到金子;不认识金子的人,满地黄金走,两眼黑糊糊,我这算碰上朋友了!"忙回去告诉冯大奶奶,大奶奶说:"咦!这算碰上老熟人了!严运涛虽然厉害,也见不到我们了!"

  中午,王国柱在屋里摆上酒席,亲身出马来请大奶奶赴席。见面先弯下腰鞠个大躬,说:"老太太好!妹妹们可受惊了?半路途中没嘛吃的,喝两盅酒压压惊!"他把两手按在怀里,微颤着身子,表示他的虔诚。

冯大奶奶也是见过世面的,见王国柱诚心诚意,就说:"听说王营长在这里,我们就放心了。这年头出门在外,真不容易! 王营长有这样好的心肠,我们可就打搅了!"说着,跟王国柱走出来。

王国柱走出屋门,偷眼一看,几个年轻的姑娘睁着眼睛看着他,也没动弹,就又站住脚说:"今天没有外人,晚辈今年才二十七岁,连个家务都没有,请老太太过个阴天,还得请妹妹们陪着!"

冯贵堂说:"走吧,都去! 常说大年初一吃饺子——没外人!"冯大奶奶无法推脱,只得叫姑娘们跟上,一块去赴席。

王国柱请冯大奶奶和冯贵堂坐了上座,女孩们打横坐在两边,自己在下手陪着。勤务兵端上菜来,王国柱举杯敬酒。

冯贵堂手捋着胡子,说:"我也不知道老弟你现在是什么军衔?"

王国柱喝了两杯酒,脸上红红的,一直红到头发根上。他两手一捧,说:"不敢,兄弟在本师是个营长,和老上司离开以后,咱干过连长,营副也干了几天。前几天碰上俺旅长——在哈尔滨的时候,咱和他碰过头,弟兄们平起平坐没说的。他的意思,叫我代理代理团长。我说,咱可不行! 咱可不行!"说着,吱地一声喝下一杯酒。

冯贵堂看势捧上两句:"您阁下青年有为,不愧为国家栋梁之材! 说不定这一仗打过去,就要高升了!"

王国柱把好菜拨在姑娘们碗里,把酒斟给大奶奶,手忙脚乱地说:"当然啊! 下边人们都这么说,看我的面相,不能只当到团长、旅长……请老太太酒!"

冯大奶奶看王国柱两口黄汤灌进肚里,有些醉了,说起话来颠三倒四,舌头不在嘴里,故意露出满口金牙,眼珠子歪歪斜斜,左顾右盼,浑身不自在。女孩们不知道他犯了什么毛病,吓得脸上一会发红,一会发白。冯大奶奶心里发急,再也吃不下去,向冯贵堂使了个眼色,说:"谢谢王营长! 俺吃饱了,你请!"

王国柱紧拦着说:"妹妹们可吃饱了? 俺师里有军医院,医院里有女护士,妹妹们学点医术,比上学堂还强,请老太太酒!"他把酒杯端在嘴唇上,看见大奶奶已经离开座位,他直着眼珠子看着最漂亮的二雁,吓得二雁浑身打噤呻,脸上通红起来。

冯大奶奶颠颠倒倒地走出来,连走连说:"这是碰上什么玩意儿了?"

下午,王国柱理了发,刮了胡子,转悠到冯大奶奶屋里。见冯贵堂不在,坐在炕沿上,有话说说,没话道道。醉醺醺地,酒气扑人,肚子里不住地打饱嗝,两只眼睛满屋子乱搜寻,好似苍鹰寻野兔。冯大奶奶待理不理,也只好叫孩子们敬茶点烟。当他两只尖利的眼光寻到二雁的时候,吓得二雁直往炕里头躲。

这时冯贵堂立在梢门洞里,看天上下雨,他心里急躁,好天好道的忙走开也就算了,可巧天不作美,下起雨来没个完。实在不耐烦,叫了冯大有踏着雨到大街上消愁解闷,打听消息。一脚迈进茶饭馆,刘老万正在那里坐着。刘老万是棉花经纪出身,开轧花房发财,小矬个儿,两条胳膊耷拉到膝盖上,脑瓜很圆,后脑勺上巴掌大一片头发,梳了个小辫子。他一眼看见冯贵堂和冯大有,跳过来抓住冯贵堂的手,说:"怎么? 兄弟你也出来了!"

冯贵堂说:"出来了! 大哥! 这就叫出门逃难!"说着把草帽扣在桌子上,一张笑脸尽量掩盖着心里的晦气。

小老头说:"哎呀! 老弟! 我说,走到哪儿去呀? 哪里是家呀?"说着,搬过两条板凳让他们坐下,说:"掌柜的! 来! 切半斤熟肉、打上四两酒! 吃! 喝!"说着,给冯贵堂斟上一杯酒。

冯贵堂端起酒盅来,说:"怎么样? 我想在石家庄上火车呢?"

刘老万说:"上火车呀? 上不去了! 我比你早出来两天……铁路上人们消息灵,我到了石家庄,站台上人多得不行,上不去车了,按窝儿又返回来,碰上下雨,一家大小窝在这里!"他又乍起胡子,瞪着眼睛说:"前两天,我还听了一段新闻:那天火车里挤满了,人们爬到车顶上。不早不晚,车到了黄河岸上,来了飞机,火车在地上跑,飞机在天上追……过了黄河就是一条大石洞。火车顾不得停下,慌里慌张朝石洞里钻。这一钻那,咳呀!车顶上的人呀,跟斗骨碌往下滚,伤的人可多呀……伙计!来个爆炒里脊丝儿!干炸丸子!吃!喝!这个年头!有什么省着的!"

掌柜的提着大水壶,凑过来说:"这年头,算没办法!逃难,逃难,逃到哪里哪里有难!昨儿晚上,一家老小走到这附近,从漫地里走出劫道的,把衣裳盘费都搜去了,一家大小哭哭泣泣又跑回来。咳!大乱之年!天下大乱!无奇不有啊!"

刘老万说:"我看严知孝这老家伙有主意,就是这么办!这儿好,那儿好,哪儿也不如家下好!守着老亲近邻,总得有点照顾!"他撇起尖嘴头,抿了一盅酒,又说:"我还听了一段奇闻……这也不算奇闻,是真有这个事。我亲眼看见一个人过漳河大桥,左手里牵着一头驴子,右手里抱着个小孩子,驴上驮着他年轻的媳妇。这驴,说什么也不过那铁桥;它一上铁桥脚底下就踩得铁板通通地响,它害怕!那个人气急了,硬拉着驴子过,驴子扭他不过,滴零哆嗦地走上铁桥。走到半路途中,它又不走了,它看见河水的翻花,翻花上的人影,哆哩哆嗦地害起怕来。那人不管三七二十一,拿起缰绳往驴脑门上乱打,越打那驴子越往后辎,他朝驴屁股上一脚踢过去,那驴一拘挛身子,连人带驴就掉下去了。他眼看媳妇身上穿的那件素蓝布褂子,在河水里打了个翻花不见了。回头一看,小孩子在怀里直哭,心里一阵没路子,把脚一跺,把孩子也扔下去了。这年头,死个人可真是容易呀!咱一看,这还逃的什么难?我返身走回来……"刘老万顿足拍胸地出着长气,又说:"我说兄弟!咱们回去吧!我本想上中州,听说那里出棉花。可,自幼咱是在棉花窝里长大的!日本鬼子一闹咱就说,哪里有棉花,咱上哪里去;河南有棉花,咱上河南。陕西有棉花,咱上陕西。咱算和日本鬼子犯不着交涉！你猜怎么样？不行！回去！回去！回去！上哪儿去也不行，就是回老家本土，去当咱那车沟王！回去，回去，老弟，咱回去！"

刘贵堂说："你这一说咱非回去不行！"

刘老万说："非回去不行！没错儿，回去！咱不找那个气生……再来四两酒，来四两咸花生仁！哎！来三碗鸡蛋炒饼！"

冯贵堂听了刘老万的谈话，沉着头儿呆了老半天。他心上忐忑不安：回去有运涛哥们……不回去……

小饭馆里坐的人很多，有南来的，也有北往的，都窝在这里等天气。两间房前面搭着一座芦席棚子，席棚上滴着雨水叮当响着。人们有滋有味地念叨着天下大事、四海奇闻。冯贵堂听了刘老万的劝告，把脚一跺说："对！回去！开天就走，路上见！"说着，掏钱会账。

冯贵堂和冯大有走回来，刚走进大门，王国柱迎上去，一把抓住冯贵堂的袖子，说："大哥！来，兄弟有句话说！"二人并膀走进屋里，又说："咱弟兄们都不系外，有什么说什么，行呢，算着。不行呢，咱算白说！"

冯贵堂见他酒醉还没醒，说话没有伦次，心里发慌。他跺了下脚，焦躁地说："你到底是什么意思？说说吧！"

王国柱流里流气地说："就是兄弟，今年二十七岁了，当上一名营长了！将来当团长、旅长也说不定！俺家里也是个大财主，有几百垧好地……"说着，他撅起嘴唇，在胸前伸了伸大拇指头说："我看妹妹们挺好，倒是门当户对！不必上石家庄，咱这儿比哪儿也安全……"

冯贵堂越听越不着头，火性子爆溜地说："你这人，真不看势头！这是什么时候？还不自量！"说着，连瞪了他两眼，头也不回，跺跶着脚走出门来。

王国柱见他打了拨回，怒狠狠地朝着窗口说："你冯旅长，狗蛋！不识抬举的家伙！妈拉巴子走着瞧！"

冯大有和伙计立在敞篷底下,看这出戏唱个什么结局。

冯贵堂一辈子没受过这个窝囊,自小当大少爷,足吃足喝;大了上学堂,钱,愿花多少花多少;当起家来是一家之主,是一个村的头目人,向来财大气粗,凡事不让人。目前出门在外,碰上这个土匪坯子,蹭了满脸灰,心里异常气闷。他想:明天不管开天不开天,横竖要离开这地方,这逃难也不是好逃的！他后悔这次出门的冒失,躺在炕上浑浑噩噩地睡了老半天,连晚饭也没吃,连轴转睡到半夜。夜深了他才醒来,心里正在念叨着时运的不济,隐约之间听得有人敲门,连叫连敲。

"开门！开门！开门,开门！查店了！"外头人嫌门开得慢了,火气很大,很急！照门上踢了两脚,骂:"妈拉巴子,怎么的？"

冯大有是个聪明人,这两夜他就没好好睡觉,还蹲在槽道里喂牲口,听得风头儿不顺,喘着气跑过来说:"当家的！有人叫门,直骂街！"

冯贵堂在梦里睁眼看见冯大有仓皇的神色,连声说:"不！不！不慌开门！不能开门！"

他翻身撩起被窝,打开箱子拿出那包袱票子,跟斗趔趄跑到马棚里,下手刨开马粪把包袱埋进去。说着,看见有人踩开梢门闯进来,脸上抹着黑,像唱戏的打着破脸,把冯贵堂和冯大有三人挤进马棚里,伸手掏出匕首说:"嚷！捅了你！"

冯贵堂心里跳着,浑身打颤,掂着两只手暗暗地说:"这一下子这两挂车算完了！"

那人们砸开门走进屋里,划根火柴点着灯。冯大奶奶看是有变,扑通地直橛儿似的双腿跪在炕上,哀求道:"老爷们,都是中国人！都是中国人哪,老爷们！"

那人们说:"谁管你是中国人、日本人？"

他们翻腾着被窝找人,姑娘们身上筛糠似的直往被窝里钻。

那人们从被子里把她们掏出来,一个个搬起脸来看。用电棒照照这个,再照照那个。照到二雁,就说:"就是她!"说着,抱起来就往外跑。

女孩儿们见拉人,哇哇地大叫起来。那人们在眼前晃着闪亮的刺刀,说:"喊!要你们的小命儿!"

姑娘们面无血色,无声地抽泣着。冯大奶奶见抱走了二雁,顾不得起身,跳下炕来,赶出去央告:"老爷们!要什么有什么!可不能拉人!"

那人们用枪把撅着大奶奶脑袋,说:"金子银子都不要你的,就是要她!"说着,一脚把她踢倒在地上。

那人们逼着冯大有套上小车子,把二雁抱到车上。二雁哭着、叫着、抽搐着,把身子扭得麻花儿似的,不要命地挣扎。那人们用手巾堵住她的嘴,前拥后簇,轰起车来走出了大梢门。

冯贵堂见他们不要钞票,也不要骡马大车,是专来抢二雁的,气得四肢发闭,眼睛发呆,赶上去扒住车尾巴,不顾死活地鞧着屁股大声喊叫:"抢了人了!抢了人了!"

那人们伸出枪刺逼着冯贵堂的脑门子,说:"喊!叫你见阎老五!"

冯贵堂和冯大奶奶看那人们走远了,喊天抢地赶上去,在大街上喊叫起来:"街坊四邻呀!救人哟!""绑了票了,救人哟!"

也不知道王国柱从什么地方钻出来,装腔作势,不凉不酸地说:"怎么说?有绑票的了?不是查店的吗?"叫了值日连长来,吩咐快去赶土匪。

街坊四邻叫喊得不祥,跑过来探探头儿又缩回去。你看看我,我看看你,谁也不敢吭声,垂下头来,咧着嘴走开了,嘟囔着:"咳!睁不开眼哪……赶不上了!上哪儿赶去!"

冯贵堂和冯大奶奶喊了半天,见无人出头。大街上越来人越少,青灯儿似的。

冯大有赶上去说:"当家的!当家的!忙回去吧!赶不上了!"说着,用袖子捂上脸,回过头去走开了。

冯大奶奶浓涕鼻子和着泪水,哭了一脸。冷眼一看,赤身露体地站着,大肚子垂着,像个棉花包。她一手遮掩,一手指划着说:"哎哎!这是干什么?"又一溜烟跑回去,猫下腰从炕洞里掏出些个灰烟子,在女孩儿们脸上乱抹。

猛刻,她又停住,怔了半天,听窗外倾盆大雨又下起来了。

三十二

国民党的溃兵过了七天七夜。

大公路上还是继续不断地过兵,大部队过去了,后续部队又过来,有时一百二百,三十二十,三个五个。多是伤兵病号和闲散机关。

这几天,城里高小学堂成了抗日救国的大本营。门角上插了一杆大红旗,颜色是那样的鲜明严正。旗下挂着一个大木牌子,"××县各界抗日救国会"。国民党的县长和公安局长带着人跑了,这里成了执掌政权的机关。县政府的人们得服从救国会的领导,叫送粮送粮,叫送款送款。从早晨到晚上,区村分会的人来请示工作,报告工作,讨论问题,男的女的,来来往往,进进出出地忙个不了。

江涛叫游击队员们扛着枪回去宣传抗日救国——扩大队伍,挂几个来放下,再回去挂。几天之内,挂来了满院子没有枪的游击队员。

江涛看这天没有什么要紧事情做,就在屋里拿出父亲带来的黑布夹裤袄试一试。母亲虽然上了年纪,还做得细密的针线,把衣裳做得这么可身可体,想到这,心里泛起了绵绵眷眷的感情。自从江涛出狱回来,老人家总想把儿子搭致得整整齐齐的。江涛回来,运涛也回来,一家子算是时来运转了,大团圆了,涛他娘要多么高兴有多么高兴。江涛听说运涛回来了,想回去看看,他把衣服穿在身上,这么看看,那么看看,正悄悄地拾掇着,有人冷不丁地照他脊梁捶了一拳,说:"出了一宗大事!"

江涛打了个愣怔,问:"什么大事?吓了我一跳!"回头一看,是张嘉庆。

嘉庆说:"刚才县政府打了个报告来,说安新方面来了电话,将有大批队伍从白洋淀顺河流撤下来,叫准备房屋粮草,要在城里住几天!"说着,把一个短简递给江涛。

江涛默默地看了一会,说:"也闹不清国民党到底在华北有多少队伍,顺着铁路公路撤了几天几夜,今天又要顺河路撤下来。别的军队都撤完了,这个军队才撤,也不知道是什么脾气,什么秉性,还说在县里住几天。我们的游击队是才生的萌芽,还经不起战阵,万一要有个磕磕碰碰也真难防御。"接着又说:"还有一件大事!"嘉庆说:"什么大事?"江涛说:"运涛回来了!"嘉庆大笑了说:"好!这是英雄会!"江涛又扒着窗户叫严萍,严萍正在办公室里唱着救亡歌曲,几天来她几乎把救亡歌曲唱了个遍。自从回到家乡,做起救亡工作,而且工作又是那样顺利,脸上更加闪静了,总是漂着愉快的表情,把歌曲唱得委婉动听。听得江涛叫,走过来坐在椅子上,眨巴着眼睛,听江涛说话,听说运涛回来,她心上特别高兴,可又听说将有大兵过境,那明朗的脸上立刻暗淡下来,慢搭搭地说:"人枪不多,是费尽了心血整来的,大贵拉着几十支枪上太行山,如今才回来,也不是容易,发展下去,这是个好的基础,将来可以成就大事业;万万不能掉以轻心。"

嘉庆说:"是呀!这年头!大鱼吃小鱼,小鱼吃青虾,青虾吃坑泥的时候,要是一出门就遇上打杠子的,可是怎么办?"

嘉庆一说,江涛也明白过来。他在地上走来走去,觉得实在为难。严萍说:"运涛回来了,我们为什么不去看看他,顺便也和他商量一下,岂不好呢!"她嘴里说着,又想起高蠡游击战争……日月风霜给予他们的磨炼,使他们成熟多了,随着年纪的增长,办事、思考问题也就老练起来。

江涛恍然大悟,说:"也好,咱们就去。"

一说起运涛回来,几个人都很高兴,立刻挪动脚步一齐往外走。听说有大兵往下撤,大街上买卖家都关了板搭,冷冷清清的,好像有什么大事来临。江涛、嘉庆、严萍匆匆走过大街,出了城门,沿着城里大道往锁井镇上走。

秋高气爽,太阳明朗朗地照着。深秋了,棉花开得白花花的。玉蜀黍干了花红线,龇出大黄牙。红高粱的穗子,离远一看,像一座红山。谷穗黄了,弯下腰等待着镰刀呢!豆荚儿熟透了,在谷子底下啪啪地爆着,圆圆的豆粒儿,骨碌碌地落在地上滚动着。庄稼人的大秋来临了。

几个人走过了小木桥,在千里堤大杨树底下走着。下了千里堤,一直走到江涛家门口。走进小门,江涛喊着:"哥哥回来了?"江涛想,运涛听得喊声,会一步跑出来。不提防出来的不是运涛,正是妈妈,她说:"回来了,回来了,住了几年监狱回来了!"她说着,定睛一看,江涛后头是嘉庆,嘉庆后头是严萍,哗地笑了说:"忙来屋里坐坐,我给你们烧水喝!"

江涛走进屋里,看了看没有运涛,也不像娶亲的样子。他问:"我哥哥呢?"

涛他娘说:"在春兰家呢!"

嘉庆问:"他们不是结了婚吗?"

涛他娘弯下腰哈哈笑了说:"春兰把他娶过去了,他还说呢,留着这间房子给你们!"说着她两眼笑成一条缝,看着严萍。严萍羞红了脸。

嘉庆说:"哈!倒婴!我们赶快去看他。"说着,几个人不歇脚儿,就往春兰家里走。一边走着,严萍琢磨着妈妈的意思,她觉得不是滋味。自从保定回到县里,闹起救国会,工作忙是情真,可是和江涛就连一句心里话也没有说过,她摸不清江涛心上有了什么问题。她总觉得江涛冷冰冰的,可是她不敢想江涛心上另有所爱,他们的友情已经有十几年了。当她听到涛他娘说把房子给他们留着的时候,她也没有表示谢意。

严萍想着,到了春兰家门前,一进大门,江涛又喊:"我哥哥回来了!"江涛一喊,先走出来的不是运涛,是春兰。她满脸赔笑,脸上一片晕红,说:"嘿!江涛、嘉庆、严萍,今天都来了。"

运涛一听,连忙走出来,站在台阶上,哈哈笑了说:"忙来,屋里坐!"说着一一握手,当他握到江涛的手,连连抖着,觉得格外亲热。江涛说:"哥哥好!"运涛说:"好!你们都好!"

他们见着的运涛,不是一个农民了,穿着学生服,推着大分头,说话的腔调,也有些改变了。嘉庆说:"嚄!士别三日,刮目相看,今天见着你,真是不容易。"

严萍说:"十几年不见,今天可见着你了!"

说着,走进屋里。只见窗户糊得明亮亮的,贴着红色的窗花,炕上放着两床新被褥,靠北墙放着春兰娘的一对旧橱子。新糊的房子,黄土垫地。墙上贴着几张新年画。运涛连忙扫了炕沿,请他们坐下。老同志们十几年不见了,张嘉庆问这问那;运涛把怎样入狱,怎样在监狱里进行斗争,怎样出狱,又怎样辗转到了延安,怎样在红军大学进行学习,怎样派回家乡来……一五一十说了。张嘉庆说:"革命的道路是长远的,曲折的!"运涛说:"看怎么曲折吧!如今又接上这抗日战争了,这抗日战争又是长期的。"接着,运涛又把抗日战争的三个阶段说了。

江涛说:"今天我们来,一来是看看你,二来也有件作难的事情,跟你说说。"

运涛说:"什么作难的事情?你们说吧!"

江涛说:"国民党大军退却,县长和公安局长都跑了,如今救国会就成了执掌政权的机关。咱的游击队就是这一带惟一的抗日武装,人枪不多,发展下去,就是一个好的基础。今天接到电话,说又有一批军队顺着河道撤下来,也不知道这批军队的军风纪怎么样?……"

运涛在地上走来走去,听到这里,他说:"情况不明,但兵力悬殊的情况是肯定的。还是不见面的好,见了面难免较量高低。还是那一句老话:他占城市,我占乡村。"运涛过去虽然是个农民,但干了几年军队,坐了几年监狱,又到延安去学习,在十几年的学习锻炼里,改变了生活作风,如今变得斯斯文文的,成了干部,不像以前的农民样子了。

江涛说:"你这一说,我们就明白了!虽然如今统一战线了,还是有点防备好!"

严萍笑了说:"这就是统一战线下的独立自主。"

张嘉庆听了哈哈大笑,把巴掌一拍说:"真是,十几年不见,前后判若两人了。"

运涛说:"为了团结抗日,巩固统一战线,我们在政策上也有所改变:一、陕甘宁革命根据地的政府,改名为中华民国特区政府,红军改名为国民革命军,受南京军事委员会的指导。二、在特区内实行彻底的民主制度。三、停止武力推翻国民党的方针。四、停止没收地主的土地……"说着,他仔细看看周围几个人的表情。又说:"严萍说得对,要注意统一战线之下的独立自主。"

张嘉庆听到这里,又把巴掌一拍,说:"咦!要点就在这里!"

江涛、嘉庆和运涛谈着,严萍走出来,到西头屋里去找春兰,拍着春兰肩膀笑了说:"庆祝你们新婚之禧!送你一点小礼物。"说着把一方红丝手绢,塞进春兰手里。

春兰笑了说:"好!谢谢你了!"

严萍说:"奋斗十几年,毕竟还是到了一块了!"

春兰说:"要说奋斗,可也真是不容易呀!"她又侧过头来说:"你看,白了头发了!"严萍搬过春兰脑袋仔细寻了一会,果然有一根根白发夹在满脑袋的黑发里,她说:"这都是想他想的!"春兰说:"要说不想,那是假的!他的影子哪天不在我脑子里转转?"停了一刻,又说:"你们呢? 那间房子还给你们留着!"严萍听了,把嘴一撇,说:"房子! 那就不用说了。我回来一两个月了,连句心里话儿也没说过,不知江涛耳朵里听到什么话,冷冷冰冰的! 我们的问题还在镜子里。"说着又长叹了一声,把泪珠噙在眼边上。

春兰说:"那是怎么回事? 那是工作忙的!"

严萍摇摇头说:"不,这种感情上的冷淡和工作忙不一样。"

春兰说:"你有感觉了?"

严萍说:"自从回到县里,我就有这种感觉了!"

春兰说:"叫运涛跟他兄弟谈谈,十几年的朋友,快结了婚算了!"

严萍说:"算了? 我看可不是那么简单!"自从发生了这种感情的变化,严萍对于江涛很不理解,有时想到这里,由不得一个人哭出来。

春兰说:"好好儿的,也没什么了不起!"

严萍说:"不,我有感觉了!"

说着,严萍走出来。这时江涛和嘉庆也从屋里走出来,在四方小院里走来走去。春兰说:"不吃了饭再走? 我给你们擀面。"江涛侧起头看了看太阳,说:"还不到吃饭的时候,我们快赶回去,争取时间要紧。"江涛、嘉庆、严萍从春兰家里走出来,顺着城里大道进了城。道上走着,严萍说:"听运涛的说法,我们要转移出去!"

江涛说:"我同意他的意见,有两个地方可去:一个是南岗,群众条件好,封建势力弱,村子穷。一个是锁井,群众基础厚,封建势力大,村子富,地势好,进可攻,退可守。"

嘉庆说:"上锁井,老根据地!封建势力大,先碰碰他再说!"

严萍也同意撤回锁井,江涛说:"也不知道这是股子什么劲?大兵有向后跑的劲头儿,和敌人拼拼多好!一路子跑,还不跑断了腿!"

严萍说:"他们肯哪?宁予外人不予家奴的政策还没有完,不抵抗政策还没到头儿呢!"

嘉庆说:"这就快到头儿了!退到黄河岸上就到头儿了,好像下棋,两国交兵,黄河为界!"

江涛说:"不,他们要退到喜马拉雅山上去!"

这时正是国民党军退却,富商地主们逃跑,青黄不接的时候。救国会成了执掌政权的机关,县委机关的人们都掩护在救国会里。人少事多,事情来了,他们就集中在一起商量处理,没有事情的时候就在一块聊聊天,交换交换意见。一边谈着,他们回到办公室。

严萍跑出去叫了朱老忠来,他的身体还是那样壮实,腿脚还是那样矫健,说起话来嗓子还是那样洪亮,侧起耳朵听完了他们的意思,他说:"这不是跟你们年幼的人们说,蚂蚁叫唤我还听得见,黄历上的小字还能看清楚,有什么作难的事情,你们就说吧!"说着,他镇起脸孔,一笑也不笑。

严萍说:"下梢里又来了溃兵,咱的游击队要转移一下。想来想去,还是要转移到咱的老家去!"

朱老忠听得说,豁朗一下子笑了,笑声像铜铃一样响。他以为是什么大事,原来如此!便昂起头,响亮地说:"去吧!这还用商量!西锁井咱不敢保,东锁井就是抗日人们的老家,没有什么作难的。自从三二年大暴动,咱的红军受了损失,咱的人们就像粪草一样,叫人家踩在脚底下,如今咱的游击队又回来,又鼓捣起军队来了,有人有枪,一到锁井镇,显得革命的人们脸上有多光彩啊!"说着,他挺起胸膛,一阵阵笑着。

江涛说:"情况紧急,那就你先头里走,部队随后就去了。"

朱老忠听得说,直乐得合不上牙儿,他想:"年幼的人们,心眼发死,自己的军队,到自己家去,也商量商量,有什么商量的?"他说:"好吧!我头里走,告诉人们拾掇拾掇房子,打扫打扫炕!"说着,他坐在椅子上抽了一袋烟,叫严萍写好公事,好到村公所去要给养。说着披上衣裳就走出来。

自从闹起救国会,又闹起抗日游击队,朱老忠心上说不出地高兴;运涛回来了,江涛也回来了,共产党的事情,越闹越兴发了!他心里快乐地想着,脚底下就快起来。他虽然上了几岁年纪,可是一遇上喜兴事儿,心身就有劲了。出了城走着那条庄稼小道,一直往回走。秋天的太阳明朗朗地晒着,大庄稼都熟透了。蝈蝈儿在豆棵上连连地叫着,朱老忠两脚走得飞快。走得热了,他解开纽扣,把蓝布小夹袄闪开。自从进了城,工作多事务忙,白天闹伙食,夜晚还得和江涛他们一块研究工作,熬了眼,上了火气,眼边发紧,眼珠上布上红丝。他掏出粗布手巾,不住地擦着,不知不觉两腿已经迈下河坡。沿着堤岸向东一看,从下梢来了不少帆桅,就像树林一样。上水船走得很慢,拉纤的人们,在夕阳里弯下腰,袒露着膀子,伸开脖子,一步一步走着。嘴里吆喝着疲乏的声音:"嘿哟哟!嘿!""哎呀……嘿!"朱老忠在堤上站了一刻,把手搭在眉梢上看了看,说:"果然是兵船上来了。"他从小木桥过河,沿着河堤走回家去。一进大门,院子里静悄悄的没有一点声音,他喊:"贵他娘,咱的军队又来了!"他说着,把小夹袄放在捶布石上,坐下抽烟。

贵他娘正在炕上做活,听得说,把针线插在活计上,出溜下炕走出来,站在台阶上说:"你说什么?查查家谱,你家多咱闹过军队!"

朱老忠仰起头,哈哈大笑了说:"这是大事,能跟你开玩笑!说来就来,赶快刷锅烧水!"

金华正在炕上纺线,听得说,隔着窗棂向外看了看,说:"俺爹说说,哪里来的军队?"

贵他娘说:"甭听他,越老越上年纪,成天价像做梦一样,想得天花乱坠!"

朱老忠听了不着急,也不发火,冷笑两声,说:"怎么你们这么落后! 也不看看形势? 你想查查俺家谱? 查查俺家谱吧! 十几年前,毛主席和朱总司令领导工人农人上了井冈山,组织了中华苏维埃共和国,建立了工农红军,号称三十万。再说,三二年大暴动,咱地方党也组织了红军。这是你们亲眼看见过的。江涛、嘉庆和咱大贵回来,三手两脚又建起抗日游击队,今天就开到咱的村上。"说着,他又哈哈地笑了两声。

不等朱老忠说完,金华拢了拢头发,开门走出来,笑了说:"老人家一说我就明白了,又要闹红军了!"

朱老忠气得跺跺脚说:"不,不是红军,是抗日游击队,如今要闹统一战线了,不能叫红军!"一句话把人们都激乐了。

一说起闹红军,贵他娘就会想到,前几年闹大暴动的年月,人们是多么样的高兴呀。可是红军失败了,人们又是多么样的悲惨。有多少人死在暴动里,孩子们过着什么样的淹心的日子呀! 封建势力用尽了各种办法,祸害参加红军的人家,如今又要闹起军队,她心上实在有些不安。

朱老忠拿起脚走到朱庆家里,走到朱老明家里,又走到伍顺家里。回头走进冯老锡的大梢门,冯老锡正在火伕棚门口刷洗牲口,听得有脚步声,抬头一看,是朱老忠走进来。他停了手里的刷子,笑嘻嘻地迎上来,离远里就喊:"大兄弟! 什么风儿把你吹了来!"

朱老忠也离远停了一下脚,打量了一下冯老锡,说:"事,可是一件大事!"冯老锡脸上堆着笑,几乎脸上那老年的皱纹都笑开来,又走前几步问:"说吧,什么大事,咱能办到的一定出力!"朱老忠点了一下头,说:"咱的军队要来了,想住住你这房!"

冯老锡两眼一怔,从上到下打量了一下朱老忠,说:"军队? 不是中央军已经退走了吗?"

朱老忠说:"不,要是中央军的事情,我就不来说话了,是咱的抗日游击队!"

冯老锡一听,皮笑肉不笑地说:"游击队? 你这一说我就明白了!"他又凑过两步,弯下腰压低了嗓音说:"就是咱们那个,是呗?"

这时,朱老忠挺起胸膛,眯上眼睛说:"是呀! 一点不错,前几年里我们闹红军失败了,如今又闹起游击队来。这是正大光明的事,用不着藏藏掖掖,咱是老街老邻,对门对户,谁还不知道谁?"

冯老锡听说共产党领导的游击队又要来了,也由不得联想到大暴动的厉害,他心里打着颤说:"你还记得,闹暴动的时刻,我先拿出一支大枪和五十粒子弹吗?"

朱老忠斜了他一眼,冷笑一声说:"要不我们就留下你一颗人头!"

从此,冯老锡再不说什么,他明白朱老忠和冯贵堂是冤家对头,他对朱老忠是敬而远之,朱老忠是个共产党员,冯老锡是个破落户,属性不同,隔着肚皮很难看出他是什么心思。目前大军南撤,政府溃逃,他确乎想趋近朱老忠,所以就不再说什么。

雅红隔墙听外面有人说话,叽哩呱哒跑出来,站在二门口上,露出半个脸来,问:"爹! 你跟谁说话?"

冯老锡说:"我跟你忠大叔说话,抗日游击队要来了,跟你嫂子把那几条闲炕扫扫,要住军队了。"

雅红一听,觉得挺新鲜,说:"好! 我就去了。"这女孩子已经十七八岁了,出秀得长身腰,长脸盘儿,两只灵活的大眼睛。她从这个暗淡的家庭里长大,很喜欢新鲜的事物,好像老槐树上生出一条嫩枝,精力总是那样充沛,一心朝着阳光。她听说共产党的游击队要来了,心上说不清有多么高兴。

朱老忠又沿街走了几家,下坡走过苇塘,他想到村公所去。一出苇塘,看见刘二卯沿着壕沿走过来,他招着手喊:"二兄弟! 你等等,咱想跟你说个话儿!"

刘二卯蹑蹑蹀蹀地停住脚步,说:"什么事情?你说吧!"他说着,眉毛胡子不动,脸上没有表情,可是心上早就自存戒心。

朱老忠说:"抗日游击队要来了,请你准备房屋给养!"

刘二卯一听,心上打起个愣怔说:"什么?抗日游击队?咱还没有听得说过,来多少人?"

朱老忠看他不待理的神情,理直气壮地说:"是呀,就是抗日游击队!有几百人,住房吃饭,请你负责!"说着走前两步,递过救国会的公函。

刘二卯把公函夹在手缝里,也不看一眼,他说:"几百人还值得大惊小怪?商量商量再说吧!"

朱老忠听口吻不对,他问:"还要商量商量?"

刘二卯歪起油荤荤的圆脑袋说:"当然哪!冯老兰死了,还有冯贵堂。冯贵堂走了,还有冯焕堂。冯家大院是一村之主,能不商量?"

朱老忠越听越不对头,镇住脸儿说:"二兄弟!你说商量可以,可千万不能耽误了公事!"

刘二卯有一搭无一搭地耍着花腔说:"走着瞧吧,那还用说?"说着,横披着褂子,趿拉着鞋子,一步步懒洋洋地走开了。

太阳平西了,游击队还不来。朱老忠等得心上急躁,他走到千里堤上,登上河神庙前的大石头,手搭凉棚一看,满河筒子尽停下兵船。有几屋子长的大船、三舱四舱的小船,也有小小的渔船。大船上还养着鸡鸭和看家的小狗。有的屋里挂着喜幛对联和娶媳妇的嫁妆。新媳妇面带凄惶的神色,坐在床上拾掇针线。他想,少不了又是在白洋淀抓来的民船。常说,靠山吃山,靠水吃水。下梢的人们就是靠船吃饭,和咱这里种地人家养种庄稼一样。船家赶上兵差,和种地人耽误了庄稼一样愁人!

太阳落在滹沱河的上游,落在西山上,红艳艳的,映出满天橙红的彩霞。船桅、风帆、庄稼、村庄、树木,都泛着橙红的颜色。在夕阳中,西边的太行山显出起伏的山峦和山上突起的岩岗。在远古时代,山岗上曾有茂密的森林,林中曾经是平原人的家乡。

朱老忠站在大石头上,这里看看,那里看看,忽然看到堤口上有几个骑车子的人走过来,为首的像是张嘉庆,他喊:"嘉庆!队伍过来了?"

张嘉庆说:"来了!都在后边呢!"

朱老忠又问:"兵船都住在城南吗?"

嘉庆说:"可多呀!大兵在城里住满了!"张嘉庆说着,不等渡船,挽起两只裤腿角子,把车子一提,涉水过河。他显得是那样强健、有力。

在满天的彩霞中,游击队的队伍从庄稼大道上缓缓地走来,队前飘着一面血红的大旗!锁井镇上人们,已经好久不见这面旗帜了,今天打出来,特别引人注意。官兵们见有部队从南方过来,都站在船头上看着。想不到在大军南撤当中,竟有一支队伍向北挺进,心上很是惊奇。他们将永远不能理解这支队伍的生长与壮大。他们更不明白这支队伍是和滹沱河下梢四十八村被压迫的受苦人的命运连系在一起的。

张嘉庆拿着指挥旗站在河边上,指挥队伍过河。游击队的战士们,一船船渡过河来。船在河流上渡着,战士们在船上唱着救亡歌曲。一曲落下,一歌又升起,显得那样生气勃勃。

游击队到了锁井镇,这是一件新事物,是件大事。镇上人们见过高蠡游击战争时的游击队,见过红军战斗的英勇场面,也想起那场悲惨的失败,如今抗日游击队又来了,谁知道将来落在什么节骨眼上,谁知道这是什么命运呢。全村的人都站在大堤上看着,老人、孩子、妇女们站得黑鸦鸦一堵墙儿似的。这又使人想起五年前红军出征时的盛况,那是多么火爆的日子?朱老忠站在河神庙前,看着游击队一队队地走过,一个个是五大三粗的小伙子,迈开大步,挺起胸膛,多么威风!

顺儿把袍子襟掖在搭包上,扛着枪在队伍里走着,看着欢迎的人群,心里禁不住产生一种骄傲。这时顺儿他娘也看见她的儿子扛着枪走在队伍里便喊起来:"顺儿!顺儿!你可回来了!"

顺儿离开队伍走过来,打起笑脸说:"娘!明大伯!我回来了!"

朱老明只是听到人们乱嚷嚷,想不出抗日游击队是个什么样子。听得顺儿的声音,他说:"顺儿!你把手给我,叫我摸摸。游击队是个什么样子?穿什么衣服?"

顺儿把枪递到朱老明的手里,说:"穿的都是便衣,袍子夹袄!"

朱老明手上摸着顺儿的枪,抬起头眨巴眨巴眼睛,他在极力搜索着自幼以来所有的记忆,想估计出抗日游击队的装束和阵容。他问:"顺儿!像这样的枪多吗?"

顺儿说:"可多哩,净是快枪。比闹红军的时候还多!"

朱老明摸着枪说:"好!硬硬的,都是好钢枪,打起鬼子来,多么有劲?"说着,他又不由想到:这游击队一定像"油鸡"一样,走到这里吃一会子食儿,走到那里吃一会子食儿。但他又觉得这种想象,还是不合辙,又用舌头舔着嘴唇问:"顺儿,我想不出这游击队的习性。"

顺儿说:"就和大暴动的时候那个红军一样,都是庄稼人们!"

朱老明搓着两只手说:"这就好了,这就好了!"正在说着,严志和、伍老拔也走上来和朱老明握手,说:"大哥!我们都回来了!"朱老明一听见这熟稔的声音,笑了问:"你们背的都是钢枪吗?"严志和跟伍老拔同时回答:"是!"

朱老忠领着游击队走到冯老锡大院里,冯老锡正站在梢门口上抽烟,一见了游击队,假惺惺地说:"欢迎!欢迎!咱的军队可来了!"他又朝院里大喊:"雅红!雅红!队伍来了,叫你嫂子刷锅烧水!"他的两片嘴说得那样伶俐,可是,他的心眼里还是犯嘀咕,不知道这抗日游击队是什么脾性。

雅红早先见了灰色大兵就害怕,可没有见过这抗日便衣队。心上好奇,手扒着门框探出头向外一望,是一群带枪的庄稼汉。她在二门口看了一会,悄悄走过去,把书房门开了。那是她温习功课的地方,今天她要让给部队住。

游击队一个班住在里院,两个班住在外院,在闲屋里搭上草铺。朱老忠领着嘉庆到书房里,又出来叫了雅红说:"队长来了,拿出两床干净被子!"雅红看队长住了书房,高兴地抱出大花被子、绣花枕头。

游击队住好了房,一切安排停当,伍顺拎了一包梨来,给游击队员们吃个希罕。人们听说张飞同志又带了队伍来了,有的送咸鱼,有的送腊肉,有的送梨。朱老忠把梨收下,别的东西都送回去,说:"这会还没打仗,不能接收礼物。将来游击队打了胜仗,愿送多少送多少!"说着走回自己小院,坐在捶布石上,他觉得什么都好说,就是村公所不送给养,看情况要栽过子。不催不送,想催又怕碰一鼻子灰,心里正在烦闷,伍顺和朱老明走进来,朱老明说:"正是青黄不接,陈粮食吃完了,新粮食还没打下来。自家队伍来了,正赶上谁家囤里也没粮食,吃一顿操持一顿。"他说着,心上觉得很是难过,眼里直想掉泪,说:"我们还没有自己的村公所,看,有多么作难呀!"说着,张嘉庆正走进来,他当上队长,小警卫员也带上了,听得嚷嚷粮食问题,忙跑来说:"今天城里住了兵,河下尽是兵船,估计明天有鬼子飞机来。明天一早游击队要下地帮助秋收,帮助谁家就跟谁家吃饭,等将来开了征再还粮食。住在财主家的,就地征粮!"张嘉庆一说,朱老忠和朱老明张开大嘴咯咯笑了,说:"这样一来,吃饭问题也就解决了!"

雅红觉得这事儿挺新鲜,过去只见军队到过的地方,惹得鸡犬不宁,还没听得说过军队帮助老百姓收秋的。可是,冯老锡为了这件事情,还是坐着没有底儿的轿。吃完了晚饭,雅红叫小囤套碾子套磨,碾米磨面,为游击队操持吃喝。

游击队来了,小囤心里高兴,他觉得游击队驻在村子里,锁井镇上的地主老财们,就再也不敢扬眉吐气,横行霸道了。听说碾米磨面,给游击队操持吃喝,走出走进笑得合不上嘴儿,两只眼睛,滴溜转着,笑眯悠悠地忘了一天的疲劳。雅红小跑遛丢儿去拿了一盏旧马灯来,挂在墙上。又拿来笸箩簸箕碾米磨面的家具。小囤套上牲口,把粮食倒在磨上,打起牲口,磨上立时发出隆隆的金石声。

雅红看着小囤,小囤看着雅红,两个人都高兴。小囤说:"我看游击队和咱庄稼人一样!"

雅红说:"可是呢!有这样好的抗日军,合该咱当不上亡国奴了。"

小囤把谷袋背在脊梁上,撒开袋口,金黄的谷粒,唰沥沥地流到筛子里。雅红摇着筛子,一颗颗圆鼓鼓的谷粒筛在笸箩里。

自从游击队到了锁井镇,小囤心上像长了茅茅草,坐不稳立不安,为了老星大伯的死,他曾经立下过誓愿:有朝一日,他要扛上枪,去当红军。如今这种心情又浓重起来,他不耐烦地说:"我心里有点轱扭得慌……可不知道当家的答应不答应?"

雅红斜起眼睛看了他一眼,看着他喜溜溜的眼睛,早就看出小囤的心事:他想去当游击队,不愿再扛长工了。故意闷着嘴不理他,可是又耐不住性子,她说:"听说救国会里也有女宣传员!"

在昏暗的灯光之下,他们碾米磨面,直到深夜。小囤也摸到雅红的心思,两个人眨着四只眼睛,各自想着自己的心事。牲口在碾道里走着,碾子上咕咚咚,咕咚咚地响着,发出沉闷的声音。这种声响,很容易引起人的深思。雅红说:"娘病了几年,也该好了……"

在灯影下,小囤偷看了一下雅红的脸色,又低下头呆了一刻,才抬起头来,喷地笑了,说:"要去,咱俩一块去!"他睁着两只大眼看着雅红。雅红耳根上升起几缕红潮,两朵红云飞上腮颊,她心上偷偷地跳动了两下,抬起袖子遮了一下脸。最后,两人终于约定:关于抗日的事情,两人一个鼻孔里出气儿,谁也不能走前,谁也不能靠后。

第二天早晨,小囤和老套子带着游击队下地割谷。雅红和嫂子安排送水送饭。嫂子什么活都做过,就是没有挑过担子。扁担一搁在肩上,就压得弓下腰,抬不起来,走不了几步就压得肩疼。雅红说:"看我的!"她把担子挑在肩上,挺起腰,伸着一只手儿,摇摇摆摆,颤颤巍巍地走开了。

雅红刚一走出梢门,又想起:"抗日军辛辛苦苦地帮助收秋,咱又没有什么好菜吃。"返身转回去,提起爸爸腌糖蒜的罐子,又拿块印花蓝布手巾箍在头上,挑起担子往地里走。

送饭的到了地头上,老套子招呼游击队来吃饭,他见了糖蒜,龇开大黄牙才笑呢,瞅着雅红说:"当家的要贴补同志们,把体己菜也拿出来了。"

雅红说:"什么体己菜,同志们帮助收秋,怪不落意的……"她拿起两颗糖蒜,走过去搁在小囤碗里。

雅红给嫂子盛上碗白高粱米饭,自己也盛上一碗,又拿了一个金黄色的窝窝头,窝头坑里装上咸菜,一边吃着,觉得心里实在香甜。秋天了,庄稼都熟透了。杜树的叶子都变得红了,天上飘着朵朵的白云,微风滴溜溜地吹着,云朵在天上乱飞。啊!这黄色的秋天!红色的秋天!她抬头看着,心花怒放了。身上轻快,头脑清醒,好像这顿饭老也吃不饱。

吃完了饭,人们磨镰、抽烟的时候,老套子不见了小囤和雅红。他想也许是找地方烧毛豆吃去了。可是,他还是不放心,这里看看,那里看看,远远看去,高粱地那边,杜树坟里有两个人。一个是雅红,一个是小囤。两个人正靠肩膀说话儿。老套子站在高粱地边上看了一会,他仔细地沉思:论天理,小囤在这年岁儿上,也该有人手了。可是,你就不想想,野雀跟着孔雀飞,哪里高攀得上!再说,这世道上,当家的在男女之间,可不留半点情面……他在那里站了抽袋烟的工夫,舍不得惊动孩子们的好事。嘴里叼着烟袋,抽了一袋又一袋,吧咂着嘴唇走回来,大喊了一声:"来吧!把镰刀磨好,要开镰了!"果然,不一会工夫,小囤蹑手蹑脚地钻着高粱走出来,见了老套子,脸上红堂堂的,鼻子尖上顶着汗珠儿。见人们都磨完了镰,才弯下腰去慌里慌张地磨了几下子,强打起精神说:"来吧!吃饱了,喝足了,披上夹板拉一套吧!"那孩子年轻火力壮,右手拿镰,左手拦谷,腰膀一晃,一抱谷子放下来,腰膀一摇,又一抱谷子放下来。人们只听得他的镰刀割谷嗖嗖的声音。雅红提着筐子摘豆角,斜起眼睛看过去,看这小伙子年纪不大,手头上倒挺利落,脚底下不乱,将来一定学成个好把式。老套子看了看,也得意地笑了,说:"不是跟你们诸位吹,这就是伍老拔的后代,是咱拉帮出来的徒弟!别说将来,就是眼下这班人里有几个能跟得上这小做活的!"

三十三

公路上过完了兵,日子还照老样子过下去。人们该刨山芋的刨山芋,该砍豆子的砍豆子……收秋已近尾声。

珍儿听说镇上住了游击队,喜得心慌,想到干娘家去看看有什么新消息。多咱一想起干娘慈祥的手,慈祥的面孔……就恨不得插翅飞过去,躺在老人家怀里。

东房荫剩下三尺宽,她舀了盆水来,把头发洗净晒干,偷偷地跑到大奶奶的穿衣镜前,笑眯眯地看着:一条红绳子大辫子已经垂到大腿上,脸上胖了一些,胸部也觉肥硕了,老毛蓝粗布褂子,蓝色褪得露出白线来。奶奶们不叫她,她也不去招惹她们,偷空儿溜出来。刚走到场院里,秫秸垛那边有人在喊她:"珍儿!珍儿!"珍儿滴溜儿跳着脚尖转了一圈,也没看见是谁,追到磨棚里一看,二贵正扒着窗棂格看她。他在扫着磨道里的马粪,用独轮小车推到猪圈里去。见珍儿来了,停下手里的活儿,掏出小烟袋,慢搭搭地打火吸烟。自从大暴动的日子,二贵和庆儿被和平会逮捕了,一直被霸在冯家大院里扛长工,如今也长成身个了。长条个子,圆眼睛,紫糖色的脸。他坐在磨台上,说:"今天你也有个轻闲了?"

珍儿说:"闹日本鬼子闹的!这人家的活,爷爷奶奶一大群,不是这个年月,哪里会有个轻闲!"

二贵隔着窗子向外看了看,低沉了声音问:"怎么样?这几天有什么消息吗?"

珍儿走近一步,慢慢地说:"这几天呀,正鼓捣东西哩!好衣、好裳、大把的洋钱票子……是凡值钱的东西都藏起来了!"

二贵细声问:"洋枪藏在什么地方?"

珍儿说:"我哪里知道?"她噘起小嘴,说:"未曾闹鬼,先把我关在小屋里,还锁上门!"

二贵问:"你不会隔着窗户眼儿看看?"

珍儿说:"他们先挡上窗户,不叫我看。"

自从高蠡游击战争失败,二贵、庆儿、珍儿一直在冯家大院扛长工,珍儿现在已经成了很好的妇女积极分子了,她的工作是打探内宅的消息。虽然日子是清苦的,可是她相信,一年三百六十五天,冬天去了,春天自然就要来的!不知怎么的,弟兄伙里,二贵近来一见珍儿的面,像是有着一种不同的感觉。在他眼里,她比过去长得高了,好睁着一双好奇的黑眼睛看人,乌溜溜的大辫子,长得更长了。二贵一看见她,像是心里多了一件喜兴的事。但他不敢设想,能从虎口里把她夺出来。有时,他也把这件事和革命工作联系起来,"等革命闹好了,也许……"可是,珍儿这孩子还不懂得一个青年小伙子的心,她还有些孩稚气。珍儿看二贵瞪着眼睛出神,伸手搬起他的头问:"二哥,你发什么呆?"

二贵笑笑说:"没发什么呆!"说着,他还是一动不动。

珍儿又摸着他的耳朵,他的耳轮又红又厚。她问:"是怕日本鬼子?"

二贵猛地抬起头来,说:"日本鬼子? 什么鬼子我也不怕!"当他闻到珍儿身上有一种脂粉味,心上又觉难为情起来,轻轻推开珍儿的手说:"去吧! 我要推粪了!"说着,把火镰一抡,把荷包缰绳缠到烟袋上,说:"告诉你,珍儿! 以后,不要搽脂抹粉的,咱穷人家!"

他还没有说完,从背后来了一个人,蹑手蹑脚地走过来,冷不丁地跑上来,说:"先烧上三炷香再说……"说着,张开嘴哈哈大笑起来。

二贵回头一看是老拴,他问:"烧香干吗?"

老拴说:"别装傻,我早就看出来了,不烧香怎么能拜花堂呢?"

二贵不等老拴说完,手疾眼快,把一锨粪球儿扣过去,珍儿一看,也扑过去举手在老拴身上乱捶,说:"老拴哥,你混蛋! 老拴哥,你混蛋! 看你还舌头不在嘴里不!"

老拴拔腿就跑,珍儿就在后头追,一拐梢门角,撞上李德才。差一点把李德才碰个仰跤,趔趄了两步,才站住,说:"怎么这么冒失!"抬头一看是珍儿和老拴,镇起脸来说:"在一起打打闹闹,成个什么样子? 也不嫌人家笑话?"他两眼瞅着老拴吸溜着嘴唇走远了,才放下脸来,笑着说:"闺女! 老长时间不见你了,我当爹的能不想你? 你看我这衣裳不像衣裳,吃的也不像个吃的,你也不结记我点!"他絮絮叨叨说着,用手指尖捏起油毡布似的破袍襟,给珍儿看。

珍儿一下子噘起嘴来沉下脸说:"我有什么办法结记你,把别人推到火坑里,你也痛快不了几天!"她低下头去,再也不说什么。

珍儿好长时间不见爹,他老得多了,浑身上下只剩下一架骨头。那咱,有吃有穿,成天价坐在屋里读诗作词。这早晚穷得成了孤身一人,只得跑踏着两只脚吃碗饭了。李德才见珍儿不高兴,自己也不好受。他想不出是谁的罪恶,才几年就弄得家破人亡,父女们连一个存身之处也没有了。李德才到了这刻上,只得打起笑脸,说:"怎么?你这还不好吗?人,一辈子有的吃有的做就算了,别听你干娘那个,甜言蜜语的,当得了什么?人家这是大户人家……"当他一看到闺女的身材成长起来,脸儿也有些胖了,又装出极其关心的样子说:"闺女!不用生气,你身上的事情,当爹的早给你操着心呢,过几年说不定……"

珍儿听到这里,拧着身子说:"快去你的吧!黄鼠狼给鸡拜年,谁听你那一套!"她跺了两下脚,一阵风儿似的走开了。李德才站在梢门角上,失望地看着珍儿走远,才摇摇头走进冯家大院。

珍儿走到大街上,大街上游击队的人很多,她不敢多逗留,一直跑向东锁井。这几天柳树落下黄叶儿,是谁在树林下撒下草标儿,占下树叶当柴烧。塘水很清,很绿,透过塘水看得清塘底上的水草和游鱼。那条黄鱼儿顶着两条长长的水溜游着,蓟个尾巴游到东,又蓟个尾巴游到西……她觉得这鱼儿比自己还自由得多……她还记得小的时候,母亲给她讲过这个水塘的故事:这座水塘里有一道黑泉,直通东洋大海,在那最干旱的年月也没干过塘底。老年时镇上有一个出了名的俊俏姑娘,背着父母和一个知心的人儿订下终身的誓盟。父母知道了,不愿戕害自己的姑娘,却偷偷地把那年轻的小伙子暗害了,逼着女儿嫁给另外一个人。这姑娘却怀着她美丽的理想,去追寻幸福的未来,跳进这深塘里寻死了。传说:这姑娘纯真的希望感动了东海娘娘,从这道黑泉里把她救走了,救到蓬莱仙岛去做仙子……她想着,猛地身子一歪,一只脚落在水里,差一点跌进塘里去。她真的觉得害怕起来,不敢在这里停留,连忙走过水塘,到干娘家去。一进门,有两个不相识的人和干爹在院里浆线呢,她一扭身儿,走进嫂子屋里,问:"干娘呢?"

金华撩起眼皮儿一看,是珍儿来了,说:"抱着起义玩儿去了,怎么这会儿能出来?"

珍儿说:"非这会儿才出得来呢,大奶奶和大爷,财主羔子们都逃走了。"

金华说:"财主们都跑了,日本鬼子一来,光剩下咱受苦人受熬煎吧!"

珍儿问:"又要闹红军了,嫂子?"

金华说:"这会儿不兴说红军,是抗日游击队!"珍儿又想说什么,可是脸上一红,又不想说下去。最后鼓了一下勇气,说:"嫂子!我这苦难受到什么时候儿?"

金华可没提防她这么一问,这怎么说法?他爹把亲生女儿卖给人家,活着是人家的人,死了是人家的鬼。好的时候,叫出门串串亲;不好,大门不能出,二门不能迈。当丫头的哪有几个好下场。长的人品好,人家看得上,将来当个小,能生下一男半女,算有指望了。长得人品不好,年幼的时候出把苦力气,早晚卖出去当牛做马。哪个当丫头的不是当半辈子牛马,再卖出去捞回一把钱来?金华说:"妹子!咱穷人有穷志气,有穷心眼儿,可不能糊里糊涂葬送一辈子!我想你只有一条道儿:只有等革命势力再起的时候……"

"这日月……这革命势力……"珍儿不敢往下想。她一心一意想革命成功的日子,能逃出苦海。可是,她还年轻,她还不懂得多少革命的道理,她不能想象出革命成功的道路。但是她明白她只有跟着干爹走,依靠干爹过日子,才有希望。实际上,她的亲生父亲对她没有多大意义了!

金华看出她的神色,说:"你见过大暴动时候的威势吗?"说着,她用下颔向外点了一下说:"那不是你贵哥的老朋友们,矮个的是江涛,高个儿的是张飞同志!"

珍儿听得说是江涛和张飞同志,踮起脚儿向窗外看了看,他们正帮助干爹浆线,噘了一下嘴,说:"好,好,他们又来了!"她说着不由得高兴,扭头走出来。一出门干爹看见她,说:"我那好闺女!什么时候来的?"

珍儿说:"来了一会儿!在嫂子屋里说话儿来。"她看江涛和张嘉庆脱了大衣裳,正挽起袖子,在瓷盆里揉线。

朱老忠说:"天冷了,我们还在浆线,等你嫂子织下布来,先给你做个大红棉袄。"

珍儿一下子笑了,说:"好!"说着,走出门来,朱老忠又赶出来,说:"珍儿!晌午回来吃饭,你干娘给你摊鸡蛋吃!"

珍儿答应了一声,连跑带跳,溜进雅红家场院里,她去看庆儿的妹子巧姑。

雅红和巧姑正在窗下掰玉米,巧姑见珍儿来了,端出一簸箕煮熟的玉米和毛豆,让她们吃。才几年不见,雅红出秀成细高挑儿,红淡脸,四方脸盘儿,长得大大方方的。巧姑安安稳稳,黑豆核儿似的眼睛,紫糖色的脸。

雅红见了珍儿,扯过来搂在怀里,说:"才几年不见,看你长得这么好看了!"

珍儿笑着推开,说:"快别跟俺开玩笑,你们是什么身子骨儿,能看见我们了。"说着,噘起小嘴儿,要上巧姑屋里走。

雅红紧拉着说:"来吧,坐在这儿咱们说会话儿。你今年多大了?"

珍儿说:"十七了!"

雅红说:"比我小一岁呢!你每天净做些什么活儿?"她有些好奇,不能想象当了丫头是什么滋味。

珍儿听了,眨巴眨巴眼睛,不说什么,停了一刻又说:"做什么活儿呢,还不是一些杂活:抽烟给人家点上,吃饭给人家盛上;夏天打扇,冬天暖被窝;早起吃点心,夜晚吃夜宵;咸咧,淡咧,稀咧,稠咧,哪件事情不得跑前跑后呢!"

雅红心里想:"这不是跟《红楼梦》上袭人她们一样?可是,她没有《红楼梦》上那些丫头们的势派。"

珍儿怔着两只大眼睛,看巧姑吃着毛豆,嘴舌乱响,怪香甜的,她说:"你们吃起抗日饭,吃什么也香甜了,看乐得你们!"

雅红说:"可不是!我也不想在这黑暗家庭里了,成天价围着妈妈的药罐子转,转到什么时候是个头儿。"说着,抬了一下头,想起自己的身世,又扭过头对珍儿说:"我们一块参加抗日吧!"

珍儿说:"参加抗日?我的身子骨儿都是人家的!"

珍儿说着,雅红也想到在古老的中国,地痞流氓们诱骗少女,拐卖人口,那些可怕的事情。她说:"张飞同志说,抗日军一起,就要招收女宣传员了,还要上台演戏。"

珍儿问:"什么时候才能妇女解放呢?"

雅红说:"说起来也快!"

珍儿捉摸不透她们的意思,猜想着那就是说:参加了抗日,身子骨儿就有自由了。她兴奋起来,幼稚的心上开了一朵花。扭头儿跑回干爹家里,商量抗日的事。进门就喊:"干爹,我也参加抗日!"

朱老忠听了,高兴地说:"你想参加抗日?那当然是好。"他哈哈笑着对江涛说:"有了什么庙,就有了什么神了,就有烧香许愿的了!有了日本鬼子的侵略,有了抗日军,这丫头也有了抗日的要求了!"又对珍儿说:"你等着吧,孩子!你的事在我心里盛着呢,盼这抗日势力兴通起来,你也就看见天日了!不然,人家怎么肯放你出来呢?"

珍儿眨巴眨巴眼睛,说:"怎么才算兴通了?"

朱老忠说:"盼得共产党安下衙门,掌管了政权。孩儿!像你这样受苦人,就看见青天了!"他端起烟袋,向珍儿凑了两步,又说:

"孩子！你年岁也不小了，也该明白，想吃饭可早下米！想自由，你也得斗争！等人家把饭做停当，才下手吃饭，就傻眼了！"

珍儿撅起头儿，眨着眼睛问："怎么叫斗争？我还不知道！"

"怎么斗争？"朱老忠想了一刻，他也想不出应该怎样，他说："怎么斗争呢？孩子，你听得说过反割头税吗？看见过大暴动吗？这抗日是大家伙的事，抗日的人越多越好。"

珍儿听得说，又想起在冯家的生活，她越想越想得深沉：在冯家大院里，她不比一个长工，一年到头，她没晌没夜，没刮风，也没下雨。在大清早，黑咕隆咚就爬起来，连脸待不得洗一把，就扫院子、打洗脸水、泡茶、做饭……再就是抱孩子、烧火、碾米、磨面、洗衣服……一年三百六十五天，到什么季节有什么勾当，春冬两季没有空闲，逢年过节不得休息，牛马不如的日子，到什么时候才算完呢？……她想着，心里像塞上茅草一样堵塞。呆呆地走回西锁井，走回自己的小屋，睡在自己的小炕上，盖上被子睡了一大觉，晚饭也没吃，一直睡到半夜。到了半夜又睡不着了，她希望冯大奶奶和冯贵堂一去不回头，叫狼吞了，叫虎咽了……将来的日子那才好过呢！

时过数夜，大柳树林子里起了风声……

张嘉庆在黎明的时候，就起来去查哨。他带上几个游击队员，从队部里走出来，绕过苇地边走过水塘，穿过大柳树林子，上了堤坝。他把棉大衣裹紧，背着风站了一刻，再沿着堤岸向西去，一直走到大公路上。听得正南方向有鞭子响，有响亮的轴音走过来，张嘉庆打发几个游击队员跑上去，问："干什么的？"

那头答话："串亲的！"

游击队员又问："你是谁呀？"

那头说："俺是冯家大院里。"

张嘉庆听得说是冯家大院的，立刻拉长了声音，大喊："站住！"

一边喊着,又指挥战士们说:"赶上去! 查查!"

游击队员们赶上去一看,既不是买卖人,又不像老百姓,有些怀疑。说:"停下来,查查!"

冯贵堂一回到本乡本土,气儿就粗起来。跳下车来一看,是些庄稼百姓的便衣队,气呼呼地说:"你们是哪方面儿?"

张嘉庆听说话带气儿,紧跑上两步说:"问哪方面干什么? 不让查吗?"又指挥游击队员:"上! 查!"

冯贵堂听张嘉庆出语不逊,也指手画脚地说:"听说话,都是咱本乡本土的! 我就是锁井镇上村长冯贵堂,冯阅轩老弟那是咱的本家!"他怕再撞上土匪,想道个字号闯过去。谁知道他不道字号就罢了,这一道字号可就麻烦了。张嘉庆说:"不用说是村长,你是老天爷也得叫查查! 这是上头的命令,走,把车赶到队部里去!"

冯贵堂睁开两只眼睛,看了看张嘉庆穿着军大衣,提着盒子枪,像个军官的气派,立时改变了态度,点头哈腰,满脸赔笑说:"官长! 在下不知道贵军住在村下,要是知道,咱还是这村的村长呢!"说着走前几步,拱手作了个揖。

张嘉庆一看他那个趋炎附势的下流样子,就生了气,说:"闲话少说,走! 把车轰到队部里去,是老天爷也得叫查查!"

冯贵堂又蹭了一鼻子灰,心上扑通扑通地跳起来,坐上没底儿的轿子,丧气败打地叫大有赶上车,轰到东锁井去,张嘉庆带着游击队员们在后头跟着。车进村的时候,天大亮了,太阳就要出来。走到冯家大院门口,冯贵堂央求道:"请先把我老妈妈放回去……"张嘉庆耿直地说:"不,不行! 要是出了汉奸谁负责任?"

天已经大亮了,人们都开了门,到井台上去担水、饮牲口,看见游击队把冯贵堂的大车轰到东锁井去,想是一定出了什么事情。冯焕堂忙从被窝里钻出来,擦了擦眵目糊,赶到东锁井去。一看只有一辆车,小车子不见了,咂着嘴,张着两手没办法。人们一群群一伙伙地走过去,好像出了什么大事情。大街上人们乱嚷嚷:

"游击队查住汉奸了!"

游击队把冯贵堂的大车带到冯老锡大院里,人们挤满了一院子,好像看玩马戏。冯贵堂耷拉下眼皮,噘起嘴来,出着长气,呆呆地站着,听候检查。珍儿听老拴说捉住汉奸了,迈开大步往东头跑,想去瞧瞧红火,看看热闹。跑到大院里,一抬头碰面看见冯贵堂,身上打了个激灵,凉了半截,扭头跑到雅红家屋里去。

张嘉庆站在台阶上说:"搜搜!一个一个地搜!"

游击队员把冯贵堂浑身上下摸了个遍,再解开扣子,外头穿的是蓝布大褂、紫绸袍子。里头穿的是黄毛衣、卫生衣、小褂子……一件一件都摸到了。

张嘉庆命令说:"车上的,一个个地下来!"

冯大奶奶正顶着车门帘坐着,两手把车帏子扯得紧紧的,只怕人们看见她,听说叫她下车,怯生生地说:"下来就下来吧,活该丢人现眼!"说着,流下眼泪,淌在胖胖的脸上。在她的一生中,觉得当前是受了最大的蹂躏。游击队员又仔细检查了她。

张嘉庆又命令说:"车上的人都下来!"

大雁秀兰和秀红听说叫她们下车,浑身打起噤呻。游击队员不知道她们为什么老是不下来,冷不丁把车门帘一掀,闺女们一下子露出脸来,脸上抹得一片黑一片灰,实在难看,吓得珍儿和雅红,还有一群孩子们,嗡地向后一闪,如同对面碰上敌情,一个个变貌失色,定住眼神一看,是大雁姐儿们,又哗哗地大笑起来。

张嘉庆看他们把几个年轻姑娘糟蹋得实在难看,摆了一下手说:"算了,去她们的吧!"冯焕堂立在人群后面,偷偷看着,脸上热烘烘地怪难受,悄悄地溜走了。张嘉庆看着把车上的东西一件件检查过了。大箱子、小箱子、大行李、小行李,少不了是些个单、夹、皮、棉,各色衣裳。最后扔下一个包袱,噗嚓一声落在地上,把包袱摔散了,中央票子像蝴蝶一样飞起来,落了满世界。人们都咧起大嘴说:"啊呀!票子真多呀!"

冯老锡龇着牙在后头看了一会,悄悄地瞅了雅红一眼说:"你看怎么样?"

雅红斜了父亲一眼,抿嘴笑着走开了。老套子和小囤,在一边嘟嘟囔囔地议论着:"早该掰掰尖儿了!"冯大有在一边看了一会,开头也觉得热辣辣的,后来看这葫芦里没有自个儿的药,就闪到一边找老套子抽烟去了。

冯贵堂一家几口,坐在行李上,好像出了水的鱼一样,没精打采地垂下头去。看看天快晌午,也不说让走,也不说不让走。往日人们离远看见他的影子就溜开了,今天人们像看玩狗熊一样。冯贵堂这人最会看风使船,向来不吃眼前亏,能当爷爷当爷爷,能当孙子当孙子。见没人出头管他的事情,蹑手蹑脚走进队部,强打着笑脸,拱起手来作了个揖,说:"队长,我们……"他偷眼看见张嘉庆的脸上铁板板的,比砖头还硬。

张嘉庆为了处理这家逃难的,又去找了严萍和江涛,三个人一同走到春兰家里去找运涛,严萍说:"你看这家人马应该怎么处理?"说着,坐在炕沿上,听运涛发言。因为他才从延安回来,人们特别尊重他的意见。

运涛低下头考虑了一会,在地上走来走去,说:"一家大小怎么处理都可以,这冯贵堂可不是一般人,不能轻拿轻放。"

严萍把脸一板,说:"就是!他父子和咱们为敌一辈子,大暴动以后,他纠合四乡地主成立了和平会,抄了暴动户的家。今年,他又治死李霜泗同志,我们就是不能轻放他!"运涛说:"严萍说的是,我们不能轻放他。"

三个人听了运涛的意见,一同走回来,叫游击队员把冯贵堂关在冯老锡的农具屋里,由冯家大院一天三时送饭。说起这间小屋来,也有些特别:没有窗子,没有光亮。小屋里挂满了大牲口的绳套、犁耙、锄、镰什么的。冯贵堂无处可坐,捡了一块席头坐在地上,生着闷气。其余的人们,都叫取保释放。

张嘉庆打发人找了刘二卯和李德才来。两个人溜溜鞴鞴地走进队部，见了张嘉庆，弯下腰去说："队长，我们到了！"

张嘉庆问："你们是干什么的？"

李德才弯腰拱手说："他是镇上的保长刘二卯，我是镇上的官人李德才，来保我们村长，他们皆非汉奸！"

张嘉庆从上到下看了看他们，蔑视地说："打保单来！"

刘二卯和李德才急急忙忙走回聚源号，李德才狗鞴着腰，趴在桌子上写了保单，又到村公所，盖上村戳，急急忙忙走回来，向张嘉庆弯腰行了个礼，两手托上保单。张嘉庆拿起保单看了看，哗地摔在地上，说："得打抗日团体的保！"

刘二卯低头拾起保单，扯着李德才走出来，抬头一看李德才冒出满脸汗珠子，扯了他一下，说："德才！看得出来吗？麻烦了，这事儿难办！"

李德才吐出唾沫湿了湿嘴唇，不言不语地点了点头儿，一齐走进朱老忠的小院，满脸堆出笑容，说："朱主任，今日个可用着你了！"

朱老忠正坐在捶布石上喂牛，抬起头看了看，他第一次听到这两个人跟他称呼主任，慢悠悠地说："什么事，你二位……"

刘二卯说："贵堂逃难回来，给游击队查住了，请你打个照面儿，把他保出来！"

李德才两手挂着烟袋，蹲在地上，面对着朱老忠，眯缝起眼睛，笑面虎儿似的说："老大，这事可非你办不到！"

朱老忠抽着烟，摇了一下手说："不行，不行！咱们棉花和线子是两市，猫和老鼠属性不同，发生不着瓜葛！"

李德才一听不是滋味，又向前凑了一步，说："咱一乡一井，谁也有磨扇压着手的时候，就别说那个外道话了！"

朱老忠斜起眼睛问："这也不用摆席请客？"

刘二卯急得跺跺脚弯下腰去说："老大，你就别那么说了。快走！上鸿兴馆！"

说着，两人连拥带搡，把朱老忠架出大门。朱老忠坠着身子说："咱是抗日的人们，可不讲这个！"

刘二卯几乎把嘴笑到后脑瓜勺儿上，说："走吧，朱主任！忙出出头吧，你一抬手俺们就过去了，你不抬手俺们过不去！"

李德才说："早看透了，今日个的事情，迟早完在你的嘴里！"

朱老忠看架势到了劲头儿上，绷起脸来说："保出冯贵堂倒行，可是以后的事情，你刘二卯得兜着。"

刘二卯弯下腰，两手合了一下掌，说："阿弥陀佛！我的大哥！你在这儿等着，没错儿，今后你有多大困难，我刘二卯兜了！"

朱老忠说："一言为定？"

刘二卯咬紧牙关说："错了，天打五雷轰！"

不由分说，两个人拥着朱老忠走到队部里。张嘉庆看见朱老忠来了，连忙搬过一张椅子，请他们坐下，说："大伯！请坐！"

刘二卯说："俺主任来了，他是抗日的官人儿，咱也是救国会的！"

李德才说："俺二卯兄弟也顶着一名干部！"

张嘉庆问："你们有几个副主任！"

刘二卯说："一个正主任，两个副主任！"

张嘉庆说："是呀！你们二位能把这责任都负了？将来这里边要是出了汉奸呢？"

刘二卯转了一下眼珠，感觉这里面又出了事情，他说："可也是呀，就是糊住这个理儿了！"两个人又走出来去找朱庆。这时朱庆正在院里看这台热闹戏，刘二卯走过去，弯下腰说："副主任！走吧，就缺你这一味药材了！"

朱庆听得说，把脸一沉，说："别开玩笑了，办不到，俺这胳膊还疼呢！"他咬着牙两手摩着肩胛骨。

李德才死乞白赖地说："算了，咱这会儿统一战线了，不记前仇,副主任你高抬贵手吧!"

朱庆说:"那可不行,我这阎王爷管不着你们小鬼的事……"

刘二卯和李德才也不管他答应不答应,连拉带扯,把朱庆架到队部里去。刘二卯说:"俺这官人们算是全到了!"

张嘉庆说:"好!看你们的面子,让她们先回去。可是有一样,我们给你们做脸,你们也得给我们做脸,你们得负责对他进行教育,将来要是出了汉奸,你们得负责任!别人回去,一天三时,你们给冯贵堂送饭。"

刘二卯和李德才点头如捣蒜。刘二卯拍了一下胸,伸起大拇指头说:"张队长有什么困难,尽管对我刘二卯说!"

李德才也说:"跟我李德才说!"

两人同时说着,不约而同地用手指尖指了一下自己的鼻子。说完了,返身向外走,刚刚走下台阶,张嘉庆又把他们叫住:"刘保长!你等等再走。"

刘二卯返回身又走回来,弯下腰去说:"还有什么事?队长!"

张嘉庆说:"这给养,可送呀不送!"这一句话顶住刘二卯的嗓子,半天说不上话来,登时羞了个大红脸,愣怔了一下,咕嗒地咽下口唾沫,说:"张队长在村上住,没说的,米、面、柴、菜,咱满应着。咱这军头儿还有什么困难?"

当刘二卯走下台阶的时候,嘉庆又把他叫回来,说:"还有点困难,想请你解决一下。"

刘二卯说:"队长,你张嘴吧!"

张嘉庆说:"你看,这大秋过了,天寒地冻,同志们身上还没有棉衣裳,我想向冯村长借两千块钱,将来咱开了征,照数归还。"

刘二卯一听,脑瓜子一忽扇,眼前打了个亮闪,接着又打了个霹雷,愣怔住了,思忖了半天,把这问题应下。严萍站在一边,看着张嘉庆又沉着又细致地解决了这个问题,她想:运涛长了几岁年纪,也长了见识,解决问题这样有办法。对村里阶级情况摸得这样熟悉,解决了一个问题,其他问题都迎刃而解了。他知道怎样地把抗日力量扶持起来,又怎样地使封建势力衰颓下去。她想:所谓统一战线,所谓统一战线下的阶级斗争,也许就是指的这个。

事情一完,刘二卯紫红色的脸上马上松弛下来,走到院里对冯大奶奶摆了一下手,说:"走吧,完事了!"

冯大有把车赶回西锁井,冯大奶奶一进二门,愤气就来了,说:"他妈的!什么东西们?正南巴北的土匪,小子们给这个难看,走着瞧!"

妯娌们见姑娘们这种装相,冯贵堂家的不见了二雁,问:"二雁呢?"冯大奶奶哭了说:"叫国民党军队抢了去了!"说着,冯大奶奶、贵堂家的、焕堂家的,一齐号啕大哭起来。

三十四

自从锁井镇上住了游击队、冯家大院逃难回来,雅红看见大雁姐们的装相儿,不管在什么时候,只要她一想起来,就在肚子里发笑。往日里是娇娇滴滴不出大门的小姐,娇得怕豆腐硌了牙,怕头发垫了腰,这咱也成了千人瞧万人看的了。想着,她的心上由不得笑起来。听说冯贵堂丢了二雁,更有说不出的快慰。她下定决心,要走上抗日的道路,隐约之间,她看见了自由和光明。当时,她正坐在场边簸豆儿,圆骨骨的大豆,在簸箕里蹦蹦跳跳。小囤抽着小烟袋,扛着木杈,走进角门来摊场。看见雅红,抿着嘴儿笑了说:"又到场光地净衣裳破的时候了。"说着,瞧了一下场边上那堆黄谷,又瞧瞧雅红,说:"谁家的水里红大稚谷还堆在场边上?"

雅红听得小囤说,手上停止簸动,说:"谁家的,还不是忠大叔家的,游击队住了锁井镇,他就成了大忙人了。游击队住房子找他,吃粮食找他,烧柴禾找他;村里人们也爱找他,革命家属请游击队帮助秋收、抹房、掘菜窖,都找他。人们都说,朱老忠成了咱镇上当家的人了!"实际上也是如此,自从游击队住了锁井镇,自从冯贵堂逃难回来,冯家大院再也不敢耀武扬威,凡事只看见朱老忠,看不见冯贵堂了。

小囤也说:"他一做起工作来,就把家里的什么活也耽误了。"他说着,拿起木杈,扒垛摊场。

雅红看见小囤,她心里高兴,站起身来,拍拍黑色夹裤上的尘土,长裤角垂在脚面上,露出圆口的鞋尖。为了舅舅的死,她戴了孝;黑夹袄儿,钉上白铆门,沿上白色的花边,看起来很是雅致。说着话,她拿了一把木杈,帮助小囤摊场。摊完了场,小囤又站在场边上絮絮叨叨:"这几亩谷子自从地上割下来,就堆在这里不碾,为什么不碾……"

雅红看着小囤郑重其事的样子,又觉得好笑。他真的成了大人了,对什么事情都很关心,对于朱老忠家黄谷不碾,也成了放不下的大事。她抿嘴笑了说:"为什么不碾?你不知道吗,他家牛病了,人又忙得不行。你不帮帮他的忙,还在这里瞎啰嗦!"

小囤偷偷看了雅红一眼,缓缓地说:"我呀,不过是一个小做活的,比得上那当家的人儿?"

雅红听出小囤的意思,一下子笑出来,伸出指头剜着小囤说:"不要老是俏皮人吧,走,咱俩一块儿去说说!"雅红说着放下木杈,叫了小囤,走到朱老忠家里。一进门,看见朱老忠坐在捶布石上看他的牛。牛病了好几天,不吃、不喝,只是在地上磕打着它的嘴巴,肚子胀得鼓鼓的。她说:"这牛,怎么了?"

朱老忠说:"它病了!工作忙,饮喂不当,病了!请先生唤大夫,吃了两服药还是不好,合该我倒霉了!"

雅红说:"谷子堆在场上,也该碾了,牛也病了!"

朱老忠说:"哪里闲得出手来?我有工作,庆儿也忙,志和跟老拔还是离不开队伍上的事,顺儿每天操课挺紧,大贵在县里,二贵扛着个长工,真是不巧不成书。地里光剩下萝卜白菜了,谷子还碾不了,不知道的还说咱败家相哩!"

雅红说:"大伯甭上愁,跟我爹说说,明日个叫老套子和小囤套上牲口给你碾碾算了!"

朱老忠一听,倒也高兴,慢慢抬起眼皮,看了看雅红,说:"敢情那么好,好闺女!去给大伯办办这点事情吧!"

小囤在门外头听着,等雅红走出来,他一步抢上去,伸出大拇指头,抿着嘴笑了说:"怎么样?看我是诸葛亮,派将不如激将勇!"

一句话说穿,雅红红了脸,噘起嘴来说:"看你逞能,谁也斗不了你!"

游击队住了锁井镇,一下子把邪魔歪道的人们压住了。朱老忠吃饭香甜,睡觉不做梦,对人更心慈面善起来。冯贵堂过去是站在十字街上一跺脚四街乱颤,这咱直像霜后的瓜,塌了秧了,垂下叶子。刘二卯得听朱老忠的吩咐,叫动员粮食就动员粮食,叫动员柴禾就动员柴禾。老山头像冬天的蛇,蜷伏了身子,入了蛰了。朱庆、二贵、小囤、伍顺他们真像雨后的庄稼,支棱起叶儿,乍煞起胳膊,只要朱老忠说一句话,他们就把抗日的事情办得头头是道。锁井镇落到这个样子,人们连做梦也想不到。

第二天,天还不明,雅红起来抱柴禾做饭的时候,朱老忠把谷子搬到场上。金华和贵他娘拿了刀子来掐谷,雅红和巧姑也拿了刀子来帮助,游击队的人们听说了,也纷纷来帮忙。大场上热热闹闹。吃过早饭,她们把谷穗摊到场上,让太阳晒干。吃了午饭,小囤叫了老套子,牵上牲口来套碌碡。套好了碌碡,小囤拿了一条长长的扯络来,把那一头拴在牲口络头上,把这一头拴在自己膀子上,举起大鞭,抡起那又粗又长的鞭梢,轰得牲口在场上直跑,碌碡上发出尖锐的轴音。这时,西方的阳光,暖和地晒着,黑豆垛上有两只蝈蝈,盼得朝露过去,就钻出来迎着太阳振翅叫着。老套子守着粪筐抽着烟,等到牲口拉粪,他就慌忙提起筐子赶上去接着。他怕马粪弄脏了粮食。

小囤耍着大鞭磋场,出了满脸汗,用草帽带刮着,又用草帽子扇着。老套子看他累了,走上去换他下来休息。雅红向他打了个手势,小囤走到雅红跟前,在乱草里摸出一壶开水,还有两个金黄色的窝窝头,窝窝头坑里盛满了辣椒炒咸菜。他得意地吃着,鼻子上冒出黄豆粒子大的汗珠子,吃饱了又喝了点开水,身上很觉滋润,摸出小烟袋来,打火抽烟。一群游击队员,在场边上作搊碌碡的游戏。这个搊一下,那个搊一下,谁也搊不起来。朱老忠在一旁看着,半天才说:"我呀,这会儿是上了几岁年纪,要是年轻力壮,手儿一拾就戳起来。不用说,这是咱村最大的碌碡,是民国初年时候,老锡从山边上买来的。"

几个游击队员,壮得臂上紫色的肉滚了疙瘩,就是搊不起这个碌碡。朱老忠又说:"这个嘛,光有力气还不行,得使巧劲儿,不会使巧劲搊不起来!"

张嘉庆见人们在这里做游戏,也走过来,把睃了一阵子,说:"大伯!看我的!"他蹲下腰,两手扒紧碌碡,用肚子一拱,使了个冷劲"啊!咳!"地叫了一声,碌碡卜楞地戳起来,憋得满脸通红,累得呼哧喘气的。游击队员们一齐鼓掌叫好。

朱老忠浅笑了两声,说:"嘉庆戳起来了,可是,他不是用的手劲,是用全身的力气,用肚子拱起来的。"

这时,小囤也走过来看,他长成一个细挑身材,年轻的身上又光滑又圆润,两条腿直溜溜的,结结实实地站在地上。他的眼睛长得很圆,瞳子很黑,静谧地眨着,定住黑色的眼瞳,抿着嘴儿才笑呢。他心上有些技痒,这股劲实在憋不过去了,弯下腰在鞋底上磕了磕烟灰,把小烟袋插在腰带上,腼腆地说:"咱试试看!"说着,脱下小褂,朝天上一抛,雅红在不知不觉之间伸手接住。这时,小囤晃了一下年轻的背膀,掬起一捧土搓了搓手,叉开腿站稳了脚步,直起脖颈、挺起胸膛,把腰向下一蹲,扒紧了碌碡,气不长出,面不改色,碌碡卜楞地戳起来。这时周围的人们连声叫好:"好小伙子,真好样的!"

张嘉庆走上去,照准小囤肩上拍了一掌,哈哈笑了说:"小伙子真够棒,比我还强。"

雅红当小囤开始掴碌碡的时候,她实在担心,怕他在人面前出丑。心上忐忑不安。等小囤掴起碌碡来,又拍起巴掌,脸上泛起红云,心里喜滋滋的。

朱老忠猛地在小囤脊梁上击了一掌,笑笑咧咧地说:"好!名不虚传,这是伍老拔同志的后代,是革命的门里出身!"说着,又振开铜嗓子得意地哈哈大笑了。

朱老忠这么一说,游击队员们轰地跑上去,这个捏捏他的脸蛋,那个摸摸他的胳膊。有两个游击队员攥住他的两只手,悠搭着他的胳膊说:"你这两只小胳膊是怎么长上的,长得这么硬朗!"

小囤也不笑一笑,绷起脸来说:"练来的!这是练来的!我爸爸曾对我说过,叫我冬练三九,夏练三伏!"他说着,两只手互相拉紧了一下,两臂的骨节咯咯作响。

朱老忠说:"你问他是怎么长的?他也是骨头肉人。老拔兄弟就是个结实人,练了一身好拳脚,会一手好木匠活。"

雅红在一旁看得出神,事情不是自己的,自己也没有这样好本领,可是她心里觉得很美气。小囤的每个动作,都和她心上有联系。刚才小囤两腿叉开,腰向下一蹲,头颈一挺,两只黑眼瞳一亮……好像小囤每一个动作里,她都使上了一把劲。她这种内心的活动,思想上的联系……好像一条红线,可是这条红线,虽然别人的肉眼看不出来,老套子心里可是看得明白。雅红正站着出神,巧姑在背后拍了她一掌,说:"咦!出什么神!"

雅红回了个头,笑了笑,合紧了嘴,不说什么。

自从暴动失败,朱老忠时时刻刻关心着革命的后代们,关心他们的生活,关心他们的成长和壮大。他说着,笑着,带着得意的神情又走回家去,看他的牛,打扫仓房,安置谷囤。

小囤看人们高兴,他摸了一下胳膊说:"这两只胳膊呀,车轱辘碾过去都不要紧!"

这时冯老锡从背后走过来,说:"说你小子像关公,你就越夸脸红了!"又指着旁边的大车说:"你小子试试看!"

小囤从上到下,打量了一下冯老锡说:"当家的!要是我的胳膊上碾过大车去,你放我抗日去!"

冯老锡不待思索,哈哈笑着说:"好!放你小子抗日去,下半年的活钱,算你白花了!"

小囤一听,心上一下子高兴起来说:"好啊!"他扔地站起身来,紧了紧"腰里挺"。两手卡着腰,晃了一下膀子,绷着嘴唇走到大车跟前,先打了一套"小太祖",运了运气,两只胳膊互相碰了一下,攥紧了拳头,说:"来吧!"他单腿跪在大车底下,睁圆了两只眼瞳向前看着,屏气宁神,把右胳膊放在车轮底下,伸出左手打了个手势,好像说:"来吧!来吧!"这时,小囤的身子骨儿如同春天地皮下的嫩芽,灌满了浆液,以茁壮的姿态,足够的精力,破土而出。他年轻的、滋润的皮肤,被太阳晒得黑黝黝的,当他真个要耍那傻把戏的时候,雅红曾想跑过去拉他一把。两脚刚刚要迈过去,游击队员们兴兴搭搭地把车一推,咕咚地响了一声,车轮轧过了小囤的胳膊。雅红心上扑通一跳,脸色像纸一样黄下来。

冯老锡却哗哗大笑了说:"得!是个硬骨头汉子!"

老套子笑得露出满嘴大牙,说:"好小子!合该我倒霉,下半年的活我给你做,你去参加抗日军吧!这样好的小伙子,我不能耽误你!"

冯老锡也絮絮叨叨地说:"伍老拔没白跑了半辈子革命,修下这么好小子!"

老套子也眯缝起眼睛说:"哼哼!那是自然!是看谁拉帮出来的?"

一行说着,游击队员们,又一齐拥上去,搂住他的后腰摔着跤说:"你要是参加抗日,得上俺班里,俺教你放枪!"小囤也说:"那也得张队长发命令。"雅红起心眼里恨爸爸,不该兴着小囤干那样的傻事,要是把胳膊轧坏了,不就一生成了残废吗?当人们正在唧唧呱呱乱叫的时候,她悄悄地在小囤身边走过,偷偷捏了一下他的胳膊,小囤也偷偷笑了一下,表示:"百不怎么的!"

朱老忠喂上牛,砌好了谷囤,才走回来,一边走着,高兴地絮叨:"人非年幼不行,万般英雄都出在年幼!"走到场边,抓起一把谷穰,拿到风前吹了吹,说:"得!这场谷算碾成了!"

老套子卸下碌碡,把牲口拴在场边枣树上。他们用木杈把谷秸起出来,用小刮板把谷粒和糠秕刮成一堆。傍晚,天空映出晚霞的时候,家家谷场上腾起扬场的烟雾似的尘扬。老套子和小囤也扬起场来;老套子端着簸箕扬,小囤拿着木锨供。两个人背对着背,叉开腿站着。老套子扬多快,小囤供多快。小囤嗤地把粮食锄在锨上,啪地扣在簸箕里。扬得快了,只听"哧——啪","哧——啪"地有节奏的声响,响得连理又清脆。风缓缓地吹过来,糠秕随着轻尘徐徐飘落向远方。金黄色的粮食,落在月牙形的马道上。朱老忠把布袋折成三角形戴在头上,用新的柔软的扫帚把柴草和树叶拂出来,再把金黄色的谷粒装进口袋,足足装了七口袋。朱老忠没有想到在这样抗日的年头,有这么好的收成。这足够一家人吃半年的。

鲜红色的夕阳落在西山上,小囤和老套子赶起车,把谷袋载回朱老忠家。朱老忠在谷囤跟前,搭上脚踏,小囤把口袋背在脊梁上,走上脚踏板,撒开袋口,金子似的谷粒,唰哩哩地落入荆条囤里。天道已经晚了,朱老忠打起过年时用的铁丝灯笼照着,灯笼上贴着红福字,射出浑黄的灯光。这时,贵他娘和金华,都走过来看。庄稼人劳苦一年,这时粮食归仓了,才感到无上的幸福,劳动的幸福!

朱老忠由不得喜哈哈地说:"有了粮食,抗日的人们来了,我就不作难了!"

老套子也说:"是呀,粮食是抗日的宝!"

到了吃晚饭的时候,贵他娘拦住雅红和小囤,吃了饭再回去。他们挤在贵他娘家小炕头上,围着上桌吃饭。金华熬了一锅黏米粥,杀了一碗红萝卜咸菜,一边吃着,又香甜又可口。雅红感觉到这小屋里有乡村的温暖,有农民的热情,有土地的气息。劳动人们的血液,在滋润着萌芽的革命的灵魂。

朱老忠单腿跨在炕沿上,吃着饭讲起朱老巩大闹柳树林的故事,讲起他一生的遭遇。雅红和小囤睁着眼睛听着,革命的前辈为他们上了革命的第一课。雅红说:"人们常说,听书长智,看戏慌心。俺听你说的话儿,心里的血都热烘起来,明日个我还来!"

朱老忠笑笑说:"孩子们!愿意来的尽管来吧!我这茅草屋里,来者不拒。"说着,他又朗朗地笑了。

这天晚上,雅红睡得不安,她心灵中在恋慕着一个可意人儿——小囤的影子印在她的心上,不能磨灭。他的灵魂和雅红成了一对连理的影子,永远地互相陪伴。这些天来,她吃饭的时候像有他在一旁站着;她睡觉的时候,像他在一旁坐着,影影绰绰,再也不能使她安静下来。第二天清晨,天还不明的时候,父亲和哥哥早就起来,赶车出去了。雅红起来去关好梢门,却不知不觉,两腿从角门走进场院。朱庆家的屋门,紧紧地关着。秋天过了,场上铺满了地霜。她走到小窝铺口上,小囤还在小窝铺里熟熟地睡着——不管秋天麦熟,小囤总是一个人睡在窝铺里看场院。他睡得那样香甜,均匀地呼吸着,轻轻打着鼾睡。这小伙子,白天做活出了些力气,到了晚晌,浑身就乏了,倒下头就睡着。心上是那样纯净,那样天真、活泼而有生气。她在薄暗中,可以看得见小囤紫糖色的脸,匀静的轮廓,眼睛微微闭着,嘴唇微微翘起,口唇的棱沿上泛出青春的、双红欲滴的颜色。她看着,心上急剧地跳动。是天上掉下喜兴,落在眉宇之间?于是,她纵动起眉梢扑上去,偷偷地把口唇对在小囤的脸上。那是无尽的,人间的幸福啊!在静穆的秋天的早晨,一颗幼稚的蓓蕾感受了爱情的灌溉。在朦胧中,她听得老套子吐噜吐噜的脚步声。她机灵地跳起来,闪到草垛一边,偷偷看着。

这时,小囤在梦寐中,感到脸上有一种甜蜜的温馨,欣兴、微笑起来。在他的一生中,他还没有想到过,会有一个美丽的姑娘这样恋慕着他,才说伸出召唤的两手,打个舒展,眼前现出一个带着满鬓霜雪的脸,是老套子大伯,肩上扛着两只小镐,瞪着两只眼睛看着他。他转过脊梁又睡着了,身旁有老套子的喊声:"小囤,起来,去打碴子!"老套子弯下腰喊小囤下地的时候,看见地霜上有女人的脚迹。老人愣怔了一下,摇晃着脑袋咂了咂嘴,颤抖着两手,眼里流出泪来,他着实担心这个青年人的命运。

这时,雅红看见老套子发现了她的足迹,心上暴跳了一下,在草垛后面一溜,急忙走回去。匆匆忙忙睡进被窝里,出了口长气,觉得身上晕晕的似有酒意。她觉得完成了一件事,想了多少次,她毕竟把嘴唇对在小囤的脸上。转而又觉得心上像系着一条沉沉的绳索。在她十三岁的那一年,姨母曾坐着大车,抬着食盒,送了庚帖来,用手抟起她黑油油的发辫,相看了她的外甥女儿——她未来的儿子媳妇。从那时候起,她就是有了主儿的人了,她的未婚夫是一个标标实实的青年学生。据说这位中学生,不爱读书,专好打球看戏。后来考上了中央军校。有时她想起这人的容貌,就想:"也许他会把我忘了,让他去吧!"

黄昏时候,老套子和小囤才从地里回来。推起小车推土给牲口上了垫脚,把牲口牵到井台上喝了水回来,筛上草就吃起饭来。看小囤快吃完饭的时候,他说:"吃完了饭别出去,我有事情跟你说。"等吃完饭,小囤把饭具端进去。老套子对游击队员们说:"借光!同志们!请帮我喂下牲口,一会儿我们就回来!"说着,两人披上袍子,就走出来。老套子在头里走,小囤在后头跟着。小囤看他脸上铁板板的,没有笑意,心里直犯嘀咕。以往为了做错什么事情的时候,小囤常受到老人的批评或者申斥,他猜不透今天老人又是为了什么事情。走到春兰家小园里丝瓜架底下,老套子说:"咱们就坐在这井台上说说吧!"

小囤说:"大伯!什么事,你说吧!"

老套子说:"我先给你讲个古话儿。"他打着火,抽着烟,说:"当年我和你爹是一个棚子里的伙计,是烧香磕头的弟兄。后来他学了木匠,在木头厂子里入了党。我呢,那时我还落后,大暴动我也没参加。当你爹临去的时候,把我扯到这个小井台上说了一会儿话。他说:'大哥!我有任务,我要走了!'他一说这话,我心里就明白了。他说:'我这一去,要是能回来,咱弟兄们算是有了出头之日。从此以后有饭吃,有衣穿,有日子过了。要是不能回来,我这一辈子也就算交待了。人活百岁也是死,为了咱无产阶级弟兄们,我豁出去这个穷身子骨儿。要是不能回来,大哥!我有这两个孩子,你看顾他们长大成人,想法叫他们有碗饭吃,将来也好有人继续这革命门里的香烟!'说着,你爹眼里就落下泪来。我说:'兄弟,你去吧!我赞成你这个,小顺和小囤虽说不是我的亲生孩子,咱弟兄一场,为朋友不怕割了脖子上了吊,这个责任我负了!'"老套子一说起伍老拔,想起伍老拔一去五年才回来,由不得流下眼泪来。我也知道你爹是个共产党员,是为咱无产阶级弟兄追求真理的。再一说,他也是为债务所逼:你家自从老年间,受了河水之害,庄户房子滩进河里,几十年没翻过身来。为了一家吃穿,使了冯家的大利钱账,本成本,利滚利,说什么也还不清了。你爹累心累得只剩下一身干巴骨头,愁得心不带肝上,也无心过日子了。这是目前讲话,那时咱这紧亲近邻谁也过不去,即使有人想帮助他,也无法帮助。

"在大暴动的年月,有天晚上,我一个人走了七八里路,跑到辛庄去查看了树林上挂的人头,血糊淋淋也看不清楚。后来,才听说他跟大贵上了山了。再后来,忠兄弟看着给你们弄了二亩地,暴鼓还了账,身上才轻松了一点。忠兄弟撺掇着小顺好好学个木匠,承继你爹的事业。我跟老锡说了说,把你弄来扛个小活儿吃碗饭。有俺兄弟一句话,我愿看着你们成人长大。将来我就是咽了这口气,也算对得起你爹,阖上我这双老眼了!"

这时已经是深秋了,天黑下来,秋后的蟋蟀在地穴中长鸣。老人喃喃地诉说,不住地掀起衣襟,擦着泪湿的眼眶。小囤眼珠上闪着繁星的光亮,静静倾听老人的忠告。

老套子继续说:"当我还年幼的时候,那时候还没有你,我有个小兄弟和你差不多。小伙子长得结实,眼睛长得和你一样的豁亮,人也长得腼腆。那时俺家里穷得看不见饭,他出来在俺村里扛个小活儿。那家也像咱当家的一样,雇着一大一小,种着几十亩地,活儿也不算重。我那兄弟年纪虽轻,庄稼活上样样拿得起来放得下,人也精明伶俐,没有不说俺兄弟好的。可是,就在这件事情上出了岔了!

"当家的有个姑娘,正在十七八岁上。说也奇怪,虽说比俺兄弟小几岁,可是活像一对双生。这姑娘心灵手巧,又大方,又好看,那才好看呢!场里地里,他们断不了在一块做活。咱也不知道,他们在什么时候,怎么着心对了心了?后来,我问俺兄弟,他说是这样:那姑娘起心眼里喜欢他,看空儿想跟俺兄弟说个话儿。有点什么好吃的东西,鱼咧、肉咧、瓜咧、枣咧,她不肯吃,总是结记着俺兄弟。不用说,日子长了,两片心就越离得更近了。

"在这大秋天的日子里,俺兄弟黑天里白天里苦做活,像个小牛犊子一样。白天忙一天,晚晌他睡在这小窝铺里。有一天,傍明的时候,当家的赶车出去,上地拉谷去了。那姑娘悄悄地走出来,把俺兄弟轻轻叫醒,羞答答地说:'你喜欢我不?'俺兄弟睁开眼睛看了她一会儿,说:'我喜欢你!不然,抓出我的心来,放在你的手心里!'那姑娘说:'你要是真的喜欢我,咱两人逃跑吧!跑到关东去,听说那里好混生活。你要是实心实意,不是玩弄俺,你要是有骨性,有胆量,咱们走吧!……'

"俺兄弟年纪小,没经过事故。我呢,做着个长活,一天忙得厉害,哪里有工夫教导他。当时俺兄弟也不知说什么好,瞪着两个大眼睛看着那个姑娘。那姑娘说:'咱们走吧!你年轻轻的,我年轻轻的,走到哪里也能成家立业,咱若是走不出这个窝去,早晚也得窝死。将来成不了结发夫妻,也到不了头!'说着,她搂着俺兄弟大哭一场,两个哭得像个泪人儿!

"可,说这话也晚了,当时他若是跟我说说呢,我脱了裤子扒了袄,也得弄钱帮他们走出去。可是,我那兄弟心眼窊浊,他就是不敢跟我说。你猜想怎样,小囤!俺兄弟就是没有骨性,没有胆量,舍不得我的老娘,他不敢出去闯荡江湖,不敢闯关东!

"两个人既走不了,也舍不得离开;谁也舍不得谁。夜长梦多,日子长了,人家当家的就看出来了。有一天,俺兄弟正在牲口棚里拌草喂牲口,当家的气冲冲地走出来,拿起拌草的杈子说:'你在我家做着个活,这么着不行!'俺那兄弟瞪着两只大眼站在木槽旁,鼻子气儿不敢出。那当家的恶狠狠地,吹胡子瞪眼睛说:'你再这样下去,我就要打折你的腿!'俺那兄弟还是不声不响地站着。当家的也看俺兄弟是个老实孩子,他掂了一下草杈了,说:'这也不是吵着嚷着的事情,嚷出去了,也败坏我家门风,对你也不好。自此以后,你们一刀两断,咱们冤无冤仇无仇,做活的是好做活的,当家的还是好当家的,咱就当一场事情给大风刮散了,算是没有这么一桩事情。你要是还舍不了这口气,我就挖下你的眼睛,放在地上当泡

儿踩!'

"自此以后,俺兄弟几个月没见那姑娘的面,也不知道那姑娘受了什么样的折磨,再也不敢出门了!

"可是,这年幼的人们,心眼是真挚的。既然心心相印了,中间有了这条红线,谁还能忘得了谁呢?时间不长,就又藕断丝连了。又过了不长时间,这姑娘就身怀有孕了!

"咦呀!世界上的事情真是难说难解呀!"老套子抹了一把泪水说:"要是依着这姑娘的娘呢,佐么是生米做成熟饭了,不管怎么吧,既然有此一来,就是前生有这一段姻缘。成全了他们,有男有女,有大有小,也是一家人。可是那姑娘的爹,太霸道,他不干。就在这年的冬天,刮着大风下着大雪的深更半夜里,俺兄弟正在炕上睡觉,那霸道带着姑娘的哥哥,拿条绳子,开门进来,用绳子把俺兄弟捆起来,把竹管插在他的眼眶里,用斧头砸了几下,把眼珠子拉出来,直疼得他爹一声娘一声地叫,打滚不止。

"然后,那霸道解了绳子,开了大门,把他扔出来,摔在雪地上。俺那兄弟爬回家来,在风天雪地里叫门。俺娘还睡着呢,一梦里听得有人叫门,听着像俺兄弟,老人家穿上衣裳,开门一看,果然是他。老人慌了神,黑天白地,也看不出是怎么一回子事,慌忙把他抬到屋里,点个亮一看,俺兄弟就成了血人!

"自此以后,俺兄弟他没了眼睛,多咱想起来,他就说:'咱是不行,咱没有骨性,没有胆量,白生成个男子汉!咱一辈子也堪不住这么好人儿,咱是罪有应得!'"

小囤听到这里,像有小猫儿抓心,嘴唇打着哆嗦说:"那,那姑娘呢?"他非常担心,那姑娘一定受了什么折磨。

老套子说:"就是俺那没出息的兄弟害了人家,既没有胆量,又没有骨性,又舍不得人家。这就把人家生生折磨了!她爹怪她做了不才之事,给他家祖宗八代丢了脸面,把她当牛当马卖到远方,直到如今没有音信!"

这时,小囤已经有了感觉,他担心姑娘的命运,也担心自己的命运,于是牙齿打着嘚嘚说:"大,大伯! 救救我,我也有一桩这样的事情!"

老套子听了小囤这句话,呆了半天,才麻沙着嗓子,哈哈大笑了:"大侄子! 不瞒你说,知道你有这为难的事情,才给你说呢。这是有你父亲一句话,我愿你成人长大,创成事业。我不能眼睁睁看着你们在这等小事上受到蹧辱!"

小囤壮了壮胆子,说:"大伯! 我听你的话,你说我应该怎么办吧?"

老套子连连摇头,说:"哼哼! 我说了半天,就是为了这个! 是为了叫你知道,咱穷苦人们在这世道上,受尽了一切磨难。在这男女之间也是一样,你既生成个男子汉,就得有这份雄心。你眼向前看,不能贪图一时的快乐。千万不要把有用的心思费在这等小事上。你看江涛和张飞同志他们又来了,你父亲也回来了,游击队又闹起来,他们都是你爹的老同志,老朋友! 你就应该挺身出来,跟着他们去,给咱受苦人打天下!

"我跟你说,你看我这五十开外的人了,连个做饭的人手也还没有。不用说,把孩子也耽误了! 那早晚我落后,江涛跟我说,我也不觉悟,不然早成了党员了! 这咱,我又碰打了上十年,才明白过这个道理来,我觉悟了,可是我也老了,该下世的人了!"说着,老套子痛哭失声了,说:"俺兄弟在那大荒之年,少眼没户,没法餬口,跳在这滹沱河里自尽了。我今年也快六十岁的人了,房无一间,地无一垄,不用说以后就没有指望了。穷人,年老了更是造孽,谁知道将来依靠谁养老送终呢! 富贵人家,三妻四妾,财帛儿女一样不缺。有钱使得鬼推磨,喜欢谁就能娶到谁。咱这穷人家,谁喜欢谁,也找不到一块儿。我也是在你们这年幼时候过来的,这穷人富人,就有天上地下之别! 一样的事,兴人家做。一样的话,兴人家说。这人穷了就什么也不行!"

夜深了,远远传来滹沱河里呜呜咽咽的水流声,那是渗彻人心的、几千年来永恒不变的、被压迫人们的心声!那是几千年来,永恒不变的,反抗的力量!

小囤说:"大伯,你别发愁了,你对我的教导,对我的看顾,我一辈子也忘不了!从此以后,有我吃的,就有你吃的,有我穿的,就有你穿的。我顶你半个儿子!可是,我怎么办呢,大伯!"

老套子说:"你怕什么?你是顶天立地的男子汉,有能为有本事就行!常言说:'千里姻缘一线牵',你把这情种深深地埋下,你要立志图强!"他抬起头来,看着天上,看着满天星群说:"依我看,你先把这事放开,你看这大军南撤,日本鬼子就要打过来。趁年轻力壮,先和江涛、张飞同志他们去干国家大事。将来做好了工作,整下事业来,雅红要是真心为你,也就可以看出来了。不是的话,天底下有出息的女人有的是,傻孩子!你为什么在一棵树上吊死人?眼下你看咱那几间茅草房,那条土炕,咱那吃喝是不是像猪食?你的希望即便是达到了,把人家那金枝玉叶放在什么地方?能坐在你那土炕上?再说,人家是定了亲的了,傻侄子!那事比登天还难!"

小囤听了老套子的话,心上开了两扇门,像是春天的种子绽出新芽。他说:"是,大伯!我听你的话,走这条道路!"

老套子拍着小囤的肩膀说:"你要记住,你有心胸去干大事,可不能贪图一时快乐,干那伤天害理的事,丧失你祖宗三代的阴德!将来,你们不论怎么着,可不要瞒着我。我愿多活个十年八年,睁着两只大眼看你们把日本鬼子打出去,建成新社会,再睁着两只大眼睛看着你们成家立业,子子孙孙永远不再受这份罪。久后一日,我就是死在黄泉也是高兴的!"

小囤说:"是,大伯!我听你的话。"小囤说着,扶起老套子。看看天道不早了,该回去睡觉。这时夜已经深了,四周没有人声。星河给他们照明了道路,两个人走回村庄。

三十五

　　日本兵好像毒蛇一样,沿着平汉、津浦两条铁路,一股劲地往前爬行。先头部队好像又肥又大的三角脑袋,在西边拱了保定、定县、石家庄;在东边拱了沧州、泊镇、德州,一直到黄河北岸。毒蛇爬行过的土地,汉奸土匪如毛,群情为之不安,引起很大的动乱。

　　张嘉庆和朱大贵带领的游击队,在人们爱国热情的支持下,由二百多人发展到三百多人,又由三百多人发展到四百多人。成立了大队,建立了大队部。编成了三个中队,派了陈金波等三个中队长,看看敌人还没有向中心地区进攻的企图,就住在锁井镇上进行整训。

　　顺儿在班里呆了几天,嘉庆看他为人老实可靠,就把他调到队部来,管理管理伙食,送送信。可是,他不忍放下那支破马枪,成天价背在身上。他不愿耽误操课,每天早晨都背了马枪到原来的班里去上课,学射击、瞄准、打野外,下午上课,听江涛讲解"群众工作"和"统一战线问题"。空闲时间跑村公所,办办事情。再不,就躺在草垛一边,晒太阳学认字。

　　那天他正坐在草垛一边擦枪,警卫员老占走过来,说:"咱也擦擦枪!"说着,他把破袍子脱下来,铺在地上,把枪上的零件卸下来,晒在袍子上。他说:"唔,我还没有擦枪的油呢。"

　　顺儿手里忙着,顾不得说话,扬起嘴巴向角门一点,老占一看是雅红走出来。老占脸上笑着说:"房东,给我点桂花油!"说着放下枪上零件,走到雅红跟前。

　　雅红说:"桂花油是抹头发的,不能擦枪!"

　　老占说:"也能擦枪!"老占拉起雅红来往家走。

雅红挣脱了手,红起脸来说:"看你!"

老占说:"抗日的人们,还分什么你我!有钱的出钱,有东西的出东西,是不!"说着,歪起头看着雅红的脸。

雅红脸上由不得红起来说:"你那嘴儿,说得多巧!"说着,带了老占从场院走进外院,走到二门,雅红说:"你在这儿等着。"老占不等,跟着雅红走进东屋里。东屋窗子糊得挺豁亮,窗纸上糊着剪纸花,炕上铺着花毡子。炕对过放着红漆衣柜,墙上贴着两张水彩画。老占说:"这画儿画得不错!"

雅红说:"是俺在学校的作业。"

老占看桌子上放本书。问:"你还看书?"

雅红说:"闷得慌了看会儿。"说着,把小花玻璃瓶递给老占,说:"拿去吧,使过了还给我。"

老占说:"好!"他走出房门又走回来说:"大姐,再给我一块红绸子,好吗?"

雅红说:"我不是给过你了吗?"

老占说:"油污了,也破了,像是偷坟盗墓来的。"

雅红一下子笑出声来,说:"看你说的,是有年代了。"她从橱子顶上搬下席箱子,捡给他一块红绸子。

老占说:"还是大家主儿姑娘,有的是好东西。"

雅红说:"看你会说的!"说着,两个人出来,雅红问:"你是哪村人?"

老占说:"张岗人。"

雅红问:"家里有什么人,小小人儿出来抗日?"

老占说:"父亲参加了抗税,叫国民党杀死了。哥哥参加了暴动,牺牲了。"

雅红说:"看你像门里出身,不然小小人儿家里舍不得叫你出来革命。"

老占说:"当然是,老忠大伯说,不革命不能报血海深仇。"老占说着,走回麦秸垛跟前,坐在地下擦枪。迎着太阳,身上暖烘烘的,他手头上一股劲地忙着,嘴里打着口哨。严萍慢搭搭地走过来,看见老占这么高兴,她问:"老占心里怎么这么滋润?"

老占抬起头看了看,说:"有'日'抗,有饭吃,还有什么上愁的!"

严萍站在一边看他擦枪,说:"比起俺们和你哥闹暴动的那时候强多了,那时候成天价藏藏躲躲。黑夜里开会用被子堵上窗户,白天开会钻在高粱地里。人群里不敢去,离远看见来了人得躲着走!"

老占说:"你们和老一辈的受了罪了,该我们享这份抗日的福。"

严萍说:"当然呀,这点自由也是头颅和热血换来的,不是容易的。你要好好抗日,把日本打出去,大家才能过安生日子。要是打不出日本鬼子,就增加了革命的困难。"

老占说:"严同志不用说了,我心里明白,将来我想下班,学学上课体操,当一名战士,说打就打,说干就干!"

严萍暗暗点头,对顺儿说:"顺儿!你和老占在一块,教着他点儿,你比他大几岁……"

顺儿手里不停地擦着枪,眼望着严萍说:"唔!咱们是一样的,别看年纪轻,谈起来都是老同志。"

正说着,江涛走进来,说:"老占!老占,送信去,买点烟来。"

老占抬头看了看他,说:"你等一等,吭!我上好了枪。"他又撅起头来,看着江涛说:"严同志!你老是皱着眉头干吗?"

江涛说:"我呀,我心里有事。"

老占说:"你心里老是有事!"说着,用红绸子包好了枪,挎在肩上,拿了信,蹦蹦跳跳地跑出去。嘴里说着:"顺哥!走!上街去!"说着径自出门去了。

顺儿说:"头里走,我还得上村公所去。"

老占下了坡,一进苇塘,听得有几只"苇栅子"在苇丛里唧喳叫着。他想进去捉住一只,可是那精灵的鸟儿一见人就向里飞,苇塘里连一点声音也没有,静得怕人。苇叶子也黄了,一片片飘落在地上。苇缨一穗穗长得白花花的。他看那鸟儿,黑嘴、黄肚皮、黑眼睛,两脚在苇叶上跳着,点着尾巴,吱吱地叫着。多么活泼的鸟儿!他很有些留恋不舍。呆了一会儿,他觉得苇塘很深,阴森得怕人,几乎窒息得透不过气儿来。他心上突突跳着,害起怕来。

　　这块苇塘有十几亩大,老年间有官塘,如今是冯贵堂家的私产。春天,孩子们光着脚儿在苇塘上掰苇笋,苇塘上有没髁深的水,从水里长出紫色的苇笋,支绷着两个小绿叶儿,孩子们吃着有些酸甜。夏天,孩子们提着竹篮子擗苇叶,包粽子吃。苇塘里,春天有蓝的、秋天有红的靛颏儿鸟在叙叫。这座阴森的苇塘,老年间曾有过歹人在这里图财害命,有强人强奸幼女。有獾、有狐狸、有黄鼠狼……老占一想到这座苇塘的历史,由不得心上紧张起来,慌忙走过去,直奔西锁井。他走到陈金波的中队部,陈金波正在用剃刀修他的胡子。

　　陈金波停下手,睁起眼睛问:"怎么?又是信?"

　　老占说:"又是信!"

　　陈金波把信放在炕上说:"怎么这些个信,今天一封信,明天一封信,咱算干不了这个,请假!请假!有的是好军队,这算什么?"

　　老占歪起头看了看他说:"怎么?你想走?"

　　陈金波说:"走,早就想走!"说着戴上他那顶油罐似的帽子,走出去了。

　　老占从中队部走出来,又到聚源号去买烟。刚跨出板搭,碰上老山头从大街上走进来,老山头又胖又矮,小三角眼睛,像锥子一样,专爱看故事。他一眼看见老占身上挎的盒子,说:"哈!新枪!"说着,掂起老占的盒子套,把枪抽出来一看,说:"哈,德国造!就是锈了点!"

人们听他一声喝彩,都围上来看,都说:"这枪真新,真亮!"

老山头掂着枪留恋不舍,嘟嘟哝哝地说:"二把、插梭、二十响,好枪!好枪!顶个小机枪儿使!"他连连掂弄了几下,交给老占,唏唏哩哩地说着。小三角眼向老占盯了一眼,绷起嘴唇走开了。走了几步又停住,回头睃了一眼,闷着头儿想了想,自言自语:"这枪,怎么这么眼熟?"

顺儿背着枪,从村公所里走出来,离远看见人们围着老占看枪,他扬起手大喊:"老占!老占!"

老占听得喊,踮起脚叽哩呱哒跑过来。顺儿板起脸来说:"老占!你就不懂俺村情,金银还不露白呢,叫他看枪!"

老占说:"看看有什么关系?"

顺儿说:"当然有关系!"

说着,两人并起肩膀儿走回来。见江涛和嘉庆在大队部台阶上站着说话,商量事情,老占迎过去说:"一人一盒!"说着,把香烟递过去。

江涛接过香烟,说:"你把信交给陈队长了?"

老占说:"交给他了。"

江涛问:"他说什么来?"

老占说:"他说,请假,请假,咱算干不了这个!"老占说着,嘻嘻地笑个不停。

江涛问:"他想走?"

老占说:"他说早就想走,有的是好军队。"说着,又蹦蹦跳跳地走开了。

江涛和嘉庆看着这么天真的孩子,笑了一会子。江涛想:"也许,陈金波近来有些思想活动。"他想用一个什么方法团结他,教育改造他。针对这个公安局督察长出身的人,他觉得很费苦心。

第二天,江涛起得很早。忠大娘舀了一铜盆洗脸水,放在地上。他洗了脸,喝了开水,走到村北里去。秋天去了,冬天还未来,蓝色的天上,荡着几片红色的霞云。西北风把梨树的叶子吹得红了,黄了,落了。吹得杨柳树摇摆着枝条,在晨风中嗤嗤地响着。张嘉庆和朱大贵叫着运涛教导游击队员们打野外。一班班、一队队,在秋后广阔的田野上做着战斗演习。他们提着枪,弯腰跑着,匍匐在坟地上做着战斗的姿态。如今,军事对于江涛还是陌生的。他们每天到运涛那里听他讲战斗实例,接受经验。他又觉得这次来锁井有很大的不同。这个变化,在心理上,在感情上有所感触。在大暴动的时候,在抗捐抗税的年月里,环境是那样,革命的队伍又是那样。这早晚,日本鬼子踏上中国的国土,环境变了,革命的队伍也有所改变。人们为爱国的热情所鼓舞,抗日的工作,到处受到欢迎。这政治形势的变化、阶段关系的变化、统一战线在民族革命中的作用,一到实际工作中就很明显地体会到了。他想:党是英明的!他带我们走上了革命的康庄大道!走向胜利!正好这时运涛回来,在军事上对他们有很大的帮助。

江涛从操场上回来,接到张合群同志的来信,叫运涛到东老淀去接洽关系,听从分配。信中还说:孟庆山同志奉中共中央的命令来到冀中,开展敌后游击战争。吕正操同志带着东北军一个团也留在冀中,自卫军将移至潴沱河北岸一带,接近高蠡地区。这样便于感受到老区群众的温暖,便于扩军备战。党指示运涛去接洽关系,接受任务。江涛走到春兰家去,对运涛一五一十地说了。运涛很觉高兴。

江涛在忠大伯的炕头上,召开了县委会。他说:"目前日本鬼子攻占了平汉、津浦两条铁路,形势上大致肯定下来。眼下要抓紧空隙扩大抗日武装,建设抗日民主政权,开展统一战线工作,促成团结抗日的新形势。"他们决定:运涛到东老淀去。张嘉庆带部分队伍去打游击,锻炼锻炼,另一方面,也需要扩大队伍,江涛到人民自卫军去。会开完了,江涛躺在炕上打了个舒展,坐起来,耸动了一下浓厚的眉毛,觉得肩膀上责任实在重大。一会儿,忠大娘端上山芋粥来,江涛说:"吃完饭,我想回家去看看。运涛要走,有事情打发通讯员去叫我。"

嘉庆说:"去吧!我放你的假,回来的时候,带点好吃的东西回来。"

江涛说:"好!你就是爱吃,有好酒还爱喝二两!"江涛吃完饭走出来。到了北街口,穿过梨树行子,踏着小道上红色的落叶和枯草走着。正在低头走着,猛地天上飞过两行雁,嘹亮地叫着。他停了脚,抬起头看雁行在高空中飞过。低下头来的时候,从苍黄的叶隙中看见远远地走来一个女人。他心上不由得抖动了一下,离远看去,身材、步态,都像是严萍,仔细看时,果真是她。她穿件蓝呢上衣,纽扣没结着,露出素蓝长褂,脚上穿着黑色的便鞋匆匆走着,安谧的眼神里似乎埋藏着莫名的忧郁。江涛心上一时受了压迫,紧张地跳动着。

当严萍看出是江涛的时候,两只脚几乎跳起来,伸出她的两只手,两步并作一步跑过来,笑着:"江涛!我去换了件衣服。"江涛说:"好!你冷了?"

江涛乍喜之下,抢上去攥紧了她的手,又伸直两手,扠住严萍的腰对她说:"我也想跟你谈谈!"但稍一冷静,思想的触角即刻收缩回去,下意识地把手放开。一片黑色的影子从脑海中掠过,好像晴日间掠过一片乌云。

他这种思想上的变化,严萍并没有发觉,她说:"过去我老是担心,直怕见不到你,如果见不到你,我的心上是空虚的。"当然,她所担心的,不只是工作上的事情。从和冯登龙那桩事情之后,她经常担心着和江涛的关系。有一次,她想和江涛谈谈,把事情谈开,也就放心了。江涛拒绝了她,还给了她个脸色看。自从那时起,她就想找个机会向他剖白一下。因为她了解江涛不是那种思想狭隘的人。她也明白江涛思想开朗,胸能容物,必定会原谅她的。

江涛问:"你这时候做什么去?"严萍说:"我想回趟家。天冷了,我添了一件衣服。"江涛说:"是的,天凉了,我也家去看看。运涛要走,他还说带春兰去。"严萍说:"也好!走远道儿,两个人也不闷得慌!"说着白净的脸上有些红润,两只眼睛水波波的,说:"回到家里,老是过兵,飞机又炸了城里,动乱的时候来临了!……哟!这些日子工作忙,好多天不谈了。"严萍说着又牵起江涛的手,把脸偎在江涛的肩上,作为一个老朋友,这本来不算什么,可是江涛心上印着未治好的创伤,就觉得有些不自然,江涛轻轻地把她的手推开。这时严萍下意识地感到江涛有些冷淡。尤其走在这个梨林里,她想到几年以前,他们曾在这梨林中拥抱,而且定了终身,这是他不会忘记的。

两个人下了千里堤,走到江涛家门口。一进门江涛就喊:"妈!萍妹子来了!"

妈妈一步一步走出来,手里端着一扇鞋底子,把针在头发上磨着,觑觑了一下眼睛,说:"喔!萍妹子呀!忙来,忙来,房里坐。"说着,她扯起严萍的手走进屋来,拾掇了炕上的活计,打扫了炕沿说:"坐在炕头上,我给你炒花生吃!"

严萍说:"我不爱上炕,我不会盘腿,就坐在炕沿边上吧!"她看到涛他娘已经变成了一个白发老人,面皮也曲皱了,腰也弯了下来,心里想老人家经历了多少事故,心上受了多少的惊吓和磨难,但她的眼神还是刚强的,两只手还是灵敏的。

江涛问:"这些天以来,严老先生好吗?许多日子不见他了。"严萍说:"他很好……我父亲总说,咱们的救国会闹得不错,他很想念你。他说,你可能是在'里头'负了责任。他想自己出生在士绅家里,你不找他,他当然不好意思来找你。"

江涛说:"有些日子不见了,我很想去看看他。他倒没走?"

严萍说:"他坚决不走!要和日本鬼子周旋到底!"

江涛问:"他对抗日救国的态度怎么样?"

严萍说:"从历史上看,他是痛恨异族入主中原的!他说很想和你谈谈,你可以去看看他吗?"说着,两只眼睛瞟着江涛。

江涛觉得很不自然,低下头去说:"可以,也有必要去和他谈谈。"

严萍紧跟了一句说:"今天可以去吗?"她的心情是追切的,要急切地解决一个思想上的问题。

江涛说:"有些日子不在一起了,在家里玩一会再去,家里虽然茅草,可是一走到家里,心里就感到服帖。"是的,这是一个久经忧患的家庭,它经历了几个革命阶段,带着一身创伤,但乍看起来,门窗还结实,房屋也无多大变化,还是那个老样子。

严萍说:"当然是,家屋虽然茅草,可是,它是革命的摇篮。一走进家里,身上就感到温暖、服帖。"她说着,像小孩子一样用鼻子笑了一下。

江涛点了点头,并未说什么。

母亲用簸箕端着花生走进来,听他们说要走,忙把簸箕放在炕沿上说:"可不能走!吃了饭再去。昨儿晚上,我还打了两个灯花儿,想是今天有点什么喜事,果然!"老人把花生撒在炕上,又退回两步,拍了拍手笑着,看看严萍,又看看江涛,说:"你们什么时候成亲呀?十几年了,老是叫别人给你们操心!"她这么一说,江涛低下头不说什么。倒是严萍脸上发红起来,也不知怎么说好,她不好意思地轻轻地笑了一下。

他们吃着花生,喝着茶,严萍和母亲叙了一会子家常,就从家里走出来上大严村去。母亲留不住,偷偷地跟出门来,扒在墙角上悄悄地看着,摇摇头自言自语地说:"什么时候能办了这门亲事?"她意味深长地叹着,又笑眯眯地走回屋去。她希望早一点给江涛成亲。

深秋了,太阳照着梨树上的叶子,闪着红色的黄色的亮光,他们沙沙地踏着落叶,并行走在梨树林里,感觉到今日的梨林分外亲切幽静。看到故乡的一草一木,一苇一树,都会撩动他们心中的感情。尤其是这片生长在家门上的梨树林,和他们的生活、他俩的爱情有多大的关系呀!这梨树林是他俩历史上的见证人。江涛仔细看着这梨林,每一个树杈,每一片草地,他是那样的爱它们。严萍弯腰拾起一片通红的叶子,用手指头捻了一下,笑着说:"你看这片叶子多红!多亮!"说着放进江涛手上。

江涛用手指捏着叶柄看了看,说:"是的,红红的叶子!"他的思想跳到了别处。

严萍说:"江涛!我早想咱们应该好好地谈谈。"

江涛漠然地说:"可以谈谈。"他的语音是那样的轻渺,使人听了似乎不带一点感情。

严萍见江涛神情冷漠,便也不再说什么。按严萍的遭遇说,她无法忘记对江涛的友情,尤其探监时在监狱中的那一夜,她更是不会忘记的。冯登龙阵亡以后,她想这件事情算是过去了,心情轻松了很多,她又带了些书报和吃的东西去看望江涛。那是她惟一的安慰,她非常重视这个友谊。如今事过境迁,她感到铁窗之下的感情已渐渐淡凉了,但又无法对他倾诉。江涛虽然是个有感情的人,但事情过去了,他只好经常按捺着难忘的、起伏的思潮。今天,严萍在这兵荒马乱中要和他谈谈,他一时也无法忆起已往的情绪。

严萍说:"我早就想应该好好谈谈,可始终也没很好的谈过。"严萍低头走着,说着。说话时只是唔唔哝哝的。

江涛说:"在监狱里的时候,听你谈到登龙的死,也曾为你难过。可是现在,不知怎么,我懒于登你们的门了。咳,从那时起,我怕到保定!怕去西城,怕过寡妇桥,怕见思罗医院后边的墓地!所以出了狱,我拜访了严老先生,马上离开了保定,到北平去了!"他们走上了河堤,河滩上清凉凉的流水在缓缓地流着,在秋天的阳光下泛出白色的光亮。江涛深有感触地说:"你看这河水,我们的友情就像这河水一样源远流长,再高的山,再深的谷也难隔断我们的友情,让我们永远做最亲密的朋友吧!"他想:已往的事情既然过去了,再没有必要谈它了。

严萍听了这句话,猛地打了个愣怔。她觉得这句话意味深长,可是叫人怎么体会呢?有时她也觉得时光一天天地过去了,往日的感情,变成河水一样淡凉,像秋天的高空一样缥缈。慢步走着,抬着看那清凉的天空,有两只水鸟,远远地从沙滩上腾空而起,啾啾地叫着,一直飞到天上。她想想过去,看看现在,由不得睫毛湿润起来,她抬头看了看江涛,又深深地埋下头去,陷入沉默。

江涛说:"我希望你能在群众运动里,在这伟大的民族革命战争中锻炼自己。这样,对革命对自己都会有好处。"

严萍带着眼泪笑笑说:"是的!我愿跟你一起前进,向你学习!"这是一句老话,也许如今说顺了口,说完又朝江涛笑了笑,由不得脸上红润起来。

江涛说:"可惜早下决心就好了!"

严萍看了看江涛的脸色,说:"这也很难说,也许所谓小资产阶级思想,一时聪明,一时糊涂,干事优柔寡断。到今天也就很难说了,希望你原谅我!"她听江涛的谈话,似乎是讥讽,又似乎是孩子时候的诙谐。但是,她没有别的话可说,只有如此罢了。本来她不想一下子谈得这样深刻。可是急迫的心情,实在按捺不下,话到嘴边就冲口而出了。而后,她又觉得后悔。确实,她并未做错一件事情。

江涛说:"过去的事,不要再谈它吧!一个人,好像走路疲乏了,坐下来休息一下,掸掸身上的尘土再走!"他感到确实如此。他倒不恨严萍母亲对严萍婚事的糊涂和专断;他恨严萍的软弱,恨自己无能。那咱,严萍并未中断了革命,也并未抛弃了对他的情谊,不知怎的,如今却走在一段泥河里,使他们的感情不能前进了。

三十六

到了大严村,虽然五年过去了,严萍家门前还是那个小水塘,塘边上还是那几棵老柳树,还是那个黄油小梢门,院里还是放着那辆大车。一进二门,听得见屋里有个老人在痰喘,严萍喊:"爸爸!江涛来了!"

严知孝听得院里有人喊,而且说是江涛来了,他慢慢吞吞地走出来,站在台阶上,睁开眼睛一看,颤颤巍巍地笑了说:"啊!江涛!你来了!"说着走下阶台拉住了江涛的手,走进屋里。虽然还没到冬天,但他已穿上了一双两道眉的老头棉鞋,穿上了一件棉袍子。江涛看得出来,还是他那件蓝绸袍子,只是如今褪成灰色的了。今天严知孝见了江涛特别高兴,当然也不一定只是为了严萍的事情。他记得在开救国会的时候,看见亲手培养过的青年人已经成长起来,在会场上说起话来,旁征博引,入耳动听,博得人们的好评,这在他老年的心上,感到说不出的高兴。不过当时为了严萍的问题,他很难解释。今天,江涛以领导者的身份,来到他家登门拜访,即便思想上有些嫌隙,一见到江涛也就迎刃而解了。这是老奶奶那间房,屋里还放着那两只红油柜子,墙上挂着保定书家姚锷的魏碑屏条,姚丹波的松鹰,陈家楷的墨梅,桌上放着一套《韩昌黎全集》,集上敞开着一套《古文观止》。严知孝也坐在炕沿上说:"听说你们成立了队伍,就在这锁井镇上驻?"

江涛说:"是的,建立了队伍,正在训练,我们还想请严先生出来指导工作呢!"

严知孝笑着摆了摆手,说:"咳!不行了,不行了,老了!以后只有看你们的了。世事如白云苍狗啊,眨眼之间就过去了!革命,我是赞成的,五四运动我也参加了。我非常同情革命,这是去旧迎新的事。"又说:"说到这里,江涛!你是知道的,只要是你,只要是你们需要我,无论什么时候,我还愿意在这抗日上卖卖老。可是,我上了年纪,性格孤僻,有什么不妥当的地方,还希望你们多多帮助我。这就是你对我的尊重了!"

江涛说:"我们很赞成严先生的民族气节,所以才提名请严老先生参加救国会!"

严知孝听了,立刻觉得轻松愉快,耸动胸脯,轩然大笑了说:"想干也干不好了,老了,有勇气没本事。退回十年,我还想跟你们一块跑跑。如今,只有闭户读书,聊作清谈而已!保定失守,大军撤退的那几天里,我到公路上走了好几趟,看国民党的兵排山倒海地退下来,心里着实难过。可是,我自己也拿不出办法来,心里烦闷,我翻开古文,读了几遍《李陵答苏武书》。读到'男儿生以不成名,死则葬蛮夷中……'的时候,我恨不得大哭一场!有人叫我向南走,我说我哪里也不去,生于斯,死于斯,葬于斯土也就算完了。江涛!你们挺身而出,也算得是关怀桑梓,多给地方上办点子好事,保护乡里人们不受异民族杀害,我非常拥护。从历史上看,凡是异族入主中原的,没有不失败的,这是我的老论点。根据中国的国情,长期抗战就能打败日本帝国主义,这是正确的论断。"说完,他又轩然大笑了。

严萍看父亲今天说得高兴,就说:"慢慢谈嘛,爸爸!"

严知孝说:"好!慢慢谈!以后,儿女的事情,由儿女自己去考虑,我也不多管了。我自己既没有出息,不能给儿女们一条道路,就让儿女们去走自己的路吧!"他把一块毛巾折成四方块,抹着胡子,清了清嗓子说:"自古男儿志在四方!从此以后,我们再不勉强孩子们的事情了!"

严知孝留江涛吃了饭,又互相交换了意见。今天,他们谈得很融洽,也很广泛。关于抗日武装问题,关于统一战线问题,关于民族气节问题以及战争中的经济负担问题,都交换了意见。严萍送江涛回去的时候,严知孝也送到门外。他站在门口上,看着严萍和江涛并肩走着,直看到两个人的背影隐没在梨树丛中。他暗自点头兴叹,想:"也许他们能好起来!"于是,严萍和江涛的问题,又在他年老的胸怀里留下无尽的希望。但他一想到江涛那强烈的矜持的性格,他觉得那种希望,又近乎是奢望。这种幻想,长久的徘徊在他年老的心上。

　　第二天,江涛和张嘉庆在忠大娘的热炕头上吃早饭的时候,听得有个女同志在院里喊报告。张嘉庆咕咚地跳下炕来,走出去看了一下,是严萍来了。她手里攥着一把红叶,像深紫色的花朵。张嘉庆上下打量了她一下,笑眯眯地说:"呵!我以为是谁呢,是严萍来了!这下好了,你一来,江涛就更高兴了。"

　　江涛用眼睛翻着他笑着,但没有开口。严萍歪起脖儿,怔了一下说:"几年过去了,还是那么爱耍贫嘴!"

　　嘉庆说:"当然是!在你那间小小的绣房里,曾经拜会过;你还念着我们大诗人悼列宁的诗句,他又说又笑念着:'太阳没了,在那西北的田郊……'哈哈!"说着,他手上拿着筷子,在炕席上手舞足蹈起来。

　　朱老忠端着碗也凑过来,说:"那时我也见过你。"

　　严萍走过来,说:"老人家,我多咱看见您都高兴!"

　　朱老忠说:"当年江涛在第二师范被围的时候,我和志和到你们家里,当我们在屋里谈话的时候,你还在门外偷偷地听着,那时你是什么心情?"

　　朱老忠说到这里,可就动了严萍的心,她觉得很不自然,一抹红晕移到脸庞上,登时滚热起来,她说:"咳!过去的事不谈了吧!"

　　张嘉庆说:"你这是新学的俏,进门喊报告!"

　　严萍说:"这是时代呀,时代如此嘛!将军们在这屋里,我能冒冒失失地闯进来吗?"说着红起脸笑了。

笑声刚落,朱大贵喊着报告走进来。江涛问:"什么事?这么急?"

大贵说:"侦察员报告:河身里过来了一股队伍!"

江涛打了个愣怔,紧盯着他问:"什么队伍?有多少人?从南来还是从北来的?"

大贵说:"说是县上的保安队,从南来的,有一百一二十支枪,四辆大车,一门小炮……"事情急,大贵说得更快,他就是这个脾气。

江涛问:"都是一些什么样的人们?"

大贵说:"车上坐着家眷,还有县长,穿着蓝布袍,戴红风帽。还有一个保安队长,穿着黄布大衣。保安队们都骑着马,他们打算在锁井镇打尖。"

江涛问:"他们要到什么地方去?"

朱庆在门外头听得问,扛着他的破粪权子走了进来,说:"从前边村上我就跟上他们了,我背着筐跟着车捡粪,听他们说话儿,口风之间,说是要上静海,是什么民军总指挥张荫梧给他们的命令。"

江涛一听到张荫梧三个字,他就明白了。张荫梧原是晋系军阀,曾担任过军长、北京市长。阎冯讨蒋时,任前敌总指挥。讨蒋失败后离开山西,回到故乡博野县搞四存中学。后来搞七县专员,办平民教育,其实是暗地里准备力量企图再起。抗战初,蒋介石派他担任民训处长。当日本鬼子占了保定,国民党大军撤退的时候,张荫梧曾有过一个梦想:要在日军进攻滹沱河流域的时候,组织滹沱河两岸的群众武装,布置所谓"民兵防线"。用群众力量打击一下敌人,借以提高身价,炫耀自己。事实上,这只是一个梦想,他没有撒下这把种子在群众里,在群众的心目中也没有这种威信。只是在日本鬼子打到望都的那天晚上,收集了七个县的保守武装一兜带走了,住在磁州彭城镇紫竹林山上,进行整编训练。

建立了河北民军总指挥部,自己当起总指挥来。江涛说:"日本鬼子来了,他不向南跑,却向北走干什么?他们带着枪支人马,可能还带着库款。"

庆儿接话说:"对!看样子车上坐的净是些贪官、污吏、土豪劣绅。车上还拉着几个箱子,我知道那是盛洋钱票子的箱子。"又说:"那个队长骑了一匹大白马。"

江涛沉思了一下,对庆儿说:"你快去,把运涛叫来。"庆儿听了,背起粪筐去叫运涛。

不一会儿的工夫,运涛来了。听到这个情况,他说:"这是你们的工作,还是你们商量,离开故乡十几年,有些情况我也不熟悉了。"张嘉庆笑了说:"你忙算了吧!你当过兵,打过仗,我们干了什么了?"江涛说:"你还是老大哥呢!"运涛怔住,不说什么,严萍在一旁笑着。运涛犹疑了一会子,才说:"这些个大人老爷们,平时吸尽了老百姓的血汗,享尽了人生富贵。如今,日本鬼子一来,撒腿就跑。这位太爷也特别,他不向南跑,却向北跑,不说也明白了!咱们应该强硬干涉!"说着,不住地耸动着浓重的眉毛。

嘉庆看运涛表示了态度,就跟了一句,说:"向北跑干什么,北边是天津北平,那里是日本鬼子的据点。……"又扭过头儿,对运涛说:"大哥!你忙搭搭手儿吧!我们都年轻。"严萍也说:"我们可干过什么呢?"

运涛说:"这无疑是要去投敌!我们要以老百姓的身份,向他们提出来:国家官吏,应该守土抗战。人不抗战,枪炮子弹可要留下!"

庆儿看了看运涛,又看看嘉庆,两个黑眼睛滴溜溜地转了转,他说:"是呀,要是带到敌人那边去,不增加了敌人的力量了吗?"于是,运涛派大贵根据这种精神前去交涉,又命令嘉庆把队伍调到千里堤上的河神庙底下,挖好工事,准备打仗。

一听说要打仗,平时看起来整整齐齐的队伍,可就乱哄哄的了。有的枪上没有了背带,有的丢了子弹袋,跑起步来,子弹在衣袋里哗啦乱响。游击队员们,有的穿着袍子,走起路来吐噜吐噜地拖泥带水。有的一说打仗,心里先打寒颤。队长们费了很大的劲,才把队伍带到河神庙底下。老百姓们听说要打仗,牵着牛的、轰着车的、抱着孩子扛着被褥,跟头骨碌地往村北里跑,尘土扬起老高。

张嘉庆出了满头大汗,嘴里不住地说着:"这队伍光训练不行,非在战场上实战锻炼才行,今天实战一次,正好演习一番。这个战斗还得你指挥。"运涛说:"不,还是由你指挥!"嘉庆说:"这就难了,我怎么能指挥战斗?你是吃过见过的。"

运涛点点头,说:"好!就这样子吧。"他把两个中队拉到堤上,布置好了。留下陈金波的中队,在柳树林子里做预备队。陈金波参加不上战斗,心怀不满,站在一边看着,他想:不穿军装,这叫什么队伍?这是花子队,和叫花子一样!心里直觉得好笑。

朱大贵带着庆儿和几个游击队员,赶到小木桥那里,看见那股保安队正急急慌慌地向前走着,便迎头上去,离老远答了腔说:"请问,是哪一部分?"

保安队长是个长个子、胖胖的、大眼睛的人,听得问,指着车上插的小白旗儿说:"我们是县政府!"

大贵问:"县长不是跑了吗?怎么又回来了?"

保安队长说:"奉张荫梧张总指挥的命令,上静海前线去!"

大贵说:"上级有命令,国家官吏应该守土抗战,日本鬼子打来了,应该抵挡一阵子。弃官逃走,无论怎么说也是不应该的。"

那个保安队长听着话不顺耳,冷笑了两声说:"什么命令不命令,军队都撤完了,我们还留在这里干什么?本来我们要上磁州,到民军总指挥部去,半路接到命令让我们深入敌后,往静海一带,一来县长要回家看看,二来发动地方国民起来抗战。"说着,他用马鞭子指挥了一下,保安队员们动起手来,噼里啪嚓把子弹推上膛去,如临大敌一样,加速前进。大贵再说话时,他们连理睬也不理睬。庆儿看他们没有接受建议的意思,鼓起肚子向前走了几步说:"这锁井镇上,我们的队伍可早就住满了,要是硬过,可别怪我们不留面子。"

保安队长把脸一沉说:"你们是哪部分?"

大贵愣了一下说:"我们是第五大队!"

保安队长嘟哝着说:"中央大军都撤完了,哪里还有什么军队!"又问:"你们是什么第五大队?"

大贵理直气壮地说:"我们是群众武装,救国会的队伍。"

保安队长还是待理不理的,一直打马前进。大贵没想到,说这"群众武装",说这"救国会的队伍",在本地人耳目里是那样的响亮,而在逃亡官吏耳朵里,说不说的和没听见一样。保安队还是快速前进,他们想三步两步闯过锁井。见这情况,大贵和朱庆赶紧动身跑回来,把情况向运涛做了报告。运涛看劝告无效,扭过头对江涛说:"怎么样?来吧,先吓唬他们一下子再说?"江涛点个头说:"你指挥吧!"

大贵说:"对他们就得连吓唬带劝说。"

运涛下了决心,拿过老占的盒子枪,首先向空中开了一枪,紧接着大枪一齐响起来。游击队员们第一次打仗,趴在堤坡上大杨树底下,凭借着有利的地形,一阵阵射击着。保安队一听对方开了枪,也慌忙打到隐蔽地带,开枪还击。县长和车上那些家眷们,跟头骨碌地滚下来,找个隐蔽地方藏起来。江涛和张嘉庆蹲在堤坡上大杨树底下,监视着敌人的行动。子弹如同火色的飞虻,一群群腾上树梢,啄下一片片秋黄的叶子。在运涛的身旁,一群群飞虻跳在地上,腾起一股股干扬的尘土。他嗅着烟硝的气息,细听各种杂乱的枪声,由不得笑了说:"听吧,门当户对,都是老套筒,老得没牙了!"

严萍觉得有些好奇,弯着腰从堤坡下头跑到运涛跟前,说:"怎么?听枪声你就能……"

运涛说:"各种枪的声音,都不一样!"又问:"你不是怕炮声吗?"

严萍笑了说:"那是年轻的时候,不知怎么,大革命起来什么也不怕了。"

运涛说:"这也是锻炼出来的。你在这革命的熔炉里熔炼了这么多年,经过几次政治波浪,当然思想上会有很多进步的。"说着,打发庆儿叫了各中队长来,嘱咐他们:"今天借机会试试枪支,看看有什么毛病。不要瞎放枪,要节省子弹,我们的子弹是没有来路的!"

陈金波说:"我才说试试枪,怎么也打不响。一看,早没了撞针!"

张嘉庆瞄了他一眼,半讥半诮地说:"这就叫秀才造反三年不成,你算是嘉惠了敌人!"他不经意地脱口而出,他没考虑这句话应该怎么说法,对于他们——溃乱中的封建势力,当然要尽可能争取他们站在抗日战线上。陈金波听得说,腾地羞红了脸,低下头去,再也不说什么。

枪声时断时续,响了半天,看看天快晌午,这头不放行,那头还在坚持战斗。两头都不见伤亡,都无力结束战斗。运涛说:"他娘的!真是欺侮老头没辫子,来,嘉庆!打他一枪!"说着,张嘉庆把盒子枪插在腰里。游击队员们听说张队长要打枪,都喊起来,都知道张嘉庆好枪法。有人把一支新三八大盖送到他的手里,他拉了拉枪栓,看了看枪膛,拉长了嗓音大叫一声:"朋友们!不客气了,先拿你们的帅旗!"喊着,一声枪响,眼看车上插的那面小白旗呼啦地倒下去了。

游击队员们停止了射击,一起鼓掌叫好,说:"再来一下!"

张嘉庆说:"算了,就这一下,好货不多见,都是中国人!"说着,那头也停止了射击。运涛笑了说:"嘉庆同志真是好枪法。"

正在这刻上,堤北里远远走过一个人来,慌忙地走着,大声喊叫:"停住! 停住! 别打了!"走近一看,原来是严知孝。他走着,不住地弯下腰喘气,严萍赶上去扶住他。严知孝说:"不能打了,无论如何不能打了,有塌天的大事担在我身上。那不是别人,正是咱县的县长,要去静海看家,拐回到大后方去,现在我家里呢,走吧! 到大街上去谈谈!"

严知孝拉住运涛、江涛和张嘉庆向西锁井去。路上严知孝探询运涛,问他的主意。运涛指着手里的枪说:"目前在抗日战争里,就是缺少这个玩意儿。要是有了枪械,我们有的是人,有枪有人,队伍就成起来了。"严萍也说:"爸爸! 他们到大后方去,那里枪炮子弹有的是,我看让他们把枪留下。"严知孝点点头说:"商量一下吧。"

严知孝自从"九·一八"以后,日本鬼子进占满洲,攻击上海后就无心教书了。从北平回来,江涛出了狱,他就把保定的小房交给朋友,和严萍搬回乡里,在故乡定居。凭着他父亲的老势派也常有人因乡俗事情来找他,因他和衙门里的人有些来往,也断不了进进城,走动走动衙门,消遣光阴。在调解是非上,他既不希望哪家把官司打胜,也不希望哪家把官司打败,只是做些息事宁人、调节口角是非的事。这样一来,他的名声就大了,因为他是读书人,谈吐不俗,而且说话一往直正。一说起严知孝来,城里人们都佩服。今天县长来拜访他,也是因为在县里常听到人们说,再者有着严老尚的时候,惯爱标榜自己,扶危救国;凡是远来的、近走的,有什么困难,有求必应。父亲传下这套衣钵,严知孝也还遵循这个老习惯,只要有人找到他的门上,没有不答应的。

严知孝拉着运涛江涛和张嘉庆走进鸿兴荤馆,打发掌柜的把王楷第叫了来。王楷第满身风尘,黄瘦的脸,袍子马褂上沾满了泥土。一进门,先哈了个腰,摘下红风帽,露出黑缎子帽盔红疙瘩。他说:"对不起,既有冒犯,理应到府赔罪!"他拱起两只手,深深地弯腰作了一个揖。

严知孝起立让座说:"没说的！这是救国会的运涛、江涛和张队长。"又指指王楷第说:"这是我的老朋友！今天你们既然来在我的门下,我做东道,请诸位喝杯酒！"说着,得意地捋着他的苍白胡子。

王楷第又站起身来,弓下腰,连连打拱说:"实在对不起！实在对不起。"

严知孝左手抓住王楷第的袖子,右手抓住运涛的手,喘了一口气说:"我先说一句,今天天气冷,又刮北风,你把人撤回宿营地。"又对王楷第说:"时辰不早了！你也打发人们赶紧进镇,打打尖吃点东西。"他又摇着两手说:"不论有多大误会,今天由我一人承当。不然,今天这事我就不管了！今天咱们都是朋友相见,简短截说,有一句说一句,说一句算一句,我严知孝向来不说废话。"说着,他打发跑堂儿的端上酒菜,又支使严萍给大家斟酒。休息片刻,他两手扶在桌子上对运涛说:"你说说你的意见！"

运涛立起身来,敞开洪亮的嗓音说:"我代表救国会,以广大群众的名义建议:国家官吏,应该守护国土。弃官逃走是不应该的。你们平时挣钱养家,搜刮民财,吃不完,穿不了,享尽人间富贵;日本鬼子一来,广大群众希望你们抵挡一阵,可是你们一溜烟往南跑。既是跑回大后方也罢了,可是你们要往平津跑。"过去,运涛在统治阶级的压迫之下,多少年来,心里的忧郁无法发泄,今天如同决堤放水,话也收不住了,扬眉吐气一直说下去。

王楷第看运涛慷慨陈词,脸上红堂堂的,他小腿肚子打着颤说:"实在惭愧！在下本来是坚决抗战的,不然也等不到这会儿才走。不过上了几岁年纪,万一打起游击来又不方便。因此张总指挥调我到南边去。可是,家有八旬老母在堂,我又想回去看看。"

运涛说:"你可知道中共中央提出的统一战线政策？"

王楷第听得问,两只眼睛盯着看严知孝,看他怎么摆布这盘棋。严知孝看运涛态度强硬,便说:"甭多说了！这统一战线政策,无非是各党各派各阶层都参加抗战。叫大家都有机会参政,集中力量对付日本帝国主义!"

江涛说:"统一战线之下,有钱出钱!有枪出枪!如有贪官污吏,拐款携械潜逃,那是不能允许的。"

王楷第看江涛的神色,想到"拐款""携械"确实是个不小的罪名,深恐引起再大的纠纷。他明白大车上确实有大批库款。想到这儿,两脚不由自主地颤抖起来,额上沁出几颗大汗珠子。

严知孝看今天场面不平稳,运涛态度强硬,江涛和张嘉庆脸上也有些风火,于是他郑重其事地说:"今天,我们就是相见以诚!有什么说什么。站在朋友立场,消解纷争!"他因为多喝了几盅酒,脸上泛起红光,喘着气,两只颤抖的手举起酒杯说:"我说句公道话,两方要是遵服,请满饮这一杯。要是不呢,你们打你们的仗,自此以后,在朋友场中,我严知孝就再不出头了。说实话,王县长是有了年纪的人,愿去大后方就请去,但就不必回静海了。谁不知道静海县离天津八十里地,一日之遥就到鬼子那头。救国会这头,都是真正的保卫国土的人们,可枪支弹药是缺乏的。"说着一口痰涌上来,憋得满脸通红了,喘息了一会儿,才又闷声闷气地说:"这么办,王县长带上足够的银钱旅费,带上车辆和警卫人员去大后方。其余的人和枪炮子弹留下来抗战吧,这样办,对国家对民族都有好处!"

运涛一听,就势说:"严老先生的话,我们完全遵服。来!看在严老先生的面上,我们喝干这杯酒!"说着江涛、嘉庆也端起酒杯,仰起头一饮而尽。

王楷第瞪着眼,呆呆地看着这局势,觉得事出意料之外,但也无可奈何,只是勉强端起酒杯说:"好!国难当头,我也满饮这一杯。"

严知孝看第一炮打响了,他悲壮地举起酒杯,浑身打着哆嗦,两滴泪流在眼眶上,用黄钟大吕的声音说:"咳!时至如今,也无话可说了!这就到国破家亡的时候了,我们祖先留下这样大的版图,只可惜他不孝的子孙们无人守住疆土。眼看国土沦丧,这亡国奴的帽子就要戴在我们头上!咳!王老,你要上大后方去,你就请去吧!我是不走的,我要停在这里看着,看看到底有哪一个能作为祖国守土的疆吏!救国会拿起枪杆抗日,与倭寇周旋于敌后,是好样的!中华男儿有人守土抗战,真乃可喜可贺!现在两家纷争算是解决了!"他痰喘了两声又振作了精神,义气轩昂地说:"古语有云'燕赵多慷慨悲歌之士!'于此可见!"

运涛见这位老人真的动了情,也悲壮地举起酒杯,用洪亮的嗓音说:"好一个'燕赵多慷慨悲歌之士!'来!共饮这一杯!"

说着,大家共饮了这杯酒。

吃完了饭,王楷第带了一辆大车,几匹牲口,二十多个保安队员,带上家眷、行李,就起程向大后方走去。张嘉庆和江涛把王楷第留下的保安队,编了一个特务中队,补充在大队里。朱老忠和庆儿他们把车、马、枪、炮、子弹拉回东锁井,放在冯老锡大院里。朱老忠笑眯眯地说:"好啊,咱们这家业闹起来了!有了大车,有了大骡子大马,来吧!这'日'可就抗大了!"张嘉庆拉了运涛一把,伸出大拇指头说:"好!没白参加北伐,没白住了监狱,没白上了延安……"严萍听了,也在一旁笑了。江涛也挺高兴。

救国会解决了保安队后,算是得到一个大的胜利,也就把冯贵堂释放了,目的是叫他看一看形势,叫他有所觉悟。运涛认为这是分外的希望,江涛和嘉庆却认为形势变了,也有可能。严萍没有说什么。

三十七

冯贵堂眼看着救国会解决了保安队,也就镇压了锁井镇上的封建势力。他秉性难移,实在有兔死狐悲的感觉。回到家里,成天价唉声叹气,忧惧焚心。他失去了亲生女儿二雁,直到如今没有消息,不知道这孩子落在什么地方,什么人家。他觉得女儿的丢失,比绑了票,比撕了票还难过,风声传出来,丢人也是一件大事。再者,游击队查哨不留情面,直在队部里关了几天。几个姑娘的装相,不用人说,自己也觉难看极了。第三件事情是,棉花、布价受了战争的影响,大遭赔累。他的脸色,不几天就像焦梨一样黄下来,眼窝陷进去,两撇黑胡子乍起来。依他的秉性,向来是骑在别人脖子上拉屎,凡事不让人的。血管里滚动着剥削阶级的血液,一旦受了什么委屈,当权派盛气凌人的报复情绪,就在心房里鼓噪着,叫嚣着。这几天,他一睡下就做噩梦,在梦里咬牙错齿,说着胡话。白天像个老虎一样的龇着牙,瞪起眼珠子哼哼着,唬唬地,恨不得一嘴吃个人。

冯贵堂的老毛病:斗争越是尖锐,性格变得越是阴险,行为越是残忍。这几天他很少上街,成天价坐在过厅里,盘算着报仇的阴谋。他给唐河岸上的大劣绅佟老五写了一封信,打发人秘密送去。

时运不济,走着一条路的人们就会遇到相同的遭际。他在烦闷中,拜访了大刘庄村长刘老万。刘老万也和他遭到同样的损失,运到天津去的棉花,因为战争的硝烟起火了。他逃难回来的路上正遇上了溃兵,所有衣服财物都被抢光了。这天晚上,冯雅斋在烧锅上装了瓶二锅头,在熏鸡柜子上拿了两只烧鸡,走到冯贵堂家里来消愁解闷,舒散心情。冯大奶奶打发珍儿把冯贵堂从炕上叫起来,冯雅斋说:"几天不见叔叔,身上不好?"

冯贵堂打个哈欠说:"不怎么样,就是心里烦闷点,这个世道……"他走过去掀开门帘,看看屋外没有别人,又走回来说:"他们关了我,我也不能叫他们舒服过去。"

冯雅斋说:"真是想不到的事情,中央军退得这么快,出乎意料之外……"他说着取出信来,放在桌子上,又说:"黑旋风来了信,你看！还问你老人家好！"

冯贵堂拿起信来看了看，一下子睁开大眼睛说："对嘛！就是这么办。我跟你说，侄子！别老是在家里当大少爷了，该出山了，还得出山才行。你看上头有阅轩照着，下头有咱冯家大院的声誉，说干就干起来！当然，黑旋风搞队伍不能算是正支正派。可是，树大阴凉大，将来慢慢就扶了正了。你看江涛就是这么几百人，就在县里占山为王，主起事来。听说东边孟庆山成立了什么游击军，南边又来了个吕正操，成立了人民自卫军。佟老五也在唐河岸上闹起联庄会来。我看哪，趁水和泥，管他抗日不抗日，先抓他两把，把队伍搞起来再说。将来谁的风硬跟谁跑，你看怎么样？要不呵，大侄子！谁知道这世道成个什么样？"一边说着，两撇黑胡子一翘一翘的。

冯雅斋说："我也是这么想，不然，将来也无非是砸蒜罐子里长豆菜，非窝囊坏了不行！"

冯贵堂伸手撕下一只鸡大腿，右腿蹲在椅子上，张嘴大嚼。边嚼边说："常言说，识时务者为俊杰，好汉子不吃眼前亏。没有人就没有势力了，没有力量了，你算没有办法。你看，这衙门口里连咱一个人也没有了，他捏咱成圆，咱就得成圆；他捏你成扁，你就是个扁，是不？我看你别犹豫，说这么办，就这么办！不然，将来也得卖后悔！……来，喝！"

冯雅斋喝下一盅酒，说："这股红气要是不压下他去，可显得咱们太软弱无能了！"

冯贵堂把手在桌子上一拍，说："是呀！咱冯家大院里，几辈子可没吃过这窝囊，方圆百里谁敢说咱个'不'字！黑旋风骑马过锁井，还下马参拜咱呢，就是这共派他不认头。这事咱也想过了，自从十五年打了官司，二十年闹了暴动，咱不愿在本乡本土树立敌人，为子孙招祸。留下朱二贵朱庆他们在咱大院里扛长工。咱想：这么着有多大的冤仇也就解了。哈哈！就是给你过不去，私设刑房,他就是给你难看!我想,既有此以来,就有此以往,这话也只是咱捡着好听的说,要说不好听的,这是安排打虎捞龙计,先把他们笼络在咱的手底下,要老老实实,没有话说,他要老是掉鬼呀……"说着,左手拳紧,向下一按,右手向下一切,说:"看头!"他缓了缓口气,又说:"不是我今年五十开外的人了,我还想出山呢!"

冯雅斋说:"叔叔既然有这个话,我看我还是去,干好了,也能挽回挽回。"

冯贵堂已经喝得醉醺醺的,倒吊着两条眉毛,拧着鼻子说:"对!搞起来,先把这严家弟兄给我拾掇了。几百人算得了什么,也叫他们在大街上摆来摆去的?自古道:量小非君子,无毒不丈夫呵!是呗?你想想,快去!别错过了机会。再说,你去了,黑旋风他不敢小看咱们,你是旅长的亲胞弟,到哪里也拿得出去。人活一辈子,一生一世老守着个庄稼日子有什么劲?骆驼老了成不了马!这只是咱父子们说话,我已经给佟老五写了信去,在我当军法官的时候,俺们同过事,那人手眼大,有本事。他已经拉起联庄会来,我请他设法拉咱们一把!"

冯雅斋听了冯贵堂鼓劲的话,自觉气儿壮上来,说:"叔叔要是捧我的场,我就去!"

冯贵堂说:"去,没问题,我找老山头跟着你,给你当亲兵。这人很贴手,有什么行动,他给你挎着盒子保你的镖,去吧!"

冯雅斋说:"好!说去就去!"

冯贵堂说:"想吃饭的人早下米,去吧!我这院里给你备两匹好马,还有两盘皮鞍子,穿上军装,不然叫人家小看。"他煞有介事地说着,又走过来拍着冯雅斋的肩膀说:"大侄子!叔叔跟你说句老实话,你没看过三国吗,许劭说曹操是'治世之能臣,乱世之奸雄。'一点不假,甭听共产党瞎嚷嚷,依我看蒋先生这不抵抗政策,正是拖刀之计;先把杂牌队伍收拾了再说。你想,这华北半壁河山,蒋先生他能不要了?万无此理!我看哪,他使这拖刀之计,叫日本鬼子把这杂牌军队,把这些共产党收拾收拾,他就又回来了,这比诸葛亮的智谋还高。可是,这样高明的政策,骨肉凡人哪能看出其中的奥妙?真的到了那时候,大侄子!你就有了功了,成了'治世之能臣'了!"

说到这里,冯雅斋把屁股一拍,说:"一点不错,叔叔见识真高,我就去!"说着,戴上帽子,得意地开门走出来。冯贵堂送到大门口,见一个黑影从房檐上闪过去,他喊:"老山头啊,老山头!"

老山头听见有人叫他,趴着房檐问:"谁呀……是大当家的?"说着,他乍煞起两只手,踩着云梯走下房来,跟着冯贵堂走进过厅里,一见桌子上摆着酒菜,心想:"今日个又要吃犒劳了!"他异常兴奋,还没坐定,就说:"大爷!有什么吩咐的?"

冯贵堂捋着两撇胡子,轻轻笑着说:"哈哈!有什么吩咐,有酒没有知音,这酒也喝不下去了!"说着,举起壶来,给老山头斟上一杯酒,说:"快喝!"

老山头两手捧起酒杯过了顶,拱起腰来,头也不抬,饮下一杯酒去,连说:"担不起!担不起!"老山头听今天冯贵堂说话挺对胃口,这几年他在冯家大院里还没这么吃香过。这早晚,在上房屋里和冯贵堂平起平坐。冯贵堂说一句话,他身上就热烘烘的。几杯酒喝下去,他觉得身上热烘起来,袒开怀襟,露出满腔胸毛。他左手抚着胸毛,右手翘起大拇指头,说:"你这么着,我老山头这会说话,我是单身一条汉!大爷有什么用着的地方,即便粉身碎骨不辞!"他咬紧牙关,瞪起眼睛恨恨地说着,真是贴心置腹。他是个筒子脾气,听不得一句顺耳的话,听上两句温存话,就不认识东南西北了。

冯贵堂看他这架势就说:"好,你算是知心人!你看这共派儿,你看这游击队,在咱村一住,朱老忠俨然成了一村之主了,完全不把我放在眼里。这样下去,咱冯家大院的声势就被压下去了,你看这还成什么体统!我给你说,这要是在过去呀,四指长的小帖儿就能治他的死罪。这早晚,这人们走的走了,逃的逃了……"他掂着两只手,又在屁股上乱搓搓。

老山头睁起两只三角眼,说:"我早看出来,大爷这一下子窝囊得不轻,这用不着搓搓手儿,别看他瞎胡乱,就怕算总账。走着瞧!卖一手儿叫你老人家看看,怎么样?"

冯贵堂瞪圆两只眼睛,气势汹汹地说:"非给小子们个好看儿不行!"

老山头狡猾地笑了笑,说:"走着瞧吧!"

冯贵堂说:"好小子!缺钱花吗?"

老山头说:"不瞒你说,这几天手里不素。这一闹兵乱呀,这枪炮子弹可飞了盘子了!"俗话说,什么虫儿蛀什么木头,老山头就是吃这一行的。说着,他把匕首插在腰里走出来。

老山头喝得醺醺大醉,走到十字街上站了一会儿,听得远近村落上又响起马枪土炮。自从闹起兵乱,好多村上每晚有民团巡更瞭哨,枪炮声好像过年起五更一样响。当他在十字街上站着的时候,有几个游击队员在黑暗中走过去,看了看也没理他。他目送游击队员走远,一个人慢搭搭地走到高富贵家门口,见两扇小门虚掩着,推门进去,站在窗台根底下听了听,屋里有大梅花的笑声,也有冯贵堂说话的声音。他想:"他怎么比我走得还快?"另外一个人的口音可是生疏的,他咳嗽了一声,房里人冷不丁一口气吹灭了灯火,老山头觉得怪不好意思,走不是,不走又不是。于是,他趴在窗台上,低声说:"是我!当家的。"

冯贵堂在屋里搭话说:"是老山头?怎么咱俩走了一条道儿?"

老山头说:"是!大当家的腿比我还快!"

于是,火柴一划,满屋子又光亮起来。老山头走进小屋,冯贵堂和陈金波正在屋里吸着海洛因打高射炮。陈金波见有人来,揣起屁股要走。冯贵堂说:"坐着吧!这不是外人,都是家下人。"又说:"刘二卯说的那个?"说着,向老山头摆了一下手。

陈金波从腰里掏出个二把搂子,搁在桌子上。老山头拿起枪来,就灯底下看了看,说:"这,值不了多少钱,狗牌,切牌子货!怎么,你们也缺这么几个钱花?"

陈金波拧着颈子说:"甭提了,真是没劲!"

冯贵堂说:"你过去是公安局的督察,咱们倒常见面。如今你是游击大队的中队长,官运亨通了,我就高攀不上了!"

陈金波说:"别打臊皮了,这算个什么差使。别看过去当个小督察,一家吃穿还有余。干这玩意儿,连个买鞋买袜子的钱都没有,天天操课还挺紧。这是拾的一支破枪,弄个零花钱儿。再说,来了个老朋友,在清苑县公安局做事,也需要招待招待,听二卯兄弟说,老山兄弟是通这一行的。"

冯贵堂用手绢捏住他那鼻子,拧了一把鼻涕说:"怎么?你倒爬蹭上去了?"

陈金波说:"爬蹭什么?不瞒你们二位说,江涛那是敝人的老表亲。不过人家走的是那条路,咱走的是这条路。就是因为建立游击队的时候,咱拉了他一把。"

老山头说:"这就是了,拉了他这一把,队长你就一步登天了!"

陈金波连连摇头说:"不行,不行,人家是老革命,咱这往哪儿搁。张大队长,顶大是营长的衔,像朱大贵,又年轻,又能干,又有本事。咱这已经下半桥的人了,咱倒是想干出个样子来叫他们看看,没有这个机会,又有什么办法。"

冯贵堂说:"你们到底算是个什么根底儿?"

陈金波听说,急得搓搓脚,他说:"哪有什么根底儿,还不是没根的蓬蒿?"

老山头说:"那不成了土匪吗?"

陈金波摇头说:"也不能那么说,就算是个抗日的根底儿吧!不过,咱那个表弟呀,可是魄力过人。他哥哥回来了,那人要政治有政治,要军事有军事。在革命行里,那是才子,是一般人比不了的。还有那张嘉庆的枪法,哪……哪……那是真行!百发百中啊!"

老山头说:"你用着人了,咱给你挎个盒子,给咱碗饭吃不行?"

陈金波摇手说:"你算是不知道,老弟!他这班子人哪,还把得挺紧。有人加入,还得有抗日团体的保送,经过谈话,考查,根底儿不清,他还不要……我也想,看看不行,咱也想不干下去了。"

冯贵堂看势就势说:"也好!树挪死,人挪活!"

陈金波这几天有些烦闷。自从参加游击队,成天价不是上操就是上课,要不就是个别谈话;吃饭是大锅饭,干渣渣的小米干饭,熬菜添上一大锅水,甩上几把盐,浮头漂着几个菜叶儿。吃顿白面吧,蒸的那卷子像个枕头;睡觉就是一条大炕,铺的没铺的,盖的没盖的,伙伕马伕勤务员一块乱滚。他做梦都说胡话,"不图黎明,谁肯早起,这可算个啥?"他老是打听哪里有成立队伍的,想离开这儿。

前两天他曾找过江涛,要求到才成立的那个特务中队去工作。他说,和那些保安队们生活熟悉,合得来,好接近。其实,他就是不愿和这老农民们在一块。他觉得脾气秉性不合,要多别扭有多别扭,动不动还提他的意见。江涛向他解释:既然参加了革命,就应该安心,埋头苦炼一番,学习学习!过去过的是那种生活,今天只有和工人、农民打成一片,多接受他们的意见,才能改造自己,改造世界观。说了几次,也钻不到他的耳朵里去,什么抗日,什么工作,什么工人,农民,都是对牛弹琴,风马牛不相及,他心上像长了茅茅草。陈金波自从他老辈子祖宗就住在城里,在衙门口里当差役。他过了几年公安局、保安队的生活,帮助乡下人打打官司,弄个呈文状纸混碗饭吃。他的生活早与人民、与土地绝缘了。

自从那天打仗的时候,参加不上战斗,他就心怀不满。他总认为张嘉庆看不起他,想立个大功,叫人们看看,又没得机会。他跟张嘉庆说：有一个朋友，是清苑保安队的，在唐河岸上，他有一部分武装，现在这些武装被有名的佟老五把持。他说他有把握，把这部分武装拉过来。死乞白赖地谈了好几次，张嘉庆迫不得已，才注意了他谈的这个问题。

冯贵堂、陈金波、老山头谈了一会子心里话。大梅花捏了几碗饺子来，每人一双箸，一个小醋碗，醋里漂着捣烂的蒜泥儿。吃完了饺子，老山头先走出来。

这天夜晚，天上有大厚的云彩，夜黑天。

老山头身上披块布袋片，把匕首掖在腰上，悄悄地走出西街口。从村北里绕了一个大圈，绕回来钻进苇塘里，蹲在小道一边，用手遮着阴影，瞪着三角眼睛，东瞧瞧西看看。天气冷了，西北风刮得芦苇嗦嗦地响着。他孤身一人蹲在那里，听半夜驴叫，远方犬吠，薄明的鸡啼……他黑上心了！

在阴森的大苇塘里，老山头一连等了三天三夜。最后一天晚上，他又来等着。风刮得更紧，天更加阴沉，像漆马一样黑。在黑暗里，只看得见白茫茫的芦缨摇摆。冯贵堂家大叫驴叫过以后，听得苇塘东头来了一个人，随走随跑，嘴里打着童音的口哨，吹着愉快的小曲子，是老占走过来了。老山头只怕错过时机，心上扑通跳着，向路边移过几步，悄悄地站起身来。等老占走到跟前，一个饿虎扑食扑上去，把老占的脑袋搂在怀里。老占为了抵抗外来的扑打，机智地咬住老山头的胸脯。老山头的右手，却像五股钢叉一样，插进老占耳下的腮际，趁老占因剧烈的疼痛抖动下颚的时候，又以迅雷不及掩耳之势，把预备好的棉团塞进老占嘴里，伸开右臂夹进苇塘里，摔在地上。老山头又用双手卡住老占的脖颈。当他迈动两脚，想把全身的重量骑在老占胸上的时候，老占举起两手搂住老山头的下体，左掀，左掀，顽强地掀，掀得老山头抽动着全身的筋胳，觉得疼痛难忍，眼前一阵浑黑，眼珠迸出火星。在全身疼痛中,老山头伸手从腿带上拔出匕首,猛地向老占胸口上插进去。腥味的鲜血一下子喷射出来,喷到老山头的脸上。老山头瞪出三角眼睛,又向老占胸上连插了几刀……老占抽动着身体,不一刻,他的挣扎消歇了,刀口上咈咈地出着气,泛出血水,汩汩地流着……

老山头站在一边,愣了一会。他完成了一件长久的心愿,把带血的匕首扔在地上,出了一口疲乏的长气,从老占身上摘下那把枪,机灵地打着寒颤走出苇塘,又向村北迂回了一个大圆圈,转回冯贵堂的场院。他一个箭步跳过短墙,正蹚住草堆里卧着的狗。那狗扔地蹿出来,摇着尾巴,龇开牙狺狺地叫着。他吓唬着,那狗听得是熟人,才停止了吠声。可是它嗅到血腥的气息,又吐出长舌头舔着嘴唇跟上来,嗅嗅这里,又嗅嗅那里。

老山头走过场院的时候,从马棚里走出一个人来,是冯大有。他喊:"谁呀?"

老山头说:"是我!你还没睡?"

冯大有说:"我听得有个动静儿,开门一看,是你!"他鼻子唏嘘着,嗅嗅左手,又嗅嗅右手。说:"唔?怎么这么腥气?"

老山头说:"那是你喂牲口的豆腥气。"

冯大有心上打了个寒颤,说:"咳!天又冷了!"说着,走回马棚去了,呱嗒地把门关上。

老山头乍煞着胳膊,踩着云梯上了房顶。从房顶上转到里院,趴在过厅窗檐下,低声呼叫:"大爷!大爷!"

冯贵堂正做着噩梦,在梦里听得见有人叫他。他打了个愣怔,出了一身冷汗,急忙披上衣裳,惊诧地问:"谁呀?"老山头说:"是我!老山头,快开门!"

冯贵堂仓皇溜下炕来,开了门,看老山头踩着梯子走下来,进了屋。冯贵堂闩上门,划火点着灯亮一看,老山头浑身上下成了血人,活像赛太岁李七。冯贵堂浑身簌簌打抖,说:"我那天爷!你这是给谁打的?"说着,浑身上下抖颤圆了。

老山头口吃着说:"不,不是叫谁打的。把,把那个小警卫员给他收拾了,这不是……"说着,咕咚一声响,把盒子枪扔在地上。

冯贵堂听说收拾了一个游击队员,立刻心里抓起花椒来,口吃着说:"这,这,这是干什么? 你这一身血衣可是怎么办?"这人懂法律,他明白有不少凶手,是以血衣为线索破了案的,说着,不住地抖着嘴唇。

老山头说:"刨坑,埋上!"

冯贵堂说:"那有新土,明天,人家要搜!"

老山头说:"藏在衣柜里!"

冯贵堂睁起大眼睛埋怨老山头:"那不成了铁证?"

老山头直觉口里发渴,心里烦躁,刹那间,他觉得冯老大真不够朋友! 开始,他鼓励他犯罪,如今生米做成熟饭了,他又害起怕来。他懊悔地自言自语:"真是孬种一个!"

冯贵堂拿出衣裳来,叫老山头换下血衣,低着头,拍打着脑袋想了半天。冷不丁抬起头来,左手拿了钥匙,右手拿了电棒,说:"来!"

老山头抱起血衣,跟着冯贵堂走到后院大仓房里。用电棒晃了晃,大谷囤上还靠着梯子,他说:"上去!"

老山头爬到谷囤上,把那团血衣踩进谷子里。冯贵堂把门锁好,两人一同走回去。冯贵堂捋着胡子笑了,说:"你出去的时候,有人知道吗?"

老山头呆呆地说:"没有!"又说:"咳! 我在那里等了三天三夜呀!"

冯贵堂又钻着心地问:"回来的时候,有人看见吗?"

老山头实在讨厌,他心里很乱,觉得冯老大实在太啰嗦了,他摆了一下头,说:"没有! 没人看见!"

冯贵堂走了去拍着老山头的脑袋说:"好! 好小子,敢干!"又把嘴头凑在老山头的耳朵上说:"可要保守秘密! 吭,走漏了风声,非同小可！"他又伸出手掌砍着老山头的脖颈说："你这脑袋要搬家！"他扯起老山头,扑通地跪在地上,指着地上的盒子枪说："谁要是走漏了风声,这玩意儿就是他的对头！"

老山头点头如捣蒜,说："对,谁要是冒出来,天打五雷轰！"

冯贵堂打了一盆水来,叫老山头洗了脸,又把那盆血水倒到厕所里去。他觉得这样是十拿八稳的。回来,冯贵堂拾起盒子枪,摘去木套一看,是一支二把、插梭、二十响,德国制,就是锈了点,长了点斑。他低着头纳闷说："唔？好眼熟啊！"

老山头听得说,也心上惊诧了一下,说："我也好像在哪儿见过！"

冯贵堂问："这枪,是谁带着的？"

老山头说："游击队上的警卫员。"

冯贵堂一听是游击队上下来的枪,又惊又喜,心头又打着哆嗦问："谁的警卫员？"

老山头说："就是那个……"说着,他把嘴头儿放在冯贵堂耳根上狠狠地说："游击队上张大队长的警卫员。"

冯贵堂瞪出眼睛,紧追着问："他是谁？"

老山头不知所措地颤着嘴唇说："张嘉庆！这人好枪法。"

冯贵堂听得说是张嘉庆手里出来的枪,两只眉毛蛾儿似的扑尔冷的飞起来,他右手拿着枪,颤抖着,一只脚踏在椅子上,冷笑着说："哈哈哈哈！枪啊！枪！你又回到老家来了！"他眉飞色舞,活像逍遥津里的曹操。

老山头怀疑他着了魔,惊慌失措起来。说："你这是怎么了,你这是怎么了,这是？"

冯贵堂伸出两个指头说："这是五年前,我那老父亲使的那支枪。老人家拿它打死了多少暴动的红军,打死了多少共产党,老人家在镇压暴动里死去了,这支枪就落在红军手里。今天,今天它又回到咱的手里来了！"说着,他又惊又喜。他转念想了一下,脸皮立时松弛下来,心也凉下来,心上打着小鼓儿说:"将来世道一变,打死红军,打死共产党,镇压农民暴动,就是罪不容诛的大罪行!"

老山头不知道他心理的变化,妄自狂笑着:"是吗?哈哈,怎么这么巧!"

冯贵堂觉得事已至此,生米做成了熟饭了。他掩盖了罪恶的脸,像玩戏法一样,咕咚地跪在地上,啪!啪!啪!连磕了三个响头,恨不得是泥捏的脑袋该把它磕碎,震得屋里的柜子嗡嗡地响,他说:"老山兄弟!你为我报了杀父之仇……我就谢谢了!"说着,把唾沫抹在眼上,好像挂下泪来,故意叫老山头看见,他说:"事情是你办的,可就是有一样,将来如果有了问题,你可得挡着!"

老山头没听懂冯贵堂的话,不知道他是什么意思,也咕咚地跪在地上说:"我的爷!这是干什么,有用着我的地方,咱还是那句老话,粉身碎骨不辞!"

冯贵堂睁起大眼睛说:"以后要是犯了事,你可不能连累我!"老山头迟疑了一刻,他想事情已经到了这刻上,只有如此!他说:"不,不能连累你!"说着,搀起了冯贵堂。

冯贵堂见刘备摔孩子的方法成功了,从柜子里拿出一瓶酒,两人对饮,直到天色明亮。

第二天早晨,冯雅斋穿上旧呢子军装,大皮靴。老山头穿着一件新棉袍子,挎上冯贵堂祖传的盒子枪,两个骑上冯贵堂的马,扬鞭打马,穿过锁井街心,到深县参加抗日军去了。

三十八

通讯员老占深夜送信不见回来,张嘉庆心上有些急躁,当天晚上叫了中队长们来,吩咐他们的中队以班为单位,去找寻老占的下落,找了半夜也没找到。天刚发亮,他就找到江涛和严萍,研究情况:从镇上的阶级关系和斗争历史来考虑,大致可以肯定他是失踪了。

江涛不显山,不显水,一清早照例洗完脸,在村边上看战士们打野外。西风在秋黄的苇丛上响着,野地上、坟山上和树林里,铺满了一层白白的霜雪。战士们踏着霜花弯腰跑着,做着各种战斗动作。他站在村边上看了一会,耐着早晨的寒凉走回来,把严萍叫到金华屋里,说:"今天我要走了,到人民自卫军司令部去。嘉庆带着部队到清苑去,在唐河岸上打打游击,扩大队伍。运涛带春兰到白洋淀去,找保属特委接关系,再到游击军司令部去。你带上一个中队到城里去建立政权,委你当咱县里的县长……"

江涛还未说完,严萍噗哧的一下子笑了,红了脸说:"我可干不了,我怎么能当县长哩,当个教育科长就行了!"说着,坐在炕沿上,低下头,用手指划着席花。

江涛说:"看!你还是老观点,凭着你多少年革命的锻炼,怎么连一个县长也当不了?过去,我们闹群众运动是为了政权,有很多同志为了取得政权流了鲜血。今天,在有利的形势之下,政权落在我们手里,我们还不好好去掌握?"

严萍抬起头,看着房梁上,说:"我也明白列宁同志的遗教,无产阶级革命要先取得政权,可是我不知道进城去了,把我这两只脚搁在哪儿,把我两只手放在哪儿。"

江涛说:"不用胆怯,一切由党做主。当然,目前正在混乱局面,兵匪不分,汉奸很多,掌握这个工作不是容易,可是不能知难而退。再说,有严老先生的威望,你去掌握这个工作是有着有利条件的,一旦出了什么事情,严老先生还可出来帮忙。要叫别人去,困难更多,封建势力不会老老实实地倒下,你看我们还有谁?政权工作是重要的,也不能叫随便一个人去做,要是落在地主阶级手里,广大农民又该倒霉了。"

严萍只好答应去做这个工作。江涛看着严萍绞拧着身子,低下头不再说什么,心中泛起了一种说不清的情绪。他觉得这个出身书香门第的弱女子,在沧海横流的时代,一直自勉前行,精神是可贵的。他还想说点什么,可一时又无从说起,只轻轻地说了一句,"保重自己吧,回来以后先去看你。"严萍抬起头来,闪亮的眸子里泪水盈盈,她又无言地低下头去,脸上泛起一片红晕。

江涛吃过早饭,把忠大伯、庆儿和伍顺他们叫到跟前,要他们马上发动群众找寻老占。他说:"一点不能麻痹,要提高阶级警惕!"说着,把两件衣裳打了个小包袱,挎在肩膀上,试了试又放下。

朱老忠打发伍顺喂饱了马,在冯老锡家借了一盘鞍镫,吃过早饭,他把马牵到大堤上,让江涛就着河神庙前的大石头上了马。朱老忠拍着他的肩膀说:"江涛!江涛!在这兵荒马乱的时节,你要出远门了,我也不能跟你去,你可要万分小心,万一有个什么不好,可是关系到革命的大事!"

江涛说:"是呀,大伯!"他翻身骑在马上,和朱老忠握了一下手,又向嘉庆、严萍打了个招呼,转身走了。马后头跟着四个背大枪的,直奔滹沱河的渡口。秋风冷飕飕的,顺着河筒吹过来。雪白的马尾,迎着风徐徐飘起,又徐徐地落下。到了河边,马立住,喝了一口河水,喷着鼻子渡过河去。他回头看了看,忠大伯还立在大石头上,捋着胡子眺望着。高大的杨树上,霜后的叶子飘飘落下。河水明亮亮的,澄明的高空里有两只白鹭飞上青天。

嘉庆看着江涛走远了,走回来,叫了大贵、陈金波来,坐在办公室里,研究到唐河流域打游击的问题。他问陈金波:"唐河两岸的村庄,你熟悉吗?"

陈金波哈了个腰,坐在椅子上,抽着香烟说:"我小里住姥姥家的时候,在唐河岸上住过几年。在那时候,认识了一位朋友。那里的村庄……"

谈到这里,张嘉庆截住他的话头,嘴上叼着烟斗,眯着眼睛看着他,问:"那时候你的年纪恐怕很小吧?"

陈金波说:"是呀!那时候我和我的朋友,一块在唐河汊里摸鱼、打雁。那里鱼可多呀,到了这秋天雁也很多,都是一群一群的落在麦苗地上。不信,我们打游击到了那里,我领你去看,也试试你的枪法。"

张嘉庆听他扯得太远了,给他斟了一杯茶,说:"你的朋友是干什么的?"

陈金波说:"他吗?他也在公安局里做事情。卢沟桥事变以后,他和佟家庄的大财主佟老五拉起了一股儿队伍。那队伍被佟老伍把持了……"

张嘉庆对那里的村庄、人物都很生疏。曾记得在一九三二年,二师学潮之后,在李豹家里住过几天,也了解了一些群众情况,可是眨眼之间,五年过去了,人情风土的变化,事变以后的政治情况,也就更不了解了。他听说陈金波的朋友也在公安局做事,一片阴暗的影子从脑子里闪过。他想:公安局是统治机关!和他们打交道不能掉以轻心。他又想到:过去因了多少次的疏忽大意,因了多少次的盲动冒险,遭到了失败,招致了损失!这一次,刚刚积聚起来的小小的革命力量,可不能再损失了!但是,队伍在这里训练了两个月,也需要打打仗,锻炼锻炼,扩大武装。于是他问:"佟老五有多少队伍?"

陈金波说:"那一带村庄都有联庄会,有上牌户成立的自卫团。集中起来,有二三百人,枪也不少,都是从联庄会里挑出来的好样的!"

张嘉庆想到联庄会是地主武装,是封建势力的爪牙,又联想到那一带封建势力的浓厚。他说:"佟老五是个什么样人?"

陈金波说:"他是个大地主,这个人在曹(锟)吴(佩孚)时代,当过军法处长,是唐河岸上顶有势力的人家,养着几十个看家护院的。我们要是能够和他搞好关系,说不定对发展抗日武装有多大好处哩!"

张嘉庆听到这里,踮起脚尖,抽着烟斗,盯着陈金波长着短胡髭的嘴巴,看他薄薄的、很会说话的嘴唇上有细致的皱纹,一张一合,动得那么快。嘉庆又问:"你的朋友为什么和他闹不好?"他觉得陈金波说得有些玄虚,心上忐忑着,倒也没有说什么。

陈金波听他老是问过来问过去,很觉烦恼,他想:这队伍要去收就去收,不去收就罢。这么问那么问,翻过去问掉过来问,活像审俘房!于是,他不耐烦地牢骚起来:"就是因为佟老五是个有了名的老霸道,放大账收高租,佃户债户们都恨他。再说联庄会也常苦害老百姓。我的朋友是个抗日的,对他很有意见,才找了我们来。"他前言不对后语,一壁编排一壁说着,小嘴头儿说得又干甜又响脆。

张嘉庆说:"那,这件事情,我们应该采取什么步骤?"

陈金波抬起头来,眯着眼睛,想了半天,才说:"咱们拉着大部队在那里一住,先威胁他一下,然后一切事情就好商量了。"

朱大贵在一边坐着,半天没有说话。听到这里,他想应该提出自己的意见,他说:"我看那里封建势力很大,联庄会很多,我们出去太远了没有把握……"但他思想上还不够明确,嘴上还不能肯定地说出不应该远去。

张嘉庆手里拿着烟斗,用指甲磕着烟灰,说:"不能存心收编人家队伍,他愿意和我们合作是另一回事。从统一战线原则来讲,只要是抗日的,我们就应该帮助他向着抗日、向着统一战线方向发展!"

朱大贵点了一下头,向陈金波说:"那地方离敌人据点有多么远?"

陈金波不耐烦地说:"离保定有二十多里!"

最后,张嘉庆下定决心,到那里去游击一番,锻炼锻炼队伍。

他说:"也好!那里地理人情我们都不熟悉,完全依靠你和你的朋友。可是,我们的队伍,只能住在唐河南岸,不能越过唐河线,因为那里离保定太近。"

陈金波一听,脸皮一下子拉下来,冷淡地说:"那么,叫我自己过河?那么信得准我?"

张嘉庆说:"最好是这样,因为你对那里熟悉,再说还有你的朋友。"

没等得说完,陈金波很不高兴地三步两步跨出房门。他想:"倒霉透了!才说立个功呀,江涛走了,剩下这两个小黄嘴子,拿不起来放不下。这么问,那么问,净是抠抠屁股舔舔手指头的手,想吃肉又怕烫嘴,没有一点慷慨劲儿!"接着,又长叹一声,说:"不入虎穴,焉得虎子呢!"他越想越觉丧气,回到队部里,又自言自语:"算了,算了,前心凉到后心了!干下这一场来,弄过点部队来,也算对得起江涛……"他觉得只有拉过点队伍,才能显出他的本领。他下定决心,一定是去,一定拉过点队伍来,才不摘面儿。

张嘉庆和朱大贵留在队部里,重新考虑了问题,亲自向唐河两岸派了侦察员,侦察敌人和联庄会的情况,了解群众的思想状况。不过他总觉得这是第一遭,心里没有多大把握。听了侦察员的报告之后,又过了几天,在一个早晨,部队才开拔了。

张嘉庆和朱大贵、陈金波,都穿上了新做的棉军装,把队伍集合在村北大场里讲了话。朱老忠站在场边上,抽着烟,捻着胡子,看着自己的队伍一队队向北走去。队伍第一次离开家,他心上很不放心。张嘉庆走过去和他握了一下手说:"大伯!我们打游击去,过几天就回来了。"

朱老忠说:"好啊,你们去吧!先打小仗,见好就收,多加小心没有不是。你看天道要冷了,我发动人们拾下些柴禾,等你们回来,叫你们睡热炕!"

张嘉庆纵身跳上马鞍,看着队伍走得远了,马蹬尘土,跑了两步跟上去,离远里向朱老忠招了招手儿,看着忠大伯捋着胡子笑着走回去。

黄色的平原上,长出一行行油绿的麦苗,旷野里驰着旋风。嘉庆打着马,驰过梨树林子,经过了多少村庄,看了多少绿水红叶。游击队员们第一次走在外乡的道路上,兴高采烈地唱着救亡歌曲,歌声一行起了,一行又落了。路上张嘉庆施展枪法,望高空打雁,在野地上打兔。游击队员们不断地鼓起掌声,觉得张飞同志是这样能干,跟着他出征,是多么幸福的事!中途休息了一夜,第二天黄昏,到达唐河南岸。找了个村庄住下,隔河不远是佟家庄。看好宿营地,借了房东的铁锹大镐来,在村边挖下工事,做好了战斗准备,就宿营了。

部队开拔的那天早晨,朱老忠从北场里回来,又安排着送严萍。严萍带上办公室的人们,带上特务中队,到城里去建立政权。运涛特别跟她谈了话,叫她穿上几件好衣服,因为人们还有势利眼,叫伍顺给她当警卫员,背着枪跟上她。

严萍今天特意穿上绸子旗袍,茶褐色的大衣,走在队伍后头,一进城门,立刻有很多人站在街上看队伍。进了县公署的大门,旧县政府的人们也都迎出来。她不等人们打招呼,就自动地走进县长室。差役见她如此气派,忙提水来沏上茶。她喝着茶,歇了一刻,打发差役们下去,通知救国会的各区主任来开联席会议。根据江涛谈的精神,她在会上,部署了今后工作,同时,把县委派她代理县长的问题,也做了说明。开完会,又到政府各局看了看,自动地做了介绍。在县政府对过的大墙上,贴上一张大红纸写成的布告,离远一看,像红高粱正晒着红米儿。

第一任抗日的县长到任了,这布告不贴则已,一贴出去,各部门留用人员、在城商会、四乡士绅都来拜客。他们一看是个女县长,都觉得新鲜,不住地点头咋舌,但一打听是严知孝的女儿,又都没有话说了。商会还要借题发挥,想搭台唱戏,在宴宾楼大摆筵宴。严萍说抗日战争了,一切要从俭,好说歹说,总算免了此事。从这里,她体会到所谓"权威",所谓"政权"的力量。随后她又招集旧县公署的三班六房,各科局人员开了会,讲了统一战线精神,勉励大家安心工作。她召示大家,只要是留下来抗日的,绝不更动;只有那些贪生怕死、开小差走了的,才罢职除名,另补新人。她感到:对于党的工作、群众工作,她还熟悉;如今闹起政权来,她是生疏的,她还没有画过一撇一捺。今天一进大堂门口,她就头发根一激灵一激灵的,坐在办公室里,也如坐针毡一样,心上忐忑不安。但一想到这是党的工作,是党的决议,革命若干年来,还不是为了夺取"政权",于是,她的思想又平复了。

她常常一个人走到这里看看,走到那里看看,几乎每一间屋子都看了个遍。她走动的时候,伍顺就背上枪跟着,一步也不离她,只怕这位年轻的女县长遇上什么意外。人们一看见伍顺背着枪站在门口,就知道女县长光临了。为了这事,大街上也起了议论,说:"女教员能当县长?兔子能拉轿车谁还买大走骡呢?"那位旧公署留下来的李秘书也觉得这位县长太不体面,年纪又轻,长得又面嫩,说起话来像小姑娘,出不去门,想劝她多做几件好衣裳,点缀点缀门面。他说:"这几个月来,行政费无处开支,做几件衣裳穿不成问题!"严萍听了也不吭声,只是眨着眼睛呆着,但没有批评他。她想:"这是长期改造的问题。他们跟统治阶级、土豪劣绅们打交道惯了,那种旧的思想意识,三天两早上哪能改造得过来?"

在衙门里住了几天,人们异口同声,说严县长为人还不错,虽然是个女人,倒很大方,待人也很和气,没有过去老县长那种官僚架子,愿和她在一块工作下去。也有的人说,和女人在一起工作总不方便,别光看她成天价笑眯悠悠的,两手捧着茶杯,在院子里走来走去,像个心慈软善的姑娘,说不定哪个时候她那白面皮会变成包公似的脸,铁面无私,对共产党忠心耿耿。有人心里嘀咕:"小心着点儿,'唯小人与女子难养也'。犯法,可别犯在这样人手里!"

过了几天,这种生活熟悉了,严萍心里也就舒展了。多少年来,颠颠跑跑,艰苦奋斗;今天,郑重其事地坐在大堂上,办起国家大事来,是做梦也想不到的。她坐在办公桌前那把弹簧椅上,轻轻念着:"啊呀呀!我们有了政权了!"可是,要怎样才能保得住这抗日的政权,倒是一件大事!

她正想着,大个头法警跑进来,穿着紧身小袄,挎着盒子枪,说:"有两个老头儿来找县长,一个叫朱老忠,一个叫朱老明。"她不等说个清楚明白,撒开腿就往外跑,转过花厅,看见忠大伯扛着小铁锨,搀着明大伯在大堂门口站着,摆了一下手,高声喊道:"忠大伯!你真会跟人开玩笑,到了我这儿不自己走进来,还要人传禀一声儿?"

朱老忠大声笑出来说:"你看看!你没看见门上有个扛枪的吗?这是抗日了,要是老世界,黑丁白人谁敢在这块地方走走!"老人们红光满面,扬眉吐气地又说:"本想迈腿闯进去,可是一到门口就给拘束住了,这是老思想!"

严萍说:"可不是,头一天进衙门的时候,身上要多不自在有多不自在!"

朱老明睁瞪了一下眼睛,说:"这就是大堂吗?"他用拐棍戳着地摸到大堂桌,用手拍拍说:"民国十五年,我连告三状的时候,第一状就输在这儿。那个王八崽子县官,一只手背在脊梁后头接受了冯贵堂的贿赂,一只手拍打着惊堂木,红嘴白牙地才拷问我呢!"

朱老忠站在大堂上,东张西望,看墙上挂着金色的牌匾,什么"庸我生民"呀!"公正廉明"呀!他想:尽管把他们的衙门搭致得天花乱坠,还是脱不了吃人肉喝人血的身形。于是说:"我看哪,把中间这块匾换了吧!换上'抗日人民政府'!又抗日,又是人民的政府,多光彩!把那些红红绿绿的都摘掉,咱们用不着狗日们的臭奉承!"

朱老明说:"对!我看是'暴动抗日政府'!这是说,先有了暴动,才有了政府。人们还指望着革命的时候,日本鬼子来了,人们就一齐起来抗它,看贴题不贴题?"

朱老忠说:"当然贴题,你说的那个更高一等!换了,换了,赶快换了!既是我们的天下,不能让它多呆一会!"

朱老明说:"换了吧!这会儿衙门口属于咱们了,说换就换!换!"

两位老人,在大堂上说笑了一阵。严萍领他们走过花厅,朱老忠问:"你领我们到什么地方去?"

严萍说:"到我住的房子去。"

朱老忠说:"不,你先领我们到狱监里去看看。"

严萍说:"那有什么看头?保定失守的那天晚上,砸开狱门把人放了,现在只剩下那些破房子了。"

朱老忠说:"我们看看那地方。"

严萍领朱老忠和朱老明穿过角门,走进监狱。他们看见高大的狱墙、囚笼和各样的刑具。朱老忠说:"狗日的们,在大暴动之后,拿了我们多少人,禁在这监狱里,戴上手铐脚镣。有多少老同志们,被他们严刑拷打折磨死了……"老人说着,眼里流下泪来。

朱老明说:"从今以后咱们也有了监狱了,他们好好抗日就还罢了,要是当汉奸哪,够狗日的们一呛!"

严萍看见两位老人又是悲痛、又是高兴的样子,慢搭搭地说:"是呀,这就是一把刀,汉奸卖国贼们拿住刀把儿,就会屠杀抗日力量;拿在我们手里,就是一件好的武器,对汉奸、反动派不留情面!"说着,严萍领他们走回来,进了里院。朱老忠见了县政府那些破房子烂屋子,七倒八歪的断瓦残垣,他惊讶地说:"这又是到了什么地方?"

严萍说:"这就是往日里咱们县太爷住的地方,县长室!"

朱老忠说:"哈哈!我看这也像个监狱,还不如监狱里整齐。

衙门口就像个绣花枕头,驴粪球儿外面光。在外头一看,有个豁亮新鲜的门脸,往里一走,这些破烂房子,比咱那两间小房还破。"

朱老明说:"上了古书的,'官不修衙'。宁自把搜刮来的钱财存到外国租界的大银行里,让子子孙孙永远享福,也不肯修修公家的房子。"

是的,这座多年失修的县衙,有的屋里看起来豁豁亮亮,其实墙上挂了席子,席上糊了白纸。揭起席子一看,是卤硷了的土坯,霉湿了的砖墙,墙壁是用鸡蛋大小的砖头砌起来的。看来看去,就是严萍住的这两间小房是新盖成的,屋里粉刷得还干净些。

朱老忠和朱老明坐在县长室里,喝着新泡的茶。他看那茶水黄澄澄的有多好看,捧着茶杯笑呵呵地说:"姑娘!我们听说你住了县政府,大堂上贴出报条来,你要坐堂理事,当起县长来了,心里慌得不行。咳呀!这可不易呀!打跟斗撂飞车,红里白里斗了几十年,我们的人这才进了衙门呀!我和老明同志说,走!咱们先去看看,老世界谁敢进官衙?如今成了咱们的世界!"说着,眼上又流下泪来。

朱老明笑着说:"别的甭说,再打官司,也冤枉不了咱了,咱底里有人了!"说着,摸出火镰,要打火抽烟。严萍见明大伯少眼没户,老是打不着火,忙划个火柴给他把烟袋点着。

朱老忠又连连说:"不易呀,不易呀!好好干哪!这是多少人的血,多少人头换来的!"朱老忠说着,看到窗外屋顶上长满了蔓草,满院里尽长着臭蒿子,想这草里还少不了长蛇和黄鼬,他说:"错非是他们,要是咱庄稼人们,早给邻家笑掉了大牙。你想,房顶上长了草,下雨的时候就要存水。一存水,这梁呀檩呀就压了沉重。再说,这草一扎根多老深,将来草死根烂就成了渗眼。房子一漏湿,檩木就糟朽,墙上就要卤湿,一栋新房不到几年就完了。"

朱老明说:"一会儿我先给你把草铲铲。"

朱老忠也说:"是呀!找把锄来,俺老哥俩给你把草除除。这衙门口儿,只要在咱们手里一天,也不能让它存在这个败家相!"

严萍说:"要是忠大伯和明大伯这么帮忙,咱们一块干,非把它收拾得干干净净不行!"

朱老明说:"是!一定要弄干净它!"又说:"闺女!我还要告诉你,政权拿在我们手里,不要一点官僚架势。"

严萍说:"是,大伯!我要是有了一点官僚架势,你们就发动群众批评我,轰着我走。"

三十九

张嘉庆带领的游击队,在唐河岸上住了三天三夜。第四天,佟老五派人接张嘉庆过河。张嘉庆坚持不去,他想这问题未经县委会讨论,未经江涛批准,所以事到临头,他又迟疑了,打算叫陈金波和他的朋友同去。陈金波要求朱大贵同志和他去一趟,张嘉庆不放心,只好跟他们一块去了,叫朱大贵在唐河南岸留守。

今年唐河两岸水涝,漫地里还有一洼洼渗不完的河水。滩地上遍生着芦草和水萍。当他们走过的时候,雁群从麦垄里飞起来,嘹亮地叫着,向黄昏的天边飞去,使人感到荒凉。一到黄昏,这一带村庄就如临大敌一样,点起灯笼,响着土炮。河水流得很急,他们就着无人的野渡,乘一只破船过了河,走到佟家庄。那是一个很富、很大的村庄,街面上尽是高房大屋,有一群群的骡马,在宽敞的大院里打着滚。街上站着岗哨,岗兵们托着枪,背着彩绸大刀,见了陈金波的朋友,问了声:"回来了!"互相点点头走过去了。

初冬天气,大街上有孩子们跑着玩,踢起的尘扬,和着烧炕的烟气,弥漫在空中。他们走进一所古老的宅院,四方梢门上尽是古式雕镂,吊着各样的牌匾。古时的朱漆,看起来还是红艳艳的。房子很高很大,是用长大的古砖砌成的,墙上长着褐绿色的青苔。陈金波的朋友,在外院的账房里招待他们洗脸吃饭。张嘉庆从那位朋友的言谈语貌和与人的关系上看,觉得很不像那么回事。陈金波似乎看到嘉庆很不耐烦,他说:"咱们今天只是在这里玩玩,会个面就回去了。"

张嘉庆点头说:"是,这地方不能久留!"说着,绷起嘴唇沉思。

话音未落,一阵脚步声,院里走进很多人,拉得枪栓噼啪乱响。张嘉庆也机警地摸出手枪,但他听得房上已经有人压了顶,又悄悄地把枪放回去。这时,门外走进一个人来,这人消瘦的脸,两撇小胡子,有五十多岁年纪,穿着长袍坎肩,戴着眼镜。他想:这就是佟老五了,便站起身来,弓起腰打了个招呼。佟老五不顾张嘉庆和陈金波打招呼,一屁股蹲在椅子上,冷笑着:"哈哈!你们办的好事!是来拉我的部队吧!唔?"他向陈金波和张嘉庆打量了一下,又反复问陈金波的朋友:"你说!是不是来拉我的部队?"

陈金波的朋友,头上不着脚下,支支吾吾地说:"这是我的朋友,来帮助咱们建立部队的!"说着,狡狯地笑了。

佟老五虎视眈眈地说:"还说!我伸出手指头,给你们指出人证来,放心吧!你们连一支枪也拉不走。"

说着,门外走进几个彪彪实实的小伙子,穿着紧身短袄,挎着盒子炮。房檐上也有人在喊:"缴枪吧!缴枪不杀!"

佟老五问张嘉庆:"你们是什么部队?"

张嘉庆镇静地说:"我们是第五大队。"

佟老五紧跟着问:"你们是什么第五大队?谁下的委?"

张嘉庆看风头不顺,站起身来,挺起胸膛说:"我们是救国会的武装,抗日的队伍!广大群众给我们下的委!"

佟老五冷笑说:"嘿嘿!救国会的武装?是共产党的红军吧?早听得说过你们那一伙,严江涛是个难斗的家伙,如今严运涛又回来了。可是,在你们那地方吃得开,到了我这一块儿,得听我的了!"他冷不丁大喝一声:"来！先把这小子的枪给我下了!"

张嘉庆一听,再也用不着犹豫,他手疾眼快,伸手抄起盒子枪来,刚要动手,不提防,旁边闪出一个人,一个箭步跳过来,接着啪的一个"颠尖",把盒子炮踢上房梁,啪地一声落在地上。当张嘉庆要跳过去抢枪的时候,早有一只脚把枪踩在脚下。

佟老五拍拍胸膛,哈哈地冷笑了。

在这时,张嘉庆屹立不动,他心上急切地跳动,身上发起烧来,怒气鼓动着胸膛,眼里冒出金色的火花。张嘉庆一生为人慷慨大方,大刀阔斧,敢作敢当。但是,他轻视了敌人的力量,放松了应有的警惕,他深感已经铸成大错。他气愤,浑身在发着抖,但是他又想,应该镇静,随机应变,利用一切可能,争取形势的好转。这时,佟老五狡狯地笑着,指着陈金波的朋友说:"怎么样？要动手？先把这小子给我拉出去!"

听得说,几个人把陈金波的朋友扯起来。但,他毫不害怕,似乎骄傲地走出房门。抽袋烟的工夫,只听得响起两声尖厉的枪声。其实这个人并没有死,他完成了一件重要的任务,去领功受赏了。张嘉庆心里说:这分明是杀鸡给狗看！陈金波眼巴巴地看着,心里扑通乱跳。他世俗的头脑,糊涂的心思,看不出诡谲的把戏。

天色暗下来,屋子里掌了灯。张嘉庆英勇地、毫无畏惧地盯着窗外的黑暗。有风声在村树上响起来。佟老五坐在椅子上,问:"阁下！你们来了多少队伍?"

张嘉庆看不见老恶霸的威风,听不见盛气凌人的喝声,瞪直眼睛,绷紧了嘴巴,没有回答什么。佟老五怒冲冲地问:"请问,你们来是为了什么?"

张嘉庆说:"甭问,我早就明白了,你们摆下了打虎捞龙计！你们派人请我们来,我们来了,叫我们帮助,我们帮助；不叫我们帮助,我们不帮助。我们认为你们是抗日的友军,才来和你们交朋友!"

陈金波也说:"我们是出自好意,叫我们帮助,我们帮助。不叫我们帮助,咱井水不犯河水,各干各的。"

张嘉庆不等陈金波说完,抬起腿要往外走。佟老五怒冲冲地把身子横过去,挡住门口,冷笑一声说:"哼哼!你走不出去了!"

这时,一群人嗡地走过去,伸出枪突住门口。张嘉庆气冲冲地说:"我为什么走不出去?"他指挥陈金波,"走!"

佟老五雷霆地跳起来,说:"混蛋!没有一个好东西!帮助,帮助,还不如说是赤化来了!"说着,他努了一下嘴唇。不由分说,几个彪形大汉拿着马鞭子拥上去,脱掉张嘉庆的大衣打起来。他挺直地站着,怒视着鞭梢的起落,并不动声色,连鼻子气儿都不出。他心上只有气愤,并不觉得疼痛。等打完了,他说:"你们无缘无故地拷打了一个抗日的战士,破坏了统一战线!你们想想,对不对?"说完了,他僵立在那里,再也不想说什么,只是昂起头,听着窗外的风声。

陈金波在一边发着抖,看看快轮到他的头上,扑通地跪在地上,浑身打着哆嗦,像筛糠一样。他一生谨小慎微,把兔子绑在树上才敢撒鹰。在小衙门口里,紧紧忙忙鼓捣一家人的吃穿,没有想到,一时好大喜功,闹到这步田地。他投机混入革命阵营,满脑子升官发财的意念,一旦死逼到眼前的时候,浑身骨头架子都散开了,牙齿上下打着嘚嘚说:"是!江涛叫我们来收编队伍,扩大武装!"

佟老五问:"有多少人?"

陈金波眼里噙着泪珠,瑟瑟地说:"两个中队,二百多人!"并没人说叫他跪下,陈金波自动地跪在地上,直橛儿似的,把头垂在胸前,失望地流着泪水。

佟老五说:"你们这位队长……"

陈金波说:"他叫张嘉庆……"

张嘉庆不等他说完,把脚一跺,骂:"闭上你的臭嘴!软骨头,给抗日的丢人!"

佟老五冷笑说:"哈哈!你还够朋友!不说,我们也会知道!张飞同志,你好枪法,大驾光临,要是知道……"他又哈哈大笑了说:"早该大刀伺候。"他怒气冲冲,大声喝着。佟老五取出胡梳,梳着小黑胡子,盯直了眼睛,说:"队伍在村南里集合!来人哪!把这小子给我捆起来……"

开始,对于皮肉上的痛苦,张嘉庆还能硬着心肠支撑过去,他并不害怕。经过党的教育,受过严重的磨难,这一切他都经受得住。但是,面对面受恶霸地主的污辱,这还是第一次,听到最后,他激愤了,觉得眼珠发胀,迸出火花,眼前一团漆黑。他鼓紧肚皮,攥紧拳头大喝一声:"佟老伍!你要知道共产党的厉害,蒋介石还和我们订下合作抗日的协定,你倒破坏起统一战线来,你今天要是害了我,共产党和抗日队伍是不会放过你的……"他还想多说几句,可是又有什么用处呢?

不等他说完,佟老五怒气冲冲地走上去说:"我向来就不听共产党说话,你说什么都没用。今天我就要收拾你,要给你们个好看儿!也好叫江涛弟兄受点教育。"

说着,有几个人走上去,要倒剪了胳膊,捆上张嘉庆。他把脚一跺,说:"捆什么?我是个共产党员,共产党是不怕死的!……"说着,瞪出眼睛,怒视着佟老五。阶级敌人并不理会他的愤怒,不接受他的警告的,还是倒剪了他的胳膊捆上他。一个阶级斗争的英雄,虽然经过了多少事故,闯过了多少难关,到了目前的情况,他不能插翅飞出去了,没有一伙自己的人来帮助他,只有听从敌人的摆布。

敌人押着他走到唐河岸边。他站在河岸上,听着河里潺潺的水流声,想起滹沱河上的流水,千里堤上的高高的白杨树,想起那柳林、苇丛,那可爱的家乡、可爱的革命的人们……在黑暗中,热泪扑簌簌地落下来,他可惜自己还太年轻,再也不能为党为人民做下一番事业。他想不到一时粗心大意会落到目前的境况。他昂起头,看着黑暗的天空,一句话也不说。

天上布满黑沉沉的云影,北风飕飕地响着。张嘉庆看见联庄会的队伍,一船船渡过河去。他想到了游击队,想到游击队的同志们个个是农村里走出来的勤劳的农民,虽然大部分是中国共产党的党员、团员和赤色群众,虽然有的同志经过了严重阶级斗争的锻炼,可是,他们毕竟只受了几个月的军事训练,还未经受过战斗,还经受不住敌人的袭击。他又想到勇敢的朱大贵同志,担心他还年轻。于是,他高声疾呼:

"中国共产党万岁!"

"抗日民族统一战线万岁!"

他想让北风把这响亮的口号飘过河去,飘进游击队员的耳朵里,使他们警惕起来,准备好战斗,保存下抗日的武装,保存下年轻的游击队。但是冬风是寒冷的,呼呼地响着,风声太大、太响,即便有再高的声音,也难使对岸村庄上的人们听到。佟老五狰狞地笑着,说:"哼哼!小伙子,好大的气性,扔下去……"

张嘉庆听到这里,惊诧了一下,全身的热血在血管中急速流着,耳朵里嗡嗡地乱叫起来。刹那之间,江涛、运涛、严萍、忠大伯、明大伯……战斗了多年的赤色战士们,都浮在他的眼前。多少年来,多少同志为了革命献出宝贵的生命和热血!今天,轮到他的头上,脚步已经走到死的边沿上,就再也无话可说了。猛地一群打手围上来,要捆紧他,把脚上拴上块大石头。他挺起胸膛来愤愤地说:"用不着,共产党员的骨头是硬的!"他猛地抬起脚踢他们,可是寡不敌众,到目前为止,什么也没用了。打手们一齐拥上去,把他异起来,异得高高的,要投入洪流漩涡之中。

他全身离开地,像是躺在人们的手上,抬起头看了黑暗的天空,看看黑暗的远方,睁开大眼睛,张开大嘴喊了声:"江涛同志!运涛同志!再见了!"

说着,他挣扎了一下身子,一个措手不及,挣脱了敌人的手,纵身跃下河岸的高崖,跌入深深的回流里。在黑暗里,在北风的呼号里,像是在激流的河水上扑通地响了一声,抛下一条黑暗的影子,在水面上转了个漩涡,不见了。风照样刮着,联庄会的队伍继续渡河,静悄悄的,一点什么声音也没有,再也听不到什么声音了……

唐河的流水呀,你吞噬了我们的英雄!冬天的夜呀,你罪恶的黑暗!

张嘉庆过河的那天清晨,朱大贵打发人去找李豹,想探听附近的情况。出去了一天,直到张嘉庆过河之后那人才回来。李豹没有来,李豹的父亲来了,是个高身材的老人,长着满下巴黑胡子,穿着蓝布长袍,腰里系着一条宽宽的蓝布褡包。进门就睁开大眼睛问:"是谁找小豹?"

朱大贵迎上去笑着说:"是我,大伯。"

老人睁着两只眼睛,在小油灯前觑着眼睛看了看,说:"你就是张飞同志派来的?"

朱大贵向前握了老人的两只手,说:"是,就是我,老大伯请坐。"

老人听得说双手一拍,抓住大贵的手,说:"听说是找小豹儿,我想一定是老同志们来了。咳!小豹那孩子他牺牲了!就在高蠡暴动的时候,他出去参加暴动,一去没有回来,想是早就不在人世了?"说着,老人流下泪来。又说:"咳!同志们来了,我要问问,我的孩子的下落。你是亲人,我这眼泪除非向你流,不能让狗日的们看见。"他用袖子擦着泪,哭泣着。又说:"咳!你看!他扔下我走了,这些年来,老的老,小的小,丢下一个女人和三个孩子。我老头子一个人种着几亩地养活他们,咳!好困难的日月呀!"老人说着,又抱起头痛哭起来。

朱大贵安慰着他,打发人打了酒来,要和老人喝两杯。在昏暗的灯光之下,老人睁着眼睛看着大贵说:"同志!你们来干什么?又想闹暴动?"

大贵说:"不,日本鬼子打到咱的门前了,我们想找到唐河岸上的老同志们谈谈,联系联系,该拿起刀枪来干了!"

老人一下子笑了,说:"是吗?告诉你说吧,同志!自从二师学潮、高蠡暴动以后,保定安上了行营,这里的党组织就被破坏了!剩下的同志在黑暗势力压迫之下,孤掌难鸣,谁敢动一动?"他又仔细地看了看大贵,笑了笑说:"好!你又拉起红军来?"

大贵说:"不!现在是抗日军了!"

老人点点头说:"都是一样,凡是共产党领导的队伍,都是不会糟害老百姓的,都是咱穷苦农民的队伍。如今日本鬼子占了保定,是时候了!"

大贵说:"大伯!这唐河岸上有个佟家庄?"

老人喝下一气酒,点头说:"唔!"

大贵又问:"这佟家庄上,有个佟老五?"

老人又睁起眼睛,问:"你问这个干吗?"

大贵又问:"这佟老五是个什么来派?"

老人喝下一气酒,用筷子动着菜,说:"他吗?可是个有来历的人。这佟老五的爷爷是个武举,他爹是个武秀才。佟老五弟兄五个,四个习武,他呢,倒弃武就文。说文也不文,在前清时代,捐了个监生。民国改良以后,他又戴着顶子上了保定法政学堂。后来,跟着曹锟当军法处长。曹锟一倒,他就回了家,再也不出山了。那时候我还年轻,在保定客店里当小伙计。"

大贵听到这里,怔起眼睛问:"你这一说,他家是个大地主!"

老人又喝了一杯酒,用筷子动着菜,说:"啊呀呀,了不得呀,他的老辈子爷爷是有名的'响马'。后来,这个老'响马'犯了案,被御马快黄天霸拿到北京打了官司。正好,老'响马'和绿林英雄窦尔墩同牢,当窦尔墩戴上长枷起解到东北的时候,他攥着狱友的两只手说:'在京北的深山里,古长城上有个洞,在这洞里藏着一百个樵轳辘子,是我劫的"皇纲"。我为这事,在河间府和黄三泰结下了冤仇。'他说:'一百樵轳辘子藏在深山里,并无人知道。我死后,你偷偷地运回家去养活子孙。看看清朝的江山坐定了,这绿林生活,终非久远之计,从此改行归业吧!'窦尔墩说完,把红胡子一甩,就走上了黑龙江的大道!

"老'响马'打完了官司,就发了这笔横财,他忘了窦尔墩的英雄豪气,家里起下了万丈高楼,成了唐河岸上有名的大地主。人们传说,他家的马能驮着银子通通地跑上楼梯,又通通地跑下楼来!

"佟老五弟兄五人,号称五虎,佟老五是最小的一虎。有他大哥的时候,曾在唐河上修下一座石桥——当时唐河还在他家门口。弟兄们拿着长枪短棍坐在桥头上收取'买路钱',不论推车的,担担的,不给他银钱,他算不让你过河。"

朱大贵睁圆了眼睛,问:"大伯!这是真的?"

老人说:"真的呀!这才几年的事情!别看这老恶霸他上了几岁年纪,他爱色,最爱糟蹋姑娘,看见谁家姑娘长得好看,动手就抢!好人家好主儿,谁肯依他。老家伙一生气,就要把你弄到衙门里去,他学过法律,会打官司。你想,小户人家,谁惹得了他?"

朱大贵自从拉起这股抗日的队伍,在黑暗的夜晚,向来是不睡觉的。他听着老人的谈话,看着窗外的暗影,他明白了佟老五不是一般的封建势力。于是,他身上寒噤了一下,想:战士们没有足够的思想准备,就去长征远袭,轻信一个没有政治根底的人,带着未成熟的队伍,离开根据地,孤军深入,这次干得太冒失了。当他们研究这些问题的时候,在原则上他是知道的,可是一到紧要关头就滑过去了,没有提出有力的措施。他非常懊悔,到了这个时刻,只有尽最大努力争取少受损失。他焦急地希望嘉庆赶快回来,把部队带回锁井。正当这时,在这黑暗的、寂静的夜晚,有一声枪响,从遥远的北方传来。老人惊慌地站起来,放下筷子,说:

"唔？这是……"

大贵看看老人惊诧的神色，感觉到事情的严重，但他努力镇静下来说："不要紧，大伯！你喝酒吧。"说着，他走到门口，开开门看了看黑暗的天色，站在门口大喊："中队长！中队长！"

中队长听得喊叫，慌忙走进来说："什么事情？大贵同志！"

大贵说："快去！向响枪的地方去侦察一下。"

中队长带上侦察员，向响枪的方向去进行侦察。天阴着，黑得伸手不见五指。刚走到村头上，枪声又连连响起来，他想是岗哨和敌人接了火。他们在小庙旁边站了一刻，看看庙的坐落，辨清了方向。在黑暗中，顺着一溜小榆树林子走过去，在那里有掘下的散兵壕。刚走进小树林，就有人喊着问口令。他们答了口令，爬进散兵壕里，问战士："怎么样？"

对方说："谁知道？冷不丁地响起枪来，不是离敌人很远吗？"

说着，枪声更密起来，已经看得见有红色的弹道，在黑暗中咝咝地叫着闪过。中队长从肩上摘下马枪，向着开火的地方射击。这是他第一次打仗，扭动枪机连连发射。子弹从枪膛窜出去，画条弧线飞远了。左右也有若干条弧线飞出去。不久，在平坦的原野上有人群在蠕动。他心里跳着。胳膊打着颤，射击着，心里发热，额上滴下汗珠来。猛然，他又想起他的任务不是作战，是来出探，就又滚出战壕，带着人走出树林，向村里急跑回来。一直跑到大队部，几乎喘不过气来，不等进门，在院里大喊："队长！队长！敌人来了！"

大贵连忙开了门，问："嚷什么？嚷什么？"

侦察员口吃着说："敌人，敌人来了，接上火了！"

大贵急问："有多少敌人？和哪个队打起来了？"

侦察员说："像是和二中队，也不知道有多少敌人？"

老人见侦察员有些慌张，脸上有些惊讶的颜色，他说："甭慌！这里没有大批的敌人。有，也不过是联庄会。"

大贵叫侦察员做好战斗准备。他想:张嘉庆和陈金波都不在队上,游击队又是第一次离开本乡本土,地理人情都不熟悉,而且,这里群众条件是恶劣的,必须尽快撤出战斗,回到锁井去。于是,他对侦察员说:"去告诉二中队:叫第一小队长带着,看准敌人密集地方,狠狠地把敌人打击一下,夺个空隙冲出来,回锁井集合!"他在黑夜里发这个命令是正确的。

侦察员点头说:"是!"立刻转回头,向门外的黑暗中跑去。

大贵亲自走到槽头牵过马来,手里攥着缰绳,在院子里站了好半天,听着枪声,判断战斗情况。等不一会,侦察员跑回来,说:"队长!快点走!队伍都撤下来了。"大贵立刻带了老人走出来,由于街道不熟,在黑暗中怎么走也碰在墙上,走不出去。老人这时走上去,抓住马笼头问:"你要上哪儿去?"

大贵说:"奔村南里的大庙。"

老人说:"老爷庙?好说,合着眼也能摸到。"老人牵起马,走过一条小巷,到了村边。陈金波的中队部,就设在大庙里。大贵打发人把小队长们叫了来,吩咐他们带好队伍,撤回锁井。老人着急地说:"队长!快上马!"

大贵说:"还是一块走吧!"

老人说:"上去有什么关系!"说着,老人拉起马,踉跄走着。他上了年岁,腿脚迟了,实在跟不上去。

大贵说:"大伯!你回去吧!看得见路吗?"

老人说:"这两步路,我摸熟了。我怕你们在夜黑天里找不见道儿。"

大贵说:"不要紧,一股劲往南走就是了!"

老人把缰绳递给他,说:"哪,你就走吧,多加小心,后会有期!"

大贵在马上弯下腰,握着老人的手,说:"告诉老同志们,后会有期!"

老人说:"好说,我们就等你们的话,说干咱拿起刀枪就干起来。"老人说着,就走开了,隐没在夜暗里。

大贵站住马,听得一阵急剧的枪声之后,再也听不见什么声音了。过了许久,他看见游击队员们,一队队在暗夜中向南撤去,于是勒紧缰绳,让马在黑暗的原野上奔驰起来。

四十

县城里忽然来了一股不知名的武装,大概有三四百人。进了城也不和县政府取得联系,一队队一班班,看什么地方好就住在什么地方。穿的不是军装,是蓝布大衫、绸子皮袍、呢子大衣,戴着大礼帽和缎子帽盔,奇奇怪怪的各种颜色,各种式样的衣服。还有更特殊的;公开地在大街上找烟馆,打听暗门子。

严萍第一次看见这样的武装,估计不是正南巴北的军队,就告诉游击队上,要特别注意警戒,又叫各机关严密观察他们的行动,因为他们打着抗日的旗号,严萍作为一县之长,也要主动去取得联系,以便了解一下情况。走到衙门口上她又迟疑了,不知道往哪儿走。想问问老百姓,又恐惹出麻烦。正在踟蹰,小顺儿走上来,问:"县长!你想上哪儿去?"

严萍说:"我想去拜访拜访这队伍上的队长!"

顺儿上下看了看她,说:"县长!我看你不去也罢,非要去,就跟我来。"说着又站住,说:"你还是多带几个人吧!这种情况下不能单独行动!"他表示不同意严萍离开衙门,但他一想到严萍是这个习惯,便也不坚持自己的意见。

严萍随了他转弯抹角,穿过大街,又过了一条小巷,连人不问,到了西南城根。井台旁边有个白碴子小门。他说:"就是这儿!"

严萍看了看,说:"这是个什么地方?队长为什么住在这儿?"

顺儿说:"这不是什么好地方,县长,你就甭问了。"

说着,从小院里走出个年轻人,穿着缎子小袄,戴着缎子小帽盔。见有挎盒子的,也把盒子掂在手里。问:"干什么的?"

顺儿走上去说:"这是俺严县长,来拜访队长的!"

那个年轻人点了一下头,掂起枪来横起眉毛说:"县长大人!"说着,把小帽盔向后脑勺上一推,说:"进来!"

严萍走进小门,院里三间北屋,新糊的窗户纸,窗棂上吊着两个红辣椒。一群芦花草鸡,在枣树底下咕咕叫着。严萍走进屋里一看,一条黑麻疤子大汉正躺在炕上抽大烟,由不得心上一惊,想立刻走出来。那大汉见有人进门,慌里慌张从炕上爬起来,说:"对不起,实在不恭!"他斜起眼,上下打量这位斯斯文文的年轻姑娘,又蔑视地说:"坐下吧!"

那个年轻人介绍说:"这是这县的县长,来拜访队长了。"

听得说,那个大汉慌忙从炕上出溜下来,跂上鞋子,连欠着身子,说:"怠慢了!怠慢了!"

严萍坐在椅子上,问:"队长贵姓?"

那个黑麻疤子大汉说:"在下不敢,叫徐老黑的便是!"说着,歪起脖颈巴索严萍,把长长的胡子搁在嘴里舔着。

严萍听这个名字与众不同,就问:"贵军到敝县是什么任务?告诉我们,好注意配合工作。"

徐老黑沙哑着嗓子,囫囵不清地说:"我们奉司令的命令,到这一方游击游击。我们是部队,你们是地方,各干各的,就不劳动你们了。"

严萍紧跟着问:"贵司令是……"

徐老黑说:"提起俺司令,是大大的有名啊。"徐老黑又翻着白眼珠说:"是朋友的都该知道,就是那个黑旋风!不过,不过,这咱不比往昔,都改邪归正了。别的不谈,一心打日本。"严萍看他神色就明白了。听说是黑旋风的队伍,心想也许他们不会胡闹。但是在抗日的初期,各党派各阶级都争着建立自己的队伍,杂色部队很多,真是司令如牛毛,主任如雨点,各色各样的人,无奇不有,也说不清有多少。虽然严知孝的父亲和黑旋风是老交情,严萍看徐老黑的神色觉得犯不上多说,寒暄了几句就走出来。回到县政府,严萍问:"刚才去的是什么地方?"顺儿说:"是有名的暗门子,刘大脚家!"严萍摇了一下头,斜了顺儿一眼说:"为什么领我到那地方去?"顺儿说:"县长要去么,我能不领你去?我也不知道县长想干什么。"严萍听了,也不知道说什么好,她有些生气。

第二天吃早饭的时候,严萍刚走进饭厅,就听得李秘书不断地唠叨:"前天来的队伍,简直没有军纪!在大街上打人骂人,吃了东西抹抹嘴头儿就走。私入民宅,逛窑子,打麻将……就是差一点,还没路劫,砸明火呢!县长!你说这怎么办?"

严萍想:"干了这些年革命,第一遭当县长就碰上这个刺儿头!"她深深感到环境的困难,革命道路的艰辛。

她说:"这又有什么办法呢?青黄不接的时候,有什么军纪法纪?不论怎么,伺候走了他们算了!"

徐老黑的队伍,岗哨不放,晴天白日乱打枪,出入城门和站岗的骂街打架……一直在城里住了五天五夜,闹得满城里鸡犬不宁。严萍听说张嘉庆那里出了事情,也不敢回去看看,只怕游击队和他们发生了冲突。下午,李秘书又来找严萍,说:"这点人马,每天要一千斤肉一千斤面,今天又来要,只给了面还没有给肉,闹得城里乌烟瘴气,不成个样子,也得想个办法治治。"

严萍说:"反正,说到哪里也是中国人,试验着教育教育吧!"

李秘书说:"试试看!不准怎么样!"他很不以为然,觉得严萍到底是女人,魄力太小,不够县长的气魄。

第二天一早,副官长王五,亲自到县政府要肉要面,还请代买烟土。李秘书把脸一板说:"请问你们是什么军头?"

王五听问他军头儿,心里就急痒,伸手把大礼帽一捏,说:"你问这干啥？什么军头？抗日军，你吃得消？"手里掂着盒子，说着话，口水顺着嘴角流下来。

李秘书用右手食指戳着桌子说："我们是一县的抗日政权！本统一战线之旨，贵军到此，理当好好招待，既是抗日军，就该遵守国家法纪！"

王五听得说，跐溜地从椅子上立起来，说："俺啥地方违犯你法纪？"

李秘书觉得越说越有理，趋前一步，伸出右掌，一按一按地说："比方说，每天要一千斤肉一千斤面！比方说，逛窑子抽大烟，这不是破坏抗日的名誉吗？"

王五没等听完，就冒了火了，说："你混蛋！睁开眼打听打听俺司令是谁？告诉你说，黑司令的队伍，逢州吃州，逢县吃县！又没叫你们摆海味席，吃点肉还不愿给！嫌俺逛窑子打麻将，我还没日你妹子呢！"说着，啪嚓地把手枪拍在桌子上。

一句话骂得李秘书狗血喷头，他才学了几句抗日的话儿，就碰上了。他红涨了脸，态度立刻软下来，闹了个顺水推舟。说："你阁下，先别生气！俺这咱不比往年，这咱救国会当权，是地方上群众的事儿。救国会的人在这儿当县长，请当面交涉吧！"他又拉下一副笑脸，点头哈腰，向里院摆了一下手。

王五，小油墩子个儿，脸蛋子胖得横宽横宽的，满脸横肉。见李秘书摆手，就手里提着枪，两眼瞪得彪圆，风是风火是火地找到县长室。严萍正和别人谈着游击队出征失利的问题，见他闯进来，立刻站起来说："请坐！"

王五一屁股坐在椅子上，用枪拄在桌子上说："牛屁股不是吹的，泰山不是垒的！你打听打听，黑司令的队伍，是抗日的劲旅！日本鬼子一到泊镇，俺就打了它的车站，抢了它的弹药车！再说，咱就是这个老习惯，走哪儿吃哪儿，一天两天的也难改过来！至于走小道、跑黑天那一行咱算免了！轻易不来你县，没叫你摆海味席请客,吃点肉还说长道短!嫌逛窑子……"他嬉皮笑脸地指着严萍说:"他们要你这小娘们干什么?"

一句话说翻了严萍,羞红了脸,背过身去,大声疾骂:"真是土匪!"她像头上打了个霹雳。向来,她一见这些邪魔歪道的就生气,于是喷红了脸,伸手指着王五说:"你想干什么?什么态度?"

法警们就爱看主官的眼色行事,向来没有人敢这样欺负女县长,见神色不对,早做了准备。

王五听得严萍说他是土匪,算戳着他的命根子了,脑袋上的火头儿,冒起二尺高。才说扯起枪来,小顺儿从背后跐溜地把枪抽过去。同时,外面也下了王五随从们的枪。

严萍明白,这样就惹下乱子了。但是,正在火头上,再也按捺不住。于是,一不做二不休,她一时红了脸说:"给我押起来!"她又把桌子一拍,说:"押在监狱里!"法警们一齐拥上去,噼哩啪嚓地连打带骂,把个副官给五花大绑了,送到监狱里。

徐老黑正和刘大脚抽大烟,听说县政府押了王五,黑麻子一亮,扔地跳起来,破口大骂:"我日他祖宗!我日他祖奶奶!"立刻叫号兵吹集合号。听见号音,土匪们开着襟的、闪着怀的、光着脑袋的,手里提着枪跑了来。跑来了也不站队,围上徐老黑乱嚷嚷。徐老黑脱了大布衫,穿着灰绸子小袄儿,提着盒子去找游击队。徐老黑在前头走,土匪们在后头一窝蜂似的跟着,到了游击队队部,像一窝猴儿上树爬墙,蹿房越脊压了顶。由于游击队拉到唐河岸去出击,只留下一个特务中队,县队部里的人不多,他们提早做了准备,虚应了一阵便由后门撤走了。徐老黑只是占领了个空队部。

严萍听得枪声,就带着法警们向游击队上跑,一出大堂门,听得游击队上枪声像爆豆儿似的响起来,又窝钩儿向回跑,开了后门奔向城墙,她打算跳墙回锁井去调队伍。不提防有几个土匪追上来,把他们拉回去,二话不说,关进黑屋子里。

傍明的时候,田野上有白色的雾气降下来。大贵骑在马上,带着队伍往回走。他时而仰起头来看看天上,天还阴着,没有星星,也没有月亮。在茫茫的雾色中,只看见背着枪的人影。年轻的游击队出击不利,遭了封建势力袭击,损失了力量。人们都把气闷压在心里,只听得见沉重的嚓嚓的脚步儿声。大贵觉得这种声音沉重地压在他的心上。他不想什么,也不想说什么,偶尔,抬起头来,看看无际的浓雾。他觉得腰里冷飕飕的,短须上冻着冰珠。

一连走了一天一夜,吃晚饭的时候,游击队才回到锁井。走过队部的门口,他也不想下马,一直走到自家门前,把马拴在门环上,提着鞭子走进去。朱老忠一家人正围着炕桌吃晚饭,见大贵走进来,惊讶地说:"你们回来了?"

"回来了!"大贵缄默着,用鞭子打了打身上的尘土,爬到炕头上,把两只手插进被叠子底,仰着脸儿躺在炕上。

朱老忠看他的神色不对,追问了一句:"人们都回来了?"

大贵还是闷着头不吭声。

朱老忠睁大了眼睛问:"失败了?"

跟着大贵进来的侦察兵说:"叫人家打散了。"

朱老忠立时觉得心里飕地一股冷气,痴痴地呆在那里。

人们回到锁井,收编的保安队们大部分开了小差。二三十支枪,不翼而飞了。人们有的丢了鞋子,光着脚穿着袜子走回来,有的袜子磨破了底儿,索性连袜筒子也丢了,也有的丢了帽子,丢了子弹的。直到第三天第四天,还不见张嘉庆和陈金波回来。大贵对陈金波不回来,倒不以为然;张嘉庆不回来,却给他添了很大的忧愁,只好多派侦察员,去打听他们的消息。

大贵亲眼看见游击队打仗的时候溃乱的样子。丢了枪,跑了人,嘉庆和陈金波不见回来,这和他出发前的希望大不相同。他闹不清楚,在今后的日子里还会遇到什么样的坎坷。这一天,他正蹲在坡上出神,冯家大院的"大灰狼"从苇丛里跳出来,睁圆了红眼睛,衔着一挂肠子,滴着血冻,见了人嗥嗥地叫着。他捡起块砖头,对准它的脑袋打过去。那条狗,打了个立扑跳起来,又刺溜地逃走了。

大贵一阵好奇心,走进苇塘。他想,许是又有獾呀狐狸的,糟蹋了谁家的猪羊,可能找到点吃剩的肉回来。冬天了,苇地上落满了黄色的苇叶。各样的草,各色的花,都枯萎了,只剩下白色的芦花飞舞。走不多远,见有黄色的鸡毛散在地上,他随着鸡毛的痕迹走进去,冷不丁,隔着浓密的苇丛看见了一具血肉淋漓的尸体。三步两步走过去看,从模糊的、不长的尸体上,他看出是一个未成年的少年。只见那孩子两手摊开,腰腿扭曲着,嘴里叼着破毛巾,脖子里青紫得难看,有被手指掐的青痕……正是老占。他惊骇了一下:"喂哟!"地叫了一声,急忙跑出来,不住脚地跑回家里,进门就喊:"爹!爹!老占被人害了……"

朱老忠不等听完大贵的话,从屋子里蹿出来,立在台阶上,惊怔地睁圆了眼睛,乍起胡子来。

大贵又说:"老占被人害了!"

朱老忠二话不说,伸手在门道口抄起了他的小铁锨,说:"走,咱去看看!"

朱老忠跑到苇塘里,见到老占的尸体,一下子气红了脸,心不由主,扑通地跪下去,把老占的尸体搂在怀里,一大滴、一大滴沉重的眼泪滚落下来。

他哽咽着说:"孩子!你死得好惨啊!又叫狗日的们给害了,这笔账没法算了!"说完,他发现地上还有一把匕首,匕首上带着血迹。他忙让大贵拿起来。

朱老忠和大贵走到大队部,又听了侦察员的报告:嘉庆遇到不幸,心里着实难过。这真是祸不单行!此刻朱大贵浑身发噤,胸膛里闷得难忍。悲愤中烧,一时说不上话来,只是两眼瞪得彪圆,牙齿咬得格格地响。

朱老忠说:"老占的事情怎么办?"

大贵还是愣愣地站在那里。

朱老忠跳起来说:"发昏当不了死!老占遇害的事情怎么办?"

大贵听了,一下子两手抓住头发,乱揪了两把。说:"冯贵堂!好可恶的东西们,我们不能跟他善罢甘休!"说着,从枕头底下抽出盒子,搬开保险机,把子弹上了膛,掂在手里。

朱老忠说:"你先别那么雷霆电闪的,用不着那个。你怎么知道是他害的?现在是用神思的时候,我们要深刻地考虑。"

大贵说:"用不着考虑,他是我们的对头,他的打手就是老山头和李德才!"

朱老忠说:"你说的有道理!眼下要把那匕首收好,早晚是个证据。你要派人暗中盯紧冯贵堂的动静。走着瞧!出水才看两腿泥!他冯贵堂好死不了!"

大贵点点头,把盒子夹在胳肢底下,不说什么。朱老忠和大贵走进苇塘,庆儿还跪在地上哭。贵他娘、庆儿他娘、金华她们都来了。大贵立在老占的尸旁,呆呆地看着,两眼出神,泪水在喉头上打着转。他含着无比的沉痛,暗想:这是一个老同志的孩子,自幼没有母亲。在白色恐怖的年月里,老同志牺牲了,把孩子交给他们,托他们当做革命的后一代教养成人,不料想,这棵幼芽还未出土,就被匪徒残害了。

朱老忠说:"庆儿!别哭了,死了的人是哭不活的!"

金华也呜咽着说:"兄弟!别哭了,这年月哭也没有用!"

朱老忠背了一块门板来。贵他娘和庆儿他娘把尸体抬到门板上。大贵和庆儿把他抬到朱老忠的堂屋里,贵他娘找出一块布包袱皮儿把尸体盖上,说:"这就算是蒙头被吧!"

庆儿他娘说:"他嫂子!找出香炉灯碗来!"

金华说:"革命的人们,又不兴这个!"

贵他娘说:"这也不烧张纸?"她搬了饭桌来放在老占头前。

庆儿到大街上买了几块点心和烧饼油条来,用碗盛上,摆在桌子上,说:"老占!我可不是迷信,我觉得这样,才对得起你。"

金华说:"多么好的东西,兄弟也吃不下去了!"

贵他娘说:"这孩子,也算活了一辈子!活着的时候没吃过好东西,这咱你睁眼看看吧!"

大贵坐在老占的灵前,老半天也不说什么。仇恨在心上鼓噪,他恨透了冯贵堂这个阶级敌人。

晚上,朱老忠套上牛车,拉了一个木匣子来,打发庆儿上成衣铺里拿来两件洋布衣裳,庆儿娘找来庆儿一双新鞋袜。朱老忠端着灯,人们七手八脚地给老占装裹上。

贵他娘找了个破碗来,盛了冷水,用棉花蘸着,涂在老占脸上,说:"洗洗脸吧,孩子!活着的时候工作忙,也没个时间常洗洗脸!"

庆儿和大贵抬起老占的尸首,放进木匣里,用铁钉钉了。

第二天,伍顺、小囤、老套子他们,在朱老忠下洼里高粱地上,掘了个坟坑,用木杠子抬了棺木出殡。朱老忠买张白纸来,剪了个小幡,拿在手里说:"这孩子上无父亲母亲,下无三兄四弟,是依靠革命,吃着同志们的饭长大的,看着老同志们面上,我朱老忠为他执幡摔瓦!"说着,把一片青瓦摔在门槛上。

庆儿说:"忠大伯!你这么大年纪了,为我们年幼的人们操心的事不少了,看老同志面上,还是把幡让给我吧!"说着,伸手去夺纸幡。

朱老忠固执地说:"不!和老占,咱们父一辈子一辈的,在一块革命,这幡谁也抢不了去!"他用两只手攥住幡杆,扛在肩膀上。庆儿见忠大伯眼窝红红的,说什么也不干,夺过纸幡,打在手里。

出殡了,朱庆儿举着白幡,在头里走着。贵他娘、顺儿他娘、庆儿他娘、金华、雅红……在后头不住地哭着。人们迈着沉重的脚步,走在灵前。庆儿他娘,觉得心里空落落的,他想:"咱穷人家,没有棺罩车马也就罢了,连个戏子喇叭也没有!"

走到下洼里,人们把棺木舁进墓坑,把坑填好,堆起新坟来。朱庆儿把白幡插在坟顶上,说:"老占!你没有父母兄弟!我们每年清明节给你上坟烧纸吧!"

朱大贵独自个儿在坟上立了一会才走回来,正立在窗前呆呆地出神,庆儿又带了侦察员来报告:"城里那股队伍和县政府发生了冲突,打了严萍,押进黑屋子,占据了县政府!"大贵猛然问:"你说什么?"

侦察员说:"城里的队伍,占据了县政府!押起了严萍来!"

大贵一时怔住,眨巴眨巴眼睛想:几年来离开本乡本土,好多情况都生疏了。他又想到严知孝身上,觉得只有请他出场,才能解决。于是,他派侦察员马上通知各中队长带领队伍出发,到县关城外隐蔽待命。一切布置停当以后,便独自走出门来,到大严村去。

一进门,严知孝正在睡着,见大贵走进屋子,他说:"你看这多不好!我还睡着,我感冒了!"说着,要撩被子起炕。当听得说徐老黑占了县政府,打了严萍,押了起来,他又痰喘起来,说:"来!来!来!快给我穿衣裳,进城,进城,进城!"大贵说:"老先生身体不好,你还是休息吧!"

严知孝说:"不能,不能,不能!这行子遭了这么大的劫难。快穿衣裳进城!"

老伴从柜里拿出灰鼠皮袄、双梁套鞋、红风帽。严知孝穿戴停当,坐上大车,大贵耸身跨上外辕,两头大骡子,扭动屁股,一阵铃铛响到了城里宴宾楼门口。

因为土匪队伍在城里闹了事,大街上清清冷冷,买卖家关了门。人们见严知孝进了城,都说:"打了孩子爹出来,看怎么样?"

大贵和严知孝在宴宾楼门口下了车,严知孝走进柜房还没坐稳,就拍着桌子叫了掌柜来。叫他去传知徐老黑。徐老黑正坐在县长室里,听说严知孝来了,他还不熟悉,说是严大善人的大少爷,他才明白过来。他记得,和严知孝曾有一面之交。严老尚八十大寿的时候,他和黑旋风曾去拜过寿。因此,他洗了脸,换上衣裳,拿着大烟袋吸着烟,斯斯文文地走进宴宾楼,见了严知孝猫腰行礼说:"对不起,不知道你老人家来,怠慢了……"当他一眼看见神色不对,旁边站着个大个子军官,立刻停住不再说什么。

严知孝斜了他一眼问:"老徐!你是奉黑旋风的命令来的?"

徐老黑不知怎么好,哈了一下腰,说:"是,老先生!"

朱大贵冷眼看这人麻疤子脸,长得也胖,他说:"你来这里,有何贵干!"

徐老黑看这高个子军官,年轻,大眼睛,好像在什么地方见过,欣然走上去抓住大贵的手,说:"我记得在高蠡游击战争里,咱兄弟还见过面!"

大贵甩开手,退了一步,说:"是呀!我就是高蠡游击战争中的大队长朱大贵……"

徐老黑曾在李霜泗那里呆过,高蠡游击战争以后,开了小差,在地方上站不住,他又跑了山东。后来,又和黑旋风在津浦线上成群结伙地闹起来。日本鬼子进兵华北,国民党政权撤退以后,回旋空隙大了,又拉着杆儿跑回来。大贵想:这起子土匪流氓,翻三覆四,有奶便是娘!于是,他又急速地退了两步,从腰里掏出枪来。

徐老黑看要吃亏,他哈哈大笑了,说:"大队长!咱们都是一势!我们没什么别的意思,一来,不过是到这儿游击游击!二来,是上博野和民军取个联系。我兄弟,徐老兰也在那里!"

朱大贵把枪拍在桌子上,说:"甭拉私人交情!你想想!你想想这么干行不行!"

徐老黑后悔不该空手空拳走进宴宾楼来,好汉不吃眼前亏,立刻装出极其和蔼的样子,说:"兄弟!别生气,什么事情也有个来由。向来,俺是不吃这一方的。就是因为有你们地方上的人去请兵,司令才叫我来的。……"

严知孝不等他说完,把桌子一拍,瞪出红眼珠子,说:"我不听你那些个废话!"

徐老黑见严知孝动了火,立刻改变话头,说:"本来,先想去拜访你老人家……"

朱大贵说:"你押了谁?把谁关在黑屋子里?"

徐老黑弯了腰说:"押了女县长,他们当面侮辱本军!"

朱大贵气势汹汹,伸出拳头敲打着桌子说:"你打了严老先生的姑娘,缴了游击队的械,今天严江涛不在家,若是在家呀,一口气动员千把支枪,要你徐老黑的脑袋!叫你回不去深县!……"

徐老黑听得说,立时哆嗦着两只手,说:"你个不要紧,大贵同志!把枪原封儿交还你,缴了多少,送还多少。今后缺少枪炮子弹,跟哥哥我说!"

严知孝不等他说完,就说:"还在这里砸姜磨蒜?还不出城滚!"严知孝说着,递了一个眼色,徐老黑慢吞吞地走出宴宾楼。

朱大贵见徐老黑悄悄地走出去,也动身出城,去布置战斗。命令各区、村和各县群众武装——守望队、自卫队、自卫团、联庄会……一齐出发,沿途突截袭击徐老黑股匪。朱大贵带上游击队,尾随追击。徐老黑股匪沿途败退、死亡、逃散。黑天、白天,枪声炮声,直响了两天两夜,消灭了大半,剩下一部分,在深更半夜里化装逃走了。

四十一

江涛根据组织上指定的关系,在沧石路附近找到线索,转到人民自卫军司令部。在一个大院的会客室里,等着会见人民自卫军司令部的负责同志,从窗玻璃看出去,战士们还穿着草绿色的棉军装,正在忙着收拾枪支,擦炮。大院里有军马一行行拴着。

他等了抽支烟的工夫,从光亮大门里走出几个穿灰布军装的军官,后头跟着一群挎盒子的卫兵。他们有说有笑,走到院子当中又站住,得意地看着炮兵战士的操作。为首的一个,细高身材,圆长脸儿,大眼睛,一副大而快活的嘴唇,似乎向来未曾合上过。一阵皮鞋声走进屋来,停了一刻,他笑模悠儿地说:"我姓李,是人民自卫军的副司令员,你是锁井地方代表严江涛同志?"说着,热情地伸出手来握住江涛的手。

江涛紧紧盯着李副司令员明亮而圆大的眼睛,说:"是!我是来会见吕正操同志的!"

李副司令员笑笑说:"不巧得很,他到前边村上去了。"他穿着朴素的灰布军装,披着一件毛领棉大衣,点了一下头,毫不客气地拉把椅子坐下,笑眯着眼睛说:"我们听得说了,严同志在锁井一带搞得不错!正想去拜访你,你倒先来了!"

江涛说:"自己军队来到这里,你们是客人,我们是东道,早该来欢迎你们!过去,光听得说从南边来了自卫军,不知道是怎样的自卫军,前几天才接到'保东特委'的来信。"说着,他不由地笑了。

李副司令员说:"我们希望很快地找到地方党。"他又指着窗外说:"你看!战士们才刚刚穿上棉军装!不瞒你说,现在连吃菜的钱也缺少了!"秋天过去了,虽说解决了冬季的服装,但在其他的物资供应上还存在着很多困难。

江涛随着李副司令员的手指,看了看,说:"这是我们的责任。不过,我们也才穿上棉衣。贵军才从什么地方来?"说了"贵军"两个字,他又觉得太疏远了,应该说是自己军队。

李副司令员说:"说起来话长了!我们的部队原来住在石家庄,卢沟桥事变的时候,开到任丘。在任丘地方曾会到过'牛氏三杰',听得说他们在这块土地上,撒下了赤色的种子。我们总是想得到地方上的帮助。"

李副司令员满腔东北口音，说着，幽默地笑了，明亮的眼睛闪着智慧的光彩。他用手指拂了一下旧皮鞋上的灰尘，掏出烟盒子，取出一支纸烟递给江涛。他自己也捡了一支，衔在嘴上，擦火吸着。

　　江涛说："是的！三二年以前，这地方有过博蠡暴动，三二年发生了第二师范'七·六惨案'和高蠡游击战争，在广大群众里潜伏了伟大的革命力量。从物质资源来说，平原上是丰富的，就是缺少一支强大的军队……"

　　江涛面对着年轻的将领娓娓说着，心情又轻松又愉快。看到真是有一股武装力量来帮助，他的精神焕发了。李副司令员听得说，走过来抓住江涛的手说："同志！让我们亲切地握住你的手吧！敌人在卢沟桥打响第一炮的时候，党就命令我们：'留在敌后，开展游击战争！'于是我们就从任丘溯大清河北上，想和敌人鏖战津郊。还没有打响，敌人却顺河而下了。我们迎上去，打了两仗，可是前敌总指挥刘峙硬是命令我们退到梅花岭。为了掩护友军退却，又在那里打了一仗。万福麟军长曾打电报寻找我们，聂荣臻司令员也要护送我们回大后方去；可我们想，我们是军人，今天面临着民族敌人的侵略，我们又怎忍心到大后方去做客？于是，我们又向冀中心腹地区后退，我们希望与冀中人民共存亡！"说着，他用手指弹着烟灰，又眯眯地笑起来，接下又说："我们的想法怎么样？江涛同志！"

　　江涛说："很好！你们带着一支抗日的军队来到冀中，正给冀中父老同胞们带来了希望！"

　　李副司令员伸出右掌，慢慢地翻了个过儿，说："恰好相反，应该反过来说，冀中人民的肥原沃野，正是我们这支年轻抗日队伍赖以生存、壮大的基础。"

　　江涛鼓掌说道："好！这就叫做军民合作！"

　　李副司令员听了，起心眼里高兴，他说："江涛同志！对本军有什么指示吗?"

江涛说:"在保定沦亡的日子,保属特委曾有过指示:要紧的是建设抗日根据地。目前要一手抓住军队,一手抓起政权!"江涛又把保属特委的意见复述了一遍。

李副司令员说:"这和我们得到的指示是相同的精神!"

江涛欣然笑了,说:"你看!都是一个领导嘛!"

李副司令员像招待其他地方代表一样,在他的旅邸招待了江涛。并在有关建设根据地的问题上,交换了详尽的意见。他说:"人民自卫军的称号,是我们自己规定的,是在党员干部会议上大家商定的。我们还考虑把红旗和五角星挂起来!"

江涛说:"好嘛!这是无疑的,这样一来,对地方上,对地方党员是个很大的鼓励。咱自卫军能到锁井一带住住吗?"

李副司令员说:"我们想在深泽、安平一带建立下政权。向北,经过锁井,向高、博、蠡、安去,使自卫军去感受一下故乡的温暖!听说孟庆山司令员在那里建立了游击军,还没有会过!"

江涛听到这里,又站起来,向前走了一步,热情地攥住李副司令员的手,说:"革命的人民在等待你们!"

江涛把地方情况做了一般性的介绍,便离开自卫军驻地回锁井镇去。李副司令员送他出村的时候,看见部队在树林中做着战斗演习,有成队的军马,在野地上奔驰。他在和煦的冬日的阳光里,和李副司令员握手告别,兴奋地想着:一个伟大的民族革命战争,已经在广阔的平原上开展起来。

回来的路上,他没有进城,便一直奔回锁井。在阳光下,可以看得见黄色的原野上远方的丘峦、乡村和树木;可以看得见成群的骡马在河岸上奔逐,觅食麦苗;拾粪的孩子们在堤上玩耍,也许,他们知道抗日的事业是有希望了。

江涛勒马站在堤上,看见对岸白杨的枝条在风前抖动,显示着一种挺拔不屈的精神。他放松马缰涉过结下薄冰的河流,坐骑含着"盼家"的热情,闪开大道,跃下堤岸,穿过柳林,直奔朱老忠的门前。江涛把鞭子挂在鞍上,走进忠大伯的小门。进门就喊:"忠大伯!大娘!"好像小孩子离开家又回来,说不出心上有多么高兴。

贵他娘一听,惊喜叫道:"是江涛回来了!"她一下子从门里跳出来。说:"亲人!你可回来了!"

朱老忠也拿出扫炕笤帚走出来,扫去江涛身上的仆仆灰尘。说:"好啊!回来就好!离开才几天说不出有多么想你,这个年头,就怕出闪失!"说着,又打发人进城去叫大贵和严萍。

江涛从人们的神色和口吻上,感到已经有什么不幸的事件发生。于是,他把态度放得特别和缓、愉快,好像是告诉他们:不必悲观,革命的道路是长远的。

朱大贵和严萍走来的时候,江涛和他们握了手,相隔了才几天,就如同阔别十年的旧友。他们无言地坐下,不等江涛开口,大贵说:"我犯了错误!我没有把统一战线问题,看成是我们的战斗法宝!敌人暗里摆好毒枪暗箭,摆好了圈套,我们还不知道哩!反倒驯驯服服地走进敌阵里。敌人把我们的部队诱到唐河岸上,又在黑暗中袭击了我们!反动势力不受统一战线的约束,反倒瓦解抗日的部队,摧毁抗日的基础……"

严萍也说:"我们不是早就谈过了吗?封建势力是不会自动放弃统治的!统一战线会唤醒进步的人们,走向抗日。可是惯匪和反动势力,依然是互相联结的敌人。尽一切力量来破坏抗日,破坏革命!"

说到这里,朱老忠又把嘉庆遇害、老占遭毒手、陈金波开小差、徐老黑的骚乱,说了一遍。说着,朱老明、伍顺、庆儿、小囤、雅红都来了,满满挤了一屋子。金华和庆儿娘她们坐在外屋锅台上。侦察员们扒着窗台,隔着窗棂向里看着。

江涛听得这不幸的消息,心情沉痛,由不得簌簌落下眼泪。他站起来低下头去,人们也跟着唏嘘哭泣起来。过了许久,他又抬起头字字铿锵地说道:"不用伤心!革命是英勇的行动,用鲜血才会换取胜利,用战斗才能换来和平。反动派谋害了老占和嘉庆,我们少了两个战士,两个同志!可是,你想中国革命的历史上,有多少赤色战士死在反动派的屠刀之下?如今帝国主义还没有打倒,封建势力还没有消灭,摆在我们眼前的敌人,又多了一个日本鬼子。打不走鬼子,我们都会和嘉庆、老占走一条道路,这不是很明显吗?在这个关键上,我们伤心气馁会使敌人欢迎。只有鼓起勇气来干,才会使敌人害怕!过去,在白色恐怖之下,我们没有军队,只有一些武装工作人员暗地里进行革命活动,敌人到处找寻我们。今天,我们掌握了政权,掌握了军队,通过统一战线,团结各阶级阶层,杀向日本帝国主义。这是翻天覆地的变化。可是,我们没有经验,就像小孩子学走路一样,迈空一步就要栽跟头。怕的是,在日寇进攻的时候,反动派在暗地里与日寇配合!所以,削弱反动势力,争取中间势力,发展抗日力量,是我们今后工作的方向!"

江涛开始谈话的时候,屋子里充满了悲痛的情绪。经过江涛的解释,大家心上才轻松起来。

江涛说:"沧石路上来了一股抗日军,这股队伍打着红旗,佩着红星……"

朱老明等不得听完江涛讲话,他戳着拐杖说:"是吗?真的吗?只要敢打出红旗,那就是了不起……"

庆儿说:"只要一看见打红旗的队伍,我身上就有了劲了!"

接着,江涛又把见到人民自卫军李副司令员的情况向大家作了介绍。最后他说,人民自卫军就要来到锁井和乡亲们见面。

刹那之间,人们轻松地出了一口长气,愉快地跳动起来,每个人的心上,都在向往红旗,向往佩红星的队伍。

第二天,朱大贵和严萍,又一同回了城。住在县政府里,准备迎接人民自卫军。他们命令:各村自卫队、守望队,把钝刀磨成快刀,把锈枪擦成新枪,准备与主力军会合。

初冬的阳光和暖地照着滹沱河两岸。广袤的田野上人欢马嘶。一天中午,人民自卫军举行了入城式。李副司令员骑在马上,走在自卫军的前面,后面跟着炮兵连、机枪连……士兵的行列,自中午过到上灯时分。

平原上,布满彩霞的一天早晨,救国会的队伍从锁井出发了,越过堤岸,渡过河流,血红的大旗在队前招展,似乎是在召唤着人们和他们走同样的道路。朱老明、朱老忠、贵他娘、庆儿他娘,立在河神庙前,看着自己的队伍在眼前经过。

二贵、庆儿、小囤、雅红他们,带着守望队,扛着红缨枪,扛着鸟枪土炮,去参加大会,欢迎人民自卫军。朱老忠新刮了脸,破袍子上罩上蓝布大褂,肩上背着褡裢,盛满了窝窝头、大葱和咸菜。二贵替父亲背着那把小铁锨。人们说着、笑着,热热闹闹,跟着队伍出发了。

江涛牵着马,走过河神庙和明大伯搭讪着:"人民自卫军一来,抗日的局面就打开了。看看运涛和游击军联系得怎么样?"

朱老明说:"是呀!只要有人把这间破房子支起来就行啊!"

贵他娘说:"江涛!你忙上马吧!队伍过河了!"

江涛翻身上马,把鞭子在眼前晃了两下。那匹大白马,蹬开地皮向前走去。走了一截地,他又勒住马说:"明大伯!忠大娘!回去吧!"

朱老明说:"见了李副司令员带个好儿,吭!"他又暗自嘟囔着:"只可惜咱没有眼了,若是有眼,看看这世界有多好!"

贵他娘站在庙前大石头上,看着队伍走远了,又喊:"江涛!可照顾着你大伯点,他上了年纪!"

江涛看看忠大娘的身影,立住马说:"大娘,走吧!我看你们一块进城里去看看吧!"

贵他娘说:"可就是! 咱也去看看大会吧!"

朱老明欣然说:"走! 看不见,听听也高兴!"

贵他娘和朱老明说不出心上有多么高兴。贵他娘搀起朱老明跟上去,走到城门脸上,碰上了朱老忠和二贵他们。自卫队和守望队挤满了城门口,人们在那里拥挤着等了半天,才进了城。

大会在戏楼上举行,楼檐上挂着红色的横幅。写着"军民联欢大会"。戏楼前面,摆着大炮和机枪的行列。朱老忠他们立在高坡上,看着自卫军入场。他们穿着草绿色军装,背着崭新的"东北造"大枪。自卫队和守望队站了一片。红色的、绿色的枪缨,飘荡在空中。

贵他娘说:"怎么来了这么多的人?"

朱老忠说:"抗日的人们越来越多了!"

朱老明说:"人来得很多吗?"

金华说:"嘿呀! 多呀! 一眼望不到边。我一辈子还没见过这些个人呢!"

十二只军号同时吹过了,江涛、大贵、严萍、李副司令员,在台上坐了一横排。严萍站在戏楼上,宣布:"大会开始!"又缓缓地走到台前,说:"今天,我全县二十五万人民,以十二万分的热忱,欢迎人民自卫军,欢迎吕正操司令员和李副司令员。自卫军曾经转战南北,战斗在大清河上。现在满怀着抗日的热情留在冀中,和我们,和冀中人民并肩作战,我们非常高兴!

"在这丰饶的土地上,人口众多,村庄稠密,可以配合抗日军勇敢地作战。我们希望他们永远和我们在一起,一直打退日本鬼子!"

严萍今天穿了黑色的棉制服,娴静的脸上泛着愉悦的表情。她慢慢地、一个字一个字地说着。听了她嘹亮的讲演,广大人群里嘈杂的声音立刻静下去了。

朱老明说:"不知道吕司令员和湘农司令员一样不?"

朱老忠说:"性道可能一样,模样可不一样。天地底下哪有长成一样的人？今天吕司令员没来,李副司令员来了。"

朱老明说:"性道儿一样就行啊!"

说着,那个长颅脸,高身材,大眼睛的青年军人登台讲话了。他穿着崭新的绿军装,不扎裹腿,不披武装带,帽子上缀着亮晶晶的五角红星。这是李副司令员第一次面对冀中人民讲话。在稠密的人群上空,浮起一阵如雷的掌声、欢呼声。他站在台前,微微笑着,举起帽子向人们招呼：

"诸位同胞,诸位同志们!

"我们感谢冀中人民热情地欢迎我们!

"冀中老年人,都是我们的长辈——我们的父亲和母亲。青年人是我们的哥哥和弟弟! 妇女们都是我们的姐姐和妹妹! 我们以十分的热情,来保卫父母兄弟姊妹,保卫土地田园……"

朱老忠在这冬天的澄明的日子里,看着李副司令员年轻的、快活的影子,听着他诚挚的声音,一阵高兴,张开大嘴喊着:"欢迎人民自卫军!"

人群里也扬起一阵欢呼,二贵、小囤、伍顺、朱庆他们举起红缨枪,雅红举起拳头高声喊着。

在欢腾的声浪中,李副司令员继续说:"中共八路军,在平型关的大捷,打击了敌人的锋芒,钝挫了敌人的锐气,振奋了士气,激励了广大军民抗日的信心! 自卫军在共产党的领导之下,在他的父母兄弟姊妹的爱护之下,要向友军学习。有自卫军在,就不准日寇践踏冀中平原的土地!"

朱老明听到这里,一下子笑了说:"说得好! 他们是冀中人民的子弟兵,保卫老子娘是应该的!"

朱老忠说:"当然是! 只这点人马还不行呀! 要想保住这块土地,还要更多的子弟兵,越多越好。"

李副司令员继续说:"自卫军坚决受地方党的领导,坚持守土抗战,坚持统一战线,坚持建立冀中平原抗日根据地,誓与冀中人民共存亡!

"自卫军愿与一切抗日武装携手合作:发动群众,组织群众,扩大抗日武装,建设抗日民主政权,贯彻抗日救国十大纲领,坚决消灭汉奸卖国贼,坚决打击进犯的日寇,最后打败日本帝国主义……"

不等他讲完,人们举起红缨枪,举起粗壮的拳头,像树林一样。朱老忠挺起胸膛一看,开会的人群和自卫军挤在一起。二贵、朱庆、伍顺、小囤、老拴他们大声喊着:

"拥护抗日民族统一战线!"

"拥护人民自卫军!"

朱老忠看台上挂着红旗,人们手里举着红旗,自卫军的帽子上缀着红星,胸章上印着红星。那五彩缤纷的枪缨,和红旗辉映,似锦织的彩缎,似雨后的霓虹,似春晨的万里霞光。这时,朱老忠觉得好像流浪千里的孩子回到了家乡,回到母亲的怀里,有了依靠。他高声喊着:"中国共产党万岁!坚决跟着共产党走!"

李副司令员讲完了话,迎着掌声,又谦虚地向人们行了军礼。

江涛也在大会上讲话:为了打倒日本帝国主义,收复失地,必须全国总动员,采取独立自主的作战方针,健全全国各地军区,武装人民,发展游击战争。为了争取最后胜利,必须全国军队一律平等。全国人民积极动员起来,实行有人出人,有力出力,有钱出钱,有枪出枪,有知识的出知识。为了集中一切抗日力量,必须实行地方自治,建设抗日政权。为了发动广大人民的积极性,必须改善工人、农民、教员及抗日军人的待遇,优待抗日军人家属。废除苛捐杂税,实行减租、减息,救济失业、赈济灾荒……

朱老忠听得江涛解释减租减息,救济灾荒问题的时候,感激得眼眶里涌满了热泪。他想:我们的党,关怀人民,关怀军队,关怀抗日的胜利……江涛还没讲完,严萍打发人叫他去上台讲话。他兴奋地走上舞台,把粗布手巾折成四方块,压在帽子底下,遮住太阳。当江涛讲完了话的时候,严萍说:"咱县老农民代表朱老忠同志讲话!"

听得说,人们都静了下来,伸长了脖子,看这位抗日老人讲话,他说:

"诸位老乡亲!子弟兵的战士们!

"你们看见有多少国民党的军队,顺着大公路撤下去呀!我们风里来,雨里去,苦扒苦掖,拿了多少银子钱养活他们,日本鬼子还没来,他们像得了恐日病一样,一溜烟逃走了!"

他一讲到国民党大军退却,丢下人们不管,人们哄地跳了起来,喊着:

"他们都是败家子儿,不孝的子孙!"

"打倒恐日病!"

在呼号声中,他又说:"他们不只得了恐日病,是蒋介石出了馊主意——不抵抗政策。日本鬼子还未到眼前,那些大官儿们、有钱的老爷们就都逃走了。丢下城乡土地,丢下受苦的人们,他们决心让敌人来糟蹋我们……"老人异常愤慨,再也说不下去。停了一下,他又以农民自己生动的语言,彻底批判了不抵抗主义和投降政策,鼓励了抗战热情。最后,他说:"可怜我们成了没娘的孩子一样,幸亏人民自卫军来了,我们才有了依靠呀!"

说到这里,人们奋拉下枪,把头垂在胸前。流着眼泪,抽泣着。眼看敌人的火焰烧到眼前,生命财产没有保障,他们哀痛家乡田园将遭到敌人的蹂躏。

朱老忠又举起拳头说:

"同志们、同胞们!我们甘心受日本鬼子宰割吗?"人们张开大嘴喊着:"不甘心!"

他问:"不甘心怎么办?"

人们一齐喊起来:"动员起来,参加自卫军!"

"武装上前线!"

朱老忠说:"对!我们依靠抗日军,依靠共产党,打走了鬼子才能享太平!"

喊到后来,朱老忠喉咙嘶哑了,实在说不出话来,涨得脖子脸通红。严萍走到台前,补充着说:

"我们要扩大组织,人多力量大!大家回去了,要扩大救国会!扩大自卫队、守望队,有愿上前线的,参加抗日军吧!"

会开完了,人们对忠大伯报以热烈的掌声,向他欢呼跳跃着。救国会的人把宣传品发给群众,人们争着要抗日救国十大纲领。可惜印得太少了,一撒手就抢完了。

在散会的纷乱中,李副司令员一把抓着朱老忠的手,说:"大伯!你今年高寿?"

朱老忠说:"甭使大劲,耳不聋、眼不花,今年五十六岁!"

李副司令员说:"我看你老是富于斗争性的人!"

朱老忠说:"你的眼光真尖!咱就是死里活里地斗争了一辈子!"

人们散完的时候,李副司令员拉着忠大伯,在会场上找到朱老明和贵他娘他们,又找到二贵和庆儿,一块走到人民自卫军司令部,招待他们喝了茶,吃了饭。李副司令员说:"我们都是远方来的,要在这块土地上落户,就得依靠地方上,依靠大伯、大娘、兄弟、姐妹们来帮助!"

朱老忠说:"这没说的,在咱革命伙里来讲,军民是一家!"

朱老明也说:"是呀!要说打仗,还是仗着军队!"

朱老忠说:"看司令员倒像个文理出身?"

李副司令员说:"书念得不多,念过几年,就干起军队来!你老,看咱们今后应该怎么干法?"

朱老忠说:"依我看呀!地方上我会安排;抗起日来,小囤他们这年幼的小伙子们,就参军上前线。二贵、庆儿就管起国家大事来。他嫂子和雅红他们,就领导妇女们做鞋、做袜、帮助后方工作。老大爷长了胡子的人们,就耕、耨、锄、耪,多打粮食,好送军粮。人强马壮,给他一阵子好打!"

李副司令员抿嘴微笑听朱老忠讲完,说:"老大伯把后方安排好了,我们保证打胜仗!"

朱老明说:"那敢情好!"

回来的时候,李副司令员送他们到城外,握着朱老忠的手说:"大伯!大娘!有了工夫,我到锁井镇上拜望老人家们!"

贵他娘说:"忙来吧!在俺茅草屋里坐坐!"

李副司令员站在高岗上,看着他们走远,又走到城楼上摇摇手,喊着:"二位老大伯!你们骑匹马去怎么的?"

这位受过东北讲武堂的训练、充当过张学良将军的近卫、受过"双十二事变"的洗礼的青年将领,从今天开始,在抗日、革命的问题上,与这一方广大人民血肉相连了。他想,只要和广大群众携起手来,不怕打不败日本鬼子!

朱老忠回过头,用手遮住太阳,望望李副司令员的面影,高声喊着:"用不着骑牲口,别看上了几岁年纪,我走起路来两脚如飞!"

李副司令员说:"好!你们回去吧!我们也就要回去了!这地方,不久孟司令员就来了!"

说着,他们一齐回过头,举起手来,向城头上招了招手。搀起朱老明的拐棍,迈动脚步走回去。忠大伯说:"嘉庆牺牲了,江涛可是顶了大事了,看运涛和春兰的吧!"

四十二

江涛和嘉庆他们出发的那天早晨,运涛和春兰也要出发。春兰早早起了炕,开门一看,天上晴得蓝蓝的,飘着几朵白云,不由地说了一声"好天气"!

春兰抱柴禾烧了洗脸水,舀了一盆端到父母屋里,又舀了一盆端到自己屋里。看运涛还不起,翻开被头对着运涛的脸,说:"该起了,快起吧!"运涛睁开眼来,看了看春兰,伸出胳膊,搂住春兰的脖子,说:"我这就起来了。"于是翻身起炕。

春兰叠着被褥,被子上还有温馨的余味。她梳着头等运涛洗了脸,也就着水洗了脸。做了一锅稠稠的小米粥,就着咸菜吃了。吃完饭,刷了锅洗了碗,穿上一件蓝色的棉裤,大红的棉袄。运涛穿上父亲过年时穿的那件黑棉袍。春兰挎上个小红包袱,走到母亲屋里说:"娘!我们要走了!"

春兰娘说:"什么时候回来?"

春兰说:"那可说不定。好在离得不远,想家了,就回来一趟。"

运涛刚刚走下台阶,好像忘记了什么,又走回去,从被摞子底下抽出嘉庆送给他的那把盒子枪,掖在腰里。老驴头也走出来,站在台阶上,嘿嘿笑着说:"荒乱年头,走远道要经点心!"春兰娘送出大门以外,说:"要早去早回,不要叫我结记着!"

运涛说:"听爹娘的话,一定要早早回来!"一边走着,春兰说:"走远门,地理人情都不熟悉,要手不离枪!"运涛说:"是,荒乱年头,枪不离手!"

运涛和春兰走出大门,一直往北走,春兰又回过头来说:"娘!你回去吧!"春兰娘说:"啊!"话虽如此,对于运涛和春兰出远门,脸上还是带着忧愁。

他们走到小晌午,已经进了游击军的防线,不断地看见穿灰军装的游击队员。军装虽然是灰色的,但是军民关系融洽无间。村口上有儿童团和少先队盘查寻问,拿护照可以到村公所吃不花钱的饭。两个人一边走着,说着话儿;运涛谈了几年的监狱生活,春兰谈了大暴动时的情景……

当张嘉庆和朱大贵的游击队到了唐河南岸的那天傍晚,运涛和春兰也到了东老淀村口。夕阳西下了,落在西山的云彩里。有两个少先队员站在村口,手里拿着长矛大刀,挡住去路,说:"站住!干什么的?"

春兰走上去说:"俺是走亲戚的!"

少先队员说:"不管干什么的,拿出路条来!"

运涛看盘查的紧,走过去拿出护照来给他看。少先队见和路条不一样,说:"走,上队部里去!"运涛和春兰见少先队员说话盛气凌人,只好跟他去。走到学堂里,少先队员喊着:"老师!查住人了,和咱的路条不一样!"

老师走出来一看,他们的穿着和农民们不一样,伸手接过路条一看,哈哈笑了,问:"你们找谁?"

运涛说:"我们找张合群同志!"

老师看了看,说:"找合群同志,我带你们去。"出了学堂,往北去拐过墙角就是一条大街。往西路北里有一个大四方梢门,梢门角上挂着个笊篱,笊篱上拴着红布条。梢门上歪歪斜斜地写着"骡马大店"几个大字,是一个起伙店。进了梢门,是个四方大院;三间南房,周围都是土坯小屋。老师喊了一声:"合群同志!有客人!"

张合群同志听得喊声,从南屋里走出来,接过护照看了看,说:"是从江涛同志那里来的?"运涛说:"我是江涛的哥哥!"合群同志说:"看样子有些仿佛。"说着上了高台阶,走进南屋。那是三间正房,靠西头一条大炕,靠南放着八仙桌子,几把柳木圈椅。过去是店里的柜房,现在是张合群同志的办公室。合群同志张嘴喊着:"来人哪!"随着喊声,走进一个青年人来,肩上挎着盒子炮,是个警卫员。张合群同志说:"点着灯!"这时天已黑了。

警卫员点了一盏泡子明灯进来,放在桌子上。张合群同志说:"请坐下!"运涛和春兰坐在椅子上。张合群同志又就着泡子灯看了看护照,他问:"还有信吗?"

运涛解开怀襟扯出褂子襟来,递给春兰。春兰就着灯明拆开褂子襟,取出信来,递给张合群同志。张合群接过信一看,是蝇头小楷,笑了说:"好!是中央来的,严运涛,好响亮的名字呀!令弟江涛、张嘉庆,不久才见过面的。"

运涛说:"他们都在我们县里工作!"又介绍说:"她叫冯春兰,是我的爱人,跟我做伴来的。"

张合群同志说:"地方不靖,走远道有个伴儿好!"又惊讶地说:"江涛怎么不派人送你们?"

运涛说:"我们对路途的情况估计不足!"

张合群同志说:"要有足够的估计,不然要吃亏的,土匪和地主武装很多。我们要从地下转到地上活动了,在地下活动,敌人在明处,我们在暗处;如今,在地上活动,我们在明处,敌人在暗处,大不相同啊!"又说:"不久之前,在定县曾和江涛、嘉庆见过面,那时正是形势危急,戎马倥偬。当日本鬼子将要打到定县的时候,我们就转移到这里来了,按机关也不方便,我们就包下这座店房来。江涛已经到人民军自卫军司令部去了吗?那是河北省委的通知。"

运涛说:"是,他去了!"

张合群同志说:"想是走累了,先休息吃饭。你们是夫妇?"运涛说:"是才结婚的!"说着,领他们到北屋里去,叫伙计开了一间小房,靠北一条小炕,靠南一张小桌,一条凳子。伙计点上一盏小油灯,把炕扫了扫,又搬了一张小桌子,放在炕上。张合群同志说:"上炕休息!"春兰脱鞋爬上炕去,张合群同志和运涛坐在炕沿上。伙计端了三个大碗面来,三双筷子,放在小桌上。张合群同志说:"来,吃饭吧!"

运涛说:"嘿!地方风味!"

一大碗面,在平时说,春兰是吃不了的,今天走得饿了,吃得非常容易。等吃了饭,张合群同志说:"走得累了,你们先休息,有事明天再谈。"说着,就走出去了。伙计进来,搬了小桌,又扛了铺盖来,放在炕上。春兰又扫了扫炕,铺上被子,说:"连走了两天,也走累了,咱们睡觉吧!"

运涛说:"可是累了,足足地睡上一大觉!"说着,两个人脱衣裳睡觉,运涛又起来把灯吹灭。

春兰一觉醒来,四邻公鸡的叫声此起彼落,叫个不停。春兰说:"一觉睡到公鸡叫!"说着运涛翻了一个身,说:"这地方养鸡多,你听这个叫唤。"

春兰说:"乡村里养鸡多,吃蛋方便……"说着,伸过手去,紧紧握着运涛的手说:"咳!我们有多么不容易呀!"运涛说:"那就不用说了,革命形势好转,我们也到了一块了……"两个人说了一会子小话儿,直到太阳晒了窗棂,才披衣起炕。

洗了脸吃了饭,张合群同志走过来,问:"睡得怎么样?"运涛说:"乡村里安静,一觉睡到鸡叫。"合群同志说:"填张表吧!"说着,叫警卫员拿来一张油印的表格,一支钢笔,放在小桌子上。运涛趴在小桌子上,把表填上。张合群同志又提了一壶茶来,拿了两个茶碗,说:"你们喝茶吧!等我们商量一下。"说着,又转身出去了。

运涛和春兰又喝了茶,他们本来没有喝茶的习惯,可是连走了两天的道,也想喝茶了。喝了茶,两个人走到梢门口上散散步。大院里只有几个警卫人员走来走去,不见有别的人。一队游击队员走过去,又有几辆大车拉着苇子走过来。从这村往北去是一个大淀,淀里有个大苇塘,农民们正在打苇。从此往东去,不远就是白洋淀。两个人在大街上站了一刻,又走回来,坐在炕上休息。直到小晌午时分,张合群同志笑哈哈地走过来,坐在板凳上,说:"运涛同志是老干部,参加过北伐战争,住过监狱,受过磨炼,又在延安学习过……是不可多得的干部,做部队工作吧,到孟庆山同志那里去。他也是从延安来的,是个老红军,比你来得早,开了一阵子训练班,建立了游击军司令部,目前就住在高阳。休息一下,明天就去,工作问题在那里具体谈。春兰同志怎么样?工作问题是不是要谈谈?"

运涛说:"她也是锁井镇上的,是个党员,参加过农民暴动……"

张合群同志不等运涛说完,哈哈笑了,说:"好!参加过大暴动!我们就是缺少妇女干部,也填个表吧!在江涛他们那里当县妇救会主任,老干部了!"又拿过一张表格,运涛替她填上。

第二天,他们早早起了炕,洗了脸,吃了饭。张合群同志吩咐部队上去一班人,由一个排长带着,送运涛和春兰到高阳去。他又叫人把马牵出来,披上鞍子,对运涛说:"骑上我的马去!"运涛说:"不必了吧,这么几步路!"张合群同志说:"你从延安来,就显着这几步路近了!"送出村外,握紧运涛的手,说:"祝你一路平安!"运涛握紧张合群同志的手说:"谢谢,请你回去吧!"运涛走出一截地,回头一看,张合群还立在村头看着他,运涛举起手来,打了个招呼,说:"合群同志,请你回去吧!"

张合群同志也举起手招呼说:"你慢走!"运涛说:"谢谢你!"

排长请运涛骑上马,运涛不骑,叫春兰骑上,春兰说:"那有多么不好意思。"说着,运涛扶着春兰上马。春兰骑在马上,运涛拉着缰绳在头里走,迎着冬日的阳光走去。排长带着游击队员们在后头跟着。虽然是冬天,没有风,阳光就格外显得宜人。太阳正午时分,到了高阳县城。

高阳县城不是一般城市,"高阳布"行销全国各地,中外驰名。几十家布线店把洋线从天津运到高阳,再从高阳撒到附近各县农村,农民们作为副业加工。所以,一入街巷,就会感到络线、浆水、机杼的声音不绝于耳。自从"九·一八"事变,日本浪人走私,进口了大量的人造丝,打垮了高阳布,布线店纷纷倒闭,农民们只好用土线织土布,但是昔日的繁荣还是存在的,买卖多,集市也热闹。

这一天正是高阳大集,附近各县来赶集的人,来来往往,摩肩接踵。他们到了一家大布线店的门前停住脚,运涛扶着春兰下了马。大门上方,写着"郁利布店"几个大字。门两旁挂着两个大木牌子,一个是"冀中游击军司令部"一个是"冀中游击军政治部"。高台石阶上站着几个岗,有的扛着枪,有的背着彩绸大刀。墙上贴着几张大布告,司令员是孟庆山。排长拿出张合群同志的信,对站岗的说:"我们是东老淀来的,来送干部。"一个站岗的说:"好,跟我来!"由他领着走进大门。

进了大门,是一个四方大院,五间大北房,高台砖阶,这是秘书处。岗兵喊了一声报告,开门进去,交了张合群的信。秘书看了信,说:"从东老淀来的,来送干部的,请进来!"那个岗兵走出来,说:"请进来!"排长领运涛和春兰跟他进去,到了秘书处说:"请开收条,两个人我们算送到了!"秘书写了一个短笺,交给排长说:"请到供给处吃饭吧!"又问运涛:"从什么地方来的。"

运涛说:"我是从延安来,要见孟司令员!"

秘书说:"请你随我进来!"

运涛和春兰跟他进了二门,是四合子小砖房,砖墁院子。他们上了台阶,秘书喊了一声报告,堂屋里说了一声:"请进来!"秘书带他们进去,孟司令员在堂屋里站着。秘书把张合群同志的信交给他。

孟庆山司令员胖胖的,个儿不高,穿着一身马裤腿灰棉军装,光头,不戴帽子。见了运涛,伸出宽厚的手,握住运涛的手说:"是从延安来的?这个呢?"

运涛说:"是我爱人,她叫冯春兰。回到锁井老家,我们才结婚的。"

孟庆山同志笑了说:"好!一对新婚夫妇。老家是锁井镇?离我的老家不远。"

运涛说:"是!"他把张合群同志的信递给孟司令员。

孟司令员拆开信封,是一张信,一张表格。他说:"请坐!"一边说着,看了那张信,哈哈笑着,说:"从延安来,不简单,一块谈谈。"说着,敲了一下东头屋里的小门,走出一个人来,中等身材,白面皮,光头,戴着眼镜,穿着一身灰棉军装,便鞋。孟司令员走前一步,说:"这是严运涛同志,这是他的爱人,冯春兰同志。"又介绍说:"这是王主任。"

王主任和运涛握了手,又和春兰握了手,说:"请坐!请坐!"那是三间两头的堂屋,中间放着八仙桌子、太师椅子,两旁放着几个凳子。运涛和春兰坐在凳子上,也走得累了,巴不得歇下脚。王主任看了信,又看了表格,哈哈笑了说:"我们就是缺老干部!"说着,看了看太阳,说:"先吃饭吧!"

孟司令员说:"好!"又喊着:"警卫员!打饭来吃!"

警卫员们在窗外应着:"有!"

不一会工夫,警卫员打了饭来,半盆小米干饭,半盆白菜汤。另一个警卫员抱着几个大黑碗,放在桌子上,各人拿碗盛饭。孟司令员说:"今天有客人哪!也不添个菜?"不一会工夫,警卫员端来一大碗炒鸡蛋,放在桌子上。运涛和春兰走得饿了,吃了小米干饭,又喝了菜汤,吃得饱饱的。

吃完了饭,孟司令员叫警卫员领运涛和春兰到客房休息。警卫员领他们到南房,也是三间两头,警卫员开了门,临窗一条大炕,铺着被服厂里新做出来的粗布被子,运涛和春兰关上门休息了,一觉睡到太阳平西。

第二天,吃了早饭,运涛和春兰要到大街上看看。人来人往,送柴的,送粮食的,都是给游击队上送给养的。大街两旁的布线店关了门,游击队员们成着四路纵队在大街上走着,唱着救亡歌曲,尘埃高扬,另是一种繁荣景象。

这天傍晚,警卫员打饭来吃了,点着一盏小油灯。不一会工夫,外边有人敲门,运涛走出去,开门一看,是孟庆山同志。运涛握着他的手,走进屋里来,坐在椅子上,春兰找了一块抹布,擦了桌子。孟司令员说:"这个小油灯不明亮……"立刻叫了警卫员来,换了一盏泡子明灯。屋里登时亮了。

孟庆山同志是中央苏区的老红军,经过长征,还参加过东征。中共中央派他来保东一带工作,在大暴动的基础上,由于地方党的帮助,开了几个月的短期训练班,搞起了一批又一批的游击队。他说:"我的家乡离你们的家乡不远,只有十几里地。大暴动,我没有参加,可在苏区的报纸上看到过这个消息……"

运涛说:"我也没有参加,那时我正在济南的模范监狱里。"他从一九二六年说起,怎么奉上级调动南下,到黄埔军校受训,怎么当了见习连长,怎样参加北伐战争,参加汀泗桥之战,攻克南京城,怎样经过"四·一二"反革命政变,怎样入了监狱……后来怎样出了狱,到了陕北……一直谈到由中央派到保属特委工作。为了使组织上了解自己,他一籽一瓣地谈着,谈个清楚明白。孟庆山同志在一旁听着,越听越高兴,由不得哈哈大笑了说:"正是缺干部的时候,你就来了。我们研究了一下,你就担任这游击军的参谋长吧!新近成立了一个大队,人数还不多,这个大队长你也兼上……"

运涛说:"不能,北伐的时候,我不过是一个连级干部……"

孟庆山同志说:"不能那么说,那是过去,已经过去十多年的事情了,如今抗日军发展得这么快,我已经委任了十几路,几十个大队了。像你这样的干部并不多。经过我们的委任,发展起来就是咱们的,将来再整顿。在顺利的形势下,不能小手小脚的,要独立自主,大刀阔斧地干!"

两个人越谈越高兴,一直谈到深夜。春兰在一旁听着,她听迷了,一个呆呆的灯影印在墙上。运涛当了参谋长,她说不出心眼里有多么高兴。

第二天,孟司令员叫被服厂里的同志来,给运涛量尺寸,给他做了身马裤棉军装,一件棉大衣,也给春兰做了身棉军装。还叫警卫员送了五块钱来,叫他们理理发,买点什么东西。运涛自从在太原北方局理了一次发,直到如今没有理过,头发已经长了多老长。运涛和春兰到大街上去,买了牙刷、牙粉、肥皂。还想买块毛巾,买不到了,买了一尺半小白布,当毛巾用。转了个弯走进理发馆。运涛坐在椅子上理发,春兰坐在后边看着。把头发一剪,把脸一刮,好像年轻了十岁,真是一个翩翩少年。春兰心里由不得笑着说:"咳!多么漂亮呀!"等运涛理了发,春兰也剪了发,还洗了头。把那条油亮的大辫剪下来,春兰拿在手里,舍不得扔掉,她想要保存起来。

被服厂活儿做得真快,这天下午,棉衣服做齐了,还送来一个被套。运涛穿上灰粗布马裤腿军装,春兰把棉大衣也给他穿上。运涛心里高兴,朝着春兰举起右手,睁圆眼睛,喊了一声"敬礼!"一点不错,真真实实的一个青年军官,站在春兰面前。人配衣服马配鞍,把衣服一换,又长了十分人材,春兰心里高兴,脱口而出,说:"咳!一步登天呀!"

春兰也穿上军装,成了女兵,高高的个儿,活眉大眼儿,要多漂亮有多漂亮。她把换下来的衣服,装进被套里。

两个人正在屋里说说笑笑,孟司令员又走了来,开门一看,一个青年军官,陪着一个女兵。换了衣服,人也不相同了,笑了说:"看!我们共产党一派兴旺发达景象,怎么不叫人高兴呢。"

运涛和春兰一个不注意,也张开大嘴哈哈大笑了,羞得春兰满面通红。

孟司令员说:"好!一对青年夫妇!"又说:"我和王主任商量了一下你的工作,现在我们的部队正在成长壮大,先去扩兵吧!怎么样?"

运涛说:"我听党的决定,怎么都好。"

春兰见孟司令员来了,连忙扫了炕沿,请他坐下。孟司令员说:"我就喜欢你们这些青年人,又有朝气又有干劲!"又说:"不只你一个人去,带上你的大队和家属,叫人们看看我们的队伍,这就是个宣传!"他的意思是说,妇女可以当兵,就能鼓舞妇女群众起来解放自己。

运涛说:"我还应该注意什么问题?"

孟司令员说:"政权!要建立政权,扶助政权。再说是要宣传有人出人,有钱出钱,有枪出枪,有知识出知识;有了人有了枪,就成起队伍来了。再,就是不要小看知识分子,要多吸收知识分子,团结改造知识分子,优待技术人员。没有科学技术,将来我们不能建设社会主义!"

运涛问:"我到什么地方去?"

孟司令员说:"人熟是一宝,哪儿熟上哪儿跑,你到锁井镇四十八村去。江涛搞地方工作,你搞部队……要注意保南名门冯贵堂,这个人是个反动地主,统一战线里不包括这样的人;大暴动以后,他成立和平会,抄暴动户的家。七·七事变以前,他从河南把李霜泗逮捕回来,绞死了,我们不跟他完……"

运涛不等他说完,就说:"他向大后方跑了一次,没有跑了,我们已经把他监视起来了!"

孟司令员把俩巴掌一拍,说:"好!好!他是反动地主嘛!"

春兰在一旁听着,暗暗地感谢孟司令员,他从延安回来时间不长,就创建了这么多的队伍,调查研究得这么深刻。

下午运涛到三十一大队去听汇报,了解情况。说是一个大队,也不过两个营的兵员。团里李参谋长给他派了一个警卫员。特别领他到马槽上去挑了两匹马,饲养员介绍了马的特性,牵到院子里遛了一圈,运涛伸出手拍着马脊梁,眯眯笑着,说:"就骑这两匹大菊花青吧!看,马壮膘肥!"饲养员听了夸奖,也很高兴。挑了两个新鞍子来,给马披上。饲养员叫他骑上试试看,运涛说:"不用试,我会骑马。"

四十三

运涛和春兰,在游击军司令部住了一个礼拜。春兰把严萍和江涛的关系谈了,运涛问:"他们这是为什么?"春兰说:"我也不知道!"运涛说:"老朋友了,还闹什么?"春兰说:"我看也不应该!"这几天运涛心上老是想着这件事。晚上,他向孟司令员和王主任话别,明天就要出发。

第二天早上,三十一大队集合在大街上,游击队员们都穿上新军装,队伍站得整整齐齐,唱着救亡歌曲。运涛站在大门台上,李参谋长喊了口令,调整了队伍,说:"严参谋长讲话!"话声刚落,大家一齐鼓掌,睁着眼睛看着年轻的参谋长讲话。

运涛讲了这次出发的任务和目的地,最后讲了三大纪律、八项注意……运涛和春兰走过去和孟司令员、王主任握手告别。孟司令员说:"队伍才组织起来,我们还没有讲过三大纪律、八项注意。一听就知道是从延安来的。祝你们旗开得胜!"说着,拍着手。游击队员们又鼓起掌来。李参谋长喊了口令,队伍就出发了。

运涛说:"好!我努力工作。"说着,举起手向孟司令员和王主任敬了一个礼,回头跟上队伍,警卫员提着两条马鞭子,牵着马在后头跟着。运涛又告诉张副官:大队就住在锁井一带。张副官和打前站的管理员们骑上车子前头走了。

出了城门,运涛扶春兰上了马。运涛叫警卫员骑马,警卫员不骑。运涛接过马鞭子骑上马,抖了一下缰绳,打马前进。警卫员在后头跟着。

新组织起来的队伍,都是欢蹦乱跳的,走得很快,疾驰如飞,中途打了尖,掌灯时分,就到了锁井镇。走到村口,张副官和管理员们站在村口等着。运涛问:"大队部住什么地方?"

管理员说:"住在西锁井冯家大院!"又说:"房子还挺宽大,又舒适。号房的时候,村长和李德才还不让住。"

运涛说:"非住不行,住上一个连。"

说着,进了东锁井大街。根据运涛的意见,一个营住在大小严村,一个营住西锁井,营部设在冯家大院,东锁井住上一个主力连,大队部按在冯老锡家里,运涛就住在春兰家里。李参谋长来看了看,觉得也可以。他要在春兰门上放岗,运涛说:"到了家乡,用不着。大队部门上有岗就行了。"说着,把马交给警卫员,径直走到春兰家里。

春兰娘见春兰穿上新军装,笑花了眼睛,拍着手说:"我儿,是天上掉下来的哟!"又把嘴唇对在春兰耳朵上问:"那个人是谁?"

春兰说:"是运涛呀!"

春兰娘一下子怔住,说:"是运涛?我怎么不认识了?"

春兰说:"换了衣裳,做了官,你就不认识了!"

春兰娘自言自语:"做了官?"又悄悄走过去,撩起门帘,笑了说:"我来看看,做了什么官?"

运涛说:"不是官,是人民的勤务员。"春兰又走过去说:"当了游击军的参谋长!"春兰娘说:"你呢?"运涛说:"她要当县妇救会主任了!"春兰娘见她剪了发,心里可惜,可是没有说什么。

老驴头也高兴,只是离得远远地看着运涛,也不说话。春兰娘抱柴禾烧水,叫他们洗了脸。又做了豆儿稀粥,把饭桌搬到炕上,切了半碗咸菜,多倒了香油,放在桌子上。春兰盛了两碗豆粥,每人一碗。运涛脱鞋上炕,坐在春兰的炕头上,喝着豆粥。为革命奔走了十几年,到目前为止,算是有了归宿了。

正在吃着饭,门外有人喊:"运涛!运涛!"

运涛侧耳听着,是老明大伯的声音,连忙下炕穿鞋。

走出去朝黑影里一看,是忠大伯和明大伯来了。运涛搀起明大伯的拐棍,领进屋里。春兰连忙搬凳子,请忠大伯和明大伯坐下。明大伯说:"你还没有到家,报喜的就来了,知道你做了官了……"

忠大伯说:"张副官领着人看房子,说严参谋长要回家了,还兼着大队长,我一想就知道是你……"

不等忠大伯说完,明大伯哈哈大笑,说:"革命形势好转,加官进禄,衣锦还乡呀!"

忠大伯说:"怎么春兰也穿上军装,要当女兵?"

运涛把张合群同志的意见谈了,忠大伯和明大伯笑得对不上牙儿。正在说着笑着,严志和跟伍老拔走进来。春兰听得脚步声,赶紧拾掇碗筷,搬了桌子,扫了炕沿,请他们坐下。

伍老拔说:"今天下午,我一听得说这个好消息,立刻找了志和去,他还耳思,不相信。"

严志和说:"我就是这两个儿子,过去都坐监狱。时来运转,江涛出狱回来当县委书记,我就满意了。后来运涛又回来,我算烧了高香了……哪里好事都赶在咱的门儿里。"

忠大伯说:"革命人家福寿长,咱是蹚着泥水过来的,形势好转,咱也就翻了身了。冯贵堂过去一跺脚四街乱颤,现在他就该下地狱了!"

运涛说:"怎么?"

忠大伯说:"江涛说他大暴动的时候打过红军,抄过暴动户的家,又治死李霜泗同志,这是一桩大罪,把他关在县监狱里。"

运涛把手一拍,说:"好!他是反动地主!"

忠大伯又把张嘉庆牺牲的情况谈了谈。运涛并不吃惊,他说:"这个同志是个好同志,一手好枪法。思想上有些冒失,总改不了,就得出事故。不是大事,就是小事。"

伍老拔说:"张飞同志心直口快,忠心耿耿,给我们留下好印象。他的牺牲,使我好几天睡不着觉。"

严志和也说:"可不是呢,我和涛他娘还流了两夜眼泪,黑更半夜睡不着觉,俺们俩就念叨他!"

运涛说:"不要难过,歇兵三日,攻打佟家庄,活捉佟老五!"

忠大伯说:"不,咱慢慢来,像耪地一样,一锄一锄地耪,总有到地头的时候。用我的话说,出水才看两腿泥!"

明大伯不等忠大伯说完,把拐棍在地上一戳,说:"着啊!出水才看两腿泥。好人长寿,坏人自然入地狱。"

伍老拔说:"就是,咱就这么办,先把兔子绑在树上,咱再撒鹰。"

话头又说到村里工作上,运涛的意见,不能老是依靠刘二卯和李德才。忠大伯说:"今天张副官来了,还和刘二卯吵了一架,不好好准备给养,不让住冯家大院的房……"运涛说:"百足之虫,死而不僵。村政权一定要改造,换上咱的人!"

明大伯说:"这就好说了,志和跟老拔从部队上下来,都做地方工作。"

正在说着,贵他娘,庆儿他娘,顺儿他娘一齐走进来。庆儿娘一进大门就喊:"我看看这严参谋长!"说着又哈哈大笑着走进来。运涛连忙迎上去,庆儿娘扳着运涛的肩膀头,从上到下看了个遍,又笑了说:"做了官,人也年轻了!好啊,直到如今,我才知道你大伯没白死了!如今孩子们有的当了县委书记,有的当了县长,有的当了队长,你又当了参谋长。"说着,又歪过头看春兰,说:"她是个什么官?也穿上军装了?"

贵他娘说:"当了女兵呗!"

运涛说:"当县妇救会主任!"

顺他娘说:"成了咱们的头儿了!快去看看你婆婆,看是高兴不高兴!"

说着,脱鞋上炕,农民屋子小,地上没处站了。

严志和又说了一会子游击队上太行山的事;怎样参加了同盟

467

军,怎么收复多伦……一屋子人,男男女女,又说又笑。正在热闹当中,门外小囤又喊:"涛哥! 你做了官了,我们来参军,我去给你挎盒子!"说着,和二贵、庆儿一齐拥进来,睁圆两只大眼睛,看着运涛,又看看春兰,哈哈笑着,又说:"你做了大官儿!"

运涛走过去,拍拍小囤肩膀,拍拍二贵肩膀,又拍拍庆儿肩膀,笑着说:"好兄弟们! 都是好小伙子,五大三粗的,共产党正希望着你们,我们的军队越多越好!"

小囤问:"游击军的司令是谁?"

运涛说:"是孟庆山同志!"

忠大伯说:"游击军的司令员是孟庆山同志,自卫军的司令员是吕正操同志。有了两大司令员,今天我们冀中打日本不成问题了!"明大伯说:"自卫军来到我们县城,忠兄弟还在台上讲了话。"

游击军来到锁井镇,今天是人们的好日子,大家一齐聚在春兰的小屋子里,又说又笑,直到夜深了才散去。

第二天早晨,运涛和春兰骑上马到县里去。到了县立高小门口,把马拴在小树上。运涛没有走进去,到门房里写了条子:"冀中游击军参谋长严运涛。"传达员拿着条子走进去,交给江涛。江涛一看由不得笑了,抬脚走出来,到了门口,探头向门房里望了望,见运涛和春兰正在屋里坐着,他笑了说:"哥! 你们这是闹什么? 来了不自己进来,还叫我来接你们!"

运涛走出来说:"你们这是县委机关呀!"

江涛从上到下看了看春兰,说:"嫂子穿上军装,更显得年轻了。"

春兰说:"我这也是时来运转,苦日子熬出了头了。严萍在吗? 她可好?"

一边说着,走到江涛屋里。江涛让他们坐在椅子上,沏了一壶茶,给运涛斟上一碗,给春兰斟上一碗。运涛把张合群的信交给他,江涛看了信,笑了说:"好! 特委分配了春兰同志的工作,我们还想让忠大伯当县委民运部长兼农会主任!"

运涛说:"好! 工、农、妇、青……也该建立起来了,好开展群众工作。趁着敌人还顾不得向中心地区进攻,把组织工作深入一下,改造政权,扩军、备战……还有好多事情要做。"

江涛又把徐老黑进驻这县,张嘉庆带着游击队到保定附近打游击的事情说了一遍。谈到张嘉庆牺牲,由不得流下两眼泪,说:"俺俩从小在一块,拼着命工作了几年,如今形势好转,他又不在了……"

运涛说:"这个也没法,干革命总会有牺牲的……"

江涛又说:"他工作起来是大刀阔斧,雷厉风行的,就是考虑问题不周到,行动有些冒失。说来说去是我们帮助他不够……他性格挺爽朗,是个可爱的人!"

运涛说:"我带来一个团,以后有什么事情,也就好说了!"

江涛听说开来一个团,心上由不得高兴。这时严萍开门进来,后头跟着大贵。严萍看见运涛和春兰,连忙走过去握手大笑,说:"我的大爷! 你们都做了官了! 看,穿的!"

江涛指指运涛笑了说:"这是游击军的参谋长!"又指指春兰,说:"这是咱县妇救会主任!"

大贵一听,鼓起掌,张开大嘴哈哈大笑,说:"我们这就够一台戏了!"

大家又念叨了会子嘉庆的事,江涛由不得又哭起来,严萍也哭了,春兰也哭了。

运涛说:"革命是要死人的,不知道先轮到谁的头上。别只管哭,这边日本鬼子在平汉路上,那边日本鬼子在津浦路上,我们深入工作要紧,要扎下根!"说着,拿出孟司令员的公函,交给严萍。

严萍看了说:"扩军,县委书记说话吧!"

江涛看了公函说:"把我们的游击队编给你!"

运涛说:"那还不够,再说大鱼吃小鱼,也不好! 县里也需要武装。"

严萍说:"那我们就发动救国会员们进行参军运动!"

大家又围绕扩军运动谈了一会子,由扩军谈到做军鞋、征公粮什么的。江涛说:"我们开个县委会正式讨论一下吧!"

几个人一直谈到中午,运涛、春兰、江涛、严萍、大贵在大饭厅里,和游击队员们共进午餐。吃了午饭,大贵领运涛和春兰到一个教员室里,大贵说:"你们休息一会吧! 就是这屋子好久不住人了!"说着,大贵又抱了两床被子来,说:"你看,光有被子,没有褥子,也没有枕头!"说着,就出去了。

春兰拿起笤帚扫床板,扫着说:"这就挺好的,抗战生活是长期的,我们的甘苦还在后头哩!"

春兰把被子铺在床板上,搬来几块砖当枕头。运涛躺在床上睡着了。春兰没有午睡的习惯,眨巴眨巴眼睛,她心里有事,睡也睡不着。看着太阳歪西,她伸手推了推运涛,说:"老睡,还有大事呢!"

运涛翻了个身,伸起两只手,打个哈欠,说:"天塌不下来,有什么大事?"

春兰说:"咱动员江涛和严萍结婚,不然叫他们说,'你们结了婚,就不管我们了!'你说是不?"

运涛坐起来说:"那个好说,水到渠成!"

春兰把嘴一扭,说:"不,哪里那么容易?"

一边说着,运涛起了床,想喝一点水,桌子上没有茶壶茶碗,两个人挪动脚步,走到江涛那里,开门进去。江涛正趴在桌上写东西,聚精会神地写着,有人进来,他也不理会,运涛和春兰坐下等着,他还是一动也不动,春兰等得不耐烦了,伸手把桌子一拍,说:"二爷! 我们来了!"

江涛慢慢抬起头来,说:"早知道是你们来了!"

春兰说:"你当了县委书记,样儿大得连眼也不睁!"

江涛说:"我想写完这一段!"说着,放下笔,沏茶倒水,叫运涛和春兰喝。

春兰说:"有一件事情,我们想跟你说。"

江涛说:"个人小事,着什么急。"

春兰说:"你知道我们跟你谈什么?"

江涛说:"公事谈完了,该谈私事了!"

春兰由不得笑了说:"真是才子!你能前知五百年后知五百日?"

江涛放下笔,抬起身来神思着说:"没有预见就没有领导!"

春兰说:"你好大的牌子!知道我们想跟你说什么?"

江涛说:"我不想结婚!"

这时,运涛也由不得笑了。春兰问:"为什么?形势好转,年岁也到了,爹娘和忠大伯他们都盼着喝你们的喜酒!"

江涛说:"我想革命成功了才结婚,结婚早了,孩子娃子,打起游击来怎么办?"

谈到这里,运涛看出江涛心里有事,他想把问题引到远处。他说:"你谈谈吧,其中有什么问题,也好解决!"

江涛听了,从椅子上站起来,在地上走来走去。他心绪万端,睁圆眼睛看着地上,犹豫不定,似乎心上有多么大的隐私,难以出口。自从回到县里,和严萍一块做了几个月的工作,两个人没有在一块谈过。有几次严萍想跟他谈谈心,他都回避了。觉得工作越是忙碌越好,他不愿再想起这件事情,心里说:"让她去吧!一江春水向东流……"

运涛看江涛的表情,以老大哥的身份,也不愿意说什么。自从孩童时期,哥儿俩就在一块玩耍,大了在一块锄地、割谷子,感情是融洽的,没打过一次架,没拌过一次嘴。当然相隔十几年,个人思想发展的差异肯定是有的,在恋爱观上,不能说没有一点变化,但他相信,江涛不会有很大的变化;严萍也不会有很大的变化。他更相信江涛对严萍的感情没有变,不过究竟这里边有些什么问题,还得问江涛。他说:"有些什么问题,你说说吧!"

江涛摇了摇头,在地上走来走去,老半天才唔唔哝哝说:"她已经结过婚了!"

春兰听了甚为惊奇,张大了嘴,说:"什么……"

运涛也跟上问:"什么时候?和谁?"他不相信严萍会做出这样的事。可是相别十几年,各人有各人的经历,日久天长,也就难说了。

江涛又摇摇头,蹙紧眉头说:"和冯登龙!"

春兰紧跟上问:"什么时候?你不要血口喷人,我就不知道!"又说:"冯登龙已经死了,县委书记还有这么严重的封建思想?"

运涛又问:"你听谁说的?怎么知道的?"

事到此刻,江涛不想说也不行了,他说:"嘉庆说的。"

运涛又问:"什么时候?怎么说的?"

江涛说:"就是这一次,嘉庆从门头沟回来……"他把嘉庆在门头沟工作的时候,怎么遇上冯登龙的同学,说大暴动以后,冯登龙怎么又回到保定,怎么带了严萍上了北平,住在天有客店,一五一十说了。

春兰红了脸,说:"你瞎说八道!不能光听你的,我们还要问严萍!"

这时运涛抬起头来,思忖了半天,才说:"弟弟!你身上还有着小资产阶级的思想意识。我们革命者,在革命的浪涛中,也要时刻改造自己。依我看,严萍这姑娘,在革命的生死关头,不变节、不动摇,这已经是很难得的了。你在狱中的时候,革命处于低潮,她躲避到北平去,即便是跟冯登龙一起走的,其中的真实情况,你并不知道,为什么不可以和严萍认真地谈谈呢?你那矜持的性格,在处理爱情问题上,是不正确的。我看,过去的事了,就算了吧!老朋友了,并肩作战这些年……"

他们谈到上灯时分,才告一段落。

吃了晚饭,运涛和春兰回到屋里,点着灯休息一刻。虽然不是什么工作大事,思考起来也是很费心力的。运涛说:"跟严萍怎么谈?"

春兰说:"严萍是女同志,不和江涛一样,要委婉一些,仔细一些。"

说着两个人挪动脚步,走到县政府,岗兵见是穿军装的,就让他们进去。到了严萍的门前,春兰敲了敲门,推门进去。严萍饭后正躺在床上休息,听有人进来,翻身起床,笑了说:"呵!稀客!"

春兰说:"打搅你休息,运涛来看你!"

严萍打扫了椅子,请他们坐下。严萍动了动茶壶,说:"煤少了,晚上茶炉上没有开水。"

春兰说:"天凉了,也该生炉子了!"

严萍说:"还没有这项经费呢,辛苦点吧!"

几个人说了一会子闲话,严萍又谈到大暴动以后,怎么回到保定,怎么被捕,怎么释放。说到这里,她不往下说了。

停了一刻,春兰觉得冷场也不好,她说:"听说你到过北平?"

严萍说:"保定白色恐怖严重,正好登龙回来,我只好跟他离开保定,到北平去……"

谈到这里,她又停住。作为一个女人,对于那件棘手的事,她不想再谈。春兰说:"到了北平,你怎么着……"

严萍缓缓地说:"我住在冯老将军家里……"后来又谈到怎样回到保定,怎样到监狱里探看江涛……怎样营救江涛出狱。

谈着,还是不得要领,解决不了问题。

停了一刻,运涛说:"你跟江涛谈谈吧,老朋友了……"

严萍生气说:"唔!我几次找他谈,他不谈呢!"

春兰笑了说:"你赶着他谈,你找他。"

严萍听了这句话,凝着眸子,两只瞳子紧靠在鼻梁上,呆了老半天。转过身来,说:"我?"

这时,运涛只好走出门来,在院子里散散步,让她俩好好谈谈。

春兰走过去,搂着严萍的肩膀说:"年岁不小了……两个人谈谈心,解释解释,有什么了不起的?"

严萍睁圆眼睛,盯着春兰,说:"我觉得作为一个女人……"说着,豆大的热泪吧嗒吧嗒地掉在春兰的手背上。

春兰不等她说完,又说:"运涛批评他了,你别难过。环境困难时期,耳鬓厮磨的;如今环境好转,都有一股子犟劲儿。"

严萍噗地又笑了,说:"等我们慢慢谈吧,抗日战争是长期的!"